我们大家都是同学

鲁院讲义集 1

邱华栋　主编

郭艳　副主编

严迎春　赵俊颖　李蔚超　张俊平　编选

作家出版社

目录

《红楼梦》中的几个文学案例   王　蒙 / 1

中国多民族文学的价值   叶　梅 / 21

原点、要点与亮点   白　烨 / 47

什么是故乡？   毕飞宇 / 73

生长的短篇小说   刘庆邦 / 91

文学的哲学意蕴与作家的人文情怀   李一鸣 / 124

文学：一个人的特殊岁月   张　炜 / 145

小说的基本要素   张　柠 / 187

变革时代与文学担当   张胜友 / 216

叙事的长度、美学与时间问题   张清华 / 237

我们大家都是同学   苏叔阳 / 257

我不知道文学把我带到什么地方   阿　来 / 274

细节对于小说的意义   陈晓明 / 300

莫言与世界文学   陈众议 / 320

报告文学的新可能   何建明 / 346

小说与欲望   周大新 / 357

关于长篇小说创作的几个相关问题   柳建伟 / 374

建构时期的中国城市文学   孟繁华 / 395

一是写什么，二是怎么写   贾平凹 / 413

对当代诗歌的若干思考   高洪波 / 431

关于当下的文学创作   梁晓声 / 453

文学：承载与如何承载   梁鸿鹰 / 478

文学的精变   蒋子龙 / 496

长篇小说的文体、传统和创新   雷　达 / 518

小说与影视的关系   廖　奔 / 539

《红楼梦》中的几个文学案例

王 蒙

大家好，今天就是来跟大家谈谈天，因为我知道这一期的学员都是一些已经在写作上崭露头角的文友，我也不想长篇大论的，或者是说得多么完整，多么全面，主要是就一些我自己在文学生活当中，包括阅读当中，谈论当中，或者写作当中，有一些非常有兴趣的，有趣味的，而且是说不太清晰的话题，在这儿抓住一个《红楼梦》，因为《红楼梦》里面的话题比较多，跟大家聊聊天，有所交流。

《红楼梦》里头有一些东西跟别的书不太一样，尤其是和中国的其他小说不太一样，中国的其他小说往往都是以一个戏剧性的故事做主线，比如说忠臣遭到陷害，奸臣最后被揪了出来，或者是公子落难在后花园跟小姐私订终身，经过千辛万苦，有情人终成眷属，等等。《红楼梦》线条特乱，所以我就觉得，要讨论它非常好玩。

第一个我先跟大家讨论的就是玉，这个贾宝玉他是出生的时候，第二回说，一落胎胞嘴里便衔着一块五彩晶莹的玉，上面还有许多字迹，所以就取名叫宝玉。这个是最不合乎逻辑的，也是难以想象的，说一个小孩生下来嘴里含着玉，你怎么想怎么不明白，以至于胡适先生他在给高阳的信里就说，曹雪芹他没有受过很好的教育，所以他没有真正做到写实，也没有真正做到自然主义，比如说衔玉而生，胡适先生就表示不理解也不接受。到现在我也不明白，因为胡适的学问挺大的，现在名声越来越好，人们有逆反心理，觉得胡适特别好。他怎么会认为衔玉而生的描写是由于曹雪芹没有受过妇产科教育的结果？如果按照妇科学或者产科学，人是不可能衔玉而生的。按照生理卫生学、医学，人身上顶多有结石，出生的时候带着结石的病例也非常少。这个结石的地方也不对。结石应该在胆囊或者肾里面，肠里面也有，膀胱里也有，嘴里含着结石没有，这个写法相当怪。

对玉的有关描写也很好玩，为什么好玩呢？因为玉和石头是非常接近的东西，玉无非是一种高贵而特殊的石头，玉实际上是石，所以又加上贾宝玉这么一个故事，这个故事几乎像恶搞：说贾宝玉原来是一块石头，这个石头是当年女娲补天的时候炼的，三万六千五百零一块。炼石补天中国神话里面有，炼的这么多块石头，补天的时候别的石头都用上了，剩下一块没有用上，这块石头变成了贾宝玉，他不被社会所需要，不被补天所需要，不被朝廷所需要，他生活没有什么意义。中国没有别的，你念书挺聪明的就做官，做不成官，所以昼夜啼哭，由于自己不被用，不能入仕，昼夜哭嚎不已。

这样描写非常带有嘲笑性，自嘲性。俄国18世纪、19世纪初的时候，非常时兴描写一批多余的人。你生活在这个社会里，你不知道有什么事需要你干，你变成了一个多余的人，贾宝玉就是一块多余的石头。另外，贾宝玉这个石头还变成了咱们这个故事一个载体，所以整个《红楼梦》的故事是刻在一块石头上的。这块石头是在大荒山无稽崖青埂峰上的，大荒，这个好说，到了世界最荒凉最原生的状态了。无稽，就是无迹可查，没有头绪的一个，说有就有说没有就没有的地方，青埂，我们现在念清更，但是自古以来的文人墨客都认为他说的是"情根"。这玉又是贾宝玉不同凡响的一个象征，以至于在这个小说里头贾宝玉走到哪，大家为什么崇拜贾宝玉，为什么喜爱贾宝玉，当然贾宝玉帅哥，贾宝玉也挺聪明，家庭状况又好，背景好，除了这个以外就是他是衔玉而生的。连祭奠秦可卿的时候，北静王有路祭，他在路上过来给秦可卿的棺木进行祭奠，祭奠的时候赶紧说要看一看衔玉而生的公子，然后一看贾宝玉那么帅，当然比北静王小多了，小帅弟，也是由于这块玉，使贾宝玉变得不同凡响。

所以这块玉在《红楼梦》里头，它起着一个关键道具的作用，起着一个关键符号的作用，非常的关键，后面又有很多，比如说写的赵姨娘跟马道婆，马道婆给人一种邪教骨干人员的感觉，跟马道婆合作用巫术、妖术，要害王熙凤跟贾宝玉，以至于搞得贾宝玉和王熙凤又是口吐白沫，又是精神失常。这个时候一僧一道来了，说你们有现成的宝贝为什么不给他们治病呢？把这块玉拿出来，在他脸上脑袋上蹭一蹭，然后再给王熙凤蹭一蹭，两个人的病就好了，赵姨娘和马道婆的诡计失败了。玉就有这么神妙的作用。

后面一出灾祸就丢玉，尤其后四十回里头丢玉，还有什么佳人双护玉，还有假冒的玉，因为玉丢了怎么找也找不着，悬赏，一悬赏各种假冒的玉也都出来，以至于这个玉的事到后面写得太多了，尤其是佳人双护玉，贾宝玉已经和薛宝钗结婚了，贾宝玉要毁玉，要砸玉，要抛掉玉，然后薛宝钗和花袭人两人都来护玉，到最后给人一种用玉洒狗血的感觉了。但是不管怎么说，这个玉的存在使《红楼梦》带有一种神秘的色彩，带有一种不完全可知的色彩，还带有一种宿命的色彩。因为这个玉是无法解释的，是出生的时候就有的，是与众不同的，是荒诞万分的，谁可能带着一块玉生出来呢？没有了这个荒诞，没有了这种神秘，没有了这种宿命感，这个小说就失去了很多吸引人的力量。它给我们一个启发，小说既要表达人生的那些可知的方面，又在那里的影影绰绰，暗示着人生中有一些不可知的方面。有一些你说不清楚道不明的方面。用中国传统的词儿，这块玉的描写体现了曹雪芹的"文胆包天"，想想看，还有谁敢这么设计情节！

这个小说里头既有自己的对人生的感叹、赞美、热爱，或者是悲凉，也有一些你不知道怎么样说才好的方面。而且从玉里头我们还可以看到，荒唐、宿命、神奇都有可能成为审美的范畴。你如果要是，比如说您是公务员，经常做一些荒唐的事情，对你这肯定是一个贬义的词，影响你的升迁，影响你的评级，影响你的定薪，定工资。但是作品里头，所谓出现的荒唐是什么意思呢？就是一点常识之外的东西，常规之外的东西。所以《红楼梦》里头作者自己的话，他说得非常明白，上来他就说："满纸荒唐言，一把辛酸泪，都云作者痴，谁解其中味。"而书的结尾处，写的是"说到辛酸处，荒唐愈可悲，由来同一梦，休笑世人痴！"

荒唐，所以没底。因为你用如实叙述的语言，没有办法把它说清楚。您说这个玉是代表中国人？它代表的是中国人喜欢玉文化，所以咱们2008年奥运会，颁发的金牌里头都要用玉，不能光是金牌……小说里恐怕不是这么回事。

第二个问题，除了含玉而生这个以外，《红楼梦》里头还有一个故事，这个故事相对比较清晰，这个故事的想象力也极为奇绝，文胆再次冲天。什么呢？就是绛珠仙草和神瑛侍者的故事。原来在天庭在天国，在天庭，林黛玉原来是一根小草，叫绛珠仙草，贾宝玉在天庭上原来是一个侍者，一个勤杂人员。这个草有点干，这个话也有点糊涂，怎么天庭还有干旱呢？还有湿度不够，或者墒情不好？但是我们也没有地方去找曹雪芹来切磋这一点，反正它有点干，而这个侍者贾宝玉这个勤杂人员从那儿走过，可怜这根草，说这个草太干，经常给它浇水，这样仙草非常感动，这是爱的力量。

所以贾宝玉衔着这块石头下凡了，到了贾家，到了荣国府，投胎于王夫人的子宫里面，衔玉生出来了。而林黛玉欠着贾宝玉的情，贾宝玉给它浇了那么多的水，所以它也要到人间去，要去找贾宝玉，要偿还贾宝玉给它的水。怎么偿还呢？用自己的眼泪，她要因爱贾宝玉而痛苦不已，她要为贾宝玉而泣，为贾宝玉而哭，为贾宝玉而流泪，为贾宝玉而分泌眼睛里的液体。这个故事无论如何太有想象力了，怎么比咱们现在的人想象力还强呢？咱们谁能编一个这样的故事，你怎么编也编不出来啊。

这里又有一个问题产生出来了，就是《红楼梦》究竟是写实的还是写意的，我们中国并不分现实主义、浪漫主义、印象主义、达达主义、结构主义，我们没有这么多主义。但是我们中国的艺术学的观念最强调的一个是写实，一个是写意，写实就是如实地写，实际是什么样就什么样，我这么写实，叫如实地写，写意就是如意地写，你怎么想、你主观上什么感觉，或者说主观上什么愿望你就怎么写。

《红楼梦》里头有一些地方特别写实，实得令一些小孩看了都觉得它啰唆，比如说穿什么衣服，吃什么饭，点什么灯，用的什么碗，房间里头都放着什么东西，这些东西很啰唆。有些年轻人看《红楼梦》遇到这些东西就跳开，遇到写贾宝玉跟林黛玉爱情啦、小性啦、不高兴啦就再看。以至于胡适说过，说《红楼梦》是自然主义的，中国过去有的时候叫爬行的现实主义，趴在地上的现实主义。它不注意把现实的所谓的本质的东西有意义的东西把它典型化，而只是如实地写，如果写头发，恨不得把每一根头发都写一遍，如果写猫叫，恨不得把猫叫的声音也都写一遍。

这个绛珠仙子和神瑛侍者的故事，显然不是写实，是想象，它是魔幻，它是写意。还有一个更写意的地方，出了一个太虚幻境。我也闹不清，贾宝玉至少有三个故乡，他不像孙悟空，孙悟空一个故乡，石头缝里面蹦出来的，花果山水帘洞里面一块大石头，那就是孙悟空的子宫，是孙悟空的摇篮。但是贾宝玉有三个地方，一个是女娲手底下的石头，原来在女娲手底下供女娲使用的石头，但是它没能上岗，它谈不上下岗，没能上岗。第二个他是天庭里面的一个勤杂人员，神瑛侍者。第三个，他就是警幻仙姑那边一个访客，或者是一个什么外来人员，编外人士。他有好几重身份。警幻仙姑就是专门掌管人的，尤其是少年男女之情的。你们查查中国的古典文学很少用"青春"这个词，"青春"这个词用的多受苏联文学的影响。但是中国的古典文学喜欢用的是"少年"，少年男女，少女，少男，用的是这个词。杜甫有诗"白日放歌须纵酒，青春作伴好还乡"。这里面的"青春"两字我认为不是指青年时代，因为杜甫写这个诗早就不是青年时代了，他指的是季节，是芳草萋萋的春天，他在这个时候，"剑外忽传收蓟北"，指的安禄山之乱已经平息下来了。

有这么一个警幻仙子，警幻仙子更神了，捎带着对贾宝玉进行性启蒙教育，这种性启蒙教育还不限于进行看图教育，而且把她的妹妹派给贾宝玉进行实习，所有这些都是不可思议的，叫做匪夷所思。我觉得这就是胡适所说的没有受过很好的教育，我的感觉就是幸亏曹雪芹没有受过很好的教育，要是曹雪芹当年和胡适一样，给派到美国普林斯顿大学去，学一个什么生物学，哪怕学文学史，写出来的绝对不是《红楼梦》。有了这么一些匪夷所思的东西，使得《红楼梦》既写实又写意，主观和客观有一种交融。《红楼梦》大部分的细节都写得非常真实，但是也有一些东西不特别真实，咱们随便聊。

比如说他对赵姨娘和贾环的描写，他写得扁平。曹雪芹特烦赵姨娘和贾环，我不细说，因为这不是今天要说的重点。第二个让好多红学家生气的，我一直讲里头对尤三姐的自杀，他描写不是如实的。他写的是柳湘莲要退婚，尤三姐拿出那把宝剑，好，我还你，拿剑往脖子上一抹，躺在地上死了。自杀没有那么简单，绝对没有那么简单。这是一个很有趣的地方，文学之所以和新闻不同，它是允许虚构的。尤其是小说，英语里头笼统地讲小说，讲 fiction，fiction 的意思就是虚构、虚假甚至是谎言，都可以叫 fiction，但是中文强调是小说，小说这个词来自《庄子》，庄子说"饰小说以干县令"，就是说所谓小说都是一些所谓引车卖浆之流，茶余酒后的一些段子，一些传来传去的流言蜚语。所以它叫"小"说，不是"大"说。

中外对小说的理解，重点并不一样。有没有虚构能力，这是对于小说家的一个很大的考验。承认自己没有多少虚构能力，这使我对有些名家如张爱玲实在不敢恭维。

第三个问题，我更有兴趣了，这也是我最有兴趣的一个问题，贾宝玉见林黛玉，忽然问林黛玉，说妹妹你可有玉吗？林黛玉说，那是稀罕玩意，我哪有玉啊，贾宝玉一听又哭又闹，拿起玉来往地上砸，这是一个太关键的情节，你怎么解释？如果连这个都解释不清楚，算是什么红学家？这个太关键了，而且这个莫名其妙。他闹什么呀？

但是这个又让我非常的感动，我不知道为什么会这么感动，贾宝玉一见林黛玉，"妹妹可有玉？"然后林黛玉说，那是稀罕物，我哪有啊！贾宝玉一听就哭起来，大闹，疯了一样。你们谁写出过这样的细节？我没写出过，太感动人了，为什么感动人呢？我到现在也解释不好，但是我可以反过来解释：如果贾宝玉问，妹妹可有玉啊？林黛玉从自己脖子上拽下来一块，我的玉在这里，贾宝玉说哎呀，真棒啊，真好。是不是？他乐死了，他乐得上了天啊，俚就是没有这个效果了。所以这个情节太好了，这个情节我们可以从很多地方来加以解释。

第一，这是带有儿童式的爱情的萌芽，儿童式的认同感。我没有见过啊，我也没有听到过两个儿童的讨论说你有玉没有，这个没有。但是我听到过我的孩子，当然在我年轻的时候，因为现在我的孩子也早当爸爸了，我的孙子都参加工作了，我听到过我的孩子小的时候和另外一个小朋友说话，说我们家棒着呢，我们那墙上老爬壁虎，蜥蜴类型的小东西，那个孩子说我们家还有土鳖呢，另外一个孩子说我们还有会飞的土鳖呢！

有一种相互之间希望能够互相认同的感觉，既然是好朋友，我有你也有，你有我也有。你有一白帽子，我也有一个白帽子，你有黑袜子，我也有黑袜子，儿童之间有这种心理，这是第二个解释。

第三个解释，对不起，儿童不宜，我们可以用性心理来解释这个，贾宝玉他认为他自己多了一样什么东西，林黛玉没有，使他证实了这一点，非常的失望，非常的悲哀，也许没有这一条，我们姑且认为可能有这一条，这是第三条。

第四条，贾宝玉希望林黛玉对他留下深刻的印象，他要尽情地撒欢，他要哭要闹，有点像某某，怕世界老忘了他这么一个小国，被人看不起怎么办，连着给你放三个核弹头，比放二踢脚给人印象深多了，这个也有。

但是这个情节非常的感人，感人不见得非得弄清楚才能感动，你弄不清楚你也会感动，尤其是每当我想到如果贾宝玉问林黛玉妹妹可有玉吗？林黛玉啪拿出一块玉来。我为之热泪盈眶，这个在玉的有无上的不平衡。

第五条，它象征了代表了两个人处境的不平衡，身份的不平衡，地位的不平衡，背景的不平衡，也就是说，象征了他们的相爱是没有前途的，他们的相爱是不能成功的。有情人是成不了眷属的，他们只能短暂在一块擦出点火花，然后都消失在黑暗之中。

说到这，我又想起一个事来，也是一个很有名的作家韩少功先生，因为他也喜欢写议论性的文字，他说过，当一个事我想得清楚了我就写论文，写随笔，写议论，如果一个东西我想不清楚了，我就写小说。这是什么意思？不是提倡故弄玄虚，更不是提倡糊里糊涂，傻瓜是写不成小说的，不要以为小说都是白痴、傻瓜们来写的，不是的，但是太明白了也写不成小说，太明白了什么都说清楚了看透了，你写小说干吗啊？你写指南就得了，人生指南，炒股指南，恋爱指南，升迁指南，发财指南。人生有很多东西超出了逻辑和语言所能达到的那种明晰，给你的是一片感受，而你把这个东西写下来就变成了诗，变成了小说，变成了其他的艺术品。艺术，它的直觉超过了你对它的分析，它的感受超过了你给它做的结论，给你的印象超过了你所做的选择期待。

　　第四个问题比较简单，林黛玉为什么前恭而后倨？我们知道中文里头有一个成语叫做前倨后恭。前倨后恭就是他一上来挺自以为了不起，挺刺头，非常的刺，但是经过了一段时期以后，被社会所磨炼，或者知道了对方并非等闲人物，他一下子就变得恭恭敬敬，变得柔顺起来了，变成驯服起来了，这就叫前倨后恭。可是林黛玉是相反，那个描写林黛玉进大观园的章节，当然也是通过林黛玉的眼睛把大观园如何之牛，阶级等级如何之森严，礼法如何之多，程序如何之讲究，把它描写一下。相反林黛玉的出身，跟贾府相比，小巫见大巫。林黛玉家是没落的中产阶级，而贾家荣国府是贵族。所以林黛玉刚来的时候相当地注意，说话做事对待人，她都非常注意，不要有失礼的地方，而且极其注意入乡随俗，谁也不敢得罪。因为她很可怜，她妈妈去世了，爸爸身体也不好，没人照顾。她是贾母的外孙女，等于寄人篱下，她老爹林如海委托罢了官的贾雨村把林黛玉带到贾家来，她非常小心，非常在意。

　　其中有一个细节很好玩，她原来在林如海家的时候，他们家吃饭的规矩是这样，一顿饭吃完了以后歇上一刻钟左右，不叫一刻钟，片刻，小休息片刻，然后再喝茶水。可是她发现在贾家在荣国府饭刚吃完一人一大碗茶端上，咕咚咕咚喝上。其实这个问题现在也存在，你看小报上，报纸副刊上，报屁股上现在还在谈这个。我知道的至少从理论上来说，刚吃完饭咕咚咕咚喝水并不好，因为它冲淡胃液，尤其如果您吃的东西比较结实，红烧肉，刚吃完红烧肉咕咚咕咚一大碗茶喝进去了，不如休息二十分钟以后让胃液跟肉充分搅拌在一块，开始吸收消化，因为胃酸是很酸的，是铁钉子都可以把它化掉的，你再喝水更好。这个从理论上从科学性上来说，林黛玉他们原来的习惯是好的，可是同样我们也设想一下，如果林黛玉是一个不懂人情世故的人，别人跟她说，黛玉喝水喝茶，她应该说不喝，刚吃完了这么多肉这么多鱼，又有馒头又有米饭，现在喝茶冲淡胃液，消化不良，而且我建议你们，这个时候你们别喝茶，一边待会，过上半个钟头才许喝。她要坚持真理她应该这样。可是没有，她入乡随俗，人家喝我也喝，她看着别人，别人都喝上了，喝吧，喝也喝不死。说明林黛玉很规矩，很老实的一个人。

可是没过多久，林黛玉长脾气了，涨行市了。宝玉大姐元春从宫里头，把宫里头的女性佩戴的假花，绒花，给家里边的这些姊妹们一人送一朵，是由周瑞家的，拿花朵送。送到林黛玉那，林黛玉说：哦，有宫花送，是专送给我一个人的还是每人都有一朵？周瑞家的说：是，小姐，每人都有一朵。哦，每人都有一朵，是别人都挑剩下的你把这朵给我拿来了？她是这么一种反应，而且使得周瑞家的一声不吭。一声不吭这个问题已经很严重了，你要注意，周瑞家的是王熙凤娘家的人，你得罪了周瑞家的就会得罪王熙凤，而且王熙凤是实权派，是荣国府的摄政王。怎么了？林黛玉小姐到底突然吃了什么了，怎么这劲了，说话这个味了，弄不清。

然后我刚才说到北静王，北静王赏给贾宝玉一点东西。贾宝玉高兴得不得了，见人就说北静王给我东西了，然后把其中一样东西不给别人就给林黛玉，说黛玉黛玉这是北静王给我的东西。林黛玉什么反应呢？什么臭男人的东西，给扔了。这个不但是牛，而且刺头，也忒有点不知天高地厚了，北静王也没有得罪过你，臭男人，每个人的臭情也不一样，有的没有那么臭。你对世俗的事情也要有一个尊重，你也没有什么了不起。莫言说，他年轻的时候听说，说德皇走过来，歌德毕恭毕敬，伏着腰向德皇致敬，而贝多芬迈着大步扬长而走。别人问贝多芬说德皇来了你不致敬？而贝多芬说，世界上德皇很多，贝多芬就我一个，他是觉得贝多芬很牛。但是后来，莫言说，他觉得歌德也有他的道理，因为德皇是一个符号，他不是一个个人，他是德意志国家和民族的一个象征，对这样一个世俗的象征，世俗代表着权力，代表着集团，代表着祖国，代表着民族，我向他致敬，我也不算下贱，也不算丢人。所以林黛玉一听是北静王的东西啪这么一个反应，过了一点，让人感觉稍微过了一点。但是话又说回来了，林黛玉要是连这点过的东西都没有，她不就混同于其他的女孩了吗？她和薛宝钗一样，她和花袭人一样，她和别人都一样了，她不一样就在于她这种孤高，就我一个，我来你们这不是来搞公关的，我不求你们，我犯不上讨你们的好，使贾宝玉对她尤其地敬重，她有这一条，我不看别人的脸色，我不看你的眼色，我绝不奴颜婢膝，我绝不觍着脸求宠，她有好的这一面。

　　到现在为止我能解释的，我也解释不全，这也是使我感到有时候苦恼、感到有趣的一个问题，我能解释的就是她已经爱上贾宝玉了，而且她已经感到了贾宝玉对她的爱了。各位，爱让人涨行市啊，爱让人涨脾气啊，爱非常好啊，你真被爱得不行了，你那火不知道从哪来，您浑身燃烧啊，您身上长刺啊，长毛啊。这个在孩子身上最明显。在幼儿园里头一问老师孩子表现挺好，正常，什么坏毛病没有，一接到家里来，又哭又闹又挑吃的，而且是谁最喜欢他他磨谁，小孩是这样，女生也是这样。我虽然并不是跟很多女性混过，但是我告诉你们，女生也是这样，男生也有这种情形。

　　被爱是一种福气，但是被爱也是一种兴奋，是一种陶醉，是一种刺激，您又兴奋又陶醉又刺激，您能不表现出某种心理上的偏失、偏移、不平衡来吗？这就是我的解释。但是这个解释对不对呢？这个解释全不全呢？这个解释够不够呢？我说不出来，有一些对林黛玉的解释，尤其解放以后的解释，有点过于把它阶级斗争化了，把它政治化了，好像林黛玉是在险恶之中，是对旧社会苦大仇深，是恨不得要颠覆旧社会的基础，其实这都谈不上。但是她敏感，她对人生的悲剧性有特别深刻的体会，有切肤之痛。所以她的《葬花词》里有，"一年三百六十日，风刀霜剑严相逼"，这个不是贫下中农指地主富农对他相逼，也不是敌占区的群众认为是日本鬼子相逼，就是对人生对少女，尤其她有她具体的处境，具体的处境跟阶级斗争关系也不大，是她妈去世了，她父亲身体也不好。

　　所以不管怎么样，林黛玉的性格给人留下了非常深刻的印象，我有几次谈《红楼梦》的时候，都有读者问我说你对林黛玉这个形象，你怎么看？我说，如果一个男性被林黛玉爱上一回，哪怕最后被林黛玉逼得跳了井了，这辈子也算没有白活。我还有一个词，林黛玉是天情。我们说天才两个含义，第一是先验的，是无条件的，天才是什么？生下来就有这么大的才；第二它是像天一样大的才，他是超乎一般的人，是天，只有天才能给他那么大的才，这叫天才。天资，天良，是天给了你良心，这是你是人就有的良心，而且这是一个很广阔的，一个很强烈的良心，就像雨果的《悲惨世界》里的冉·阿让一样，天良。林黛玉是天情，情商超高，是一般女生的二百六十四倍，所以爱得太感人，但是她也太逼人了，她能活活把你折磨死，但是折磨死了你都爱她，折磨死了你都觉得我真值，我最后是让黛玉给折磨死的，比让画皮折磨死的、让潘金莲折磨死的，舒服多了。所以这也是我喜欢和大家讨论的一个问题。

第五，我们谈谈秦可卿这个人物的意义。秦可卿这个人物用了很多好的词句，但是这个小说一上来就让她死了，而且她的身份莫名其妙不知道怎么回事，她叫秦可卿，她又叫兼美，兼美是什么意思呢？在《红楼梦》里头，就是兼有林黛玉和薛宝钗之美。因为《红楼梦》里头很多很多地方，我不详细解释，是把黛玉和宝钗一块来写的，"玉在林中挂，金簪雪里埋"。林是林黛玉，雪就是薛，都是把它放在一块的。而秦可卿的特点呢？是兼美，兼有林黛玉和薛宝钗之美，这个提得非常高。《红楼梦》的特点是写得比较客观，它不是那样一分为二，二极对立。中国的传统小说都是一分为二，都不是模棱两可，忠就是忠，奸就是奸，奸夫就是奸夫，淫妇就是淫妇，强盗就是强盗，善人就是善人，分得很清晰。但是秦可卿不是，《红楼梦》总的来说写得相当客观，但是到了秦可卿的时候，作者往往跳出来说这个人上上下下无人不爱，类似这些话，都是用特别好的话。最惊人的，《红楼梦》里面整个一段讨论政治，讨论兴衰荣辱，存亡盈亏，这段话竟是在梦中秦可卿对王熙凤说的。王熙凤做梦，梦见秦可卿来告辞，秦可卿快死了来告辞，然后秦可卿跟王熙凤讲，自古以来荣辱周而复始，月盈则亏，水满则溢，说我家赫赫扬扬已有好几代了，万一到了一个树倒猢狲散的结局，我们应该如何如何。这不得了，大家不要以为她这个是写梦，因为古人并不认为梦是你自己的意识造成的，她认为梦是那个人的魂灵跑到你的魂灵来了，来跟你的魂灵交流沟通来了，他写的仍然是秦可卿，秦可卿讲了这么一段话，而贾宝玉睡觉到了太虚幻境，此前此后还有和花袭人初试云雨之情，不用多说了，也属于儿童不宜了。这个时候他在梦中，警幻仙子配给他的，跟他相配的情人是谁呢？她说这是我的妹妹，叫可卿，姓名可卿，乳名兼美，就是秦可卿，然后贾宝玉一看这不是秦可卿吗？这个写得也非常的奇怪，当然，自古以来有许多红学家研究，说曹雪芹施行的障眼法，因为他这个小说写的用的自己家族里面的故事太多了，有些话太不好听，所以他不能写。他要证明贾宝玉的第一个性伴侣并不是花袭人，而是秦可卿，他在秦可卿那儿已经进行了性启蒙的实践。这当然也是一种说法，但是就是有这么一种说法，秦可卿也不太可能提到这样一个地位，总结兴衰存亡荣辱盈亏，无论如何这是不合乎逻辑的。死得又那么快。

　　还有一个不符合逻辑的，书上写着秦可卿是从一个养生堂领出来的，就是孤儿院里领出来的。所以刘心武先生一直提这个问题，他说她有这么高的地位，她能是孤儿院里出来的吗？巴尔扎克说过，培养一个贵族得三代人，为什么呢？光一代人是培养不出来的，他要培养你是贵族，本人是一个流氓，本人是一个很粗俗的没有受过教育的人，他必然会影响他的子女，即使把他的子女送到哪个地方上好学校也不行，他一吃饭，光吃相就不好看，见了人鞠躬微笑，不会微笑，微笑的样子不高雅，微笑的样子可怜，或者微笑的样子狞恶，或者丑陋。所以培养一个贵族要三代。而秦可卿是无懈可击的。有一个"金寡妇贪利受辱"，那是茗烟闹书房。贾宝玉跟茗烟去上学的时候跟一些亲戚们的孩子在一块，其中有一个姓金的，吃了亏了，让贾宝玉、茗烟给揍了一顿。金家寡妇想过来找秦可卿理论，秦可卿一出来把她震的，她连个屁都没敢放，吓得哆哆嗦嗦，给镇住了。秦可卿这个气度她哪来的啊？所以秦可卿她是带着一堆谜语出现在《红楼梦》里头的。秦可卿，让人感觉到这样一个大宅门，这样一个没落的腐朽的有中国特色的贵族之家，隐藏着许多秘密，这些秘密不是一般的人都能弄得清楚的，这是《红楼梦》的极其可贵之处。

第六个问题我想和大家讨论，贾母为什么勃然大怒。贾母有两次勃然大怒。贾母脾气特别，而且她特别能放手，平常她什么都不管，她信任的是王熙凤。王熙凤既是她的管家，又是她的弄臣，她见着王熙凤叫做猴儿，猴儿，王熙凤跟个猴似的，能逗她高兴。刘姥姥有一次见她，就恭维她，说您老您是享福的人，说我们是受苦的人，像您这个生下来就是享福的，像我们这样的生下来是受苦的，这话我们现在看实际非常讽刺，但是当时刘姥姥说这个话绝对没有讽刺的意思，因为那个时候还没有共产党，也没有宣布实行社会主义，所以她说这个话是真心诚意的，你是享福的人。然后贾母说我有什么福，我就是得空能吃我就吃会，能玩就走两步，我就这么一个老废物罢了。太棒了！一个高级人物，她居然敢自己嘲笑自己是老废物，多么自信啊！她知道你们造不了反，我这个老废物往这一待，你们谁也造不了反，越是她说是老废物的时候，越是她情绪最好、自信心最强的时候。但是她两次大怒。一次是邢夫人说要鸳鸯，鸳鸯其实是贾母办的主任，要把鸳鸯说给贾赦当小老婆，她忽然大怒，她说我这就剩下这么一个可靠的人了，你们还想算计我，她把手一指，而且当时在场的有王夫人，有王熙凤，有贾宝玉，有探春，甚至还有薛姨妈。她忽然指着他们说，你们想算计我，把这些人全说在里头，情况非常严重，她大怒。后来是探春说，哎呀，您可别说这几个人，这几个怎么能够赖他们呢，贾赦是大伯子，王夫人是贾赦的兄弟媳妇。中国农村到现在都是这样，小叔子可以和老嫂子开玩笑，人家说小叔子趴到老嫂子身上要吃奶都可以，但是大伯子绝对不可以和兄弟媳妇开玩笑，大伯子跟兄弟媳妇开玩笑就是禽兽，就是性骚扰没安好心。所以大伯子，他要娶小老婆不可能跟兄弟媳妇商量，他们两个什么关系？他跟兄弟媳妇商量，不可能。后来贾母改过来了，但是我们已经看到了贾母身上的另一面，她有警惕性，她有防卫意识，随着她年事渐高，她怕自己被算计了。

还有一次她突然大怒，就是搜检大观园之前。搜检大观园之前，说是贾宝玉、晴雯他们弄了一个猫腻，说夜里听到有人从房上跳下来了，贾宝玉受惊吓。因为贾政在外面做官，他下台了回来了，要查贾宝玉的家庭作业，贾宝玉根本没有做作业，临时在那，家庭作业没有什么，就是让他写小楷，后来连林黛玉都不让他写小楷。这个时候说由于受惊吓小楷没有写完。为了这个事。那个时候王熙凤有病，所以是由探春代理，代理秘书长。然后探春就查了查，回来以后汇报说是，有晚上值班没有好好值班，在那一块斗牌的，也有喝小酒的，但是大问题还没有，没有什么太严重的问题。但是贾母突然大怒，你小小年纪你懂得什么，这些人吃三喝四，夜里斗着牌，斗着牌一会开这个锁，一会进那个门，他们跟贼就有联系，他们本身就是贼。这也很怪，突然阶级斗争警惕到了这一步了，是敌情观念一下子到了这一步。所以底下出了抄检大观园，驱逐晴雯，驱逐司棋，司棋自杀，晴雯也被迫害致死，惜春出嫁，都是抄检大观园的恶劣后果。

所以贾母这个人并不简单，你看她吃喝玩乐整天享受，这是她表现出来的，想服软，实际上她警惕心很高，而且她是长辈，她当年是参加过战争的，她的先生是参加过战争的，所以她对家里面的很多事的看法，其实比别人更严峻，当然她也有好的方面，抄检之后她显得很淡定很镇静，有很多可爱的地方。

我再说两个小问题，有一个灯谜，《红楼梦》第二十二章，叫"听曲文宝玉悟禅机，制灯谜贾政悲谶语"。这个里头有一个关于烧香的一个谜语，它实际是一首诗，大部分版本都说这个是薛宝钗写的，但是脂砚斋批的《石头记》里头说这个是林黛玉写的，这个我看着我宁愿觉得它像是林黛玉写的。她说，"朝罢谁携两袖烟，琴边衾里总无缘"，这个香不能在琴旁边烧，因为琴是木头，木制的，对香火比较敏感，衾也不行，它也不能像电褥子似的往被窝里面放。"晓筹不用鸡人报，五夜无烦侍女添"。他不用养鸡，不用鸡来报时间，因为看香，一盏香烧了多少了，就知道过了多少时间了，因为那个时候没有劳力士，也没有手机看时间。底下那句话特别的动人，我当年最喜欢这两句话，"焦首朝朝还暮暮，煎心日日复年年"。这个香，香得脑袋都烧焦了，所以它是焦头烂额啊。朝朝暮暮，焦头烂额，然后它烧了一点点就往心上烧，所以它是又焦首又煎心，又是朝朝暮暮，又是日日年年，实在写得太感动人了，"光阴荏苒须当惜，风雨阴晴任变迁"。当一个人心里头有一些抑郁的事情时候，这样写是太好了，但是为什么有的说是薛宝钗写的，有的又说它是林黛玉写的呢？还是这个地方，薛宝钗和林黛玉，虽然表现出来的不一样，但是同样她们都是处在极度的郁闷之中，也许可以这么解释。

最后我再说一句话，我还有一个感兴趣的问题，《红楼梦》使我们感觉到什么呀？我感觉到《红楼梦》的后四十回找不着了，特别合理。因为当《红楼梦》写到前八十回，到了那一步的时候，我感觉已经没法再写了。我感觉虎头蛇尾是万事万物的规律，什么东西开始的时候都比较有序，比较清楚，越发展你越摸不着它的轨，你找不着它的脉了，摸不着脉了。比如你看《圣经》，《圣经》一开头多清楚，上帝说，要有光，所以它是上帝，它先造了六天，第二天要有什么，当然我记不下来，但是它就说，要有人，第三天，要有草木，第四天，要有水，都清清晰晰的，但是世界造出来以后，谁管得了谁啊，上帝也管不了了。所以主观上我总感觉像《红楼梦》这部书写得这么伟大，这么真实，它收不住了，谁收得住啊，它已经摊开了，它已经和生活融合为一，它已经和人类融合为一，它已经和社会历史融合为一，它已经和恩爱情仇融合为一，谁也解不下来。而如果说在这种情况下，高鹗有一个续作，这就是奇迹，完全是奇迹，因为任何续作都是不可能的。故事可以，所以《悲惨世界》完了以后，它可以有一个后人写的下集，音乐剧的下集，戏可以，但是小说是没有办法的，那么多的细节。当然这也没有道理，从学术上我也站不住，但是这是我的感受。就是小说写到了《红楼梦》这一步，是无法续写的，是无法收尾的，几乎所有的书都是尾写得不好，前面写得好。好，我今天就跟大家闲聊一会，我还非常期待你们提出你们的意见，咱们能再切磋，谢谢大家。

提问：王蒙先生，我想问一下，根据你的研究，你觉得像脂砚斋和曹雪芹是什么关系？脂砚斋是什么性别，是什么样性别的人物？

王蒙：脂砚斋，这个我了解得非常少，我也没有下功夫往这方面弄，当然他可能是比如说作者的一个朋友，或者也许有亲戚关系，他了解很多，但是他把《红楼梦》完全当成一个纪实的作品，这个说不定对解读《红楼梦》起的不是完全正面的作用。因为我们现在看到的《红楼梦》是一本小说，我们并没有那种历史癖，通过这个小说要知道曹家的历史，知道曹家的经历，知道曹雪芹的爱情史、婚姻史，我觉得这个对我们来说意义不大。而对我们更有意义的是贾宝玉的经历，从这个里面给我们多少感动，给我们多少启发，又引起我们多少的疑惑、困惑，所以不能由脂砚斋来负责规定《红楼梦》里边的故事，我不像很多真正的红学家那样重视脂砚斋。

提问：首先请允许我向王蒙老师致敬，我的问题是这样，您跟刘心武老师，后来都不约而同从小说创作中间辟出了一块领域去研究学术，然后你们选择的研究对象都是《红楼梦》，这个里面有什么必然呢？为什么你们会选择《红楼梦》来作为从事学术探究的一个方向呢？

王蒙：我跟刘心武先生对《红楼梦》的兴趣，完全不在一条道上，他更大的兴趣是认为《红楼梦》里边还隐藏着许多秘史，还有许多故事，比如说他认为贾元春之死不是正常死亡，而是死于宫廷斗争，比如说他认为秦可卿是某个在政治斗争中失势的家庭的一个后人，被隐藏在荣国府，是荣国府为自己的政治前途而埋伏的一张牌，等等，他的兴趣在这方面。我的兴趣是把《红楼梦》当成一部真正的小说，来理解这里面的一些人物的喜怒哀乐，表现，还有能对人生有些什么启迪。

提问：王蒙老师，您当时怎么没有选择其他三部的古典名著呢？

王蒙：这个是这样，因为《红楼梦》的人生性特别的强，《红楼梦》的生活性特别强，《红楼梦》提供给你的让你感觉到是生活本身。《三国演义》你看到里头并没有生活的方方面面，《三国演义》里头是智谋，你看《三国演义》会看到各种智谋的故事，至于《三国演义》里头从来没有爱情，我记得那个时候周扬同志非常喜欢举这个例子，说不要认为爱情是永恒的主题，《三国演义》里没有爱情，《三国演义》里面的爱情全是美人计，都是很可怕的，都属于克格勃，是色情间谍，是这种性质。《水浒传》讲的是义气，它里面是打打杀杀，也写得离日常生活的距离比较大。离日常生活近的一个是《红楼梦》，一个是《金瓶梅》，但是《金瓶梅》由于很多原因，可能我的家庭教育也比较保守，我一直到七十多岁了，我一看《金瓶梅》写的某一些东西，我实在是从生理上不觉得太舒服，所以我不大可能把精力往《金瓶梅》上放。

提问：王老师您好，我想请问你是在什么年龄段接触的《红楼梦》？还有一个，以我对您大作的有限的阅读，我似乎没有看到《红楼梦》对您的作品产生比较明显的影响，这个里面是不是有别的原因？谢谢。

王蒙：这个是这样的，我小的时候接触过，没有什么印象，后来认真看大概是十五六岁，比较认真地看过，而且看过不止一次，当时给我印象最深的是《红楼梦》对青年时期的描写，里边写到贾宝玉和林黛玉，随着年龄的渐渐长大，很多事感到不自在起来，我觉得实际上对青春期的这些人的心理描写，他写得非常真实，非常好。

我的作品里头受《红楼梦》的影响其实也挺多，但是我不可能，因为我写的题材这个内容这个时代不可能跟《红楼梦》靠得很近，但是包括在《青春万岁》和《组织部新来的青年人》里面，写到年轻人的某些情感和对世界的反映，一直到后来的像《风筝飘带》等里面，都可以说它和我喜爱《红楼梦》阅读《红楼梦》是有关系的。至于《红楼梦》里所给人的沧桑感，给人对历史上的这种起伏，刚才说的这个盛衰存亡盈亏，这种感叹，更是贯穿在我的许多许多作品之中。

提问：王蒙老师您好，我想问的问题就是写作者应该有一个什么样的知识结构，能够自己解决自己不断出现的写作上的还有思想上的一些问题，谢谢。

王蒙：每一个写作者和另一个写作者这方面有很大的区别，世界上有一些受过良好教育的写作者，他们的知识面非常丰富，比如说当代的王小波，他本身是学科学的，所以他的一些议论文字，你就觉得这个人头脑比较清晰比较明白事理。但是也有另外的写作者，比如说50年代曾经有一个很优秀的青年女作家叫刘真，刘真她是小八路出身，她说她一直到十五六岁，她一直剃的光头，她一直以男孩子的身份给八路军送信，或者是传递消息，因为她更像一个小孩，她的文化教育的底子比较薄，她写得据说是歪歪扭扭、错字连篇，但是她有些真情实感又是别人写不出来的。所以我不能够回答说应该有什么样的知识结构，当然你知识越多越好，我不是希望你知识少，知识越多越好，生活的面越宽越好，眼界越多越好，这样肚子里面有货，你脑子里面才有东西，你写嘛像嘛，写什么都能表现出来，写城市人你会像城市人，你写农村人会像农村人，你写洋人会像洋人，所以扩充我们的见闻，扩充我们的视野，扩充我们的知识，是很有好处的。

提问：尊敬的王老师您好，首先感谢您的精彩讲授，我想问一个问题，每一个时代的作家或多或少会带上那个时代的烙印，比如说 80 年代的激情飞扬，作为当下这个时代，您认为这个时代的作家最应该被打上的烙印或者说特征，应该是什么？

王蒙：这是一个比较大的问题，我也不可能做出一个很全面很准确的回答，但是我感觉到我们现在处在一个中国发展非常快，从全世界来说，科学技术也发展得非常快的时代，我们的生活方式在不断地变化，我们获取知识和信息越来越便捷化和舒适化，有的人说，我们现在获得知识的效率更高了，但是这种说法也让我感到忧愁，因为知识、文化是需要一定的品质和深度的，你只是急急忙忙地从数量上从平面上去延伸自己的知识，但是自己的作为一个人的品质并没有得到非常明显的提升，自己作为一个人的思考也没有真正做到深化，我觉得这样一个突飞猛进的时代，也有可能变成一个浅薄的时代，变成一个数量的时代，变成一个求新求变而丧失了自我的时代，对此我感到忧心忡忡。我希望我们在这样一个飞速的变化之中，能够坚守住自己对于文学的追求，对于智慧的追求，对于真理的追求。

中国多民族文学的价值

叶 梅

中华民族文化是由五十六个民族共同缔造的，新世纪中华文化的复兴更是离不开多民族智慧的凝聚，在今后的中国文化发展中，需要从全球视野和提升文化软实力的高度来认识中国多民族文学成果，从保护文化多样性的角度来对此评价。

新世纪以来，逐渐丰满壮阔的中国多民族文学，越来越呈现出令人不能忽视的斑斓，业已成为中国文学中一个非常重要的存在，是在全球经济一体化的背景下，中国文学向世界表达中国文化多样性和独立性的具体表现。

目前中国多民族文学的现状可以概括为：

其老中青作家队伍梯队完整，实力名家与文学新秀并驾齐驱，小说、散文、诗歌均有不俗之作，以少数民族文字创作的多语种文学作品得到有效的彰显，少数民族文艺理论及评论也有了进一步发展，从整体上看，无论美学风格、创作手法，还是题材与体裁等多个方面都为中国文学起到了不可或缺的补苴罅漏的作用。尤其是新世纪以来青年作家群体的出现，预示着中国多民族文学未来蓬勃的活力。

在当下视域里，值得关注的是不断形成的多民族青年作家群体；不断丰富的多民族文学版图；不断得以保护运用的少数民族母语创作及翻译，以及中国多民族文学在当下所蕴含的价值。

一、不断形成的多民族青年作家群体

新中国成立之初，中国少数民族作家大步登上文坛，20 世纪80 年代，少数民族文学异军突起，一大批少数民族青年作家顺应时代发展潮流，脱颖而出，进入到当代文坛的主力阵容，如霍达、阿来、扎西达娃、张承志、吉狄马加、乌热尔图、阿尔泰、麦买提明·吾守尔、冯艺、叶广芩、赵玫、关仁山、梅卓、石舒清、鬼子等，这个颇有声势的领军团队的出现，标志着少数民族文学形象在新时期的崛起。改革开放四十年后的今天，这些知名作家已步入中年，而一个既有传承，又有创造，颇具创作实力和潜质的少数民族青年作家队伍正在逐步形成，预示着多民族文学新的活力与希望。

新一代的少数民族青年作家大都出生于 70 年代、80 年代，并大都受过高等教育，其中有一批小说家和诗人同时又是学者和文学研究者，在文学显得比较边缘的当下，他们的文学追求往往具有自觉意识。近年来，作为全国惟一国家级的少数民族文学刊物——中国作协《民族文学》杂志以专号专辑的方式，分别推出蒙古族"80后"青年作家专号、藏族青年作家专号、维吾尔族青年作家专号，哈萨克族青年作家专辑、朝鲜族青年作家专辑等，显示出不同民族青年作家队伍阵势雄厚、人才济济。

1. 多民族青年作家群代表人物

蒙古族：格日勒其木格·黑鹤、照日格图、海日寒、贺西格图、海勒根那、哈森；

藏族：次仁罗布、白玛娜珍、尼玛潘多、达真、拉先加、严英秀、何延华；

维吾尔族：狄力木拉提·泰来提、琦曼古丽·阿乌提、亚森江·萨狄克、帕尔哈提·伊里亚斯、阿舍、阿娜尔古丽；

哈萨克族：吐尔逊别克、古莱夏、热斯拜、叶尔兰、胡安什·木拉提；

朝鲜族：金仁顺、朴玉男、金书延、李珍花、金锦姬等。

2. 多民族青年作家的创作特点

他们立足于急剧变革的时代生活，作品具有鲜明的时代感和民族大爱。

例1：维吾尔族青年作家哈力木拉提·阿布力米提在玉树地震之后连夜写就的诗篇《爱在呼唤》，抒发了中华大家庭的兄弟之爱：

> 无论我们身在何处，
> 爱是我们彼此的呼唤，
> 大地吞没了你们的家园，
> 但我们的心就是你们的殿堂。
>
> ——（维吾尔族）哈力木拉提·阿布力米提《爱在呼唤》

例2：土族青年诗人衣郎深情表达对玉树地震的疼痛：

> 玉树的春天仅仅写在了孩子们的课本上
> 卓玛的铅笔还没有画好一只完整的藏羊
> 阳光被筛碎，散落一地
> 轰然倒塌的家园埋葬了孩子们的念想
> 我无力的文字填充不到老师批完的十字格上
> ——可是，四月的玉树格桑花还没开放。
>
> ——（土族）衣郎《玉树诗章》

（土族，主要聚居于青海省东部湟水以北、黄河两岸及其毗连地区，其中大多住在青海省，人口数为二十四万余。使用土族语，属阿尔泰语系蒙古语族。土族人民能歌善舞，大都可演唱民间叙事诗《拉仁布与且门索》。歌曲种类繁多，有"安昭""花儿"等，分家曲和山歌。家曲有赞歌、问答歌、婚礼曲、圆舞曲等。土族人的民间刺绣工艺也很有名。）

例3：共和国六十华诞之际，《民族文学》举办"祖国颂"征文活动，仡佬族肖勤《丹砂的记忆》，抒写对祖国和时代的感情：

> 六十年前，一面红旗插上了高高的仡佬山。仡佬人终于从深山走出，悲凉血红的丹砂已不再是痛苦的记忆，它与共和国的血脉有了休戚与共的色彩。仡佬，这个语义为"竹子"的民族，终于青翠而挺拔地生长在祖国的大好河山里，与其他民族一起，共沐阳光雨露，自由地呼吸、幸福地生长。这畅快的呼吸是如此痛快淋漓，让仡佬山歌绕山过梁尽入云端。
>
> ——（仡佬族）肖勤《丹砂的记忆》

例4：2010年9月钓鱼岛撞船事件发生后，一些网友纷纷在网上发表文章，表达爱国热情，其中一首来自回族网友的名为《母亲，我叫钓鱼岛》的诗歌迅速风靡网络，从一个远离母亲的孩子的视角，表达了渴望回归的期盼：

> 母亲，我叫钓鱼岛
> 二十年前强盗在我的身躯上让灯塔闪耀
> 他们想要占有我的身体到天荒地老
> 我不应该是强盗无耻的夜宵
> 我支离破碎的容貌，母亲，你可看到
> ——（回族）青青河边草《母亲，我叫钓鱼岛》

他们各自记载着本民族历史文化与现代文明的碰撞变迁，是不同民族当下生存状况与精神的生动描摹。

例1：获得鲁迅文学奖的藏族作家次仁罗布在他的小说《放生羊》《传说》《神授》中注入了藏族文化的浓厚积淀，关注人的灵魂和对信仰信念的皈依，巧妙地将历史与现实融为一体，饱含着对民族传统文化的虔诚与敬畏，具有动人心魄的力量。

　　一辆汽车摁响了喇叭，尖锐的声音刺破一切，把我的观想砸了个稀巴烂。我睁开眼，外面的路灯把柔弱的灯光抛进屋子里来。汽车的喇叭再次急促地摁响，刺耳的声音狂野地向四处撒野开去。我无法安静地观想格萨尔王了。车子旁有人大声地说话，还有搬动东西的声音。一阵闹腾过后，汽车开走了。不料旁边邻居屋里的酒歌又张扬起来，搅乱了寂静的夜。我站起来，走到格萨尔王的画像前，虔诚地磕起了长头。

　　　　　　　　　　　——（藏族）次仁罗布《神授》

例2：

你们每个人
都是一道补巴的坡
坡上的汗水
像荞子金黄
命运的味
从来就很苦
这样的背景
无论我怎样造型
身价低于别人

我埋怨过

为什么我的亲人

比老黄历还古董

在高贵与文明世界

我路过一颗颗心

森严的门

站立拒绝的姿态

我数着树叶

独自漫步人生

孤独得透不过气

——（哈尼族）艾吉《亲人》

　　他们注重生态，向往自然，在人与自然、人与动物的描写中显示出独特优势。

　　例1：蒙古族作家格日勒其木格·黑鹤以小说《黑焰》《狼獾河》《獾罕》先后获得两届全国优秀儿童文学奖以及《民族文学》2010年度奖，其小说高贵细腻，常描述人与动物的相依为命，深刻表达了大自然所有生命的价值和尊严。在黑鹤笔下，大自然中的动物是纯净的，人心也是纯净的：

　　每个夜晚，小獾罕都会泡在河水里，一边惬意地享受河水的清凉，一边取食水草，当第一缕晨光到来时才不大情愿地爬上岸，在林地早起的鸟儿快活的第一轮啼鸣中赶回营地。

　　……

　　孩子，你已经去过山下的城市了，那里有那么多的好东西呀。但你试着看了城市里的树了吗？它们已经被叹息压弯了腰。孩子，你没有看到城市里的人太累了，城市中的人心上都是皱纹啊。

——（蒙古族）格日勒其木格·黑鹤《犴罕》

例2：石舒清的短篇小说《清水里的刀子》源自回族的一个民间传说，牛这样的大牲被宰的前三天，会在清水里看到宰它的那把刀子，然后就不吃不喝，保持一个清洁的内里，静静地等待那个时刻的到来。穆斯林老人马子善，从牛的身上感到了死亡逼近时巨大的沉静的力量，获得了灵魂的释然。作品对生灵的描写、对生命观的别样解读，在当代小说中极具代表性：

他看见一个硕大的牛头在院子里放着，牛头正向着他，他不知道牛的后半个身子哪里去了。他觉得这牛是在一个难以言说的地方藏着，只是将头探了出来，一脸的平静与宽容，眼睛像波澜不兴的湖水那样睁着，嘴唇若不是奔在地上，一定还是要静静地反刍着。他有些惊愕，他从来没有见过这么一张颜面如生的死者的脸。

——（回族）石舒清《清水里的刀子》

他们的作品富有朝气、洋溢着青春气息及真挚的情感，同时具有不同民族的不同心理特征。

例1：女作家阿舍《白蝴蝶，黑蝴蝶》等一系列散文以端秀凝重的文笔叙述西北沙漠边缘的移民生活，有着独到的人生感悟和复杂的多民族元素。

光线等待着被弹奏。这个时候，白蝴蝶总会急匆匆赶来，仿佛奔赴一场性命攸关的约会。这情形与我们绞尽脑汁加入沙漠里可以寻找到的快乐十分相似。我们并不辨别那些快乐里的残忍或者无知。白蝴蝶齐刷刷飞上那些柔软的琴键，扑动双翅，上下翻飞，偶尔会像烫伤了脚一样惊慌跳起，偶尔会停在一缕光线的中央，如同一枚在风中瑟瑟抖动的叶片。唯独在这样的时间里，白蝴蝶被忽略的身影才被我混沌的感官辨认出一些美，这幅图景也因此成为我写在作文本上惟一及格的景物描写。

——（维吾尔族）阿舍《白蝴蝶，黑蝴蝶》

例2：

我头上的红花是很牢固的，但是再牢固它也打不过一只手。姐姐的手又愤怒又悲伤。这样的手是比平常的手有力量的。姐姐的手在一瞬间就摧毁了商老师的所有防御。红花带着我的几丝头发飘落在了操场上。我的头发突然散开了，早春的风立刻就吹过来了。我的头发在风里混乱得不成样子。我的那些头发，跟那朵红花已经建立起了感情。它们互相喜欢。在风里，头发伸出了很多只黑色的手。但是手怎么也抓不到那朵落在地上的红花了。花朵一旦落到了地上，就是死了，谁也救不活。姐姐不说话。姐姐用手说话。她的话因此有力气。

——（满族）格致《红花白花》

万玛才旦、龙仁青、马合穆提·尤利瓦斯、海勒根那、扎西措、何延华的小说，照日格图、周静、白玛玉珍、王更登加、王小忠的散文，嘎代才让、娜仁其其格、王志国等的诗歌，也都饱含文化重量。

在不同民族的作家队伍中群星闪耀，还有如娜夜、徐岩、于晓威等为代表的满族青年作家群；以倮伍拉且、阿苏越尔、阿库乌雾、李骞、普驰达岭等为代表的彝族青年作家群；以萨娜、苏华、阿凤、苏莉、苏晓英、敖文华为代表的莫力达瓦达斡尔族女作家群；以羊子、雷子、羌人六等为代表的羌族作家群等，他们自觉以民族文化代言人的身份倾诉本民族的集体意识及个人情思，具有多重审美价值。

例：汶川地震后，羌族诗人羊子从撕心裂肺的生死边缘走过之后，重新审视这片古老的土地，审视由这片土地养育长大的自己和自己的民族，以一个汶川作家的目光，向世界报告，写出长诗《汶川羌》。

> 啊，羊。湖水一样涨满原野。祖先驯养的鲜美的羊。
>
> 安居祖先，蓬勃族群的源头。未来儿孙的依靠。
>
> 心情一样荡动在原野之上，不再是一群，不再是一处。
>
> ……
>
> 终于没有丢弃自己。终于看见了自己。
>
> 在这样一个星空翻腾的历史要点。
>
> 我终于回到真相的里面。天啊。羌。
>
> 我还可以继续延伸更多的可能。
>
> ……
>
> 石头，终于与人的家园在一起。人的信仰在一起。
>
> 与人的时间在一起。人的艺术和智慧在一起。
>
> 石头终于与自己的灵魂和心跳在一起……挺身一变，
>
> 成了石凿。石刀。石锛。石斧。
>
> 成了四季恒温的羌碉，成了独一无二的羌寨。
>
> ——（羌族）羊子《汶川羌》

3. 不同地域的少数民族青年作家群

《民族文学》杂志曾在近十年间先后推出不同地域的作品专辑，如"广西壮族自治区文学作品专辑"刊载了壮、瑶、苗、侗、仫佬、毛南等民族四十一位作家的作品，如壮族青年作家李约热、黄土路、陶丽群，瑶族光盘、纪尘，侗族杨仕芳等，他们以文学桂军主力的身份发表了诸多有影响的作品，既拥有对少数民族历史文化精神价值的重新认识，又有对社会现实的深切体察，而进入中国多民族文学的前沿。

宁夏作家群早已引起文坛关注，回族石舒清、满族金瓯，还有"西海固·同心作家群"所汇聚的李进祥、了一容、单永珍、马金莲等，这批颇具实力的作家诗人同时具有宁夏这片土地坚韧宁静沉稳的地域气质，以长期不变的坚守与深度开掘给浮躁喧嚣的文坛不时带来一股股清新。

例1：

> 不眠的是母亲。母亲是整个长夜里醒的时间最长的人。赛麦也不知道母亲是什么时候入睡的。她醒上一阵，终于来了睡意，沉沉睡去，便把母亲一个人扔在无边的黑夜里。赛麦其实想多醒一阵，和母亲一起入睡的。但毕竟娃娃是陪不住大人的。赛麦留恋入睡之前的这段时光。她感觉这是自己一天里距离母亲最近的时刻。
>
> ——（回族）马金莲《赛麦的院子》

例2：

> 阳光舒适的时候，人们见老奶奶静静地守护在尤素福身边，用汤瓶里的水给他洗脸。汤瓶古朴的色泽荧光青

青，那高高蹈之的神姿犹如凤凰引颈，它举止高雅；一缕清水从壶口溢出，像在暗处突然打开的花朵，水珠落地似金，那贞洁的声音宛如翡翠碎裂开来。儿子的耳朵碗碗都被她以手指洗得干干净净的，洗毕，又给他缓缓梳头，她的手微微地，一梳子又一梳子梳着。她那么地安详。尤素福咧开嘴懒洋洋地傻笑着，以喜不自胜的眼睛端详着衣襟。他悄悄地、柔声地出气，用头轻轻地摩挲着手，似乎满怀眷恋之情。

——（东乡族）了一容《挂在月光中的铜汤瓶》

云贵高原的多民族青年作家就如五彩云霞多姿多彩、各具特色。普米族诗人鲁若迪基的诗作以丰富的意象、真挚的情感对故乡、民族及人类进行深情观照。仡佬族女作家肖勤的小说《暖》等一系列作品显示了对现实生活与历史记忆的深入挖掘能力，在近两年获得好评。还有布依族潘灵、仡佬族王华、纳西族和晓梅、傣族柏桦、佤族伊蒙红木等在近年来都写出了具有影响的作品。

例3：

小凉山很小

只有我的眼睛那么大

我闭上眼

它就天黑了

小凉山很小

只有我的声音那么大

刚好可以翻过山去

应答母亲的那声呼唤

小凉山很小

只有针尖那么大

油灯下

我的诗总想穿过它

去缝补一件件

母亲的衣裳

小凉山很小

只有我拇指那么大

在外的时候

我总是把它竖在别人的眼前

——（普米族）鲁若迪基《小凉山很小》

在湖南，被评论界称为"文学湘军五少将"的"70后"青年作家，其中有三名是少数民族，土家族田耳曾以中篇小说《一个人的张灯结彩》获鲁奖，另有回族马笑泉、于怀岸也都表现不俗。

例4：

这个冬夜，老黄身体内突然蹿过一阵衰老疲惫之感。他在冷风中用力抽着烟，火头燃得飞快。此时此刻，老黄开始对这件案子失去信心。像他这样经历的老警察，很少有这么灰心的时候。他往不远处亮着灯笼的屋子看了一阵，之后眼光向上攀爬，戳向天空。有些微微泛白的光在暗空中无声游走，这景象使"时间"的概念在老黄脑袋中具体起来，倏忽有了形状。一晃神，脑袋里仍是摆着那案子。老黄心里明白，破不了的滞案其实有蛮多。天网恢恢疏而不漏，那是源于人们的美好愿望。当然，疏而不漏，有点像英语中的一般将来时——现在破不了，将来未必破不了。但老黄在这一行干得太久了，他知道，把事情推诿给时间，其实非常油滑，话没说死，等于什么也没有说。因为，时间是无限的。时间还将无限下去。

——（土家族）田耳《一个人的张灯结彩》

4. 不断成长的多年龄梯度的青年作家群

少数民族青年作家已呈梯度式，更为年轻的一代已崭露头角，如蒙古族的鲍尔金娜、苏笑嫣，维吾尔族阿依努尔·多里坤，满族的张牧笛，土家族的米米七月，哈萨克族的艾多斯·阿曼泰，壮族的李冰、韦孟弛，回族的王正儒、方一舟，苗族的阿索拉毅、鲁娟，白族的李达伟，朝鲜族的龙小语，布依族的陈德根，东乡族的马伟海等"80后""90后"作家，都是比较活跃的代表。

例1：

上高中以来，床被我下了柔软、舒适、温暖、依赖等诸如此类的种种定义。以前我是个不恋床的孩子，甚至一直认为床对于我来说是一种束缚，我讨厌它剥削我的时间，讨厌那种没有任何归属感的归属。就像家。到后来的时候，我竟然开始觉得有点累，我就好像老了一样，开始喜欢床。

——（蒙古族）苏笑嫣《骑士的旅行》

例2：

她问若我们结婚会一起干什么。

我说我会挣钱。然后在家我们一起看电视，一起看碟，看大片也看艺术片。我给你做饭，你给我烧茶。我们一起洗碗，晚上一起吃冰激凌。我会给你买各种新奇的小挂件。我们每月去两次美术馆。去酒吧，去看戏剧。我们还去旅游，去墨西哥，我给你买了个大帽子。去威尼斯一起划船，唱桑塔露琪亚。去巴西，说不定你还能在那里学会桑巴舞。

　　她笑得像个孩子。我很开心，因为我知道自己说的就是孩子话。

　　　　　　　　——（哈萨克族）艾多斯·阿曼泰《熊与兔》

例3：

　　每次从湿润的梦里醒来，都头痛得厉害。那些混乱的片段水一样地流动起来，漂浮着光明，又消灭着光明。久未涉足的街道、远去的电车、在黑暗中抵达灵魂的船只、引流的鸟……穿制服的男孩女孩，蓬勃的笑容在雾气中若隐若现，像是喜悦，却又罩着朦胧的忧伤，偶尔的沉默不语，整个人便陷入巨大的金黄。

　　　　　　　　——（满族）张牧笛《梦里，有谁的梦》

二、不断丰富的多民族文学版图

特征一：民族的多样性

　　新世纪以来，我国五十六个民族全部都有了书面文学作家，在二十二个人口不足十万人的少数民族中，也都有了自己的作家诗人，他们成为各民族的代言人。如德昂族艾傈木诺，毛南族孟学祥，京族潘恒济，撒拉族翼人，保安族马学武，水族潘会，鄂伦春族空特勒，鄂温克族敖蓉，俄罗斯族张燕，畲族山哈，独龙族罗荣芬，拉祜族李梦薇等，他们用文学传递着本民族的声音，弥足珍贵，有着独特的价值。

例1：

瑞丽江边许下的誓言你还记得吗

你在江的另一边

可听见我忧伤的歌

缅甸的月亮悄悄爬上山岗了吗

你在山的另一边

可知道我的思念那么长

门前栗树开花了吗

你还在灯下编织吗

是否另有心上人为你把葫芦丝吹响

田间布谷催春了吗

泼水节的象脚鼓传来欢声了吗

我在老地方等你吧……

——（德昂族）艾傈木诺

例2：孙玉民的一封短信

叶主编，您好！我刚刚收到中国作家协会寄来的入会通知书，欣喜万分：我成为中国作家协会会员了！这是我梦寐以求准备拼尽一生来争取的荣誉和愿望，想不到来得这么快，这怎能不使我欣喜若狂，感慨万端呢？在我对人生充满美好的想往和追求的渴望之时，《民族文学》伸出了圣爱之手把我扶上文学的骏马，我怀着万分激动的心情第一个给您发去这封短信，报告这个好消息！

（赫哲族是中国东北地区一个历史悠久的民族。主要分布在黑龙江省同江县、饶河县、抚远县，人口数为四千六百四十。使用赫哲语，属阿尔泰语系满－通古斯语族满语支。无文字。早年削木、裂革、结革记事。以捕鱼和狩猎为衣食主要来源。赫哲族人喜爱吃鱼，尤其喜爱吃生鱼。赫哲族人穿的衣服也多半是用鱼皮、狍皮和鹿皮制成。）

特征二：文学载体的多样化

在不同传播媒体上有越来越多的少数民族作家作品的出现。据不完全统计，目前我国各地公开发行的少数民族文学期刊有八十家左右，其中有一半以上属母语刊物，从这些期刊走出来的作者成千上万，不断有新人涌现。

互联网上许多民族文化交流的平台，例如藏人文化网、三苗网、蒙古青年论坛、彝族人网、中国穆斯林网、壮族在线、锡伯人论坛等，一批"80后""90后"的少数民族作家如鱼得水，通过网络成为写作高手，甚至影响到海外。如在"自行车""漆诗歌沙龙""扬子鳄""南楼丹霞""相思湖诗群"等诗歌站点，就活跃着少数民族新一代的写作者，如瑶族唐玉文，藏族嘎代才让，哈萨克族巴哈提江，回族安然、兰喜喜，苗族血红、红娘子，维吾尔族何力，满族赵天白、公里，土家族江晨舟等。

例：

也许那一天，真的会到来。

我会醉的，为什么不呢？

最真的颜色，在心脏石上，

无意识在那里，雾一样弥漫。

你笑了吗？为什么不笑一下呢？

如果笑了，为什么不久一些呢？

……

也许那一天，落一场雨，

星星的碎片落在我们的心里。

牵着我的手，带我走吧，

走过死亡，走过反复无常，

走过这个实用而荒芜的世界。

——（哈萨克族）巴哈提江网络诗歌《春天的大荒野》

三、不断得以保护并发展的少数民族母语创作和翻译

1. 母语作家的坚守与追求

我国有五十三个民族具有本民族的语言，有二十八种不同民族的文字可使用，语言文字见证了中华民族从古至今的多样性文化，是极为珍贵的文明活化石。目前我国使用本民族文字的作家及读者仍有着很大的阵容，蒙古族、藏族、维吾尔族、哈萨克族、朝鲜族、彝族等各族文字的文学创作绽放出新的花朵。近几年来，仅蒙古族就有两千多人在省级以上刊物用母语发表过作品，其质量更胜于用汉文创作。而目前用维文发表作品的作者已近万人，新时期以来，维吾尔文长篇小说至少已达二百三十部。

母语代表性作家中，诗人阿尔泰将民族性与时代性、个体情思与家国意识紧密结合，情感浓烈、自由奔放，开创了蒙古族新一代诗歌之风。

为何要写诗

很早的时候

我告诉过我的草原

若无其事似的

我的草原

默默地看着流云

如果心中淤积的泪水

还未流完

我发誓

决不停止写诗……

——（蒙古族）阿尔泰《我的草原》，查刻勤翻译

还有蒙古族作家希儒嘉措、格日勒图、满都麦、多兰，藏族拉加才让、德本加，维吾尔族作家穆罕默德·伊明、穆罕默德·巴格拉西、麦买提明·吾守尔、艾尔肯·沙比尔、哈萨克族阿吾力汗·哈里、克尔巴克·努拉林，柯尔克孜族加安巴依·阿萨那勒，朝鲜族李惠善、许莲顺，彝族的阿库乌雾等，都在母语读者中影响甚远，并有成熟的作品被翻译成汉文。

2.《民族文学》创办少数民族文字版

2009 年，中国作协创办《民族文学》蒙古族、藏族、维吾尔族三种少数民族文字版，得到民族地区的热情反响，国务院总理温家宝专门题词：办好民族文学，促进民族团结进步。出版一年之后，《民族文学》先后在内蒙古、新疆和西藏等地召开了大型蒙、藏、维作家翻译家座谈会，用双语进行交流，使得各族同胞倍感亲切，不少青年作家翻译家表示：少数民族文字终于有了国家级文学刊物，这既是对多元化的认同，同时也体现了多元一体的格局，增强了中华民族大家庭的凝聚力。《民族文学》近年来汉文版的发行量已达到两万多册，三种少数民族文字版精选五十六个民族的优秀作品，包括汉族作家的"名家新作"，进入草原牧场、雪原边疆、寺庙学校，民族地区的读者纷纷点评，成为五十六个民族之间沟通的良好平台。

2012 年，在党和国家的关爱下，中国作协及中国作家出版集

团决定进一步创办《民族文学》哈萨克文、朝鲜文版，在《民族文学》杂志社全体编辑及工作人员的辛苦努力下，没有增加编制人员，多负荷多方求得支持，上述两个版本顺利于当年出版。至此，《民族文学》杂志拥有了汉文、蒙古文、藏文、维吾尔文、哈萨克文、朝鲜文六种文字，得到少数民族作家及读者的广泛称道，许多老一代的少数民族作家翻译家感慨万分，从中体会到国家的重视与多民族间的文化交流，从而促进了民族团结和进步。

3. 母语翻译家的良性互动

目前我国不仅有一支庞大而富有朝气的少数民族文字创作队伍，而且有一支日渐壮大的少数民族文学翻译家队伍。中国作协及《民族文学》设立了翻译工程和"百名翻译家"的互动，降边嘉措、托乎提·巴克、哈达奇·刚、斯琴毕力格、伊明·艾合买提、狄力木拉提·泰来提、艾克拜尔·吾拉木、伊明·阿布拉、叶尔克西·胡尔曼别克、陈雪鸿、金莲兰、觉乃·云才让、艾布等不同民族的翻译家以他们精心的译介工作，大力推动了多民族间的文学交流，为民族和谐谱写了新篇。

四、中国多民族文学的重要价值

到目前为止，五十五个少数民族都有了书面文学作家；全国性各大权威文学奖项均有少数民族作家的身影；中国多民族文学在新时期走过了由弱到强、从比较单一化向着多元化发展的路程，对于壮大和丰富中华文学，保护传承不同民族的传统文化，进一步构建和谐文化，维护世界文化的多样性都具有深刻的意义。

1. 壮大和丰富了中国文学

多民族文学从美学风格、创作手法、题材体裁等多个方面都为中国文学起到了不可或缺的补苴罅漏的作用。

玛拉沁夫作为新中国第一代作家，二十一岁时以《草原上的人们》轰动文坛，便与汉族作家平起平坐，他开创的草原文学，以庄严宏大的气派，有力地注入中国当代文学的主潮流；张承志的小说《骑手为什么歌唱母亲》《黑骏马》连获全国优秀中短篇小说奖，使草原文学的品质和美感达到一个崭新的高度，小说《北方的河》《心灵史》《金牧场》等，充满罕见的理想主义激情和高贵清洁的精神，被誉为当代文坛"最后的理想主义者"。李準的现实主义长篇小说《黄河东流去》对百折不挠的中华民族精神进行了热情的礼赞，当时群众和青年都以争睹这部首届茅盾文学奖获奖作品为快事。扎西达娃引入拉美爆炸文学的魔幻手法，走在了当代文学流派创新的前列。霍达《穆斯林的葬礼》中充盈着神圣清明的宗教意识，展示了穆斯林民族复杂的历史迁变及时代境遇，娴熟的复调叙事手法也大获成功。吉狄马加的诗歌到目前为止已经被翻译成全世界三十多种文字，产生了积极的国际影响，一位美国学者评价道："吉狄马加的诗歌具有世界性，同时具有鲜明的民族性。"叶广芩的家族小说写作，根植于传统文化沃土的精神家园。阿云嘎、郭雪波笔下的大漠草原，在生态文学领域独树一帜。

2. 传承和发展了中国多民族文化

少数民族文学作品里往往记载着不同民族的历史变迁，是对本民族文化的眷恋与护卫，饱含着鲜润的民族文化记忆、深厚的历史文化，成为再现、传承和发展中国多民族文化的珍贵影印，是对非物质文化遗产从形式到内涵的有力补充和延伸。

阿来重述的《格萨尔王》，是世界上最长的史诗，它既是族群文化多样性的熔炉，又是多民族民间文化可持续发展的见证。阿来撰述的《格萨尔王》给我们提供了一个新的话语解构神话的可能。特·官布扎布的长篇历史散文《蒙古密码》用大历史观对蒙古民族"历史本真"重新理解，认真回答了蒙古人的祖先来自哪里，如何冲出古时蛮荒，他们经历过怎样的聚散离合等一系列宏大的命题，通过独特的行文方式找寻一个民族发展的历史脉络，用现代人的眼光解读一个王朝的背影。哈尼族哥布、普米族鲁若迪基的诗歌，继承了传统歌谣中的乡土灵性和神秘特色。

例：

> 他们属于大青山
> 大青山上蘑菇形的房屋
> 属于古森林
> 古森林里清幽而狂放的歌声
> 属于茫茫苍苍
> 莽莽苍苍的天的边缘
> 崇拜火
> 不相信普罗米修斯的传说
> 坚信偷来火种的
> 是他们的祖先
> 在虎声啸啸的静夜
> 篝火放射着古铜色的光芒
> 三弦和情歌也被点燃了
> 古铜色的肌体尽情地骚动
>
> 这些原始的舞蹈家
> 这些火的崇拜者
> 在火边阐释

包谷酒一样的人生

剽悍如狂风的男人

眼睛永远是火

慈善如细雨的女人

微笑永远是火

这随身携带着火的民族

禁锢了眼泪

于是　大山被爱着

森林被爱着

人类被爱着

世界在情歌中　悄悄醒来

——（哈尼族）哥布《火的崇拜者》

3. 对构建和谐文化起到了积极作用

表达了不同民族的思想和情感，进而促进了民族间的交流、理解、跨域和融合，有利于民族团结和祖国统一，有利于增强中华民族大家庭的凝聚力。

例1：1962年，国外反华势力和国内民族分裂势力相互勾结，妄图破坏祖国统一的时候，铁依甫江·艾力耶夫用坚定而深情的笔触写下了《祖国，我生命的土壤》这首极具震撼力的诗，这是诗人在祖国危难之际发出的爱国主义最强音，也是我国当代文学史中最优秀的爱国诗篇之一，深切表达了诗人对伟大祖国、对中国共产党的爱恋和忠诚，在一代代维吾尔族和各族人民中间传诵和影响。

祖国——我生命的土壤，是你抚养了我，我是你的子孙，

在你的心弦上紧系着我整个的爱，整个的灵魂。

党是我们的灯塔，我们的引路人，我们的舵手，

策马驰骋吧，只要党带头在哪儿战斗，哪儿便是凯旋

之门。

......

母亲啊，把重担驮在我肩上吧，我是你备好的千里驹，

我甘愿为你驮走，哪怕它是一座座高大的山群。

祖国！有你才有我，没有你我怎能出生，成长，

因为，我同你伟大的祖国，共有一条命，共有一个身！

——（维吾尔族）铁依甫江·艾力耶夫

《祖国，我生命的土壤》

此外，多民族作家表露出独特的民族心理素质，表达了对现代性、城市化进程中民族生态逐渐萎缩的焦虑、困惑和反思，用文学的讯号传递出某种警示和呼唤，重视和解读这些文本之下潜在的时代寓言，将有助于和谐文化的构建，以及中华文明的发展。

例 2 ：

我曾对儿子说：去一趟夏牧场

但话说了很久了

却没有时间

实在愧颜

一个哈萨克的小孩子

竟然已经忘了夏牧场是什么样子

从小在马背上长大

今天没有了自己

不知道为什么会这样

有谁能慰藉一个人对故乡的思念

牧村生活正在变成幻想

夏牧场羽化为天上的世界

　　　　曾参加过的阿肯弹唱

　　　　竟成了最难忘的人生赶场

　　　　　　——（哈萨克族）马旦尼亚提·木哈太《夏牧场》

　　例3：蒙古族阿云嘎的小说《黑马奔向狼山》写的是草原上为了保护草场和利益的分配，草场分割到了每家每户，被铁丝网围起来。这样，骏马没法奔驰了，它们在奔驰中常常被铁丝网绊倒，被划得遍体鳞伤。最后突然有一天，一批黑骏马越过铁栅栏奔向了狼山，狼山在离草原不远的山峦上，群狼聚集。小说给了我们非常深刻的警示：骏马在没有选择的情况下奔向天敌的地方，人为制造的障碍使它们远离了人类。

　　　　这两个月，黑马遭受了无数次的伤害。它两次掉进了陷阱，被桑嘎砍伤了三次，还不知什么人用铁丝绞住了它的腿，在它舌头上扎了一根钢针，等等。它日渐消瘦下去。后来它基本上不吃不喝，老是一动不动地立在草滩上望着天边。

　　　　　　——（蒙古族）阿云嘎《黑马奔向狼山》

4. 丰富了世界文化的多样性

　　在全球经济一体化的背景下，多民族文学的繁荣避免了工业化伴生的统一化和规范化在文化领域带来的单调与刻板，体现了中国民族的多元一体。不同民族的感受和体会，是高尚纯善的人类普世价值的呼喊，为世界文化的丰富发展、人类道德的回归做出了贡献。

　　例：吉狄马加在诗歌《安魂与祈祷》中从人道主义出发，为印度的圣雄甘地、美国的黑人领袖马丁·路德·金、以色列的和平领袖拉宾和英国的王妃戴安娜四个人的灵魂祈祷，诗里行间透出作者追求和平的不屈精神和世界关怀。和平与发展是当今世界人类面临的两大主题。真正具有抱负的诗人自然会跳出自己个人的小圈子，将自己的创作置于整个世界的生存和发展之中。而这样的作品才真正地具有世界意义。在当下诗歌大多表现自我丧失写作精神信仰的背景下，不能不说吉狄马加的诗歌有他独特的存在意义。

> 上帝，请允许我
> 在二十世纪即将过去的时候
> 为四个人的灵魂而祈祷
> 因为他们都死于暴力和不幸。
> ……
> 上帝，请允许我
> 为这四个人的灵魂而祈祷
> 因为他们在活着的时候
> 就已经把自己的生命和梦想
> 献给了人类的和平、自由与公正。
>
> ——（彝族）吉狄马加《安魂与祈祷》

民族文学应是一座桥梁，传递各族人民的信息文化；应是一个家园，凝聚一支有实力、有激情的创作和翻译队伍；也应是一个阵地，守护着一切热爱和平、维护统一、促进团结、渴望温暖的心灵。正如中国作协主席铁凝曾说："文学既展现着各族人民对真善美的共同向往，同时，又不是为了让一切文化趋同，而是引导人们理性平等地认识、欣赏并尊重彼此的不同。《民族文学》所倡导并力行的多民族文学，正是在探索和表现着这种'同'与'不同'，向世界展示着中国这个多民族统一国家的丰富和辽阔。"

在全球经济一体化的背景下，中国少数民族作家也面临着民族文化被同化甚至走向消亡的问题，以文学的方式保留民族文化的记忆，促进民族间的理解和沟通，需要加强对多民族文学的重视与珍爱，同时进一步壮大队伍、提升质量，出精品推新人，加强对多民族文学成果的翻译、研究和宣传推介，使得更多的少数民族作家及作品走出本民族，走向全国，走向世界。

近年来，在诺贝尔文学奖得主中，好几位作家不约而同表现出对民族文化的开掘，都各得深意。在世界范围内进一步讲好中国故事，彰显中国美学精神，是中国多民族文学应尽的努力，为世界为未来，留住我们民族的根。

原点、要点与亮点

白 烨

你们这个班是鲁院办的高研班里少有的理论批评班，也可能是我认识的人最多的一个班。别的作家班，可能只认识个把人，你们这个班我差不多都认识，所以很高兴。这些年，我在好多场合曾经说过，这些年文学批评受到很多人的关注，包括质疑。但是实际上，我觉得文学批评其实是一直处在一个比较尴尬的环境中。概要地说，是一个相对传统的批评在面对一个不断更新的文坛，一个相对萎缩的批评在对一个不断放大的文坛，所以它有很多难处，很多不足。但我认为，对于当下的批评，首先需要理解，然后还要支持，当然批评自身，也要反省自己。所以，我对大家这么多年来选择批评、坚持批评，我作为同行，或者说作为长辈同行，首先要向你们表示敬意。

我今天要讲的这个课题是关于习近平总书记文艺工作座谈会讲话的，为什么要讲这个课题呢？春节前的时候，有一次钱小芊书记碰见我，问我最近在干什么。我说我最近因工作需要，在专心研读总书记文艺工作座谈会讲话，他听说后就说那你来鲁院讲讲。这个事情的背景是我现在受聘于中国社科院的马克思主义文艺理论批评创新工程，主要的工作是在张江副院长的领导下，为每个月两个版的《人民日报》的《文学观象》专栏作策划与组织工作，今年《文学观象》改成了《文艺观象》，中宣部要求今年全年都要用来解读习近平总书记的文艺工作座谈会讲话。因此，我就必须要非常专注地去学习习近平总书记的文艺工作座谈会讲话，在认真领会的基础上，从中遴选出重要的话题，再把大问题分解成小问题，来组约专家学者和作家进行笔谈。所以，习近平总书记的文艺工作座谈会讲话，我必须认真研读，深入领会。但是这样重要的一个讲话，你自己学习是一回事，要来讲说是另外一回事。因此，除去学习习近平总书记的这个讲话之外，我还比较着重温了毛泽东的《在延安文艺座谈会上的讲话》。我争取把我所想到的努力讲好，以不负小芊书记的重托和大家的期望。

我想我今天的讲课，其实就是用我的话来阐述习近平总书记文艺工作座谈会讲话的一些基本精神，然后再跟大家交流一些我的学习体会与研读感受。一共讲四个问题，第一个问题是，习近平总书记文艺工作座谈会讲话与《在延安文艺座谈会上的讲话》的内在关联。第二个问题是，文艺工作座谈会讲话的主要内容和逻辑结构。第三个问题是，文艺工作座谈会讲话的八个要点。第四个问题是强烈的问题意识与辩证的解决之策。

先说一点有关这个文艺工作座谈会讲话的一些背景。党的十八大之前的 2011 年 10 月，党的十七届六中全会做出了《中共中央关于深化文化体制改革，推动社会主义文化大发展大繁荣若干重大问题的决定》意见。专门就文化问题进行决策和做出决议，这在党的历史与文献上都是少见的。党的十八大之后，习近平总书记在许多场合都谈到文化、文艺问题，并做出重要的论述。据不完全统计，在一年多的时间里，就有 2013 年 3 月 1 日在中共中央党校建校八十周年庆祝大会暨 2013 年春季学期开学典礼上的讲话；2013 年 8 月 19 日至 20 日在全国宣传思想工作会议上的讲话；2013 年 11 月 26 日在山东曲阜考察时的讲话；2013 年 12 月 30 日在中共中央政治局第十二次集体学习时的讲话；2014 年 2 月 24 日在中共中央政治局第十三次集体学习时的讲话；2014 年 5 月 4 日在北京大学师生座谈会上的讲话。中央在决定召开文艺工作座谈会时，也做了许多调研。

包括作协、文联、社科院，都从不同的方面提供了各自的资讯。所以这个讲话是经过充分调研，精心准备的。而且除去理论思想上的高屋建瓴之外，始终密切联系着当下文化与文艺的现实，有着强烈的针对性，鲜明的切实性。

从理论准备和文学知识上看，这个讲话也充分而深入，这个讲话点到的中外作家之多，在类似的讲话里也前所未有。我粗略统计了一下，先后讲到的作家、艺术家、中外作家多达一百二十人之多，其中外国的作家、艺术家有八十多位，中国从古到今的有三十多位，孔孟等先贤不用说，鲁郭茅巴老曹都悉数提到，尤其还说到三位当代中国作家，在铺锦列绣般的陈述与评点中，显示了文学视野的宏阔与文化胸怀的博大。

所以说，习近平总书记是在关于问题、关于现状、关于知识等各个方面都做了比较充分的准备，才做了这样一个重要讲话。所以这个讲话确实跟毛泽东的《在延安文艺座谈会上的讲话》有一定的可比性。无论是从时代背景、现实需要，还是理论储备、观点阐发，既有一定的继承，又有一定的发展。

一、习近平文艺工作座谈会讲话与毛泽东的 《在延安文艺座谈会上的讲话》的内在关联

首先要说的第一个小题是，习近平总书记文艺工作座谈会讲话是党的领袖在新的历史条件下关于文艺问题的系统阐述。我们都知道，《在延安文艺座谈会上的讲话》，是毛泽东在民族抗战的历史条件下，对于文艺问题的系统阐述。延安文艺座谈会是1942年5月份在延安开的，座谈会一共开了三次，持续了将近一个月，5月2号开了一次，5月16号开了一次，5月23号开了一次，毛泽东三次会都参加了，在第一次会和第三次会上依据事先拟就的提纲讲了话。

第二次也即 5 月 16 号的会他参加了但没有讲话。第一次会上的讲话叫"引言"，第三次会上的讲话叫"结语"，总合起来就是《在延安文艺座谈会上的讲话》的全文。

延安文艺座谈会的召开，除过战时与政治的背景，还有一个文化与文艺的背景。当时在 40 年代初，尤其是 1942 年前后，延安文艺界也有很多现象、很多问题需要解决，那个时候，来到延安的文艺界人士，有延安和陕甘宁边区的，有从别的解放区来的，有从国统区来的，也有从国外留学回来的。这些来自不同地域的人士到了延安之后，在对于一般文艺怎么看，革命文艺怎么看，包括文艺的性质与功能怎么看等许多方面，都有各自不同的看法，这些不同的看法反映在文学工作和文学活动中就会出现分歧，产生矛盾，引起争论。另外，当时的延安在文艺界内部也存在着一定的山头主义，而且在很多地方表现出互相不宽容、彼此有意见的不和谐。这些问题不仅影响了文艺界的团结，而且直接影响了文艺界的工作。所以，从 1941 年年底到 1942 年年初，毛泽东一直也在做调研工作，包括找人谈话、给人写信、了解情况等等。文艺座谈会是 4 月 27 号发的通知，5 月 2 号正式召开。毛泽东在做了充分准备的基础上，针对当时延安文艺界的思想状况，着重论述了抗战时期文艺工作的性质、任务与方向。这个讲话，是我们党的领袖关于文艺问题的第一个系统的论述。

毛泽东的《在延安文艺座谈会上的讲话》，在当时的延安产生了极大的功效，发生了很大的影响，它不仅在很大程度上澄清了人们的文艺思想，统一了人们关于文艺的基本认识，而且对于当时的延安文艺运动大众化，包括革命文艺的战斗化都起了积极而有力的促动作用。在全国解放之后，它其实一直是我们文艺工作的指导思想，重要性是不言而喻的。后来，尤其是新时期之后人们在清理极左文艺思潮时，不可避免地牵连到《讲话》，人们对于讲话有各种各样的看法，有时候还有很多争议，有的人就认为这个《讲话》基本上是一个"过时"的文本，已不足以为凭。我觉得我们要历史地看待这个《在延安文艺座谈会上的讲话》。当时，毛泽东在做了这次讲话之后，一直特别谨慎，反复听取意见，迟迟没有发表。《讲话》是什么时候发表的呢？是十个月之后1943年3月份在《解放日报》才全文发表。据胡乔木回忆，在那个期间是几次修改，而且毛泽东觉得他不是文艺专家，怎么样让这个讲话切近文艺规律，并且带有体系性，他自己心里不是很有底，因此，很不放心，反复修改。这个《讲话》我觉得有结合当时社会的和文化的具体的一些环境、具体的形势需要讲的一些话，也有就文艺的要义、创作的规律讲的一些话。要作具体的分析，不能一概而论。

还有一个有助于理解《讲话》精神的事情是，《在延安文艺座谈会上的讲话》正式发表传到国统区之后，郭沫若看了以后说道："凡事有经有权。"毛泽东听到后很欣赏这个说法，认为得到了知音。这就是说，在毛泽东看来，他的这个重要讲话里，有些确实是经常的道理，普遍的规律，有些则是适应一定环境与条件的权宜之计。那么我们用现在的眼光来看，哪些是"经"，哪些是"权"呢？我以为，《在延安文艺座谈会上的讲话》里，那些关于文艺与生活的关系、文艺与人民的关系的重要论断和精彩论述，今天看来也经得起推敲，并没有过时，它当然是"经"。但它确实也有"权"，比如说在谈到文艺与人民关系时，特别强调要为工农兵服务、为政治服务、为抗战服务，这在今天看来可能就是"权"。这就是说，这些论述与论点，是专门针对那个时期的形势与需要，那个时期过了之后，可能就不怎么适用了。我觉得我们的问题是，在战时环境完全改变之后，特别是进入和平阶段的很长时期，我们没有对《在延安文艺座谈会上的讲话》做"经""权"之区分，一股脑地进行硬性贯彻与过度阐述，有时还把权宜性的东西一再放大，使得很长时间里文艺思想趋于僵化，文艺之路越走越窄。我们后来在文艺工作中出现的问题，是理解与执行中的偏差，不能归结到《讲话》里去。《在延安文艺座谈会上的讲话》的基本精神，在今天看来仍然是切近创作实际，反映艺术规律的，其中关于文艺的基本看法，包括党对革命文艺的要求，对革命文艺工作者的要求，都是那个历史时期党对文艺工作的一个系统的认识和精要的阐述。

比照延安文艺座谈会讲话来看习近平这个文艺工作座谈会讲话，我们会发现这个讲话跟那个讲话有一个很大的相似之处，就是我们在七十二年之后，又面临了我们这个历史时期很多新的问题、新的挑战、新的倾向、新的矛盾。我们大家都感到从新时期到新世纪以来，文学的场域越来越纷繁缭乱，文艺的问题变得前所未有的复杂莫辨。跟过去比，现在确实多元多样了，从写法到观念，都应有尽有，无所不有。从文化生态的多样性上讲，我觉得我们应该举双手欢迎这样的状态，但是你往深了去看，就会觉得，"群雄竞起"，谁是真正的英雄？"众声喧哗"，谁是时代的强音？好像都没有区分了，难以辨别了。现在的文坛很像春秋战国那个时候，不同的看法与说法，都在自证与自诩，谁也不能说服谁、谁也不能统领谁、谁也不能主导谁。所以在这种情况下，文艺领域里有很多问题需要解决，文艺思想上也有很多困惑需要澄清。而且跟当代文学的其他时期相比，当下的文学与文坛，出现了新因素，形成了新关系，比如市场的力量，资本的介入，等等。这些问题都需要从指导思想和领导层面提出一定的思路与看法，以引领人们更好地认清现实，把握现状。

可以说我们是在一个新的历史条件下，在面临新的状况、面对新的问题的情况下，习近平总书记对于文艺问题结合当下实际做了一次系统的理论阐述，它的重要性就在于，这是基于当代文学六十多年的发展历史，以及党领导文艺工作的教训与经验，来着力解决我们这个时代的诸多文艺难题的一次理论出击，所以它是党的领袖在新的历史条件下关于文艺问题的一个系统阐述，就跟延安文艺座谈会讲话一样具有它的划时代的意义。

第二小题，对延安文艺座谈会讲话精神的继承和发展。毛泽东的《在延安文艺座谈会上的讲话》，有很多重要的论断与论述。现在回溯起来，我觉得有几个点比较重要，首先一个，高度地肯定和评价了文艺的作用。毛泽东《在延安文艺座谈会上的讲话》中开首就说，我们现在有文武两个战线，有两支军队，拿枪的军队和文化的军队，而文化的军队，"是团结自己，战胜敌人必不可少的一支军队"。由此，他把文艺看作是"整个革命机器的一个组成部分"。可以说在此之前，我们党还没把文艺工作上升到这样的高度来认识。习近平的文艺工作座谈会讲话，一开始就讲我们国家正面临着一个前所未有的机遇，就是民族的伟大复兴，在民族的伟大复兴中，不仅需要强大的物质力量，更需要强大的精神力量，而在这种精神力量的丰富与增强中，文艺的引领功能与号角作用无可替代。这种结合新的历史发展趋势与民族发展需要，高度估价文艺的作用与功能，我觉得是对《在延安文艺座谈会上的讲话》精神的首先的一个继承。

毛泽东的《在延安文艺座谈会上的讲话》有一个理论亮点，是有关文艺与生活关系的论述，如"人类的社会生活是文学艺术的惟一源泉"；"必须与新的群众的时代密切结合"，等等。而习近平总书记的文艺工作座谈会讲话，许多地方都落到文艺与生活、文艺与时代、文艺与人们的根本点上，而且根据现在的世界大格局和中国大走势，高屋建瓴地论述了"人民生活"既是文艺的"原料矿藏"与"创作源泉"，也是文艺存在的根本价值所在。可以说，在文艺与生活的关系问题上，习近平的文艺讲话，也在新的历史条件下，继承并发展了毛泽东关于文艺与生活的主要论点。

还有就是在有关"人民"的提法上，习近平的讲话对毛泽东的讲话也有很好的继承与发展。我们能感觉得到，毛泽东讲话里的"人民"的概念，在对"工农兵"的刻意突出中，显然带有很强烈的阶级性。而习近平讲话中的"人民"，带有极大的普泛性，有时是指民族主体，有时是指社会主人，有时是指广大读者，有时是指服务对象。总体来看，这里的"人民"，是广义性的。我觉得在这个关键词上，习近平总书记是有自己的拓展与延伸的，这也是既有继承又有发展的。

第三个小题，一个时期有关文艺问题的纲领性文件。一个时期，是指新时期以来和之后的一个相当长的时期。这个时期就如同习近平总书记讲到经济状态时说到的"新常态"一样，文艺也进入了自己的"新常态"，或"新生态"。简要地说，这个文艺"新常态"是个什么情形呢？那就是进入了一个凝聚着新力量、混合着新关系、涵盖着新元素的一个新时期、新阶段。这种新常态主要表现在四个方面：第一是在文学生产上，日益呈现出多机制与多成分的混合型，创作组织、写作主导、作品的运作由传统的作协体制、期刊和出版社机制变成事业与企业、国企与民营、纸媒与网络等各种力量共同参与、多个链条齐头并进的多元状态。第二，介入文学的元素增多了，影响文学的关系复杂了，过去影响文学的，主要是社会文化氛围，现实政治环境，我们过去经常讲左了右了什么的，都是这样一些元素在起作用，那么现在不同了，现在不断加入进来的既有市场与资本，又有传媒与信息，还有网络与科技，这些元素的介入与强化，使得文学的场域格外混杂，文学的关系更为复杂，影响文学的元素、因素、功能与动力也更加的多维与多向。第三，在作家群体和作品的构成上，因为新代际的崛起，类型化的分泌，成分更为丰富，样态更为繁杂，严肃与通俗、传统与类型、纸质与电子、线上与线下各自为政，又相互渗透，总体形态更加纷繁多样。第四，文学的传播、阅读和接受因文学读者的年轻化、审美趣味的分化、娱乐需求的强化，在文学类型多样化的同时，文学的阅读也进而走向分层与分众、多面与多边，经典阅读与轻松阅读、纸质阅读与电子阅读、静态阅读与移动阅读将在分化中并立、在共存中互动，并带来趣味上的冲突与观念上的冲撞。

所以我觉得，现在的文坛跟过去比，已不是某一个环节和某一个方面变异了，而是从写作、生产、传播到阅读的整体上看，都发生了很大的变化，它的复杂性前所未有。所以我觉得，跟过去比，我们确实进入了一个以前所没有的，或者说以前很少见到的这样一个新的文学阶段。

面对这样一个全新的状态，我们应该怎样地去对待、怎样去把握，是一个绝大的难题。正是面对着这样一个复杂的文学、文化现状，习近平总书记的文艺工作座谈会讲话提出了一个基本的思路，确定了一个主要的走向。这些精神不只就文艺创作提出了期望，确定了方向，给作家艺术家厘清了思路，提出了要求，而且对我们的组织领导、理论批评也提出了很多指导的意见和切实的建议。可以说，我们很多争论不休的问题、氤氲不明的状态、无所适从的姿态，通过这个讲话，一下子变得清晰起来，明确起来，坚定起来。自此，我们知道应该怎么看和怎么办，有了清晰的路径和明确的方向。

第四，这个讲话反映了文艺自身和党领导文艺的两个基本规律，更多地、更大范围地凝聚了共识。这个讲话，跟毛泽东的《在延安文艺座谈会上的讲话》一样，在讲话之前，进行了充分的问题征集和现状调研，凝聚了比较多的共识，较好地反映了两个基本规律。一个是紧贴文艺创作与文学艺术发展自身的规律。文学艺术的规律是什么？文学艺术的规律就是它是一种个性化的艺术创造，它需要作家艺术家创造性的劳动，也需要一个良好的环境与和谐的氛围；这样就又引出另一个规律，党对文艺的组织领导规律。习近平在讲到"加强和改进党对文艺工作的领导"问题时，特别强调了"改进"的方面，包括"加强对文艺工作的指导与扶持，加强对文艺工作者的引导与团结"，"面对新文艺形态，形成有效的管理方式与方法"，"深化改革，完善政策，健全体制"，"加强行业服务，行业管理，行业自律"等。这里都有一些新的提法与说法，内中的某些调整与变化，应该是吸取了多少年来关于党在领导文艺方面的经验教训之后的结果。所以这个讲话，既遵循了文学艺术的客观规律，也总结了党领导文艺的一些已有经验。

二、文艺座谈会讲话的主要内容和逻辑结构

习近平总书记的文艺工作座谈会讲话，除去前边有一个简单的引语，后边有一个简单的结语之外，一共讲了五个问题，整个讲话就由这五个问题总体构成。五个问题的前后次序，也有一定讲究，大致是由总的问题开始，逐步具体；从大的话题立足，循序深入。

第一个问题，实现中华民族伟大复兴需要中华文化繁荣兴盛。

这个问题主要是讲文艺的功能与作用，尤其是在新的历史条件下怎样去认识文艺的功能和作用。讲话在一开始，就不是就事论事，而是站高望远，从民族的生存与发展，人类社会的跃进与人类文明的升华的高度，谈到了精神的支撑、文化的孕育，及其由文学艺术汇聚而成的世界文明的发展与演进。

在这一部分，习近平总书记讲了两层意思，一个意思是文化是民族生存与发展的重要力量。我们在谈论民族复兴时，通常会把民族复兴更多地看成是物质的丰富、经济的发展，但习近平总书记在这里特别强调了精神的支撑，文化的作用。他的几段论述中都分别表达了这样的意思，一个是人类进步与文化进步的同步性，他提到和论到了许多的中外著名作家与艺术家，就是在这一话题下说到的。他指出人类的进步与文化的进步的同步性，强调出自他们之手的文艺作品，正是人类进步的不同时期的标志和符号。他接下来又讲到，中华文化是中华民族的前进动力，从古到今都是这样，就是中华民族要前进，中华文化是动力。在这个问题的阐发上，他先是从世界范围来看，从人类意义上来看，接下来又是从中国来看，从民族来看的。中华民族需要新的复兴，中国文化是中华民族前进的

动力，民族的复兴需要物质，更需要精神，需要文化，需要文艺。这样讲来，就把一个颇为宏大的话题，由大到小，由远及近，就落到了实处，落实到了文艺上。

第二层意思是文艺是时代前进的号角，思想解放的引擎，最能代表一个时代的风貌，引领一个时代的风气。我们现在正在从事实现中华民族伟大复兴的中国梦的伟大事业，伟大事业需要伟大精神，文艺的作用不可替代，文艺工作大有可为。在第一层意思里，他把精神的力量、文化的作用，有力地凸显了出来，接下来就特别讲了文艺的作用，文艺家的职能，特别提醒文艺家们：要从这样的高度认识文艺的地位与作用，认识自己担负的历史使命和责任。这就是说，在民族精神这样一个领域里头，不仅文艺的作用举足轻重，无可替代，而且它本身就是精神的依托，文化的载体。社会的前进需要精神的驱动，精神的前行需要文艺的引擎，习近平在这里充分地讲述了文艺的重要作用，也科学地阐明了它们之间的一个辩证关系。

第二个问题，创作无愧于时代的优秀作品。

在这个问题里，习近平总书记大致讲了两层意思。第一个意思是文艺的繁荣发展，最根本的就是创作生产无愧于时代、无愧于民族的优秀作品。优秀作品代表一个国家与民族的创造能力和文化水平，吸引人和启迪人，需要优秀作品；推动中华文化走出去，也需要优秀作品。因此，必须把创作优秀作品作为文艺工作的中心环节，而要推出优秀作品，就要求文艺创作要精益求精。他特别强调作家立足于中国本土的主体性，要求作家首先要立足本土的现实、立足本土的历史，向人类和世界提供中国经验。

在这里他还有两个比较精彩的论述，一个是"三性论"，一个是"三精论"。说到什么是优秀作品时，他提出"思想性、艺术性与观赏性有机统一"的说法，三性合一，是谓优秀。过去我们一般只讲"两性"，即思想性与艺术性，他特别提到文艺的观赏性，这是特别有读者意识与观众观点的重要补充。一般来说，在思想性与艺术性之外，同时兼具观赏性与可读性，比较有难度，也特别需要加以强调。谈到精品之"精"时，他在讲话中作了这样的定义："思想精深，艺术精湛，制作精良"。也就是说，只是某一方面好还不够，必要几个方面都好，三精合一，是谓精品。

第二层意思，是创新是艺术生命。关于创新，他在引用《文心雕龙》等名家名言时论述道，"要随着时代生活创新，以自己的艺术个性进行创新"。这里有一些颇具新意的说法，读来颇多启迪。比如，他说：文艺创作是观念与手段相结合，内容和形式的深度创新，是各种艺术要素和技术要素的集成，是胸怀与创意的对接。还有谈到优秀作品之独特，之卓绝，他说了三个"不"：不拘于一格，不形于一态，不定于一尊。话语铿锵有力，给人印象深刻。他特别强调要极大地提升我们文学的原创能力，推动文艺创新，而要提高原创能力，实现文艺创新，就要求文艺家要德艺双馨，具有高度的和相互协调的思想水平、业务水平和道德水平。不光是在艺术上要追求、要进取，而且必须要在很好的专业素养之外，具有很高很好的人格修为，社会担当，要讲品位，重艺德，注重人格修为、做到德艺双馨。所以他在创新是艺术的生命里头，谈到了艺术创作本身的创新，也谈到了创新对于艺术家的内在要求。

第三个问题，坚持以人民为中心的创作导向。

在这个问题里有三个小题，第一个小题是人民需要文艺，第二个小题是文艺需要人民，第三个小题是关键是热爱人民。

论说人民需要文艺、习近平总书记秉要执本，首先从人民对精神文化生活的迫切需要说起，认为这种需求同"民以食为天"一样，跟水和空气一样，是人民须臾不能离开和缺少的。而且，人们随着生活水平的不断提高，对于文艺产品的要求也越来越高了。还有，国际社会和世界人民，越来越关注中国，想更多更好地了解中国，文艺是他们了解中国的最好途径。因此，我们需要讲好中国故事，传播好中国声音，阐发中国精神，展现中国风貌，以让外国民众深化对于中国的认识，增进对于中国的了解。

谈到文艺需要人民，他首先指出：人民是文艺创作的源头活水，一旦离开人民，文艺就会成为无根的浮萍，无病的呻吟，无魂的躯壳。人民生活本身就是文艺创作的原料矿藏，人民生活是一切文学艺术取之不尽、用之不竭的创作源泉。其次，他特别提出"人民的需要是文艺存在的根本价值所在"。作品是否堪为优秀，是否传之久远，关键都在于是否"为人民抒写，为人民抒情，为人民抒怀"。只有顺应人民意愿，反映人民关切的写作，才能充满活力，卓具内力，葆有魅力。在这一部分，他谈到了柳青长期落户长安县皇甫村对于文艺创作的启示与意义。

论说文艺要热爱人民时，习近平总书记首先强调情感对于创作的决定作用，因此，热爱人民，是为人民创作的前提。在这一部分，他先是引述了鲁迅的"横眉冷对千夫指，俯首甘为孺子牛"，接着提到与河北作家贾大山接触中的深刻印象，那就是"忧国忧民的情怀"。由此，他进而论述了怎样把热爱人民落到实处，提出要解决好"为了谁，依靠谁，我是谁"的问题，拆除"心"的围墙，不仅要"身入"，更要"心入"和"情入"。

在这一部分里，习近平总书记还先后谈到文艺的创新根源于人民，文艺作品要用现实主义精神浪漫主义情怀观照现实生活，好的作品要经得起人民评价、专家评价、市场检验，最后落到"与人民同在的"核心观念。

第四个问题，中国精神是社会主义文艺的灵魂。

在这一问题的开首部分，习近平总书记首先提出"文艺在培育和弘扬社会主义核心价值观方面具有独特作用"，并强调指出：核心价值观是一个民族赖以维系的精神纽带，是一个国家共同的思想道德基础。如果没有共同的核心价值观，一个民族、一个国家就会魂无定所，行无依归。在此基础上，他特别提出，作为铸造灵魂的工程，作为人类灵魂的工程师，文艺作品要生动活泼、活灵活现地体现社会主义核心价值观，文艺家要身体力行地践行社会主义核心价值观，努力做到"言为士则，行为世范"。

谈到文艺作品对于社会主义核心价值观的具体体现，习近平总书记指出"最深层、最根本、最永恒的是爱国主义。爱国主义是常写常新的主题。"当代文艺更要把爱国主义作为文艺创作的主旋律。这个问题抓得特别准，意思也表达得特别好，好在什么地方呢？就是他找到了跟文艺更为贴近的精神元素，就是爱国主义，爱国主义比较而言，它大概是在核心价值观里头公约数最大、覆盖性最强，也最有感染力的一个元素。如果有人认为直接表现核心价值观，比较难以办到，那我就要求你表现爱国主义，书写家国情怀。可以说，爱国主义是一个具有很大的感召力、辐射力的精神纽带，不仅国内的作家可以写它，台港澳跟海外的作家，也都可以写它，这样，就可以把华文文学作家都囊括进来，联系起来。

在这一部分里，习近平总书记还讲到追求真善美是文艺的永恒价值，文艺创作要有当代生活的底蕴，也要有文化传统的血脉，因此，要坚守中华文化立场，传承中华文化基因，展现中华审美风范。同时，还说到了洋为中用、开拓创新，在与世界文艺的交流与互鉴中，发展和繁荣我国的文艺，并要参与国际市场的艺术竞争，以使我们的文艺具有更强的竞争力和生命力。

第五个问题，加强和改进党对文艺工作的领导。

这一话题实际上由两个部分构成，一个部分是加强和改进党对文艺工作的领导，一个部分是高度重视和切实加强文艺评论工作。

谈到党对文艺工作的领导，习近平总书记首先强调党的根本宗旨与文艺的根本宗旨统一性，那都是"为人民"。他指出，把握了这个立足点，党与文艺的关系，党性与人民性的关系，政治立场与创作自由的关系，都会得到正确处理和准确把握。

对于加强和改进党对文艺的领导，习近平总书记认为要把握住基本的两条：一是要紧紧依靠广大文艺工作者，二是要尊重和遵循文艺规律。他要求各级宣传文化部门，要切实加强对文艺工作的指导与扶持，对文艺工作者的引导和团结，并期望文联、作协要充分发挥优势，加强行业服务，行业管理，行业自律，真正成为文艺工作者之家。因为文艺工作的对象、方式、手段、机制出现了新情况，新特点，习近平要求要跟上节拍，下功夫研究解决，形成有效的管理方式和方法。

第二个部分是文艺评论，为什么把文学评论放在这里来说？我想，这不仅仅是一个行文结构上的考虑，总书记实际上是把文学的理论批评看成是文艺的组织与管理的一个重要方面，或者是引导文艺、影响作家的一个重要方式。谈到重视和加强文艺评论，总书记对于文艺评论的职能作了这样的界定：引导创作、多出精品、提高审美、引领风尚。这样的定位，既有广度，又有高度，远远超出了我们只在品评文艺作品的范畴来看待文艺评论的狭小格局，显示出宏阔的视野，更体现出殷切的期待。这个话题里有这样几个重要的意思，一个是指出文艺批评的褒贬甄别功能的弱化，一个是批评精神的缺失，针对这些问题，他提出要打磨好批评的"利器"，把握好批评的方向盘，运用历史的、人民的、艺术的、美学的观点评判和鉴赏作品，在艺术质量和水平上敢于实事求是，对各种不良文艺作品、现象、思潮敢于表明态度，在大是大非问题上敢于表明立场，倡导说真话，讲真理，营造开展文艺批评的良好氛围。这一部分里有较多的对于批评现状存在问题的尖锐批评，这既表明他对文艺批评现状很不满意，也表明他对文艺批评寄寓着厚望。

三、文艺座谈会讲话的八个要点

习近平总书记的文艺工作座谈会讲话，在概要阐述党对文艺的新要求与新希望时，既抓住文艺的属性与规律等基本问题，又切近文艺的变异与走向的现状，许多论述都既钩玄提要，又深中肯綮，具有高度的思想引领性与现实针对性。从我的理解来看，有八个问题尤为重要，堪为要点。

第一是文艺的重要地位和作用问题。

关于文艺的重要地位与特殊作用，习近平总书记在文艺工作座谈会讲话里的许多地方都有涉及，在阐述第一个问题时有关这一方面的论述与强调尤为集中。他对文艺工作的看取，对文艺问题的研判，不是就事论事，不是率由旧章，而是把文艺和文艺工作放置于国家和世界的发展大势中来审视，从民族复兴的伟大目标、人类文明的历史进步，到中华文化的与时俱进，先进文化的积极引领，从世界的大范围、国际的大环境、中国的大历史、时代的新运势，沿波讨源，层层递进，使文艺的巨大功能与特殊作用，文艺家的历史使命与社会责任，逐步彰显，不断突出，让人们看到"文艺是时代前进的号角"的论断的不可移易，文艺在社会发展中的"引擎"作用毋庸置疑，从而更深入也清醒地认识和理解"文艺的作用不可替代，文艺工作者大有可为"，在深化对于文艺的基本认知的同时，不断增强自己的使命感与责任心。这个要点里还有一个亮点，就是谈到文艺家的使命、文艺作品的功用时，他语重心长地说道：我国作家艺术家应该成为时代风气的先觉者、先行者、先倡者，通过更多有筋骨、有道德、有温度的文艺作品，书写和记录人民的伟大实践，时代的进步要求。我觉得这是在新的历史条件下、在新的社会形势下，我们党对于文艺的作用和文艺家的作用的重新认识和高度估价，无论是对于文艺还是文艺家，这个认识与估价在深度与高度上，都是前所未有的。

第二是关于社会主义文艺的本质问题。

在讲第三个问题"坚持以人民为中心的创作导向"时，习近平总书记继续重申了"坚持文艺为人民服务、为社会主义服务的根本方向"。但在讲这句话之前，他先开宗明义地指出："社会主义文艺，从本质上讲，就是人民的文艺。"

我们通常在谈到文艺为什么人的问题时，自 1980 年以来，一直沿用"文艺为人民服务，为社会主义服务"的说法，人们习称为"二为"方向。这个"二为"方向，也是经过数十年的探索与实践，用经验和教训换取来的。那么，习近平总书记不仅就"社会主义文艺"的根本属性，作了"本质上讲，就是人民的文艺"的新的解说，他还进而论述道："要把满足人民精神文化需求作为文艺和文艺工作的出发点和落脚点，把人民作为文艺表现的主体，把人民作为文艺审美的鉴赏家和评判者，把为人民服务作为文艺工作者的天职。"这种秉要执本又简明扼要的阐释，以"为人民"为旨归，揭示了社会主义文艺的要旨与要义，也使"文艺为人民服务，为社会主义服务"的"二为"，在其内在精神上合而为一，统归于"为人民"的终极目标。可以说，这是在文艺的本质属性与根本方向上，又一次体现新思想的新阐释。

第三是中国精神是中国文艺之魂。

中国文艺，应该富含民族精神，葆有时代精神，这是不言而喻的。但在创作实践中，应当怎样具体落实和体现呢？习近平总书记在讲述第四个问题时，从社会主义的核心价值观，说到爱国主义，又从爱国主义说到真善美，说到传统文化，可以说，这些问题环环相扣，彼此勾连，都与文艺创作关系密切，而且便于操作。

前不久，我受张江院长之托为《人民日报》"文学观象"专栏组约了一期"家国情怀"的专辑，以呼应习近平总书记讲话中的"爱国主义应当成为文艺主旋律"的说法。在组稿看稿中发现，中国文学从古到今，包括从先秦散文、唐诗宋词、明清小说一直到现代、当代和现在，家国情怀的血脉绵延不断，家国情怀的主题常说常新，确实就是中国文学从开始到现在的不变的主旋律。过去是这样，现在也是这样。我觉得，把爱国主义作为文艺的主旋律，既会使家国情怀这种中华精神和民族血脉在文艺创作中更为显豁，也使不同时期，不同地域和不同板块的文艺家，有了一个共同的精神依托与文化纽带。

第四是创作优秀作品是文艺工作的中心。

这个问题十分重要，为什么重要呢？我觉得我们在文艺的组织领导工作中，也包括一些作家艺术家在他们的文艺活动中，有时候会经常偏离创作这个要务，疏离作品这个中心。屡见不鲜的事例是，有时候，有些文艺领导部门会特别看重所谓的政绩工程、形象工程，做一些表面文章；而有一些作家艺术家也常常不甘寂寞，好出风头，享受追捧，迷恋作秀，甚至好大喜功，追逐名利。尤其是娱乐化的媒体深度介入文坛之后，会把娱乐化的游戏性的成分带进来，使得文坛经常会出现各种各样的事件与绯闻，以一种非作品的乃至娱乐化的方式影响创作，遮蔽文坛。所以，习近平总书记在谈到"创作无愧于时代的优秀作品"时，特别强调：没有优秀作品，其他事情搞得再热闹，再花哨，那也是表面文章，是不能真正深入人民精神世界的，是不能触及人的灵魂，引起人民思想共鸣的。提醒我们：文艺工作者应该牢记，创作是自己的中心任务，作品是自己的立身之本，要静下心来，精益求精地搞好创作，把最好的精神食粮奉献给人民。对于作家文艺家而言，中心只有一个，就是创作优秀作品。作家艺术家要以作品立身，文艺工作要用作品说话。

第五是创新是艺术的生命所在。

习近平总书记在他的讲话里，高度重视创新，一再强调创新，给人印象十分深刻。他谈到了创新对于文艺创作的意义，论说了创新的要义所在与具体体现，比如说文艺的一切创新，都直接或间接来源于人民；要在体悟生活本质、吃透生活底蕴的基础上创新；创作和创新需要观念和手段相结合，内容和形式相融合，特别是"胸怀与创意的对接"，讲得尤为重要又十分精彩。这样，创新就不仅仅是一种形式层面的问题，而是内含了思想，富含了精神的综合性问题。由此，他顺理成章地提出了"学养、涵养、修养"的提高，在知识储备、艺术训练之外，加强思想积累，提升文化修养，重视人格修为的问题。

第六是"两个效益"和"两个价值"的辩证关系。

"两个效益"指的是社会效益和经济效益，"两个价值"指的是艺术价值和市场价值。我们这些年来，在很多方面都在强调两个效益的兼顾，有时还会说社会效益第一，经济效益第二；但是实际工作中，更为重视的则是经济效益，有时社会效益变成是口头上说说而已，而经济效益是真抓实干，两手都在抓，只有一手硬，我觉得这是现在的一个普遍问题。这个问题在现在之所以越来越严峻，是因为我们这些年来在推行文化的产业化、网络的资本化的同时，带来了很多新的问题，那就是资本的力量在不断地扩大着它们的能量，不断在影响着文化的格局，甚至主导着文学的发展，这是一个很大的问题。因此，习近平总书记讲话中讲到"两个效益""两种价值"的关系问题时，怎么表述就非常重要。习近平总书记谈到第三个问题时，特别用一大段的篇幅就此作了论说。他的态度非常明确，关于"两个效益""两个价值"，他这样说道：同社会效益相比，经济效益是第二位的，当两个效益、两个价值发生矛盾时，经济效益要服从社会效益，市场价值要服从社会价值，文艺不能当市场的奴隶，不要沾满了铜臭气。在这样两个重要关系中，习近平总书记的态度很坚定，表达很明确，没有迟疑，毫不含糊。我觉得这个非常好，这不仅对于文学创作、文学批评有极大的好处，而且对那些党政领导和文化管理部门，也有很大的指导作用，甚至是约束作用。

第七是改进党对文艺的领导。

在第五个问题的论述中，习近平总书记着重谈了加强和改进党对文艺工作的领导。这里边，他有好多意思都侧重于谈"改进"的一方面。比如，要尊重文艺家的创作个性和创造性劳动，政治上充分信任，创作上热情支持，营造有利于创作的良好环境；文联、作协要充分发挥优势，加强行业服务，行业管理，行业自律，真正成为文艺工作者之家；特别是面对种种新的元素、新的现象带来新的文艺形态，文艺管理的方式方法要及时跟进，与时俱进。这些说法与意见，都切近着当下的文坛实际，具有极强的现实性与紧迫性。

第八是文艺批评要强化批评精神。

习近平总书记谈到当下的文艺批评时，有较多的批评性意见，关键是认为"文艺批评褒贬甄别的功能弱化"，缺少批评精神。由此，他强调批评自身的褒优贬劣，激浊扬清，也提倡养成辩论的精神，形成良好的批评氛围。这里边的一些话，都相当地发人深省。如说批评，"不能是表扬甚至庸俗吹捧，不能套用西方理论来剪裁中国人的审美，更不能简单地用商业标准取代艺术标准"。这些说法，当然都有所指，也确实是批评现状中的实际问题。可以说，在文艺批评方面，他讲了可以做什么，必须做什么，也讲了不能做什么，要警惕些什么。这些意见和论述，对于我们反思批评现状，重振批评雄风，都很有启迪性和指导性。

在以上八个要点之外，习近平总书记的文艺工作座谈会讲话还有不少的亮点。这里简说两个小点。

一个是对文艺家崇高地位的充分认定。文艺家在过去的地位是摇摆不定的。因为属于知识分子阶层，在过去讲家庭成分重于讲个人表现，讲阶级阶层甚于讲知识文化的年代，文艺家通常被归入了资产阶级、小资产阶级行列，不属于劳动人民，是要接受改造的一群人。大约是在1956年，周恩来总理在《关于知识分子的报告》中正式宣布"知识分子中的绝大多数已经是劳动人民知识分子"，但随后而来的"反右""反修"和"文革"等政治运动，又把知识分子打入社会最底层。因此，对于知识分子问题，中央不得不重新研估，再作评价。于是，就有了邓小平于1979年6月15日在中国人民政治协商会议第五届全国委员会第二次会议上的开幕词中提出的

"我国广大的知识分子，包括从旧社会过来的老知识分子的绝大多数，已经成为工人阶级的一部分，正在努力自觉地为社会主义事业服务"。正是在这样的一个历史背景之下，习近平总书记对属于知识分子的文艺家的高度肯定，高度信任，热切期待，就显得前所少见，非同寻常。习近平总书记对文艺家高度肯定，一是体现在他对文艺家的先锋作用、标杆作用的一再强调上，他希望文艺家成为时代风气的"先觉者，先行者，先倡者"。这就是说你不光是普通的人民，你还是人民里头领风气之先的先锋与尖兵。还有说到文艺和文艺家对于社会精神的引领作用，他用了"言为士则，行为世范"的传统名言，来表达他的高度敬重与殷切期盼。可以说，文艺家的地位与作用，被提高到如此程度，被寄寓如此厚望，是前所未有的。我觉得这里虽然主要谈论的是文艺家，但由此涉及的对于知识分子的高度评估，也是特别值得人们加以关注的。

还有一个小亮点，是对新的文艺形态的关注和肯定。习近平总书记的这个文艺工作座谈会讲话，有两处特别讲到对新的文艺形态要加以关注。一处是讲第二个问题"创作无愧于时代的优秀作品"时，有一大段说到互联网技术和新媒体改变了文艺形态，也带来文艺观念和文艺实践的深刻变化。民营工作室、民营文化经纪机构、网络文艺社群等新的文艺组织大量涌现，网络作家、签约作家、自由撰稿人、独立制片人、独立演员歌手、自有美术工作者等新的文艺群体十分活跃。这些人中有可能产生名家，我们要扩大工作覆盖面，延伸联系手臂，用全新的眼光看待他们，用全新的政策和方法团结、吸引他们，引导他们成为繁荣社会主义文艺的有生力量。还有就是在最后的"加强和改进党对文艺工作的领导"部分，讲到文艺工作的对象、方式、手段、机制出现了许多新情况，新特点，文艺创作的生产格局、人民群众的审美习惯发生了很大变化。要面对新的文艺形态，建构有效的管理方式与方法。说实话，这种对于新的文艺形态的高度关注，尤其是热切肯定，是很出人意料的。可以说，这不仅需要切实了解文学新变的现状，还需要对这些全新的现象有很好的研判与预见。这样一些说法和看法，由党的领导人口里讲出来，分量特别不一样，也让很多从事新的文艺形态的人们备受鼓舞，感到了自己的被看重，被期待，会油然产生一种使命感与责任感。

四、强烈的问题意识与辩证的解决之策

习近平总书记的文艺工作座谈会讲话，在不同部分都有一些段落，对当下文艺现状中的混乱现象和倾向性问题，指出了问题所在，提出了批评意见。这些批评的意见，直面当下文学现实、摸准问题症结，都是一针见血、入木三分，读来令人深省，甚至为之震撼。

首先是在谈到创作现状时，他有一些基本看法，是抓住了问题，摸准了病灶的。比如，他对于文艺创作中的三大病象的看法，在高度概括的表述里，精准地指出了问题所在：一个病象是有数量、缺质量，有高原、缺高峰。这个看法是有依据，有道理的。现在长篇小说每年数量是急剧增长，前年是四千八百多部，去年是四千一百多部，前些年还曾上升到五千多部。但在这样一个庞大的数量里，质量到底怎么样？恐怕大家的看法都不乐观，也就是说，好的和比较好的，为数寥寥，大量的是可出可不出的，可看可不看的。还有一个是有高原、缺高峰。有些人认为，我们好像也有高峰，比如莫言获诺奖。但我认为，从总体上看，像这样一种获取著名奖项、国际知名，而且个性突出、持续活跃的文艺大家，确实凤毛麟角，为数太少。从作品的角度看，哪些是我们这个时代的标志？哪些代表了这个时代的高峰？尤其是深刻反映改革开放以来的伟大历史变革的佳构力作有哪些？这样一问，都会含糊起来，因为确实没有。

第二个病象是抄袭模仿、千篇一律。这个问题其实从严肃文学到类型文学，都不同程度地存在着，就是创作的跟风化、同质化，尤其是在类型小说写作中可能更为严重。仔细想一下，在传统文学里头，这样的问题也同样存在，有很多作品相互之间没有很大区别，有的作家总在重复自己，甚至于仿学和抄袭别人，这种现象都并不少见。甚至于我们再放开眼界来看，我们的文学期刊不管谁办的，哪儿的，都像一个人办的，陈陈相因，千人一面，几十年都没有什么变化。这背后的问题，其实就是缺少个性，缺乏创新。

第三病象是机械化生产、快餐化消费。随着文学生产的商业化，文学传播的娱乐化，文学阅读的电子化，机械化生产、快餐化消费，确实已成为当下文坛的惯常现象，这在网络文学领域里的作品生产、年轻读者群体里的文化消费里，尤为突出，更为流行。这些现象已对整体的文学创作和文学阅读，产生着它们的一定影响，需要认真对待，也需要切实解决。

谈到我们的文艺作品中经常会出现的问题，习近平总书记在讲话中简要概括了五点：第一是，对崇高、经典、历史和人民缺少应有的认知和敬畏，经常会出现躲避崇高、慢待经典、颠覆历史、丑化人民和英雄人物。这些现象可能在严肃文学里并不突出，但在一些影视作品、网络作品中，也会频频出现，屡见不鲜。第二是，是与非、善与恶、美与丑的不分明，乃至被颠倒，甚至在作品中过度渲染社会的阴暗面。这种现象，在严肃文学里会有，在类型文学里更甚。第三是，追求低级趣味，一味媚俗，把作品当成追逐利益的"摇钱树"，当作感官刺激的"摇头丸"。这个现象可能比较严重，也比较普遍，从写作到生产，从传播到阅读，都比较显见。第四是，追求奢华，过度包装，炫富摆阔，形式大于内容。这些问题主要表现于作品在出版过程中的重形式、轻内容等一些行为。第五是，为艺术而艺术，只写一己悲欢，杯水风波，脱离大众、脱离现实。这种现象有显见的，有隐性的，但确实是严重存在的，而且因为打着"为艺术"的幌子，比较难以判别，也比较难以解决。

谈到当下文艺界最为突出的整体性问题，习近平总书记说根据他同一些文艺家接触交谈的了解，就是两个字：浮躁。1986年贾平凹写了个小说叫《浮躁》，人们都注意了这个小说对改革开放初期农村生活的描写，但是都忽略了这个书名对时代情绪的准确概括与把握，我认为我们的浮躁就是从那个时候开始的，从80年代中后期开始的，一直到现在是愈演愈烈，这个浮躁现象不仅仅是文学问题，它是个社会性的问题。

"浮躁"都有一些什么表现呢？从社会生活上来看，比如像我们的管理阶层和官员群体，心态急躁、作风飘浮，为了任期的业绩，只求眼前、不想未来，只求政绩、不想民生，形式主义盛行、官僚主义成风，而一些企业也是，商业只求上市和圈钱，或只想利润与利益，追求利益最大化，无所不用其极，损人利己也在所不惜，民众中显见的隐性的浮躁更是花样百出、无奇不有，有的人为了一夜成名可以不顾一切，也有的人为了一夜暴富可能利令智昏，抱着艳羡别人与攀比的心态，心理失衡、心浮气躁，所有人都满腹牢骚，个个都怨气冲天。而在文化领域里头，文化事业与文化产业要齐头并进，社会效益与经济效益都要抓出成绩，但实际上只有文化产业越做越大，经济效益远远胜于社会效益，凡此种种，都使浮躁成为社会性情绪与普遍性的症候。我认为从社会上看，整体上就是浮躁的。

从文学上看，"浮躁"有过之而无不及。比如说在文学写作中，有些作家追求写作的快捷与速成，一些作者追求作品的字数、部头与数量，有的一年一部长篇小说，贪图高效率，有的一年好几部作品问世，追求曝光率，至于由文学出版、文学传播联袂构成的文学市场更是缭乱、五花八门，因为名家是销量保障和赚钱的利器，便成为众多出版人必欲拿下的目标和相互争夺的对象，一篇作品刚刚完成，便有数家出版社竞相拼抢，争执不下，甚至对簿公堂，有的名家才刚刚构想出一个书名，便有多家出版社竞相以预付稿酬的方式提前预订，这样的结果使得文学名家无形中垄断图书市场和客观上霸占出版资源，使得新人新作很难浮出水面，许多名家在这种围堵与追逐之下，基本上都处于一种惶惶不安或者惴惴不安的处境与氛围，而在急切切和急匆匆之下，写作和出版的作品多是不及打磨的粗糙品或者是尚未完工的半成品，我认为这个现象确实是严重存在的。

还有文学阅读领域，浮躁盛行、浮泛成风，浅阅读、轻阅读，乃至图像阅读、休闲阅读、快餐阅读、娱乐阅读、实用阅读等等共同构成了日趋浅俗的阅读之风，使文学阅读，尤其是大众阅读，一路向低俗滑行。最能说明问题的例证是 2013 年间，广西师大出版社在网上搞了一个叫"来说说死活读不下去的书"的调查，结果有三千多名网友在上面投票，把《红楼梦》《百年孤独》《三国演义》《追忆似水年华》等中外文学名著，一概投进了"死活读不下去的书"之列，而且都位列前十名。我觉得文学出版、文学阅读这种浮躁之风，已盛行多年，通行无阻，使得我们文学批评、文学观念都不可能不受影响，所以从某种意义上，我觉得这是个非常严峻的问题。所以习近平总书记特别讲到了浮躁，确实是当下最大的普遍性问题。

那么浮躁的背后是什么，或者说是什么东西造成了浮躁？不用说，是追名逐利，急功近利，从某种意义上讲，是把文学当成了一种追名逐利、谋取功利的工具。还有就是，在文学创作、文学生产、文学传播的过程中，都把利益摆在前面，各个环节都这样之后，整体上构成了一种惯性，形成这样一种风气，所以浮躁的背后是急功近利，我觉得这是一个需要整体反思、自我省察的一个大问题。

习近平总书记的文艺工作座谈会讲话里，还就如何更好地反映现实，提出了他的看法和建议。他认为，对于生活中的不如人意之处，一些丑恶现象，不是不要反映，而是要解决好如何反映。他指出：应该用现实主义精神和浪漫主义情怀观照现实生活，用光明驱散黑暗，用美善战胜丑恶，让人们看到美好，看到希望，看到梦想就在前方。总之，不能是单纯地记录现状，原始地展现丑恶。

习近平总书记在第五个问题中用一半的篇幅谈论了文艺批评中的存在问题，在其他问题的相关部分，也有一些精彩的见解与意见，对于我们从事文学理论批评的，都特别有启迪，有教益。比如，文化产品的两个效益、两个价值的关系问题，文艺作品要尽力做到雅俗共赏的问题，还有不能总是庸俗吹捧，阿谀奉承，不能以西方理论来剪裁中国人审美，不能用简单的商业标准取代艺术标准，等等。认真学习这些论述，深入领会这些精神，对于我们着力打造批评的"利器"，把握好文艺批评的"方向盘"都至关重要，极有助益。

总的来说，习近平总书记的文艺工作座谈会讲话联系文艺的新实际，针对文艺的新问题，提出了党对文艺工作者的新的希望与推动文艺工作的新的要求。讲话的内容丰富，观点鲜明，许多论述与论断，既高屋建瓴，又实事求是，对于文艺工作者在新的历史条件下充分认识历史使命，坚持正确方向，增强文化自信，焕发创作活力，具有重要的指导意义与极大的激励作用。

我今天要跟大家交流的学习体会，大致就是这些。需要说明的是，习近平总书记这个讲话内容十分丰赡，思想极其深刻，我只能根据自己的学习与领悟，阐述一些基本观点，阐发一些重点与要点，不当不妥之处，请大家包涵、指正，谢谢大家。

什么是故乡？
——读鲁迅先生的《故乡》

毕飞宇

    我今天和大家一起回顾一下中学教材里的一篇小说，也就是鲁迅先生的《故乡》。我们都知道，鲁迅研究是一门很独特的学科，它博大精深，已经抵达了非常高的水准，以我的学养，是插不上嘴的。可是话又得说回来，关于鲁迅，太多的中国作家表达过这样的意思——"虽不能至，心向往之"。我今天来讲大先生的《故乡》，其实就是一个读者的致敬，属于心向往之。恳请大家不要用批评家的要求来衡量我，更不能把我的演讲当作"鲁迅研究"，那个要贻笑大方的。有说得不对的地方，敬请同行朋友们多包涵、多指正。

一、基础体温。冷

    《故乡》来自短篇小说集《呐喊》。关于短篇小说集，我有话说。许多读者喜欢读单篇的短篇，却不喜欢读短篇小说集，这个习惯就不太好。其实，短篇小说是要放在短篇小说集里头去阅读的。一个小说家的短篇小说到底怎么样，有时候，单篇看不出来，有一本集子就一览无余了。举一个例子，有些短篇小说非常好，可是，放到集子里去，你很快就会发现这个作家有一个基本的套路，全是一个模式。你可以以一当十的。这就是大问题。好的短篇集一定是像《呐喊》这样的，千姿百态，但是，在单篇与单篇之间，又有它内在的、近乎死心眼一般的逻辑。

如果我们的手头正好有一本《呐喊》，我们沿着《狂人日记》《孔乙己》《药》《头发的故事》《风波》这个次序往下看，这就到了《故乡》了。读到这里，我们能感受到什么呢？我们首先会感觉到冷。不是动态的、北风呼啸的那种冷，是寂静的、天寒地冻的那种冷。这就太奇怪了。这个奇怪体现在两个方面——

第一，你鲁迅不是呐喊么？常识告诉我们，呐喊必然是激情澎湃的，必然是汪洋恣肆的，甚至于，必然是脸红脖子粗的。你鲁迅的呐喊怎么就这样冷静的呢？这到底是不是呐喊？请注意，鲁迅的嗓音并不大，和正常的说话没有什么两样，然而，这才是鲁迅式的呐喊。在鲁迅看来，中国是这样的一个国家，人人都信奉"沉默是金"。一个人得了癌症了，谁都知道，但是，谁都不说，尤其不愿意第一个说。这就是鲁迅所痛恨的"和光同尘"。"和光同尘"导致了一种环境，或者说文化，那就是"死一般的寂静"。就在这"死一般的寂静"里，鲁迅用非常正常的音量说一句"你得了癌症了"，它是"于无声处听惊雷"。很冷静。这才是鲁迅式的呐喊——鲁迅的特点不是嗓子大，是"一语道破"，也就是"一针见血"，和别人比音量，鲁迅是不干的。别一看到"呐喊"这两个字立马就想起脸红脖子粗，鲁迅这样的作为一个一流的小说家，作为一个拥有特殊"腔调"的小说家，鲁迅永远也不可能脸红脖子粗。扯着嗓子叫喊的，那叫郭沫若，不叫鲁迅。我要强调的是，我们不能被鲁迅欺骗了，我们要在象征主义这个框架之内去理解鲁迅先生的"呐喊"，而不仅仅是字面。关于象征主义，我还有话要说，我们放到后面去说。

第二，面对一个呐喊者，我们应当感受到呐喊者炙热而又摇晃的体温，但是，读《呐喊》，我们不仅感受不到那种炙热而又摇晃的体温，相反，我们感到了冷。的确，冷是鲁迅先生的一个关键词。

是冷构成了鲁迅先生的辨别度。他很冷，很阴，还硬，像冰，充满了刚气。关于刚，有一个词大家都知道，叫"阳刚"。从理论上说，阳和刚是一对孪生兄弟；阴和柔则是一对血亲姊妹。它们属于对应的两个审美范畴。可是，出大事儿了，是中国的美学史上，伴随着小说家鲁迅的出场，在阳刚和阴柔之外，一个全新的小说审美模式出现了，那就是"阴刚"。作为一个小说家，鲁迅一出手就给我们提供了一种全新的审美模式，这是何等厉害。通常，一个小说家需要很长时间的实践才能培育起自己的语言风格，更不用说美学模式了，鲁迅一出手就做到了。艾略特有一篇著名的论文，《传统和个人的才能》。借用艾略特的说法，我自然不会忽视"传统"、也就是历史的原因，但我们更加不能忽视的是鲁迅"个人的才能"。说鲁迅是小说天才一点也不过分。但是，我永远也不会说鲁迅是小说天才，那样说不是高估了先生，是低估了先生。我这样说一点也不是感情用事，人家的文本就在我们手上。它经得起读者的千人阅、万人读，也经得起研究者们千人研、万人究。鲁迅最为硬气的地方就在这儿，他经得起。

既然说到了冷，我附带着要说一个特别有意思的东西了，那就是一个作家的基础体温。正如每个人都有自己的基础体温一样，每一个作家也都有他自己的基础体温。在中国现代文学里头，基础体温最高的作家也许是巴金。我不会把巴金的小说捧到天上去，但是，这个作家是滚烫的，有赤子的心，有赤子的情。一个作家一辈子都没有丧失他的赤子心、赤子情，一辈子也没有降温，在我们这样一个特殊的文化背景里头，这有多难，这有多么宝贵，我们扪心自问一下就可以了。我很爱巴金先生，他永远是暖和的。他的体温是他最为杰出的一部作品。

基础体温最低的是谁？当然是张爱玲。因为特殊的原因，因为大气候，现代文学史上的作家总体上是热的，偏偏就出了一个张爱玲，这也是异数。这个张爱玲太聪明了，太明白了，冰雪聪明，所以她就和冰雪一样冷。她的冷是骨子里的。人们喜欢张爱玲，人们也害怕张爱玲，谁不怕？我就怕。我要是遇见张爱玲，离她八丈远我就会向她鞠躬，这样我就不必和她握手了。我受不了她冰冷的手。

另一个最冷的作家偏偏就是鲁迅。这更是一个异数——鲁迅为什么这么冷？几乎就是一个悬案。

我现在的问题是，鲁迅的基础体温到底是高的还是低的？这个问题很考验人，尤其考验我们的鲁迅阅读量。如果我们对鲁迅有一个整体性的、框架性的阅读，结论是显性的，鲁迅的基础体温着实非常高。但是，一旦遇上小说，他的小说温度突然又降下来了。这是一个触目惊心的矛盾。作为一个读者，我的问题是，什么是鲁迅的冷？我的回答是两个字，克制。说鲁迅克制，我也许会惹麻烦，但是，说小说家鲁迅克制，我估计一点麻烦也没有。鲁迅的冷和张爱玲的冷其实是有相似的地方的，他们毕竟有类似的际遇，但是，他们的冷区别更大。我时刻能够感受到鲁迅先生的那种克制。他太克制了，其实是很让人心疼的。他不停地给自己手上的那支"金不换"降温。要把这个问题说清楚，不要说一次演讲，一本书也许都不够。今天我们不说这个。我只想说，过于克制和过于寒冷的小说通常是不讨喜的，很不讨喜，但是，鲁迅骨子里的幽默帮助了小说家鲁迅。是幽默让鲁迅的小说充满了人间的气味。如果没有骨子里的那份幽默，鲁迅的文化价值不会打折扣，但是，他小说的魅力会大打折扣。鲁迅的幽默也是一个极好的话题，但我们不要跑题，我们今天也不说，继续回到温度，回到《故乡》——

读《呐喊》本来就很冷了，我们来到了《故乡》，第一句话就是："我冒了严寒，回到相隔二千余里，别了二十余年的故乡去。"冷吧？很冷。不只是精神上冷，身体上都冷。

我的问题来了，作为虚构类的小说，"我"可以不可以在酷暑难当的时候回"故乡"？可以。可以不可以在春暖花开的时候回"故乡"？可以。可以不可以在秋高气爽的时候回"故乡"？当然也可以。可是我要说，即使是虚构，鲁迅也不会做过多的选择，他必须，也只能"冒了严寒"回去。为什么？因为回去的那个地点太关键了，它是"故乡"。它是《呐喊》这个小说集子里的"故乡"。

二、什么是故乡？

我刚才留下了一个问题，是关于象征主义的。我说过，理解鲁迅的小说，一定不能离开象征主义这个大的框架。象征主义是西方现代主义的一个专有名词。大家都知道，西方现代主义可不是改革开放之后才进入中国的，它在五四时期就和中国的现代文学有着千丝万缕的联系了，五四文学其实是我们的第一代"先锋文学"。因为救亡压倒了启蒙，现代主义文学的实践后来中断了而已。谈论鲁迅的小说，象征主义是一个无法逾越的话题。

按照我们现行的现代文学史，通常都把鲁迅界定为伟大的现实主义作家。从思想与文化意义上说，这个说得通，但是，仅仅局限在小说修辞的内部，这个判断其实是不准确的。的确，鲁迅拥有无与伦比的写实能力，但是，写实能力是一码事，是不是现实主义作家则是另外的一码事。我们在谈论鲁迅的象征主义创作时，一般习惯于讨论《野草》和《狂人日记》。但是，我们先来看茅盾先生的《子夜》吧，《子夜》的故事发生在哪里？上海。《子夜》写的是什么？上海。你要想了解20年代、30年代的上海，你就去读《子夜》，那是地道的上海"史诗"，甚至干脆就是历史。在当年的上海，吴荪甫和赵伯韬一抓一大把。你要说《子夜》写的是30年代的沈阳或陕北，我会抽死你。这是标准的现实主义作品。现实主义和象征主义最大的区别就在一个基本点上，看它有没有隐喻性，或者说，延展性。通俗地说，现实主义是由此及此的，象征主义则是由此及彼的——言在象，而意在征。

鲁迅深得象征主义的精髓，从《呐喊》开篇《狂人日记》开始，鲁迅小说的基本模式就不是现实主义，而是象征主义的。鲁迅先生对象征主义手法的运用，在《药》这个小说里头几乎抵达了顶点。正因为如此，在《呐喊》里头，《药》反而有缺憾，它太在意象征主义的隐喻性了，它太在意"象"背后的那个"征"了。所以，《药》是勉强的。包括小说的名字。可以说，《药》的不尽人意不是现实主义的遗憾，相反，是象征主义的生硬与局限。

和《药》比较起来，《故乡》要自然得多。——如果我们对鲁迅没有一个整体性的阅读，把《故乡》这样的作品当作"乡土小说"或"风俗小说"去阅读，一点问题都没有。但是，《故乡》绝对不是"乡土小说"或"风俗小说"，鲁迅是不甘心做那样的作家的。从作家的天性上说，鲁迅很贪大；从作家的实际处境来说，鲁迅有"任务"，也就是"听将令"。

有两句话我不得不说，第一，先生是一个很早熟的作家；第二，鲁迅是一个大器晚成的小说家。这就带来了一个问题，先生其实是一个把自己书写过两遍的作家。他"重写"了他自己。这在世界文学史上也许都没有先例。事实上，在写小说之前，先生的思想与艺术能力就已经很成熟了，但是，有两个"使命"他没有完成，第一，他不够普罗，第二，尚没有"白话"。这两件事其实是一件事。因为陈独秀等一干同仁，先生用当时根本就"不算文学"的"小说"把自己"改写"了一遍，同时，也用白话把自己"翻译"了一遍。可以这样说，为了启蒙，先生放下了身段，来了一次"二次革命"，这才有了我们所知道的鲁迅。请听清楚了，在鲁迅的时代，尤其是，以鲁迅的身份，做"小说家"可不是一件光荣的事情，连体面都不一定说得上。小说是写给谁读的？是给鲁迅妈妈那样的、"识字"的人读的。这一点我们一定要明白，不明白这个，我们根本就无法了解鲁迅，更无法了解鲁迅的小说。

正因为如此，可以这样说，在鲁迅的小说里头，其实只有一样东西，那就是启蒙。启谁的蒙？当然是启"国人"的蒙。换句话说，离开了"国人"，也就是"中国"这个大概念，鲁迅绝不会动手去写"小说"这么一个劳什子。——他实在是怀抱着"使命"才去做的。好，鲁迅的小说终于要写到"故乡"了，我的问题是，这个"故乡"是沈从文的故乡么？是汪曾祺的故乡么？当然不是。真正描写故乡必然离不开两样东西，一是乡愁，二是闲情逸致。鲁迅的《故乡》恰恰是一篇没有乡愁、没有闲情逸致的《故乡》，鲁迅不喜欢那些小调调，鲁迅可没有那样的闲心。鲁迅的情怀是巨大的。

可是，我们不得不说，作为小说家的鲁迅又有一个小小的偏好，或者说特点，那就是小切口。这是鲁迅小说的美学原则。鲁迅的小说可以当作"史诗"去读，但鲁迅个人偏偏不喜欢"史诗"。即使和茅、巴、老、曹比较起来，鲁迅小说的切口也要小很多。说到这里一切都简单了，小切口的小说必然在意一个东西，那就是它的延展性，也就是它的隐喻性，换句话说，鲁迅的小说必然会偏向于象征主义。所以，所谓的"故乡"，它不可能是"邮票大小的地方"，鲁迅会对"邮票大小的地方"有兴趣么？不可能的。他着眼的是康有为所说的那个"山河人民"。在鲁迅的笔下，《故乡》是一篇面向中华民族发言的小说，它必须是"中国"，只能是"中国"。这就不难理解《故乡》为什么会成为"呐喊"的一个部分。《故乡》是象征主义的，正如《呐喊》是象征主义的一样。

既然说到了象征主义，我不得不说，和鲁迅最像的那个作家是卡夫卡，绝对不是部分学者所认定的波德莱尔。是，鲁迅和波德莱尔的处境与感受生活的方式的确有许多相似的地方，可他们的气质相去甚远。鲁迅是什么人哪？革命者，领袖。他怎么可能让自己去做一个浪荡公子？开什么玩笑呢。鲁迅和卡夫卡像。但鲁迅和卡夫卡又很不同，最大的不同就在这里：卡夫卡在意的是人类性，而鲁迅在意的则是民族性。——这里头没有高下之分。面对文学，我们不能玩平面几何，以为人类性就大于民族性，这是说不通的。请注意，考量一个小说家，要从它的有效性和完成度来考量，不能看命题的大小。因为工业革命和现代主义的兴起，也因为懦弱的天性，卡夫卡在意人类性是理所当然的；同样，因为启蒙的压力，更因为性格的彪悍，鲁迅非常在意民族性，那也是理所当然的。

说到这里我们不得不面对一个问题，是一句话——"愈是民族的就愈是世界的"，这句话的流传性非常广泛，因为传言它是鲁迅说的，口吻也非常像，几乎成了真理了。但是我要说，鲁迅从来没有说过这样的混账话，鲁迅不可能说这样的混账话。在逻辑上，这句话不属于鲁迅思想的体系。鲁迅是极其看重价值的人，他不可能回避价值问题去说这样草率的昏话。1934年的4月19号，鲁迅给青年木刻家陈烟桥写过一封信，鲁迅鼓励青年人说："有地方色彩的，倒容易成为世界的。"这句话是对的，它面对的只是艺术上的一些手段和特色，但是，一点也不涉及民族性的价值。这和笼而统之地说"愈是民族的就愈是世界的"完全不是一码子事。鲁迅不可能回避价值。三寸金莲是民族的，能成为世界的？大烟枪是民族的，能成为世界的？

一句话，鲁迅所批判的那个"国民性"正是民族的，它能成为世界的？我们在哄自己玩呢，我们在骗自己玩呢。我们不能哄自己，更不能骗自己，这正是鲁迅要告诉我们的。

我想说，鲁迅所鞭挞的正是民族性里最为糟糕的那个部分，仅仅从逻辑分析上说，那句话和鲁迅的精神也是自相矛盾的。退一步，即使鲁迅说过，我们也要充分考量当时的语境，绝不能拿着鸡毛当令箭。糟糕的民族性不要说不是世界的，连民族的都不可以——鲁迅的意义就在这里。如果我们对民族性没有一个理性的认识，对民族性不进行价值分析和价值取舍，拿世界性当民族性的挡箭牌，拿世界性当民族性的合法性，先生艰苦卓绝的一生真的算是白忙活了。

2013年，我在北京的一次会议上质疑了"愈是民族的就愈是世界的"，结果，许多不明就里的年轻人说我侮辱鲁迅，在网络上扑过来就是一顿臭骂。利用今天这个机会，我郑重地说明一下，年轻人，你们的狙击步枪实在厉害，可你们瞄错方向了。质疑"愈是民族的就愈是世界的"，和侮辱鲁迅没有任何关系。我们先把狙击步枪放下来，拿上鲁迅的书，我们都好好读，鲁迅的世界比三点一线要开阔得多，也迷人得多。

三、两个比喻。圆规

《故乡》的故事极其简单，"我"回老家搬家，或者说，回老家变卖家产。就这么一点破事，几乎就构不成故事。《故乡》这篇小说到底好在哪里呢？我的回答是，小说的人物写得好。一个是闰土，一个是杨二嫂。我们先说杨二嫂。

和小说的整体一样，杨二嫂这个人物其实是由两个半圆构成的，也就是两个层面，一半在叙事层面，一半在辅助层面，也就是钩沉。通过两个半圆来完成一个短篇，是短篇小说最为常用的一种手法。我相信在座的每个朋友都经常使用。通常说来，双层面的小说都要比单层面的小说厚实一些，两个层面之间可以相互照应。

但是，有一点我需要特别地指出来，一般说来，中篇小说和长篇小说都有一件大事情做，那就是小说人物的性格发育。短篇小说由于篇幅的缘故，它是不允许的。正因为如此，我常常说，短篇小说、中篇小说、长篇小说是三个完全不同的体制，而不是小说的长短问题。说起短篇小说，大家都有一个共识，它不好写。其实，所谓的"不好写"恰恰来自小说的人物。一方面，短篇小说需要鲜活的人物性格；另一方面，短篇小说又给不了性格发育的篇幅，这就很矛盾了。我极端的看法是，短篇小说一旦超过了一万字几乎就没法看了，说明我们的能力达不到。第一，我们的眼睛看不到短篇小说"在哪里"；第二，即使看到了，我们手上的能力没跟上。短篇小说真真正正地是手上的才华，我们必须要有手。

鲁迅厉害。在辅助层面，也就是人物的"前史"，他给杨二嫂起了一个绰号："豆腐西施"。在汉语里头，"西施"本来是一个非常好的名字，但是，"豆腐西施"，不妙了，味道变得非常糟糕，有了反讽的意味。必须承认，在我们汉语里头，"豆腐"从来都不是一个美妙的词，它和"西施"捆在一起，很怪异，很不正经，它附带着还刻画了杨二嫂，——杨二嫂在很年轻的时候就"不是他娘的正调"。这为叙事层面打下了一个很好的基础。好，到了叙事层面，杨二嫂已经是一个五十开外的女人，我们看到的又是什么呢？是这个小市民的恶俗，是她的刁、蛮、造谣、自私、贪婪，她的贪婪主要体现在算计上。就因为她算计，另一个绰号自然而然地就来了：是一个精准的计算工具，"圆规"。请大家注意一下哈，"豆腐西施"和"圆规"这两个绰号不只是有趣，还有它内在的逻辑性，其实是发展的，不要小看了这个发展，它其实替代了短篇小说所欠缺的性格发育。

这个线性非常珍贵。这个线性是什么呢？是鲁迅所鞭挞的国民性之一：流氓性。可不要小瞧了这个流氓性，在鲁迅那里，流氓性是一个非常重要的概念。鲁迅一生都在批判劣根性，这是他对国民性的一种总结。这个劣根可以分为两个部分，强的部分和弱的部分。强的部分就是鲁迅所憎恨的流氓性，弱的部分则是鲁迅所憎恨的奴隶性。最令鲁迅痛心的是，这两个部分不只是体现在两种不同的人的身上，在更多的时候，它体现在同一个人的身上。这个总结是鲁迅思想重要的组成部分，也是鲁迅为我们这个民族所做出的伟大的贡献。

必须叹服鲁迅先生的深刻。的确是这样，流氓性通常伴随着奴性，奴性通常伴随着流氓性。

下面我该重点谈一谈"圆规"这个词了。圆规这个词属于科学。当民主与科学成为两面大旗的时候，科学术语出现在五四时期的小说里头，这个是不足为怪的。但是，我依然要说，在鲁迅把"圆规"这个词用在了杨二嫂身上的刹那，杨二嫂这个小说人物闪闪发光了。

首先我们来看，杨二嫂是谁？一个裹脚的女人。裹脚女人与圆规之间是多么的形似，是吧，我们可以去想象。

接下来我们再看，杨二嫂是谁？是一个工于心计的女流氓，她的特点就是算计，这一来杨二嫂和圆规之间就有了"某种"神似。这就太棒了。

可是，如果我们再看一遍，杨二嫂到底是谁？她的算计原来不是科学意义上的、对物理世界的"运算"，而是人文意义上的、对他人的"暗算"。这一来，"圆规"这个词和科学、和文明就完全不沾边了，成了另一种意义上的愚昧与邪恶。杨二嫂和"圆规"之间哪里有什么神似？一点都没有。这就是反讽的力量。一种强大的爆发力。可以这样说，"圆规"这个词就是捆在杨二嫂身上的定时炸弹，读者一看到它它就会爆。我几乎可以肯定，当年胡适、赵元任第一次看到"圆规"这两个字的时候，胡适、赵元任一定会喷出来。他们一定能体会到那种从天而降的幽默，还有那种从天而降的反讽。别忘了，《故乡》写于1921年的1月，小一百年了。那时候，"圆规"可不是现代汉语里的常用词，在"之乎者也"的旁边，它是高大上。就是这么高大上的一个词，最终却落在了那样的一个女人身上。我的意思是，如果我们能够用"历史的眼光"去阅读经典，我们所获得的审美乐趣要宽阔得多。

但是，无论如何，我想指出的是，"圆规"毕竟属于当时的高科技词语，在整个小说里头还是突兀的，它跳脱，它和小说的语言氛围并不兼容。比较下来，把杨二嫂比喻成"两根筷子"倒更贴切一些。我来把这一段文字读给你们听听吧——

我吃了一惊，赶忙抬起头，却见一个凸颧骨，薄嘴

唇，五十岁上下的女人站在我面前，两手搭在髀间，没有
系裙，张着两脚，正像一个画图仪器里细脚伶仃的圆规。

你看看，鲁迅先生的小说素养就是这样好，他的小说能力就是
这样强。在这一段文字里，作者先写自己，把自己的动态交代得清
清楚楚，这个相当关键。这一来，作者的书写角度就确定了，这就
保证了对杨二嫂的描写就不再是客观描写，而成了"我"的主观感
受。换句话说，"圆规"这个词并不属于杨二嫂，只属于"我"。你
去喊杨二嫂"圆规"，她不会答应你的，她不知道"圆规"是什么，
她不能知道。就是这么一个角度的转换，"圆规"，这个不兼容的语
词即刻就兼容了，一点痕迹都没有。是真的，鲁迅和曹雪芹，可以
让我们学习一辈子。

四、分明的叫到

就小说的人物刻画而言，《故乡》写闰土和写杨二嫂的笔法其
实是一样的，也是两个半圆，一个属于叙事层面，一个属于辅助层
面。但是，这里头的区别非常大，非常非常大。

写女流氓杨二嫂，无论在叙事层面还是辅助层面，鲁迅是一以
贯之的，也就是所谓的鲁迅式的"冷眼"。很冷。同样在辅助层面，
鲁迅写闰土却是抒情的和诗意的。这一点在鲁迅的小说里极其罕
见。但是，这一点尤其重要。请原谅我的不礼貌，在这里我必须要
问大家一个问题——鲁迅为什么那么不克制？他写闰土为什么要那
么抒情？他写闰土为什么要那么诗意？

要回答这个问题，我们就必须回到刚才。在讲杨二嫂的时候，
我说过一句话，鲁迅眼里的劣根性可以分成两个部分，强的部分是
流氓性，弱的部分则是奴隶性，简称奴性。可以这样说，作为象征

主义小说，在小说的大局方面，鲁迅是极为精心的，有他的设计。千万不要以为鲁迅写小说是随手的，他的小说写得好只因为他是一个"天才"，属于"妙手偶得"，不是这样。在过去的几十年里头，中国文坛有一个不好的东西，一说起作家的"思考"就觉得可笑，这就很悲哀。作家怎么可以不思考呢？思考是人类最为重要的精神活动之一，是精神上的本能，它的作用不能说比感受力、想象大重要，至少也不在感受力、想象力之下。没有思考能力，可以慢慢地培养，慢慢地训练，但是，我们不能主动放弃。作家主动放弃思考能力是危险的，最终，你只能从众、随大流、人云亦云，成为一个鲁迅所痛恨的、面目可憎的"帮闲"。

回到《故乡》。在《故乡》里头，呈现流氓性的当然是"圆规"；而呈现奴性的呢？自然是闰土。问题来了，写杨二嫂，鲁迅是顺着写的，一切都符合逻辑。写闰土呢？鲁迅却是反着写的。我们先来看鲁迅是如何反着写的——

在辅助层面，鲁迅着力描绘了一个东西，那就是少年的"我"和少年的"闰土"之间的关系。我把这种关系叫做自然性，人与人的自然性。它太美好了。在这里，鲁迅的笔调是抒情的，诗意的，这些文字就像泰坦尼克号，在海洋里任意驰骋。我必须补充一句，在"我"和"闰土"自然性的关系里头，"我"是弱势的，而"闰土"则要强势得多，这一点大家千万不能忽略。

但是，刚刚来到叙事层面，鲁迅刚刚完成了对闰土的外貌描写，戏剧性即刻就出现了，几乎没有过渡，鲁迅先生写道——

> 他（闰土）站住了，脸上现出欢喜和凄凉的神情；动着嘴唇，却没有作声。他的态度终于恭敬起来了，分明的叫到：
> "老爷！……"

人与人的自然性戛然而止。一声"老爷",是阶级性。它就是海洋里的冰山,它挡在泰坦尼克的面前。泰坦尼克号——也就是鲁迅的抒情与诗意——一头就冲着冰山撞上去了,什么都没能挡住。注意,我刚刚提醒过大家,是弱势的"我"成了"老爷",而强势的"闰土"到底做上了奴才。鲁迅在这些细微的地方做得格外好,大作家的大思想都是从细微处体现出来的,而不是相反。

鲁迅先生为什么一反常态,要抒情?要诗意?他的用意一目了然了。在这里,所有的抒情和所有的诗意都在为小说的内部积蓄能量,在提速,就是为了撞击"老爷"那座冰山。这个撞击太悲伤了,太寒冷了,是文明的大灾难和大事故。在这里,我有六点需要补充——

第一,奴性不是天然的,它是奴役的一个结果。从闰土的身上我们可以清晰地看到这一点。但是,我刚才说了,杨二嫂是顺着写的,一切都非常符合逻辑,闰土呢?在他的天然性和奴性之间却没有过渡,存在着一个巨大的黑洞。这个黑洞里全部的内容,就是闰土如何被奴役、被异化的。——鲁迅为什么反而没有写?这一点非常值得我们思考。它其实是不需要写的。为什么?因为每个人都知道黑洞里的内容。小说家鲁迅的价值并不在于他说出了人人都不知道的东西,而是说出了大家都知道,但谁也不肯说的东西!但是,这句话怎么说呢?这就是小说的修辞问题了,就存在一个写法的问题了。在《故乡》里头,鲁迅选择的是抒情与诗意。这也是必然的,小说一旦失去了对闰土自然性的描绘,鲁迅就无法体现"奴性是奴役的结果"这个基本的思想。

伏尔泰在总结启蒙运动的时候说过一句极为重要的话,什么是启蒙?就是"勇敢地使用你的理性"。我说实话,读大学的时候我其实不懂这句话,使用理性为什么要"勇敢地"?大学毕业之后,我从鲁迅那里多少知道了一些。我只想说,使用理性从来都不是一件容易的事情。在今天,我想这样告诉我自己:理性能力强不强其实不重要，重要的是，我有没有"勇敢地"去使用我的理性。

第二，在闰土叫"我"老爷的过程中，什么都没有发生。也就是说，在闰土身上所发生的一切，都是非胁迫性的，它发自闰土的内心。也可以说，是闰土内心的自我需求。在小说的进程里，这座冰山本来并不存在，但是，刹那间，闰土就把那座冰山从他的内心搬进了现实，闰土搬运的速度之快甚至是迅雷不及掩耳的，"我"都来不及左转舵和右转舵。为什么？那是闰土的本能，那是一个奴才的本能。

鲁迅狠哪，鲁迅狠。这个小说家的力量无与伦比。在讨论莫泊桑《项链》的时候，我说过一句话："我喜欢'心慈手狠'的作家，鲁迅就是这样。"因为嗅觉好，更因为耐力好、韧性足，鲁迅追踪的能力特别强，他会贴着你，盯住你，跑到你跑不动为止。然后，不是用标枪，而是掏出他的"匕首"。——这才是鲁迅。老实说，许多人受不了鲁迅，乃至痛恨鲁迅，不是没有道理的。从师承上说，鲁迅也有他的老师，那就是陀思妥耶夫斯基。他们都有一个特点，都喜欢"拷"。在"拷"的过程中，不给你留有任何余地。——鲁迅到底安排"我母亲"出现了。"我母亲"告诉闰土，"不要这样客气""还是照旧（自然关系）"，闰土是怎么做的？闰土在第一时间做了自我检讨。闰土说，"那时是孩子，不懂事"。这才是闰土内心的真实。不能说"闰土们"的内心没有理性，有的。这个理性就是奴性需求。在这个地方有两点很有意思：1.我们来看看奴性需求的表述方式：自我检讨；2.我们来看看自我检讨的内容或者说智慧："过去不懂事"。现在，我们都看到了，无论鲁迅对闰土抱有怎样的同情，他都不会给闰土留下哪怕一丁点的余地的。这个作家就是这样，喜欢揭老底，不管你疼还是不疼。读者喜不喜欢这样的风格？这个我不好说，我只能告诉大家，鲁迅是把这种小说风格发挥到极端的一个小说家。

接下来的问题是，什么是"懂事"？答案很清晰，"懂事"就是喊"老爷",就是选择做奴才——做"做稳了"的奴才,或者说,做"做不稳"的奴才。在鲁迅的眼里,奴役的文化最为黑暗的地方就在这里:它不只是让你做奴才,而是让你心甘情愿地、自觉地选择做奴才,就像鲁迅描写闰土的表情时所说的那样。鲁迅是怎么描写闰土的表情的?——对,又"欢喜"又"凄凉"。这两个词用得太绝了,是两颗子弹,个个都是十环。可以说是神来之笔。这两个词就是奴才的两只瞳孔:欢喜,凄凉。

伟大的作家有他的硬性标志,他的伟大伴随着读者的年纪,你在每一个年龄阶段都能从他那里获得新的发现,鲁迅就是这样的作家。

第三,五四那一代知识分子,或者说作家,有两个基本的命题,反帝、反封建。这个所有人都知道,也没有任何疑问。不过我想指出,在大部分作家的眼里,反帝是第一位的,是政治诉求的出发点,这个也可以理解,民族存亡毕竟是大事。鲁迅则稍有区别,他反帝,但反封建才是第一位的。反封建一直是鲁迅政治诉求和精神诉求的出发点。为什么?因为封建制度在"吃人"——它不让人做人,它逼着人心甘情愿地去做奴才。

第四,在变革中国的大潮中,五四一代的知识分子,或者说作家,在阶级批判的时候,大家都有一个基本的道德选择,那就是站到被侮辱与被损害的那一头,他们在批判"统治者"。这是对的。毫无疑问,鲁迅也批判统治阶级,但是,有一件事情鲁迅一刻也没有放弃,甚至于做得更多,那就是批判"被统治者"、反思"被侮辱"的与"被损害"的。鲁迅的批判极其另类。他的所谓的"国民性",所针对的主体恰恰是"被统治者"。在现代文学史上,这是鲁迅和其他作家区别最大的地方。从这一个意义上说,仅仅把鲁迅界定为伟大的"战士"是极不准确的,在我的眼里,他首先是一位伟大的启蒙者。当绝大部分的知识分子、绝大部分作家都在界定"敌人是谁"的时候,鲁迅先生十分冷静地问了一句,"我是谁?"在鲁迅看来,"我是谁"的意义远远超出了"敌人是谁"。其实,一部《呐喊》,它的潜台词就是这样的一个问题:我是谁?

第五，我不得不说情感。在阶级批判和社会批判的过程中，伴随着道德选择，无论是知识分子还是作家，尤其是作家，必然伴随着一个情感倾向和情感选择的问题。某种程度上说，中国现代文学就是抒情的文学，中国现代文学就是向大众"示爱的文学"。鲁迅爱，但鲁迅是惟一一个"不肯示爱"的那个作家。先生是知道的，他不能去示爱。一旦示爱，他将失去他"另类批判"的勇气与效果。所以，鲁迅极为克制，鲁迅非常冷。这就是我所理解的"鲁迅的克制"与"鲁迅的冷"。

第六，接下来的问题必然是价值认同的问题。和知识分子比较起来，在道德选择和情感选择的过程中，作家非常容易出现一个误判——价值与真理都在被压迫者的那一边。在这个问题上，鲁迅体现出了极大的勇气。他没有从众。他的小说在告诉我们，不是这样的。价值与真理"不一定"在民众的那一边，虽然它同样"也不一定"在统治者那一边。鲁迅在告诉我们，就一对对抗的阶级而言，价值与真理绝不是非此即彼的关系。

我写小说三十年了，取得了一点微不足道的成就，我想告诉大家的是，鲁迅对我最大的帮助就在这些地方，当然，是一点皮毛而已。

我一点也不指望现代文学的专家同意我的看法，更不担心朋友们的质疑，——我想说，一部中国的现代文学史，其实是由两个部分组成的，一个部分是鲁迅，一个部分是鲁迅之外的作家。在我的眼里，鲁迅和他同时代的作家，同质的部分是有的，但是，异质的部分更多。

——我还想说，即使在今天，当然包括我自己，我们的文学在思想上都远远没有抵达鲁迅的高度。

五、碗碟、香炉和烛台

我只能说，鲁迅先生太会写小说了，家都搬了，一家人都上路了，小说其实也就结束了。就在"没有小说"的地方，鲁迅来了一个回头望月。通过回望，他补强了小说的两位主人公，也就是"故乡"的两类人：强势的、聪明的、做稳了奴隶的流氓；迂讷的、蠢笨的、没有做稳奴隶的奴才。

通过"我"母亲的追溯，我们知道了，一直惦记着"我"家家当的"圆规"终于干了两件事，一、明抢，抢东西；二、告密，告谁的密？告闰土的密——她在灰堆里头发现了一些碗碟，硬说是闰土干的。那十几个碗碟究竟是被谁埋起来的？是"圆规"干的还是闰土干的？那就不好说了。我只想说，一个短篇，如此圆满，还能留下这样一个悬念，实在是回味无穷的。

这一笔还有一个好处，它使人物关系变得更加紧凑、结实了。我们来看哈，在《故乡》里头，人物关系都是有关联的，甚至是相对应的，"我"和母亲，闰土和母亲，少年"我"和少年闰土，成年"我"和成年闰土，母亲和杨二嫂，"我"和杨二嫂，再加上一个宏儿和水生。可是，有两个人物始终没有照应起来，那就是杨二嫂和闰土。他们的关系是重要的，他们就是人民与人民的关系。很不幸，他们的关系是通过杨二嫂的告密而建立起来的，可见人民与人民并不是当然的朋友。他们的关系要比我们想象的还要复杂、还要深邃。我个人以为，这样的关系是一个象征，它象征着人民与人民在共同利益面前的基本态度。

同样是一个象征的还有闰土所索要的器物，那就是香炉和烛台。香炉和烛台是一个中介，是偶像与崇拜者之间的中介。它们充分表明了闰土"没有做稳奴隶"的身份，为了早一点"做稳"，他还要麻木下去，他还要跪拜下去。无论作者因为"听将令"给我们这些读者留下了怎样一个光明的、充满希望的尾巴，那个渐渐远离的"故乡"大抵上只能如此。

谢谢各位的耐心，谢谢各位的宽容，请朋友们批评指正！

生长的短篇小说

刘庆邦

　　各位年轻的作家朋友，上午好。我今天早上一路走来，走到那个土城路，看见杏花也开了，樱花也开了，柳树已经发绿，春天是真正地来了。据介绍，我们的这个作家班是一个年轻的作家班，我看报道说是平均年龄三十五岁，最年轻的有二十三岁吧，这么一个年龄段的作家。这个年龄段应该是正处在生机勃勃的上升期。谈到青年作家——当然我们都是从青年过来的，我说在正式谈创作短篇小说以前呢，我想跟我们的朋友一块儿回顾一下我青年写作的经历。好像平均年龄三十五岁，已经很年轻了，但是我回忆我那个开始写小说的时候，刚刚二十一岁，那是 1972 年，我在煤矿当工人，当时先是找女朋友谈恋爱，跟女朋友写求爱信啊。我那个煤矿是山区煤矿，山沟的内容非常丰富，和女朋友一块儿去转山沟。你比如说春天来了，一起去看樱花啊，秋天到了，到山里去摘柿子。回来以后，又写一些诗歌，所谓诗歌，也就是写点顺口溜，写这个送给我女朋友看，我女朋友非常赞成，也是说好，都留下来。然后那时候被指导员知道，那时候煤矿叫团，矿长不叫矿长，叫革委会主任，然后这个队，分成连，底下是排、班，完全是按照军事化来管理来分的。就我给女朋友写的诗啊什么的，都被指导员给搜去了，然后指导员就组织人，批判我。我记得指导员说的话说得非常清楚，说刘庆邦写的这些东西，写这么多东西，加在一块儿简直就是一部黄色小说。我一听，他说我写的东西都是黄色小说，我一点都不害怕，因为那个时候写的东西，不但一点都不黄，连情啊爱啊这样的字眼，根本都不涉及，不但不黄，我自己觉得还非常革命。让我记住的是，他说是一部黄色小说，当时我从来没想过写小说，但他从反面提醒了我，我记住了这句话，我心里还说：刘庆邦难道还会写小说？就记住了这句话。那么他们当然在这诗里找不到什么反动的东西，那时候要如果在诗里找到你有这个反动的字眼，那可不得了，那一下会把你打成反革命，开除你，会把你打入死地的，幸亏没有这些东西。所以批斗了一阵子也就过去了，也没有影响我们的恋爱，也就是说我们的恋爱已经算是成功吧。这样以后，我还记得指导员那句话，说我会写小说，那么我不妨试试。当然，我不是为了他说我会写小说，我才写小说，我主要的动力就是我要写一个小说给我女朋友看，就表示我除了会挖煤，会当工人，我还会写小说。

那么从 1972 年开始，就写了一部短篇小说，那时候写这个小说没有什么参照的，没有什么学习的，不像现在这么多刊物啊，报纸啊，你随时就可以看到那些小说，可以学习可以参照，没有。报纸上不发小说，全国的刊物都停了，我只从老家带回来几本书，《红楼梦》《福尔摩斯》的一本学者的研究、《茅盾文集》，我记得很清楚，还有《格兰特船长的儿女》等等，从老家带来了一些书，放到我的一个破了的大木箱里。我这些书也被那个指导员给收走了，说都是黄色小说，都收走了，没什么参照，那还是完全靠自己的想象来写了一个短篇。就那个短篇以后，拿给女朋友看，女朋友说真好真好，真好也就完了，没地方发表去。你想没有刊物，报纸上那六七千字的短文，小说也没地方发，只好就把它压下来，在一个破的大木箱里放着。因为这个写东西，如果没有地方发表，没有这个积极性，也是很难持久的。所以说写了一个之后，就没有再写，然后就写一些通讯啊、消息啊、小故事啊等等，这时候我就调到矿工宣传部去了，因为我会写新闻的东西嘛。

调到矿工宣传部，一直到了 1976 年，粉碎"四人帮"，1977

年，各地的刊物开始办起来，我最早看到的刊物——我老家是河南，我所在的煤矿那时候叫西泥矿务局——最早看到的刊物叫《郑州文艺》，我看着《郑州文艺》，看着上面发的小说，忽然想起来我也写过小说呢，看着上面的小说和我自己的小说，我觉得我自己的小说和发表的小说也不差。这么一想，就拿出来一看，从1972年，放到1977年，那个小说已经放了五年，那时候纸张都很差，纸都脆了，有的钢笔的印记也有一些模糊，这样我又把它换了纸重新抄一遍，然后就寄到《郑州文艺》去了。当时在搞通讯报道嘛，对于发不发，也不是寄予很大的希望，发表的欲望不是非常的强烈。甚至寄出去了以后，又继续写通讯报道，就把这个事情忘记了。

这时候1978年我借调到了北京煤炭部来编杂志，然后宣传部就收到一个《郑州文艺》的通知，这个通知它不是通知说我这个小说要发表，先要外调，搞调查。我一说这个，可能我们年轻的朋友不能理解，发一个东西怎么还要搞调查啊，那时候要搞调查的，就是通过一封信函，调查调查这个刘庆邦是不是帮派人物，是不是有问题，那时候正在揭批"四人帮"嘛，如果这个人是帮派人物，这个东西是不能发的。好，宣传部就证明该同志不是一个帮派人物，政治上没什么问题，作品是可以发的，然后这个小说才发出来了。

这个小说是发的1978年第二期的《郑州文艺》，也算是我的处女作吧，这个题目叫《棉纱白生生》。你看，1972年写这篇小说的时候，二十一岁，那么等了六年以后才发，已经二十七岁。就是当时那个创作环境是这么一个环境，跟我们现在的创作环境比，真是差得太多太多了。

那么有了这个短篇小说之后，从那开始呢，就觉得写小说并不是很难，不但第一篇小说发了，还是发的当期的头条。通过后来的一系列创作，我才知道我这么认识，是不对的。后来就感觉越写越难，在那之后呢，写了一些小说，也收了不少退稿，逐步地摸索创作的规律，知道这个短篇小说是很难写的。我是说写第一篇成功了，是有偶然性的，不是说像有的作家，听他们说写了好多都没有发表，甚至用麻袋来衡量，说我写了将近一麻袋的东西都没有发表。但是我好像还没有这种情况，第一篇就发表了。

那么后来，接着我又调到北京，我三十四岁的时候就发表了小说《走窑汉》在《北京文学》，那么这篇小说就被林斤澜——他是被称为"短篇小说的圣手"，他说我是通过这篇小说走上了知名的站台，也被有的评论家说成是我的成名作。因为林斤澜他不愿意重复别人的话，他不说成名作，他就说通过这篇小说走上了知名的站台，那么这到了哪一年了呢？到 1985 年了，我已经到了三十四岁，就比你们平均年龄还小一岁。就是这么一种状况，年轻时写作就是这么走过来的。

今天我之所以选择讲短篇，有些我的考虑，就前几次，好几个班吧，鲁院都会让我来讲一讲创作方面的一些情况。那前几次我选择的题目都是关于小说的创作的实与虚，讲小说创作的实与虚的关系的。这一次呢，我想别老讲那小说创作的实与虚了，也许有的朋友听过了呢，我说我换一个题目吧，这次讲的题目就是关于《生长的短篇小说》这么一个题目。

关于当前短篇小说的处境，我来讲短篇小说，也许有的朋友认为好像不大适宜，因为说现在好多人不大看短篇，或者不大看重短篇，好像短篇小说很难和市场接轨，好像它的经济效益很不好，费了很大的力也不讨好，所以就扬长避短去写长篇，或者写中篇，就一般不再写短篇小说。其实这种状况，在七十年前，就是上个世纪的 40 年代就有过这种情况，我看过沈从文先生在 1941 年 5 月 2 日，大约七十年前在西南联大做过一次讲演，他那个讲演的题目就是专门讲短篇小说，就说到短篇小说当时的一个状况。沈从文当时说，现在很多人认为短篇小说没有什么出路，短篇小说的光荣已经成为过去式。沈从文坚持写短篇呢，被有的人说他落伍了，甚至还有的人说他反动，等等。那么在这种情况下，沈从文就专门讲短篇小说。他说这个短篇小说跟长篇小说比起来，因为长篇小说不受篇幅的限制，可以塑造很多人物，它至少可以承载一段历史，看起来可以有历史的意义，说它的伟大是明显的。沈从文还把短篇小说和戏剧比较，因为当时没有电视剧，不像现在我们的电视剧非常盛行，当时只有戏剧，因为当时的戏剧比较有娱乐性，既可以装点市场局面，也可以装点官场局面。说是尽管一些戏剧比较浅薄，但是在市场定价和官定价方面，都被定得很高，都可以取得很好的效果，那短篇小说就是费力不讨好的事。沈从文说三种人不写短篇小说，一个是擅长政术的人，因为写短篇小说也不能挣个一官半职，所以他不愿意写短篇小说。再一个是投机取巧的人，说这个短篇小说最不能投机取巧，它是一个实实在在的工作，投机取巧是不行的，说投机取巧的人也不写短篇小说。那么第三种人呢，是天才，不是不敢写，就是装作不屑于写短篇小说。那么沈从文说这三种人是不写短篇小说的。

那么短篇小说呢，他总结了"三远一近"，说短篇小说和这个吵吵闹闹的杂坛离得远；第二个是短篇小说迂，装模作样的人会离远；第三短篇小说是逢人握手、每天开会的官僚会离远。那么短篇小说离什么近了呢？他说现在短篇小说离艺术近了。所以沈从文说，这种情况不是短篇小说的悲哀，恰巧是在这种情况下，短篇小说可以跟艺术更接近，才可以真正出艺术品，所以说那种情况下，不是短篇小说的不幸，恰恰是短篇小说的幸事。这是沈从文七十年前讲的话。

那现在我们来看的话，我们现在所处的状况，跟七十年前真是大有相似之处。应该说沈从文的断言，后来得到证实，就是新世纪以来，我们短篇小说有过很辉煌的时期，很多是以短篇小说冲破阻碍，解放思想，取得了非常好的成就。

那么说一直到现在，这几种文学题材，包括长篇小说、中篇小说、短篇小说，我自己看，短篇小说发的数量还是最多的，你看一个刊物，从数量上看，短篇小说的量还是最大的，而且好的短篇小说也是不断涌现的。从这个《小说月报》啊，每年的选刊啊，我们都会看到很多精彩的短篇小说。

那么我之所以选择讲一讲短篇小说，首先我自己是写短篇小说比较多一些，从1972年开始到现在，我已经从事文学创作将近四十年了吧，算一算四十年发表了两百多篇短篇小说。重点是我2001年到了北京作协当了专业作家以后呢，平均每年都发表十一二篇短篇小说，最初平均每年是写十五六篇短篇小说，后来数量有所减少，也是十一二篇。就说去年吧，去年我就发表了十篇短篇小说，平均下来每年都有十几篇，加起来两百多篇。

在这个中国作家当中，坚持写短篇的有几个，但是像数量这么多的，不是很多。好像你说我写两百多篇短篇小说，好像已经很多了，但是如果跟外国的作家一比，我还是写得少的。我们都知道，契诃夫他只活了四十四岁，他写了一千多篇短篇小说，他的创作生涯也就是二十多年吧，他平均每年写五十多篇短篇小说，你说这是多么大的量。莫泊桑他活了四十三岁，莫泊桑是写了三百五十多篇短篇小说。美国的欧·亨利他活了四十八岁，比他们两位岁数稍微大一点，欧·亨利他写了是三百多篇短篇小说，因为他写小说晚一些，他是住监狱开始写短篇小说的，他写第一篇短篇小说是为了挣点稿费，给自己女儿买一个生日礼物。别人一看他写得很好，鼓励他，从那开始写起。欧·亨利的创作生涯也就一二十年吧，就写了三百多篇短篇小说。最后都没超过五十岁，量都这么大，硬比较起来，我已经写了四十年，我写的年数差不多赶上他们人生的岁数，才写两百多篇短篇小说。一比，我们写的量还是不够的。你像我们的鲁迅先生啊，沈从文啊，老舍啊，包括萧红啊，很多现在的作家，好像写短篇都不是很多，超过一百篇的都不多。鲁迅先生的短篇，我们就知道几十个短篇吧，沈从文的短篇多一些，恐怕也不到两百篇，那么老舍啊，萧红的短篇可能更少一些，当然他们所处的环境不允许他们连续写作或者说持续写作。应该说我们这代作家呢，赶上了好的时候，赶上了比较平稳的社会环境，可以让我们来持续地写作，所以才积累了这么多的短篇。

有这么多年的短篇的写作，在积累了这个篇幅的同时，当然同时也会积累写作方面的经验，也可以说是那个摸索到写短篇小说的规律和技巧。我们有的作家或者有的评论家是不愿意听技巧这个词，但是我自己认为，这个小说还是有技巧的，在操作层面上还是有技术规律可循的。

我们之所以办一些作家班，包括我们中文系，我觉得除了讲一些虚的东西，面上的东西，还要在写作技巧上进行探讨，让大家掌握创作的一些最基本的规律。这一点美国的作家班，他们比我们做得好。我跟咱们台湾的作家白先勇先生交流，他参加过美国的一些作家班的学习，他认为在美国参加作家班的学习受益是很大的，现在在美国写作的一个叫哈金的作家，他也参加过美国作家班的学习。那么美国作家班的学习主要就是学习创作技巧的，比如他分析一个短篇小说吧，他要把这个短篇小说掰开揉烂，一点一点地分析，从怎么开头，怎么样让小说进入高潮，怎么样这个小说结尾，怎么样来叙述，怎么样来结构，怎么样来使用语言，怎么样来使用细节，等等等等，他们是这么讲这么分析的。然后呢，从中找到一些短篇小说的基本的创作技巧和规律，然后呢大家觉得非常受益。好像我们中国的作家班从这个规律和技巧方面，讲得比较少，而我每次来讲，都是从强调创作技巧的重要，强调有规律可循，那么自己也愿意讲一些创作方面的技巧和创作方面的规律。

那么我刚才说了，今天讲的题目是《生长的短篇小说》，在讲这个之前，我要先讲短篇小说的种子，这要分两个阶段来讲，先讲短篇小说的种子，再讲《生长的短篇小说》。就我们在写短篇小说之前，要先弄清什么是短篇小说的种子，关于这个观念，我专门写过一篇文章，发在《北京文学》上的，《北京文学》有段时间搞过一个短篇小说的大奖赛，我在发表短篇小说的同时呢，专门写了一个《短篇小说的种子》。

我们都知道这个世界上，很多有种子的植物，像高粱、小麦、玉米、大豆都要有种子，那么动物，老虎啊，狼啊，人啊，也都要有种子。有了种子，它才可以孕育新的生命，才可以使动物或植物一代一代地接替下去。我认为，小说也是这个道理，小说也要有种子，小说有了种子之后，才有可能长成一个小说。关于种子这个说法呢，我不知道以前有没有这种关于短篇小说种子的说法，但是我看过一些类似的表述，比如有人说，它是短篇小说的眼睛。有的说成是短篇小说的支撑点，有的说成是短篇小说的爆发点，有的说成是短篇小说的纲。我自己认为，虽然表述的语言不同，但是他们的意思是一样的，都是强调短篇小说要有一个种子。如果用一个概念性的语言来描述这个短篇小说的种子，我是这样描述的，"所谓短篇小说的种子，就是有可能生长成一篇短篇小说的根本性因素"这么一个说法。

那么我们在写短篇小说之前，就是先找到短篇小说的种子，是特别重要的。你看，现在刊物上的短篇小说，有些小说之所以说不饱满不完美，看上去半半拉拉，一个重要的原因就是说，这个里面缺少短篇小说的种子。短篇小说种子的重要性在于，它既是一个短篇小说的出发点，又是一个短篇小说的落脚点，如果在写这个短篇小说之前，我们没有找到这个短篇小说的种子，就是说我们既没有出发点，也没有落脚点，是无从下手的。我想我们在写作的时候，往往会遇到这种情况，觉得有个东西很好，可以写成短篇小说，但是又不知道从哪开始，从哪下手，写着写着又不知道从哪收尾。我觉得这些问题就是说，你在写之前，心中还无数，就是还不知道这个短篇小说的种子在哪里。我自己体会，我在写短篇小说之前，必须先找到短篇小说的种子。举例来说，你比如我们住在城里的人，比如你住在一楼，前面有一块地，春天来了，也翻起来了，墒情也很好，甚至肥料也很充足，等等等等。但是你没有种子，你想种一棵玉米，或者你想种棵向日葵，你想种棵鸡冠花等等，土地有了，这些都具备了，但是你没有种子，那些条件就是无效的。你没有种子往土里埋，那么也长不出玉米，也长不出向日葵，也长不出别的东西，这就是种子的重要性。那么我们有了种子呢，利用种子的这个条件，把种子埋进去，然后就有可能发芽啊，长叶啊，生根啊，开花啊，最后就结果啊，长成一个丰满的、美的这个花卉或者植物。我就通过这种比喻来再强调这个种子的重要性。

这个小说的种子，它是一个什么东西呢？它是一个什么形态呢？我自己的体会，它更多的时候是一个细节，有时候是一句话，有时候是一个理念，一个思想，有时候它是一个氛围。按沈从文的说法呢，它有时候是一个闪光，一个微笑，甚至是眼睛的一瞥，这些东西，都可以构成短篇小说的种子。就是说我们从现实生活中取得很少，所取的知识是一个种子，然后把它变成一个短篇小说。这个短篇小说的种子，我们以后在看短篇小说的时候，会留心一下，看看这个短篇小说的种子在哪里，它在不固定的位置，有时候可能在这个短篇小说的结尾部分，有时候在中间，有时候在开头，有时候你也许整篇都找不到短篇小说的种子，但是它又无处不在，它是这么一个东西。这样说，好像短篇小说的种子很神秘吗？其实不神秘。可以说，每一个好的短篇，它都有种子存在着，有的把它说成核，都有这个种子存在着。

要把这个说清楚，我还要举一个短篇小说的例子，我愿意举沈从文的那个短篇小说《丈夫》，我估计我们的作家朋友，凡是读过沈从文小说的可能都会对这篇小说有印象的。沈从文最有影响的作品，我们都说他的《边城》，当然它是非常美，非常诗意化的。那么这个《丈夫》呢，在短篇小说里也是非常出类拔萃的。你看我们的文学经典，凡是收沈从文小说的，都是会收《丈夫》这个短篇的。说到这里，我可以说对中国现在的短篇小说家，我首先喜欢两个作家，一个是鲁迅的短篇小说，一个是沈从文的短篇小说。这两个人的短篇小说的风格是完全不一样的，我把这两个大师的短篇小说做过比较，或者对他们的整个文学作品做过比较。我认为，鲁迅更注重理性，或者说更注重思想性；那么沈从文的小说更注重感性。鲁迅的小说是批判的，我们都知道他批判国民性，国民的劣根性，这个比较多。那么沈从文的小说是重抒情，鲁迅的小说重批判，鲁迅的小说看上去比较硬，那沈从文的小说就看上去比较柔软。鲁迅的小说让我们感到深刻，那沈从文的小说就让我们感到一种美，那么我认为，鲁迅的小说他的风格就是一种沉郁的风格，你读他的作品就觉得很压抑很沉郁。那么沈从文的小说他的是一种忧郁的风格，一个是沉郁，一个是忧郁，虽然一字之差，但是感觉是不一样的。

从我自己的气质来看呢，我是更偏爱沈从文的小说，所以对沈从文的小说读得比较多，就觉得对口味。那么这篇《丈夫》，它的简单情节是什么样呢？我们学员里有没有读过《丈夫》这篇小说的？有读过的举下手我看看。大概五六位读过沈从文的《丈夫》，还有大多数同学没读过。我听介绍，我们这个作家班有二十多位写小说的，还有十多位写诗歌的同志，但是小说和诗歌，最高的情节是相通的。我认为最好的小说是诗意的，是诗意化的。沈从文也说过，你写短篇小说，应该把那个学诗歌放在第一位，这是沈从文说过的话。

那么《丈夫》这个小说的简单情节是什么呢？它是说他们湖南老家的湘西，娶了妻子之后不急着生孩子，去到外面做点生意。所谓做点生意，就是到那个妓女船上去挣点钱，然后补贴家用。所以沈从文说这个又跟道德也不是特别违背，也不是很被大家看不起的，所以大家好像都是这样。那么有一位丈夫呢，他就把他的妻子送到一座城市吧，去当妓女去了。到了农闲之后，这个丈夫呢，身体也很健壮嘛，不跟妻子在一起，就很思念自己的老婆，就到这个船上找自己的妻子去了。他的妻子已经被那个船上起了一个艺名叫"老七"，他找到了自己的妻子了，找到以后呢，当然夫妻常常不在一块儿，要有一些夫妻生活，这是人之常理。可是到了船上以后，两天都找不到跟妻子亲热的机会，就一而再，再而三地在他的眼皮子底下，老七在接客。第一次是来了一个商人，穿着长筒的牛皮靴子，这是沈从文描述的，又亮着又粗又亮的银链子，喝了满肚子的烧酒，走路晃晃荡荡，一上船就喊着要亲嘴要睡觉，这时候呢，老七就要在前舱接客，这个丈夫呢，就要推到后舱里去，这个时候这个丈夫就有点大喘气，就在一个船上嘛，他妻子就要去接客，他只能躲到后舱里去。那么又到了一个晚上，妻子把丈夫哄得心情有点好转，还买了个二胡在那拉弦啊，唱小曲啊，就把前面的前舱盖住了，说今天晚上不再接客了，她要陪丈夫行夫妻之道。可是刚把船舱盖上，来了两个兵士，这两个兵士也喝了很多酒，用脚踢那个船，然后用石头砸那个船篷，说快出来，不出来就把船给你烧了，说灯笼是不认识人的。吓得他们赶紧打开船舱，又把这两个当兵的接进来了，接进来后，这个丈夫吓得赶快夹着这个胡琴又躲到后舱里去了。这个丈夫还不太懂，说他们这两个要干什么干什么，然后这个老鸨对他说，你不要管不要管。按沈从文的说法呢，这两个兵士，一个在老七左边，一个在老七右边，在做着猪狗一样的新事情，当然，一下就明白了。这是第二次。

那这两个当兵的走了以后，对这个丈夫的打击已经很大了，但是还有机会吧，这时候，巡官又来了，所谓巡官，就是巡警，巡警又来了，他一到晚上，就要到各个妓船上去查夜的，问这个是谁啊，这个是老七的丈夫。好，知道了。然后老七的丈夫拿来栗子赶快塞到这个巡警兜里去，巡警算走了。但是临走呢，跟着巡警一块儿查夜的水保——水保是管这船的——回来说，今天那个老七不要留客，说一会儿这个巡官还要回来，还要过细地考察老七一下。所谓过细地考察，也很明白的，因为这个巡警要这个老七。这对丈夫的打击，一而再，再而三的打击。你看我们注意到，沈从文他写了来了三拨人，都有代表性的，第一拨人是有钱人，说商人嘛，腰包很鼓嘛，有钱人。第二拨人是拿枪的人。来的第三种人呢，就是有权的人，握有权柄的人。就这三种人，轮番地来蹂躏丈夫的老婆，这使丈夫的老婆屡受打击。

第二天早上，这个丈夫的情绪已经非常的低落了，谁也劝不转他，说，走吧咱们去听戏去，丈夫不说话，说水保不是请你客嘛，你都答应人家了，你还好意思不去？丈夫还是不说话。说那咱去吃那个包子去，丈夫还是不说话，非常沉默。然后老七说知道了知道了，就把昨天晚上挣的四张钱，说昨天挣的钱给你吧。这丈夫也不接这个钱，最后那个老七跟那个老鸨跟那个也有三张票子，说把那个三张票子也要过来，一共七张票子，一块儿给这丈夫。丈夫还是不接钱，然后这个丈夫就把票子扔在地上撒了一地，丈夫粗而大的手掌，捂着脸孔，像孩子一样地痛哭起来。然后第二天，那个水保再来的时候，说老七已经走了，和她的丈夫一块儿转回乡下去了。

简单叙述下来，这个小说就是这么一个情节和细节，那么这个小说它的种子在哪里呢？我自己认为，这个短篇小说的种子就在于这个无名的丈夫那孩子一般的一哭，孩子般的痛彻心扉的那么一哭。可以想象，沈从文在写这篇小说的时候，这个心里早已经存下了这个种子。前面好多铺垫和交代，都是从这个种子来的，那么，到了这个一哭，这个小说是整个一下爆发，或者整个一下使得小说升华，给我们读者感情上很多冲击，也使我们得到很多很多的回味。因为这个种子很饱满，使这个小说最后也非常的完美，成为一个经典的短篇小说。这是我所举的一个沈从文的一个短篇小说的例子。

那么为了更好地说明短篇小说的种子重要在哪里呢，我还要举一个我自己的短篇小说的例子。我一个短篇小说叫《鞋》，刚才介绍的时候提到了这个《鞋》，因为它得了第二届的鲁迅文学奖，可能作家朋友看这个小说的稍微多一点，这个短篇小说是回望农业文明的，我自己觉得也是一个诗意化的小说。简单情节就是从我们那儿的民俗，挖掘出一些美。一个姑娘找了一个对象，正未婚妻的时候，要给这个未婚夫做一双鞋，这个鞋当然是要做得很精心啊，要自己做，别的任何人都不可以代替的。它有很多讲究，如果让别人代替，就好像不好。通过这个，丈夫家要看看你的针线活怎么样，所以说做鞋有很多讲究。说定了亲以后，我就写这个未婚妻给这个未婚夫做鞋的过程，写得非常细。从纳鞋底啊，到做鞋帮啊，到鞋底做成什么花样什么花型啊，早花型还是对针型，等等等等。然后做好了以后呢，这个女孩子急于把这双鞋送给她的未婚夫，但是这个未婚夫要去矿上当工人。临别的时候，有一个见面，这个女孩子把这个鞋送给未婚夫，她未婚夫也愿意跟她见一面。最后一个细节是，见面是夏天，高粱玉米也都很高啊，他们约会的地点是在一个桥头上，女孩子来了，拿着鞋，男孩子也来了，男孩子心里有一个想法，他就是想着跟这个女孩子告别的时候，拉一拉人家的手，就稍微握一握手吧。好像现在我们已经很难理解当时的握手是多么隆重的一个举动啊，现在动不动就拥抱啊接吻啊，这个那个的，好像已经很自由了。但是那个时候，握握手都已经很不容易，就是一个很长的预谋，要做很长的心理准备，才能拉一拉这个女孩子对象的手，所以这个男孩子老想着拉一下女孩子的手。这个女孩子就说鞋做好了，你穿上试试吧。他说不用试不用试。又停了一会儿，说你试试看穿上合适不合适。这男的说不用试，肯定正好，没问题的。他把两个鞋往兜里一装，就在那儿，心情很激动，感觉桥头上，流水啊，月光啊，星光啊，非常美好的一个地方。最后到底也没有试，但是临走的时候，他把手伸出来，让我握一握你的手。这个女孩子握手也是很羞涩的，低着头把手伸给那个男孩子握，手心里都出汗了。握了手，这个男孩子好像达到最终目的了，就分开手了，各自走各自的。

然后这个女孩子下了桥往回走的时候，看见这个庄稼地，一边是高粱，一边是玉米，都很深，看到路上站着一个黑影，这女孩子吓一跳，以为是有人要拦截她呢。她正要喊她的未婚夫，让她未婚夫来救她，她甚至试想扑到未婚夫怀里，这时候，这个黑影说话了。这黑影原来是女孩子的母亲，因为女孩来跟这个男孩子见面的时候，她母亲问过她，说要不要跟你一块儿去。这女孩子说不用不用，她自己去。但她的母亲呢，还是悄悄地来跟着她，她出去保护她女儿。然后往回走的时候，这个女孩想，怎么是母亲呢，她也没说话，她的母亲也没说话。这个小说就结尾了。

但是这个小说写到这里，还有一个后记，简短的后记，这个后记大约一百多字的样子，后记是这么说的，我在农村老家的时候，人家给我介绍了一个对象，这个对象又精心地给我做了一双鞋，我参加工作以后，就把这双鞋带到了城里或者带到了矿上。一开始舍不得穿，想留作美好的纪念。但是过了一段时间以后呢，买了网球鞋，又买了皮鞋之后呢，就觉得这双鞋穿不出去了。然后回家探亲的时候，就把这双鞋还给了那个姑娘，姑娘接过鞋呢，眼泪汪汪的，我想到我可能伤了那位农村姑娘的心，然后说一辈子都对不起她，这么一个后记。

那这个短篇小说，这个后记恰恰就是这篇短篇小说的种子所在。这个短篇小说出来以后呢，很快受到林斤澜林老的赞赏，他认为小说这个结尾法叫翻尾。他说因为短篇小说更要注重技巧，他说这个短篇小说的翻尾可以作为一个范例，是一个成功的范例。为什么这个后记成为这个小说的种子呢？就是前面写得那么美好，一路的诗意，一路的和谐，一到这个后记，就一下把前面给推翻了，就是前面写的是美好的东西，是诗意化的东西，后面这个后记呢，就一下把我们拉回到现实。我们知道，现实有时候是不美的，它不但不美，有时候现实往往是残酷的，有时候甚至是丑陋的。它跟艺术的情境形成一种鲜明的对照，是完全不一样的，这种感受，比如我们看电影听戏的时候，往往有感觉，你比如说我们到影院看一个好的电影，我们会进入到电影的情景中去，我们为之哭为之笑，为之那个情感飞翔，或者走到很远很远，我们完全进入那个电影的艺术氛围中去。但是当电影结束，电影院的灯"啪"地闪开以后，我们一下就回到了现实，然后退场的人熙熙攘攘。在一些不好的电影院，你可以看到满地的瓜子皮，扔的纸屑啊，等等。就是在看电影的时候，那种艺术感受，那种美的感受，完全被现实打破了，没有了。

这个小说的后记，它起的就是这么一个效果，它就是这种艺术和现实来做对照，说明这个我们好多艺术的东西都是虚构和想象的，而不是现实的东西，现实的东西是这么让人沉重和失望的东西。因为这个小说的种子，它就是这么一个理念在里头，就是它代表着作家的一些反思，代表着作家对艺术和现实的一些看法等等。这个小说，当然后来被翻译成多国的文字，英法文啊，德文等等，它就是翻译到日本的时候，日本是作为汉语的电视教材来使用，就是日本人学汉语的时候，他就通过这个《鞋》来学习。

翻译到日本的时候，还给我提出了一种要求。他们说，我们能不能翻译到日文的时候把这个后记去掉行不行？我说那你们的理由是什么呀？他说我们日本的读者觉得前面挺好的挺美的，后面一看让人觉得挺沉重的，好像挺受打击的，所以说我们想把后记去掉。我的答复是我说那万万不可以的，我说正因为有了后记这个小说才是完整的，如果你去掉后记，这个小说就不完整，就不是一个完美的小说了。我说后记是小说的有机的重要的不可分割的组成部分，万万不可以去掉的。后来这个日本的翻译还是理解和尊重我的看法没有去掉那个后记，把后记一块翻译出来了。

连着举了两个短篇的例子，我们就知道短篇小说总的是什么一个东西了。通过这个知道短篇小说的种子在一个短篇小说里面的重要性，我们在以后写短篇小说的时候，不妨先找一找种子。就是在有的情况下，我们得到一个素材，但是会迟迟地找不到这个种子，迟迟地不能下手写，这个你不要着急，不要急着写。说我很冲动我放不下我急着把它写出来，但是一时又不知道它的支撑点它的种子在哪，我先写出来试试吧，我觉得这个你不要着急，好的东西它会在你脑子里存在着，它不会烂掉的，或者是不会消失。我在当专业作家之前，长期在煤炭报社工作，到全国各地采访，全国各地的煤矿除了西藏的煤矿没去过，我差不多各个省市的煤矿都去过。包括新疆的煤矿，我不但去过我还下过井，当然内地的一些煤矿我去得更多。我一采访，那些同事他们知道我有"短篇小说的种子"这个说法，他们就跟我开玩笑说，你转这一趟你书包里又收集了不少的短篇小说的种子吧？我说是的是的。还有人说我给你讲个故事，这个故事保证你写短篇小说没有问题。但是我愿意听，包括到矿上去，我愿意听。好，你给我讲我愿意听，但是听了以后我心里说这个里边没有种子，没有短篇小说的种子，就是没有短篇小说的要素在里头，是写不成短篇小说的。因为听了很多有趣的故事，但是构不成短篇小说的种子，也是不行的。

这个短篇小说的种子应该说它是短篇小说里边很特殊的一种东西，之所以说它特殊，比如说我们在写一个长篇的时候，有众多的人物众多的情节众多的细节，很多很多的东西，我们拿出来一块来，把长篇小说拿出一块，写成一个短篇小说行不行？我自己的体会是不可以的。尽管长篇小说很长，里面有好多的内容，但是因为你拿这个一块出来，因为缺少短篇小说的种子，尽管是一个长篇的部分，它也变不成一个短篇小说，短篇小说的情况就这么特殊。

有的题材在我脑子里能放好多好多年，我都没有写。我举个例子。我写过一个短篇小说叫《平地风雷》，后来发在《北京文学》上，发表了以后，上海的陈思和教授编过一本《20世纪末的短篇小说选》，他说到这篇短篇小说，他在评价这篇短篇小说时，就说表现了对人性的批判力度，他认为非常新颖。这是什么样的一个故事呢？这是"文革"后期发生在我们老家的一个故事，我们邻村的一个故事，是我母亲讲给我听的。就是说一个货郎他家是富农，他以前挑着那个货郎挑子是卖点针头线脑、甘草糖头挣点小钱。到了"文革"以后都不许做这些生意了，你做这些生意是被说成是资本主义的尾巴，要割你资本主义尾巴，不让你做，你要做了就批判你。

在他家庭非常困难的时候，他就存了一点东西，就偷偷到外村去做这个生意，吆喝郎。被队上知道了，队长就扣他的工分，就批判他。还把他送到大队办学习班，让他参加学习班。那个时候动不动就参加学习班，所谓参加学习班就是把你关起来，跟拘留差不多，不给你吃不给你喝，一关关个一天两天甚至两三天的，然后惩罚你，这个货郎就被大队关个几天，回来了，后来有一天队长跟货郎一块在实验室里倒粪，那个粪舀子粪弄出来又要捣碎，晾干之后才能下到地里去。捣着粪捣着粪这个货郎他拿着钉耙，三尺的钉耙一下就垒到队长头上去了。他垒的劲很大，钉耙尺子这么粗，很尖，一下垒到队长的头颅上去了，或者说头盖骨上去了。钉耙都拔不掉的，把队长垒到后，他想再抽出来钉耙再打第二次，结果拔不掉。眼看着这个队长就鼻子流血、耳朵流血，七窍流血就不行了。社员们一看，好家伙，你这家伙敢把队长给垒死，这还得了。就追他，他那一放下钉耙，就翻过一个干坑跑到春田上，跑到麦子地里逃跑了，那社员就拿着钉耙去追他。追着追着，这个货郎一看跑不掉，这么多人追他，他往哪跑呢，跑不掉就站下来了。站下来，一个人拿着一把土往他眼上一撒，眯一下他的眼，就上去一顿乱打，就把这个货郎给打死了。

就是说，这个故事，货郎把队长打死了，社员又把货郎给打死了。一下抵销了，这个事情大队也不用管，工上也不管，这个事情就算过去了。我母亲跟我讲了这个事之后，我觉得很震撼很震撼，好家伙，用钉耙把队长奔死了，一帮社员又把这个货郎乱棍打死，我觉得这个挺震撼的，这个应该说是一个小说的材料。但是又不知道从哪儿写，不知道从哪着手把这个故事写出来。粉碎"四人帮"

以后，一开始想把它写成批判极"左"路线的一个小说，当然这类的小说很多，一般刊物大多数都是这样的，批判极"左"路线造成的危害，怎么样荼毒老百姓等等的。人家已经写过了，你再来写就没啥意思，就是写了也很快被淹没了，就没有写。过了一段时间，我又想把它写成一个复仇的小说，就是写货郎向队长复仇。这个复仇的小说，它就有人性的东西在里头了，可以写成人性的碰撞，可以写得比较紧张，这样可以营造一种比较紧张的艺术氛围。应该说是很新颖的一个东西，但是我又没有写。因为什么呢？因为在这之前我硬写过一个复仇的小说，你像我写的那个《走窑汉》就是一个复仇的小说。如果再把它写成复仇的小说，就算是重复了自己，我觉得一个作家应该是羞于重复自己，不论是自己的创作思想还是手法，尽量都不要重复自己。

有时候我们长期写长期写，难免会有一些重复，但是我们尽量要避免重复。特别是不要重复细节，比如说，我们可以说写农村题材的还可以写，写煤矿题材的还可以写，我认为这些都不算重复。只有重复自己的故事和细节，这样才算是重复，在表现手法上写过一个复仇小说就觉得不能再写复仇了，这个小说还放着。可以说这个故事是我70年代听说的，一直到了过了十年二十年，到了上个世纪末，应该说1999年或者是2000年，大概2000年，二十多年过去我才把这篇小说写出来。就是后来就觉得突然找到了短篇小说的种子，这个短篇小说的种子是一个思想或者是一个理念。刚才我说短篇小说的种子，有时候表现出来一种细节，有时候作为一种思想，这个思想作为短篇小说的种子又很不一样。我在看诺贝尔获奖者斯坦贝克的小说，斯坦贝克他是美国的一个作家，得过诺贝尔文学奖，我看他原来是研究海洋生物的。他通过研究海洋生物，得出来海洋生物有一种集体的攻击行为，比如说有些海洋生物它单个的时候很弱小，但是一旦形成一个集体，就会变成很强大。不但有防御的功能，还有攻击的功能。我看到斯坦贝克这个思想我脑子里一亮，好像是打开了一扇窗一样好，我这个短篇小说可以了，我写的不是集体动物的攻击性，我想到了集体的人性恶。我们都知道每一个人都是一个人性的复合体，所谓复合体就是我们身上有很多正面的人性，也有很多负面的人性。说简单一点，就是我们身上有善的东西，也有恶的东西。有时候善表现得多一些，有时候恶表现得多一些。如果我们这个人性善的东西占主导地位，这个人就是一个善良的人，或者是被人称为善良的人。如果我们在某种程度下恶的东西多一些，就可能会成为一个恶人，甚至会导致犯罪。比如说，我们评价焦裕禄，说他是县委书记的好榜样，毛主席的好学生。但是从人性的角度去评价，我们宁可说焦裕禄是一个人性善良的人。这个人性恶的东西，在一种集体的情况下，会爆发会形成一种强大的破坏性的力量，随手都可以举出很多的例子，来说明人性恶集体的情况下，是很可怕的。比如说，我们常看一些新闻，说人到了一个高大的建筑物上，或者是到楼上、塔上、立交桥上要自杀，这个时候底下会过来一些围观的人，这些围观的人形成了一种集体，是一种去个性化的，是隐姓埋名的，谁也不知道谁，这个时候的人往往是不希望这个人能够平安地救下来，而是希望这个人跳下来摔死，他看到的时候会很过瘾。比如说在四川发生一个事情，一个人站在高楼楼顶要往下跳，底下围观了很多人在看。上面这个人不跳，底下的人就着急，说你赶快跳啊，我看你还是怕死还是不想跳，你是个男人吗？你要是个男人你早就跳了，你老不跳算什么东西呀？还用四川话来激他。这个人大概本来不一定想跳，可是这些人一激他，他觉得好像不跳真他妈的不是男人，跳下来了，跳下来就摔死了，摔成脑浆迸裂，这帮人看着看着好过瘾，这么一种感觉。

还有报道沈阳的一个人想跳楼，底下很多的人围观。围观的一个姑娘喊她妈吃饭，说，妈，该回家吃饭了。她妈说，别着急，那个人还没跳下来，等那个人什么时候跳下来我再走。就搬一个凳子坐下来，仰着脸看这个人跳下来。然后一个卖望远镜的，平时望远镜生意不是很好，一整天卖不出去一个望远镜。好，这个卖望远镜的好像得到了商机，背着好多的望远镜去那儿，你买一个他买一个，一会就把他的望远镜卖完了，因为他们是为了看清楚，这是跳楼。

还有现在的网络，我们说网络是匿名化的，个性化，这个网络的暴力，其实就是一个集体的人性恶的一种表现，反正你也不知道我是谁，我就把我的恶散发出来。福建有一个医学博士，被一个人给杀害了，捅一刀子杀了。上了网之后，好多的网民他不是同情这个医学博士，反而来骂这个医学博士。甚至说你该死，捅你一刀是轻的，多捅你几刀才过瘾呢。应该说，人死了同情他，但不是这样。当然有同情他的，但有些网民就散布这种东西，这种例子太多了。可以说，我们中国的好多事情包括"文化大革命"，北京打死这么多的知识分子，红卫兵是一种集体的人性恶在起作用。这个人性恶一旦形成很大的集体，一旦爆发，像洪水一样不可阻挡，有很大的破坏性。我一想到这一点，一想到集体的人性恶，我就觉得这个小说可以写，我就通过这个小说来写集体的人性恶。这个故事我就把它打乱重新构思，我安排几个人，比如说张三嫂、李四爷，意思就是张三李四王二麻子，给他们一个人起一个名。然后让他们来拱这个货郎的火，我写货郎本来他是一个懦弱的人，他根本没有勇气去把这个队长打死。但是这些人一再烧火，有人说他这么欺负你，要是我，我早就不干了。有人说欺负成这样，我早就给他拼了，人打死一个赚一个，就用很激烈的语言来拱他。最后拱到什么程度？拱到这个货郎好像不把队长打死自己就不算一个人了，好像自己没脸在这个村里活了，所以在这个情况下货郎才把队长给垒死了。垒死以后，在小说的最后结尾，我渲染的这个气氛，我就说这个村的人好久没有遇见过让人兴奋的事了。全村的人都追出来，参与对货郎的惩罚，有的拿钉耙，有的拿铁锹，有的拿木棒，没有木棒的抄一块砖头，都向货郎追去。我说这一个村里像狂欢一样，甚至像农民起义一样的，麦地里腾起阵阵的烟尘向货郎追去。货郎的闺女喊着说，别打我爹的头，好像给她爹留一个完整的头，不喊不当紧，这一喊别人听了之后就专门打她爹的头，最后把她爹的头打碎得像捣烂的一摊红粪一样，就是这些人性恶的东西得到了极大的满足，当然里边没有说得这么白，都是用细节来说的。

这个小说由于种子的特殊性，由于这个理念的新鲜，一下有一些超越性，就一下跳出来了。不但发在刊物的头条，一下就被评论家看中。这个小说确实不一样，它一下就显示出了对人性的深刻批判的力度。

所以说我们在写一个东西的时候，当你没找到短篇种子的时候，还是不要着急，不妨放一放，当你真正找到短篇小说种子的时候再来开始写。我从9点开始，已经讲了一个半钟头了，我觉得你们听得也点累了。咱们是不是稍休息一会，休息一会，十分钟是吧。休息十分钟以后，大家去一下卫生间，咱们回来再接着聊。

我看咱们是不是这样，我再讲一会，留一点时间咱们交流交流，刚才有的朋友说他最喜欢我的《梅妞放羊》，还有的朋友让我讲讲《到处都是很干净》。同学有些问题需要交流，我觉得这也挺好，留一点时间咱们交流交流。

我就接着把我这个短篇小说来讲完它，前面讲的叫短篇小说的种子。第二部分就是生长的短篇小说，真要有种子之后，才能短篇小说生长。有了种子，不等于你就得到了一篇短篇小说，你必须把它写成短篇小说。这个短篇小说的写作过程我认为就是生长的过程，我把它说成是生长法，短篇小说的生长法。关于短篇小说有各种不同的说法，有的说短篇小说用减法写成的，之所以提出来用减法来写短篇小说，就是因为我们有的作者不大会选材，就把好多的材料往一个短篇小说堆，堆得短篇小说很臃肿。把短篇小说当成一个口袋，什么都往里塞。像一个麻袋一样塞得一点空隙都不透气，甚至把麻袋撑破了，这个东西稀里哗啦流了一地。在这种情况下，用减法写短篇小说的这个理念就提出了。就是说你要挑挑拣拣，拣最重要的情节、最有说服力的细节来写，只有几个细节就够了，说不要把短篇小说写得很臃肿。

但是我自己不大认同那种减法来写小说，我认为这种说法好像是一种武断的机械性的一种说法。我认为短篇小说是一个完美的东西，长成一个完美的东西，比如说一朵花，或者是六瓣梅也好，或者是任何一朵花也好，比如说六瓣梅吧，它有六瓣然后才构成一朵很漂亮的梅花，六瓣梅，如果你减去一瓣，它就不完美了，就不完整了，所以不可以有减法。还有一种说法说这个短篇小说是用控制法，因为短篇说特别有限，在一个很有限的篇幅里来构成一个世界，说你要学会控制。这种控制法是我们有些人他写短篇小说一写就收不住。写得洋洋洒洒，一写写成一个中篇了，甚至把一个短篇写成一个长篇了，所以在这种情况下控制法短篇小说的这个说法提出来了。我自己也不认同控制法写短篇小说，你要控制写一个短篇，一开始就想到控制，很可能会影响到你的发挥，你的想象，发现自己在写每一个短篇的时候都有一些疑虑：这个东西能不能发展成一个短篇小说呢？所以我在写的时候，绝不能想着控制，我一开始一定要想着从大有作为这个方向来想，来发展，来写它。把一个短篇在有限的篇幅里写得充分和饱满，我自己的体会不但不控制，还要放手来写。往往在什么样的情况下，我们能出好的情节和细节呢？往往是在写不下去的时候——我们都会遇到这样的情况，写着写着，觉得这一个地方还不够，写到这还不够，需要再有两三个页码才能充分，或者说至少有一个细节这个东西才能充分。遇到这种困难的时候，怎么办呢？我们千万不要偷懒，千万不要绕过去，你绕过去，这个短篇小说很可能就过了。在这个时候，遇到困难的时候，在你往往觉得写不下去的时候，你要坚持。往往我们的灵感我们的成功就在这坚持一下的努力当中，坚持着坚持着，可能灵感的火花一闪，会想到一个灵感的细节，然后把这个小说写饱满。我回头翻看我自己的小说，凡是觉得出彩的地方，或者是让自己为自己叫好的地方，差不多都是在这种情况下出现的。

比如说，我写我的小说《鞋》的时候，我记得很清楚，在一天下午，西边的阳光照进我屋里来，写着写着，写不下去了，觉得再有一点东西，这个小说才能饱满。至少还要两页稿纸，这个地方才可以饱满，才可以撑得住，但是一时又不知道写什么好。这个时候，我就坚持调动自己的想象，集中自己的全部精力来调动自己的全部想象。结果一下灵感闪现，突然想起一个很好的细节。我就想象这个姑娘已经把鞋做成了。拿给这个小伙子试，想象这个小伙子走了一圈回来，她问他，怎么样，鞋怎么样？这个小伙子说好是好，就是有点紧，有点夹脚。姑娘说对了，那个新鞋都紧，都夹脚，你穿穿就合适了。他又穿着鞋走了一圈，这回怎么样？觉得脚有点疼。姑娘说你疼，我还疼哪。那个小伙子问他，你哪儿疼牙？姑娘说我心疼。这些都是我后来想象出来的情节，这个姑娘说到心疼的时候，她一摸自己的胸口，从想象中回到现实中去，想到这个细节的时候我自己非常得意，这个就饱满了，就成立了。而且这个对话背后有很多的东西在里头，甚至包含我们中国的文化在里头，说得直接一点，甚至有性文化在里头。所以就觉得非常得意，我当时就偷偷为自己叫好，反正别人也看不见，太好了太好了，后来每读到这一点，都会想起在写不下去的时候，又坚持了一下，就想到了这么一个细节。所以说，我不主张不赞成说一种控制法来写小说，还是按我自己的想法，就是说生长法来写小说。我认为短篇小说，它是生长的，是一点一点地长大的。还比如说我们种一棵玉米和向日葵也好，整个是一个生长的过程，这个过程当然需要阳光，需要水分。比如说还需要后期的一系列的护理，浇水、剪枝，甚至包括除虫等等。后续的一系列的管理工作，这个东西才能长得完美，才能长成一个或者是一朵绚丽的花，或者是长成一个植物、结成一个果实等等。就是在生长的过程中，我们还要付出很多的劳动，这个种子才有可能开花结果。生长法最重要的一点，就是生长在哪里呢？就是我们的植物也好，它是生长在土里的，我们的小说不可能生长在这些地方，只能生长在一个地方，就是生长在我们作家的心里。就是我们的小说是从我们心里生长出来的，我们的心灵就是小说生长的土壤，就是小说所需要的阳光和雨露。短篇小说所需要的一切一切都是我们的心灵给予它的，滋养它的。如果不是我们心灵生长出来的，这个小说很可能就是不成功的小说，因为你没有付出心血，没有打上自己心灵的烙印，我强调这一点从心灵里长出来是特别重要的。我们知道，中国人常用的字就是三千多个字，所有的文字加起来，词典上也就五千多个字。这些文字大家都在用，真正变成我们自己的文字就必须从我们心里长出来，有我们心血的参与才行。

有些人一辈子写了很多的东西，比如说，写了很多的报告甚至包括写了很多的新闻稿等等，这些东西与他的心灵没有什么关系，不属于他，尽管他写了很多很多，也不属于他。一个人他仅仅写了很少的字，几百个字，比如说写一封信，这封信是从心里流出来的，因为打上了心灵的烙印就是属于他的。我反复讲过这个观点，就是我们一个人、一个作家也好，当我们有了生命意识的时候，我们就有些紧迫感，或者说有些恐惧感。我说的这个生命意识，说白了就一种死亡的意识，我们每个人的生命肯定都是有限的，一些年轻人往往生命意识缺乏，他觉得生命的路程还非常非常长，甚至长到无限，这是不可能的。因为每个人的生命都是有限度的，人到了一定岁数的时候他就开始有了死亡的意识。他说想想人总是要死的，他甚至躺在床上，闭着眼想感受一下那种死亡的感觉。死亡什么都没有了，就是花落人亡两不知，下雨不知道了，下雪也不知道了，冷暖也不知道了，这个世界上的一切跟我没有关系了，好可怕好恐惧。胆小的人甚至恐惧得浑身发抖，这个时候，当有一些生命意识的时候，这个人就想抓住一些东西，像落水的人抓住救命稻草一样，想急于抓住一些东西。我们急于抓住的是一些物质的东西，比如说房子，比如说汽车，比如说那个女的急于傍上一个大款，男的急于找情人找美女。好像抓住了这些东西就可以和世界建立联系，就可以抵消一些生命的恐惧。其实我们想一想，抓来抓去是抓不到什么东西的，抓来抓去原来是一场空的，我说这个观点不是宣扬虚无的东西，也不是宣扬一些人生的悲观论调，说人生没有意义什么的。其实这个观点曹雪芹在他的《红楼梦》里一开始就说得非常清楚了。我们都读过《红楼梦》有一个《好了歌》，《好了歌》里面涉及的东西都是一些物质性的东西。它涉及权力、金钱、妻子和儿女等等，说"世人都晓神仙好，惟有功名忘不了。古今将相在何方，荒冢一堆草没了"。他说到金钱的时候说："世人都晓神仙好，只有金银忘不了。终朝只恨聚无多，及到多时眼闭了。"当然说的是说君死又随人去了，说他儿女说孝顺子女谁见了。

虽然说得有一些极端，但是说出了一个普遍性的道理，就是说我们人来到世上，仅仅抓物质的东西是抓不到什么的，抓来抓去是一场空的，就是好就是了。我们有没有可能抓住一点东西呢？我自己的体会是有可能的，我们就有可能抓住我们自己的心灵，通过抓住我们的心来抓住和这个世界的联系，同时再造一个心灵世界。同时，我们就有可能在这个再造的世界里不灭。老子说过，死而不亡者寿。他的意思是说人死了不亡这个人才是真正的寿，什么人死了不亡呢？就是说他的肉体消灭了，他的精神还存在着，这样的人才是真正的寿。回过头来，我们再说《红楼梦》，再说曹雪芹，因为曹雪芹抓住了自己心灵与现实世界的联系，他再造了《红楼梦》，曹雪芹就是不亡的。因为随着时间的推移，古来多少的帝王将相，真是荒冢草没了。我们能记起的帝王将相有多少？可是我们记住了曹雪芹，我们记住了《红楼梦》。历史长河奔腾向前，经过时间的淘洗，很多的东西可能都不存在了，但是我觉得时间越久，《红楼梦》作为一个伟大的作品，它会越来越散发出璀璨的艺术光辉。这就是因为曹雪芹他的《红楼梦》是心灵化的，是付出了很大心血的。曹雪芹自己就说十年辛苦不寻常，字字看来皆是血。还说都云作者痴，谁解其中味，等等，他就说每个字都有他付出的心血在里边的。从这个意义上讲，从《红楼梦》这个伟大经典作品上来看，我们要真正写一点东西的话，那么你写一个短的东西，都要有自己心灵的透露，都要和自己的心灵建立联系，你在写的时候你就想，我有没有心灵的透露，跟我的心有没有联系，如果这个东西跟自己的心是没有联系的，是不过心的，这个东西很可能写了就完了。很可能就满足了一个发表的欲望，很快就烟消云散了。所以说，我说的任何一篇东西，除了小说，哪怕一篇散文，哪怕一篇诗歌，都要和自己的心灵有联系，都要用自己的心血来滋润，才有可能变成个性化的、真正自己的东西。这是我讲的第一点，就是从哪里长出来，生长法首先它是从心灵里长出来的，第二点，我觉得短篇小说一定要特别地注重细部。特别注重细部的精雕细刻。过几天——3月26号吧——坐下来专门做一个组织短篇小说的研讨会，我肯定在那个会上有一个发言。我想讲写短篇小说要有短篇小说的精神，我要把关于短篇小说的精神提出来，短篇小说的精神现在我想到的有五点：

第一点，就是对纯粹艺术的追求精神。第二是与市场化、商品化对抗的永不妥协的精神。第三点就是注重细部、在细部精雕细刻的精神。第四点，就是特别注重语言韵味的精神。第五点，就是知难而进的精神。我准备讲短篇小说的五点精神，这五点精神我说到第三点，就是在细部精雕细刻的精神。因为短篇小说体积的限制，它不允许你说得过去就行了，它必须让你说得过硬。这个过硬就是一定要每一句话、每一个字，甚至每一个标点都要恰到好处。所谓在细部精雕细刻，就是特别注重强调细节，对细节的处理。其实，我们这个世界它是以细节存在的，我们看人生也主要是看细节的。如果你看不到细节，等于你什么都没有看到，如果抽取细节的话，这个世界它就是一个空壳。因为短篇小说不像长篇小说和中篇小说那样靠故事取胜，靠它的历史意义取胜，这个短篇小说有时候主要是展现你的细部的画面化。细部的画面化，就是你一点一滴都不能马虎。说到细部，就想起苏州的一种著名的工艺品，叫核雕，朱文颖是苏州的，应该对这种工艺品比较了解。核雕，就是在一个小小的桃核上雕出很多很多的东西，桃核我们都知道核很小，小到握在手掌心里就行了。但是有一个核雕叫"苏东坡游赤壁"，这个小小的东西上边它雕了五个人物八个窗口，雕了船篷雕了划船的人，雕了火炉雕了壶，雕了一个书卷，等等，可以说完全是在细微之处见功夫，在方寸之间见功夫，就这点小小的东西就含了那么多的内容。我觉得短篇小说跟这种核雕就有一比，虽然它的篇幅很小，但是它里面的内容却非常明确的，是细到毫发毕现这么一样东西。再拿花做比，好像花上的每一朵花托上的每一个绒毛都看得见，不光是看见那个花蕊、看见花瓣，看见花瓣里面的红心，甚至是连花托上的绒毛都看得见，细到这种程度。所以说，我们有时候看短篇真是需要耐心地来欣赏它的细部，它的美往往是在细部，好的短篇完全是不可以跳着看的，它是要一字一字地欣赏来看的，甚至是每一句话都是一个画面，每一个细节都是非常好的，这样重视细部的短篇，我觉得才是最好的短篇。

就是说在细部要特别讲究。再一个，我认为好的短篇——刚才几个朋友让我给他们写一个字，我就写了"顺其自然"和"道法自然"——就是我认为这个不论是什么文学作品，真正好的文学作品，它不是抓人的，它是放人的。放人怎么说呢？就是我们在看一个好作品的时候，我们看着看着会走神，神思会飞到很远很远的地方去，不知道神在何处，自己完全进入一种忘我的状态。我觉得这样的作品才好作品，有人读了小说跟我说，刘老师我看你的小说就舍不得放下，我一夜就读完了。我听了之后，觉得有些失望，我不愿意听到这样的话。我只说好好好，我说你怎么看得这么快呀？如果想说的话，我说你最好慢慢地看，不要看那么快。我看好的作品我是舍不得一下看完的，比如说我看着看着是走神的，好的小说会激发你的想象，让你的心思飞得很远。然后你走了一会神以后，你再回过头来接着看一段，看着看着，也许又走神了，走神了就让它走去，回过头来再看就是了。

我特别同意叶广芩对我小说的看法，她说庆邦，我看你的小说我都舍不得看，我先把别人的看完我再留着你的小说最后看。我说叶大姐，你真是我特爱听你这句话，你简直就是我的知音。她说我在细细地慢慢看，是一种享受。我看苏童的小说也是有这么一种感觉是走神的，所谓好多抓人的小说，都主要是以青年学生为对象的，我们通俗的小说像武侠的小说或者是言情的小说，它的主要的特点就是抓人。纯粹的文学作品，所谓诗意化的作品它就是放人，想一想我们在什么样的情况下会走神？我们想一想，回忆下？我自己回忆起来，我往往在那种大自然的怀抱里有时候会走神，比如说我回到我们家那小院，当大雪下来的时候，我倚着我们家的门看大雪在飘落，这个时候大雪纷飞，你看着天地一片白茫茫，你不知道雪是在落还是在生，一会石榴树也白了，草垛也白了。这个时候看着看着眼前会模糊，就是你走神了，不知道想到哪去了。那种感觉是一种灵魂出窍的感觉，这种感觉是下大雪给我的。有时候，在秋天的时候我看下雨也会有这种感觉，或者是站在窗口看看下雨，或者说站在院里看看下雨，滴滴答答地落在柴草垛上，落到树叶上，落在地上等等，听着连续不断的下雨声，你听一会就会走神。还有你夜里看月亮，在床上仰着脸看月亮，或者是你夜里游泳躺在水面上看星光，都会有一种走神的感觉。我就明白了，就是我们在自然界里，在这种情况下我们会走神，我们看好的作品也会走神，我们就得出一个衡量，好的作品它顺乎自然，道法自然，它是从自然里借鉴了很多的东西。好的作品是得天地之灵气的，受雨雪之韵泽、日月之灵光的。吸收很多自然的东西，跟自然相通，然后才可能成为自然的作品。才有可能像我们在大自然界里走神一样，读我们的作品，会得到一种自然的享受、精神的享受、灵魂放飞的享受，这是我对那个作品从自然的角度做出的一种衡量。

还有一点，我们都知道短篇小说对语言非常讲究，高尔基说过，文学的几个要素中，他把语言放在第一位，汪曾祺汪老说得更极端，他说，写小说就是写语言的，有人评价一个作家说他的小说写得不错，好像就是语言不太好。汪老说语言不太好还写小说写得不错，那有什么不错呀？首先你语言得好，才能说得上小说好呢。我赞成他对语言的判断，好的语言是有味道的语言，是个性化的语言，是带着作家呼吸的语言。你看我们读沈从文的小说不用看沈从文的名字，一读就知道这是沈从文的，这是沈味这是湘西味。你捂着鲁迅的名字一读，这是鲁迅的味，硬骨的味，绍兴味，鲁味。就是说明他们的语言已经带着他们的呼吸，带着他们的气质和气场。

我们作家写每一个字，应该说书写的时候是带着这个作家的呼吸的，带着这个作家的呼吸就带着这个作家的气质。这个作家的气质是不一样的，带来的气也是不一样的。好的作家可以说他带出的气是正气、净气、和气，总的来说，好的作家出来的气是一些善良之气。那么一些不好的作家他可能是邪气、伪气、虚伪的伪、燥气、不平之气。他们带出来的可能是恶气，通过作品出的是一种恶气，是不一样的。通过一个作家的文字我们可以看到这个作家的气息，可以看出这个作家的呼吸，通过文字我们可以对这个作家掌握的文字怎么样就有一个判断。其实，我们看一个人的作品你不一定看到结尾，看到前几句话就知道这个作家达到一个什么样的程度了，这个就是通过语言来判断的。如果他用的都是官腔，用的都是新闻化语言，用的都是意识形态化的语言，我们就知道他还没有入门，我们一看他的语言是这么有味道，这个就可以看下去。我在传媒大学讲过几次课，我是传媒大学的客座教授，我专门给他们讲过语言讲过细节，我在给他们讲之前——他们都是传媒大学的学生——我先让他们造句，我先出一个题目，比如说我出一个"响应"，同学我出一个"响应"你们用"响应"来给我造一句。同学犹犹豫豫不敢造，终于有一个同学勇敢地举起手来，站起来造句。造句他还造的"响应"还是"号召"，"我们最近响应政府发出的植树造林的号召，所以我们去栽了树"。一说"响应"，跟着就是"号召"，一下成了思维定式。一下就把这个"响应"意识形态化了，它又没有"响应"，没有从字根上来追问一下这个"响应"是什么意思。所谓响应，就是当这边发出一个声音，那边有了回响有了声音，这才叫响应。我就给他举了一个例子，我说，一定要打破这种思维定式，比如说我给你造个句。你打了一个喷嚏，你旁边的同学马上响应了一个，也打了一个喷嚏。他们一想，是这个道理，这就不是响应、号召了，是响应同学的喷嚏，这是响应。我说这个"号召"，你们用"号召"来造一个吧，又很为难，不是政府发出了号召就是领导发出了号召，再就是学校发出了号召什么什么我们来响应。我说，我们长期这么使用得完全把我们的思维给定住了，我给你造一个句：一个乌鸦看见这个草地里有一只死狗，乌鸦在空中号召了几声，别的乌鸦就纷纷到这个草地里来，大家共享这只死狗的尸体。这个号召不是领导发出来，而是乌鸦发出的号召。乌鸦发号召完全是可以的，在空中发号召完全是可以的。

　　这样就是我们要对这个词进行一个追问，它的意思到底是什么？我们要用我们的词汇，反其道而行。现在好多好多的词都是把它意识形态化了，我们现在要找到它真正的意思，找到它的词根来给它陌生化，当你把一个词陌生化的时候，哪怕在一个小说里你使用了一句——是你自己把这个词陌生化的，真正从自己心里流出来的——我就说，这个作家是很用心地来写，就不一样了，感觉不一样的，就对这个小说另眼相看了，或者说要把这个小说读下去的。语言的魅力是在这里，重要在这里。当然，语言味道的营造、怎么样学习语言，比如说书本学习、到群众中学、到基层中学等等，从哪里学语言，这个讲起来就长了。

其实短篇小说还有几点还是要讲的，比如说，短篇小说我认为它不仅对人的智力有要求，智力参与，全身心都要参与一个短篇。就是你的触觉、视觉，你的感觉你的味觉，等等，在写的时候都要参与创造，然后这个短篇小说才可能感人，才可能立体化的。我甚至认为短篇小说的创造对身体对年龄都有要求，你看我们好多的作家他一老了不敢碰短篇的，一个很大的原因就是短篇对人的激情、体力、生命力是有要求的。随着人的身体老化、感觉迟钝、激情减退，没有爆发力，一般不敢再碰短篇小说。我们知道汪老汪曾祺他是到了七十多岁的时候短篇写得明显不如以前，你看他的《大淖记事》《受戒》包括《陈小手》等等写得多么精彩，写得那么饱满。但是后来到了岁数以后，他写过一个短篇叫《小芳》，是写一个保姆的。写完以后他子女看了都不满意，说这个小说写得干巴巴的一点灵气都没有，你不要拿出去发了。汪老听了很生气，说我就是故意写成这样的。你们干吗不让我发，拿出去发了。当然发表文章是没有问题的，我记得是发在《中国作家》上面，还得了奖。但是后来再看这个小说，确实写得大不如前，后来汪老甚至改写《聊斋志异》在《上海文学》上，就把《聊斋志异》再用他的语言叙述一遍，后来林斤澜说："哎呀，改写还不如不写呢。要写不出来就算了，不如不写。"这就是汪老到了岁数以后，想象力不行、激情不行，对短篇小说有影响。

所以，我说这个的时候，我说趁你们这个年轻作家班，趁你们现在年轻，精力充沛，生命力旺盛，一定要抓紧时间写，免得以后心有余而力不足的时候后悔。因为果树它有挂果期的，到了挂果期之后，虽然有些果子它结得很小，干巴巴的，女人有生育期，在有生育期的时候她生的孩子白白胖胖的，一旦过了这个生育期，很可能生不出孩子来。所以我呼吁我们在座的青年作家，你们一定要抓紧你们的时间，刚才我给几个人写的"天道酬勤"，他们说我很喜欢这个，就要勤奋地劳动，多写作品，抓住这个有利的时机，不要等。多写一些作品，在多的基础上，有可能在数量的基础上，才有可能写出高质量的作品，经得起时间考验的作品。还有一些话没有讲，比如说短篇小说的综合形象，怎么样注意短篇小说的综合形象，比如说短篇小说的结尾，都很重要，要展开讲，现在时间没有了。我还说留一点时间跟我们交流呢，现在按我们预定的时间还剩四分钟，这怎么办呢？我看我今天就讲到这里，有什么问题你们提一点，咱们简短地交流一下，谢谢！

问：刘老师您好！您的《盲井》后来被改编成电影，得到一个不错的评价，但是这部电影在国内曾经遭到过一些剪辑，我想知道您这部小说的创作初衷是什么？而且这部电影改编后和您的初衷有没有违背？

刘老师：谢谢，刚才这位同学提到的小说，我的小说叫《神木》，是一部中篇小说，六七万字的中篇小说，后来改编为电影《盲井》，因为拍这个《盲井》没有经过电影局批准，他就拿到国际上去参赛。最初得的是第 53 届柏林电影节最佳艺术银熊奖，得到这个奖之后又在国际上得到一系列的奖，一共得到了二十多个奖，包括美国、荷兰、意大利，包括咱们的香港台湾。我们知道王宝强他最初是演《盲井》出来的，他演打工的中学生，他得了金马奖的最佳新人奖，从那出道的。应该说这个小说写煤矿的故事，前年，我去美国，他们专门组织了一场观摩，看完之后又让记者采访我。在看电影的时候，美国的老太太吓得浑身发抖，说真有这么可怕吗？就问我这个事情是不是真实的。我就跟他说这个故事前面是真实的，后面是虚构的。

至于说创作初衷，这是一个很切入现实的一部小说，跟现实联系非常紧密的一部小说，说白了它是一部批判现实主义的小说。就是写我们的现实状况，人们是怎么样围绕资本的积累，是怎么样弱肉强食的，人性是怎么样泯灭的。但是我用理想之光照亮了这篇小说，主要的初衷是这个，写了良心的发现，写了人性的复苏，还是要给人类一个理想。电影应该说拍得不错，它基本上是忠实于原作，但也有一些遗憾。这些遗憾的地方，今天在这里就不说了。好像网上有这个《盲井》，盗版的盘也有，是可以看到的。谢谢大家！

主持人：谢谢刘老师的精彩讲课，今天刘老师我感觉不像一个作家，更像一个园丁，可以将这个短篇小说当作自己培养的一朵鲜花，讲述了自己如何从选种子到除草修枝的灌溉，一步步地将它变成一朵美丽鲜花的这么一个过程。作为一个短篇小说创作的非常杰出的作家，今天刘老师可以说是将自己几十年来的一些心路历程跟思想的结晶，跟大家进行了一个毫无保留的分享，我想这堂课不仅对我们当中从事短篇小说的人来说会有一些帮助，对从事别的创作的大家来说也是有借鉴意义的。最后祝愿大家能够像刘老师一样将自己的作品写得像花一样美。最后还是让我们再次用掌声感谢刘老师精彩的讲课。

好，下课。

文学的哲学意蕴与作家的人文情怀

李一鸣

开学之后，尽管见得很少，但是对你们每个人的名字和你们的创作情况，我都了解。翻档案，看照片，也基本上能认得差不多了。非常难得，五十一个人来到这个地方，在这里度过两个月，我们选的老师，他们的课并不一定都是精品，但是希望哪怕是对大家有一点点的启示就够了。因为任何的发展和提升都是从一点点开始的。那么今天咱们座谈这个"人文情怀与哲学意蕴"，我也希望能有一点点，勾起你们的一点回忆，或者念想。

现在大家谈起来，创作对于一个作家来说，什么是最重要的？有各种说法。有一种说法，是说技巧最重要。一个写作者，如果没有娴熟的技巧，难以写出优秀的作品。过去我们经常接触一些作家，也往往能够感受到他们那种逼人的技巧。我上大学的时候，黄永玉先生，大画家，同时写散文，也写小说，他给我们开过一个讲座。他说"文革"的时候，我有空就撒谎，对魔鬼只能用魔鬼的办法。那个时候看到有些非常自高自大的人，感觉老子天下第一，他就送给他们一句诗："好大一个气球啊，经不住一个针尖的批评"。多大一个气球，一针下去瘪了。这个语言是有技巧的。

再比如桑恒昌先生，著名诗人。他曾经去给我们开讲座。他个子不高，矮矮壮壮的，站在主席台上，当时他念了一句诗："我愿意和高个子在一起，和高个子在一起，我不会驼背"。是啊，和高个子在一起要挺起来的，那么和精神高的、和才华高的人在一起，我们总是要向他看齐的。这个也是人人心中有，但是他人笔下无的一句诗。他还有一首诗是感人至深的。他说小时候，妈妈病了，我一病妈妈的病就好了。现在妈妈去世了，他就说我的病能医好你的病，我的死能换来你的生吗？这蕴涵着刻骨的情感，也是有技巧的。

我大学的一个同学谈恋爱，我陪着他到火车站去迎接他女朋友实习归来，在火车站他禁不住朗诵了："我张开双臂做两条路轨，你鸣响欢乐扑入我的怀中。"在火车站，那种热切的情感和期待，通过在场的诗传达出来。后来很不幸，他失恋了。我陪着他在经十路上，沿着经十路往西走，这时远处黄昏的太阳正落下去，他又难过地说："太阳的子弹射进群山的胸膛，溅起一片血光。"那个沉痛的心情，是技巧地表达出来的。

那时，我们诗社有一个同题征文，题目叫做《诗人》。当时我和同学们到北京师范学院来实习。我穿着妈妈给我做的布鞋，第一次走在长安街上。这时我突然有了灵感，"妈妈也是诗人，她一针一线写成的诗，被我发表在长安街上"。是啊，我的鞋底是妈妈纳的，我走在长安街上，我就把她的诗发表在长安街上了。我想这里也是有技巧的。

我的一个朋友，到了天安门广场，看到人民英雄纪念碑，写了一首诗，题目《人民英雄纪念碑》，就两行："你，中国的拇指竖在这里！"从具象上讲，她是一个拇指的形象；抽象上看，1840年、1919年、1937年、1945年、1949年以来，那些为了民族独立、人民解放、国家建设而捐躯的先烈，他们的鲜血泼洒在这块土地上，凝结成丰碑，这不正是中国人民的骄傲，中华民族的骄傲吗？所以说，这是好诗，里面是有技巧的。

你们的一个师哥，鲁若迪基，写过一首诗《小凉山很小》："小凉山很小／只有我的眼睛那么大／我闭上眼／它就天黑了／小凉山很小／只有我的声音那么大／刚好可以翻过山去／应答母亲的那声呼唤／小凉山很小／只有针尖那么大／油灯下／我的诗总想穿过它／去缝补一件件／母亲的衣裳／小凉山很小／只有我拇指那么大／在外的时候／我总是把它竖在别人的眼前。"小凉山多小啊，眼睛那么小，声音那么小，针尖那么小，拇指那么小，但是它又那么大，寄托着那么多的回忆，那么深情的回顾，那么深切的精神唤起。

技巧确实是重要的，刚才是说诗。至于小说，你们的师哥，刚刚得了鲁迅文学奖的徐则臣，他曾经谈到，写小说要从上午 10 点写起，这不是指我们作者写小说的时间，是指小说的叙述时间。小说中的叙述时间从 10 点开始，大约就是这个时候，你总不能从凌晨 1 点就开始写，一直写到 12 点；或者从他一出生就开始写，写到他死，这样的顺畅。它是从 10 点开始，然后前后地回环，左右地穿插，从而使得小说有了相当的张力，这是技巧。

还有人说写作心态最重要，如果总是想我要得奖，我要写一篇得奖的小说，我要写一篇得奖的散文、得奖的诗歌，那么急切，那么浮躁，可能也写不出好作品。王安忆，是你们的大师姐了，她说，"我写作的秘诀只有一个，那就是勤奋的劳动"，"写小说就是这样，一桩东西存在不存在，似乎就取决于能不能坐下来，拿起笔在空白的笔记本上写下一行一行字，然后第二天，第三天，再接着上一日所写的，继续一行一行写下去，要是有一点动摇和犹豫，一切将不复存在"。写小说是怎样的？就是坐下来，从第一个字开始写，一个字一个字地写，一行一行地写，一页一页地写，是一种劳动而已。刘庆邦曾经谈到，2006 年作协第七次代表大会的时候，他们在一个楼住，他去看望王安忆，王安忆说，你回家吗？他说有什么事儿吗？她说你回家的时候给我带一些稿纸。刘庆邦就想，这样的会，全国各地的朋友、文友、领导，文学家、理论家都在这里，除了开会，闹哄哄的，打牌、喝酒、谈心、聊天，哪有时间写作呀？王安忆说，你给我拿稿纸来，我要写作。刘庆邦说正好我带了稿纸，就跑到楼上，把稿纸拿下来，分给她一多半，一本稿纸是一百页，一页有三百多个方格，分给她六七十页，会开完了，稿纸用完了。王安忆几乎每天都在写作，一天都不停止，她写了长的写短的，写了小说写散文，她在家里写，在会议期间写，更让人惊奇的是她在乘坐飞机时照样写东西。我们都坐过飞机，那么狭小的空间，那么嘈杂的环境！但是王安忆哪怕是坐飞机的时候也在写东西。她认为创作没有什么神秘，就是劳动，日复一日的劳动，大量的劳动，和工人做工、农民种田是一样的道理。陈村也说："小说家就是写，写得好不好是天数，上帝说了算，写不写自己说了算。写下去自然会进步，自然明白什么是对的，什么不可以。摄影大师是胶卷堆起来的，小说家是稿纸堆起来的。"这种心态对于创作是很重要的，特别是对于我们现在这样一个时代，这么浮躁，坐不下，坐不住。而王安忆的心态，陈村的心态，对于我们来说多么重要啊！

我本人也总是想，我要写，我要坐下来写，我要突破，我要突破，我要突破！和刘庆邦谈起来，他说得好，"写是硬道理，写的过程中，自然会突破"。总是想突破那是不可能的，只要写就会有进步，进步的过程就有实现突破的可能。这就是一种心态。

大家到了北京，到了鲁院，外边是红尘滚滚，我们能不能静下来，坐下来，遵从内心的那种追求，保持、葆有那样好的一种心态，把写作当成一种劳动。一个字一个字地，一行一行地写下去。我们就会进步了。

法国大作家福楼拜说："我们不论描写什么事物，要描写它唯有一个名词，要赋予它运动唯有一个动词，要得到它的性质唯有一个形容词，我们必须继续不断地苦心思索，非发现这个惟一的名词、动词和形容词不可。仅仅发现与这些动词、名词、形容词相类似的词句是不行的，也不能因为思索困难就用类似的词句敷衍了事。"这也是一种写作的态度，是一种精益求精的态度。一定要找到那惟一的名词、动词、形容词。在写《包法利夫人》时，为了描写包法利夫人与作品中另外一个人物罗道尔弗会面，他打算写三十页，结果用了三个月，三十页纸用了三个月。托尔斯泰一贯强调他的文学作品要一改再改，他说："写而不加修改，这种想法应该永远抛弃，三遍四遍还是不够的。不要急于写作，不要讨厌修改，而要把同一篇东西改写十遍、二十遍。"他的《战争与和平》写了七年，修改了九十九次；他的《安娜·卡列尼娜》写了五年，修改了十二次，仅开头就用了十多种不同的写法；他的《复活》断断续续写了十年，先后修改了二十多次。这是对于创作的一种心态啊。我们现在常常看到很多作家，一天写一万字，有的想着几个月就写一个长篇，匆匆忙忙写作，急急忙忙出版，心急火燎研讨。我们现在一年出版几千部长篇，但真正能留下的有多少？我们长篇中的人物能够真正给读者留下印象的有多少？应该说，我们的心态是有问题的。

还有什么对于写作是重要的呢？拥有自己的园地很重要。"自己的园地"是周作人讲的。我们确实看到许多成功的作家，都有自己的园地，我想这个园地可能是体裁的，像我们今天在座的大部分是专门搞报告文学的，有的是专门搞诗歌的，有的是专门搞散文的。这可能是自己的一个园地。之所以形成这样一种状况，可能是写作开始或过程中，我们就奠定了这样的一种喜好和归属。另外这个园地可能代表着自己的一个文学地理，就是说有这样一个地方，我们出生在那里，或者是经年成长在那里，那里的地理文化、风俗人情深深影响着我们，铸成了我们灵魂中的一些东西，铸成了我们写作中的一些特质，于是我们就把这个地方作为我们写作的一个关注点，甚至在我们的作品中虚拟这样的一个地方，以这个地方来承载我们的价值观。像莫言的高密东北乡，汪曾祺的高邮，福克纳的杰弗生镇。这个园地，也可能是情感的触发点，就像刘白羽，他写作品，总是当他把所描写的对象和战争那种情感联系起来的时候，他才能够喷涌出激荡的情感，像他的《长江三日》，就是一种战争的那种节奏和调子。我想，有这样一个地方，自己最熟悉的，最易于表达的，最能够激发情感的一个地方，是很重要的。在创作中，如果是有意识地给自己创造这样一个文学园地的概念，它有可能成为你作品的一种指纹，一种标志，一种风格，一种独特的载体。

技巧重要，心态重要，园地重要，但是大家共同的观点，感觉我们的青年作家现在最需要强化的还是人文素质。什么是人文？人文，古代它是与天文相对，现在是与科学并举。在《易经》中，最早提到人文这个概念，包括"文化"这个词也是从这句话出来的，叫做"观乎天文，以察时变；观乎人文，以化成天下"。那么这里的天文是指日月星辰的运行，风霜雨雪的变化；人文，更多的是指诗书礼乐等人类文化。在英文中对应人文概念的是人道、仁慈、人性这样的一些意象。著名科学家、华中科技大学老校长杨叔子院士，曾经说过一句话，他说："人文就是人要成为一个人的精神需要，就是为了人能成为一个对社会负责的人、一个真正的人的精神标准与内涵。"就是要使人成为人，这样的一种标准与内涵。这个似乎拗口，人不就是人吗？怎么还人要成为人呢？那么这里面存在着两个概念：一个叫人化，一个叫化人。人化，就是把生物的那个人化成精神的那个人，现在我们发现生活中有多少那种纯粹生物意义上的人，或者是叫做长着人的外表，而其实不是人的那样一种动物，是不是有这样的一些？我们的人文就是要把动物的人化成精神的人，还原人的本质。人文，狭义上应该是指人何以是人，如何待人的现象。人文素养，一般是讲三个层面，一个叫掌握人文知识。人类创造的知识分作三类，一个叫人文科学，一个叫社会科学，一个叫自然科学。自然科学都知道了，数理化生这些；社会科学是与社会相连接的这些社会知识，教育学、经济学、政治学等等，这些是社会学。那么人文科学，就是文学、历史、哲学、语言、艺术等知识。二是把握人文取向。就是用人文知识蕴涵的那种方法去观察和解决问题。最重要的是秉持人文精神，这是人文素质的核心。什么叫人文精神？就是一切以人为中心。在万事里面人的事是最重要的，在万物里面人是最核心的。人是最重要的，人是第一的，人是最高的。这样的一种精神。人文关怀就是表现为一种以人为中心的普遍的人类的关怀，表现为对人的尊严、价值、命运的维护和关心，表现为对全面发展的理想人格的肯定和塑造。我们讲人文，就是讲目光聚焦于人本身，重塑价值理性，高扬人性尊严，唤醒内心力量，促进人的发展，让梦想不再贫瘠，让精神充满力量，让文学成为人学；就是一切以人为中心，关心人，帮助人，爱护人，怜悯人，发展人，完善人，这样的一种情怀。

人文素质是一个人的素质中最根本的素质。德国著名哲学家斯宾格勒，他在《西方的没落》一书中提到：人的生命是有长度的，人的生活是有宽度的，但人之所以为人，最根本的在于他的深度，第三维度，人文维度。也就是说，我们人的生命是有长短的，那叫长度；生活面是有宽窄的，那叫宽度；但是这些都不重要，你活上一千岁，你如果没有人文情怀，你也称不上真正的人。生活面是有宽窄的，你接触万千人，万千物象，但是你没有人文情怀，你也不是真正的人。最关键的是深度，人文维度，也正像杨叔子讲的，人之所以为人的那种精神，那种特质，那是人之所以为人的核心。

文学作为人类的心灵映照，它是我们人实现精神的一种方式，是我们价值观的一种表达，世界观的一种表述，人生观的一种表现。它必然以关怀人的生命、幸福、尊严与价值的深层意蕴，启迪人的思想，明亮人的心灵，滋养人的精神，促进人的全面发展。这就决定了我们作家的价值取向，比之一般人，应该更加增强对世界的深刻认识，对人类的深切关怀，对社会的深度把握，对自然的深入理解，对自我的深微认知。作家和非作家，他是不一样的。比如说面对大自然，我们作家可能是把它作为人来看，我们到了一个大山中，在深深深深的地方，看到了一朵花正在开，我们在它的身上看到了我们的人。这么大的一座山，这么深幽的一座山，它在开花。它不会因为没有人发现它，它就不开，它有憧憬开花的童年，有蓓蕾初绽的少年，有灿烂开放的青年，也有凋落的老年。它期待着，它在开着，它在灭亡，它有这样的一个生死的过程。那朵花就是人，那朵花身上不也反射着人的一生么？我们的作家就是要有这样的一种情怀。

面对自然，是这样；面对一个具体的物象呢？这让我想起我们上大学的时候，我们的校长是一个评论家。他给我们讲课的时候说，诗人一定要写美的东西，比如说尿壶就不能写。我就想尿壶怎么不能写呢？尿壶和茶杯是一样的材料烧成的，一样的泥土，一样的烧制过程，出来的时候一样的洁净，只是因为我们当初叫它尿壶，赋予它另外一种功能，它就和茶杯不一样了。茶杯可以堂而皇之放到讲台上供人喝茶，甚至会成为文物，如果当初我们把那个尿壶放到这里，放上茶，它是一样的东西，它的本质是非常洁净的。然而，它成了尿壶，它的功能成了接尿。晚上的时候，拿出来用它，白天的时候把它放到床底下，秘不示人。提起来的时候充满鄙夷，厌烦，写诗也不让写它，它有何罪呀？我们想一想，各位，我们是不是都有过这种命运？我们是否有过这样被误解，被歧视，被鄙夷的时候，我们是否有过这样的人生？有时候我们想一想，我们不就是那把尿壶吗？

作家就是这样，我们看到任何一个东西，我们都能赋予它不一样的感觉，都能发现与人的命运、人的处境、人心相连的心灵悸动，这就是作家的人文情怀。作为优秀作家，在人文素养上应该有更高的标准，更严的要求，他们应该涵养崇高的人文情怀，具备对整个人类、对全部世界的强烈关怀。

我们中华民族拥有浑厚璀璨的人文文化。咱们的老祖宗孔子的《论语》，用三句话或可以概括它的核心。第一句叫做"仁者爱人"，第二句叫做"己所不欲，勿施于人"，第三句话叫做"己欲立而立人，己欲达而达人"。己所不欲，勿施于人，自己不愿意干的事不要让别人去干。有人还说，己所欲勿施于人，你自己愿意干的事儿，也不要让别人去干，这是一种不忍人之心，不忍是怜悯，是慈悲，是悲悯，是这样的一种情怀。把人当人看，把别人当自己看，把自己当别人看。每个人都是一个独立的人，个体的人，自由的人，有血有肉的人。己欲立而立人，己欲达而达人，自己站起来也要让别人站起来，自己要发达，也要让别人发达。这三句话事实上就概括了孔子思想的核心。那么到了孟子是延续下来了，"老吾老以及人之老，幼吾幼以及人之幼"。像孝敬自己老人一样孝敬别人的老人，像爱护自己孩子一样爱护别人的孩子。这就是一种人文情怀。后来的历代作家，大家都知道了，许多先贤、英雄，其实也都是作家，只是我们淡忘了他的作家角色。像陆游"位卑未敢忘忧国"的担当，范仲淹"先天下之忧而忧，后天下之乐而乐"的情怀。《岳阳楼记》，我们当学生去学习这篇课文，把它当知识学的时候，我们往往没有那种感受。而我们作为作家以人生体验去感悟的时候，我们会有别样的感觉。范仲淹和我们是一样的人，他也是一个作家，他在岳阳楼上，写出千古名篇《岳阳楼记》。如果是我们在岳阳楼，我们来写一篇散文的时候，我们能不能写出这样的句子？"先天下之忧而忧，后天下之乐而乐"，"居庙堂之高，则忧其民，处江湖之远，则忧其君。进亦忧，退亦忧"。我们有这种体验，有这种情怀，有这种视野，我们可能就能成了范仲淹。顾炎武的"天下兴亡，匹夫有责"的志向，林则徐的"苟利天下生死以，岂因祸福趋避之"的风骨，秋瑾的"粉身碎骨寻常事，但愿牺牲保国家"的决绝，左宗棠的"身无半亩，心忧天下"的追求，张载的"为天地立心，为生民立命，为往圣继绝学，为万世开太平"的抱负，这些人和我们是一样的人。他们写这些句子的时候和我们年龄差不多的。我们都是在中华文化浸润下，在中华精神沐浴下成长起来的。他们这些语言不是知识，是体验，是生命的绝唱。那么我们是他们的时候，我们能否喊出这样响亮的、弹奏着中国文化人铮铮铁骨的、洪钟大吕的声音呢？这里头是有情怀的。我们举两个人，一个是谭嗣同。谭嗣同我们知道是改革家，同时他又是作家，是知识分子。变法失败之后，当时清廷正在追捕他们，日本领馆就给他传信了，说谭嗣同赶快来领馆，来到这里你就保命了。谭嗣同说："不有行者，无以图将来；不有死者，无以召后来"，"各国变法无不从流血而成，今日中国未闻有因变法而流血者，此国之所以不昌也，有之，请自嗣同始"。毅然舍身报国，血溅北京。另外一个文天祥，大家都知道，人生自古谁无死，留取丹心照汗青，文天祥被捕了，元世祖对他说，"汝以事宋者事我，即以汝为中书宰相"。你就像对待南宋皇帝那样对待我，我就让你当总理。文天祥说，"天祥为宋状元宰相，宋亡惟可死，不可生，愿一死足矣"。遂推出城门斩首。元世祖说，好男儿不为吾用，诚可惜哉！这么好的男子不能为我用，多么可惜呀。可惜也杀了你！

一边是生，一边是死；一边是当相，一边是死尸。他们选择了死！这两颗头就是两粒种子，落在中国的土地上，种在这块土地上，为的是开出自由的花朵。镜破不改光，兰死不改香。镜子破了，哪怕碎成一万片，每一片碎片都反射着太阳的光芒；兰花死了，它的香仍然幽幽而在。这就是天下情怀，人文情怀！涵养德行以完善自我，建立功业以济福社会，著书立说以彰显思想，心忧天下以安身立命。这是一代一代中国知识分子的孜孜追求和担当。正如杨叔子讲的，一个国家一个民族，如果没有先进的科学技术，一打就倒，一个国家，一个民族，如果没有优秀的人文文化，不打自倒。我们作家，在建构中华民族的优秀人文文化上有我们的责任。

但凡成就卓著的人，都具有杰出的人文素质。不管是政治家，还是科学家，还是革命家，还是其他家，人文素质都非常重要。像毛泽东，大家知道了，他的人文素质足可撼世。周恩来，他那种怀民兴邦的入世情怀，和而不同的中庸精神，信守诺言的君子人格，谦谦君子的风度气质，也都是体现了一种崇高的人文素质。曼德拉，大家知道，从年轻就被白人关到监狱里，从满头黑发到白头堆雪，从明净额头到皱纹深深，临出监狱的时候，他说："当我走出囚室，迈向通往自由的监狱大门时，我已经清楚，自己若不能把悲伤与怨恨留在身后，那么我其实仍在狱中。"白人迫害了他一生，但他当了总统，他把白人和黑人一样看待。这是什么样的情怀啊？所以当他去世，全世界为他垂下了高贵的头颅。这是这个世纪最伟大的人，能够撤除怨恨，能够平等待人，把自由平等光照每一个南非人，这是大情怀。

科学家也不例外，亚里士多德，笛卡尔等等，不仅是赫赫有名的科学家，而且是著名的哲学家。爱因斯坦十三岁的时候，就熟读康德的《纯粹理性批判》，十三岁，想想我们的孩子，我们的孩子十三岁的时候在干什么？大学的时候研读了许多哲学著作，他认为哲学对他创造性的科研发挥了巨大作用。诺贝尔，是率先发明炸药的科学家，但是他同时也是一个文学写作者。他曾经将伏尔泰的作品翻译成瑞典文，而且创作了一部戏剧《复仇的女神》。我国著名数学家苏步青，原来复旦大学的校长，他的古典诗词写得也非常好。事实证明，深厚的人文素养，对一个人的成功是至为关键的。

文学史上，脍炙人口的文学巨著无不充满了人文精神。许多人认为到目前为止，中国现代思想史上没有任何一个人的思想超越鲁迅。他对中华民族的认识，对中国国民性格的认识，他的认识之深，爱之切，目前还没有超越。他对铁屋子人的麻木和冷漠等等毫不留情地批判，揭示了对国家、民族、大众、他人，以至人类世界和宇宙的大关怀，大悲悯，放射出人文主义的光华。巴金的作品《家》《春》《秋》好，但是在思想史上、文学史上，大家觉得他的《随想录》毫不留情地解剖自己的内心世界，不怕疼，狠狠地挖出自己的心，持续地拷问伤痕累累的灵魂，成了一个民族的良知，是大作品。当代英国作家乔治·奥威尔提出他写作的原因，他作为一个理想主义者和道德主义者，是他对人类自由幸福尊严的维护和对历史真实原貌的揭示，犹如闪电穿透黑暗，照亮人心。美国作家福克纳，1950 年在荣获诺贝尔奖时宣称，作家的天职在于使人的心灵变得高尚，使他的勇气、荣誉感、希望、自尊心、同情心、怜悯心和自我牺牲精神复活起来。诺贝尔文学奖从 1901 年创立到现在，已经有一百多名作家获奖。作为具有全球性权威的文学奖项，我们披览历届获奖者，发现他们作品大多以崇高的思想境界和人文情怀著称。1901 年，首位诺贝尔奖获得者法国诗人普利多姆，他的颁奖词核心是高尚的理想、完美的艺术和罕有的心灵与智慧的实证；1908 年，德国作家鲁道尔夫·欧肯，因为他对真理的热切追求，他对思想的贯通能力，他广阔的观察以及他的无数作品中阐释的一种理想主义的人生哲学而获奖；1915 年，罗曼·罗兰的《约翰·克利斯朵夫》获得诺贝尔奖，是由于作品表现了高尚情怀，以及对真理的追求；1946 年，赫尔曼·黑塞的《荒原狼》获奖，是源于高度的创意和深刻的洞见；1992 年，诺奖委员会因具有巨大的启发性和广阔的历史视野，以及对多种文化的深刻呈现，将奖颁给圣卢西亚诗人沃尔科特；2005 年诺贝尔奖获得者，英国剧作家哈罗德·品特的作品，则让人们深深感受到了人类长期置身其中的处境。一百多名，我们选了一部分，他们是因为什么获奖？除了艺术上的，很重要的就是情怀上的，价值追求的，是因为给予人类不一样的启迪。所以要当大作家，出大作品，必须得呈现这样的一种情怀。以这样的情怀去写作，以作品呈现这样的情怀。

当前，应该说我们文学创作大发展，大繁荣，但是真正在文学史上叫得响，传得开，留得住的精品力作还不够多。有的作品人文主义缺失，理想主义缺失，现实主义缺失，批判现实主义也缺失，缺乏对宇宙、人类、国家、民族、社会、民众、人生的强烈关怀，缺乏对生命意义的追问和人生终极价值的追寻。那么表现在作品上，往往就是没有大境界，大格局，大气魄。往往是狭隘平庸乏味。对报告文学作家来说，尤其需要突出理想主义，人文主义，现实主义，批判现实主义。介入现实，介入人生，介入社会，介入世界。对于我们青年作家，亟须加强人文知识的学习，人文素养的培育，人文精神的建构。在这里我们拈出一个词，就是"哲学"来谈。

法国存在主义作家加缪说过，"任何小说都是形象化了的哲学"。对他这句话，要全面理解。并不就是说我们的小说，我们的散文，我们的诗歌全是某种哲学理念的阐释，某种概念的表达，不是这样的，他可能指的是一种价值取向，思维取向，他要求我们以哲学的眼光、视野、襟怀去观察世界，观察自然，观察社会，观察人类本身。其实哲学生活在我们每一个人的心中，生活在我们每一个人的身边。我们就是哲学的人，我们就生活在哲学中。比如说我曾经有一个概念，叫做人生就是偶然，人生就是无数偶然组成的一个必然。我们想一想，高考的时候，如果比现在多一分，多半分，你报的学校就不是这个学校了，你录取的就可能不是这个专业，你去的城市可能不是这个城市，你的一生都变了，就因为一个事儿，整个人生都变了。是一种偶然，但是里面有着必然。别林斯基曾经说过一句话："人的生活像广阔的海洋一样深，在它未经测量的深度中保存着无数的奇迹。"我想这个奇迹呀，就是偶然和必然。我想起了我的几个同学和朋友，有一个叫刘振华，他是山东的，当时叫惠民地区，惠民县。他是初中毕业之后，考中专，考到惠民师范学校上学，师范两年，毕业后又分到了他们的家乡所在地，惠民县申桥公社中学当老师，在一个乡镇，条件很艰苦，找女朋友都找不上。过了有两年吧，山东正好有一个政策，像这样的可以再考，结果他1983年考到山东师范大学政治系专科上学。1985年毕业后，就到了惠民一中当老师，到县城了，也找上对象了，也生了小孩儿了。又过了几年，用同等学历考到天津师范大学硕士研究生。硕士毕业之后，到了山东省委党校工作，当了副教授，后来当了副主任，爱人也调到了济南，孩子也上了学，后来他又考到中央党校，党建教研部，博士研究生。在中央党校学习期间，曾经在中办调研室帮助工作八个月。后来到了安徽芜湖，当了安徽芜湖的副市长。我们看他的生命中出现了多少偶然呀，但是他最终形成了一个必然。最可令人感叹的是，当我们回首看的时候，他中专的同学还在那个乡镇，他专科的同学还在那个县城，他研究生的同学还在那个省城。在岁月如流的背景上，屹立的是人伟岸的身影。那么多的偶然组成了一个必然。这是哲学，这些不是空的。另外一个同学，这是我同班同宿舍同学，叫王垚，上学的时候，非常内向内敛内秀，我很老实，他比我还老实，我还会给系里提一个建议，竞选书记，当团支部书记，他最大当我们宿舍的舍长。毕业之后，他分到山东海洋学院，就是现在的中国海洋大学地质系当辅导员，过了有几年，我到青岛去，我突然发现这个王垚变了，他是那么周到、周全、周密，待人接物那么周到，考虑事情那么周全，安排部署那么周密。又过了几年，在电视上看到他了，中央《新闻联播》，李鹏总理到中央人民政府澳门联络处接见处以上干部，并合影留念，第四排最边上那个王垚，当时是中央香港工委办公厅秘书处处长，再后来回到国内，在青岛也是一个副厅级干部，他的生命是不是也充满了一些偶然？他是怎么从内向内敛内秀变得周到周全周密的呀？人是能够改变自己的。

人生因为这些改变而改变。我们的生活中无时不充满着这样一些人，在他们身上我们就能体会到一种哲学的东西。一说哲学，我们常常想到那些知识，辩证唯物主义和历史唯物主义学得比较多。对马克思主义辩证法，我把它概括了三句话：世界是联系的，以系统而存在；事物是发展的，以过程而存在；物质是对立统一的，以矛盾而存在。三个存在，我想是否体现了我们生活中的那些现象？我们的人生不就是一个过程吗？我们不就是生活在一个系统中吗？我们不是事事有矛盾，处处有矛盾，时时有矛盾吗？我们就生活在哲学中。

哲学是什么呀？

印象派的画家高登有一幅名画，标题是"我们从哪里来，我们到哪里去，我们是谁"。这成了一个永久的哲学命题。我原来是医学院的院长，我的学生当医生的多。有一个医生一天对我说，院长，我懂了，我会回答这个问题了。他说"我们从产房走来，我们向太平间走去，我们是病人"。说得多好啊，我们就生在产房里，死在太平间里，我们的人生就在于进出医院有多少次。我们是病人，更是概括了某些时代人的状态。另外一个诗人说，那个命题我是这样理解的，"我们从大地走来，我们向大地走去，我们是成长的人"。我们生在大地上，哪怕是炕上，哪怕是床上，也是大地上，然后我们离这个大地的距离越来越远，开始爬，后来站，后来慢慢高，离土地距离越来越远，到了我这个年龄又离大地的距离越来越近了，开始弯腰了，骨头也软了，也脆了，最后成为大地的一个负数，埋到大地里面，成为大地的一部分。我们不就是这样一个人吗？

哲学就是对世界和人生的追问，宇宙无始无终、无边无际，四面八方曰宇，往来古今曰宙，从空间上无边无际，从时间上无始无终。我们出生前在哪里，死后去了哪里，这样的问题我们考虑得太少了。宇宙是怎样的，世界是怎样的，人生是怎样的，人生有什么意义，我们考虑得太少了。因为我们人是可以从两个视角来看的，一个视角，我们是身体的我，肉体的我，物质的我，生理的我；从另外一个角度，又是灵魂的我，精神的我，心理的我，灵的我，人就是灵与肉的统一。但往往我们就生活在哪里呢？生活在具体里面了，生活在具体的生活，过着具体的日子，往往就走不出来了。什么叫做人生？有人说酒、色、财、气是人生，我们往往就在这里头，酒，倒到杯里像水，喝到口里辣嘴，晚上起来找水，走起路来别腿，第二天又是，开始是无我，一会儿是忘我，一会儿是无我，最后是没我。财，为财忙，为财累，为财慌，为财亡，最鲜明的例子，成克杰，几千万从别处源源不断到了他的账户了，他没见，没数，没花，原封未动退回去时，带上了一颗脑袋。气，生气，斗气，赌气，气死，那些气呀。色，色就不讲了。现在我们的生活里又出现了一样东西，手机。不管到哪里，你看一看，地铁上，道路上，公交上，都在玩手机。酒、色、财、气，加手机，这就是我们的人生，我们具体的人生。我们走不出去呀，就忘了面对世界的惊奇，面对人生的疑惑。古人是怎样呀？古人没有这些东西。古人没有手机，没有电话，半部《论语》治天下，茅草屋里分三国。仅有身体的我，肉体的我，生理的我是局限的，有了后者，当了作家，我们是灵魂的我，精神的我，心理的我。我们思考宇宙，思考世界，思考人生。所以冯友兰把哲学归结为三论：宇宙论，人生论，方法论。对宇宙开始思考，对大千世界开始思考，对人生开始思考，对宇宙与人生的关系开始思考，这个时候我们就站出去了，可以俯瞰人生，俯瞰世界，俯瞰一切。这样我们的思维就能够打开了，能够思考一些大的问题。

事实上一切杰出的作家无不是思想家，无不具有哲学上的深厚造诣，无不接受哲学的熏陶。我们看现代文学史吧，从鲁迅谈起。鲁迅的思想更多是受到尼采的影响。尼采哲学，是关注人的，是对传统价值进行重新估价，具有挽救精神文化的作用，鲁迅也是对整个传统文化进行了重新估价，意在改造国民性和立人。郭沫若，郭沫若受过康德、尼采、叔本华、克罗齐等人哲学思想的影响，克罗齐的"艺术即直觉、直觉即表现"深刻影响了郭沫若。茅盾深受马克思主义的影响，他的阶级分析的方法，社会分析方法，都是从马克思那里来的。巴金，有人说巴金笔名是从巴枯宁和克鲁泡特金这两个名字中来的，他确实深受巴枯宁和克鲁泡特金无政府主义的影响。老舍，老舍深受英国哲学的影响。曹禺，曹禺说，"一个剧作家应该是一个思想家才好，一个写作的人，对人类，对社会，对世界，对种种大问题，要有一个看法，作为一个大的作家要有自己的看法，自己的思想，自己的独立见解"。那么曹禺，他涉猎了东西方的许多哲学著作，老子，《圣经》，叔本华，尼采，所罗门，等等，这样的一些哲学人物，以及他们的哲学著作、哲学思想对曹禺产生了巨大的影响。中国现在文学史那几个大家，鲁、郭、茅、巴、老、曹，这六个人，我们都看到了。这是最著名的六大家。再说冰心，冰心的哲学是爱的哲学，是基督教教义，泰戈尔哲学和童年的经验，这三力的作用，三者发力形成了她的爱的哲学。我们发现他们七个人，都是出生在传统的中国家庭中，受到了中国传统思想的影响。后来又都出国留学，接受了西方哲学思想的影响。五四的时候，都来到北京，接受了五四精神的影响。他们的作品无不充满着这种哲学的影响，他们的创作过程无不接受了哲学思想的熏陶。

再说当代，史铁生，我认为史铁生的《我与地坛》是中国当代散文史上的第一名篇。他的《我与地坛》大家需要好好读一读。你看，他写到了地坛中所见到的人物。他写到十五年前，一对中年夫妇，他们总是在薄暮时分来园中散步，他们是逆时针绕着园子走，男人个子很高，肩宽腿长，走起路来目不斜视，他的妻子攀了他一条胳膊走，刮风时他们穿了米色风衣，下雨时，他们打了黑色的雨伞，夏天他们的衬衫是白色的，裤子是黑色的。冬天他们的呢子大衣又都是黑色的。十五年中他们或许注意到一个小伙子进入了中年，我则看着一对令人羡慕的中年情侣，不觉间成了两个老人。人生的那种沧桑感呀，它所包含的那种哲学的况味，就在这样的一圈一圈的散步形成的年轮中呈现了。他写到一个小伙子，在"文革"中，因为说话受到处理，他想通过长跑获取成绩，来改变自己的命运。第一年他在春节环城赛上跑了第十五名，他看见前十名的照片都挂在了长安街的新闻橱窗里；第二年他跑了第四名，新闻橱窗里只挂了前三名的照片；第三年他跑了第七名，橱窗里挂了前六名的照片；第四年，他跑了第三名，橱窗里只挂了第一名的照片；第五年，他跑了第一名，橱窗里只有一幅环城赛群众场面的照片。人生就是一场大荒诞呀，大荒诞。人生的那种含义，那种荒诞性，那种不可确定性，那种隐匿性，那种哲思，都在这里面体现出来了。

人生是什么呀？生命是什么呀？他写道："那时你可以想象一个孩子，他玩累了，可他还没玩够呢，心里好些新奇的念头甚至等不及到明天。也可以想象是一对老人，一个老人，无可置疑地走向他的安息地，走得任劳任怨，还可以想象一对热恋中的情人，互相一次次说我一刻也不想离开你，又互相一次次说时间已经不早了。时间不早了，可我一刻也不想离开你，一刻也不想离开你，可时间毕竟是不早了。我说不好我想不想回去，我说不好是想还是不想，还是无所谓，我说不好我是那孩子还是那老人，还是一个热恋中的情人。很可能是这样，我同时是他们三个。我来的时候是个孩子，他有那么多孩子气的念头，所以才哭着喊着闹着要来，他一来，一见到这个世界便立刻成了不要命的情人，而对一个情人来说，不管多么漫长的时光，也是稍纵即逝，那时他便明白，每一步每一步，其实一步步都是走在回去的路上，当牵牛花初开的时节，葬礼的号角就已吹响。但是太阳它每时每刻都是夕阳，也都是旭日，当它熄灭着走向山，去收尽苍凉残照之际，正是它在另一面燃烧着爬上山巅散布烈烈朝晖之时。有一天，我也将沉静地走下山去，扶着我的拐杖。那一天在某一处山洼里，势必会跑上来一个欢蹦的孩子抱着他的玩具，当然那不是我。但是那不是我吗？"

你看他对世界的认识，不是充满了哲思吗？一个人来到世界上，他与世界的关系，是孩子，是情人，又是老人，他必然要回去的。一个人来到这个世界上，就决定了他必然要死。我们来到这个世界上，我们出生的时候，上帝就确定了，你要死的，人生的过程就是向死的过程。死是一个不必着急必然到来的盛大节日。这是史铁生的认识。

还有一个学员给我讲他对生与死的认识，他说有人说人生是不可能完美的，他说人生它包含了生和死两个事儿。既然这个死是存在的，那么人生的一半已经是不完美了，那么我活着的这个时候，应该是可以完美的。我说你这是对人生有思考了。就是这样的一些思考渗透到我们的创作中，它会打动人心。

张承志，他作品中体现的那种强烈的生命意识，对生命存在、生命意义的追寻，使他的作品充满了哲学意味，张承志的作品，流动着那种哲学的音乐，缓缓流淌着那种哲学的河流，大家读他的作品都会受到深深的哲学的震撼。

刘震云，大家读过刘震云的作品，每一个作品都是思考生活中不存在的一个哲学道理。比如说《一地鸡毛》，他是在讲大和小的概念；《我不是潘金莲》，是讲一个芝麻怎样变成了西瓜，一个蚂蚁怎样变成了大象的故事；《一九四二》，思考的是这个民族对待苦难的态度。刘震云说，文学是干什么用的呢？大家可以说它是讲故事用的，但是我的文学主要不是讲故事，而是一种思考。

毕飞宇，对于毕飞宇与哲学的关系，有一个评论家谈到，追根溯源可以回溯到他的大学时代，大学时代的毕飞宇对哲学问题所思甚深，那时候的毕飞宇似乎天生为哲学而生，他成天在康德、马克思、黑格尔等等那里驻扎，很多时候成天都不会说一句话，紧锁双眉。有人问他，毕飞宇，你最近在读什么书啊？他说一些哲学理论性的书籍，一买一摞子看着玩儿，逮着什么就翻什么，没有什么系统性。他大量的时间在读哲学，逻辑学。对哲学是着迷的，入迷的，痴迷的。

余华，余华的《许三观卖血记》，大家应该是好好看一看。《许三观卖血记》，就是一个简洁的活动舞台，上面人的动作是重复的，就是一遍遍地去卖血，第一次，第二次，第三次，第十二次，十二次卖血的故事。十二次暗含了一年中的十二个月份，十二次是否充满了哲学的寓意？

鲁、郭、茅、巴、老、曹、冰，史铁生、张承志、刘震云、余华、毕飞宇，我给你们提供了十二个人。是否有寓意？

生活中处处充满了哲理、哲思、哲意、哲学，它氤氲在我们的空气中，流淌在我们的眼波中，回环在我们的大脑中。我曾经到农村一个中学支教，在那里度过了一年的时光。有一个秋天的黄昏，我和几个同事到田野中去散步。那个时候高粱、玉米、大豆都已经收割尽了，阔大田野只有一派空旷。这个时候我突然想，我停下来，我听一听田野中有什么声音。在大平原的人都有过这种体会，在农村生活过的人都有过这种体会，你在黄昏的田野中，仔细听的时候，你会听到一种声音，但是你仔细听的时候，又没有了。有这种感觉，我听到是一种音乐的声音，飘飘渺渺，似有若无。在鲁北一对新人要结婚，一般是早晨天朦胧的时候，前一天的傍晚在他家门口，就敲锣打鼓，吹唢呐，非常热闹。另外是老人殁世，家门上的黄幡在夕阳里懒懒地摇摆，街筒子里就走来一个或几个吹唢呐的，后面跟着一队长长的白衣子孙，那男的常常是一哭三叹，涕泪皆流；那女的则拖着长腔，像婉转地唱。那么这个时候，是发生什么事情呢？大家看我，看我一眼，就在刚才你们看我一眼的这一瞬间，医院产房里，一个孩子刚刚降生；你们看我的这一瞬间，一个老人，刚刚咽下最后一口气。我们在这儿交谈，这个时候正有个孩子生出来，有一个老人死了，正有一对新人在商量着明天办喜事，正有人高兴，兴高采烈，正有人痛哭，痛哭流涕，还有人在那里窃窃私语，还有人在那儿搞着阴谋诡计。就在这一瞬间，这个世界发生了多少事情。"一辆地板车叮铃叮铃斜过田野，碾动鲁北的黄昏，小黑驴沉思般低头前行，天边的太阳紫红地照耀着它们"。这辆小驴车呀，它是生活，它是人生，它是命运，它是世界。生与死，痛苦和欢乐，失败和成功，高尚和卑下，都被它负载着前行。这一眼啊，充满着哲学，这个世界上那些对立与统一，那些矛盾共同体，那些过程，那些系统，都在这一眼中存在着。我们的生活就是这样，我们生活在哲学中，就看我们是否有第三只眼睛去看世界，去看别人不能觉察的那个世界，去看那个真实存在的隐匿的那个世界，去看精神的另一个世界。世界上不是没有故事，根本在于我们是否有第三只眼睛。

我们观察世界，观察自然，观察社会，观察人的内心，我们会发现它的复杂性，丰富性，浑然性，发现它的偶然性，必然性，不可知性。报告文学，我感觉至少是四个方面需要考虑：新闻和文学的统一，新闻宣传与文学创作的统一，入乎其内和出乎其外的统一，道与术的统一，理解好这四个关系。

我们今天讲了人文情怀与哲学的意蕴，不是讲用我们的作品去诠释某一种哲学理念，哲学概念。中国传统文化中，中国的美学最高境界是什么呢？是"花未全开月未圆"。花全开了，它就缺少意味了；月全圆了，它就缺少想象了。我们讲哲学意蕴只是以哲学的眼光，以另外一种眼光提供给大家这样一种方向，用这样的眼光去观察世界，体验世界，叙写世界，不是说要写出当年我们上中学的时候，老师讲的卒章显其志。真正好的作品是混沌的一片，混沌一片，不同的人在它里面读出不同的感觉，它没有明确的意志，没有明确的概念，没有明确的什么中心思想。它是藏着的，藏得越深，艺术水平越高，越混沌，越丰富，越多义，越博大。

真诚希望我们的各位学员能够用这样的一种情怀拥抱世界，以这样一种视角去观察世界。哲学给予我们黑色的眼睛，我们用它去寻找光明。

谢谢大家！

文学：一个人的特殊岁月

张 炜

大家上午好。在来之前，你们院长跟我讲，说随便聊一聊。聊一会儿，咱们还是和昨天一样，对谈那样的，我觉得互相都会更自由，更谈出一些问题来。

要报一个题目，我当时正在车上，我想报一个什么题目，我简单地想了一下，我在手机上就发了一个，我说《文学：一个人的特殊岁月》。我当时发这个的时候，我还没有完全想得成熟，因为急着要一个题目。但是实际上我不自觉地在想跟大家讲一下我自己，一个人的特殊岁月，将我从事文学工作走的道路，咱们作为交流前面的一个内容。

这几天报了题目以后，好几天我就在想，我不讲我自己，我讲另一个人，这样我超脱一点，我可以对我讲的内容进行评价。你们如果指责他，讨论的时候也不是指责我，这样更方便。

这个人我非常熟悉，但是不能说他就是我的朋友，因为他不愿意用朋友这个概念来界定我和他的关系，只能说我们非常熟悉。有的时候来往得多，有的时候来往得少，他是一个非常热爱文学的人，像在座的各位一样。我觉得他比我对文学更专注，但是他外在的形式表现跟我有所不同。他有好多做法我不能完全苟同，但是我也不能轻易地反对，他对我，就像昨天有一个同学讲，有陌生感，甚至有逸趣，就是这一点使我对他产生了兴趣。所以我在这儿讲讲他，你们听一下他和我，和你们眼里的我，和你们自己有什么不同。

这个人他年纪比我大个一两岁，写作开始得很早，读了很多书。不是在文学热的时候搞文学，而是文学还不太热，他在初中的时候，我大约也是那个时候开始在学校里面，在老师的带领下阅读，从事文学写作，他大约就是这个时候，因为他比我年龄大一点，所以比我早个一两年，对文学投入得不得了。

你想一下，像我这个年龄段到了80年代初，文学就相当热了。这个人他也未能免俗。随着中国的文学热而进一步地把自己烧得很热，就是这样的一个人。当然和我们刚开始搞创作一样，有自己的工作，在机关里面工作，没有专门的时间写作。

我对这个人的印象，他比一般的从事写作的人更认真，任何的一个问题他都要探个究竟。无论是对翻译作品，还是对国内比较活跃的作家，他对它的文本分析进行得很细致。这在当时，不是现在，进行文本分析的人，进行技术层面研究的人很少。所以他是我所见到的比较早的技术上产生了自觉意识的一个人。所以我对他非常重视，也觉得很好奇。

那个时候中国的作家，苏俄文学读得很多，拉美的东西很少接触。拉美作家的接触大约在80年代中期以后才慢慢地开始热起来，再后来欧洲的一些作家，像米兰·昆德拉之类的。再到后来再往前追溯，什么什么克尔凯郭尔，这一类的人比较生僻的名字进入了中国的阅读界。

所以当年我还记得中国可能是人民文学出版社出了一本短篇集。在座的你们年龄还小一点，那个书热得不得了，是苏联文学。大家突然觉得那都是社会主义国家，竟然产生了这样的作家，完全跟我们写的不一样，自由辽阔，因为他继承了俄罗斯文学的强大的流脉，所以尽管是同样的一个社会制度，同样的一种社会状况，集体主义，也写人民公社，也写工厂，但是感觉和我们完全不一样。像类似的一些作家，更早一点有柯谢托夫，像中国的蒋子龙差不多，他是写工业题材的，影响也大得不得了。在座的可能你们不太知道这一类的作家，因为它有点断代了。我们现在的眼睛更多地是看欧洲，有时候看点拉美，主要是看欧洲，看北美。但是当年主要的关注点就在苏联文学。

苏联文学再往前走到俄罗斯文学，在这个地方就说到俄罗斯最伟大的作家托尔斯泰。托尔斯泰的所有作品这个人都读过。那个时候他也很愿意讨论文学。所以我们有时候就找那么一个地方，很时髦，类似于咖啡馆一类的一个小的聚会，在那个地方谈点文学。这一座城市里面的，我们自以为优秀的人物都在这些场合出没，都在文学的小圈子里面打转，很有意思。现在情况变了，现在未必是如此了。有的人可能觉得一个城市里最优秀的一拨人物，可能不一定被这个圈子所囊括，在当年好像觉得如此。

就在那个环境里面我们认识了，也就在那个环境里面我们增加了一份友谊，讨论了很多文学问题。这个人也就是在那样的一个环境里找到了自己的爱人，这个人长得比我高，比我黑一点，头发浓密，稍微打卷，就像我写的《艾约堡秘史》里面一个主人公一样，牙齿内扣。有的人的头发稍微带点卷曲，他就是那种人。

我写艾约堡主人公的时候我不自觉地想到了这个人的形貌，就是牙齿内扣，你看这个牙齿，有的牙齿合起来以后，上下牙往里收的那种牙齿，我观察过，这种人物往往精力都非常充沛，身体特好，气足。我观察无一例外。牙齿外翘，所谓的龅齿的，有时候他的精力不如这部分人。当然这是我的一个小小的观察，题外话。

我们在那儿搞文学讨论，晚上喝一点啤酒，喝一点咖啡和茶，那个时候也很时髦，讨论一下文学，时代的一个流行，流行不能叫病，一个流行的场合，一个小仪式。经常参加讨论，灯光偏暗，今天到北京的一些这样的场所它灯光也不是贼亮，它就是稍微的阴暗一点。日本一个有名的作家叫这个叫阴翳之美。所以我们有时候在灯光瓦亮下面习惯了，对过去的蜡烛、油灯就不习惯。我小的时候如果点一个蜡烛就觉得这个屋子真亮啊，没有对比就没有伤害，现在流行的语言。这个时候你再回到很大的蜡烛苗下面仍然觉得很暗，就是那时候不习惯瓦亮的灯光。日本那个作家就发现一个问题，他说当来到了这种电光时代以后，街上、屋子里面就没有阴翳的地方了。他突然发现阴翳的这种光色里面连接着自己的昨天，连接着好多东西。而且生命在这种光色下面有特殊的一些想法，特殊的一些感觉，他写了一篇文章叫《阴翳之美》。就是在那种阴翳之美下面，这拨人经常地聚会，这拨年轻人讨论文学，讨论点时髦的问题，这个人往往是这个聚会的中心。

经常讨论，男女都有。就在一个阴翳的环境里面更阴翳的一个角落里，老是坐着一个人，是一个女的，大家也不太注意她。大家都不注意，她也不太发言，但是她老去。有一天这个女的提了几个问题，完了以后他才注意地看了看，从阴暗的地方稍微地移到了灯光很强的地方，他看到那个女的，他就喜欢上了这个女的了，最后他俩后来就结婚了，而且成为都爱文学的人。

但是结婚后慢慢地他才发现，这个女的不是特别爱文学，但是她能提出一些文学人提不到一些生僻的问题，与文学有关，但是她也不写东西。他告诉我这个女的脸上那种很特异的神采打动了他，的确是和别人不一样。我跟他接触，跟这个女的也有一些接触，我觉得这个女子她心气很高，她和他结合是有原因的。

就这样地恋爱了，讨论着文学，一块聚会。但后来聚会越来越少了。我是很少数的还保持联系的这么一个人，因为我对文学问题也愿意讨论。我发现他对文学问题的讨论渐渐地热情热度就退了，还在阅读，还在写东西，写得也不多，他是这样的一个人。

大概结婚有三四年之后，他有一天告诉我，他说我在思考一个问题，他说我要重拾文学，我有两个问题考虑好我才能做。我说那你这么多年你没有考虑好你不是在做吗？他说我那是瞎做。我要考虑好两个问题，一个问题，他说这一百多年来文学到底发生了什么？从整个世界范围内，一百多年，不要再往远的追溯了，那个受不了。一百多年来，我想了一下，一百多年无非就是 19 世纪末、20 世纪初，那个时候到现在发生了什么。他说这个东西要考虑。文学到底发生了一些什么东西，往哪里转向，问题在哪里，考虑不好怎么做文学。这是第一个问题。第二个问题，他说要考虑为什么要写作？写作的意义是什么？我觉得也是有道理，这两个问题非常重要。第一个是关乎技术方面更多。第二，关乎我们的写作动力。我觉得这两个放到谁身上都是要考虑的。但是问题是，我没有集中地去考虑这两个问题，这个人非常的认真，我早就发现这一点了。

大家也可能发现，生活当中可以用不同的标准分开很多的人。但是有一个东西可以把人分成两拨，就是认真的，不认真的。做文学的也是这样，你会发现有的人非常认真，有的人不认真。有的人内心里面是认真的，但是外表做出一个满不在乎的样子，那个不算，他带点风格表演。但是这个人非常认真，他跟所有不认真的人都不交往，他觉得不认真的没有什么意义，一个人不认真你跟他交往有什么意思？不认真的人无外乎两种人，一个是没有内容，没有思维能力的人。还有一种就是自大才疏，非常的骄傲，没有本事。这两种人都不诚实，不诚恳，都不要跟他交往。但是这个人又太认真了，他搞了一段文学以后思考出两个问题要解决，解决不了不能好好地搞问题，他多认真啊。生活当中做事的人哪有这样的。

大概就是这几年他跟人的来往，活动的半径大大地减少了，似乎跟我也不愿意来往了，变得比较内向，变得比较独来独往。在单位里面也不是特别受欢迎，过去我们曾经熟悉的那个愿意跟大家聚会的一个热烈的文学青年一去不复返了，他身上发生了事情，他产生了变化，他经过思考走向了个人毫不做作的孤独。所以我个人是这样看他的。

更有趣的事情发生在后来，有一天他的爱人找到我，她说你跟我们家那口子很熟，你要观察一下他，适当的时候规劝他一下，她说我有点受不了。我说什么事情？她说他在住的这条街，在他的住的那条街不远的一个十字路口不大的一个饭店——我也经常到那个饭店去买油条——她说你有没有注意到小饭店里面那个出纳还是那个会计，管发票的一个女的，她说他跟她也有点暧昧。我听了以后，我就觉得很有意思，他生性很孤傲，他怎么会有这种事，而且他跟他爱人非常的关系好。我问他为什么，我问了一个傻问题，我说为什么你年轻的时候最后挑选了你现在这一位？他说因为她懂文学，关心文学，而不从事文学。她提出的所有问题跟文学似乎都是疏离的，但是仔细想一想，很根本，她不打扰我的文学思维，我想问她，和讨论，和她谈一点。

这当然是一个太理性的理由，里面肯定不是如此，这个人爱情的发生它是复杂的，世界上没有比这个更复杂的了，肯定是这个女的有一种特别的神气，特别的气质，包括心灵状态，包括形体，好多方面的一个综合产生了一种不可分离的爱情。那么她讲了以后，我有一天就到了那个小饭店去，也巧了，正好他也去了。我看他给那个女的一个东西，有可能是一个俱乐部的一张票送给她。她似乎看到我，瞥了一眼就赶紧走开了。这个时候我就想这个女的我以前见过，但是没有注意。这个女的长得个子很高，脸很白，鼻梁挺挺，有点像外国人，眼睛很大，眼窝往里凹凹着，头发披散，的确是风度不凡，气质特异。看一眼你要注意的话会有很深刻的印象，她穿着一件白色的工作服，打扮非常一般，但是让我留下了很深刻的印象。我就觉得他喜欢她有原因。这是一个情况。后来怎么发展的，我没有详细地探讨。

又过了大概三年到四年的样子，他的爱人又跟我讲，她说有一个事情你得注意一下了，部队的一个文工团一个跳舞的女的，说他跟她又非常好。我又注意了一下，我看到这个女的，这个女的和那个女的完全不一样，长得非常的娇小，非常漂亮，很好。那时候还没有这种牛仔布的连衣裙，俄罗斯翻译是布拉吉那个东西，她就穿那个东西我印象当中，真是好，可爱，我想他爱她很有理由。后来他爱人让我调解这个事情，我说这种事情我无能为力。我听着而已，我也有点好奇。

完了以后，她说这个不解决不行。她说他这个人变得有些恍惚，写东西谈不上，读书还在进行。我们住在一个平房的院里，我们平房中间那间屋子有一个小北窗，农村才有这种房子，很小的一个四方的一间房的北窗，就是在中间那个屋子里面。从北窗往上去能够望到空中那些星星。有时候这个人半夜起来就看着那个小北窗心情恍惚，就发出那种很低的但是在喊叫，她说发出啊和噢中间那个音，那就是哇，"哇哇哇"就这样叫，看着那个星星。我觉得这个问题很严重了，半夜看着星星叫像狼一样，这个不好了。

完了以后，我就跟他交谈，我说你对爱人造成很大的痛苦，这两个人到底是怎么个事情啊？我说我问得很冒昧，他说我们没有什么更深刻的事情，但是他心里面喜欢她们，非常地想念，他说有时候半夜想到睡不着，就是想念她们。我说你准备怎么做呢？他说我现在就是没有想好怎么做，我说你准备和你爱人离婚吗？他说万万不可能。我说你这么样地喜欢她们两个，他说她们两个我就是喜欢，我这么样喜欢，如果以后还有可能遇到喜欢的人，我如果遇到喜欢的一个人就跟原来的人离开，这个是不可能的，太烦琐，而且我到现在我也觉得离不开我原来这个爱人。就在这种很真实的痛苦和矛盾当中他又过了好几年，这个人越来越孤独。

再后来他就要离开这个地方，那个时候就开始形成了什么东西呢？就是所谓的辞职、承包之类的到外地去，他就随着这个风去，但是他没有做买卖，他通过了一个熟人找到了很远的一个乡下的地方，一开始承包了一片山地，养鸡、栽树，栽了好多的速生杨，在卖这个苗。种下的速生苗就很快的，一般四五年速生杨就长成大树了，他在那个地方，后来这样生活。他走的时候，一般的这种人都要遇到一个强大的阻力，就是他的内人。一般谁也不愿意过这颠簸的生活，一定会说你不要走，这儿有一份好的工作多好啊，银行的工作，机关的工作多好啊，他要走，但是这一次他爱人特别希望他走。为什么？就是为了摆脱城里的他爱的这些女人，就让他离开了，这个女的很冒险跟着他就到那个地方去了。

所以在那个地方他开始了自己新的生活，我后来就去看他，我看他以后，仍然要谈文学。他就跟我讲，他说他仍然在思考那两个问题。我说你思考得怎么样了？他说似乎懂了一点，但是第二个问题还没有搞好。第一个问题经过多年的思考，差不多懂一点了，就是这个一百多年来文学到底发生了什么。发生的事情很多，但是他关注的可能对于他来说是很重要的，对你们看看是不是重要的。

为了研究这个问题，他自学了外语我都不知道。这么多年自己修了英语，还修了法语，法语不是太好。他的学历不高。他的英语达到什么水平呢？就是这种一般会话的，因为他没有那种环境跟外国人经常地交流，但是他的这种阅读的能力比一般的翻译家都要好，好极了，读小说，读什么东西一点一点的障碍都没有。他为了训练自己的能力还翻了三本英文小说。而且据好多专家看，那三本翻得都比原来那种权威的出版社的版本还要好，比如说的《德伯家的苔丝》《还乡》这些他都动手翻过，那么厚的一本一本的，这个人的毅力不得了，两个字——认真。只要认真做事情的人，给他时间，给他健康，他一定能够做得特别深入，特别完美，我相信他的认真会有收获。

他要研究中国的古典文学的问题，他的古汉语很好，国外的以英语为主体的西方语言解决了，所以读了大量的东西，再加上翻译作品，他就在思考一百多年来文学到底发生了什么。他有了思考的能力和条件。我要做这种思考可能也会有一点，但是只能借助翻译作品，你没有一个广泛的阅读量，不打开个人的文化视野，特别是文学视野，你要研究一百多年来文学到底发生了什么，当然非常困难。不解决这个问题就不能解决今天一个写作者怎样的表达，从文学策略的方面你会变得一筹莫展。你不了解一百年来发生了什么，你怎么知道今天该怎么做呢？所以他的写作，他的生活全部判断的基础他就有了。

他说我原来只是一个感性的认识，但是我仔细地阅读和思考，十年的时间过去了，我发现了一个问题，一百多年来文学发生了很多的大事情。但是根本的事情非常简单，他说我考虑好了，我这时候就急于听，发生了什么？他说一百多年来走到今天，我们文学发生的最大的事情就是写作者、作家、创作主体失去了个人的空间，挨得太近，太拥挤，一百年来就发生了这么一件最显著的文学事件。我听了以后，我没有想明白，我说一百年来文学发生了现代主义后现代主义写作，那多了这里面，什么无意识写作，什么结构主义、意识流、表现主义、零度写作，多了。怎么你说就发生了一个大事件呢？他说就发生了这一个大事件，其他的都是副产品和次要的。

我就觉得他有点怪。他说你看看，我们很难再产生托尔斯泰、雨果，更不要说但丁这一类的大师，我们就产生屠格涅夫《猎人笔记》那样一种极其特色诗意，莱蒙托夫那一类的作品都不可能了。为什么？就是太拥挤，大家都靠在一块，没有个人的腾挪空间，你怎么创作啊，你怎么创造啊，不可能有真正意义上的创造。他说不要说心灵、脑力、精神方面的创造，就是物质方面的创造，人和人挨得太近，你没法施展拳脚。我想一下，当然是这么个道理。

但是精神方面的拥挤表现在哪里？他说你看一下，19 世纪末、20 世纪初以来的文学，你看，传播飞速地发展，从广播、电视，再到后来等等等等通信工具，报纸印刷条件的改善，到后来电脑的出现，他说看起来这个作家他在一万里之外，但是迅速地因为收音机、电波和其他的数字传媒，你挨得很近很近的，你几天之内，甚至现在马上你就知道对方在想什么，他在做如何的表达，你离得非常的近。就是所有的作家靠得很紧很紧的，所以任何一个人他都有一个，人性就是这个特点，他不停地听一种东西他就会受他的感染，有时候你极力去抗斥，在抗斥的过程当中你也会受到影响。交流太频繁了，离得太近，逼迫你眼里没有任何新的东西。那么你要做出深的表达，就逼迫你在形式方面，在各种方面就要做出一些改革，做出一种探索，这就有了19世纪、20世纪后来的各种现代主义的表达。那些表达是人实在没有办法，绝望当中做出的精神和文学的突围，这些突围是有效的，也有意义的，但是不能从根本上解决心灵的问题，不能使你保证写出超过18世纪、19世纪，乃至于20世纪初那些大师的作品，永远不可能。出现一些个案，像索尔·贝娄、马尔克斯这些超绝的匠人已经不错了，但是无论是马尔克斯，还是索尔·贝娄这些顶尖的20世纪的所谓被冠以大师称号的作家，怎么可以跟托尔斯泰、陀思妥耶夫斯基、歌德去相比呢？问题在哪里？就是太拥挤了。拥挤得没法思考，你稍微地精神一动就会碰到左邻右舍，就像物质的创造劳动一样，稍微一动手脚边上就碰到别的干活的人，这是一个非常重要的问题。获得不了个人的生活空间、精神空间，也就是我们现在好多人讲的真正意义上创造者要有独处的能力，要逼迫自己在没有空间的时候开发出个人的一块空间，要有闲暇，这个闲暇不光是没事干，而且还要使脑子闲下来，不能够不停地跟周边的精神去不停地发生关系，发生回答，发生对应。

我们无数次地强调了交流的意义，但是很少去考虑交流的负面的东西。你想一下，我们一个人一天到晚实际上在不停地去回应别的来自其他方面的精神和思想的内容。无论你愿意还是不愿意，你每天都被大量的信息包围，文学的信息、社会的信息、政治的信息，太多太多了，听到信息你不可能无动于衷，你在心里面要判断它，判断的过程就是回应的过程，就是思索的过程，或者深，或者浅，你的思维，你的精神状态，你的心灵没有一点闲暇，这个时候你怎么会生发自己崭新的属于你个人的东西呢？无论愿意还是不愿意，他说得很对，太拥挤了。

19 世纪末、20 世纪初，文学上发生的最大的事件就是交流的方便、信息的拥挤、文学的相互的感染、投影，使每一个个体失去了个人的空间，无论你多么聪明，多么有才华，你做得稍微好一点也好，但是你一个基础失去了，就是没有个人的空间。

他给我举了一个例子，比如说挖一个水坑，慢慢地渗一点水到里面，你得给它时间才能渗满这个坑，渗了很多的水，这些水才能用来做大事情。但是现在不行，现在你的思想、你的心灵刚刚渗了一点点水，你听到好多的信息，你就要和它发生交流，就耗自己，就等于把这点再舀出去泼了，完了你这个水坑里面永远都是一点点水，一点点的泥汤，这些积蓄不足以使你浇灌做更大的事情。我同意他的说法，我也承认是这样。

他说我为什么从城里搬到了这个地方，很偏僻，两口子在这儿养鸡，种一片树，我很孤独，你看我就随身带了这么一点书，都是一些很老的书，中国古典的书和国外的书，当代的书都看得很少。他要尽可能地跟遥远的文学和思想去发生联系，这样做他也寂寞，他说人都是非常好奇。作为他爱人来讲，他就是为了摆脱他原来那几个女人。后来我就开玩笑，我说还有一点，你是不是为了摆脱她们？他说也有一点点。他说我非常爱她们，在我这个年龄想起她们以后，我就茶饭不思，我爱得很。他说我非常好奇，比如说她这个外形特别喜欢，那么这个外形内部的灵魂如何又是怎样，他说更让我好奇，我就会进一步地去接触她。接触的过程很麻烦，它能产生更难分难解的这种关系，所以我还是离开为好，但是我非常思念她们。我说那你现在怎么样呢？我说你住在这儿也有一些女的，你没有非常喜欢的吗？我逗他。他说也有啊。他是个很热情、很好奇的人，我很理解他这种状态，一个本质上是一个诗的属性的这样一个人性，他会有好奇心，会爱美，会陷入这种不能自拔的两性的热度里面。但是他爱人告诉我，她说你放心吧，我们这口子基本没那个问题了。我说为什么？她说他在这个地方认识了一个人，这个人学历不高，和他一样，学历很低，是中专毕业的，这个人也是比较孤僻，他俩成为朋友，经常来往。她说这个人自学中医，就像她爱人自学外语一样，这个人学历很低，但是他一门心思做什么呢？做两个事情，一个是研究"籀"字，这个字念 zhòu，是古文的东西。他研究那个玩意，很偏僻的一个学问，但是他什么也不做，就是研究"籀"字。除了研究"籀"字以后就自己研究中医。老是在那儿琢磨中医，完了以后大概几十年过去以后，他的手段很高。他就跟他讲，他说我有一个毛病，我见了非常漂亮的女的我就老是想念她，弄得我也没法生活，特别地什么都不能干。完了以后他的爱人也跟他去讲，说我这个男人哪儿都好，就是见了女的老是特别地留恋，老是去看，严重影响了他的生活和工作。

研究"籀"字这个人，你看多有意思，看他的舌苔，还号他的脉，连续给他吃了一个多月的药，他说你这个不光是青春和多情的问题，严格地讲也是一种病，还给他开了好多的药，大概吃了有一两个月。完了这个人就安静很多了，再加上年龄也大一点了，真是这个人安静很多。他的爱人都很赞扬他。我觉得这个事情，别人这样讲我不是太同意的。可是他就是这样。

最有意思那天晚上我在那儿吃饭，他拿出一个写得很黄色的一本书给我看，他说你看，这个人这个书，我给那个朋友看，他看了几页就说这个人是有病的。他说有病，他说明确地有病。他一边说一边在边上胡乱草画了几味中药，有断龙骨等等等等好多好多东西。药方都开出来了。这不是个玩笑，就是说事物它有好多进入的途径，从中医那个地方进入，从诗学的，从写作学，从人性的心理学的，它是不一样的。他从中医那个角度进入，他觉得是一种病，而且还有效地得到了医治。

说到这些，我还是讲这个朋友。这个朋友他就跟我讲，他说现在他思考了一个问题，19世纪末、20世纪初到现在文学上发生了一个最大的事件就是太拥挤，作家之间太拥挤，这个不是指居住的距离，而是阅读的距离，信息传播的距离，太方便了。当时我就有点同意，到今天我愈发同意。在座的你想一下，我们因为每天接触大量的海量的信息，我们已经见怪不怪了，非常麻痹。先不要讲你文学思维的生发，就是你情感的生发都产生了剧变。

我记得我小的时候，如果听到了一个灾难的事故，那种恐惧和惊讶好多天我心灵都不能够平复，但是现在就不是这样了，每天手机、电视、小报，发生了一个很大的灾难，当时稍微地惊奇一下，很快就忘掉了。连一些好朋友的离世都是这样的，非常好的朋友，突然第二天就没有了，听到了惊讶一下，但是在比较短的时间内就平复了，为什么？就是见怪不怪了，每天都在发生灾难，每天都在发生惊奇，人的心灵无论怎么锋利都磨钝了。这样的一种敏感的失去，情感的丧失，你还怎么写作啊？从情感的层面是这样。

从技法的层面也是这样，文学表达千奇百怪，都把你包围了，你还有什么办法？他不用标点，你也不用，他写得颠三倒四，你也写得颠三倒四，他写得无比下流，你也写得无比下流，你还有什么办法？他尖叫一百八十度，你能达到两百度吗？所以各种办法都用尽了，各种表达都用尽了。大家共同都面临一个困境，就是被拥挤的东西所包围，没有个人的空间。个别力量大，用拐肘狠狠地拽开就会打出一片小天地来，成为一个杰出的人，这个杰出的人也就是相对而言，也没有大的作为，就是我们今天所看到那些像刚才讲的索尔·贝娄、马尔克斯，再比如说库切这一类的作家，这已经是很了不起了，帕斯，墨西哥那个。这几年来进入我们视野的华语写作翻译过来的作家，最好最好的就是这几个，米沃什、帕斯、索尔·贝娄、马尔克斯，库切也好一点，石黑一雄对语言特别敏感，这是一个值得尊敬的作家。但是这一些作家没有一个可以和19世纪、20世纪初的那些大作家相比，不是写作的数量，也不仅仅是文学的技巧，而是他透过文字所给我们那种唤起无比的尊敬，那种崇高感和伟大感，这才是文学里面最重要的那部分东西。所以这个朋友他说的我觉得我是接受的。

那么明白这一个，如果是赞同他这个看法，他这个发现，那我们个人要做的，我觉得那也就简单了。尽可能地简化自己的生活，尽可能地不到拥挤的地方去。但是在风里面都吹拂着那种文学的和各个方面的信息怎么办，我们没有办法拒绝。所以我昨天就讲，连手机我都扔不掉，我不可能成为一个多么了不起的作家，尽管我很努力，扔掉我的代价很大，我生活很不方便，我现在还没有那种勇气。

所以这就使我想起了80年代初期，也是一个文学朋友，比我大个七八岁。那个时候我到北京大概一年去不了几次，他经常到北京去。他是一个独身，经常到我们家吃饭。有一天半上午到我们家去了，他脸色不对，非常阴沉。我说你怎么了？他说我刚从北京回来。我说你遇到什么事了吗？他也不愿意说话。他沉默了一会儿跟我讲，他说你不知道啊，我到北京住了好几天，我听说马上就到了信息时代了。今天你们听了以后不觉得怎么样，当年这个词，80年代初是很新的一个词，我说还有这种时代啊？信息时代？他告诉我信息时代，他没有做多的解释，但是让我感觉是非常可怕的那么一个印象。到了信息时代，好像我、他、我们周边的人如果不想办法的话就会被时代所抛弃。那个时代一定是让很多人不适应的一个奇怪的时代。

当时我听了以后也愣了一下，我觉得这个信息时代就把我这个朋友吓得脸色蜡黄，不愿意说话。还有这种古怪的时代？信息时代。但是我永远忘不了那天中午他给我的那种恐惧感，快到了信息时代了。我一会儿就笑了，太可怕了，什么时代还能这样让人害怕，我说"来来来，无论到了什么时代，咱们也要吃饭"。这时候我爱人就把饭菜端上来了，招呼他吃饭。他吃了很少的饭，过去他挺能吃的，这一次因为快到信息时代了，吓得他不愿意吃饭，就喝了点粥，夹了点咸菜，不愿意吃饭。我说你吃吧，信息时代也要吃饭。你说是这样说，但是他心情坏掉了，他在北京听到好多信息时代如何了不起，信息革命的时代，信息时代将来要如何如何，他吓得都不愿意吃饭了。这是我永远忘不了的一个场面。

他走了以后我就嘲笑他，我说这个朋友非常浅薄，被一个信息时代就吓成这样，都不愿意吃饭，心情沉重。我这个朋友有一个毛病，人是好人，就是逐新，只要见了新的东西一定要追上去。他的那种恐惧是源于他追新的这种素质。只要见了新的东西就害怕跟不上，所以你看他写的所有的文字都是逐新的。所以到了信息时代一切都非常地发展，最新的时代来临了，他恐惧，我就不太恐惧，我觉得那个玩意能那么厉害吗？后来我嘲笑他，我嘲笑得太早。我这个朋友跟我讲了以后，我才发现信息时代的确是个让人恐惧的东西，我的朋友没有夸张，当年脸色很阴沉、心情很差的这个人没有夸张，的确是一个令人恐惧的时代，但是他恐惧的是跟不上这个时代的速度，而我这个朋友他是采取了一个办法，摆脱开这个时代，尽可能地摆脱。他也没有自己的手机，他也没有自己其他的东西，他就在那个地方干一点活，写一点东西。他写的东西我觉得很好，但是你们不一定接受，他不用自己的真名发表作品，他写了好多，发的作品很少。他用边上一个水库的名字当他的笔名，发了一些东西，刊物都不大，他不挑刊物，县里面办的他也发，中央级办的他也发。再后来他又不用那个笔名了，改成他附近的那条河前两个字当他的笔名，就是这么样的一个文学人，是这样的一个人物。

再到后来好多年好多年过去了，这期间我去看望他好几次，我发现他对我很冷淡，他不愿意和我过多讨论文学问题，但是他又很好奇，他也在矛盾当中。后来就问他，我说你第二个问题考虑好了没有？你当年说两个文学问题你要考虑。第一个，一百多年来文学发生了什么大事情。第二个问题，写作的意义是什么？我为什么要写作？我就问他，我说你的意义考虑好了吗？他说我似乎考虑好了。我说你谈一下我听，我以为他要谈一个写作者对于他生活的这个社会的责任，对于人的责任，写文学的那种审美方面的这种功用和力量，从这个方面谈它的意义我们都好理解，我们为这种积极的美学主张陶醉了很久，而且每个人无论怎么样地诠释这种理论，他都离不开这个根本的意义。

我想我一定会听到的是这种东西，但是他给我讲的大致意思是这样。他说文学的意义是什么？他说还要从人这种动物开始说起。他说我就在想，世界上有很多动物，狼啊，狐狸啊，还有非常聪明的狗和猫，好多的动物，好多的植物，他说人这种生命体，这种动物，比如说局限一点，就说是动物，人这种动物根本的不同就是有自己的复杂的语言表达力。他说可能是大雁、猫和狗都有自己的语言，但是肯定是简单的、表意的、反射性的一些声音符号，但是人则不同，它是一个有复杂语言表达的这么一个能力的一种动物。他说人可以说是一种语言的动物。他说就是因为人有了这种强大的语言的能力，跟所有的动物拉开了很远的距离，也使人有了尊严。他说你想一想，所有的动物、植物，上帝造了他以后，都是由出生到鼎盛，最后到死亡，他说是一个非常悲剧、黑暗，令动物绝望的那么一个过程。只要你是一个清醒的，不是一个傻子，都会陷入这种永远不可解脱的阴暗的绝望当中去。但是人稍微有点不同，他创造了语言，而且发明了复杂的表述。这种表述方式使人稍微地可以展开自己的思维和幻想，使他稍微地有了尊严，他可以描述自己的生存，可以用它表述自己的各种各样的设想、学说等等等等，就在上帝面前，人有了一点尊严，就是因为他有了复杂的语言表达力。

他说好，既然如此，他说那么就把这种语言发挥到极致，追求到极致，也就是强化了人这种动物的尊严以及跟其他动物的区别，还有活着的意义。那么文学是各种语言方式当中最别致、最深入、最不可思议的那么一种表述方式。所以说我从事文学是在解决这个问题。解决了这个问题，使我稍微活得有点尊严，安慰自己的生命，而且时常地能够嘲笑最后的那个结局和绝望。简单一点讲，就是只有文学才能最后地、最有力地、最有效地安慰我个人的渺小的生存。我觉得文学是这个意义。

那我就问他，我说你这个似乎能说服我，但是你还要回答我一个问题，我说难道这些文字，你从事的这种文学的工作，就一点一点也想不到施惠于社会和他人吗？他说不，我解决了我个体的这种努力，我专注于到这种所谓的意义上，我自然地就会施惠于社会和他人，这个不需要我个人去追求。我想也是有道理的。他这么爱自己的语言，他那么专注于自己的语言，从这个语言里寻找最高的生存的意义，这里面包含着非常严格的伦理内容，它一定是有益于社会，有益于人类，有益于他人的。相反，从这个推导下去，所有的我们看到的那些粗俗的写作，疏枝大叶、粗俗的写作，语言的垃圾，不是他个人对自己要求如何，不是一个不认真的问题，而是用我这个朋友的认识来讲，他在道德伦理层面就站不住的。

所以说你看我们现在网络上堆积的各种各样乱七八糟的东西，还有杂志上、报纸上那些话都不通，那些粗俗、黄色那些垃圾，那绝对是不能原谅的，一个写作者不能原谅。所以从这个意义上讲，我这个朋友回答了这两个问题。到现在对我都非常有启发。

我经常在想他发现的这两个问题，由于我记住了这两个问题，对我的写作肯定是非常重要的。我做不到，而且也不完全苟同他的看法，不完全赞同，我觉得这里面有非常复杂的问题。我觉得他是我最好的一个参照物。我觉得他的生活方式我不能采纳，就像我不能简单地模仿任何一个好的作家一样。但是他的生活方式，我觉得从某种程度上讲抓住了根本，他思考的都是一些很大的问题，他没有运用现代主义那些复杂的说辞，但是他极其朴实和切近地启发了我，告诉了我文学的两个问题，一定要尽可能地让自己有闲暇，尽可能地让自己有独处的能力，尽可能地让自己摆脱拥挤的这种信息的包围。而且我们要上升到它的意识上去，就为自己营造了一个尽可能大的空间。只有在这个空间里面你才能谈得上自己的创造。要不的话，无论如何你也不可能有所谓的创造。因为你的耳朵里、眼睛里，甚至你的鼻子所闻到的气味都是似曾相识，哪个时期时兴哪个作家和流行哪一种表达，你打开一本杂志，有时候开头的几句你都似曾相识，所以完全谈不到个人的语调了，完全谈不到一个人写出的不同作品的语调了，就是你自己的语调和这个时期流行的都完全一样，你还怎么进行创作啊？所以这是个现实的问题，我们没法摆脱。在座的能摆脱吗？我觉得很困难，我是摆脱不了。

那么我写了四十多年，我昨天讲，我用了一个很大的力气，就是怎么样摆脱掉时代的流行语调，这是我解决的第一个问题。第二个问题，就是怎么样地打破我已经习惯了的个人语调。比如说我昨天讲一个好朋友讲的话，他开玩笑了，他有一次在法国，我们走在路上，他跟我开玩笑，他说你看我要写一个很差的作品，比写一个很好的作品难多了。我听了以后，我理解了他的意思。尽管是玩笑，但他在警惕自己的惯性写作。就是当你把一支笔用得非常娴熟的时候，在笔下流淌的东西，所谓妙笔生花是什么意思？就是几乎不动脑你的笔流淌下来就比一般的人要好，这种好毁坏的不是别人，是你自己。你说你写农村生活，你写得很熟了，无非就是生老病死，谁爱谁，有点黄色的东西，谁吵架，谁把谁杀掉了，情节现成的组合就可以了，故事很容易堆积。你老是写农村生活，老是这样堆积，再列进去点什么思想，看点翻译作品，那你写个长篇太容易了，而且写出来就比一般的要好。但是有意义吗？没有意义。对你个人没有意义，对大家有没有意义啊，浪费了纸，浪费了印刷工人，还浪费了那些好奇的文学爱好者的时间，没有多少意义。所以惯性写作是非常可怕的。

要破坏这个惯性写作要解决很多的问题。从哪里解决？从生活方式上解决。你在生活当中要有很多很多的和别人不一样的世界观、生活观、处理方式，才能在文字当中有一点点的和别人不一样的地方。也就是说你努力了十年，文字上要拿出一点和别人不一样都很难了，何况你还不停地追逐和别人一样的生活。在这里面当然就有问题了。所以这是一个个人空间的问题。

谈到语言，我想说几句。我这个朋友他跟我谈到语言的这种严苛。他说一个搞文学的人语言就是一切。我说为什么这样讲呢？他说你看，古代的人写在龟板上，写在竹简上，或者写在树叶上，那时候写作工具非常简陋。再到后来发现了毛笔，你看从竹简、瓦罐、毛笔，最后再到钢笔、自来水笔、电脑一路下来，你看文字泛滥成什么样子了，人们表达越来越方便了，也越来越轻率了。轻率、浮躁、便捷总是连在一起的。我们顺着这个速度和这种繁衍的可能性走下去，最后你的语言完全毁掉了。

所以在古代有一个人就讲，他说他的文章不读秦代以后的。在座的我不知道你们喜不喜欢古典文学。你如果喜欢古典文学，悟进去，看着那个注解慢慢地读，慢慢地感悟，我相信在座的人搞文学，你是诗人，你一定会有这种敏感的。秦代以前的文学力量大极了，这是一个字，不是等于多少字。它内在的那种含蓄性，那种多义和包容，让你有一种不可企及的那种高度和美。所以那个太棒太棒了。到了秦代以后，慢慢地随着写作工具的方便、表达的轻率和便捷，慢慢地文字就多了起来。多了起来它就草率了，拿自来水笔和毛笔也出来的不一样。鲁迅用毛笔，无论写得怎么快，它毕竟是毛笔，蘸点水这样写，它和我们用电脑是一个气味吗？不一样的。所以形式一定会影响内容。所以我们的生命文学，当然这不光是写作工具的问题，这里面讲起来很多很多，包括信息的匮乏，他们和自然的关系，和物质世界的关系都不一样。这就产生了极其有力量的一种生命的文学。

我举个例子讲，我们这些人，我们打开电视以后，这个谁，你看多么残酷的战争片、武打片，那种鲜血淋漓，整天那么上演，在生活当中我们看到的人出了灾难了，倒在血泊里面，当然这个感受，就觉得电视上看多了就没有那么惊讶和震惊了。你看打仗的时候，美国人在电脑上按一个电钮，在千里之外的几十个人、几百个人就没有了，它就像玩游戏一样。这个给他的撞击，心理撞击，它是很弱小的。古代冷兵器的时代，你要把一个人消灭掉，他和你差不多，那你们俩近身的这种搏斗，他的眼神看着你，最后你把对方杀死了，一辈子都忘不掉。杀死一个人你都一辈子忘不掉。他就是按一下电钮，几百个死人了，他无动于衷。这种人跟客观世界，客观生命的这种摩擦对抗的这个过程，在你心里面情感上、心灵上产生的回想，那差大了。这种差距积累起来就打败了你个人的文学，就打败了你个人靠情感灵魂来支撑的那个表达力。你自己不知道就完蛋了。所以说现在是没有任何的办法了。现在你怎么办？我们失去了跟万物命名和交流的那种生动的能力。

比如说我这个朋友，所谓的这个朋友在外地，他的那些植物，他要亲手去种，去抚摸它，那个树他觉得长得很快，他用尺子围一下，再隔一个月再去围一下，他在本子上记一下，他有喜悦，他自己种的树，栽的东西，叫什么名字，拉丁文怎么转译的，他要一一地去对应。可是我们现在为了方便，看电视上有各种的花、草，我们根本就搞不明白它叫什么，它有多少种，它的属性如何，我们不去留意，因为见得太多。

所以有一个作家他看了我的《你在高原》，上面有很多的动植物，他看了看，他查了查，他也没有查到，他有一次跟别人讲，张炜写了那么多动植物，我还以为都是真的动植物呢，我后来才知道他是随手编的。我听了以后，我也未置可否。实际上每一个植物都是拉丁文转译的，都是来自植物学的，没有一个是我胡乱编的或者土名，他误解了。我年轻的时候可能顺手写个土名，但是后来我觉得这个是不行的。我的每一个植物的名字都是来自拉丁文转译的中国的汉名，他说错了。我的意思就是说这是一个命名的一个过程。

怎么是命名的一个过程？比如说人养了一匹马，跟这个马朝夕相处，跟它很熟了，那跟我们平常看到一匹马不一样。有时候你会觉得这个马很深情地看了主人一眼，你是一个被马深情地看了一眼，你心里面一动地就记住了这个马的眼神，然后你离开了这匹马就在想，它为什么像人一样看了我一眼？它为什么要这样看我？包含了什么意思？就会不自觉地去琢磨它。这种感受就是一个命名的过程，你的主体和客体之间发生关系的时候触动了你，你去命名它，研究它。一个人在社会上活着就是不停地跟客观事物去产生联系，去命名的这样一个过程。但是我们老是看电视，看手机，时间长了，你就失去了这种命名的兴趣和能力了，所以你写作就会有问题。

我们回到第二个问题，就是他说的文字的问题。他说文字是一切，几乎就是一切。我说怎么讲呢？他说我给你举个例子，你发现没发现有一部分作家的作品，离开了他的语言，你再去复述他这个作品里面的人物和故事损失是很少的，你都能听懂。我仔细想了想是这样，一些通俗作品尤其是这样。你不需要用他的语言去叙述，也不需要阅读，你回头讲他这个故事和人物，你会觉得没有什么损失，会讲得清清楚楚。但是你如果是离开了普鲁斯特的追忆视角，你用你的语言去讲普鲁斯特的故事，他这个书的故事，离开了《尤利西斯》的那个作者的语言去讲《尤利西斯》，你根本就没法讲。

好了，再往前进一步，你会发现所有的所谓雅文学作家，离开了他自己的语言，没法复述他的故事和人物，要复述的话，他的损失很大的。这就有一个问题，真正意义上的文学，比如说诗性的文学，真正意义上的雅文学，语言是没法跟故事和人物剥离的。剥离了，还能独立存在而没有损失，这肯定就不是第一流的文学。他说你发现没有，我仔细地想了一下，说得一点不错。

我们这个时期太宽容了，百分之八九十，甚至更大量的所谓的文学作品不是真正意义上的雅文学，它属于通俗文学的范畴。为什么？一个根本的标准，你会发现剥离了他的语言，你回述他的故事和那个人物完全没有多少损失。它翻译起来也很容易，把那个故事意思翻过去就可以了，根本不需要进入语言层面。但是真正意义上的雅文学、文学作品，离开了作者独有的语言，故事、人物就丧失大半，就是它可以剥离的。这是一个剥离。

还有一个剥离，他启发我想到了，他说你看还有一个问题，你的文字可以独立于你这个创作者而存在的时候，你这个作家往往不是第一流的作家。我说为什么这样讲呢？他说你发现没发现，无论中国还是外国，有一部分作家他是名副其实的，你觉得这个人和他的文字是一体的，一般大，在天平的两端不可能这个人一下低下去了，或者作品低下去了，它是平衡的，能够平衡相持。有的作家名声很大，伟大得不得了，但是面对他文本的时候，你就会觉得这个人的名气从哪里来的？他怎么这么伟大？没有写出什么东西来。

我们现代作家里面有，在座的我就不点名了，你们可以仔细想一下，有的作家伟大得不得了，但是你回头看，没有写出什么特棒的作品，或者说不是足斤足两的，这种作家不少。国外的作家也是如此。有好多作家名气大得不得了，谁都知道，影响也很大。有的甚至还得了各种奖，但是你一看他的文本没有功力，就像下围棋一样，段位很低，从数量到质量，明确没有达到和它的名称相符的那种高度，所以这就是他的文字和作家本人剥离了。只要能够剥离的都不是很好的作家。

我们用这个观点不要去说现代作家，很敏感。我们在座的一块分析一下国外的作家。你们觉得我昨天反复讲的海明威。那名声大得不得了，也的确有好的作品。但是你总觉得海明威的名声比他的作品还是大了许多。是不是有这个感觉？福克纳怎么样？福克纳我们把他的作品摊开来仔细看一下，扎进去去看，我总觉得他的名声和他的作品差不多。歌德如此，托尔斯泰如此，陀思妥耶夫斯基如此，你就觉得这个作家和这个作品它是相匹配的。有好多作家名声大得不得了，但是他没有写出什么很好的东西，或者说他很好的东西不多。所以这种语言和故事，和人物剥离的现象非常不好。这种作家的作品、文字，全部的文字跟创作者本身能够剥离的现象也非常的不好。

所以说那些真正意义上的那些好作家，他都不往脸上抹油彩的，他知道抹油彩被很多人声名搞得很响，会干扰他的创作，所以那个就失去自己的空间了，毫无意义。你说一百个乱七八糟的人知道你，抵得上一个真正对文学爱与知这样一个人更有意义吗？没有意义。文学是一种很高深的语言艺术，何必为他们写作啊。所以写作你心里面要明白，不需要为他们写作，就为那些极少数的有教养的人写作，极少数的能够懂得语言艺术的人写作，能够阅读文学的人很少的，不多的。

另一方面讲，能够阅读真正意义上文学的人，天然地有一大部分，他在隐处，不在显处。我举个例子讲，我的这个朋友说，他说我出国的次数不多，我80年代到加沙去，从那儿转机，那时候外国的香烟，有一种香烟国内还不多，那个地方是免税，就在那个地方卖香烟。中国人从飞机上下来都在那儿转机，想买一条香烟带回来，顶多允许买两条。说人挤得恨不得后面的人踏着前面的人头过去。他说我第一次那时候出国，我从加沙走，那些黑人，个子不高的小女孩、小男孩那些人，挂着那个枪，子弹斜挎在肩上，他说我当时很好奇，看这些小黑人怎么这么好玩，戴的那个帽子像玩具一样。他说我第一次看到他们，他们看我们人拥挤一点都不觉得惊讶，后来我才知道，中国人到了这个地方就是人擦人买一条烟，一点尊严都没有，一点考虑为这个民族争一点面子都没有，他说的我完全相信。

我到巴黎去，到免税店去，免税店开店很晚，9点半还是10点，我忘了。好多的中国人就站在边上等免税店开门，越等人越多。后来外面的门一响要开门了，这些人全都拥上去了。我经历了不止一次。这个门不是被人开开了，是被我们中国人给撞开了，"哐"就进去了。进去以后，那人手里提的包，前面女的男的都扑倒在地，没有一个人去拉他，恨不得跨着他的头就过去了，到柜台上去。为争两条烟恨不得踏着头过去，把外国人的门都给挤坏了，"啪"就进去了这拨人，为什么为他们写作？为他们写作就是不尊重自己，求得他们的青睐就是自己犯贱。自己一个有尊严的人要为那些最值得你写作的那部分人写作。

所以这就带来一个问题，何必追求你的知名度啊？何必追求卖啊？你要赚钱的话，你去搞一年挣一亿的那种文字，它跟文学有一毛钱的关系吗？你去想办法各种出名啊。你要出名很简单啊，要你的文字和你的人分离开，你先要做一个让人记住的人，有故事的人，特异的人，脸上抹一个油彩，扎一个小辫，再描成红的，每天上街去，你写不多的作品大家都知道你了。你先让这个人出名，和所有的人做以区别。你的文字不就很容易畅销了嘛。但是你想一想，那不是犯贱嘛。

所以一个人要保持自己的尊严，一个人要在商品世界里保持一点精神行为方面的清洁，非常非常困难。我也做不到。我经常就不得不迁就出版社、营销商的要求，有时候我也要到这种场合去一下。但是好在我懂得一点点节制。我知道什么时候是我自尊心受不了的。所以我还走不到我那个朋友的境界，干脆用边上一座水库来做自己的笔名。当然稍微注意一点，改成一条河前面两个字做自己的笔名，这是极而言之，极端的做法，但是他不是刻意，他是非常朴素的。他养鸡、种树，还做别的东西，他觉得挺好的。他觉得这样使用语言很有尊严。这样讲很容易，要做到我也知道很难。

我也不是在这个地方和你讨论让你们去做那样一个人，因为首先我就做不到。但是我讲他个人的这种特殊的岁月，我觉得我知道我这样一个人，我有责任告诉你们搞文学还有不同的方法。文学世界里有人的确有不同的世界观，有人充满了对于一种东西的藐视，无论他怎么不说，我们知道他是一个有尊严的人。一个没有尊严的人为什么要做文字呢？一个光想着赚钱和出名的这样一个人来搞文学，我觉得跟我们文学没有什么关系。但是这些虚荣的东西，我搞了四十多年，我也染上很多毛病，但是我稍微地有一点点自我安慰的时候，我在安静下来的空间里面我会去思考这个东西。将来你们会听到张炜他还能够写作，他的生活怎么样了，有好多的考察的指标。我如果把手机扔掉了，大概我这个人就差不多了。我还是重复昨天的话，我是那么样离不开它，我还要用它联系。但是这个东西是非常坏的一个东西，它使我没有空间了，它使我生活在我的朋友为之痛心疾首的那个拥挤的精神世界里面。

有一点，我对文字还是相当苛刻的。在座的你们昨天看到了我的《海边兔子有所思》。这个名字是套了一句诗，就是"故国人民有所思"，我就套用了这么一个名字。"兔子"，一个比喻，也无所谓。所以我在我最新的两部长篇里面，一个是《艾约堡秘史》，一个是《独药师》，这两部作品是我这几十年来经常思考文学问题和生活问题的两部总结，对我个人的文学生涯来说。昨天我讲过，无论他们怎么样夸我过去的作品怎么怎么样的好，但是在提前三五年，不要说很多，我就写不出来《艾约堡秘史》，我就写不出《独药师》来。《独药师》对于我来说非常非常重要，使我获得了我写作的满足和尊严。《艾约堡秘史》也是如此，它让我获得了尊严感。有时候写作之后，你开始尊重自己了，你这个作品有可能是最好的。

就像对面交流一样，说真话有时候是稍微危险一点的。但是过了以后你觉得很舒服。说假话在这个时代是稍微的保险一点，但是事后你会觉得自己很空虚。没有任何事情，没有任何的表达比朴素地说真话来得再简单、再有效的了。因为所有的人，不要说人了，猫和狗都是有灵性的，它知道你在欺骗它，所以说好听的话、说假话没有意思。所以是这样的一个事情。

我个人对我这个朋友还有点极端的一个赞赏，我们平常老是讲要找到自我，我觉得他最大程度上去寻找到自我。这个是非常了不起的。在现在这个时候，不尾随、不模仿是很难了，他在努力地活出他个人，努力地活出他自己。大家书上、网上不停地不断地活出自己，哪有那么简单啊。你要付出的代价不是血的代价，是生命的代价，这一点都不夸张。

所以有一次在威海，我跟他们开个玩笑，我说人类很幸福，你说没有上帝，有可能有，也不叫上帝，可能有一种决定一切的力量在控制我们的生活，他觉得我们人活得太苦了，生老病死，人和人之间的摩擦，还有所谓的事业来折磨你，上级、下级，有人的地方就有无边的烦恼。嫉妒、推崇、势利眼让你没法过。文学人都是敏感的人，你说在这么样的一个人和人的这种人际关系里面，人活着不是最大的受苦嘛。我说还好。他为我们安排了有两个经典动物，有哪两个经典动物呢？这边是狗，那边是猫，多可爱这两个动物。我说让我们向狗学习忠诚、单纯。让我们向猫学习它的自主、它的温柔，这两个不同的动物。我说如果说找到了自我，你发现这个狗没找到自我，它一切是为了让主人高兴，围着你，给它一个笑脸，不停地围着你转，也很好，但是它没有找到自我。这个猫就不是了，我说猫就找到了自我，它不愿意理你它就不理你，它很高傲。它愿意理你，它一定围绕着个人的利益最大化在这儿生活。但是我说它也有益于我们大家，让我们活得幸福愉快喜欢它，它是这样的动物。我说如果我们要从这两个动物当中挑选一个，我说做个猫更好一点，它有自我，狗没有自我。我开玩笑跟他们这样讲。

休息一会儿吧。

主持人：咱们下面进行第二个环节，也就是三四十分钟的交流。这星期大家也感觉到了可以说我们请来的作家的阵容，还有我们参加的各种各样的活动，等于说都是非常高大上，包括昨天像王蒙老师来，作为绿叶陪衬张炜老师。包括今天下午还有十个伊朗作家来，明天上午又是我们第二届国际作家写作计划开幕，然后咱们班的一些同学以不同程度的身份和角色能够参与到这个活动里面去，来感受鲁院这个平台的开阔性。

今天上午请张炜老师给大家又娓娓道来讲了两个多小时，下面我们用半个小时的时间再交流一下。因为刚才我看胡竹峰你们围着张炜老师谈得挺愉快，挺高兴的。那么下面我觉得我们可以再继续交流。谁有问题想提的？

老四：张老师，好多年前我一直有一个问题，我少年时期阅读您的《远河远山》。我感觉这个长篇小说在您整个写作谱系里面不是被特别提及的一个。但是正是因为我少年时期读了，它对我的写作影响非常大。这是一个少年对文字无限的热爱，然后从海边走向了内陆，走向半岛的深处，就像您的生活地域一样，从胶东沿海到了山东大地这样一个脉络。两个问题，一个是小说主人公和您个人之间的结合到底是一个怎样的？和您个人经验有什么关系？第二个问题，因为我最初读盛文强的散文的时候，我感觉和您的文章非常相似，就是和您早期的一些作品，你们两个都共同生活在胶东沿海。

张炜：你刚才讲谁？

老四：盛文强。

张炜：对，盛文强。

老四：您通过走向内陆的方式来实现了您，打通了文字进一步几十年的一个不断地向内陆延伸，这可能是有一个狭窄的。而文强他更多的是内陆向海洋外界去寻求。您怎样看文学的大陆性和海洋性？

主持人：话题这么大。好吧，越难越好。难不住张老师。

张炜：对，文强写得很好，我很偏爱他，我们山东散文方面最有希望的作家了我觉得。你那个问题，就是《远河远山》你读得早，觉得受影响。《远河远山》是我篇幅最短的一个长篇，不到二十万字。我最短的有两个长篇，其他的都是长一点的，一个是《远河远山》，一个是《外省书》，都不足二十万字。

《远河远山》你看到是第一人称写的，就很容易想到了自己，而且也是从海边离开，跟我的经历有点相似。这个是这样，作家写东西，我不知道你们在座的有没有这个忌讳，他很忌讳写自己。除非他写自传，他一般尽可能远地绕开自己，绕得越远越好，这样会避免很多的麻烦，它完全虚构嘛。但是无论如何，绕来绕去会发现还是围绕着自己在这儿写。读完了他所有虚构的作品，你会觉得主人公只有一个，就是作为自己，中外概无例外。

但是一个有自觉的写作者会绕开自己，《远河远山》用的第一人称，他写的好多大体的行动路线和我是一样的，但是里面的社会关系，像父母、亲属关系这都是虚构的。但是路上遇到那些事情有一些是我遇到的。在昨天的车上，长江社那个责编张维，女的，她问我，她说《你在高原》是不是你自己的经历啊？我说《你在高原》里面，我在整个的半岛行走的这些遇到的事情很多跟它都一样。但是有一些把它夸大了，有一些我把它改装了，有一些我就虚构了。但是我昨天讲过，没有真的东西作为一个根底。我那天在韬奋中心还是在三联那儿，我那天跟那个女主持谈过这个问题，这个虚构就是思维的一个幻想和梦想，它茂长，长得越茂盛越好，越丰满，越出现各种华丽的那些场面。

但是这个东西就像一个树桩一样，要有根柢，根柢那个柢不是底层的底，就是高低的低把单立人换成木，那个根柢。《远河远山》你看到了根柢，但是是虚构的，可以大胆地虚构。你要没有根柢，它生发力就很弱了，它是这样。

第二个你讲的海边、海洋、内陆，这个问题比较大。我想的还不多。但是有一点可以肯定，今天早晨在来之前我跟你们院长在屋里面谈到了，就是山东齐鲁文化，一谈齐鲁文化人家就说，实际上他接受的和那个概念是儒家文化，是鲁国的那个鲁文化，不是齐文化，鲁文化它是排斥商业文化的，它是个保守和固守的，讲究等级的，是精神的，它对物质稍微排斥一些。比如说它不言怪力乱神这一类的东西。但是齐国的文化它是海洋文化，它是开放的文化、冒险的，它专门谈怪力乱神和幻想，神仙文化，寻找长生不老药这一类的，商业主义、物质主义，有名的一个宰相被誉为千古良相，就是管仲。今天这个时期你否定管仲站不住脚。实际上管仲他有好的方面，他发展经济，开放搞活，像当年他搞了一个官家的妓院，就为了吸引那些客商大户，他比巴比伦官办的妓院还要早五十多年。而且来一辆车给你多少待遇，来两辆车就可以免除你的粮草，来三辆车住宿费也不要了，再来四辆车还专门找一个妓女去陪他，他是这样的一个宰相。所以他把齐国搞得很繁华。

当年的临淄，你如果到临淄去一趟，就等于今天的人到一次曼哈顿，是天下最华丽、最富裕、最浪漫的一个国都，是那样的一种文化。

你刚才讲海洋文化、内陆文化，我觉得好多方面是刚才讲的两种文化的差别。但是我作为一个老齐国的一个人，我身上有一个很重的儒家文化的影响，它都在血液里面。这两种文化是对立的，在我身上就产生了一种创作和思想的一个张力。这个张力有可能我不自觉，但是你一讲，我稍微地刚才想了一下。

主持人：谢谢张炜老师精彩的回答和老四的两个精彩的问题。另外我也注意到，张炜老师他在他的写作序列里面有这样一批作品，就是儿童文学。因为张炜老师我觉得他还有一个很重要的，就是一种童心。我还记得博尔赫斯曾经说过一句话，我很长时间都觉得很费解，叫伟大的文学最终将趋向儿童文学。所以我很长时间我都想这句话，为什么伟大的文学最后趋向儿童文学了？难道伟大的文学不是更加复杂的成人文学吗？所以很长时间我也没想明白。但是我觉得看到张炜老师，那么童心这样一种状态在张炜老师这样一个博大的、渊博的、大海般的、长江般的作家身上它照样还存在。所以我觉得咱们这个班上也有写儿童文学写得很好的，比如许诺晨，现在我就想点你提一个问题。许诺晨，安徽作家。

许诺晨：张老师，你好。我是安徽合肥的。想请教您，刚才听您课的时候也听到您说写作者的写作是否值得为某一些人群去写。然后放到儿童文学这块，其实我当时就在想，像我们写书，我是希望去能感染到小读者，希望我的作品能够给他们带来一点什么。包括对成人来说，我觉得就是作家，如果说我是写成人文学的，我也希望看过我的书能对他的人生有一些改变。比如说他可能一开始像您说的那种可能素质比较不是那么高的这样一个人，或许他看完一本书以后，可能对他哪怕有一点点的改变，包括对小朋友来说，我觉得他们看完我的书能够有一点进步的话，我觉得对我都是很大的一个鼓励。所以想请教您，写作者，包括像我们写儿童文学的，读者是否值得你去写这个作品这个是怎么来考量的？谢谢。

张炜：好的。上午我讲的时候没有把它展开去说，你这样一问就非常好了，我觉得能够把它说得更明白一点。我的意思就是讲一个写作者他那些社会层面的、道德伦理层面的那种责任感，这个是自不待言的，好的作家他都会有的，想让他没有也很难做到。但是你第一个层面，不能目的性太强，我要教育谁，我要让谁从我这个作品得到多少益处，它是个复杂的审美的活动。要完成这个最有效、最持久的审美活动，莫过于我刚才讲的那个作家的认识，就是忠于自己的语言，使自己的自尊心得到满足，尊重自己才能尊重别人，从文字开始，就是把这种审美的工作把它跟个人的生命的体验、个人的满足、个人的那种极端化的对完美的追求结合起来，它产生的一种效果才是利他的、利社会的，而且具有深刻的道德伦理意义。如果你第一个层面就想我这个作品我一定要影响孩子，教育他们从我这儿得到一点好，那个不太好的人看了我有可能受到一点教育，这个太朴素，也非常好，这是一个善良的文学人题中应有之义。但是你再成长的话就会发现，还没有这么简单，还得变得再复杂一点。这是第一个。

我再加一句，如果某人从你的作品里没有变好，他不喜欢你，你就不好好经营自己的作品了吗？你的回答是我仍然要好好写作。看来让你自己满意、好好地写作，有时候几乎就是目的。所以说你得想得多一点。

再一个，我间接地跟你们的院长做一个对话。讲儿童文学和整个的个人文学视野的关系，因为你是搞儿童文学的，我觉得这非常好。这个起点好，这个入口好。我有一次在儿童文学的一个讨论会，我可不是一个客气话。在座的当时都是一些儿童文学工作者和作家。我就讲，我刚开始是写诗、写儿童文学。我觉得儿童文学是我文学道路的一个入口。我从这儿入进去，我可以走得很远。再到后来，我就提高了认识，我通过学习，我的觉悟提高了，我说我发现儿童文学不光是我的入口，而且是我整个文学大厦里一个开关，我把儿童文学的开关一按，整个我的文学的建筑里面变得灯火通明。所以我个人特别高兴的是，你从事的儿童文学，你按准了你文学的开关，它是个开关，一按，整个你个人的建筑就亮了。为什么是开关呢？我自觉不自觉地跟你们院长讲，我跟郭艳也讲，我说我自觉不自觉地在做什么工作？自觉不自觉地养成了从童话的、儿童的视角去看社会，看人，看千变万化，看我们的历史。

为什么要这样呢？因为儿童的眼睛他看东西新鲜，他留意，好多小孩留意的东西大人不留意，他这个眼睛被磨钝了，感觉也被磨钝了。如果你从儿童文学，从童话的结构去看社会，看故事，看人性，你会变得特别敏感、锋利。所以我今天上午就讲一个问题，各种信息的蜂拥把我们的感觉给磨得迟钝了。所以好多惨烈的，你不觉得很惨烈，好多黑暗的你不觉得黑暗，美好的也没有那么强烈的热乎乎的刺激。但是你如果从童心和儿童这个角度去结构你的故事，去看你的作品的这些各种关系，你就有一种很新鲜的感觉，黑暗的你会看得更黑暗。热烈的你自己有一种灼热、炽热感，因为你是从童年的这个眼光和角度看。所以我不自觉地会发现，哪怕《你在高原》这样长的作品和《远河远山》，还有后来这些长篇，我不自觉都在用童话的这种结构去结构它。你看我写《古船》那些东西，我写《艾约堡秘史》，你会发现我是用童话的不自觉的这种角度去进入。它进入了之后，不是让你变得像孩子一样简单，而是变得像孩子一样的敏感和强烈。你这种敏感和强烈会感染你的读者。所以儿童文学，我把它不仅看成我文学的入口，它还是我文学的开关，我按亮了这个开关。

主持人：太精彩了，我们还是鼓一下掌吧。所以许诺晨也有福了，你拥有了文学的总开关。另外像许诺晨，我看她的微信里面这一年来，因为现在搞儿童文学是个体力活，要经常到学校里签售，要面对几千个孩子交流，这个真是一个体力活。而且一个月走好几所学校等等，可能更多。因为我也跟曹文轩老师、杨红樱他们也都很熟，签售这个活是一个体力活，一般人干不下来。但是儿童文学从另外一个角度讲，刚才张炜老师讲得极好，就是它是我们文学的一个总开关。所以在这种意义上，我觉得我们可能会用一种全新的眼光来打量这个儿童文学，所以我觉得非常棒。我觉得在张炜老师的作品里面还有一种感觉，就是行走。张炜老师年轻的时候他有一个梦想，想当一个地质队员，在大地上行走，向广大的世界去寻找和相遇。而我们这个班上也有一些善于行走的，尤其是几个女士，像杨怡都跑到非洲了，还有大头马，来了没有？大头马去了南极搞马拉松长跑。现在这样，我想请杨怡你提一个问题，比如说像张炜老师他也要行走，你也跑得很远。你觉得关于行走这个事有没有向张老师有什么问题要问的。

杨怡：因为我一直行走，我想问一下张老师，当我行走的时候，我感觉会有很多撞击。它感觉跟许诺晨这种儿童文学是一样的，就是它那种敏感，它那种强烈，然后我觉得行走的东西它给我带来的是，我觉得是很健康的东西。但是因为张炜老师你刚刚前面讲座里面说，你说很多东西它太快了，然后太拥挤了。包括你获取的信息，你和人交流，像我们有些时候去很多很多地方，然后行程一个接一个的时候，你也觉得太拥挤了，但是同时那种新的东西它又不断地给你灵感，你又觉得很幸福，至少我的灵感不是枯竭的。但是它又很矛盾，因为这些东西来得太快了，然后我和人相处，然后我和风景、山川，还有它们背后的历史，那些东西又太拥挤了。就是我怎么去平衡？因为我觉得它是一个我很好的素材的来源，包括提供了灵感，包括我自己身心健康的保证。但是我不知道怎么让我的作品能够有一种升华，达到一个境界，我可以处理好这种拥挤感的这种感觉。

张炜：你刚才讲行走不断地遇到一些新的现象、人，这一类的信息跟我讲那个不是一回事。我讲那个主要是文学作品各种二手的，别人告诉你的，有记者告诉你的，各种表演，各种文学作品，各种网上的东西，它是被另一个生命过滤了的一些东西。你刚才讲的恰恰是保留个人空间的一种方式，是你自己不进入二手的介绍，你自己去看异地、异人、异街、异巷，这个是好的。你看到生僻的地方，你不自觉地就会给它命名，就像我刚才讲的，这是个命名的过程。

而拥挤的信息是什么？是别人命完名了，你跟着学。他说这个东西这样描述，是被它命名过了，被它命名过了它会影响你，不停地影响你，你个人失去了命名的能力。而你刚才这种行走我觉得这是最好的，这也是我所追求的。我不需要别人命好名告诉我它是怎样的，通过电视机，通过手机，通过文学作品，而更多地依靠我个人的眼睛、双脚、耳朵，我个人去经历，经历主体和客体之间的，建立这么一种直接的关系，这是我个人去命名。这个命名的过程就是发现和创造。上午刚才讲了，你养了一匹马，你跟它很熟悉，这个马有一天你会发现它很深情地看了你一眼，你就会在想马怎么会用这种眼神看我，似乎带着笑意。完了你就会无尽地去思考这匹马跟你的关系，它那个眼神让你永远不忘。

好了，因为你直接和马发生这种关系，你这个命名的过程不属于任何人，属于你自己。如果有一个人用书上把它写出来告诉你，或者电视上拍成电影告诉你，它的命名已经结束了，完成了，它就会影响你，使你丧失了这一次命名的机会。如果说行走有多种意义的话，那么有一个了不起的意义，就是寻找自己命名的这个权利，保留个人命名的权利。所以这个行走跟我上午讲的要保留个人的空间，一点也不矛盾，它是一个事情。我个人，你们院长讲了，我十六岁以后，我没有像你们这么好的条件到外国去，到非洲去，我大了以后我再有机会去交流，非洲我没有去，其他洲我去了，走了这么多年。但是我只能在一个半岛地区为主，在山东半岛，尤其是胶东半岛，你一旦走开了，你会发现那个地方不像地图看是一个犄角那么小，你会发现它的犄角旮旯有的是一条河，一条溪水，一种你不认识的动物或者植物，它也是很内在、很阔大的一个世界，道理都是一样的，就是用自己的身体、自己的感受力去建立和客体的关系，完了赢得个人一种被拥挤的命名的世界。所有的事物都被命名完了，我们有可能去寻找个人命名的机会和权利。任何一个好的作家就是争取这种权利的最有力的、最主动的人。谁在这个方面获得了主动，谁就是第一流的。谁在这个地方做一个随遇而安的很顺从的人，谁就是一个失败者。

主持人：所以杨怡到时候你再行走的时候，你就大胆地命名吧。曹敬辉在吗？曹敬辉是一个青年剧作家，他写了很多剧本，这个班上写剧作的人少。那么小说和剧作之间的关系，因为张炜老师的小说里面其实很多人物关系、情节的关系，结构上也跟戏剧有关系。那么现在我想请曹敬辉你提一个问题，就是小说和戏剧的关系里面是个什么样的？但是我给他一个大框，让他提一个更小的问题。

曹敬辉：其实邱院长刚才已经说过了，我其实就是转达一下吧。他让我问您小说和剧本创作之间的关系，比如说从剧情的构思、主题的选择等等这方面，您看能不能谈一下您的想法？谢谢。

张炜：好的。我昨天讲我也写过两个剧本，肯定是不好，要是好的话我就再写下去了，而且也能够演出，这些都没有。可见我不擅长这个东西。但是有一点是肯定的，对戏剧的理解，包括它这个形式，结构形式的理解，肯定是有助于文学创作的。

当然，如果你是一个文学造诣很高，我是说写叙事作品的，写故事的，写诗，写小说，写散文，对你的戏剧创作肯定也有好处。歌德跟他记录《歌德谈话录》的阿克曼讲，他说我仔细地看了一下莎士比亚的戏剧，说莎士比亚太了不起了。他了不起有两条：第一条，他的剧本基本不是供演出的，他的剧大部分不适合演。为什么？文学性太强。它是适合读的，而不是演的。但是这不是一概论之，他其中有一两部是适合演的。要导演莎士比亚的戏剧，一定要有一个好的导演把它改造成适合舞台的这个形式。这是第一。你看文学，笼统的文学和戏剧之间是这样一个关系。莎士比亚之所以伟大，他超越了戏剧，进入了广义的或者狭义的文学，这是第一。

第二，歌德发现了莎士比亚一个了不起的方面，就是他心里面的世界太广大了，他广大以至于无论如何也不能够浓缩为简单的舞台艺术。我们这个舞台对于莎士比亚、歌德来说太小了。而莎士比亚胸中的舞台太大了。这样的一个巨大的反差使他的戏剧很难在现实当中大的舞台上去表演。歌德的这个话我看了以后，我想了很久，我向大家郑重地推荐一本书，推荐书这种角色往往被贬低，但是我也忍不住在这儿向大家推荐一本书，我推荐的书都是老书，所以一到了读书节，电台和报纸一找到我推荐书都是老掉牙的书，真正的好书不是它太老，而是我们这个视野放得太狭窄了。你把视野放大了，一点都不老，它老什么，它过去才多少年。所以我今天给大家推荐的还是一本老书，就是刚才讲到的阿克曼记录的《歌德谈话录》。

《歌德谈话录》这本书我从三十岁不到就开始读，我读到现在，还经常放在枕边上，我没事了就翻开读几页，我发现只要你的目光一搭上去就是真理，跑不掉的。老头说得都对，他们经历的好多文学经验、生活经验、写作经验，人家都经历过了，你再谈，像我昨天谈的，今天谈的，不过是变换了一种语言方式。歌德或多或少地，或显或隐地都接触过这些问题。

好了，再把话收回来。还回到你那个问题去，我觉得一个搞小说创作、诗歌创作的人要对戏剧有所了解，要训练一下，这是个好事情，你可以不在你的创作里面用它见长，但是你要懂得，要受感染。我个人对戏剧喜欢得不得了，我最喜欢的是歌剧，我只要到西方有机会我就要急着去看一场歌剧。我到曼哈顿，我最早是在德国，1987 年在汉堡看了一场叫什么流浪艺术家，就是唱"你冰凉的小手"那个……

主持人：漂泊的荷兰人。

张炜：就那一类。我看了以后，我这个脑子里老是忘不了它那个唱腔，在我脑子里唤起那种浪漫和崇高的感觉，我是忘不掉的。后来我到曼哈顿去，正好演《猫》剧。《猫》剧是演了十几年的，还是一票难求。那天下雨，冒着小雨大家在那儿排队买票，就为了买这个票。排了队以后，才发现那天《猫》剧的票卖完了，演那个《西贡小姐》，西贡就是越南那个，胡志明胜利的过程，一个人怎么跑到美国去。完了以后买了那么一张票，还是剩下最后几个边角的票，我们就去看了《西贡小姐》。那个语言都是不通的，我们也看不懂，我们都是听不懂具体的。但是他这一唱，一表演，我们也完全能看得懂，太好太好了。我就是受这个影响。

完了以后我还在日本看过一次，就是一个日本人，从日本走了一个美国的大兵，生了一个孩子，后来又回来了，那个叫什么？《蝴蝶夫人》，你看我跟《茶花女》又混了。我看了《蝴蝶夫人》，我心里面就觉得，后来我就搞了一个录像，看了《阿根廷，你别为我哭泣》，麦当娜演的。

主持人：庇隆夫人。

张炜：对，庇隆夫人。我看了好几遍。我就想，如果我能写出这么样的一部歌剧该是多么好啊，激动人心啊。看了以后永远忘不掉。有时候你就想，你的小说的片段哪一个，或者整体上有这么一个歌剧的这种浪漫和崇高的这种感觉，这种摆脱了烟火气的这种强烈的诗性，多么伟大和华丽啊，光伟大还不行，还有华丽。伟大和华丽碰了头，我看一般的人就受不了。光是伟大，有时候你可以稍微躲着一点，华丽谁不喜欢啊，伟大和华丽结合起来，那简直不得了。但是我们没有能力和机会创造出这样的一部作品。所以昨天问你还有没有梦想写一个没有写出来的一个好东西，怎么没有啊，想干的事情很多，雄心万丈，但是力气残缺，干不动了，没有力气。

主持人：谢谢张炜老师。所以曹敬辉你以后要写出伟大而华丽的剧作，这是对你的一个期待。我又看到行超了，我就想起来，我其实最近读了两本书，一本是波兰一个作家叫莱姆，他写了一本书叫完美的那个什么，其实它是一本书评集型的小说，就是评论型的小说，他假装评论世界上不存在的书，然后把它写成了一系列小说。同样有一个拉美去世的作家，智利的，叫波拉尼奥，也写过一本小说集，叫《美洲纳粹文学》，假装写了一堆书的书评，实际上是由评论构成的小说。那么行超你作为青年批评家，我希望你提一个评论和小说之间的关系。因为张炜老师，我记得你有一个中篇好像就是以评论还是什么样的方式构成了一个小说，有没有可能行超请你提一个问题。

行超：我是觉得每个作家其实都有一个精神的底色他个人。在我看来张炜老师从您的写作几十年的作品当中，我会觉得您很纯粹，包括您写儿童文学，包括您看待世界、思考世界的这种方式，我觉得是很纯粹，很深情，比如说对齐鲁大地，包括对于所有的众生，很深情。在我们当下的写作关系当中，写作的环境和文化环境当中，我会觉得显得挺古典主义，或者是挺理想主义的。我想问您的问题是，您的这种情怀，包括您一直几十年来这种写作方式和情感方式在当下的这样社会环境或者写作的环境当中会不会觉得有一点矛盾或者格格不入的时候？

张炜：好的。行超她问得很好，而且她有一些话没有说完，所以我能听明白。有一点，昨天王蒙说得很好，作家他都是非常复杂的，不能说哪一种就一定是好的，表达，包括他走的道路，条条道路都有可能有它自身的价值，都有可能成功。有时候他甚至是矛盾的，有时候明明那样是对的，可是他反着走。比如说反艺术，他也可以获得成功。就像我昨天讲的，没有比文学艺术的评价来得更复杂的了。千万不能统一论之，千万不能把它标准化、模式化，那个肯定是失败的。尽管有些概率问题，仍然要提醒自己一定要宽容，要明白文学的各种可能性。审美、审丑，艺术、反艺术，理性、感性，浪漫、现实，各个项都会产生自己成功的可能，都会产生自己的杰作。这是理解问题的一个前提。

但是作为我个人，我回答行超的问题，行超说的我完全理解。就是这个时代不仅是现代主义、先锋主义，走了几十年，上百年，这个道路已经走得很漫长了，产生了各种各样的过程和代表人物，已经走到了无所不用其极的一个时代，古典主义显得有点过时，甚至有点格格不入，和整个时代的流向，和表达主义的流向它不合。但是从另一个方面，人性它有好多向度，它有很深度，它有很幽暗的部分，但是无论如何，诚恳和质朴，朴实的东西，诚恳的东西，我觉得任何时候都是核心的、不过时的，而且永远它是占据先锋的先锋。任何的现代主义在朴实的、诚恳的面前它都是落后的。我觉得时代的先锋，最终的先锋，过去"文革"的时候有一个作家，你们都不知道他，他在极左时期写过一个叫《刀尖》。《刀尖》这个作品是很响亮的，极左时期是很红的一个军旅作家写的。刀尖是什么？他的构思很奇特，他说我们这个团里面，我们这个连，我们这个连是尖刀连。你们现在也知道，部队里有尖刀连，现在可能还有，打仗的时候冲在前面。但是它那一个连的一个排长说，我们这个排要做得最好。如果说我们这个连是一把尖刀的话，我们这个排就是刀尖，所以我们要求得更高。你看他构思有个小窍里面，尖刀里面要有一个刀尖，他把这个排要训练得在一把刀的话它是前面的这个尖儿。我个人觉得在所有的文学流派里面，尽管存在各种可能性，各种变数，但是它有一些基本的东西不能变，我觉得先锋的这一把刀的刀尖仍然是恳切、纯朴、朴实，是这些东西。有了这个东西，我觉得在文学世界里面就可以庖丁解牛，这是最重要最重要的东西。离开了这个东西，伪装的诚恳不存，伪装的现代派也无济于事，它在骨子里面，这个是非常不好表达的意思。但是我的意思是说这已经离开了古典的问题，从哲学思想、写作的意义上讲，有时候我也不愿意从古典还是现代去理解，而是讲生命的本质、文学的本质、审美的本质。我是从这个意义上去强调诚恳、朴实这些素质。

有了这个，反艺术也好，现代主义也好，克鲁亚克也好，或者说埃及写什么宫的那个老头也好。

主持人：马哈福兹。

张炜：对。马哈福兹也好，泰戈尔也好，海明威也好，还有现在我们谈的索尔·贝娄也好，无论怎么变化，它的内质的东西一定要有一种过人的诚恳、朴实、认真，就是这种的素质。这种的素质好多道路你走起来都会走得很远，你可以从一个二流子作家身上看到他有非常动人的那种质朴和诚恳，你不要看他外在的一层，要看他骨子里面，看他埋藏在文字中间那种怜悯，那种东西，这个讲起来很不好解释，就是说自己去感悟，不好理解。我愿意从现代和古典这两个对立的概念当中解脱出来去谈我所追求的东西。行超，我不知道我说没说明白。

行超：我还有另外一层意思，我是觉得在当下这种商品经济或者市场经济这种环境当中，像您保持这样一种对文学那么纯粹的一种感情，其实还挺不容易的。我想作为一个写作者，比如说您有没有有些时候会有点动摇，或者被其他的东西有所干扰？因为我们其实时常会面对这种困扰。

张炜：我基本没有什么动摇，因为这些东西，很简单的问题在我这儿，不太存在犹豫和选择。因为这些东西没有什么，对我来说这是很小的事情。因为搞了四十年了，慢慢地已经随着年龄的增长，已经对功利的东西看得淡了，更容易摆脱那些东西。这是第一。第二，还有不是年龄的问题，就是对文学的知和爱。如果你再往前发展，很自然地就是走向这种非常简单，就是要写出心目中的好东西，就是要让自己尊敬自己，让自己满意自己，你如果自己都瞧不起自己了，你再现代派又怎么样呢？所以有时候对那个考虑得不多。但是这样并不意味着我对技法是迟钝的，如果你看一下我所有的这些文学作品是不可能的，你看一下最近的《独药师》和《艾约堡秘史》，你会发现我对于技术层面，我甚至发行会上说，我遇到的最大的障碍，要克服的最大的问题是技术层面。

为什么这样讲呢？我们好多人会谈到灵魂，责任感，谈社会责任，谈感情，对你创作作品是多么的重要，它的决定力。实际上有时候不是的，怎么不是呢？当你这个人对生活天然的这种责任感就很强，你的愤怒就很足，你的热爱就很足，它已经作为一个前提差不多就消失了，它使你面临的问题，你发现最大的问题是怎么样地把你这个热情也好，愤怒也好，甚至是思想，还有责任感，用一个有效的技术把它呈现和抵达，这个是你面临的最大的问题。我个人经常处在这种状态，我毫不怀疑我的愤怒、热情和正义感和道德伦理的这种力量，我有时候是不怀疑的，尽管我还亟待提高。但是我创作当中经常不为这个去发愁和担心。我的情感的那种压力、张力足够了，我对于一些坏的东西，我多么恨啊。我如果见了，我到现在见了一个老人，这个根本就不是矫情，他弓着腰在那儿靠垃圾去生活，这个是我生活当中最大的痛苦，看到这个，我一想起来就那个，我想所有人你们都会有这种，这是一种能力和品质，我在这个方面我不怀疑自己，对于我来说表达的力量足够了，它作为一种动力，作为一种东西没有问题。

但是问题在哪里呢？问题在于技术层面，你们在座的不觉得这样吗？有时候它不是我们老强调那个东西不够，是老强调那份东西，社会责任感、道德义愤、伦理层面、热情、情感，在我这儿我觉得有好多时候是不缺的，我看到的太多了。但是技术上呈现那是一个要命的事情。信息这么拥挤，大家都在写，天外有人，人家写得多好啊，一个人不要说也四十年，一辈子，有一些有才的人刚写了五六年，你看他笔底下那个窍你根本达不到，灵得很。我这次看了一个以色列跑到国外的一个作家，写的叫《沉溺》还是什么的，才二十多岁，多么有水平啊。所以技术水平、技术层面的东西是我们在座的所有的人将要面临的不可克服的一个障碍，要完全回到自己，要完全达到个人独特的表达，你看了前两行文字，真正的专业上高超的人就会被吸引。怎么会被吸引呢？他的文字达到了这种水准，那么么难啊。现在这个信息这么密集的时代，文学的信息密集，我们上午就讲这个问题。所以面临的这个问题，这个问题是很严重的。

所以说从这个层面你就会想啊，什么寂寞啊，什么古典主义、现代主义，这些东西就完全离它远了，就不是太考虑这个问题了。要有第一流的技术，一定要有第一流的技术。第二流的技术，无论多么崇高伟大，有感情，有人民性，为人民服务，服务得不得了，技术上一塌糊涂，是二流的，根本不需要看。这个年代就是看技术。但是有一个前提，你内心里面的情感和道德伦理方面的张力够不够，如果不够，免谈技术，你连谈技术的资格都没有。谈技术的殿堂是一群有良知的人。有良知的一拨人到了一块光谈技巧，别的不要谈，谈别的就没有意义。但是如果你没有那个门票，你不要进来谈技术。所有没有那个门票的人到这个里面谈技术，太廉价了。我谈技术，但是我相信我不是一个廉价的人，真的这样。我希望你们卖力地谈技术，全力地跟你院长讨论和学习技术，但是要有一个门票。这个门票就是我刚才讲的那个。

　　主持人：非常感谢张炜老师。从昨天下午到今天上午，我觉得我们真是脑力的激荡和思维的训练。今天上午前面是张炜老师一个娓娓道来的课，后面的交流，因为时间的原因，我本来其实还想再点三四个同学以各种方式交流，但是留待以后吧。我们再次感谢张炜老师。下课。

小说的基本要素

张 柠

朋友们早上好！很高兴又有机会来鲁迅文学院和大家一起交流切磋。我今天的题目叫《小说的基本要素》。你们心里肯定在说，我们都已经是作家了，你还讲什么"基本要素"呢？其实，基础的东西看起来好像很浅显，但真正要讲明白也不容易。比如，"什么是文学""什么是小说"，这些问题是很难回答的，就像"什么是人"这个问题一样。面对那些难以回答却又经常遇到的基本问题，我们不妨转变一下提问的方式或回答问题的方式。我们不要问"什么是小说"，而是问：小说这种叙事性文体是由什么构成的？它的基本要素是什么？尽管这些基本要素加在一起，并不一定能够回答"什么是小说"的问题，但我们至少可以开始讨论这个原本难以回答的问题，而不至于哑口无言，或者简单粗暴地回答说：小说就是故事嘛！

一、小说与故事

在今天的文学中，小说无疑是非常重要的文体，这和我们的古代文学有很大差别。古代文学以诗歌为主，小说是不登大雅之堂的。古代文人写小说总是偷偷摸摸的，写完以后不好意思拿出来，只有手抄本在朋友之间流传。但是近代以来，特别是梁启超写出那篇《论小说与群治之关系》的文章以后，小说这个门类越来越重要，成了文学中的老大。在文学演变过程中，"小说"概念本身也在发生变化。我们现在所说的"小说"，跟明清时代的古典小说概念有相似的地方，又不完全一样。古典小说强调故事，现代小说却不满足于讲故事，它还有故事之外的东西，它承载了一部分现代新诗的内容，是对人生的探究、对存在的勘探，所以说，它的容量变大了。对于现代白话汉语小说，尤其是"五四"以后的小说，故事不过是载体，是装载艺术和思想的筐。如果说写小说就是讲故事，小说家就变得可疑了，因为最会讲故事的是民间艺人，还有我们的奶奶和妈妈。

母亲是天然的讲故事高手，每天晚上哄孩子睡觉的时候都要讲故事，而且这个故事有一个特点，就是"重复"，不但故事情节要求重复，连细节都要求重复。昨天是小熊找妈妈，今天是小熊找爸爸，上一次是小熊"过河"找妈妈，这一次变成"过桥"，这都不行，孩子就说你讲错了，他就不睡觉了。所以只能重复，每天晚上重复，这是古老的故事，由奶奶和妈妈来讲最有效，你要是叫莫言来给宝宝讲故事，宝宝肯定不睡觉，而且会被他的故事吓哭的。故事还有一个特点就是虚构，未必真有其事。讲故事的妈妈自己也没见过小熊，不一定真的发生过小熊找妈妈的故事。它其实是宝宝离开母亲的一个仪式。小宝宝要睡觉，要离开妈妈一整夜，他焦虑不安，于是妈妈通过故事的方式告诉他，小熊和熊妈妈是在一起的，他一听心里很踏实。所以孩子一定要听到小熊过了河终于找到妈妈了，他才睡着，你说小熊找妈妈总也找不到，他就会一直哭，肯定不睡觉了。这个故事实际上就是离开母体的一种心理替代。我们举这个例子说明什么？小说的故事是虚构的，那么虚构重要吗？很重要。它达到了安抚宝宝内心创伤的效果。一个人来到这个世界上，最大的创伤性的记忆，就是离开子宫、离开母体、离开母亲的怀抱。人可以通过各种各样的语言，通过虚构和叙事来修补这个心灵创伤，这是虚构的重要作用。

在传统的故事中，通常需要一个讲述者和一个倾听者，讲述者往往具有权威性。当讲述者缺席的时候，倾听者可能会自己出来填补空白。比如小朋友自己给自己讲故事，他既是讲述者，又是倾听者，或者说他在进行心灵的自我修补。精神分析学家弗洛伊德，曾经观察过一个小孩，发现他每天在妈妈上班之后，都在家里做同一个游戏。他拿一个小球扔出去，嘴巴里同时说"噢……"，然后爬过去把球捡回来，捧在胸口坐好，说"嗒……"。小孩在反复地玩这个"噢—嗒"的游戏，一直到妈妈回来。弗洛伊德发现这个小孩其实是在讲故事，他用动作和声音"虚构"出"妈妈走了，回来了，又走了，又找回来了"，这样的一个故事。从成人视角看这个故事也许是没有意义的，但是对小孩来说，意义非常重大。小孩"创作"这个故事的过程，填补了他内心里的一段空缺，是对心灵创伤的虚构化的修复。这个"噢—嗒""丧失—得到""消失—回来"的故事，是最基本的故事原型之一。

我们讲一个故事可以有社会意义，可以有道德意义，可以有情感的意义，等等，有各种各样的故事，而它们最基本的功能是什么？就是修复，修复人类心灵的原始创伤。这种原始创伤能不能用文学以外的东西填补？对成人来说可以，比如说给你钱，给你当官，给你知识，给你地位，给你其他的身外之物来填补内心的空缺，这叫"欲望转移"。成人的欲望可以转移到其他层面，但是儿童不可以。一个儿童满周岁的时候你叫他去抓周，床上摆了黄金、珠宝，他不一定会抓，他没准就抓了一支唇膏，抓了一个好玩的东西、色彩鲜艳的东西。对儿童来说，对人的本质来说，这种创伤的转移是无效的。金钱、知识、地位都不可以填补人性最深处的原始创伤，道德的东西、军事的东西、政治的东西等等，都无法填补。因此文学变得非常重要，它是无可替代的。文学有一些东西在人性深处无法被替代，所以，文学一直存在。这就是为什么有时我们读一部小说，社会题材，写得不错，但总还是觉得有点缺憾，就是它的主题浮在表面，没有穿透社会、穿越到人性的深层去。我们期望从小说中看到人性深层的东西。

诗歌也是一样。中国古代诗歌永远在填补一种"离开""失去"的创伤：虽然我在长安做官，有很好的生活，但是离开了家乡，我内心里就焦虑不安。离开故土和故人，来到一个陌生的地方，这个地方在成败得失上可以弥补我，但我内心深处完满的东西破灭了。所以古人会说，"月是故乡明""举头望明月""千里共婵娟"，通过"月亮"这个中介，把自己跟家乡、跟熟悉的人物和事物联系在一起。离开了故土就写思乡，离开了亲友就写怀人，大量的古代诗歌都是这样，把陌生的东西熟悉化，是古典诗歌的一个重要特征（有兴趣的朋友可以去读一读我的《古诗的节奏和精神秘密》一文），只有在熟悉的环境里，在母亲和故乡的怀抱里，人才觉得自己是完整的，是安全的。这种思维实际上是对于母亲的子宫和怀抱的回溯，是对那种没有伤害、没有压力、带有天堂色彩的状态的回忆。无论小说还是诗歌，最深层的意义在这里。

除了对内的修补作用之外，文学，从古老的故事开始，还有一个面向外部世界的无可替代的作用，就是弥补人类经验感知的局限性。最初的故事就是对经验的转述，讲故事的人往往是"权威"，通过讲故事传递经验。经验是非常复杂的，有太多我们不知道的事情，我们想要去了解，一是在时间上，过去和未来发生的事情，我们没有经历过的事情，二是在空间上，在我们没有到过的地方发生的事情。

爷爷奶奶是时间上的"权威"，年纪大的人，活得长，知道的事情多，他们讲故事是讲我们出生之前发生的事情，"在很久、很久以前"，一般都是这样开头。它弥补了我们在时间感知上的局限性。我们对时间的感知实际上仅限于有生之年，非常短暂，超出我们有生之年的历史经验我们是不知道的，但我们想知道。还有一种超出我们感知范围的时间经验就是未来，未来会发生什么，对那个未知的世界，我们也有知道的冲动。那么就是通过幻想和预言，预言者是先知、巫师等等很神奇的人，他们更多地属于神圣领域而不是世俗生活领域。这里面有现代科学解决不了的问题，宗教可以解决，先知可以解决，他的预言可能实现也可能不实现，但在讲述的那个时刻，预言满足了我们对未来的好奇，弥补我们时间认知的局限性。

除了时间之外，还有空间，我们对空间的感知也有局限性，肉眼只能看到多少米，双脚一天只能走出多远，都是很有限的。那么从远处归来的人就具有了权威性，像"老船长""水手"这种形象经常出现在诗歌里面，他能告诉我们在很遥远的地方发生了什么事情，那里是什么样子，那里的人怎么生活。弥补我们空间感知局限性的另外一种方式就是，我们找不到有现实经验的人来向我们转述，于是我们通过幻想的方式满足自己的好奇。比如我做了一个梦，梦见自己去了什么地方，这是一个谁都没有见过的地方，它可能存在也可能不存在，是我在可以感知到的世界之外想象出来的一个空间。

讲到这里我们已经涉及了许多种故事，历史故事、预言的故事、游记故事、梦幻的故事，这些基本的故事类型，都在时间和空间层面弥补我们认知的局限性。这些内容，与现世生活中我们吃饱穿暖、有没有权利、能不能挣钱，没有必然的关系，它要解决的是精神问题。你不听故事，不创作故事，不幻想，不做梦，你照样能活得很好，但是完美么？并不，一定是有某种局限的。文学创作乃至整个的文化生产，之所以有市场，就是因为它可以满足人类物质生活之外的另一种好奇心。科学技术越进步，越发达，人类就会越发地意识到我们这个世界的无边无际，好奇心会变得越来越大。所以说科学技术发达起来了，文学艺术被边缘化了，这种说法是靠不住的。当然，文学和艺术本身也不能一成不变，它要不断地去探索新的未知，进行创新。

不仅故事的内容需要创新，怎么讲故事也有讲究。每个故事都有一个基本功能，是稳定不变的，但是在实现这个基本功能的过程中又存在许许多多的变量，有无数种可能项，可以互相替换。故事讲得精不精彩，很大程度上就取决于你对这些变量的设置，是不是独到，是不是既在情理之中又在意料之外。俄罗斯的理论家普洛普统计出民间故事的功能，一共三十一种。比如外出，这是一项功能，外出的人可以是皇帝、大臣、徒弟、师父、姐姐、继子等等，这是可以替换的。其他的功能还有禁令、破禁、刺探、设圈套等等，越往后越复杂，三十一种功能使情节不断发展变化，故事得以展开，并且按照一定的套路延续下去。这就涉及了创作技术的问题，落实到现代白话汉语文学里边来，通俗文学在借鉴民间故事的基本功能和故事形态的时候，是无须隐瞒的，它非常明显，而精英文学借鉴民间故事的方法，是隐蔽的，它要把民间故事里面那些情节套路式的东西淡化掉。那么，怎样创作现代白话汉语小说？它的内部构成和特点是什么样的呢？

接下来我们就要讲到小说的四个基本要素，第一是语言，第二是细节，第三是情节，第四是结构，这是现代小说最基本的东西。这些看起来很明白、很简单的概念，到底是什么意思？它们和我们所要求的比较高级的"文学"之间有什么样的关联？这是我们要着重讨论的问题。

二、小说与语言

首先讲语言。文学创作使用的材料是语言，画家使用的材料是颜料、线条，音乐家使用的是音符，在这些文学艺术门类里面，最难的是文学创作，就是因为它使用语言。使用语言有门槛，你要受很多年教育才可能使用语言。你不能对幼儿园的小朋友说我们来写个长篇小说吧？写个短篇小说也不行，小朋友不知道那是什么意思。你说小朋友我们来画画，这没问题，大家都来画了，说小朋友我们来唱歌，也没问题，画画、唱歌、跳舞都没有问题，就是不能在幼儿园里玩文学创作。你一定要在接受多年的语言文字训练之后，才可以说我们来写文章吧，为什么呢？因为语言这种材料的使用，跟色彩和声音不一样，它非常复杂。

语言是一种所有人都在使用的，承载了许许多多历史文化内涵的材料。在空间层面，谁都在使用语言。好人在用，坏人也在用，道德楷模在用，流氓也在用，农民在用，知识分子也用，大家都在用它，因此这里边什么复杂的东西都有。另外在时间层面，古人和今人都使用语言，即使我们现在使用白话汉语，不再用古典的汉语，但是你要知道，白话汉语和古典汉语语言之间的关联性是非常密切的。因此语言所承载的文化信息，实际上包含着一个非常宏大的时空坐标。

一般读者看鲁迅的小说，借助各种各样的讲述和研究，好像懂了，其实从内心深处并不接受。普通读者容易接受带有中国古典韵味的语言，所以当看到汪曾祺小说的时候，会说这个好，中国范儿出来了；看废名的小说，觉得有"诗"意；读张爱玲的语言，说有《红楼梦》的味道；看鲁迅的小说，觉得像是翻译文章的语言。这里有一个汉语词法和句法的问题。要符合汉语表达的要求，中国人怎么说话你就怎么写。有些小说，文字上是汉语，但句法不像汉语，倒是像翻译语言，比如有很多"主从复合句"，主语出现在前面的主句里，后面带三四个复句，那是西方来的东西，句子太长，我们的读者看着头晕。当然，中国古代诗歌中也不是没有"主从复合句"，比如《诗经·豳风》里的"七月在野，八月在宇，九月在户，十月蟋蟀入我床下"就是。有时候需要表达一种悠长的情绪，可以用长句子，但不可以整篇都是长句子。这是"五四"新文学的一个问题。鲁迅很多句子就拗口，很欧化。废名、汪曾祺的句子没问题，他们是中国化的，尽量用短句子，很简洁。我们说起中国亿的语言总是要讲到沈从文、废名、张爱玲、老舍、汪曾祺，还有杨绛的语言也非常好，她把近代以来的自由精神和中国传统的语法句法结合在一起，很有中国韵味。

中国人内心深处对语言所承载的文化信息的历史维度是有期待的，同时，在当下使用语言的过程之中，又要追求独创性。文学语言如果没有个性，读者也不爱看。所以，在使用语言的时候，我们其实很纠结，脑子里一边想着它历史的延续性，要承载汉语语言的历史文化内涵，一边又要想到空间展开的差异性。这种纠结在创作的时候都有，但你可能不自觉，不会想得这么明白。实际上，你在瞬间中是有选择的：我怎么使用语言来讲一个故事，时间上要有延续性，空间上要有差异性。一个作家如何清晰准确地选择和使用语言，创作的难度就在这里。

现在我们来看一张图表。

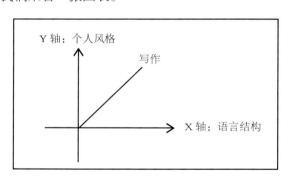

先看横坐标，叫做"语言结构"，也就是我们白话汉语的使用规范。语言需要让别人理解，这是有规定性的，比如你不能说"茶真好喝，这么苦"，这样说就不对，正常来说"真好喝"要么配"很香"，要么配"很甜"，你说"很苦""很涩"，我们就不懂了。什么样的词汇跟什么样的词汇搭配构成一个完整的意思，这是规定好了的，你可以适当破坏一下，但总体来说，不可以违反语言结构的公共性和可理解性。这是文学创作在传播过程中的一个基本条件。

当代有个诗歌流派叫"死亡诗派",他们写的诗大家就看不懂,因为破坏了我们可理解的语言结构。他们的词汇搭配完全是个人化的,个人怎么理解就怎么写,意思就是说,我不跟你一样地使用汉语,我个人创造一种汉语语言使用的方法,他们认为有意义。如果你是一个人玩,那可以,但你要叫我去读,叫我去开研讨会,就有问题了。那种语言我称为"变狼狂想症"语言,想变成狼,不想成为人。狼在森林里奔跑嚎叫的时候,可能是受惊了,也可能表示很高兴,也许猎人能破解一点点,总体来说狼的语言我们不懂,"死亡诗派"的语言就是这样。那么"变狼狂想"有没有意义?也可以讨论,因为他拒绝跟人在一起。人世间太肮脏、太糟糕,他想逃离,就要变成狼。但是对于语言内部的东西,我们没法讨论,没法对他的语言本身进行理解。在人类文化史上,这样的东西其实早就存在。比如佛教里面的六字真言我们也不懂,只要念就行了,没法解释它的意思。还有咒语,还有萨满巫师说的语言,都是离开了我们世俗生活话语和语言结构的东西,是人类语言结构的反叛者。它们对个人有意义,在语言的公共层面上却是没有意义的。文学创作要符合语言结构的公共层面的意思,当然不完全是说大白话,那样作家存在的合理性就没有了,因为菜市场里聊天的大白话比你更精彩,但文学创作确实需要让别人懂,至少是最大限度地让别人懂,这就是横坐标"语言结构"的意义。

再看纵坐标"个人风格"。我们刚才讲的"变狼狂想"是一个极端的例子,它无限靠近个人风格这条 Y 轴,甚至跟 Y 轴重合了,它完全是个人的,我们就没办法懂。个人风格就是你的身体对外部世界的反应,你看到了什么、听到了什么、闻到了什么、触摸到了什么,在语言中体现出来,就形成了个人风格。现在中小学生出去春游,到香山看红叶,回来写出作文都是一样的:一大早,我们坐上车，到了香山，香山鸟语花香，春光明媚，然后太阳快下山了，我们回到家，今天真是有意义的一天！作文千篇一律，问题出在哪里？他没有认真去看、去听，就不可能有个人风格。这些孩子春游回来以后，写的不是自己真实的见闻，而是写一次集体行动，这个集体行动年年都在重复，从孩子们的爷爷到爸爸妈妈，再到今天，都是"今天真是有意义的一天"，他们并没有真正忠实于所见所闻，或者说没有在个人风格这个层面上下功夫。

横坐标是语言结构，纵坐标是个人风格，中间最标准的那条平分线，我标示的是"写作"。它是对语言的公共性和作家的个人风格处理得比较好的情况，是一种理想状态，实际上就是儒家追求的中庸、中和之美。我们的实际创作不可能出现这样标准的情况。文学创作使用语言，要最大限度地发挥个人风格，同时又要让别人懂。懂不懂是个问题，今天不懂，也许明天就懂了。朦胧诗出现的时候所有人都说不懂，但是到了今天，读懂朦胧诗一点问题都没有，我们反而会认为，朦胧诗还不够个性。"黑夜给了我黑色的眼睛"，我可以用他眨巴眼，可以用他闭眼睡觉。你说"寻找光明"，其实是把你个人的眼睛变成了公共的眼睛，变成大家的眼睛、时代社会的眼睛，而我不愿意，我就要单独的、个人的眼睛，我感到此时此刻我的眼皮非常沉重，我就要睡觉了，眼前一片黑暗。眼睛的功能有很多很多，可以抛媚眼，可以瞪眼吓唬你，为什么你只用来"寻找光明"呢？太单一了！

一般来说，好的文学创作偏向个人风格，它不能完全服从于可理解性。我说一句话，用日常交际的语言，说给自己家人听，那么首要的就是可理解性。对文学创作来说就不仅如此，它要超出语言的使用功能。比如我说："把杯子拿过来！"你听懂了，马上就拿过来，当我用"西皮流水"声腔来唱："把杯子拿过来……"，你会拿过来吗？你不会拿，你会去分辨那个唱腔和声音，会觉得很好听，你的注意力不再是这几个字的"所指"，而是集中在它的"能指"

上。古人说"诗言志""在心为志，发言为诗"，但是，一般的语言并不是诗，所以"言之不足，故嗟叹之；嗟叹之不足，故咏歌之"，说一般的话不能够表达我内心的情感，我要感叹，要唱，要变着花样地表达，这是诗学里面最基本的东西。文学创作怎样使用语言，在语言结构的公共性、可理解性和个人风格这个坐标系之中，有很多很多种选择，而我们强调文学创作的语言在满足可理解性的情况下，尽量偏向个人风格。偏向的底线就是你不能和 Y 轴完全重合，重合了别人就看不懂。有人说不懂没关系，再过五年十年就懂了。朦胧诗我们现在懂了，咒语我们将来也可能会懂，但鸟语我们还是不懂，其他语言我们还是不可能懂，它一定是有界限的。所以要在照顾可理解性的前提下才能尽量偏向个人风格。

刚才讲到，语言的个人风格，就是一个人的感官对外部世界的反应，以及用语言对这些独特反应的一种描述。这里所说的文学的语言，并不是狭义的汉语词汇，它的内涵非常丰富，既涉及历史的延续性问题和空间的多样性问题，又与我们的内在生命密切相关。那么作家的目标，就是让他所使用的语言构成一个独一无二的具有自足价值的世界。我们说"同一个世界，同一个梦想"，这是社会政治的术语，而在文学里边，面对同一个世界，每个作家都应该是不一样的。世界上没有完全相同的东西，如果每一个作家都认真地去观察它、感受它、忠实于它，文学也就不可能重复。五十个作家创造出五十个文学世界，都跟我们这个世界的本质相通。我们身处的世界本质就是多样的，瞬息万变的，"一个人不可能两次踏进同一条河流"。作家总想捕捉到这种变化，把他所知道的、所想象的东西建构成一个世界，呈现给别人。所以说语言怎么使用，看起来好像是一个技术问题，实际上是语言跟世界本原和生命本原的关系问题，是文学的本原问题。

我们一开始写作，就要有语言意识，既了解语言的公共性，又尽可能满足个人风格，在这两者之间进行权衡。权衡的结果，直线是最理想的状态，但实际上不可能是直线，往往是曲线，也有可能是一团乱麻。比如我们要讲一个梦，它的内容非常混乱，我们要把它呈现出来，讲给别人听，让别人理解，就非常困难。我们可能需要把那一团乱麻拉直，理出一条一条的线索来把它讲明白，这时候你内心是非常纠结的，因为它太复杂了，有很多丰富的、不确定的东西是讲不出来的，在强行"拉直"的过程中，复杂性和多样性被减弱了。一般人说我昨天晚上做了一个梦，我很怕，是不是有什么征兆，他会去解梦，作家则知道梦所包含的信息太复杂了，没办法条分缕析，所以他们会尽力把梦的内容叙述出来，语言更贴近梦本身，而不仅仅是把梦拉直。好的作家的语言，一定能够抵达并且呈现人性内部最复杂的东西，这就是语言能力。

语言是人们进入文学作品的第一座桥梁，因此显得格外重要。编辑筛选稿子，首先就是看语言。杂志社每天面对堆积如山的稿件，编辑当然不可能每一篇都细细地读，他就先看你的语言，根据语言来筛选。一个优秀的责任编辑一定是有极端丰富的阅读经验，有超出常人的敏感性，他一看你的语言，就能大致判断这篇小说的水准，是不是值得看。过了语言这一关，编辑才会进一步关注到你的小说的细节、情节和结构，最后回过头来，他会去想，作者为什么讲这个故事？这个故事有意义吗，或者说，读者为什么要看这个故事呢？想到意义问题的时候，他就会给你送审，送到编辑部主任那里去，大家开会讨论。我的意思就是说，语言是一个开头，它至关重要，但文学创作还不仅仅是语言问题。

下面我们讲细节，这是小说的第二个基本要素。

三、小说与细节

细节是什么？就是感官对外部世界的反应。世界如此丰富多样，你感受、捕捉、描写什么呢？取决于你对什么东西着迷，也显示了你的趣味。比如一个人在大街上行走，他的眼睛看到什么，他的耳朵听到什么？他的关注点落在什么东西上？这就产生了细节，是我作为读者或者编辑非常注重的内容。人在大街上走，左边有流浪艺人在弹吉他唱歌，右边是两条狗打架，你选择什么来写？短篇小说一万字，你花了三千字写狗打架，也许你的细节描写能力很强，你写狗打架写得很逼真、很细致，可是人家会问，你只写这样的细节是什么意思呢？你对狗的细节很敏感，对人不敏感，这就是你的趣味。

作家跟普通人不一样的地方就在于，他的感官非常敏感，能够发现别人发现不了的问题，当然不是说他的眼睛、鼻子、耳朵的功能比别人好，而是他的注意力，他会注意那些东西。一个老板每天都很着急，他走在街上肯定是匆匆忙忙的，边走边在心里在算账，你说他会关注周围的细节吗？他只关注他那个公司里面的事情。而作家关心这个世界，关心一切，不只关心钱，也不只关心单位里明天谁能提干。他看到世界上所有的东西都是亲切的，这是他面对世界的态度。

在"五四"新文学运动中，有个口号叫"个性解放"，"解放"这两个字的意思就是，让你的五官恢复它们的初始功能。我们长耳朵是为了听见世界上所有的声音，不是为爸爸妈妈和某个家族长的，不是为领导长的。我用耳朵听到这个世界，用眼睛看到世界的丰富多样的色彩，用鼻子闻到世界上所有芳香的味道，听到了、看到了、闻到了，然后想到了，这就是"解放"。只有感官复活了，我们才感受到禁锢。"五四"时期那批作家为什么要反对封建时代的文化呢？因为在"五四"时期，人的感官被那些强大的文化的东西给压住了，基本上丧失了应有的功能，听不到看不到也闻不到。文学创作的细节就是要反抗这种功能的丧失，恢复人对外部世界的反应，对世界的惊奇能力，像儿童那样。

作家在细节面前会感到惊奇,他跟普通人的反应不同。我举个例子。有一部非常著名的电影叫《上帝也疯狂》,讲的是非洲原始部落里的故事。电影开头,第一个场景就是从天上掉下来一只玻璃瓶,这就是一个细节。玻璃瓶掉下来了,如果是我们,会有什么反应呢?我们会说,是谁在砸我啊?然后捡个石头砸回去。或者我们会认出,这是装可乐的瓶子,我们会纳闷,这个地方哪来的可乐瓶呢?非洲部落的人跟我们不一样,他们看见玻璃瓶掉下来,第一反应是"惊奇",由惊奇而惊喜。他们先是"噢"地惊叫一声,接着开始围着玻璃瓶跳舞。围着玻璃瓶跳舞这个场景给我留下的印象太深了。这种对陌生事物和世界的惊奇,包含着诗的精神。有时候我们会说,我写不了诗歌,为什么写不了?因为你对外部世界没有惊奇,没有惊喜。原始人对玻璃瓶的第一反应是诗的,然后才是社会学的。大家觉得这个玻璃瓶子可以用,可以做乐器,可以做玩具,可以做容器,可以做工具,后来大家争夺玻璃瓶的使用权,争得打破头,它又变成武器。最后,一个原始人拎着玻璃瓶说,我们不要它了,让它回到天上去吧。他就一直走,往天边走,要把这个玻璃瓶扔离我们的地球。这个反应也是诗歌的。如果是物理学家,他肯定知道,地球引力太大了,普通人是不可能把玻璃瓶扔出地球的。原始人不知道,他就想着要走到天边去,要扔出地球,中间经历了很纠结的过程,最后扔到了悬崖下面,玻璃瓶不见了。将玻璃瓶变成:玩具、乐器、容器、工具、武器,直至它的诗性精神消失而产生了悲剧效果,是文明演变史,也是诗性消亡史。

我们说原始人对世界的第一反应是诗的反应,所谓"诗的反应",实际上就是一种"婴儿"状态,是婴儿那样天真的状态,赤子童心。在婴儿眼里,这个世界太多样了,剥离了所有的功利主义。好的文学和艺术作品,当然可以容纳大量社会、政治、经济的内容,但无论它是社会的政治的还是经济的,它的心都应该是诗的。比如《好兵帅克》,写一个兵在第一次世界大战中的遭遇,里边包含了太多的社会历史内容，但这部小说的心是赤子的，是诗的。《红楼梦》也是这样。诗心是世界和文学最内部的东西。这里说的"诗"是广义的，不是指狭义的诗歌，像鲁迅评价《史记》所说的，"无韵之离骚"，连史书都可以是诗。只要有诗心、诗性，小说同样是诗，尤其是短篇小说。长篇小说更接近历史，短篇小说则是最接近诗的一种体裁，它本质上就是诗。作家和诗人应该是诗的，他才可能在别人习焉不察的地方发现丰富多样的内容，才可能写出饱满的细节。有时候我们感觉没什么东西可写，为什么呢？这个世界丰富多彩，你为什么没的写？你睁开眼睛了没有？你的眼睛好像是明亮的，其实是盲的，你对世界没有反应。所以说，通过作品的细节，我们可以看出一个作者是否真的对世界有发现、有反应。

　　细节呈现出来的是文学作品诗性的部分，它最能够体现一个文本所承载的文学性。文学性是什么？就是文学之所以为文学的那个东西。这话好像等于没说。数学系的人说，你们文学系的人说话我们永远听不懂，"文学之所以为文学的东西"，那是什么？他希望你给出一个定义，但我们没有，我们只能描述：文学性就是对文学来说，无法被取代的那个东西。前面我们其实一直在讲这个，文学里面无法被取代的，那就是"诗"。道德可以替代它吗？经济可以替代它吗？郭敬明挣钱，但我要告诉你们，马云比你挣得还多，你跟我们谈发行量、点击率，那也有意义，但那是钱的规则，不是文学的规则。惟一可能替代"诗"的就是儿童的游戏，但儿童游戏不是自觉的行为，也没有通过语言呈现出来。如果儿童长大了，依然怀着赤子童心，再通过语言把它呈现出来，那就是文学。

　　讲到这里，我们说文学呈现世界，第一个层面是语言，第二个层面是细节。语言是我们使用的材料，又不仅仅是材料，它与历史社会观念的形成有关，也与我们的生命本身有关。细节就是通过语言的运用，来呈现耳朵、眼睛、鼻子、手和心思共同见到的这个世界。语言是抽象的，非常难以捕捉，细节开始有了具体的形象，但也不容易捕捉，因为单个的细节没有走向。比如，举起手来，这就是一个细节，你不知道举起手来干什么。它可以有无数种走向，有可能是鼓掌，有可能是打人，也有可能就是随便挥一下手没有目标，都不确定，因为单是举起手来这个动作它不构成情节，没有指向性。应该说，细节是很重要的，但仅仅有细节也不够。我们讨论细节，讲的是文学作品的"心"，是人的感官对外部世界的反应，对于小说叙事来说，它的功能还不完全。所以接下来我们要谈谈情节。

四、小说与情节

情节有一个古老的定义，是古希腊文艺理论家亚里士多德提出来的，他说悲剧"是对一个严肃、完整、有一定长度的行动的模仿"。对人的行动的模仿，就是情节。刚才讲到细节是感官对外部世界的反应，这种反应是静态的，而情节是动态的，你要把一件事完成，要发出一个动作。细节没有走向，而情节在每个点上都有无数种走向，有无数条线索可以继续往前走，任何两条线索都不是平行线，也不会相交，你选择了这条就必须放弃那条，它们都是不归路。也许你顺着其中一条线索写过去，前面五千字还不错，后面就开始不对了，进行不下去了，那就是因为你在那一点上选择的走向有问题，你得把后面的删掉，退回起点重新开始。所以情节的设置总是有无数种可能性，同时也隐含着风险，在这个意义上看，叙事就是一种冒险！

一篇小说不可能全是细节，全是细节没有情节可能是抒情散文，散文可以写人的行动，可以有完整的情节，也可以没有，可以只发感叹。诗歌更可以没有情节，我看见了一望无边的草地，看见了白云蓝天，看见了河水往前流淌，我发出"啊……"的一声感叹，这就没有情节，就是一种心理活动，或者是情绪，这是抒情文学。叙事文学要对行动进行模仿，就要有情节。那么情节是怎么展开的？从情节展开模式的层面来说，我们可以把它描述为叙事动力、叙事阻力和叙事目的：一个行为具备了动力，发出了，然后遇到矛盾的、不和谐的因素，最后克服了这个矛盾，解决了问题，达到目的，终于稳定下来。这就是情节展开的最基本的模式。

叙事动力推动情节向前发展，如果说没有跟它相应的阻力，小熊找妈妈，一过河就找到了，那也不叫故事，更构不成小说。好的故事一定要有很多阻力，重要的是那个克服阻力的过程，所以叙事阻力不可以是绝对的，如果绝对无解，情节也没办法展开。精明的小说家一定是非常善于设置叙事动力和阻力的，比如曹雪芹写《红楼梦》，宝玉爱上林妹妹了，要与她结合，这是动力，中间经历的一切都是阻力，整个《红楼梦》就是写阻力，一会儿让林妹妹生气，一会儿让林妹妹生病，一会儿宝姐姐光彩照人，一会儿是朝廷抄家，一会儿又觉得人生没意义了要出家，等等，各种各样的阻力让他不能轻易地完成叙事目标。从更大的结构上来讲，女娲补天剩下的顽石，被废弃了，没有意义了，他要只是绝望，终日哭号，那就慢慢哭去，构不成小说。曹雪芹给了他一个动力，他要到红尘去走一遭，到"花柳繁华地，温柔富贵乡"去。他觉得那个地方太好玩了，他要去，空空道人说，你不要去。实际上空空道人的意思就是说，你不要写小说，不要把经验展开，要浓缩，写诗就行了。顽石说，不，我就要去走一遭，那么好，你自己选择要去，我就让你去，去了以后完事之后你再回来。宝玉出家实际上就是回家了，最后还是回来了。在这中间，整部小说的叙事其实就是他要了却一段风流债，不管是木石前缘还是金玉良缘，要跟另外的个体了却这段缘分，这是叙事动力，他不断遇到阻力，最后没有办法了，还是回去吧，回青埂峰去，变成一块无情的石头。

设置叙事动力和叙事阻力，是小说情节展开最基本的模式。如果不会设置阻力，或者找不到克服阻力的办法，情节就展开不了，这是阻力的作用。动力也非常重要，一篇小说动力的设置应该是很高妙的东西。比如说你写一篇小说，写你想当科长，很多人不让你当，办公室政治搞来搞去，有送礼的，吵架的，搞阴谋诡计的，最后终于当上了科长，这也符合叙事动力、叙事阻力、叙事目标的基本模式，但有意义吗？我们觉得这篇小说没什么意思，它的动力仅仅是要"得到"，它在"得失""成败"这样一个庸俗的生活逻辑里面转圈。这个东西我比你更懂，我为什么要看你的小说，我看我生活里面的那些事就够了。所以说，叙事动力的设置是决定小说品质的一个非常重要的因素。高妙的叙事动力应该涉及人生的重大问题，探讨人生的意义。我这块青埂峰下的顽石已经不在红尘之中，不在六界之内了，红尘那么有吸引力，我要去体会一番，真的去了，最后我们发现《红楼梦》里边的东西实际上是对红尘的否定。这里包含着"释道儒"的玄妙，有"大道"在里面，叙事动力设置高妙，它解决人生、生命的重大问题，而不仅是庸俗生活逻辑里的成败得失。成败得失，其实就是消耗和补给，消化完了饿了再吃，困了睡醒了然后又困，得到了失去了再得到再失去，这些都是世俗逻辑内部的东西，它的意义是有限的（俄国理论家巴赫金称之为"死亡逻辑"）。它可以进入小说，但要完全依托这个东西来结构一个小说，就太局限了。对现代小说来讲，叙事动力设置在对世界和人生的"谜"的疑问上，是比较好的。文学之所以不能被其他东西所替代，就是因为它对没有答案的"谜"一样的世界感兴趣。有答案的东西我们交给数学、物理、政治学、社会学去处理，文学关注的是人性或情感之"谜"等复杂而微妙的东西。作家之所以成为作家，是因为他对复杂的东西着迷，小说之所以成为小说，是因为它有一个猜谜、解谜的叙事动力。

再举个例子，我要写小说，写一个人在街上走，他看着这个世界，看见许多行人，许多事物。他走到拐弯的地方，立交桥底下，发现有个人坐在那里，是什么人呢？比较一般的小说可能会写那是个卖红薯的人，一个底层的劳动者，或者是个沿街乞讨的老太太，她很可怜很辛苦。"朱门酒肉臭，路有冻死骨"的话题当然值得关注，但它对文学创作而言，尤其对现代小说来讲，是不够的。这是个伦理的、政治的话题，社会分配不公，从古到今，早就有人写过了，你为什么还要写？你发现了别人没有发现的东西吗？你对别人已经发现的东西有什么不同的看法吗？这是你可以写的。比如你发现立交桥底下坐着一个漂亮的女孩，她在干什么你不知道，那你首先要描写她。描写女孩有很多种写法，其中一种是我遇见一位"丁香一样的姑娘"，那你到底是写姑娘还是写丁香呢？你爱一个姑娘，可你非要把她变成丁香，那你是爱上丁香还是爱这个姑娘呢？你去跟丁香谈恋爱得了。所以最好的写法就是直接面对这个女孩，写她的眉毛是什么样的，鼻子、嘴唇、"她的眼神里孕育着风暴"。她的辫子松散了，垂到肩膀上，她的衣襟在风中瑟瑟作响，这就是我前面讲到的，细节要具体，落实到一个具体的对象上去。这时你突然发现她的眼神里并不孕育着风暴，而是空无，她的眼神里什么都没有。凭经验我以为可以通过她的眼神判断出这个女孩是什么样的人、她出了什么问题、开心还是不开心，但我发现她的眼神是空的，我什么也读不出来，这不就是谜吗？我对这个"谜"感兴趣，我首先把这个人还原为一个"零"，然后再去破解这个空无。她到底想干什么？是在等人，还是走累了歇一会儿，还是无聊，还是对生活失去信心想自杀，一切都不确定。其实就算像我们刚才说的，写一个要饭的底层人，后面会发生什么我们也不确定，它可能比19世纪现实主义文学中描写的情形要复杂多了，也许你看到一个乞讨的人，觉得他太可怜了，扔钱给他，结果你刚走，他转身就打电话给同伙说：赶紧到这儿来，这里人傻钱多！这都是不确定的，都是谜。对世界之谜的兴趣，让我们"耽搁"在世俗逻辑的中途，这是文学最有魅力的地方。

有一次我在某大学演讲，主办方要求每位专家用五分钟时间，用比较通俗的语言介绍自己的专业，因为在座的研究生来自不同的专业，文史哲数理化天地生等等，各专业都有。我说，从我们这个学校的南门走到北门，不同的人有不同的方法。第一个人以为他能最快抵达，因为他知道两点之间直线最短，所以他按照直线走，结果撞到墙上，掉到湖里面去了，这个人是数学系的。第二个人呢，他也知道两点之间直线的距离最短，但他知道走直线并不总是可行的，他知道该怎么衡量，怎么用最小的投入获得最大的回报，所以他是第一个到达的，这是经济系的。最后还有一个人，他走着走着，看到桃花这么美，停下来拍个照，看到两个人谈恋爱，真好，然后他又看到这个湖很漂亮，他对每个地方都感兴趣，每样东西都要看看，结果所有人都走到了北门，只有他还没到，他迷路了。这就是文学系的。这就是文学，它耽搁在中途，耽搁在这个世界上，耽搁在细节之中，他是审美的。所以叙事阻力既是一个具体的技术和方法问题，同时也是一种文学精神的体现。不断地设置阻力，也就是说你对这个世界的各种细节都有兴趣。

回到前面的例子上。克服了叙事阻力，当你终于抵达这个姑娘的时候，你了解到真实情况，她到底是在休息还是等人，还是无所事事，还是饿了，还是失恋了，对文学来说，这些又有什么关系呢？结果已经不重要了。一个目光空无的女孩子站在这个地方，最有意义的是你对她的关注，以及你解谜的过程，你如何抵达她。

写小说不是破案，抓住了凶手，在社会治安上有意义，在行政学习上有意义，对文学来说就不一定有意义。为什么我们把柯南·道尔放在通俗文学里，而把爱伦·坡放到精英文学里面去呢？他们都写侦探小说，柯南·道尔是以侦破案件为叙事目标的，警察对他的兴趣比文学阅读者更大，警察读了还会笑他，哪有这样破案的。所以说他是警察的方式，不是文学的方式。爱伦·坡上来就把结果告诉你，某某是凶手。你已经知道结果了，还有兴趣看吗？作为文学的读者，我们还是愿意看。A已经把B杀了，这个小说才开始，那么我们在读的时候，关注的就不是谁杀了谁这个结果，而是关注情节和细节铺开的过程。

怎么设置叙事动力和阻力，并没有一个固定的套路，没有绝对的规范，而是你的心要到位，要遵从自己的心意不断去探索，文学就是这样。你要关注世界之谜，从中生发出跟我们的生命、价值、意义相关的重要问题，把它们隐藏在小说里面，不可以直接议论，而是通过叙事阻力的设置以及克服阻力铺开情节的过程，来展现你写作的意图。让叙事耽搁在中途，最终抵达了叙事目标，也许倒不如中间的过程重要。

我们可以通过一部电影来学习怎么叙事。这是一部反映"二战"时代生活的电影，电影名字我忘记了。电影讲的是一位绅士的儿女要结婚，绅士把请柬都发出去了，请城里面的要人和亲戚朋友来参加婚礼。到了定好的日子，正要举行婚礼的时候，敌人的飞机来了，开始扔炸弹。那么很抱歉，今天的婚礼不能举行了，具体时间我们改日再通知。飞机轰炸使婚礼耽搁下来。过了一段时间，重新发请柬，请大家来，可是又发生了什么事情，又耽搁。整个电影的情节就是婚礼不断被组织又不断被阻止，通过对这个受阻的过程的设置，整个二战史全部融到了电影里面，融到这两个小时之内。所以说这部电影虽然时间不长，但具有了史诗的性质。史诗并不一定就是要从什么年代写起，一路写到什么年代，写一百年，这种结构方式是古老的19世纪的方式，像托尔斯泰写《战争与和平》的那种写法，我们现在并不主张这样。要通过巧妙地设置叙事动力和阻力来结构一部作品，动作怎么发出，怎么抵达，怎么受阻，怎么克服阻力，由此把历史的信息带进去。这种最基本的情节展开模式，在寻找"金羊毛"的故事里面就有，在《伊利亚特》等等的史诗里面都有，它看似简单，实际上是非常精妙的，能够承载广博的人性和社会历史内容。

五、小说与结构

最后要讲的是叙事结构。关于结构的问题，我们在讲前面三个要素的时候，其实已经不同程度地涉及过，它们都是相关联的，共同构成小说这个整体。叙事结构有两层意思，第一是"情节或布局结构"，第二是"意义或总体结构"。我们先来讲情节布局结构。它指的是小说叙事先讲什么后讲什么，哪儿多讲哪儿少讲，是一个狭义的结构概念。小说先讲什么后讲什么是有讲究的，不能平铺直叙。我们来看结构图。

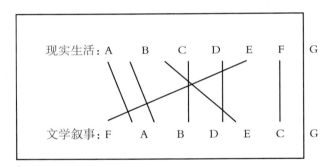

现实生活里边，我们动作的顺序是ABCDEFG，但是在文学的讲述中，你可以打乱这个次序，重新来结构叙事。我们在中学写作文的时候就讲插叙和倒叙，比如说我从南门出去，往经贸大学走，在立交桥下面看见那个女孩子，我吃了一惊，她怎么这么面熟，她是我高中时的恋人，通过联想，高中时期的生活片段自然而然就插进来了。它打乱了ABCD的时间结构，从现实生活的结构变成叙事的情节结构。在叙事里面，你可以自由地进行调整，先讲这个后讲那个，把已经发生完的事情拿到前面来讲，都是可以的。

怎样安排才最合理？第一，没有标准答案，对每个人来说不一样，甚至应该说怎么写都可以。第二，这就要靠你的阅读经验和创作经验。你要读遍世界文学的名著，你知道海明威是怎么设置的，你知道契诃夫是怎么设置的，你知道托尔斯泰怎么设置，你还知道鲁迅怎么设置，然后你可以模仿，也可以自己另搞一套。你要去摸索和调整，感觉怎么样讲得顺畅就怎么讲，而不要像写新闻稿一样，按照现实的顺序记流水账。完全顺着来是不行的，容易让人厌倦，而且文本的容量很小。你打乱叙事的节奏，把时间颠倒过来，插叙一下，倒叙一下，它就可能产生许许多多的奇异。奇异对文学而言是好东西，它会生发出更多的意义。所以说结构设置是非常技术性的问题，靠每一个具体的写作者在写作的实践之中去摸索，找到自己喜欢的方式，或者说，为每一篇不同的小说找到适合它们的叙事模式。我跟我们学校里创作方向的研究生说，写作有时候没什么道理，多写就是道理，写得多了自然而然就成了。

布局结构第一是先写什么、后写什么，第二就是哪儿多写、哪儿少写。在最能够表现你的小说主题的地方要多讲，扯闲话不能太多，但是闲话也很重要。小说叙事如果没有闲话，我们会说它的叙事目标过于明确了，叙事太干巴，文本内部不丰富。就像你从南门出去，去对外经贸大学，你要破解人生之谜，你只顾一路往前走，撞在车上了都不知道。半路有人跟你打招呼，问你去哪啊，你不上课了吗？你说，噢，我要去一趟对外经贸大学。你会停下来跟他聊一会儿天，说我们山东最近发生了什么事，你知道吗？对方很好奇，你讲一讲，最后你告诉他说，对不起，我们今天就聊到这儿吧，我现在有事要走了，再见。然后你再往前走。这不是很正常吗？结果你非要跟人家说，别跟我聊天，我现在要去破解人生之谜，要到对外经贸大学去。那就显得很古板。这里需要有闲笔，但不能太多，否则我们就搞不清楚这个小说到底要写什么了。

闲笔不能太多，必须保持叙事的流畅性，到你最感兴趣的地方去。比如立交桥底下，那是一个"意象丛生的地带"，一个拐角，俄国理论家巴赫金叫它"危机地带"。巴赫金是对小说内行的人，他说那些立交桥底下，拐角的地方，路灯照不到的地方，也就是"意象丛生的地带""危机地带"，就是小说的生长点。在这些地方你可以多写，这些地方是富有意义的。什么地方多写，什么地方少写，基本原则就是既要指向小说的叙事目标，又要兼顾丰富多样性。究竟怎么样做到合适呢？还是要靠创作经验。你说莫言在写作的时候还会去想这个事情吗？他不会了，他张嘴就来。他离开了主题，过一会儿又回到主题上来，然后他再跑出去，再回来。他已经完全挥洒自如，根本用不着刻意地去想。他的思维方式就是小说家的思维方式，他知道什么样的东西是丰富多样的，什么样的东西是目标明确的，他能处理好这两者的关系。这不是来自理论，而是来自于创作实践，时间长了，写得多，自己摸索出来。摸索到什么程度？你要能够很好地把握叙事节奏，让人读起来感觉舒服，当我们觉得你的叙事越来越干枯的时候，突然从旁边插进一个事情来，离开了主线，然后回来，再继续往前走。这种对叙事节奏和结构的把握，基本原则是有的，但没有标准答案，一定要靠你长期不断地写，不断地摸索。

接下来讲广义的结构，也就是叙事的总体结构或者意义结构。为什么要特地讲呢？因为很多小说创作者对这个问题关注不够，导致我们今天的读者读一部长篇小说，读完了以后不知道为什么要读。你没有给读者一个阅读你的理由。五十万字的长篇小说，花一到两个礼拜时间才能够读完，你说你写了一个哥哥和几个妹妹的爱情故事，那要你写干什么，曹雪芹写得不是蛮好吗？或者你写一个人要为父亲复仇，复仇还是不复仇，犹豫不决，那也不一定要你写，莎士比亚写得不比你好吗？我平时有很多时间在阅读当代的作品，我经常会发出这样的感叹：我为什么要花时间读你啊？难道为了向你证明我是当代文学专家吗？其实我无所谓，我在学校里讲课也不一定整天讲当代文学，我可以讲现代作家、讲《红楼梦》、讲俄罗斯小说。我之所以要去了解正在发生的事情，要看当代的作品，是因为我有期待，我期待在我阅读的许多小说里面出现一部我不曾看到过的小说，不仅仅是语言、情节、细节、布局各方面都很好，更重要的是，它能够触动我，甚至解决了一些我很困惑的问题，这就是比较高的要求了。

我们说近一百年来中国文学没出现大作品，这在文学史的长河里面当然不算什么问题，一百年只出一个鲁迅那太正常了，晚清也就一部《红楼梦》，其他全被"等等"给省略掉了。然而我们总还是有期待的，期待当下能够出现大作家，出现时代标志性的大作品。一个时代过去之后，人也死了，文物也找不着了，我们怎么了解历史和历史中的人性呢？就是通过文学作品：诗经楚辞，唐诗宋词，《金瓶梅》《三言二拍》《红楼梦》。当你基本解决了写作技术问题的时候，更高的要求就会凸显出来了。到那时候你最大的问题是什么？就是你自己都不知道为什么还要写下去。

这里面涉及我们现在要谈的叙事总体结构，"叙事总体性"问题，是一个哲学问题，很抽象，我们把它具体化，举几部大家都非常熟悉的作品来解释这个概念。《三国演义》的叙事布局结构很好，花开两朵各表一枝，囊括了很多复杂的内容。这个小说的总体结构是什么？我们能够用一句话把它概括出来，就是三兄弟打架的结构。为什么叫"三兄弟"呢？因为中国传统社会的结构是家国合一的，家族的结构和国家的结构是一体的，在家里面要孝，对皇上要忠，在江湖上兄弟之间要义，这些东西无论在家庭里面还是在国家层面，对君臣、父子、夫妻都适用，它是一个高度整一的结构。家国的结构是中国传统社会的超稳定结构，而《三国演义》首先肯定了这个结构：汉献帝还在，魏蜀吴打架是可以的，但是不可以否定皇帝，社会的根基不可以动。所以曹操打赢了也不敢当皇帝，不敢否定这个家国合一的结构。在这个前提之下，《三国演义》讲述了汉下面三个所谓的"国"之间的争夺，因为家国结构没有破，所以下面再怎么分也还是兄弟，还是在传统封建社会"家国结构"的稳定性、完整性的前提下进行争斗。

接下来，《水浒传》是儿子造老子反的结构。家国合一的整体性的东西依然没有动摇，只不过那个儿子说你怎么总喜欢他不喜欢我，你老让他当厅长我当处长，我不干了，拉一拨人自己玩去了。这时候老子说，回来回来，你不是要当厅长吗，好吧就让你当，于是宋江来了，当了厅长，最后，造反的儿子全部被干掉了。儿子离家出走造反，就是这么一个总体结构。这些东西中国人一看都懂，觉得很有意思，里边有反常的东西，也有正常的东西，正常的东西就是家国合一的总体社会结构，这是不变的，反常的东西就是打架造反。

再继续，我本来要讲《红楼梦》，但是我在中间插进一个更反常的东西，就是《金瓶梅》。《金瓶梅》里面不存在"家国结构"这个东西，故事的核心是"家庭"。家庭的意义跟家族的意义完全不一样，在家族文化里面，个人的欲望、个人的诉求是不重要的，重要的是整个家族的和平稳定繁荣，所有个人欲望都要让步于家族的总体利益。可是西门庆一出场就父母双亡，整个故事以他一个人为中心展开，《金瓶梅》的总体结构就是欲望化的"家庭结构"。家庭结构支撑的是"欲望"，它有好多个层面，比如子孙繁衍、金钱、性欲，全部是《金瓶梅》展开的基本要素。这是带有一定现代意义的家庭的故事，也就是一个"欲望故事"，西门庆有药铺，有房产，有很多女人，他满足了封建社会晚期中国男人的最高理想，既当皇帝又当嫖客。西门庆先挣钱，在城市里边他是商人，挣完钱以后搞女人，娶到家里来，然后在家里办宴会的时候，他就模仿皇帝上朝的座次，自己坐中间，妻妾都在两边排着。同时他又是嫖客，离开家庭的场景，他就到李桂姐那里去嫖，最后他烦了，干脆把妓女全部请到家里来。西门庆随时可以做皇帝又随时可以做嫖客，《金瓶梅》就是这么一个故事。

这个对"欲望"的叙述，在中国传统文化里边太突兀了，完全不符合传统文化的精神，所以它一直是禁书，到今天也属于"准禁书"，就是说里边的绝大部分内容可以看，但是有一部分不要看，性描写不要看，一万多字被删掉了。那么为什么会出现《金瓶梅》？因为晚明时代中国社会的城市化进程太快了，城市太发达了。城市文化兴起也标志着商人阶层的兴起，标志着社会政治经济化，那在世界上是很前沿的。传教士到中国来，太吃惊了，原来世界上还有这么伟大的城市，像南京、北京。《金瓶梅》反映了中国社会城市化转型过程中的家庭生活，它的意义非常大，我们要了解晚明文化，除了一些野史之外，《金瓶梅》是必须看的。《金瓶梅》呈现了一个以欲望为核心、将欲望作为叙事基本动力的小说结构，是特例。

现在我们回过头来，沿着《三国演义》《水浒传》这条线继续往下走，到了《红楼梦》，家国结构又出现了。除了最外层的神话结构，《红楼梦》的整个内部叙事就是家族崩溃的结构。它的进步意义在于跟"三国"和"水浒"相比，"三国"和"水浒"不否定"家国结构"，仅仅是反常化，造反打架，而《红楼梦》通过它的叙事，彻底摧毁了中国封建社会的"家国合一"结构的合理性，它的表征就是家族崩溃。我们可以形象化地描述：《红楼梦》像一根巨大的柱子，辉煌豪华，树立在你面前，可你越看它，越觉得内心里隐隐约约有种不安，你知道危机已经出现了。你会发现，《红楼梦》的整个叙事就像白蚁在柱子里面掏，最后柱子还在，里面却被掏空了，只要有一点风吹过来，它就会倒塌。《红楼梦》的结束就是家族的结束，死的死、亡的亡，宝玉出走，结构解体。

明清长篇小说跟家国总体结构密切相关，一直到"五四"时期，很多长篇小说还是这样。其中最典型的就是巴金的《家》，它的结构也是否定家族的，写高老太爷跟他的孙子辈，"觉"字辈（觉新、觉慧、觉民）两辈人之间的矛盾，十六到十八岁的高中生全部离家出走，否定家族。但这里有一个疑问：高家日常生活的主导者，也就是高家的经济支柱，是"克"字辈（克明、克安、克定），他们是这个家里的主人，可是小说没有写。实际上"克"字辈的这几个人，在外边都有小公馆（家庭），他们一只脚踩在以高老太爷为象征的家族里面，另一只脚踩在家庭里面。他们有家庭生活，这其实是非常值得写的东西，但是巴金没有展开谈，没有写到现代家庭的萌芽。张爱玲大量地写这个，像《半生缘》之类的小说，写作为经济支柱的那辈人，写他们怎么样在外边的小公馆里生活，这就是现代家庭的雏形。还有路翎的一部小说叫《财主的儿女们》，写蒋家，跟高家不一样，高家是封建地主，蒋家是城市的资产者兼地主。蒋家那个家族的崩溃，也跟高家不一样，高家是十六到十八岁的孩子离家出走，而蒋家是疯狂，蒋家的儿子全部神经病了，只有老三蒋纯祖没有疯，他离家出走了。蒋纯祖跟高觉慧一样，离家出走，去了哪里呢？当然是走上革命道路。贾府崩溃了、高家崩溃了、蒋家崩溃了以后，年轻的一代有两种可能：家族崩溃，家庭兴起，这是第一种可能，"五四"文学基本把这条线索省略掉了，除了张爱玲写过一些，其他人一般都不去写它。另外一条线索就是年轻一代离家出走，到别的地方去了，去革命，现代文学一直到 40 年代都在写这个东西。那么多离家出走的年轻人参加革命，到了 50 年代不再打游击了，他们怎么办？按道理说应该回到家庭里面来，可是你看建国初期那些长篇小说，基本上是两类，一类写怎么样地离家出走、怎么样地战斗，战争题材。还有一类是"重建家族"的小说，比如赵树理的《三里湾》，就是把所有在家庭里面生活的人赶进一个"新家"：合作社、人民公社。它的叙事就是把三里湾的人全部加入合作社，牛、犁、地契全部上缴给新家。一直到《艳阳天》《金光大道》，都是要重建"新家族"。20 世纪 70 年代末以来，人们的思维终于回到现代家庭的意义上来。我们开始写现代意义上普通的日常生活，它的依托是什么？应该是家庭。可是 80 年代的小说叙事，还没有回到家庭里来，它主要写那一群被禁锢的人是怎么觉醒的，写"我"，而不是写家庭，以"我"为中心结构叙事。这个"我"，前面已经讲到了，就是人的感官的解放，把人恢复到感官觉醒的层面上去。

通过对小说的描述，从明清古典小说一直梳理到今天的小说，实际上我们谈论的就是总体结构的问题。长篇叙事文学除了语言、细节、情节和布局结构的设置之外，背后还需要有历史观念作支撑。我们说过，短篇小说这种文体更偏向诗，长篇小说则更偏向历史，在考虑叙事总体结构的时候，长篇小说要把问题放到整个历史演变的脉络里去。即使你写一个个体的成长史，也必须跟这个时代的历史风云结合在一起，与历史的整体性产生关联，它才有典型意义，这就是恩格斯说的"典型环境中的典型人物"。真正好的长篇小说需要考虑大问题，无论15、16世纪我们的古典长篇叙事作品，还是18、19世纪的西方经典，都承载了叙事总体性的问题。像曹雪芹这样的作家、托尔斯泰这样的作家，历史风云尽在胸中，他才可以写出五百年、一千年之后我们还在反复阅读的作品。这就是我们讲的小说结构的第二个层面，广义上的结构，叙事的总体结构。今天很多的长篇小说作者，甚至是很有名气的作者，在这方面下的功夫都是不够的。

总体结构通向历史，属于叙事的高阶问题，我在这里提出来，跟大家一起分享和讨论。当你们的写作到了一定程度，你会去考虑这些大问题。而前面我们讲到的，语言、细节、情节、布局结构，都是小说这个文体的基础。我们作为小说写作者，应该搞清楚这几个基本概念的含义，从构成小说的基本要素出发，再去思考创作的实际问题，在实践中去体会它。

变革时代与文学担当

张胜友

你们的院长希望我来跟大家讲讲"中国梦"这个话题，刚好我正在中央电视台写作电视政论片《百年潮·中国梦》，是中宣部出面组织的，今天正好给大家先看第一集。

这个还是内部送审的样片，很快中央电视台一套黄金时间段将会隆重推出。一共是五集，第一集《百年追梦》，就是写从鸦片战争以来，我们中华民族复兴的非常艰难的历程。第二集《中国道路》，阐述我们国家的发展，这一百多年、将近两百年来，我们有过很多道路选择，为什么会走到今天？第三集《中国精神》，中国精神就是指中华民族形成的独特的文化传承和文化积淀，相较于古埃及文明、古巴比伦文明、古印度文明，世界四大古文明，唯独中华文明五千年延续至今没有中断，那么我们的传统文化，对于今天社会的发展，有什么启示？第四集《中国力量》，我们这个民族为什么能够生生不息，虽然历经九劫十八难，却始终屹立于世界民族之林而不倒？第五集《筑梦天下》，中国梦与美国梦、中国梦与欧洲梦、中国梦与非洲梦、中国梦与世界梦，一个主旨就是中国的和平发展、和平崛起，对世界、对人类文明、对世界和平是一种重要贡献。

我们还是从"中国梦"话题来延伸到当下的政治、经济、文学、社会，"中国梦"它是一个概念，实际上就是中华民族的复兴梦。1840 年的鸦片战争，是一个分水岭，之前我们叫做"天朝大

216

国"，为什么呢？在农耕文明时期，中国实际上是很强大的国家。现在美国是世界超级大国，绝对超强国家，它的 GDP，它国家的经济总量占到全世界 GDP 的约四分之一。那么那个农耕文明时代，我们清朝虽然已经开始衰败，但大清王朝的 GDP 还约占到全世界 GDP 的三分之一。

有一则耐人寻味的历史故事：1773 年，一支庞大的英国船队出现在珠江口对面的伶仃洋面，这是英国勋爵马嘎尔尼出使中国。勋爵怀着对东方黄金和香料的觊觎与渴求心态，企图促成正做着"天朝大国"梦的乾隆王朝与"日不落国"的大英帝国互派使节，签订两国贸易协定。不幸的是，一个小小的礼仪之争酿成了历史的拐点：马嘎尔尼将如何觐见乾隆皇帝？清王朝以君临天下的傲慢坚持行三跪九叩之礼，英国则坚持单膝跪地亲吻国王之手……争执从 8 月 12 日一直持续至 9 月 10 日，英王终于失去耐心，中英两国的正常贸易暂时搁浅了。

半个世纪之后，英王却用坚船利炮轰开了清王朝的这扇封闭的大门。鸦片战争实质上是什么呢？今天的眼光看来，也可称作因贸易摩擦而引发的一场战争。因为我们大量向西方出口茶叶、丝绸和瓷器，乃至影响了整个欧洲上层社会的时尚风气，久而久之就掏空了英国国库的白银；英国人为了赚回这笔钱，今天讲就是平衡贸易逆差，别出心裁在东印度公司种鸦片，把大量的鸦片运到我们中国来，而林则徐在虎门禁烟烧了他们的鸦片，结果由贸易冲突引发了战争。鸦片战争刚才播放的片子里面有讲到，整个大清朝被一巴掌打落谷底。痛定思痛，中国自此开始了现代化的探索，先后有过三次，第一次是 1860 年到 1894 年，你们看今年是 2014 年，又逢甲午年，中间相隔了整整一百二十年，两个甲午轮回，现在大家注意新闻的话，经常讲中国已经不是一百二十年前了。为什么这样说呢？1894 年中日甲午海战，结局是清王朝的北洋水师全军覆灭，所以从 1860 年开始到 1894 年三十多年的第一次现代化探索，就是李鸿章他们搞的洋务运动，就这样被小日本给掐灭了。我突然间想，这好像是一种民族的宿命，第一次现代化就这样中断了，仅仅三十多年。

第二次现代化探索始于辛亥革命。1911年辛亥革命之后，中国掀起了一波实业救国潮，但是到1937年日本大举入侵中国，又把中国的第二次现代化掐断了。我们的改革开放到今年是三十六年，我们国家开始强盛起来，但是突然一想，今年又是甲午年，又碰到钓鱼岛、东海、南海等一系列的周边关系问题，面对错综复杂的国际环境，需要我们中央，需要习近平这一代政治家非常高超的政治智慧和外交智慧，才能够化解这些矛盾，并不像我们网上老百姓图痛快那么简单，民族主义高涨，跟小日本干上一仗，打完以后再建设……所以我有时想，好像有一种民族宿命，我们这个日本邻居呀，我们现在是第三次现代化探索，又碰到这个问题，当然我们相信，这一次绝对不会重演一百二十年前的甲午悲剧了。

所以说，我们国家走到今天，习近平总书记提出"中国梦"非常不容易。十八大还提出了道路自信，就是说我们终于找到了国家能够发展、能够强大、符合中国国情的这样一条中国道路。我再举个例子，上个世纪50年代，我们国家曾经为了发展搞"大跃进"，提出一个很响亮、很漂亮的口号，叫做"超英赶美"，主观想象很快就能超过英国、赶上美国，结果我们搞"大跃进"、搞人民公社，违反经济发展规律，最后就搞成所谓的三年困难时期，不但在国际上闹了笑话，而且造成了大饥荒，成为我们这一代人心中永远的痛。

粉碎"四人帮"后，在中国向何处去的历史关口，邓小平集权威、权力、胆识、魄力于一身，作为总设计师果敢发起并推进了这场改写中国命运的改革开放，我们终于超过了英国、超过了德国、超过了法国、超过了意大利、超过了日本，并逼近了美国；我们现在是世界第二大经济体，如果我们国家能够一直延续当下的发展速度，不出现意外的话（国际和国内都不出现意外），到2030年，就是再有些年时间，我们国家的经济总量，肯定要超过美国，挡都挡不住，坐上世界第一大经济体这把交椅，中华民族复兴就不是一句空话，而是实实在在的美梦成真了。当然，如果说人均水平我们排名还很靠后，因为我们人口基数太大，但是一个国家，首先是讲你这个国家的经济实力。就说上个世纪 50 年代，整个西方对我们进行经济封锁，毛主席提出一千零七十万吨钢指标，为了实现这个目标，全民大炼钢铁，我也参加过，我那时在小学念书，上山去砍树，大人砍大树，我们小孩砍小树，把满山的树木都砍光，严重的生态破坏，后来连家里面做饭的锅都砸碎拿来炼铁，国家副主席宋庆龄，也在她家的院子里面搞了一个小锅炉来炼铁，结果我们全国人民炼出了一大堆废铁，真正叫做劳民伤财。但是，现在我们国家的钢产量世界第一，还出现了产能过剩。所以我们说找到了一条正确的路、正确的发展道路，这条路只要一步一个脚印走下去，我们的国家、我们的民族就大有希望。

我们国家走上改革开放这条道路实属不易，经历了不少艰难曲折，付出了沉重的代价。刚粉碎"四人帮"的时候，我们面临一个怎样的困境呢？几千万农民外出逃荒要饭，有一亿多人长期处于饥饿线、贫困线以下。有一部著名的电影《焦裕禄》，相信大家都对开篇的那一组镜头难以忘怀：刚刚走马上任的兰考县委书记焦裕禄，中断第一次县委常委会议，带领常委们深夜冒着严寒风雪来到火车站，目睹了一幕乡亲们争先恐后扒火车逃荒要饭的凄惨场景……这几乎也就是改革开放前夕中国广大农村的一个缩影。而今天，我们有多达二点六亿的农民工，游走在全国的大中小城市打工，而当年却是成千上万的农民们背井离乡去逃荒要饭，你们在座年纪小的学员会感觉是天方夜谭，怎么农民种田还吃不上饭呢？

历史如此巧合。1978 年 12 月 18 日，北京京西宾馆党的十一届三中全会开幕，果断地停止了"以阶级斗争为纲"这一著名口号，确立"以经济建设为中心"的指导思想，从此开启了中国改革开放的新时代；而就在同一天，安徽省凤阳小岗生产队队长严宏昌的家里发生了一桩惊人之举，十八户衣衫褴褛的农民按下鲜红的手印，签订生死契约，偷偷分田单干，试行"大包干"。

现在这份皱巴巴的生死契约书，就陈列在中国革命博物馆。这份契约书是怎么写的呢？大意是：我们把田分下去，到了秋收打上了粮食，保证首先交够国家公粮；如果我们干部被抓去坐牢杀头，请社员们负责把我们的孩子抚养到十八岁。中国农民是最可爱的，饭都没得吃了，一旦丰收，首先想到的还是先交够国家公粮，这是第一层意思。第二层意思就很有些悲壮了，有点像荆轲刺秦王"风萧萧兮易水寒，壮士一去兮不复返"的氛围，因为，那个年代的政治氛围，分田单干就是搞资本主义复辟，弄不好真的要坐牢、杀头的。中国农村改革的巨大动力来自基层、来自老百姓，所以就这样惊心动魄地推开了改革的大门。因此，我在写作电视政论片《十年潮》解说词时，脑海里争先恐后地跳出了这样一组排比句："饥饿引发了中国这场伟大的社会变革""这一纸皱巴巴的契约书，是中国农民告别饥饿的宣言书""中国最高层的政治家和最底层的农民们，共同翻开了历史新的一页"。

安徽省凤阳县是一个很有名的地方：一是出了个靠农民造反当上皇帝的朱元璋，二是凤阳花鼓因农民逃荒要饭而唱遍了全中国。这确实是很具有嘲讽意味的两档子事。当上明朝的开国皇帝后，朱元璋在他的家乡凤阳立了一道很壮观的牌坊，御笔亲书四个大字：万世根本。中国是一个传统的农业大国，民以食为天，朱元璋造反前就曾当过乞丐讨过饭，他有着切肤之痛的体验：如果老百姓没饭吃了，这个天就要塌下来了。

当时凤阳有一个体察民情的县委书记，他知道老百姓偷偷把田分下去了，他也知道这个太可怕了，如果中央追究下来，后果不单单是丢"乌纱帽"那么简单，但他又确实不忍心去阻止，老百姓连饭都吃不上了呀！县委书记惶惶然观察着政治风向的变化，他有一个习惯，每天早晨要起来散步，当时还没有电视，但是有中央人民广播电台的《新闻与报纸摘要》节目，就像现在中央电视台的《新闻联播》节目一样，直接向全国老百姓传递着中央高层的声音。中央人民广播电台每天早上 6 点半广播《新闻与报纸摘要》，他就天天早上带着个一波段收音机（那个时候只有一波段收音机），边散步边收听收音机的广播，实际是收听中央的精神呢。1979 年 3 月 15 日，一则广播新闻让县委书记听起来如同五雷轰顶：《人民日报》头版头条发表一篇题为《"三级所有、队为基础"应该稳定》的读者来信，认为现在农村出现一股复辟资本主义的歪风，分田单干，破坏农村人民公社"队为基础、三级所有"的社会主义集体经济制度……县委书记这一惊吓非同小可，拔脚就往省城合肥赶去，急嚷嚷找到省委书记万里，问万里怎么办？万里当时说了一段非常著名的话（纪实作品和影视作品中经常出现）：《人民日报》能给你饭吃？《人民日报》不种田，《人民日报》不打粮，到了秋后农民打不上粮食，是来找我们呢，先不要理它！万里的话似乎说得底气十足，其实他内心也没有底，县委书记一离开，他也马上飞回北京找邓小平了。邓小平说：不用着急，等一等，看一看，看看秋后到底能不能多打粮嘛。

　　当年的秋天喜获大丰收。但争论还在继续，有些农村基层干部想不通，发牢骚说：辛辛苦苦三十年，一夜回到解放前。理论家们则及时总结为：家庭联产承包责任制。当年同时大力推进农村改革的除了安徽省还有四川省，广大农村很快流行起一些顺口溜："大包干、大包干，直来直去不拐弯，完成国家的，交足集体的，剩多剩少都是自己的""要吃米，找万里；要吃粮，找紫阳"（赵紫阳时任四川省委书记）。为了巩固和发展农村改革成果，中央就连续五年发了五个"1 号文件"。1984 年国庆三十五周年天安门阅兵，大家都记得有两支游行队伍引起了海内外极大的关注：北京大学学生经过天安门时突然举起一个横幅"小平你好"，农民方阵则扛着"家庭联产承包好"的标语牌，喜气洋洋地通过天安门城楼。

农村改革成功，很快出现了剩余劳动力，催生了乡镇企业。欧洲和英国搞资产阶级革命的时候，它是非常残酷和野蛮的，叫做圈地运动，就是强制性地剥夺农民的土地。我们是通过农民自发地实行土地改革，又顺理成章地发展了乡镇企业，成为中国的第二工业。我们现在的乡镇企业，也叫民营企业，支撑起了我们国家经济总量的百分之七十以上，安置劳动力就业人口达百分之八十以上，这就是农村改革取得的巨大成就。

推进农村改革的同时，1979年先后创办了四个经济特区：深圳、珠海、汕头、厦门特区。1985年，开放沿海十四城市：北海、湛江、广州、福州、温州、宁波、上海、南通、连云港、青岛、烟台、秦皇岛、天津、大连，串成一条贯通南北的开放链。1988年，又在海南建省办大特区。至此，中国全方位对外开放的大格局初步形成。

深圳特区是中国改革的试验田、中国改革的标杆。深圳特区的创办，其实也是充满艰辛，甚至惊心动魄的。为什么这样说呢？习近平的父亲习仲勋，平反复出后主政广东担任省委书记，他看到广东的农民、广东的老百姓实在太苦了、太穷了，他就去找邓小平，说能不能给我一点政策，给我划一块地方，给我一点开放的空间，我利用毗邻港澳的关系，保证把经济搞起来，把老百姓的生活搞好，叫自由贸易区也可以、叫工业加工区也可以，因为台湾、香港、新加坡、韩国等亚洲四小龙就是这样搞起来的。邓小平想了想回答说：我看就叫特区吧，当年的陕甘宁边区也叫特区，但中央没有钱，你们自己搞，杀出一条血路来。最后银行给贷款三千万，深圳特区就是靠了三千万贷款搞起来的。现在我们的深圳，那当然是财富之都了，如果你问现在深圳值多少钱？谁也说不清楚。西方经济学家幽了一默道：如果测算深圳财富，假设能在深圳所有街道上都铺满一捆捆百元大钞，也不知道要铺上多少层呢？

就在中央确定深圳办特区的1979年，深圳却突发大规模的逃港潮，罗湖口岸山上站满了人、树上爬满了人，火车上也挤满了人，人们不顾一切地要逃到香港去……邓小平听取广东省委和广州军区的汇报时，自始至终脸色凝重得可怕，最后甩下两句话：这事，你们解放军是管不了的；看来，我们的政策出了问题。深圳当时只是一个三万多人小渔村，几次逃港潮下来，整个保安县跑到香港去的人却超过了三十万人。粉碎"四人帮"后，广东省委政策研究室曾派专人前去调研，调研发现：这边的农民一年的收入才一百二十四块，那边的农民种菜，一年的收入好几万块，人家才会玩命地跑过去呀。习仲勋曾亲自到收容所看望被抓回来的逃港难民，当场流下了痛惜的眼泪……所以邓小平说：贫穷不是社会主义。又说：不改革开放，不发展经济，只有死路一条。

我们中国第一批改革家，是有信仰的，就跟当年共产党打江山的时候有信仰一样，绝对不像现在的有些贪官污吏，他们是有信仰的一代人。梁湘早期在深圳创业的时候，晚上带领市委一班人就在铁皮屋蚊帐内开常委会，因为蚊虫实在又大又多；梁湘调离深圳后，袁庚为了坚持留在蛇口继续推进"试管式改革"试验，直飞北京坚辞即将任命的深圳市长职务。他们坚守改革理想，就是为了国家富强、人民富裕。

文学，永远是社会的晴雨表。上世纪80年代，文学曾有一段风光无限的岁月。因为那一时期的文学与国家命运、民族命运和人民大众的命运休戚相关。如我复旦中文系同班同学卢新华在《文汇报》发表的短篇小说《伤痕》，引起全国文学界的大讨论，"伤痕文学"也经由这篇小说发轫、命名而形成一种文学思潮。这个时期的文学，用我们现在的眼光来看，已经放大了纯粹意义上的文学功能。徐迟的《哥德巴赫猜想》，《人民文学》发表、《人民日报》转载，我是在上大学的火车上看到的，全国人民争相传阅。这篇报告文学不但歌颂了陈景润，歌颂了科学精神，同时引起人们注意的是文章第一次质疑了当时还是十分神圣的"文革"，"文革"被称作无产阶级专政下的继续革命，徐迟却尖锐地指出：这是"一场有组织的混乱"。此后，出现了包括《于无声处》那样呼吁为天安门"四五事件"平反的话剧，包括刘宾雁的报告文学《人妖之间》，以及雷抒雁（你们鲁院的前院长）赞颂张志新的《小草在歌唱》、叶文福的《将军，不能这样做》等诗歌，也包括茅盾文学奖得主熊召政，他当年写了首诗也挺有名的——《举起森林般的手，制止！》，全国都在争相传阅这些闪耀着思想批判锋芒的文学作品。那时文学在中国的思想解放运动、真理标准大讨论、拨乱反正、突破禁区、启动中国改革方面，起到了冲锋陷阵的作用。

在这里，我想重点谈谈 1979 年 9 月号《人民文学》发表的《人妖之间》，一篇被当年的读者们赞叹为"石破天惊"的报告文学。作家记述的是黑龙江省宾县燃料公司经理兼党支部书记王守信，私设秘密金库，截留、贪污了一批公款，被判处死刑。在今天看来，就是一个普通的反腐案件。作家在报告文学里揭示产生王守信的政治、经济和社会根源并找寻病灶时，最早提出了"权钱交易"，指出权力通过寻租与金钱进行交易而产生腐败，这一发现当然是很了不起的。接着，作家进一步尖锐地指出："共产党管理一切，唯独不管共产党。"就因为这一句"党不管党"，在当年曾掀起一场轩然大波……直至八年之后，1987 年党的十三大召开，总书记作政治报告，提出我们的政治体制改革就要解决"党不管党"的问题。从此之后，共产党的领袖们演讲时或中央下发的红头文件上，经常会出现这样一句话："党要管党，从严治党。"

这篇报告文学的写作和发表适逢粉碎"四人帮"不久，全国人民尚沉醉在第二次解放的喜悦之中，提蟹沽酒，上街游行，欢庆胜利。作家却在文章结尾时，及时警醒人们：滋生"四人帮"的土壤有没有被彻底铲除呢？三十多年后，2012 年 3 月 14 日，温家宝在他总理任上的最后一次中外纪者招待会上，曾痛心疾首地指出：我们的改革事业向前推进那么艰难、阻力重重，就是因为封建余孽和"文革"余毒的影响。这活生生的现实生活，佐证了当年前辈作家们的思想立意、观察角度，以及这种忧思与警醒，是多么地具有远见卓识、多么地具有启示意义。毋庸置疑，一篇热情关注社会生活、深刻思考社会变革的优秀文学作品，能够传递出一种多么强大的思想力量呵！

什么叫做作家，作家是思想家，当然不反对写风花雪月，但是你的作品要想真正成为大作品的话，不关注社会、不关注时代，肯定是不行的。

无须讳言，中国的改革开放，既取得举世瞩目的巨大成就，同时也派生出了众多的社会问题。我们仅仅用三十多年的时间，几乎走完西方发达国家一百年、两百年，乃至三百年的历史进程；那么，我们在短短三十多年的时间里，同样积累了西方发达国家历经一百年、两百年、三百年发展过程中所必然会遇到的全部问题、挫折和社会矛盾。包括我们现在北京的严重的雾霾，急于把经济搞上去，有时不惜"杀鸡取蛋"，现在回过头来看，环境生态方面付出的代价实在太沉重了。其实西方发达国家也都走过这个阶段，比如英国伦敦的雾霾、美国纽约的雾霾，他们都花费了五六十年才慢慢治理好。

当下的中国，堪称一个错综复杂的多面体的国度。正如老百姓所调侃的：《新闻联播》中的中国、朋友圈酒桌上的中国、网络上吐槽的中国。应该说每一个"中国"都具有片面的"真实"，但把这三个"中国"叠加起来就是当下中国的全部了。它取得很大成就，它充满了希望，它又存在很多问题和矛盾。如果你只讲它的成就，好像明天可以就超过美国了，其实呢，我们跟美国还有很大的差距，哪怕有一天我们的经济总量真的超过美国了，我们的科技、我们的教育、我们的法治、我们的人才培养等，还存在很大的差距。崛起的中国始终处于世界浩荡大潮之中，作为世界上最大的发展中国家，全球高度关注中国的经济发展、政治走势和社会转型；与此同时，摩擦和碰撞也变得越来越频繁，改革开放一路走来，始终伴随着西方诅咒式的"中国威胁论"和"中国崩溃论"的轮番夹击便是明证。

我们还是说回文学。现在我们国家的文学版图三分天下：一个传统文学，一个市场文学，一个网络文学，各有各的作家群和读者群，谁也不能替代谁。但文学终归是文学，不管你在什么载体上发表作品，文学都不能丢失其关注社会生活、为时代立言的高贵品格。所谓文学教化人心，说的是文学最能浸染人的灵魂。我至今还记得 1979 年全国获奖短篇小说《记忆》，作者叫张弦，我几乎记得小说的全部细节。我为什么记忆如此之深呢？因为小说太震撼我了：主人公是一个农村电影放映员、十八九岁的水灵灵的小姑娘，走村串户到乡村中学或小学操场上给农民们放电影，大家都拿着板凳看电影，如果前面挤满了，就跑到后面去看，看的人像是倒过来的，照样看得津津有味，这就是那个年代农民们最奢侈的文化享受了。小姑娘从来没有谈过恋爱，跟她一起放电影的还有一个小伙子，就在电影开映之前突然往她身上塞了一张小纸条，现在讲就是情书，小姑娘第一次接到情书非常紧张、慌乱，赶忙藏掖起来。那时候放电影之前要先放幻灯片，她一紧张、慌乱，就把伟大领袖毛主席的像颠倒了，就是把幻灯片倒置了，大概也就是几秒钟吧，这可是不得了的大事情，是现行反革命，市委常委、宣传部长就亲自来抓阶级斗争，大会批小会斗，最后把这个小姑娘弄到劳改农场去劳改了。

若干年后，文化大革命爆发，市委宣传部长自然难逃一劫被打成"走资派"，发配到"五七干校"去劳动改造。部长是军队转业的干部，他有一双解放鞋，那个时候一双军鞋比现在的"耐克"还宝贵呢，他劳动的时候穿，回到家后就赶快脱下换上木拖，用旧报纸包好放在床底下。结果有一天造反派去抄家，从床底下抄出这双解放鞋，最要命的是"文革"时期的报纸往往从一版到四版都印有伟大领袖毛主席的照片，那么你用伟大领袖毛主席的光辉照片来包你的臭鞋，这不反了大天啦，铁板钉钉的现行反革命，马上就被造反派们斗倒、斗垮、斗臭，再踩上千万只脚。

粉碎"四人帮"后，这个部长很快平反官复原职，复职后的宣传部长想到要做的第一件事情，就是为那个小姑娘平反。在常委会上，宣传部长郑重其事地提出了为小姑娘平反的动议，当即遭到常委们的强烈反对：把伟大领袖毛主席的光辉照片颠倒了，难道不是一个错误吗？难道不是一个严重的政治错误吗？这些话听起来振振有词，几乎无可置疑。但是，部长说出来的一席话却把所有人都镇住了：不错，小姑娘在慌乱中是把伟大领袖毛主席的照片颠倒了几秒钟，但是我们却把一个活生生的人颠倒了十几年，因为她不是反革命，我们把她打成了反革命，把一个有血有肉的生命颠倒了十几年啊！（实质是作家对极左路线的深刻反思而借宣传部长的口说了出来。）

正是秋天，宣传部长亲自赶赴劳改农场去宣布平反决定。但是，站在部长面前的人彻底击碎了他记忆中那个水灵灵漂亮小姑娘的形象：满头白发、满脸风霜、满面皱纹，俨然一个饱经苦难的上了年纪的农村老太婆。当然。小姑娘第一眼就认出了宣传部长，对宣传部长亲自前来为她平反千恩万谢，情急之中，小姑娘一捧一捧地把刚打下晒干的大红枣拼命往部长口袋里塞……这一情景，令宣传部长泪流满脸，他马上想起当年解放战争的时候，每当我们的部队开赴前线或胜利归来，村口总是站着满满两边迎送的乡亲们，尤其是老大娘、老大爷们，把煮熟的热鸡蛋，或一捧捧的花生、大红枣，拼命往战士们口袋里塞……我们共产党就是与人民血肉相连、靠了人民的支持才把江山打下来的。那么，今天我们坐江山了．我们应该记住些什么呢？我们应该永远记住对人民犯下的（哪怕是一丁点儿的）罪错啊！

上世纪80年代的小说为什么广受读者欢迎呢？我们可以说出一条又一条的社会因素，但最根本的一条是，那一时期的小说是比较接地气的，所以才为老百姓所喜闻乐见。还有一篇全国获奖的中篇小说叫《犯人李铜钟的故事》，是河南作家张一弓写的，小说塑造了一个悲剧英雄，复退军人李铜钟担任大队党支部书记，出于一个共产党员的党性，他一贯抵制左倾路线和浮夸风，反对在"大跃进"中搞"化妆劳动"等虚假行为，坚持说实话、办实事；特别是大饥荒时期他带头"开仓借粮"，成为"抢劫国家粮食仓库的首犯"，他把"借"来的粮食分给乡亲们，然后自己坦坦荡荡去投案自首……小说发表后和评奖时都引起了巨大的争论，有评论家撰文《社会主义难道会饿死人吗？》，反批评的文章也非常犀利《天上的评论和地上的文学》；巴金老人愤然拍案而起：如果这篇小说都得不了奖，我这个中篇小说评委会主任不当了。当然，《犯人李铜钟的故事》最后顺利获奖。上世纪80年代的文学就是这样走过来的。

上世纪90年代出现了市场文学。市场文学的出现与整个国家的改革大走势密切相关，此时改革的价值取向终于选择了市场经济。那时候我正好在作家出版社当社长，作家社推出了很多畅销书，也可以说我曾为催生"市场文学"推波助澜。市场经济它有基本的属性，就是非常残酷的丛林法则，弱肉强食，优胜劣汰，这是市场竞争的铁律；市场经济实质上是法制经济，就是说它的法制管理要非常规范、非常完善。我们现在出现很多社会问题，包括贫富差异、贪官污吏、官商勾结等等，都跟我们的法制跟不上、我们的社会管理体制跟不上、监督机制跟不上有关。封建社会有一句话叫"君子爱财，取之有道"，那只是一种道德管理。市场经济它首先允许你发财，这就需要严格的社会管理，严格的法制管理。改革开放促使整个国家由农耕社会快速进入一个商业社会，开头是"官倒"，以后是遍地开花办公司，漫画家华君武老先生曾经在《人民日报》画一个很有名的漫画，他画一条猪尾巴高高挂在上面，叫猪尾巴公司。全国人民都追逐财富办公司，一块砖头砸下来都会砸在某个"经理"的脑壳上。办出版社也一样，国家颁布的新政策叫"事业单位实行企业化管理"，说白了就是：国家不再拨款了，自负盈亏，靠自己挣钱养活自己。一下子就把出版社全推向市场了，青春文学、校园文学、畅销图书也就一窝蜂冒出来了。

韩寒的长篇小说《三重门》，也是我当社长的时候给他出版的，当时《三重门》发行了多少呢？先后发了一百多万册吧，结果就有很多大作家心里不服气了，人们问难道他们的小说都写不过韩寒吗？我反复给读者解释，我说大作家们的小说都写得非常高雅，要看得懂或欣赏他们的小说，读者本身就需要有相当的层次和相当的水平；而韩寒的小说是中学生题材，他写中学生的青春叛逆期，写中学生的庸常生活，他自己就是一个中学生，对中学生活感同身受，中学生们就喜欢看他的小说，而中学生又是一个庞大的群体，所以他的小说读者群体很大、占有的市场份额很大。这时候，一批"80后""90后"的新锐作家也就脱颖而出了。毋庸讳言，市场经济对传统文学的挤压是实实在在的，我们作家社出版诗歌的时候，我就曾经让编辑们来排排队，看看能够开机起印一万册，甚至两万册的诗人有多少？结果全国排下来还不到十个人，当然也包括舒婷在内了。其他的诗人们对不起，只能是自己掏腰包自费出版了。因而就有诗人自嘲说：自娱自乐，写诗的人比读诗的人还要多。

散文出版的境况也好不到哪里去。那么小说呢？现在每年出版的长篇小说已经超过四千部，这还不包括在网络上发表的长篇小说，至于网络上一年发表多少长篇小说，谁也说不清楚。而我们国家"文革"前十七年（从1949年到1966年）出版了多少长篇呢？十七年正式出版的长篇小说总共才两百部左右。现在这样的海量出版（大多数又属于自费出版），真正有品质有影响的长篇小说又有多少呢？极少极少，每年能够有十部大家留得下印象的就很不错了。这真不知道算是文学的繁荣还是文学的悲哀？我经常下去会碰到一些业余作者，我自己也是从农村业余写作走出来的，我跟那些业余作者交流时，都不敢劝他们一定要坚持搞文学，我就跟他们说，文学很美好，但文学竞争很残酷，王蒙先生就说过在这条路上是千军万马过独木桥。

当然，在座的学员们都已经不是初学写作者，你们都已经小有成就，或者已经开始走向成熟、走向成名。我一般会很谨慎地跟基层业余作者这样说：你是想搞专业创作还是业余爱好？专业创作跟业余爱好完全是两码事，要求完全不一样。我就举个例子，比如我喜欢打乒乓球，我是业余爱好，有空的时候跟朋友打，乱打一气，打得满身大汗，非常尽兴，非常快乐，锻炼了身体，因为我只是业余爱好，我喜欢，我打了，我高兴了，我快乐了，我锻炼身体了，如此而已。但如果是一位专业运动员，那可能我就要练长跑，我为什么要练长跑？要练耐力；我可能要练短跑冲刺，为什么要练短跑？要练爆发力；我还要练姿势，还要练命中率，还要练击打力，就这样一年复一年地训练下去，最终能不能拿到冠军还不知道呢，这就是专业要求。搞文学也是一样的道理，我想在座的很多人都基本上是追求专业创作的，如果你追求专业创作，那么起码需要通读、熟读、精读中外古今文学名著，这应视作基本功训练。无论你写诗歌、小说、散文、戏剧、电影、电视连续剧（现在写电视连续剧价码很高），第一位都是要求语言文字能够过关，这是必须的；其次你能不能单点突破，就好比说运动员，你是游泳运动员，那你是自由泳还是蛙泳、蝶泳，这是不一样的；你是田径运动员，你是跑一百米、一千米、三千米，还是马拉松，这也是不一样的。另一点，选择文学事业，就好比选择了马拉松长跑，艰辛而漫长，要有足够的心理准备和耐久力，同时还要耐得了寂寞。

下面结合谈谈我个人的写作体会。始自上世纪 80 年代末 90 年代初，我由报告文学写作转入影视政论片创作，我不讳言主要是受到苏晓康创作《河殇》的启发。现在看来，《河殇》呼唤走向海洋文明，即所谓由黄色文明走向蓝色文明，即融入世界现代文明的主潮，但他的有些观点过于绝对和偏激，以至于当年引发了巨大的争议和批判。我着重想谈谈这种政论片的艺术表现形式，信息容量巨大，时空转换自由，文字音画互补，传播效益倍增。时至今日，我对《河殇》片头的四组镜头还记忆犹新：第一组镜头是黄河漂流，翻船、死人了。第二组镜头国人纷纷质疑，既然没有这个技术条件，为什么要去白白送死？第三组镜头我们的运动员出来释疑，如果我们再不去漂，美国人就要来漂我们的黄河了。第四组镜头美国运动员说，他们感到太不可思议了，如果你们中国人愿意来漂我们的密西西比河，我们会很高兴、很欢迎的。这就是民族心态的差异性话题。美国太强大了，而我们中国一百多年来饱受西方列强的侵略、欺负，我们的民族承受心理已经非常脆弱，何况这件事又正巧发生在具有标志性意义的母亲河——黄河身上，我们太想要强大了，太想要表现我们的强大了（或说太想要秀肌肉了）。

短短四组镜头，表达了多么丰富的内涵呵。如果我们要写论文的话，可以写一本书，写几十万字，写西方文化跟东方文化、西方民族跟东方民族，我们的历史跟他们的历史。我马上受到启发：这种新颖艺术形式，十分切合表述当下正处于大变革、大转型的中国社会生活。所以，当北京奥申委第一次申办奥运请我撰写专题片时，我的片名叫做《光荣与梦想》，那么，你要表达中国怎么样的一种情怀呢？我们的宣传往往是很直白的：中国改革开放了，中国强大了，中国有这个申办奥运的能力了，中国人热爱和平，中国人崇尚奥林匹克精神，十三亿人口的中国要为奥林亚克运动做出应有的贡献……是不是很表层、很肤浅呀？我很费了一番心思琢磨后，开篇也是采用了四组镜头：第一组镜头，唐古拉山下一群漂亮的藏族小姑娘，非常优雅地点燃亚运圣火；第二组镜头，巴塞罗那奥运会开幕式，西班牙斗牛士一簇飞箭穿越夜空点燃奥运圣火；第三组镜头，远古人类钻木取火，进入一个全新的文明时代；第四组镜头，中国火箭点火，腾空直上云霄。这四组镜头想要表达中国人的什么情怀呢？表达中华文明生生不息、中华民族对人类文明狙特的贡献、中国对世界和平的珍爱、中国人对奥林匹克精神的理解。

跨入新世纪以后，互联网横空出世。互联网无疑是21世纪人类科技革命的"惊险一跃"，互联网不受时间限制的快速即时性和不受地域限制的无穷大的可能性，正以不可阻遏的趋势，改变着人类的生存空间与生活状态，当然也势必要改变我们的文学生态环境。因此，网络文学应运而生，很快势如燎原，诸如穿越、悬疑、惊悚等类型化、娱乐化的网络写作，铺天盖地，鱼龙混杂，泥沙俱下。以前我们说地球村，现在真正成地球村了，现在你写作，在一个山沟沟里也完全可以写作，只要有一台电脑，能够上网，你照样知道天下事，照样知道世界的事情。蒋子龙就曾不无幽默地调侃说：一觉醒来，中国进入了"全民写作"和"全民作家"时代。作家出版社曾经与深圳的腾讯公司合作搞过一次网络征文大赛，委托他们负责初选，结果一天收到的长篇小说竟然多达一百四十七部，而且网络长篇小说动不动就上百万字，他们一下子就傻眼了，打电话问我怎么办？我也只能答复说：花钱请中山大学、深圳大学中文系的学生们帮忙先看吧，只能这样了。

我也曾经像发烧友似的追踪过网络小说，每天晚上趴在电脑前看《成都，今夜请将我遗忘》，慕容雪村所描述的一群"70后"大学毕业生融入社会的故事，我承认太原生态了，每一个生活场景都太原生态了，文字灵动、跳皮、鲜活，人物命运离奇曲折，确实一下就把我吸引住了，我每天晚上都追着看，如果今天晚上没有新的帖子，我就感觉好像睡觉都不太踏实似的。我非常认真地和编辑们商讨作家出版社是否出版？但一摆上案头，就发现描写太多且过于直露，如果都删除了呢，故事又衔接不起来了，最后只好作罢。如何评判当下风生水起、势如大潮的网络文学呢？网络写作无门槛、无审查、无禁锢、无任何清规戒律，可以信手拈来、天马行空、思想驰骋空前自由，还可以一边发帖一边即时与网民们沟通互动，对于作家来说，这确实是一种全新的写作心理和写作形态，理论上讲是肯定会涌现出一些思想博大、艺术奇特的新锐作品的。但实际情况是，网络写作很快就受制于网站市场运作的巨大的利益驱动，写手们则很快受困于发帖量及点击数，陷入跑场救火式的疲于奔命发帖。结果，无可回避的事实是，网上充塞了大量的、怪异的文字垃圾。中国作协当然希望网络文学健康成长，因此组织各项文学大奖评奖活动时，都主动把网络文学作品也纳入其中，但每次评奖的最终结局都让希望落空。为什么呢？文学评奖当然必须让文学归位，文学必然有自身遵循的价值取向和审美情趣，包括对社会生活本质的揭示、对人性善恶美丑的评判、对艺术规律的把握和创新等等。

圈内圈外，包括广大读者几乎都一致公认《白鹿原》是新时期以来最为厚重的长篇小说，评论家雷达不惜称赞为：当代《红楼梦》。陈忠实创作《白鹿原》堪称为一个传奇。大家可能认识他，或者见过他的照片，或者在电视上看见过他，黄土高原滋养的一个满脸沧桑的质朴的作家。他在四十七岁那一年，突然自己对自己发了一个毒誓：我要用三年时间，在五十岁之前，写出一部长篇小说，这部长篇小说要像砖头一样厚重，当我死的时候，它可以放在棺材里做我的枕头。陈忠实是陕西省作协主席，马上收拾行囊离开西安，离开喧嚣的都市，回到了生他养他的陕西省西安市白鹿原南坡西蒋村，与乡亲们叨家常，查阅地方志，熟悉风土民情，重拾民间记忆。经过一系列的"热身运动"，陈忠实开始了长篇小说的长跑，上午写作，下午见客、会朋友，晚上休息。但当他一进入写作状态，他的整个人就生活在小说世界里了，晚上一整宿一整宿地睡不了觉，失眠。他突然惊恐地意识到，这个长篇小说起码要写上两三年时间，如果天天晚上睡不着觉，他这个砖头一样厚重的小说还没有写出来，人恐怕就先上西天了。他要解决睡觉问题，解决怎么随时能从小说世界里走出来的问题。于是，他晚上去听秦腔，想换一个思维空间，可一躺到炕上小说中的人物还是纷至沓来、命运相依、同悲同喜，结果还是睡不着觉，他很苦恼，几乎要放弃这个写作计划了。朋友来找他喝酒，大碗喝白酒，喝得酩酊大醉，然后呼呼睡死过去……他发现喝酒是个好办法，以后慢慢就养成晚上喝点酒后睡觉。《白鹿原》前后写了三年，陈忠实连春节也不回西安，倒是夫人前来陪他过大年。第三个春节前，当陈忠实为五十万字的长篇小说画上最后一个句号的时候，他突然间——这个是他自己讲的——突然间泪流满面、号啕大哭，他也不知道自己为什么要号啕大哭……我想，这就是我们常说的"用生命在写作"吧。

人民文学出版社的副总编辑何启治听说陈忠实的长篇小说写完了，也顾不上已面临年关，立即派了高贤均和洪清波两位编辑赶去西安取稿子，这就是我们平素说的老一辈编辑的敬业精神。当陈忠实把厚厚一大摞的稿子捧给编辑的时候，两只手是发抖的，他心里说仿佛"把生命也一起交给你们了"。高贤均和洪清波在火车上就迫不及待地把整部小说看完了，看完以后大吃一惊，这是传世之作呀！《白鹿原》1993年6月正式出版，到10月份即已加印到第7版，销量达五十多万册，可见出版后洛阳纸贵的空前盛况。现在人们说起《白鹿原》，都认为这是一部现实主义巨著，对民族历史文化的反思达到了一个新的高度，相信《白鹿原》肯定会传之后世的！

近年来，改编电影、改编电视连续剧、改编歌舞剧、改编话剧、改编音乐剧……我应邀参加过北京众多的各式各样艺术形式的专家改编研讨会，专家们就像面对《红楼梦》一样，感觉到有点束手无策，认为集家庭史和民族史于一体、被批评界称作"一部渭河平原五十年变迁的雄奇史诗，一轴中国农村斑斓多彩、触目惊心的长幅画卷"的《白鹿原》，它的人物、内涵、思想、艺术都太丰富了，任何一种艺术门类都很难把它完整地重现出来，只能取其一部分，取其精华。对于作家而言，我要说这应是最高境界的文学回报了。

贾平凹也是用生命在写作，很多人都说贾平凹有点"半仙"。贾平凹创作他的第十二部长篇小说《秦腔》的时候，取材于其家乡陕西省丹凤县棣花镇，写生于斯长于斯的故土乡情，并称"我要以它为故乡竖一块碑"。所以，贾平凹是怀着深深的敬畏感而动笔的：更衣沐浴，焚香祭拜，尤其告慰已故去的父老乡亲的在天之灵。《秦腔》是贾平凹对于家乡一次"密实的流年式的书写"。荣登第七届茅盾文学奖榜单后，平凹带着获奖的《秦腔》，一个人悄悄地回到家乡，来到父母的坟前，一页一页地撕下来烧给父母，这些都有一点士大夫知识分子的风范。但是我要说，这些作家都是用生命在写作，他们追求文学艺术最高水准的风骨是很值得人们仰慕的。

中国作家正面对着一个风云激荡的变革大时代。怎样认知这个"大时代"呢？我认为起码应从三个层面来阐述：首先，1978年12月18日至22日，党的十一届三中全会在北京召开，正是在这次不同寻常的会议上，党中央果敢停止了"以阶级斗争为纲"的政治口号，全党指导思想转移到"以经济建设为中心"上来，这是粉碎"四人帮"后，我们党和国家实行的一次重大政治大转折，从此开启了改革开放的新时代，由此，它在中国共产党党史上的历史定位，堪与红军长征路上中国革命危难关头所召开的遵义会议相媲美。其次，1992年春天，八十八岁高龄的邓小平毅然决然"南巡"并发表了一系列的重要谈话，深刻思索中国改革开放的前途命运，随后，在当年秋天召开的党的十四大会议上，终于确立改革的价值取向是"构建社会主义市场经济体系"，显然，由计划经济向市场经济转轨，不啻一次石破天惊的经济转轨。再次，正是基于上述相继成功实施了政治大转折和经济大转轨，中国这艘艨艟巨舰快速掉转航向，劈波斩浪驶向浩瀚无际的太平洋，其义无反顾、其恢宏气魄都令全世界瞠目与震惊，一个东方古老的传统农业大国，就这样开启了市场化、工业化、城市化和国际化的迅跑，几千年沿袭不变的农耕社会以不可阻遏之势，大广度全方位地向工业社会、后工业社会、信息社会、高科技社会，概而言之向现代社会快速转型，十三亿中国人创造了人类经济史上的奇迹，一个贫穷落后的国度一跃成为世界第二大经济体，并指日可望成为世界第一大经济体。

纵览中外古今的文学名著或传世之作，无不是深刻揭示作家所处的时代精神和社会本质的。现在，很多学者写文章都喜欢借用狄更斯《双城记》中的一句名言："这是一个最好的时代，也是一个最坏的时代。"毋庸置疑，当下中国壮怀激越的社会变革与气势恢宏的社会转型，所表现出的除旧布新与回环交荡的生活形态，正是出大作品、大作家的大时代呵。

（根据录音整理，并经作者本人校阅、订正）

叙事的长度、美学与时间问题

张清华

一

  时间是叙事文学中一个特别关键的、重要的因素。时间不只决定了一部小说的情节，决定一部小说的叙事长度，还会决定一部小说的美学，这是个非常有意思的现象。今天我们就尝试探讨一下时间在当代叙事当中的几种情况。作为一种修辞，作为一种叙事方面的安排，时间会有不同的形态，这几种形态分别又决定了作品的美学属性。这里我想结合一些作品，和大家一起来讨论一下这些问题。因为问题涉及的面比较宽阔、比较复杂，我尽量从理论的方面荡开些，尽量通过一些文学叙事的案例来进行讨论。

  首先我想提到的是昆德拉在《小说的艺术》的一段话，他说，"在塞万提斯的时代，小说探讨什么是冒险"，他用非常短的话语梳理了小说史，"在塞缪尔·理查森那里，小说开始审视发生于内心的东西"，从文艺复兴之前，中世纪到文艺复兴的过渡阶段．小说刚刚在欧洲开始世俗化，就像中国的明代开始出现真正世俗意义上的小说一样。到了"巴尔扎克那里，小说发现人如何扎根于历史之中"，其实这个就比较容易理解了。巴尔扎克始终在探讨人和自己的时代之间的关系，以编年史的方式书写了资产阶级日甚一日地侵入到法国社会的各个领域的状况。"福楼拜那里，小说探索直指当时还都不为人所知的日常生活的土壤，精细地展开人的日常生活的描写。托尔斯泰主要是探寻人在做出决定和人的行为当中，非理性如何起作用"，实际上就是已经深入到人的无意识世界如何影响人的命运。再之后，"小说是在探索时间"，他提出来的例证就是普鲁斯特的《追忆似水年华》，专门在一个非常密集的短暂的一个时间里面来探讨人的无意识活动，"探索无法抓住的过去的瞬间"，而乔伊斯则是"探索无法抓住的现在的瞬间"，两个意识流大师主要就是探讨瞬间时间当中人的存在状况、人的无意识活动。昆德拉还说，"小说家不要再将时间问题局限在普鲁斯特式的个人回忆问题上，而是要将之扩展为一种集体时间之谜"——这句话可能是最重要的。他提醒我们不要盘桓沉湎于个体经验、个人的时间。一个作家，他写作的初衷，开始的动因有可能是个人记忆的发酵，有自己的生命经历中"不得不写"的东西，所以他很容易会把第一部小说写成个人的"成长小说"。在我看来，特别没有出息的作家大约是一生都会把自己的经验当作描写的对象——我这样说是不是有点过分？我的意思是说，一个好的写作者应该及早地胀破个人经验、个人记忆，应该迅速地穿越个人进入到历史之中，去寻找集体的经验，"集体的时间"。

我们每一个人的成长经历，当然是由自己的时间经历构成的，但是如果个人的时间经历不与所谓"时代"或是公共记忆之间建立关系的话，这种个人化的东西是很可疑的。当然，伟大作家对个人经验的描写，会有一种深入毛孔的——自然也就遍及人性的一切领域的能力。因为很容易就举出例子，比如说《红楼梦》，这是一个典型的个人经验的写作，但他的个人经验和家族记忆、人性经验，同我们这个民族的文化经验，和一段历史的经验之间，是同构的，或是一个同心圆，说得直白一点，个人经验的核心，与家族记忆和整个民族的文化经验以及通常的一段历史经验之间，是同一个构造。这是最伟大的作品，那没办法。

所以某种意义上，一个作家的才华决定了他的个人经验的价值，这个才华足够大，其个人记忆、个人经验、个人时间便可以成为一切人的时间，这是了不起的。昆德拉要求作家有这样一种自觉，一定要把个人记忆扩展为集体时间，而且要解析其中的谜，一种"欧洲的时间"，就像一位老人一眼就看穿了自己经历的一生，"白发渔樵江渚上，惯看秋月春风"，就像《三国演义》的开篇词里讲到的。这让我觉得昆德拉不但是一位好的小说家，而且也是一位特别牛的理论家。作为一个作家，他对小说史、艺术史、文化史、哲学思想史的认知，其深度以及纵横裕如的那样一种能力，确乎让人赞佩。

二

这就引出了一个关于"时间的现代性"的命题，我想有这样几个层面：一是时间在个体生命中的意义，即，当我们把时间作为一个小说命题和一个美学命题提出来的时候，它的现代性在哪里？现代性的含义在哪里？显然，时间作为个体生命的存在基础，首先是建立在个体经验之上的，在个体无意识世界当中，它的作用尤其重要，这和古典意义上的时间是有区别的。要知道在古典小说里面，时间通常是被处理的，差不多都已经"非个人化"了。比如说《西游记》，我们阅读《西游记》的时候，人物性格始终是没有变化的，孙悟空从一开始一直到最后，既没有衰老也没有成长成熟，他的性格是固定的；猪八戒也一样，虽然他最后也成了"佛"，成了"净坛使者"，但他的性格仍没有什么太大的变化，可以说"猪性未泯"，仍然成事不足，败事有余；唐僧也一样，从一开始就是圣人，最后还是圣人。从大唐到西天取经的过程当中，历尽了千难万险，走了许多年，但是最后几个人物并没有老去，这就叫"传奇时间"。对此巴赫金的小说理论中有过非常细致的讨论，"传奇时间"和"物理时间"是不一样的，在传奇时间里，人物没有成长也没有变化。这通常是古典小说的处理方式。当然，古典小说也有"世俗时间"，比如说《红楼梦》就是这样。但他在处理的时候，又赋予了一种更大的尺度，就是"轮回"。所谓"几世几劫"，这样的尺度又使单个人的世俗时间被赋予了更为广远的属性，与永恒性。

第二个层面是"时间的公共性"，即作为历史记忆的载体与本体的意义。时间不但是个人的，又是历史的和公共的，民族的，群体和人类的，是非个人的公共记忆的载体。但是时间本身在中国又是一个最为古老的命题，在中国传统文学中几乎是一个百科全书的核心和根本的命题，也是中国人"生命本体论"哲学的核心。稍后我们会讲到中国传统文学中的时间命题，它几乎是一个包容一切的命题，比如说我们中国人的伤春悲秋，登高望远，发思古之幽情，中国人慨叹宇宙，慨叹人生的有限和世界的无限，这些都是从时间出发的。这是中国人特有的美学，西方人很少，他们也感慨生命，但是他们不像我们中国人这样有"强迫症"一样地关注个体生命的冲动。

这样我们就可以引出时间的几种状况。我归纳的第一种状况，是"完整性叙事"的时间奥秘。完整性叙事主要是从中国传统叙事里提炼出来的一个说法。实际上也是在讲整体性的时间修辞问题或者是悲剧是如何诞生的之类的问题——悲剧是怎么诞生的？它源于时间的完整性。当我们讲述一个人的故事，当我讲到他阶段性的成长的完成，与相爱的人终成眷属，讲到他终于金榜题名、洞房花烛，"从此王子和公主过着幸福快乐的日子"，我讲到这儿结束，那自然是一曲"青春之歌"，用古老的说法就是一个传奇，"才子佳人"的传奇，从美学上也就注定了是一个喜剧，这就叫"阶段性叙事"。

一个人不可能在某一个时刻停下脚步，可是叙事却可以提前结束，我们的叙事结束在主人公的青春年少的时候，并且宣告从此王子和公主过着幸福快乐的日子，这个叙事立刻变成了一个喜剧。如果相反，我们固执地讲到最后，讲到"天长地久有时尽，此恨绵绵无绝期"，讲到"一朝春尽红颜老，花落人亡两不知"的时候，那自然就变成了"长恨歌"，一个完整的时间叙事。我所说的完整，是以一个个体的生命为本位的，就是讲述一个人的一生，完整的一生。

当然，由此也可以延伸为讲述一个完整的历史段落，如《三国演义》；讲述一个家族的兴衰存亡，如《红楼梦》；讲述一伙人的聚散成败，如《水浒传》……这就是一个完整的逻辑，"完整性的叙事时间"。这是我们中国人追求的一个癖好，我们讲故事喜欢从头讲到尾。《红楼梦》开头第一回里，跛足道人和癞头和尚提前就把这个从头到尾的故事用寓言的方式讲给我们了——就是"好"和"了"，好是什么？是过程，了则是结束，同时也是新的开始，轮回的开始，永远是"好——了"这样一个循环。

"世人都晓神仙好，惟有功名忘不了"。这是一个悖论，神仙是不会考虑人间的利益的，但是每个人都向往神仙，但又都在追逐世间的名利。"古今将相在何方？荒冢一堆草没了"，那些荣华富贵、帝王将相们如今何在？只有一抔黄土而已。他告诉你这个世界的完整性，时间的完整性，便是这样的一个关系。"世人都晓神仙好，只有金银忘不了，终朝只恨聚无多，及到多时眼闭了"，年轻的时候在外面奔波不和家人相聚，等到哪儿也去不了——就有了这首歌，"时间都去哪儿了"，"还没好好看看你，眼睛就花了"……这歌为什么感人？他就是《好了歌》的一个现代版，每个人听了以后都热泪盈眶，没办法，他就把完整时间呈现给我们，因为我们通常是不考虑完整时间的，假定我们是不死的，我们每天才像苍蝇一样经营，像蚂蚁一样搬运，去积累、去努力。可实际上在更大的哲学时间里，这些都是白费。

这种时间观的哲学基础，我们来稍加探讨。首先是先秦时期的"自然时间观"，它导致了达观的人生哲学。老子说，"天长地久"，"天地之所以能长且久者，以其不自生，而能长生"。天和地并不是自己要活，所以才能够长久地活着。所以圣人就从这永恒的事物里接收了教益和真理，"圣人后其身而身先，外其身而身存"。你先走，你先死，你去争，你历险，抢来抢去没准会惹来祸端。所以这就是老子的哲学，"无为"，以无为来应对一切，而能做到"无为而无不为"。

庄子也说，"有实而无乎处者宇也，有长而无本剽者宙也"，宇宙是如此的广大，你怎么去比？"朝菌不知晦朔，蟪蛄不知春秋。"人与自然追比是危险的和可笑的。所以孔子也回避了他学生的提问，学生问关于死的问题，孔子说"未知生，焉知死"？他很生气地回避这个问题。

但是从秦汉以后就不一样了。秦朝的始皇帝怎么死的？其实就是为了寻找长生不死之药，吃了那些有毒的"仙丹"毒死了。秦代到汉代的皇帝，一直到南北朝，都喜欢吃这些东西。鲁迅在《魏晋风度及文章与酒和药之关系》中也提到这一点。这说明他们已有切实的生命焦虑，都希望长生不死。在诗歌里面就大量地出现了生命主题，生命本体论的时间观，"生年不满百，常怀千岁忧"。曹操的《短歌行》里也说，"对酒当歌，人生几何，譬如朝露，去日苦多"。到唐代这样的一种情绪就变成了诗歌中最普遍的主题，"前不见古人，后不见来者，念天地之悠悠，独怆然而涕下"。一个诗人登上一座高台，想象一百年以前有人登上这里，曾经发思古之幽情，就像今天我在这儿登上一样，但是我已看不见他，因为他已经早就不在了；一百年以后还将有人登上这里，也同样发思古之幽情，慨叹生命短暂、宇宙无限，但是他也看不见我，因为我早不在了。

所以有一种绝望，一种在时间长河中溺毙的恐惧。这刚好是一千多年后海德格尔的一个说法，《存在与时间》里说到的，我们都是世界的"被抛掷"者，我们被父母生下来抛到这个世界上不管了，而且每个人都是必死的，所以生来就带着"烦"与"畏"，一种生命的烦恼和畏惧，所以才产生了存在感。其实一千多年以前的陈子昂，早就有了类似的体验和看法。张若虚的《春江花月夜》也是这样，个体生命在固执地追问永恒和无限。用个体生命来丈量一切，自然就出现了一种悲剧性的体验。这类诗中的完整长度的追求，其中的个体经验的完整性，一个人从生到死，有不断轮回的完整性，投射到小说叙事里面，就幻化为这样一些情况：《水浒传》里面的由聚到散，《三国演义》中的由合到分，或由分到合，《金瓶梅》中的由色入空，《红楼梦》中的由盛而衰……

这些典范的模型说起来都是很复杂的话题，我们以《红楼梦》为例，这部集大成的奇书，可以说隐喻了中国人的时间观、生命观，我们每一个人生来必将面临一个由聚到散的悲剧体验，每个人的成长经历都是这样的。为什么说"片断的时间容易产生喜剧"？当我们年轻时，想想我们整个家族的记忆，会感觉到你的身体在不断长大，世界由远而近，你可以拥抱它，拥有它，这时你的父母可能正处盛年，你的祖父祖母还都在，过去人还会有很多姨妈、姑妈、舅舅，乃至表亲与叔伯的更多兄弟姐妹——就像《红楼梦》里描写的一样，其实说到底每个人都有一部《红楼梦》式的记忆与经验，你家族的曾经的繁华会在你年龄渐长的时候逐渐离你而云，聚终将会出现散，所以悲欢离合的完整性，是一个典型的中国诗学或者是中国美学的体现。

类似《金瓶梅》这样的小说，会稍显抽象一些，讲的是"由色入空"的故事。当然这个"色"不只是欲望意义上的色，它指的是佛学意义上的色，色即万象，而"空"是世界的本体。"色和空"之间是一个表里关系，也是一个因果与轮回关系。西门庆用他全部的财富和身体作为资本，永无餍足地占人妻女，他一生就像一头发情的野猪到处糟践东西，这是色；但这个人最终将怎样？小说安排他纵欲身亡，将小说最终又变为一个训诫叙事，是为空。如果我们不将这个过程看作是一个道德化的命题，那么每个人其实都会有相似的经历：年轻时血气方刚、欲望旺盛，等到年纪大了，身体衰败，便成了"鸟之将亡其鸣也悲，人之将死其言也善"，就变成了"道德文章"。这是一个中国人，我们所设想的普通人的一个生活逻辑或者生命逻辑。

《红楼梦》是集大成者，集各种完整长度于一身的典范，我把它归结为"由盛而衰"的叙事，或者也可以叫做梦模型，梦叙事。今天人们都在说"中国梦"，我们说的是梦的另一个隐喻。通常梦指向两个方向，一个是无限美好，即说不出有多么美的，诸如"梦之队""梦工厂""梦幻组合"云云，夸张的是梦的不可限量、未可知性；另一端指向的则是幻灭，所谓黄粱一梦，南柯一梦，终究要破产的梦。关于梦的修辞，在汉语里面是非常丰富的，而《红楼梦》大而言之讲的是繁华之梦，一场幻灭的人间繁华之梦，宽广的楼宇、大家族的生活、钟鸣鼎食、妻妾成群这样的繁华终将落尽。

这样一个家族之梦，暗合的是个人经验中最终的幻灭感，即刚才所说的，每一个体的生命记忆中都充满了幻灭。小说的第一回就已经哲学化、纲领性地把他的时间观、历史观、生命观、美学观做了集中交代，"好一似食尽鸟投林，落了片白茫茫大地真干净"，繁华之梦终将变成一个大荒凉的幻灭之梦。也就是说，必须要叙述到终了，一旦叙述到终了，那就是一个"长恨歌"式的叙事，就是"上穷碧落下黄泉，两处茫茫皆不见""天长地久有时尽，此恨绵绵无绝期"。我们其实可以把《红楼梦》和《长恨歌》这样的叙事搁在一起来讨论。我做了一个模型，整体的结构，中国传统叙事的整体结构是一个大悲剧，因为它是一个完整的时间模型，由始到终。由始到终其实就是由生到死，有聚到散，由盛到衰，由色到空……这个完整的过程一定是悲剧的结构。古典小说中最经典的部分其实都是大悲剧，中国式的悲剧。有人说我们中国人喜欢"大团圆"，但事实是，中国人不只有悲剧性的世界观与哲学，同时也有自我解套的方法，就是一定要让这个世界观"轮回"起来，由此来解除他的焦虑和烦恼。从陈子昂张若虚的诗中完全可以看出，抒情者知道个体生命的短暂和必死，但又把这种死设定为下一个轮回的开始。如此，焦虑自然就缓解了。不只是对人生这样看，对历史也是，所以我们中国人可谓既深刻又达观，有什么不好？

三

我们再来看一下当代小说中传统时间修辞的复活。我们知道革命叙事或者叫红色文学的叙事，它在很大程度上也是现代性时间观的产物。当代小说中传统时间修辞是怎么复活的？首先一个前史是新文学叙事和革命叙事的诞生，革命终结了传统叙事，我们经常讲成长、进步新生、革命，一般来说要讲的人物不断地进步，通常不喜欢要讲正面人物幻灭的故事。但在新文学中，那些有美学品质和文化根底的作品，仍然有传统叙事的影子在里面，比如说巴金的《家》。其实巴金的作品我个人并不喜欢，因为他语言有些粗糙，他年轻时代的作品让我不忍卒读。但即便如此，《家》也仍然是现代文学中最重要的作品，为什么？是传统叙事的结构，即关于大家族的衰亡的故事，或者说是《红楼梦》式的叙事挽救了他。他不过是把大家族衰败的悲剧换成了"革命到来，旧事物必然衰亡"这样的主题，作了一个置换，可是置换之后它的内核仍然是写一个大家族的衰落，这就叫"豪门落败，红颜离愁"，这才是文学。你说新人的成长是文学吗？你也可以说是，但我觉得还是和豪门落败、红颜离愁那样的主题没法比，因为缺少美感。所以《家》中最具有文学性的人物还是觉新，而不是觉民和觉慧。从这个意义上说，当我们要深思什么是文学的时候，一定要回到文学的根，根在哪儿？就在特别传统和古老的东西里。当你叙述一个家族的衰亡的时候，才有中国式的诗意。写新人的成长就容易浅薄，你跳着高写，也写不了多好。从觉新的身上我们体会到生命的悲欢离合、家族的兴衰成败。到革命叙事时期，完整的时间修辞就被压抑了，作家们讲的都是片段的时间修辞，都是"青春之歌"。

革命叙事的片断性时间修辞催生着喜剧的叙事，但它的来源我们也要探究。简言之，这个来源即黑格尔的进步论，黑格尔认为时间是进步的，历史是有理性和方向的，时代是有精神的。黑格尔也是革命美学的发明者；再一个源头是达尔文的进化论，达尔文从科学的角度、生物学的角度证明了进步论的合理；还有西方的童话叙事，喜欢讲"王子和公主从此过着幸福快乐的日子"；再就是浪漫主义的青春许诺与未来叙事，这是它的几个基础。

比较典型的是浪漫主义对于时间的叙述，如雪莱的《西风颂》，"哦，请听从这一篇符咒似的诗歌，就把我的话语，像是灰烬和火星，从还未熄灭的炉火向人间播散！让预言的喇叭通过我的嘴唇，把昏睡的大地唤醒吧！西风啊，如果冬天来了，春天还会远吗？"这是浪漫主义的宣语，关于未来的承诺，寒冷终将过去，世界将一片光明。这是一个典型的时间修辞。但是按照中国人的想法，没有这么简单，春天来了，夏天也不远了，夏天来了秋天又接踵而至，秋天来了，冬天又往复循环，什么问题也没有解决，所以我们总是用另一种态度看春天，我想起南唐后主李煜的词，《乌夜啼》："林花谢了春红，太匆匆，无奈朝来寒雨晚来风。胭脂泪，相留醉，几时重，自是人生长恨水长东。"春天带来的只有伤感和更多的灰暗情绪，什么也没有解决，春天让人更深切地感受到人生长恨水长东，这是中国人的时间观、生命观、价值观。浪漫主义这种以进步、光明作为许诺的时间观和我们是很不一样的。

接下来看这一段话，如果我不标出这是黑格尔的话，在《精神现象学》里的一段话，你还以为是我党的出台的文件或领导人的讲话呢，"我们的这个时代是一个新时期的降临和过渡的时代。人的精神已经跟他旧日的生活与观念世界决裂"，像不像"文革"的话？"正使旧日的一切葬入于过去而着手进行他的自我改造"，像不像五六十年代的革命话语？"事实上，精神从来没有停止不动，它永远是在前进和运动着，只有通过个别的征象才预示着旧世界行将倒塌。现存的世界里充满了那种粗率和无聊，可是这种逐渐的、并未改变整个面貌的颓废败坏，突然为日出所中断，升起的太阳就如闪电般一下子建立起了新世界的形象。"太阳从东方升起，大地一片鲜红，旧世界倒塌了，新的世界出现了。这是黑格尔式的革命美学。

他对于马克思主义对于革命党人的影响是极为深远的，在黑格尔之前找不到这样的话语。

我们沿着这样的逻辑去找寻革命叙事来源，可以找到更古老的例子，即上世纪 40 年代巴赫金的《小说理论》里面讨论的古希腊的一种小说，这种小说很像是我们中国明清时代的"才子佳人"小说，这类小说往往是讲到主人公洞房花烛、金榜题名时结束，因此在美学上即呈现为一个喜剧。这样的故事在古代被叫做"传奇"，在巴赫金的笔下也叫做传奇。

巴赫金并没有读过中国的才子佳人小说，我一直认为，如果他读了中国的小说，他的理论会更高明，如同弗洛伊德没有读过《红楼梦》是一直无法弥补的缺憾一样。但我们可以看到，中国明代的小说和古希腊的小说是多么的相似："一对婚龄男女，出身不详，带点神秘。两个人都美貌异常，又纯洁异常。他们不期而遇，一般是在喜庆佳节。两人一见钟情，势不可遏，如同命运，如同不治之症。可是他们不能马上完婚。男青年遇到了障碍，只得延缓婚期。"这是通常小说的一种必然的笔法，就是延宕，延宕以造成阅读的悬念和培养读者强迫症。

"……一对恋人各自东西，互相寻找，终于重逢。而后又失散，再相聚。恋人们常见的障碍和奇遇有：结婚前夜新娘被抢，双亲不同意婚事，而给相爱之人另择配偶，恋人双双出逃。他们启程旅行。海上起浪，船舶遇险。人奇迹般得救，复遇海盗，被掳关入囚室。男女主人公的童贞遭到侵犯。"这就是"历险记叙事"的基本模式，通常是危险反复出现，类似的叙事我们也有——《西游记》就是典型的历险记结构，"九九八十一难"中的每一次都是相似的：唐僧永远是善良而糊涂，孙悟空则聪明而急躁，总是能够一眼就识破妖魔的诡计，但又受制于唐僧，受制于他的糊涂兄弟猪八戒，猪八戒永远是帮倒忙的，而沙僧永远是无原则的和事佬。总之每一次磨难都是对上一次的重复，为什么要重复？因为这是读者心理和消费的需要，它能有效拉长故事，会让读者从中得到起伏跌宕的刺激。所有传奇叙事都是这样。

"女主角经受战争和战斗作为赎罪的牺牲，被卖做奴隶、假死、换装、认出或认不出、横加罪名、法庭审理、法庭查验恋人的纯洁和忠诚。最终证明女主人公和男主人公的童贞并未真正遭到侵犯。"法庭查验女主人公居然还是处女。"主人公们找到自己的亲人，如果他们还未出场。如同突如其来的朋友或敌人相遇、占卜、预言、梦魇、预感、催眠草药。最后小说以恋人完婚的圆满结局告终。"用他的另句经典的话来总结就是，"主人公在年轻貌美的时候相遇并一见钟情的，中间经历了无数的磨难，最后又是在年轻貌美的时候终成眷属，中间经历的无数时间是不被计算的"，这就叫"传奇时间"。《西游记》就是这样，中间经历了无数磨难，但却没有写到唐僧步履蹒跚，孙悟空长了白毛，猪八戒老态龙钟，沙僧垂垂老矣。没有讲到这些，便不会有伤感在里面。

显然，中国的"才子佳人"的小说和西方的浪漫传奇是同一种叙事。它们都使用了片断的时间修辞，即一定要写到主人公洞房花烛、金榜题名然后结束。

让我们回到前面关于革命叙事的讨论，革命叙事与古典传奇中的类似叙事很像，但与更为经典的"奇书"叙事与《红楼梦》式的经典却很不一样。到90年代，奇书叙事的完整时间在作品中大面积地复活，90年代小说当中出现了大量的旧趣味，同时也是尼采意义上的"悲剧的（重新）诞生"。革命小说不写悲剧，只写喜剧或正剧，而到90年代，最好的一批作品，比如苏童的《妻妾成群》《红粉》，都仿佛回到了传统经典的趣味——为什么这些作品会成为苏童的代表作？我想跟他小说中的老模式和旧趣味是有关系的。比如《红粉》中，我们看到作者一方面是颠覆了革命叙事，另一方面是恢复了古老的叙事，这才使得苏童一下子变成了一个不寻常的作家。不但作为一个先锋小说作家，而且还是一个有着深厚的中国文化底蕴，有着东方的美学能力的、质地的这样一个作家。如何让自己的写作获得升华，我觉得苏童是一个例子。

再看一下贾平凹，他在1993年出版的《废都》，我认为是一部当代版的《金瓶梅》，为什么它会成为贾平凹最具代表性的作品？因为它可以向中国传统小说致敬，可以跟中国传统小说之间打通关系，这就不是一部一般的小说了。它可以概括为"一个男人和多个女人的悲欢离合"。这样的小说你可以概括，可以涉及大量中国传统小说，包括《红楼梦》和《金瓶梅》都可以跟它发生关系，它不是设定一个主人公在当代社会生活里的那些具体处境，它是把这样一个命题还原为一个古老的母题，就是一个男权主义的无意识的母题，就是一个男人和多个女人是如何悲欢离合的这样的故事，再过一万年，也不会过时。而一个关于中国当代的改革，或者是社会变迁的一个主题将会很快过时。我们怎么样让自己的小说由现实主义的描写升华为哲学的、文化的语言，而不是一个只在现实层面上有效，在文化层面上无效的写作，而今我看到的大多数作家都是这样的作家。

再看王安忆，王安忆的《长恨歌》在1995年出版，这也是一部现代中国女性的悲情之歌，或一个"现代的传奇"。它的名字对应的就是白居易的《长恨歌》。王安忆无疑是用她的《长恨歌》向白居易的《长恨歌》致意的，或者说，她是存心要写一部现代的《长恨歌》。这个小说从最简单的角度可以概括为"一个女人与多个男人的恩恩怨怨"——男作家喜欢写"一个男人和多个女人的悲欢离合"，女作家当然也有权利写"一个女人和多个男人的恩恩怨怨"，这个小说就是一个掩藏着女性主义、女权主义的主题，掩藏着历史的波澜风云的小说，她把这些东西都收纳其中，她要展现的是一个女人的故事，一个生错了时代的古老的红颜薄命的故事。这样就使得一个现代的命题同时具有了传统性，或者说具有了文化品质。

《长恨歌》的成功在于——我做了一个简单的概括：首先是真正恢复了中国式的美学。即讲述了一个"完整长度"的故事，一个个体生命、一个美丽女人的一生，她的红颜薄命，她的"现代"的、不一样的红颜薄命。她的命运不再是一般意义上的古老逻辑，而是"生错了时代"的结果，她的命运与时代之间产生了一个巨大的错位：一个持有着小市民观念和逻辑的女性，却与波澜壮阔轰轰烈烈的革命的现代历史相遇，她的不幸的命运也因此而获得了丰富的内涵。然而，足够现代的主题并没有使这部小说脱离古老的美学，我们越读到最后，便越会觉得它和中国传统叙事之间，慢慢融合到了一起，产生了一种中国式的或者是东方式的悲凉、感伤的那种情境与意绪。

但上述传统主题并没有压制它现代性主题的彰显。我认为，这部小说非常生动地回应了现代中国的历史，即它在历经巨大弯曲之后回到原点的奇怪逻辑——从小说中看，中间经历的革命年代好像是古老历史的一个余数，很奇怪，30 年代的上海是消费的，灯红酒绿的，小市民自由自在地幸福生活着的，斑斓多彩的日常生活；中间经过了一个巨大革命的神话，最终又回到了 80 年代的"改革开放"，与 30 年代如出一辙的生活逻辑。历史当然可以重回轨道，但一个女人的一生却就这样在夹缝里度过了，所谓的"长恨"在这里获得了丰富的历史内涵，获得了现代的复杂意味。

王安忆有一本书就叫《寻找上海》，这个名字起得好，一个作家和一个城市、和一个地域文化之间会互相成就，犹如老舍之于北京，张爱玲之于上海。再过很多年，假如我们要寻找上海，除了到博物馆、到老建筑和旧街道上去找，还能去哪里？假如你要找活的上海，只能到文字里去找，现代中国的上海是在哪里留存？一定是在新感觉派小说，在施蛰存、穆时英、刘呐鸥的笔下，在张爱玲的笔下，在王安忆的笔下。

四

还有一些与传统叙事不那么接近的，但也可以称得上是"完整时间长度的叙事"，它们往往会产生出壮美与巨大的历史内涵。这也涉及一个"中国小说诗学"的问题，如同《三国演义》一类讲史小说所生发出的巨大的历史修辞与美学一样，这类有"完整长度"的叙事，某种程度上可以说预示了当代中国长篇小说乃至文学和"中国美学"的复兴，至少我们从中可以看出某种迹象，比如莫言的《丰乳肥臀》《生死疲劳》，余华的《活着》《许三观卖血记》，格非的《人面桃花》《山河入梦》《春尽江南》三部曲……我只是选择有限的几个例子来简单地谈一下。

首先是《丰乳肥臀》，多年前我曾给予它一个很高的估价——"新文学诞生以来最伟大的汉语小说"，为什么这样说？我是有理由的，第一是它伟大的主题，即书写了20世纪以来中国传统民间社会被侵犯和毁灭的历史。小说中的上官家族所代表的是一个古老的民间社会，这个民间社会有其自我生长的自足的生存体系，它是一个生存系统，既藏污纳垢，又生气勃勃，它充满苦难而又充满创造力，但在20世纪，所有的政治力量都要来侵犯这个体系，革命党、帝国主义、汉奸、江湖土匪势力、现代科技、各种各样的外部力量，都来侵犯这个民间社会，最后导致了这个家族的毁灭。这个过程我将之概括为20世纪以来中国传统民间社会被侵犯和被毁灭的历史，而在我看来，这正是对于以往所有历史叙事的立场的整合与超越。

现代社会是如何在罪恶和血泊中诞生的？一个真正优秀的作家应该关注什么？我认为应该关注如此巨大的命题，仅仅关注某一个政治派别是如何胜利或失败的是不够的，他必须要关注整个历史的转折，能够从20世纪的历史中提升出这样一个主题的作家，一定是一个伟大的作家，没办法。

第二是一个伟大母亲的形象，这个形象曾备受指责，因为仅从道德意义上看她似乎是不符合传统的，她被迫通奸、被强暴，也曾主动勾引过男人，她的一生中有太多的含垢忍辱、太多枝枝蔓蔓的那种经历，但是她由此生下了九个孩子。我是把这个母亲做了这样几种解读：首先，她是一个"人民"意义上的母亲，是底层人民的化身，是被侵犯、被凌辱的对象；其次，她又是一个伦理学意义上的母亲，她保有了劳动者全部的美德，劳动、创造、忍辱负重、饱经沧桑，养育了众多的儿女，繁衍了一个枝叶繁盛的大家族；第三，她还是一个人类学意义上的母亲，一个生殖女神，"丰乳肥臀"这个不无夸张的书名，便是一个合适的人类学标签。在我看来，莫言之所以比同时代的许多作家更高明，是因为他懂得人类学，或者说他是用人类学的眼光去把握历史和人物的，因此会超越道德意义上的书写，会更真实和丰富。这样的笔法使母亲的一生在成为苦难的一生的基础上，也成为创造的一生，既是承受一切苦难，消解消化一切苦难的一生，也是一个超越于社会学的生殖之女神的一生，她因此而变得更丰富、更博大和更历史化了。

第三是伟大的结构，我称之为"星空式的结构"，母亲上官鲁氏是这个家族的核心，她和无数的苦难一起生下了这么多孩子，来弟、招弟、领弟、想弟、盼弟、念弟、求弟……头七胎都是女儿，最后她和马洛亚牧师，瑞典籍的马洛亚牧师——这是莫言的聪明或狡黠之处，他为什么不写一个英国的、法国的、意大利和德国的牧师，而是一个瑞典籍的牧师？因为他要得诺奖（笑），他要向瑞典人民致敬，他老早就有这个"野心"——杂交而生下了上官金童和上官玉女这一对双胞胎。这当然是一个寓言的安排，即中国本土的母亲和一个西方的父亲杂交的后果，其实预示的是20世纪中国的现代历史，中国的现代历史和文化不就是一个杂交的怪胎吗？"德先生""赛先生"这样的西方文化观念好比是一个外来的父亲，而中国原生的本土文化则是新文化的母亲，他们互相结合生下的新文化的"杂种"——最初我们喜欢称之为"宁馨儿"，但实际却是杂种。这不就是我们20世纪的历史吗？每一个人都是文化意义上的"杂种"，这是莫言的理解。一个大作家对历史的认识是高屋建瓴的，不是着眼于局部。所以我说伟大的结构就是伟大的主题，这个以母亲为核心生成的巨大的放射式的"星空结构"，以母亲为中心，统领着众多的儿女，而众多的儿女又和中国现代历史所有的政治力量、外来力量之间发生关系，并最终死于这些外力的侵犯，而这就是20世纪中国的历史的结构。

从上述角度看，《丰乳肥臀》虽然只有五十万字，但它的容量是极其巨大的，结构、容量和主题都堪称是新文学诞生以来最无与伦比的。我在2000年之前，就得出了这个看法。1995年这部小说出版之时，曾遭到无数人的抨击，许多专业的评论家都是误读的。但我在90年代末看过它三遍之后，我认为它就是新文学诞生以来最伟大的长篇小说。这个预言似乎是武断了一些，但是我觉得我的判断某种意义上也是有理由的。

简单地总结一下，时间在《丰乳肥臀》的叙事中的设置和作用是必要的。第一，它通过母亲这个人物贯穿了整个20世纪的历史。母亲生于1900年，死于1995年，而小说写作和出版的年份就是 1995 年，他用母亲的一生贯穿了一个世纪的历史，自然地成为了 20 世纪历史的主体。第二，通过上官金童，她的杂种儿子贯穿整个当代历史。上官金童的生长史是一部当代史，当代历史中知识分子的悲惨命运，通过上官金童得以构造出来。所以我们认为这部小说其实是两部书，一部是知识分子之书，一部是民间之书，母亲代表的是民间之书，上官金童代表的则是知识分子的之书，两个主体的命运合为了一部书。第三，通过将本来的第一章倒置，即母亲出生、成长和生育九个孩子的过程，放置于最后一章，使历史产生巨大的闭合感。看过原著一定会有这样的体会，觉得它非常出人意料又非常合理，小说产生了一个叙事的圆，历史出现了一个圆形的构造，就是闭合和自我循环的，这是一个很重要的特点。它的作用，一是使历史产生了整体性，并且获得了悲剧内涵，这个整体是波澜壮阔的血与火交融的历史，是民间社会被外来力量毁灭的历史，是中华民族可歌可泣可悲可叹的历史，是东方的古老农业社会的解体的历史……所以是一部巨大的悲剧。一个世纪即将过去，但截至那时一切似乎并没有变得更好。苦难伴随并且加深，这是他对历史的体认，当然和政治家和我们每一个世俗生活中人的体验并不完全一致。但从根本上说，作家应该对历史具有批判性和悲剧性的思考。其次，两部书合成了一部书，一部民间之书与一部知识分子之书的完美融合，其内在的厚度就不一样了。

另一位作家格非，写了三部重要的作品，《人面桃花》《山河入梦》《春尽江南》，统称"江南三部曲"。他写的也是 20 世纪中国的知识分子之书，知识分子发动了革命，参与了革命，但是后来却被革命，被甩出了革命的轨道，变成了悲剧人物。格非的三部曲写的都是这样的主题，他的人物大都患有类似于精神分裂症一样的病症，每一个人都有"生错了时代"的错位感，但每一个人又都是其时代的精华，他们富有思想、有理想，愿意改造社会，参与推动社会进步，可他们没有一个不是被历史甩出了中心，这个逻辑非常有意思。而且三部曲的最后一部《春尽江南》出版以后，使得三部作品更形成了"整体修辞"，也成为了一个完整的结构，完整地呈现20世纪的历史，而且使之具有鲜明的轮回感。因为三部小说的主人公都是有血缘关系的，他们每一个人物都传承了他们的母亲或是外祖母的性格，以及她们的命运。

再一个例子就是余华，他的《活着》和《许三观卖血记》也都是类似的完整结构，他讲一个人物的命运一定要讲到底，讲到最后，直至其悲剧性完全得以呈现。

至此，关于第一个问题我们基本上讲清楚了，今天要讲的内容基本上也就有交代了。

最后我再简单地把第二和第三个命题介绍一下。第二是阶段性叙事的时间，我们刚才已经提到了，阶段性叙事也有古老的传统，来自童话叙事、传奇叙事，在现在被革命叙事改造以后推到极致，就变成了《林海雪原》《青春之歌》《暴风骤雨》这些小说，它们都是描写主人公成长完成然后终成眷属，皆大欢喜，革命呈现出美好前景，主人公展现出美好的未来，这样来完成叙事的整体架构。包括"文革"时期出现的小说《第二次握手》都十分典型，这就不展开了，犹如王蒙先生的《青春万岁》，革命叙事的一个重要特点就是歌颂青春，"所有的日子都来吧，让我编织你们，用青春的金线和幸福的璎珞编织你们，而总有一天落后的日子都会过去，我要用金黄的菊花和黑白的彩带为你送终……"假如我们要给他进行续写，那么就会产生"完整时间修辞"和"片断时间修辞"之间的区别。其他的时间修辞，情况特别复杂。

在当代文学的技术层面，有特别值得讨论的东西，传统当中也有这种修辞，"现在将来过去时"，李商隐的"何当共剪西窗烛，却话巴山夜雨时"，就是"现在将来过去时"，还有海子的诗歌里面写死后的情景，我把它叫做"将来过去现在时"，穿梭于过去和将来之间，在《红楼梦》里面是很普遍的。鲁迅的《狂人日记》也是例子，马原的《虚构》当中设置了时间的圈套就是，七天之内怎么会发生了主人公和一个女麻风病患者的肉体关系，最后他又通过把这七天的故事处理成一个梦，让这七天无从谈起，小说的叙事最终就给颠覆了，作家本人"得上"麻风病的危险也被颠覆了。

因为时间关系，这些内容只能一闪而过，让大家知道有这么一些问题，我今天主要是为了打开大家对于时间要素在文学叙事当中的作用的思考，以及自觉的关注，主要是要强调，时间不只是生命之本、存在之本，也是叙事之本。叙事当中的时间是如何安排的，它不但会决定一部作品的长短，决定故事的类型，也会决定一部作品的美学属性，所以应该要好好研究。由于内容太庞杂，很多问题没有来得及展开，没有谈到位，所以不周全和不准确的地方，请大家批评指正。

谢谢大家。

我们大家都是同学

苏叔阳

　　我今天给大家讲一讲我在作家生涯当中的体会，题目是《我们大家都是同学》。我想这个题目有一个共同点，就是我们大家都要学习，生活在不断地前进，不断地变化，人世沧桑。我们大家所要从事的职业是要反映我们这个民族，丰富的多彩的几千年的文明，和当下火热的也在变化无穷的生活，所以我们面临的一个很重要的地方就是学习。有很多很多东西需要我们认真地学习。我们学习的任务是那样重，但是我们目前的社会风气和时代的潮流又如何呢？是有一个相当大的落差，或者说是矛盾，我自己深深感觉到知识不够用，所以第一个我就讲我们要学习。

　　我们要学习，学什么呢？我想第一个我们要学习怎么爱我们的民族，爱我们的文明，爱我们的祖国。为什么这么说呢？因为我以为我们当前社会上和文艺界存在着一些与我们的职业道德、我们的天职不符合的一些风气。比如说我们回过头来看一看我们悠久的五千年历史当中，文化人知识分子在社会上所起的作用和我们创造的灿烂的文明，以及这些文化人在社会、时代、历史当中的担当，就知道我们今天如何的不足。

　　最近有过一次民意调查，这个民意调查是说请大家选出十首你最喜欢的中国古典诗词。大家可能想不到，第一位票数最多的竟然是非常简单的一首诗，这就是"慈母手中线，游子身上衣。临行密密缝，意恐迟迟归。谁言寸草心，报得三春晖"。这是第一首。第

257

二首竟然是李白的《静夜思》，"床前明月光，疑是地上霜。举头望明月，低头思故乡"。这是第二首。可见我们中国人民最强烈的一种感情就是爱母亲，爱祖国，爱民族。因为那个母亲已经不单纯指的是自己的生身父母，而是扩而大之指的故乡和祖国。

那个故乡也是我们祖国的锦绣河山，这种感情是我们中华民族长久维系、始终在风浪中坚持的一种最优秀最美好的感情。可是我们也有一些作家采取另外的一种方针，我接触过当代最负盛名的一个美国剧作家，叫阿瑟·米勒。当时我们刚刚走出"文革"的阴影，阿瑟·米勒和他的夫人第一次到中国来访问，他看的话剧就是我那个《丹心谱》，看了这个戏，他非常严肃地对我说：一个作家，一个剧作家，天然地是和社会的不平做斗争的，因此总是和社会起矛盾，作家应该有这个胆量，有这个担当，他很欣赏我那个剧里边的这些东西，现在我要郑重声明一下，这个戏被很多评论家说成是政治戏，是歌颂周总理的，不能说他看错了，只是他受了时代的限制。

其实歌颂周总理这是我这个话剧的一个引子，犹如《红楼梦》大观园里边讲刘姥姥一进大观园，要有说话的题目，实质上这个戏呢，是我想歌颂中国的知识分子的高风亮节。在"文革"后我很坦率地说，第一个正面把知识分子当作英雄来歌颂的就是本人的《丹心谱》，不信你们回过头去可以看：所有的知识分子在此前特定的环境下，都写成有许多缺点，来证明对知识分子"团结利用改造"政策的绝对正确。这个戏里头几代知识分子大都是英雄好汉。在当时的时代环境下，在大家都在怀念周总理的时候，我借机抒发了我的私心，当时内心的一种愿望就是，我要歌颂中国知识分子的高风亮节。

虽然毛主席说过：我们党正确地对待知识分子的时候我们革命的事业就前进就正确，如果我们错误地对待知识分子的时候，我们革命事业就受挫折，我们党的政策就犯错误。但是我们对知识分子的政策却常犯错误。从中国历史上来看，引导中国社会前进的都是那些具有时代先进思想的知识分子，我们流传下来的那些哲学、民族优秀道德、民族价值观念，从屈原开始，或者说更早以前，从老子、孔子开始就树立了这样一个光辉的传统。非要说知识分子是依附于其他阶级的，在社会上不起什么作用，这种观点我认为不符合历史实际。人类的文明就是人类杰出的先贤从历史的实践中总结流传下来的。我们中华民族五千年的优秀文明，绵延不绝，不断前进，绝不能忽视和低估知识阶层的作用。

我们作家的任务就是歌颂真善美，维护我们民族优秀的美德，抱着悲悯的态度抱着同情和热爱的态度来批评我们民族当中不正确的东西。例如像鲁迅先生写的阿 Q，他是怒其不争，又抱怨他不觉醒，是一种悲悯的态度，是一种热爱的态度，像批评自己的家人一样的，哪怕讽刺得深刻一点，也是抱着一种使他们觉醒的态度，我认为这是作家正当的职责，正当的趋向，正当的伦理道德标准，而那种采取肆意狂欢的态度来嘲笑我们群众猪狗不如，我认为这种态度是不对的。现在有这么一种人，就是以此来挖苦中华民族，他自己很高兴，很狂欢，这实际上反映了一种贵族情绪，觉得自己是人上人，别人都不行，类乎犬马，自己在高处俯视这些低等生物。知识分子应当是个高贵的人，但是内心高贵那是追求崇高，而不是嘲笑别人，历来全世界正直的艺术家和文学家都是这样的。以剧大师卓别林为例，你们看过卓别林的影片，他手里的蛋糕永远摔在贵妇头上，他挖苦的永远是贵妇，阔人。而对那些伤残者对那些弱者总是给予同情。他那些笑里面含着眼泪，我们中国的一些文艺人，却总是拿弱势的人残疾人开玩笑，而且这些东西还充斥主流媒体。

有一个自称大师的人，那么一位作家，就夸他是伟大的农民戏剧家，我说这是对农民的污蔑。如果你们真要看从打谷场上听来的故事，又重视故事中的人，应该看已经去世的老李准的作品。老李准并没有多少多么厚的文凭，多么高的学历，但是我认为他和乔羽先生两个人是中国农民阶层中生出来的两个相当了不起的聪明人和正直人。所以他们对于平民的态度都是充满着同情充满着歌颂的，而一些自认自己是农民出身的人，在那讽刺农民，这是非常恶劣的，外国人说这是狂欢的姿态嘲笑自己民族猪狗一样的生活。

我不知道为什么，这还流行，我认为一个作家他本身内心里应该是高贵的，这个高贵是从我们文学的老祖先孔子和屈原那留下的，就是要追慕崇高。追慕崇高不等于瞧不起别人，而是同情和热爱我们的民族。这是知识分子应有的所谓士大夫精神，所谓贵族精神，精神贵族是指这个。

世界上都认为知识分子的贵族精神表现得最好的就是俄国的十二月党人。俄国的十二月党人他们男的，都是王子，都是各个地方皇亲国戚的官二代吧，都是贵族。女的都是公主，命妇，都是这样的人。在俄国和法国开战的时候，他们保卫俄国一直反对拿破仑，直打到巴黎。到了巴黎之后发现了法国人所提出的自由平等博爱这种思想，于是受了鼓舞。回国之后就开始反对沙皇，而且开始武装起义。最后，沙皇把他们两个首领，一南一北，两个十二月党人逮捕起来。给所有的十二月党人发了通牒，说如果你们现在签字不再反对我，那么王公贵族照做，还给你们优越的生活和世袭的爵位。但是十二月党人无一签字，后来就把这两位领袖绞死了。然后很多十二月党人在冬天发配到西伯利亚去，赤脚戴着脚镣手铐。他们的妻子母亲送他们，亲吻他们的手铐脚镣，十二月党人没有一个签字投降和屈服沙皇的，因此被全世界称道。中国人所说的士人，是知识人最高贵的典型：可杀不可辱。我们历代都有杰出的为国为民的知识分子代表了知识分子内心的高洁。我认为做一个作家首先就要内心高贵，决不庸俗，不说假话，可以不说，说出来就是真话，决不嘲笑弱者，决不欺负弱者，决不表现自己是高人一等的贵族，你拿起笔来写东西这是有社会职责，有社会道德的。首先要爱人民，爱你的国家，爱你的民族，爱你的文明，而不是嘲笑。你可以批评，有不同的意见，但不可嘲笑，不可以视自己为清高，去瞧不起别人。

我们有过一个悲壮的历史阶段，那就是清朝六君子，如果没有谭嗣同为改革而流血牺牲，那么明清以后的中国知识分子很难被我们纪念，因为确实在历代统治者的淫威下，知识分子的性格变得懦弱了，但是幸亏有谭嗣同给我们这一代的知识分子，离我们最近的知识分子树立了榜样。在旧中国毛主席说鲁迅的骨头是最硬的，这是优秀传统，但是我们看看鲁迅先生的作品，他对那些穷人，像祥林嫂，包括阿 Q，从来不是用狂欢的态度，来讽刺他们，嘲笑他们过的那种生活，而是充满了同情，如果一个作家没有对弱者对普通人的一个亲切的热爱的这样一个关怀精神，我们就失去了我们的本质。

我认为一个作家的天职是歌颂真善美，鞭挞假恶丑，同情群众，因为你是群众中的一分子，你不是什么高贵的人。如果一个作家——现在的作家一方面享受着体制内一些优惠，我们作家应该承认，是比别的一般人有一些意外的特权——享受着特权，另一方面又要挖苦讽刺，我觉得不大合适，就是缺乏点良知，所以我觉得我们作家当中的这种风气啊，这种特别狂妄，用北京话不知道自己吃几碗干饭，你有什么可了不得的呢？

同学们，我一直是这样想，我们这职业要按混饭吃啊，和大街上修鞋的没什么区别，都是职业，但是每一个职业有它对职业的要求，作家的职业就是为人民说话，就是说真话，你说假话有时候不太合适的话，不利于大局的话，你可以不说，你说出来就是真话，这就是我的一个看法。作家的天职就是爱人民，爱祖国，爱生活，这一点是要学习的，从古代的先贤那里学习，从屈原学，屈原给全民族立了一个目标，就是追慕崇高，生命的存在是有原则的，这就是孔子、孟子所说的义，也是老子所说的要守道，遵守道。当这些原则都不存在的时候，生命也就无所谓了，这些活着的原则永远高于生命本身，当生命的原则不再存在的时候，生命就变得不重要了，所以屈原的投水自杀很有讲究的，人家是抱着披着香草抱着石头，不是停止的水是流水，是清洁的流水，众人皆昏，我独醒，我无法教育别人了，我只有完成我的崇高原则。

包括鲁迅先生所挖苦的颜回，临死砍头，端正帽子之后，一下子被人杀死了，"君子死，不辱节"，中国知识分子正是凭着这一代又一代，特别是我们古代的先贤，不要说他们迂腐，节比生命还重要，那些气节和义的精神永远值得继承。所以我觉得中国作家首先要有这种精神，绝不随风起舞，与时俱进不等于随风起舞，你要有自己的原则，这个原则就是爱祖国爱人民，爱护正义，遵守真善美，作品中绝不歌颂假恶丑，最容易把揭露变成歌颂的文体这种样式就是侦探小说，或所谓揭露小说，在揭露官场腐败时候，经常表现出作者的扬扬得意和欣赏，那个分寸感很难掌握，一出溜就过去了，就把揭露变成了歌颂，变成了宣扬。

我担任过（从成立直到去年刚刚卸职）一个叫中国侦探推理文艺协会的会长，我就始终坚持这一条，你可以揭露批判假恶丑，但你不可以变成宣扬，因为这种文体就是公安文学里最容易不自觉地揭露了某些警察怎么跟坏人串联的那个内幕，你说得越深，扬扬得意的劲头就出来了，就等于宣扬，这个分寸感很难掌握。这种分寸感就在我们笔端，我们下笔的时候要有责任，所以我觉得在当今，我们会面临着许多我们在前进中所碰到的困难，甚至错误，甚至罪恶，我们该怎么对待？中国神话里有一个女娲补天，这个补天的精神就是顾大局的精神，是中国知识分子一以贯之的精神。

这种自我清高，自我高贵和内心的崇高是两回事，我劝大家内心崇高，不流俗，但是亲近人们，这是第一点。我们要学习先贤，我们几乎所有的先贤在历史上留下名字的人，都要接受吝啬的挑选。先贤有三大标准，叫做立功、立德、立言，要么是有大功于国家社稷者，要么就是你的德行可为民立标，要不就是你有绝顶聪明的智慧名言，成为中华民族聪明智慧的代表，没有这三样之一者你休想成名，另外成名的都是坏蛋，都是被历史所臭的。我们宁愿做一个立德、立言，我们可能很少有可能立大功于国家者，特别当作家的，但是你有立德、立言，这是我对诸公也是对我自己的鞭策，我们大家都是同学，学习这一点。这是第一个要学习的。

第二个就是要学习历史，你不知道我如果不写《中国读本》，我虽然是历史系的学生和教师，但是如果我不写《中国读本》，我绝对不知道我们祖国的历史是那么辉煌，我们在清朝初期的时候还是领先世界八百多年，GDP 是占整个欧洲总和的三十倍，清朝开国到 1840 年鸦片战争之前是欧洲 GDP 总和的三十倍。宋朝更多，以一个弹丸小国，宋朝是个小国啊，远超过唐朝，是唐朝的二十几倍，我们曾经那么辉煌过，那样轻蔑地说我们的历史，一概否定，以批判之名否定中华民族传统文明，以批判之名否定中华历史的悠久和辉煌，是一种不自信的表现。以为中国这点东西不可以支持中华民族再往前进，是一种不自信的表现，不自信就无以自尊，不自尊就无以自立，更不要谈什么中国梦。所以学习历史对于中国作家是非常重要的。

学了历史你才知道，历史原来是前朝永远是后朝的铺垫和准备，后朝是前朝的发展，不管这个制度，政治制度，怎么样地根据实际情况增损减益，中国的历史是一部多姿多彩，起承转合非常好的。有一个德国的大历史学家叫雅斯贝尔斯，或者翻译成雅斯贝斯，这是近代最近代的一个世界知名的历史学家，他本人不是哲学家，但实际上他已经是哲学家和思想家了，雅斯贝斯有这样一段话，这段话传到中国来的时候，正好中国文化大革命，所以我们没有看到这段话，他说人类有一个文明轴心时代，这个时代是公元前 800 年到公元前 200 年，这个轴心时代世界上只有三个国家或者说民族有历史，有哲学，其他国家都没有。这三个国家是希腊、印度和中国，后来他又加上一个，或者还可加上以色列，其他国家都没有。今天人类的文明就是这文明轴心时代的文明的延续和发展，现在人类有很多各种各样的文明了，这些文明就都是这三个民族文明的流传、延续和发展，它是超越时空的，这段话现在被全世界认同。历史学家和哲学家有一个英国哲学家叫罗素，这是近代 30 年代在中国曾经讲演闹得很红火的一个人。他更有意思的是，他说历史起源于中国，这什么意思呢？

这个时间公元前 800 年到公元前 200 年，正好是中国的春秋战国时代，中国的春秋时代，是起源于公元前 770 年，战国时期结束在公元前 221 年，就是秦始皇统一中国，这个大家都会清楚的。也就是说中国春秋战国时代的诸子百家这些先贤们的文明是世界文明的伟大的一部分，今天人类文明伟大的一部分，至少东亚文明或者亚洲的文明受中国文明的影响极其深远。

更何况老子的书，就这老子薄薄的五千字《道德经》是全世界发行量仅次于《圣经》的一本书，那不是几千万了，他这本书是世界上统计翻译的文字最多、数量最多的第二本书，第一本是《圣经》，《圣经》是耶稣的信徒们写的，《旧约》全书，《新约》全书，是他的信徒编写。老子的书是他自己写的，因为完全是非常漂亮的诗体文，韵体文。

我写《中国读本》，我写《西藏读本》有人说你去过西藏吗？你动了三次手术，肺癌患者，大夫不让去西藏。我说是。你懂藏文吗？古藏文是不懂。你连西藏你都没去过，又不懂藏文，写什么藏史？我说我有一个朋友，经常在中央电视台讲明朝，我知道他没去过明朝。他就不说话了。我说大家不都是看史料说话吗，你们也没有去过西藏这个王朝，那个王朝啊，你怎么写你们那个王朝啊？就连写清朝的清史专家他也没去过清朝，别看他在北京住着，老北京，他没去过清朝，他住的中华民国时代的北平和中华人民共和国的首都北京，他没去过清朝。抬这扛，就没意思了，学习历史对我们极端重要。

尊敬先贤，敬畏先贤是美德，假如我们所有的人都破旧立新，全都不尊重古人，中华民族何来五千年文明可以夸耀于世？那时候，就连英国的立宪制度都是从宋朝学去的，这不是我说的，孙中山说的，说英国的上议院下议院究其历史是从我们北宋文官制度学的，连署名都没改，英国上议院叫枢密院，这是宋朝的词，枢密院，下议院叫众议院，叫下议院这都是北宋的词，北宋在军事上很不发达，但在科技上是中国封建时代最了不得的一个王朝，他的经济也最棒，而且他的知识分子最舒服，在宋朝开国一直到南宋灭亡，没有杀过一个因祸得罪的知识分子。

学习历史很重要啊，不然我们写作就出毛病。有一个四川作家写了一个唐代的三部长篇小说，讨论的时候有一个学者谈到了南北朝，下边一大批理论工作者，很不明白唐朝你谈什么魏晋？他不知道魏晋南北朝是给唐朝宋朝铺垫的。中国知识分子最辉煌最自由的阶段就是魏晋南北朝啊，不然怎么会有那个八位隐士一样的，陶渊明怎么能写出《桃花源记》，《桃花源记》到今天仍然是今人写不出来的美丽的散文。"初极狭，才通人"，"夹岸数百步，中无杂树"，就这句话在课堂上解释半天，还有学生们问为什么没别的树啊，是不是种的？我们的智力就是这水平，也不懂"采菊东篱下，悠然见南山"，这位老爷子蹲在什么地方，怎么又是东篱就见南山啊，他在篱笆的哪头蹲着呢？老琢磨这个，"心远地自偏"，这是陶渊明的，也有王羲之的字，书法。文艺家一个个超然物外。玄学发达，使得人们对自己的力量也产生了信心，于是，创造力大增。

我希望大家背点古文，你就知道中国的古文是多么的优秀，他不但适合念，适合朗读，还适合你摇头摆尾地去品味，你就背背《桃花源记》你就知道了，写得多么干净，多么纯朴又多么诗情画意，今人达不到。

为什么呢？因为那个时候的文章和仕途特别是魏以后，他和仕途——就是距今一千多年以前确定这个状元考试啊，科举之外——他和这个仕途有关，一个人的一生跟这个写文章有关，因此写文章就变成了少数人的特权，精于研究，从两汉开始，两汉司马的文章就开始，于是中国的写作这一门学问，达到世界的顶峰，如果你会翻译的话，现在我们这个用现代白话文去翻译古典散文实在是翻译得非常没味道，但是你把他翻译古代的西方的那些如果你拿起来看看，一比这个文章学的水平就知道了。

后来白话文的功劳就是谁会说话谁就会写文章，写文章变成了大众或者说人格功能的之一，所以不会写文章是个耻辱，因为你会说话你就应该会写文章，把文章的写作权放给了大家，变成了人格力量的一部分，你不会写文章就证明你人格缺陷，但是我们没有提高到这程度来认识，因此我国的白话文，就是现代文水平也不是很高，特别无法和我们前人比较。有人可能对我这个说法不大相信，请你们看看现代一些小说家的小说，经常引用点古文，那古文引用得还不是地方，最常引用的"其他"的这个"其"字，将其捉拿，将其捉拿归案。这"其"在此完全不必要，不必在此装个意味表示你懂古文，这个"其"字的这个功能太多了。

我们的经验教训也多得很，你学了历史就可以悟道，历史当中有一条冥冥的规律，这条规律是不可破解的。第一个要学历史，使我们不犯历史错误。所以我说我们学点历史有好处，真的很有好处，让你脑子清明很多，才知道今天当代很多人的解释是那样的荒谬。伟大的这个《赵氏孤儿》啊，这位舍弃自己的亲骨肉，来奉行大义，大义就是国家江山，不是仅仅是皇帝，这种思想使得当时 15 世纪的法国就是人道主义者的启蒙，那些人最反对伦理的这些人，为这个程婴的大义灭亲所感动，是法国人先把这故事拿去，传播到全世界的，没有一个不为程婴的大义灭亲而感动，说一个伦理为维系的国家，竟然出现这样的人。所以对中华民族很尊敬。

第三个要学习哲学。我们中国作家目前两方面的哲学都欠缺，一个中国古代哲学的优秀传统，一个西方哲学从古希腊一直到康德的理性的批判，如果你要认真学马克思主义，你应该从康德的理性批判开始学，人类的文明经过了三个时期，现在开始进入第四个时期，第一个时期是原始文明时期，那个时候人类为了生存，就成为自然的就是宇宙的奴隶，就是自然让你怎么做，完全是听天由命。第二个是农业文明时期，人类是自然界的学生，不断地提问，该怎么办呢？顺应他。第三个就是工业文明时期，人类妄想做大自然的主人，命令大自然为他服务，以至于今天我们全球生态文明破坏到这种程度，受到了惩罚。现在开始进入了第四个文明时期，就是生态文明时期，在这个时候中国人想抢占生态文明的话语权，太湖文化论坛的命题就是生态文明同各种文明携手共建人类的生态文明。

生态文明就是工业文明一发展到最高度的时候，康德首先举起了理性批判的旗帜，说我们应该理性地对待人与自然的关系。马克思也是在理性批判的旗帜下对资本主义进行了理性的批判，发现了资本的秘密，他逻辑地推出了要推翻资本主义的政治制度，在旧政权的废墟上，建立新的理想的王国，这就是共产主义，他提出来的口号就是人尽所能，各取所需，他提了这个口号。

但咱说学习中国哲学，中国哲学，老子的哲学，在完全他处在农业文明的初期，他竟然天才地发现了，人与自然的关系应当是和谐的。所有的山川水陆，动植物，人是其中一分子，和地球上的所有的东西一样，都是地球自己产生的，人法地，地法天，地呢，又是天的一部分，天法道，天是道的一部分，道法自然，道是自然界产生的。他是个无神论，不承认有超自然的力量，这个思想在两千七百多年前产生，岂不伟大？到今天生态文明，逻辑地从他那个道法自然中产生，就是人要适合自然，当然他还不是生态文明，因为一系列：人和人，人与政权，人与社群，国家与国家，这些非常复杂的这样一个系统，工业怎么样，农业怎么样，科学怎么样，但是他最早道法自然的思想已经说出了这个生态文明的最初的基本道理。

　　我们究竟该怎么对待我们祖国的优秀的哲学？联合国总部的很多墙上，都用各种文字标着孔子的名言"己所不欲，勿施于人"。近年世界宗教伦理会议发表宣言说人类道德金律，第一条就是己所不欲，勿施于人。这是世界宗教伦理会议的宣言，联合国总部竖立着孔子的塑像，在两千五百多年前敢提出这个思想，孟子说：君不义，人人皆曰可杀。如果当皇上不义，不实行义谁都可以杀他，天下皆曰可杀，那时候思想多解放，多开通。

　　我们中国现在文艺批评当中还少一样东西，这个东西就是接受美学的评论，这个呢就和我们学习哲学不够有一个原因。1967 年，也就是中国文化大革命开始以后，德国一个大学的教授，他呢完整地推出了他接受美学理论，这个人我们中国人翻译——首先到现在为止关于姚斯教授接受美学的系统的理论——缺乏非常可靠的这样的一个著作的中译本，这个姚斯教授本人不是文艺评论家，他是个哲学家，但是他提出了接受美学这个观点是对文艺批评的一个巨大的至少是一个巨大补充。

　　小平同志在上届文代会上曾经——我亲耳听他讲，写什么和怎样写由作家决定，不要横加干涉，这一条到今天做得也并不太好，而且他讲"文艺为政治服务"这句话是不周严的，起码从逻辑学上来说是不周严的，因为它很容易变成为具体的政策服务，而具体的政策是经常改变的，他说要符合文艺规律，他提出这一点，当然今天做得也并不是那么太理想。这个也就是说中国作家由于长期受各种各样的主客观条件的限制，在创作写什么和怎样写方面一直受着时代的约束，或者说时代的限制，这是正常的现象，因为人都生活在一定的时代潮流中，这个马克思和恩格斯本人呢都是至少是文艺爱好者，而恩格斯可以说是一个文艺理论的行家，如果你们学过马克思恩格斯的文艺论的话，你会发现恩格斯说过很多非常天才而且非常实用的文艺评论。比如说考茨基的母亲是一个剧作家，写了一个关于德国骑士运动的话剧，她就把剧本寄给恩格斯看，让恩格斯提意见，恩格斯就这个剧本说了很多话，其中有几条说得是非常之符合文艺创作实际的。他说舞台上展现的那些人物啊，都被一定的时代潮流托浮到舞台上，是时代潮流的产物，怎么表现这些时代潮流呢？他说假如要多写一些当时德国五光十色的平民生活，就会给活动在舞台前部的骑士提供一个无价的背景。这句话很聪明，也就是说你要写作，一定要写出客观环境，这些人物都是产生在一定的客观环境之上的，或者说典型环境之上的。

就是每个人物都是被一定时代潮流托浮到舞台上的，因此我们写作的时候，写那些人物的时候，一定要写足他们所生长的客观环境，在文艺上被叫做典型环境。那么接受美学讲的什么呢？接受美学就把创作的决定权和美的标准的决定权从作者自己的手里抢夺过来，交给广大的审美者，也就是读者和观众对于你的作品有说话权，他首先规定你写出来的东西不能叫做作品，在受到检验之前应当称之为文本，你写的这个东西，咱们翻译，把文本这个词翻译过来了，但是离着人家原来的那个意思差着很多，人家说你没有经过客观审查的那些创作品只能称之为文本，那么接受者，审美的接受者有这样几个权利。

第一，决定你是否是艺术，现在都是说我们作家写这个，你写的到底叫不叫艺术？得读者说了算，当读者公认你这个行，你才可以称之为作品，这是他的第一条原则。第二，你作品的再生产权利，第一个是审判权，决定你是否是艺术品，你不能自己说是艺术品就是艺术了。第二个，你生产的权利，你还想接着写，或者说就这个题材接着往下发展，这个权利也是接受者的，美学接受者的，觉得你这写得不错，还没写完，给你提点意见修改修改，这个动力是来自于审美者，或者是有人还愿意给你投资。第三个，它是不是个经典，是不是能流传下去，也是由接受美学的接受者，也就是读者和观众一代一代口碑留下来。

这个理论上和中国传统美学的文论差不多，在晋代有钟嵘的

《诗品》，刘勰的《文心雕龙》，已经相当系统地谈了诗的美学观念和文章的美学观念。无奈我们中国读者读这两本书的人太少了。我们这一点上要多学习点各方面的文论，特别是现在西方方兴未艾的哲学，叫做建设性后现代主义，我们连现代主义和后现代主义还没闹清的时候出了建设性后现在主义。包括这个一下子就可以明白，他过去把第一次启蒙运动所提出来的个性解放，尊重人的天赋人权，这个口号改变成尊重他人尊重异者。

这就和中国传统哲学孔子老子建立这个核心上的共同的话语平台一样。孔子讲泛爱众，亲亲，亲人。这个《弟子规》里头一条就是泛爱众，你爱大家，还有爱你的亲人，也爱那些仁者。老子认为凡是遵行道的人都应该尊重，和而不同是要尊重他者，你尊重别人你才能和。所以和而不同，不同，互相尊重才能和。这样一点就和中国传统哲学与西方现在刚露头角将要最时髦的哲学思想，有了一个平等对话的平台。

因此要谈生态文明，要谈文艺为大众为社会来服务，这服务包括提意见和批评，提建议这些，就有了一个平等对话的平台。我们曾经失去过和西方文化对话的平台这样的机会，好几次了，这次再也不能错过了。所以以中国传统的优秀文明同西方最新的思潮来建立对话的平台，可能使我们更加快捷地走向世界。在哲学上的一个方法。假如我们中国作家能够熟悉西方的后现代建设性后现代主义，尊重他人，抛去看见谁都不顺眼就是自己写得好的心态。中国文学的主流就是歌颂真善美歌颂伟大的理想。我们不去欺负别人，但谁也别欺负我们，实现世界和平进步的梦想。我们一定会找到不同文明的对话契机，何况我们诸子百家那个时代是人类文明的轴心时代。也就是今天人类的一部分是中华文明，所以那种轻蔑中华文明，否定中华文明，抛弃中华文明，是一种不符合今天时代潮流的思想。我们现在这个国学热有点非常肤浅，认真读的不多，特别是缺乏同世界哲学和目前思想潮流之间的关系之研究。

假如研究出这个动向，知道世界将要、西方世界的主流思想将要发展到什么地方，和我们中国优秀的传统文明有什么对接点，我们就有一个非常开阔的对话的平台。现在北大的汤一介教授已经写了一篇文章，就叫《中国启蒙运动》，第一次启蒙运动在中国的坎坷经历，最后一部分提出了那个阶段我们忽略了，现在我们应该抓紧建立这样一个平台。所以我们现在也开始重视了，好多，我所在的这个太湖文化论坛已经从国内的变成世界文化的太湖论坛。我们的诗歌传统，我们的文学传统，全人类的都是一致的倾向。爱情，仇恨，生死，是文学永远的题材，全世界都是一样的。所以我觉得学习西方的，看看西方哲学，我们要有一个大的视角。

一个你自己信奉什么，你的哲学主张是什么？你的真善美的主张是什么？这是我们写作的一个秉持，一个出发点，一个你内心的宗旨，一个你人之为人，作家之为作家的立脚点，首先爱人民，爱护真善美，你要秉持你一定的坚定的思想，这才可能，不是赶追时髦。你们大家回想一下上世纪80年代我们中国文坛是多么热闹？多少各种各样的形式以及行为艺术，那都是西方已经走过去的，我们再重新拾起来，而当今我们又在拾人家，人家已经开始有的，我们还不知道。

我刚才已经举了60年代的接受美学，现在刚刚露头的建设性后现代主义以及这个雅斯贝尔斯所讲的文明轴心时代，这三个全世界通认的观点，全世界都非常流行的观点，我们不知道，所以跟人家对话起来，他们也茫然，我们也茫然。还没摸准，这不是作家的态度，中国作家不应该是这样，中国作家的群体应当是最敏锐的知道世界的潮流，最明白人类一个共同的趋向是什么，也自觉地写作什么。这才是一个，也许这个得不了奖，也许你一时不被人理解，这个人生我已经讲过，就是受苦的，你一辈子可能都是平平淡淡的，但是你生于忧患，生于坎坷，死的时候你会死于安乐，你会觉得你了无遗憾。

我们这样的文化人在中国很多啊，沈从文先生，钱钟书先生和他的夫人，都是如此，鲁迅先生，并不以他们没有得过什么奖他就觉得怎么样了，反而是非常觉得他做了应该做的，中国的先贤的大作家都是这样子，他们并没有想他们会流传后世，但是到今天，只要汉语还存在，他们的作品就会流芳百世，永远在汉语的母语圈里流荡。我到法国去听见一次法国交响乐，说是唐诗六首，就把那个歌词拿来请法文翻译，说你给我翻译，他翻译了半天我也不知道是李白的哪六首诗，因为他很难翻译，但是他所描写的意境你可以知道，哪个是《静夜思》，哪个是《赠汪伦》，因为有汪伦的诗，"不及汪伦送我情"，音乐写得非常美。一个不可翻译的，非常独特，但是大家都可以理解的作品，是何等珍贵啊！

我觉着在我们这个健壮的年华里，做一些这样奉献于社会的事情是作家的一个天职，是美德。如果说中国文学有什么优秀传统，就是永远是为人民服务，永远是为人民说话，为人民鼓与呼，他们非常敏锐非常敏捷。特别是五四时期的那些我们的前辈，都说鲁迅茅盾郭沫若，中国现代文学的三大杰出人物，我们别忘了还有一个胡适。中国第一首白话诗就是人家写的。"我从山中来，带来兰花草"，有人很瞧不起，我就说您阁下也写一首这样的，你用这么明白的话写出这样的，又爱又怜又惋惜又谴责自己的这种态度来，你给我写一首。"我从山中来，带来兰花草，种在小园中，希望开花好"，就这么几句，我说你也来啊。

轻蔑古人是很容易做到，是无知的表现，在那个时代敢提出一种反潮流的观点，后来被事实证明是正确的。那是很不容易的，我们未尝做得到，我们有各种各样的思想包袱，做不到。那干吗轻薄古人呢，轻薄他你从哪来呀？所以轻薄中国古代的文人和作家真是一种不自信的表现。还有什么比唐代诗人集体在世界文学史上更光彩的事情吗？还有多少人比宋代的词家在世界文学史上更光辉的吗？所以我觉得我们应该学习这种，自信自尊自立自强。同时为人民服务，谦虚谨慎。

我觉得我们现在思想理论界很薄弱。这种状况，文学界也是如此，我们还缺乏描写我们如此灿烂辉煌，或者说如此复杂如此多彩的生活的文学作品，更不要说传之久远的作品。我们曾经传之久远的作品由于受时代的局限，今天都没有了，而且我们曾经相当鄙视一些人的作品。

例如李準的《黄河东流去》，曾经受到大家很大的轻视，后来给了茅盾文学奖，请问现在哪些作家能写出这样的东西？所以我们轻蔑别人是很容易的，但是我们树立我们描写生活的这种本事，学会这种本事却是相当艰难的，我们现在中国文学作品之所以走不出去，不是不会编故事，是缺乏使世界人民心灵都为之一颤产生共知的这样的作品。所以人家不接受你，现在很难说外国的这个奖那个奖就没有什么背景，因为他们对中国的现状认识得可能和我们不一样，所以我觉得我自己是很普通的一个人，而且是后来慢慢改行现在又改回去的这么一个人，但是我可以读书啊，我看了很多作品，但是我觉着应当说我们还不符合或者说不完全符合时代的要求。

所以我说很多事情啊，说出来很容易，其实艰苦的工作是很难的，我希望在座的我们大家同学，都努力写出我们自己内心最得意的作品，奉献给我们伟大的祖国和我们伟大的人民，他们就是我们的母亲。谢谢大家！

我不知道文学把我带到什么地方

阿 来

我认为预支掌声有风险，也许等我讲完以后大家会很失望，会后悔之前给了那么多掌声。也是因为怕自己讲不好，所以一直不敢来这样的地方，我没上过鲁院，所以一直不敢到鲁院来讲课，那天战军跟我说一定要来一次，我想也是给自己壮壮胆吧。为练练胆子来一次。很多励志的书就告诉你说，一定试着去说不敢说的话，去做过去不太敢做的事情，这对自己是一个锻炼。我是一个胆小的人，不敢说自己没把握的话，不敢做自己没把握的事。所以，这一回，我想大着胆子来试一试也好，不然出版那么多励志书却没有对任何一个人产生作用，那会让写书的人失望。我想，那些写书的人，跟我这个写小说的人一样，除了赚点小钱之外，肯定有一个更大的期待，就是期望我们写下的书在读者那得到些许的回应。我觉得这是我们每一个从事文字工作的人或许都会有的期待。

但是接受了战军这个邀请以后，我自己马上就后悔了。一个是这几天确实时间很紧张，也来不及专门为这次跟大家的交流写一个稿子，或者甚而至于弄个更先进一点的，搞个 PPT，搞个投影什么的，本来应该是这么做的，但是实在没有时间。所以后来我暗自希望战军他把这个事情忘记，希望他只是出于客气随口说说而已。但是，跟着他马上又来短信说，给我一个题目，那个时候正在人民大会堂听报告，来不及细想，就给了现在这么一个题目。这个题目其实就是反映了我自己对于文学的一些思考，或者是我自己在文学道路上一些困惑，又或者，文学对于我个人意味着什么。所以，今天这个谈话的题目就是这个。

最近我经常想一个问题，就是文学对我到底意味着什么？关于这个总是一直有很多甚至太多的讨论，但经常是讨论文学对于读者意味着什么。其实我觉得可能我们更应该讨论的问题是，文学对一个创作者它意味着什么？仅仅是让我们获得一点小名声，得到一点小利益，一个作家似乎就是写了一本书再写一本书，过去有一万个人知道你，再写一本书就会有一万零一百个人知道你，这样一点一点地累积功名？但是我觉得文学写作在我这个个体身上发生，最后所产生的作用似乎不是这样，我确切地知道，文学在我身上发生的事情肯定不是这样的东西。如果我们要引用过去的人对于文学目的的基本想法，按古典一点的说法，文学会让我们抵达一种生活或者说历史的社会的本质，这个本质叫做真。这些古典的说法，还提倡文学应该在人类的道德领域当中起到一定的建设性的作用，这个作用的导向与动机是善。而导向善的过程应该是一个审美过程，语词之美，章句之美，总起来是一个文本完成后那种建筑般的形式之美，这样的一个功用叫做美，叫做审美。审美，是鉴赏，更是创造。对于文学的功能性认识，从德国古典哲学的时代，黑格尔他们，康德他们，就已经对文学有这样的一种规定，或者说对文学有这样的一个期待。

当我们认同对文学功能的这样一种规定性，或者认为这是一个对文学功能的合理期待的时候，我们从事写作的意义确实就开始显现，被我们感觉，被我们发现。当然，这也有可能造成某种误解。某个从事文学创作的人，会认为说我来进行叫做文学的书写，我的文字中自然就包含了那些功能，它们通过我提供的文本，立马就会对读者发生影响。作为我们这些写作者自身，似乎天然地就站在某种精神的道德的或情感的高地上，我们就已经成为一个化身，就像藏传佛教里头的活佛。佛教说佛有三种化现，法身、报身、化身。

法身我们看不见，因为这代表他的本体，就在佛所在的那个状态当中，我们是看不见的。报身我们也不大看得见，那是修行好的一些人将来命运好，他可以到西方极乐世界，在那个世界里头会看见佛的报身。在我们这个尘世间，只能看见一种身体就是化身，比如说藏传佛教里头就有活佛，那么他们就是一种化身，当然他们其实不是佛，只是菩萨的化身。因为菩萨发了愿，他要有很多化身，就像孙悟空拔下一把毛来一吹出现了无数多的孙悟空，所以像观音菩萨这样有大愿力的菩萨他就会有很多化身，因为他度化众生的愿望如此强烈，所以他可以化出很多化身来在世间来引导人们，度化人们。

在佛教里头这是一种先验的东西，先天就存在于那里，不能质疑，至少作为信徒你不能质疑。但我们作家他可能是某种宗教的信徒，也可能不是某种宗教的信徒，那么我们有什么理由一来就把自己定在那么高的位置上？把自己当成某种化身来训导别人？是不是我们一旦开始写作，就必然包含了文学可以提供给社会，提供给人类那些建设性的因素？就我本人的经验来讲，我觉得接近那种对文学的期待，是一个漫长的过程，这个过程首先是一个写作者的自我建设。从我的经验来讲，我接近文学的每一阶段，它好像都对我呈现出来不同的意义，让你去思考，去开掘这个意义。开掘在文本之内，思索却在文本之外。每过一个阶段我就会陷入一个大的困惑，文学会让我怎么样？文学与我到底构成一种什么样的关系？我要问自己在世界上那么多事情当中我单挑了要干这个事情，干这个事情会有什么意义？对自己的意义，又对社会或别人产生什么意义？写作这么多年，我总是在不同阶段我会陷入到这种困境当中，以至于不能写作，觉得不想清楚这个问题是没有办法进行写作的。所以我想就今天这个题目跟大家聊天，谈谈我怎么样在不同的阶段陷入到这种挫败感跟困惑当中，所以这个不是一个讲座，更不是讲如何写作成功的讲座，而是讲文学怎么样反倒带给一个忠诚于他的人那么多的挫败感。以及又怎么战胜这种挫败感，而继续在文学道路上艰难前行。

年轻的时候，二十多岁，82、83年吧，83、84、85年，那时候我还是一个乡村学校的教师，而且是非常偏僻的乡村。藏区就够偏僻了，然后还在藏区的乡下，最初的乡下有多远呢？就是离开县城坐几十公里的汽车，一条路公路就到尽头了，然后我们下了汽车，这不是终点。在这里，每人得到两匹马，一匹马驮着行李，我自己比别人多一点东西，我有一箱书，另一匹马自己骑着，然后步行三天，其间翻越两座三千多米的雪山，这才到了一个河谷旦头的村子，这就是我的目的地，我在这样一个地方开始从事我的第一份工作。就是从那样的环境当中，我开始最初的写作。那个时候文学在我们那一代的年轻人当中是非常非常热了，所以我自己本身也难免受这种影响，开始写作。那时，我就跟任何一个年轻人写作一样，写完一个东西自己很高兴，而且一定觉得这必定是天下最好的文章，尤其在那样一个封闭的世界里头，那当然更容易自我膨胀，然后就把稿子贴上邮票，投寄出去。那个时候《人民日报》啊，那些大的报纸，经常都会在广告位上刊登一些重要的文学杂志的目录。所以我就经常看报纸，第一眼就找《人民文学》啊，《上海文学》啊，《收获》啊这些杂志的目录，还不往后看，就在第一二三条里头找自己的名字。这样我找了两年，从来没有找到我自己的名字。很多寄出去的稿子自然也石沉大海。

刚开始写作时稍有一点肤浅的感受，你就如此急切地想表达，而且如此急切地盼望成功，盼望让人家知道自己的名字，但是这种情况始终没有出现。我现在惟一感到可惜的是，因为那个时候没有电脑，也没有复印机，写一篇稿子誊清楚以后，觉得投出去人家肯定会以为发现了天才的作品，一定如获至宝，立即刊用，所以都没有存下底稿。所以我今天也不知道当年那些写的是偶有杰作还是都是很臭的东西，这个到今天我也没有办法判断。但是回头一想，那情形确实是很可笑的。后来我自己做杂志编辑了，我对很多编辑看不惯的那种很着急发表的觉得自己写了伟大作品的年轻人很不屑的时候，我倒对他们有现在经常说的一句话叫，有非常程度的"同情之理解"。是的，同情之理解。虽然我自己大多也觉得他们可能离发表作品还有距离，离伟大作品的距离更是"不可以道里计"。更重要的是觉得以这样一种态度来从事文学可能是不对的。但话说回来，当年的自己不也是这个样吗？后来慢慢开始发表作品，也没有从当初自己认为是最重要那些发表阵地，而是从自己当初认为最不重要的那些地方开始的。

就这样写了七八年吧，有一天我突然觉得再也写不下去了。那一年是1989年，它开始让你用怀疑的眼光批判性的眼光来看待这个社会，甚至看待自己，这是一个。第二，那个时代还没谈国学什么的，但是偶尔我们也读读《论语》一类的书，并相信里面的一些话，比如"三十而立"之类。那一年我正好三十岁，而且就在这一年同时出版了两本书，就是写了这么多年以来陆续发表在报刊上的一些东西，集结起来，一本是我的诗集《梭磨河》。梭磨河是流经我家乡那条河流的名字，它往下流一百二十公里，进入一条更大的河流，叫大渡河，大渡河继续前进，再流几百公里，流入一条更大的河叫岷江，岷江再奔流几百公里，流入一条更大的河叫金沙江，当岷江跟金沙江汇合以后，这条江的名字变了，叫做长江。所以我是在长江的一个毛细血管上长大的，那么这条梭磨河对我自然影响很大，我写了一些关于这条河流本身的，这条河流两岸人类生活的一些场景，这是我的第一本小书。同时我也发表了一些中短篇小说，那个时候作家出版社在出版一套叫《文学新星丛书》的套书，这一年就把我的第一个小说集《旧年的血迹》纳入其中了。好像今天活跃在文坛上的50、60年代的作家中好多人的第一本书似乎都是在这套丛书里出来的。

好了，终于一下子出了两本书，成作家了。过去你写作的时候旁边有很多人，他们会用有点不一样的眼光来看你，偶尔他们会开玩笑叫你作家，但是你知道其实是在讽刺，小地方的人更容易用这样的眼光来看待，似乎想用某种方式来挣脱小地方的束缚，要选择一种跟小地方大家习以为常的生活方式与成长路径不一样的人，他们会对你保持一点小小的不理解，我不想用敌意这个词，所以他们当叫你作家的时候，他多半不是在恭维你，他是在讽刺你。但是出了这两本小书的时候，别人再叫你作家时，你能感到那种讽刺的意味消失了。人家可能真的把你当成一个作家了。但就从1989年年底开始，我停止了五年，一个字没写，当然在1990年1991年还陆续在《上海文学》这样的地方发表东西，还得过《萌芽》杂志的一个小说奖，但那都是过去写下来没找到地方发表的东西。总之，当我出版了两本书，反倒自己不能写作了。因为真正的文学从你内心深处发出来声音了。你不是要用文学改变自己吗？现在，文学真的要来改变你了。文学让你自己问自己，写作成功就是发表、出版和得奖吗？但凡写了一两本书的人就是一个作家吗？如果不是，那么文学对我真正的意义到底是什么？

对，我第一次开始想，文学要把我带去什么地方？

我写了这么两本书，但对我也好，对它的读者也好，到底有意义没有？如果有是什么样的意义？那时，我就经常想，这样的写作难道比我先前做一个乡村教师，在中国社会最底层最基础的地方向学生传达一些最普遍最基本的知识更有意义？哪一个更切实可靠？当你提出这些问题的时候，其实才是文学真正开始改变一个人了。那个时候，因为写了两本书中的那些文字，我已经在文化部门工作了，这个时候，我甚至想过要不要放弃这个工作？我想我还是回到乡村学校里去教书吧，因为那个工作的意义你是看得见的。

这是这个问题的一个方面。另一个方面是，人家开始承认你是一个作家，那你还得自己问自己，你是一个作家吗？如果是，你是一个入流还是不入流的作家？今天我们写作好像就是为了争一个名分，一个曝光率，之后，我们并不深究这个名与实际创作的成果相不相符这样的问题。但在我们这代人开始写作的那个年代，写作者多半会问自己这个问题。我从上世纪 80 年代在写作的同时才开始大规模地阅读，因为这以前的"文革"时代我们没有什么好读的东西。去年夏天吧，我去香港书展，在那里碰到北岛，他跟我说，他在编一本写 70 年代的书，他说你也写一篇，就是 70 年代的读书，那时的思想启蒙，文学启蒙。因为现在谈当年地下文学的时候，就见到他们那些人在北京在上海这些人那时读了多少禁书。但那些书在我成长的小山村里听都没听说过，最后我只好给他写了一篇《藏乡来了〈水浒传〉》。那是因为毛泽东要批"水浒"，于是，我们那个村子里也由上边发来两套《水浒传》，却没有人看，那个时候我还上初中，假期回到村里劳动的时候，当年的那个生产大队队长，说你是我们村认字最多的人，你把这个书晚上开会把大家念一念吧，不然上面发了书下来，我们也找不到人念。于是，我有了我自己第一次的文学阅读和第一回文学书的收藏。

所以说，我开始写作的时候并没有受过什么文学教育，是一边读书一边写作。读《古文观止》，也读海明威和托尔斯泰。那个时候新华书店经常会传出消息，说明天会有什么新书到货，中文的古典自不必说，常常是那些一长串的外国人名字听都没有听说过，但是不管它，早上很早起来就到书店排队买过来读。说明天又要卖那个谁评注的李太白集，还是上中下三册。李太白是谁？以前晓得李白，之外还有个李太白真是太有意思了，去看看吧，买回来才发现李太白跟李白是同一个人。当然，书里头的绝大部分东西都没读过。我就是这样一边读书一边开始写作，所以当我写了两本书的这个时候也算是读了相当多的书了。在我们少年时代被封锁的文学，一个是中国古典文学，这个门向你訇然打开，另外一个是世界文学，这个门也訇然打开。这个时候，如饥似渴地读了这么多书，你至少知道了一件事情，真正的作家是非常了不起的。那么关于作家我们就有两种概念了。一个是在经典文学里头的那些作家，他们叫托尔斯泰，他们叫聂鲁达，他们叫惠特曼，他们叫苏东坡，他们叫杜甫、李贺。同时我们身边有大把的跟我们差不多水准的人，也在这个世界上以作家面目出现，常常开笔会，天天吃肉，喝小酒，感觉很好。更有领导我们的作家，还常常对我们发指示。

在这两者之间，自然就会形成一个对照。我想你突然就会明白，别人叫你作家的时候肯定不是苏东坡的标准，不是按海明威的标准，那么就是按经常在一起吃肉喝酒的那些人的标准，原来我的写作就是成为这样一个人？我觉得这个可能不是我的目标，既然这个以写作为生为职业不是你的目标，那么你有没有能力再写得好一点？就是不能成为托尔斯泰，不能成为苏东坡，但是至少在方式上方法上更靠近他们，至少是对待这个世界的态度跟对待自己生命的态度上，更靠近他们一些，有这种可能吗？所以这对我确实是一个非常大的困惑，确实怀疑自己是否能在文学中创造出什么有价值的意义来。以前我在乡下教书，带了一群学生，他进来的时候不识字，出校门的时候他识字了，原来刚进学校的时候袖子抬起来就擦鼻涕，脸上没有了，袖子上却像装甲一样结了一层壳。但是上了一个月两个月以后，他知道到河边去，把这些东西洗干净，他的眼睛开始明亮了，读过书的人跟没读过书的他不一样，你看眼睛就知道。这些变化就是你工作的意义，看到变化就看到了意义的产生，但写作就不一样，不容易看到，或者说不容易确定意义有没有发生。

所以我整整大概有五年，从 1989 年到 1994 年中间没有写过一个字，但没有写过一个字并不是说我已经放弃。我就觉得惟一的方式就是靠读书来解决这些问题。于是，这个时候读书就跟开始不一样了，有系统了，而且超越了这个文学的领域。像哲学，历史学，人类学，向这些学科发展。尤其是历史跟人类学教会我一个东西，就是除了那些总体的世界文明和中国文明的框架性的知识建构，我们更应该知道，就是我们置身其中的这块土地上发生了什么样的事情。那个时候也开始讨论文化问题了，那么你的脚下的文化到底是一个什么状况？它的由来是什么？它的出路又在何地？文学固然是写人，写个体的人，但某种地域、某种文化也常常给这些人物非常强的规定性。所以这个时候我还自己做了大量的地方史的调查研究，而且当时我们还出了一本有点学术性的著作，因为在藏区做研究你离不开藏传佛教在这个地方文化当中的影响，而且不只是文化，政治、经济也受到非常深重的影响，我们搞了个三人小组，一起在我家乡的阿坝州，用差不多两年时间吧，调查了两百多个寺院，写过一本我们当地的藏传佛教传播史，说它什么时候进来，以后它发生了什么样的演变，今天的现状又是什么，而且并不只是限于其宗教意义上的。

今天人们谈宗教，往往只把它当成一种文化现象，或者一种纯粹的精神信仰。其实宗教，尤其藏区的宗教，对当地的政治斗争涉入之深，对当地经济生活涉之深是远远超出我们想象的。那么做宗教史研究其实也就在做地方史的研究。当然，地方史研究也不只是宗教史，还有别的世俗的生产活动、社会面相等等。我就是慢慢通过这种地方史的研究认识，建立对于一个地区特性与文化性格的认知。这种认识，不是找一点小的掌故，找一个素材，来写一部小说。不是这样的。今天我们写作有些功利，下去深入生活就是找一点素材，听一点故事回来可以结构一个小说，不是这样，而是深入下去，全面了解这个真实的社会。其间当然还在继续读书，读了不少的书。不敢说我都读懂了，半懂不懂也是好的。人类学的，民族志的，哲学的，历史的，读到知识更要读到方法，我们读书不只是得到材料，得到知识，其实好的书更给你提供一些帮我们判断社会跟认知社会的方式方法。比如说民族志会告诉你，当研究某一民族文化的时候，他是怎么采样的，他关注哪些方面，而不是今天一谈文化，尤其少数民族文化，一说文化就是唱歌、跳舞、喝酒，然后谈情说爱。这是文化？不是这样的，在民族志的方法当中，他有更详细的方法去寻求文化更核心的内容与价值。当然，背后还有人类学的方法。

所以我慢慢做这样的调查与研究的时候，慢慢觉得自己开始变得充实了。所有负责任的庄重的关于文学的言说都告诉你，文学跟自我跟社会跟历史都有深刻广泛的联系，但是这个联系怎么发生的？自我跟社会之间是如何平衡的？这个我们并不知道。如具我们认知上没有把这样的问题搞清楚，只是对某些生活现象有所感触，就开始写作，那有点像撞大运一样，在一部小说里头就对从自我到社会认知都有很好的充分的表达，我觉得也是几乎是不可能的。所以那几年我在对自己的怀疑当中的学习，对我真的有一个很大的帮助，就是到后来我觉得真的可能找到个人跟历史跟自己族群，换言之是跟这个社会跟这个时代建立起来一种真切联系。转眼到了1994年，有一天，是五月份的一天，我觉得自己又可以写作了。当时只是这样一种久违的冲动，其实我也不知道要写什么，就打开电脑，坐在窗户前头，窗户对面山坡上有一片白桦林，五月的白桦林正在返青，刚刚冒出嫩芽，阳光照上去薄薄的一层，翡翠一样的绿啊。如梦如烟，我经常想到一个词。因为控制住我要写作，要敲击键盘的那种情绪也是如梦如烟，似真似幻。

就是在那个情景下边，我在电脑上敲下来《尘埃落定》当中的第一句话，那些野画眉在窗外声声叫唤。就那么一个场景，雪后的清晨，几个少年人在追逐画眉。接下来我并不知道接下来我会写什么。我大部分的小说就是这样开始的。有很多写小说的人令我羡慕，他们有很好的规划，提纲，场景，对话。早年有一次跟一个老作家去个地方，坐火车，他大概给我讲了三个小时吧，就是他即将要写的小说，后来发表出来这个杂志已经不在了，当年上海有个刊物叫《文汇月刊》，一份很好的文学杂志。后来他谈的小说在这个文学杂志上发表出来的时候，才是个六七万字的很好的短篇。那时，我就惊讶于作家之间的写作方式是如此不同，一个人能在动笔前把一篇小说想得如此清楚，然后再动笔。如果是我，把一个小说想得如此清楚的时候，我就不能动笔了，我就觉得没有意思了，就没有再写的冲动了。

曾经有记者采访，说您打个比方，你这个方法是个什么方法。我说我不知道，实在要打比方，我觉得有点像一个舞台剧导演，他说舞台剧导演是什么意思？我说而且只是个只管开始部分的导演，他只干前期工作，前期工作干什么呢？设计舞台场景，就是给故事一个空间，制造一个空间，背景是什么？舞台上要摆些什么家具？要不要一张床？但是床上要发生什么其实不会去管，当然也许会发生什么，也许什么都不会发生。还要不要一张桌子？要不要放一个马桶？设计了一个场景，然后再设计了几个角色，甲乙丙丁，男主角，女主角，诸如此类，因为我相信在生活当中也好，还是在小说当中也好，那些人物，你只要给他一个活动空间，一个特定的场景，这些人他自己会行动起来。如果你这个场景设计跟人物关系设定是合理的，他们会自己按照某种逻辑行动起来。就像我们在生活当中，不是每一天起来都做了精确的设计，然后按照精确的设计在进行动作，生活自然有它的惯性，在这种大的惯性当中人物行动也有他自己的惯性，他也会行动，他也会按照一定的逻辑来行动，这个行动甚至可能是非常理性的，但有些时候也从理性的角度看又是非常匪夷所思的，可能是非常感性的，但那也许也是另一种逻辑，人物性格的逻辑，文学的逻辑。

就说写《尘埃落定》，我觉得前两万字我是很认真地思考，想，他们应该是一个什么样的关系，这些人物几乎都登场了，也就是他们之间的能体现当时社会现状的关系建立起来以后，我差不多就不管了，之后差不多我就不管了，我就轻松了，让这些人物他们自己行动起来，我只是在跟踪，在记录，我有点像一个拍纪录片的人，跟在人家屁股后头拿了一个小 DV，就在跟踪别人，记录别人。当然小说总是小说，有时候你觉得他的行动不合你心意，因为你写小说总有个基本的意图，那么，你就干预一下。干预的力度取决于小说中人物任性的程度。小说家就有这样一个伟大的权利，上帝一样的权利，你说这样不对，这里不准左转，这里该右转，强把它扭过来，如果你扭得高明，这个小说会发生一种飞跃，这样的飞跃会使得那些抽象的大的东西得以自然显现。那时我真的写得很轻松，每天两个小时，三千字，写完了就玩去了，读书去了。那个时候我还是一个足球迷，那一年是美国世界杯吧，决赛巴乔把球踢飞了，美国世界杯。那段时间给自己放假一个月，为了足球世界杯，停下来不写了。

为什么我刚才谈这部小说的开始要谈那片家乡的白桦林？小说写到中间部分，最丰富最纠缠最多可能性开始出现时候，已经是七八月间，是夏天，那片白桦林也非常茂盛了，那连片的绿色非常浩大，高原上总是有风，阳光落在树叶上，风晃动绿叶摇曳了一片光波，完全是一部宏大的交响乐。是贝多芬，是柴可夫斯基。你真的可以把那样的视觉转换成一首非常雄壮的交响乐。然后是秋天，然后是冬天，树叶变黄，那么灿烂，然后凋零，飘落枝头。冬天树叶都掉光了，只剩下光秃秃的树干，林下铺满越来越厚的积雪。这时，我小说当中这些人，他们的高潮已经渐渐过去，一个一个走向他们的结局。以至于让我觉得好像我是专门为了配合那片树林子的春夏秋冬四季的变换来写我这本小说。所以今天我正将这部小说的一些场景，以至于小说当中的一些角色渐渐忘记，但是我老想起那片白桦树林。那树林跟我在写作这个书的过程当中那种情感的变化，非常吻合。我在 12 月把这个书结束掉，心境也像那片树林一样萧瑟而孤单。

这本书写于 1994 年，1998 年才出版。

这个时候遇到一个问题就是中国出版开始市场化，今天这个词已经变了，叫做产业化，那个时候叫做市场化。市场化没什么不对，但是几乎所有的出版商对于市场化的理解是不对的。直到今天，人们认为面对市场的出版物从艺术品位到精神气质，一定不是上行的，而是向下的。其实这样的认知在今天造成了很大的恶果。先是用不断下行的东西去迎合读者，而以这种方法造就的读者又以更加下行的要求来影响到我们的写作。所以，当一个出版商说我们希望一本书它有一个好的销量的时候，其实就是说要把它写得简单一些，耸人听闻一些，更下三路一些。而我们对文学最初寄予的那些期待，它的形式上是关于美的，情感与思想上是要导向善，指向真的，这样的期待就被我们越来越多地放弃了。中国文学从80年代刚刚从过去的阶级斗争，而且只有阶级斗争的意识形态当中解放出来，刚有点好的气象，但是迅速被对市场化浅薄的理解摧败了。出版商胜利了，文学失败了，读者失败了，作家也失败了。

所以，我这个小说写出来去过很多出版社，得到的答复大部分是说小说很好，但是你知道今天我们已经市场化了，可能这个书卖不掉吧。最让我沮丧的是有一个出版社的老总算是我多年的熟人吧，有一次我们一起开会，他说你的书嘛，我就赔点钱给你出了吧。我说你马上把书稿还给我，你不能把它说得这么不堪。我这个人有时候比较固执，这是我的缺点，但是有时这个缺点会成为优点。我就是这种性格，不但爱自己的面子，有些时候还自不量力地替文学爱面子。以至于长达四年，这个书不得出版。后来我就更过激了，也有出版社说就提两条意见，你是不是做些修改。我这个人不大说狂妄的话，内心有点狂妄，但是不大会把狂妄的话说出来，但这时他们却逼得我这个不出名的作者说出了狂妄的话，我说这部书除了错别字，一个字不能改，你不出就拉倒。

这本书终于出版了，居然又畅销，但我又陷于新的困惑了。

就是这本书的出版过程让我困惑。文学的文化的市场化来了，接着产业化又来了，那么文化的命运文学的命运，真的就是这样子一种只能往下而不能上行的命运吗？要想验证这个东西，或者解开这个困惑，我觉得得去试一试当出版商。于是，我就离职，离开了藏区，到成都。因为那时有一个杂志政府不给钱了，开始以市场化方式运行，我就去投奔这个杂志。主管部门不让走，我就只好自动离职，就为去参与这个杂志。开始就是个普通编辑。我说这个奇了怪了，全世界无论物质还是文化生产，都是好东西卖钱，一分钱一分货，偏偏我们中国人干了文化，一市场化就成了不好的东西、等而下之的东西卖钱，好东西不卖钱。而且大家都说，这就是市场化。这件事真让我困惑。那时，我重读欧美的文学经典，觉得他们搞市场化一二百年了，从英国资产阶级革命，法国大革命，他们搞资本主义也就是搞市场化了一二百年了，为什么他们的文学还在那么高的水准上？而没有垮掉？审美的与精神的追求没有被阉割掉？他们也有那种通俗的、娱乐的文学，但为什么他们的文学还能维持那样高的水准？按照我们刚刚市场化就创造出来的那些低下的逻辑，西方早就没有严肃文化了，就只能有三级片，只能有动作片，小说也是只能一味玄幻，不可能吧？这样的情形其实并没有出现，那我们是怎么了？

那为什么这样的现象独独发生在中文世界里头？而即便在中文世界里头，台湾为什么并没有这样？那里还是充分市场化的地方，我们还是并未完全地市场化，我们就宣示这个市场化是一切高雅的，有追求的，向上的文学的敌人。

一本小说翻过两三页还没有死人，还没有上床就必定没得卖点？文学的市场化就必须是向下的，不是向上的？越来越简单？越来越倾注和侧重于感官，越来越曲折离奇？耸人听闻，匪夷所思？这就是我们要的吗？或者这就是市场化的必然结果？所以96年有人找我说干脆你来我们一起做杂志吧，我说那我愿意来试试市场化条件下办杂志。但我说在艺术上我一定要有追求，艺术上你不能让我放弃，精神上你不能让我放弃。我要看一看，我们全体人民是不是文化就堕落到只能消费等而下之的东西，中国人就只是生了个吃伪劣产品的命？奶粉里头就一定要有三聚氰胺？菜里头就一定要加化学药物？中国人是不是就是这么一个贱命？所以我开始参与做这个杂志，从一个普通编辑做起。不到一年做了策划总监，两年多做了总编辑，再后来，连社长也一并当了。我常常对编辑们讲，我说求求你们，不要把读者想象成是只想钻到下水道里头去的人，他们也想往上，他们也想去那种能看见升起彩霞的地方，也想到飘着白云的地方去看看。而文化就是干这个的，把人的精神与情感引导到一个好的地方。很快，这份杂志就有了起色，不几年以后发行量就到了四十万份，然后我们又开始从这个杂志派生再一个杂志，又一个杂志。我居然在那里做了十年。我等于用十年时间去做了一个试验，是不是在文化市场上好东西就不能卖钱？我得到的答案是好东西是可以卖钱的。市场化只不过是说，产品的营销，知名度的扩展，也就是品牌的树立与扩展，甚至是团队的管理，这些是需要用市场化方式来运作的，因为这个时候我们的文化产品，在流通过程中，在变成浩大物流中的一个部分时，它的确是一个普通的商品。但是，在它的前端，生产它的过程当中或者说在编辑它的过程当中，我们的编辑，给更前端的供稿人，所提供的信息是我们要好的东西，不要坏的东西。什么是好的东西？那就是这个世界有文学以来，有文学史以来就已经形成的经典性的对于文学的理解跟表达，没有根本的差异跟冲突的小说。尽管我们所刊登的小说有了一个新的命名，叫做科幻小说。我说我们要用我们的今天的工作来维护文学深厚伟大的传统，壮大这个传统，来丰满这个传统而不是消解它来解构它。在新的时代里，我们为文化选择出路的时候其实有很多的选项，通俗化、低俗化、浅陋化，是一个最弱智的选择，因为这个选择最后是败坏了整个读者群的口味，败坏了读者群的鉴赏力。面对趣味已经败坏的读者群，惟一的办法就是把他的写作者的整体水准再往下拉，最后出版方、受众、创作者三者之间形成了一个互相牵着往下走的一种堕落的狂欢。这个过程使文化生产最后只剩下一种快感，就是大家边堕落边数钱。如果只是想多赚钱，而把文化生产，包括小说写作的意义原始化到只想赚钱，那么，直接弄毒品也是挣钱。

我是在 1996 年《尘埃落定》还在艰难地寻找出版社的过程中，去参与做这个杂志的。两年以后，杂志开始小有成功的时候，我的小说也突然有了出版机会。然后又突然走红了，先是畅销，接着又是得奖。得到茅盾文学奖得奖消息的时候，我正带了十多个人的工作团队，在南京。每年中国都有一个全国性的书展轮流在各个省会城市举行，我们正在那推出我们新创刊的第二本杂志，推出创刊号。突然，有个记者冲到我面前来说，你得茅盾文学奖了，你高不高兴？我说你希望我表演一下高兴吗？蹦起来？或者哭一鼻子？那一刻，我并没有特别高兴，我很平静，转身又去做新杂志的推广。只是当晚在餐厅里多要了几只大闸蟹。第二天，居然来了一个《时代周刊》的记者来拍照，因为那个时候《尘埃落定》英文版已经出版了，在美国销售还比较好。美国人来为他工作的杂志拍一张照片，但他说，你能不能给我两小时的时间，我说我没有两小时时间给你，反正我就在这里，你就跟着我拍吧。《时代周刊》其实他就要一张照片，但是他就非得要拍两个小时，拍好几个胶卷。

也许《尘埃落定》只是很偶然的一个成功，但也可以说明今天我们理解的市场化，不一定非得走在精神与审美下行的路线上。今天市场化换了一个词叫做产业化，但是大部分的从业者这个观念还是没有改变。我没有办法扭转这个局面，但是我觉得在我自己心里，在我自己认知上我解决了一个问题，就是中国也跟全世界一样，中国人没有理由老说中国有什么特殊的东西，一定要跟别人不一样。中国特色，大的方面我没有质疑，但在一些方面，比如我们的文化生产上，如果没有道德节制，也没有行业自律，把庸俗化当成中国特色，说这就是中国文化的选项？或者说这就是中国文化的命运？我不相信。我不是盲目地不相信。我自己试过，用我写的书试过，用我办的杂志试过。知道情况其实并真是这样。只是搞文化的人自己把文化糟蹋了。

我写《尘埃落定》时，就想接下来还要写风格近似的两本书。和《尘埃落定》一起，关于那个时代我想写三本书。这三本书互相之间可能有联系，也可能没有联系，但要把那个时代社会的三个方面写出来。《尘埃落定》只写了一个方面就是政权，政治，地方的政权跟地方政治。那这个社会还有另外两个方面，就是它的经济活动，我自己就是一个商人家庭出身。第三方面肯定是宗教，写藏区不写宗教肯定是不完整的。我觉得这三本书写出来可能对观察那个时代就有一个比较立体的感觉。但是那时我已经做杂志，商业上成功了，摊子越铺越大，居然就一发不可收，越来越忙。那个计划也只好放下了。

这段当出版商的生涯可能真耽误了我的写作，但也给了我很鲜活很深刻的关于参与中国社会转型的体验，不是作为一个作家去采集别的人的生活，而是自己身体力行，亲历亲为，我不知道这个经验在哪一天会被我加以运用，但我想一定会以某种方式在我的某一本或某几本书中以我现在并不确切知道的方式与面目出现，最后都会化成我的文学资源，将来的文学表达，所以我想如果是把文学做成自己毕生的事业，我觉得不需要那么着急，因为至少我不是那么着急一定要在文学上要那当下的成功，要天天上排行榜，我对文学没有这样的期待，我也不太愿意在年轻的时候就迅速把自己固定在一种被别人认可了的模式里，说得好听一点是找到了一种风格，找到了一种调子，市场接受的调子，受众接受的调子，然后在这种调子中不断重复。所以我放下了那两本书的打算，一边编杂志，一边开始来写更真实的现代生活，用新的更宁静更写实的笔调来写我的新长篇小说：《空山》。

那阵子真的很忙，写东西都在节假日，把手机一关，给办公室主任说一声，跟我的副总说一声，我说这几天你们就别找我了，有事情你们先处理。我记得那一年元旦，我开始写《空山》，跑在一个山上，四川青城山，那是个避暑的好地方，冬天却没有什么人，我跑到山上，那个酒店就住了我一个人，人家因此拒绝开中央空调，他说你一个人就别住吧，你三百块钱一个晚上，我们开一天中央空调多少钱啊？我就坐在被窝里敲打电脑，南方山里很潮湿，很冷，坐在被窝里头几天时间把活干了。

那时，我有一个想法，觉得一个作家应该多几套笔墨，就是不要找到一个调子就把这个调子里头可以找到的感觉都开掘殆尽，我觉得可以留着，那些感觉可以留着，在自己还有能力有精力去多方试探的时候，应该多尝试一些不同的笔调，不同的路数，永远给自己设置一点写作的难度。所以我就改变了写《尘埃落定》时的那个计划，换一种笔法来写《空山》，而且一写就写了七八十万字，用了好几年时间。

写《空山》的时候，我老想起萨义德关于知识分子的话。他说："知识分子的重大责任在于明确地把危机普遍化，从更宽广的人类范围来理解特定的种族或民族所蒙受的苦难，把那个经验连接上其他人的苦难。"以我的理解，这也是使得我们的文学具有更普遍意义的一个途径。文学总是从个体经验出发，取材也是某一个地域，某一文化，某一族群，但真正产生意义的作品，又总是超越这一切而取得普遍性的，用萨义德的话讲，就是把危机普遍化。我在《空山》的写作中，也总是想到这一点，往这个方向努力。我多次说过，这部书不仅是写一个藏族人的村庄，这是上个世纪后五十年中国乡村的共同命运，尤其是中国那些远离中心城市，不能从城市化过程中得益而总是被损害的那些乡村的普遍命运。但当下的批评界还是愿意把汉族作者写的作品认为是天然具有代表性的，而其他族群的作品就只是一种补充，一种镶边。好在，我这样的人，主要是为了建设自己而写作，但这也是当下中国文学的一个非常不理想的现实状况。很多人还是把中国文学当成汉民族一族的文学。

我用《空山》写了现实，自己似乎又需要一个变化了，题材的变化，风格的变化。所以这个时候也离开杂志社了，刚好又接到英国出版社的邀请，参加他们的"重述神话"国际写作计划。我觉得这一回要实践一下过去读人类学、民族志得来的一些调查方法。这种调查，作家行叫做采风，学者们叫田野调查。我就开始去做长篇史诗《格萨尔王》的田野调查。最初一两趟是跟着学者们一起去的，跟他们讨论，跟他们交换意见，但更多的是观察他们在怎么做。他们怎么做访问，他们怎么取得材料？他们拿到这些材料怎么处理？后来我就自己单独进行了。我真的从中学到了很多东西。以至于小说《格萨尔王》完成后，都觉得这只是一个附带的产品。

这就是文学对我的真正意义，文学让我不断提高自己，不断学习，不断提升，这才是文学对我的真正意义。而不是写了一本书又一本书，对我而言，这不是文学对我最重要的方面。这一本书的写作，即在深入一种文化的开掘时，让我更集中地考虑一个问题，即从80年代以来我们就把文化看得很重要，甚而至于把文化当成文学最后的制胜法宝。于是把在小说当中写出某种文化看得非常重要。不同地域的不同族群的文化。尤其在我们关于农村的地域性的写作当中，和少数民族题材的写作当中，我们觉得写文化是一件天经地义的事情，甚至呈现某种文化是一切有地域特色的或者少数族裔身份的作家的一个当然的使命。

这种思潮同今天的知识界常常把文化多样性绝对化有关系。我做了一些考察，看文化多样性这样的一个观念是怎么出现的。据我自己有限的读书经验，我觉得这样两个方面值得注意：第一是全球化背景之下，一些地方性的，少数族裔的文化正被迅速同化，在中国是汉族文化迅速西化，然后，又仍然以汉文化的面貌去同化中国境内其他族群的文化；第二，文化多样性好像不是一个社会科学界的独创，它是受到自然科学界的影响，因为大家知道，在环境成为一个重要的问题的时候，就有了一个跟环境保护有关的观念，叫做生物多样性。生物多样性理解起来比较简单，就是因为每一种生物当中都包含了一些独特的基因，这种基因对于人类的作用，很多我们已经看见了，某种果树会结出某种果实，某种野生的植物我们把它加以驯化，加以筛选跟改良会给我们生产更多的粮食，袁隆平做的就是这样的事情。生物学家把这些显示了作用的基因叫做表达的基因，生物学家还告诉我们，在种类繁多的生物界当中，还包含另外一种可能性，叫做沉默的基因，或者是未曾表达的基因，生物学家设想为了人类长久的生存，有一天我们可能还得把这些沉默的基因发掘出来，加以利用。也就是说，保护生物多样性并不是说某一个人或某一些人有着某种特别的爱好，说地球上一定要有多少种草，多少种树，多少种花，多少种动物，多少种微生物，而是说这是我们未来生活可能性的一种储备，任何一种自然界濒临灭绝的生物当中，它们身上都可能潜藏着大量未曾得到认知的基因，它们或许会给将来人类的生活提供某种保证，所以保护生物多样性，其实是为将来我们的生活提供一种安全保证，一种可能的选择。因为我们要消耗大量的能源，我们要吃掉很多东西，但是已知能源正在枯竭，而那些成功培育的物种也会退化，或者是当气候发生巨大变化以后这些物种将不能生存。而另外一些物种它们可能会成为这个星球上主要的物种，然后这些物种成为我们未来食物和能源的重要来源。

可是，文化多样性就没有这么简单了。全球化的加速，一个重要方面就是优势的文化不停地对弱势文化进行整合，换句话说就是不同的文化在迅速融合，于是，很多社会科学家就提出了文化多样性的这样一个概念。但是文化多样性的保持其实非常困难。我记得新千年到来的时候，英国的一个调查机构邀请很多专家做过一个未来一千年的预测，其中关于文化有一个预测是关于语言的，就是一千年以后，我们这个地球上可能只会剩下三四种语言，哪三种语言呢？当然首先是英语，第二种是西班牙语，第三种他们说得很有趣，他们没有说是汉语，也没有说是中文，他说的是汉语普通话。大家知道汉语里头还有相当多的差异非常大的方言，汉语内部也在不断地整合，整合的结果就是方言消失，就是体现地域文化的承载符号的消失。他们这样预测的理由很充分，不要说未来，即便在今天，世界上全球人如果要在一起，彼此互相之间进行沟通，就差不多有要百分之七十、百分之八十以上的人，必须选用这几种语言当中的一种才能有效沟通，今天这几种语言就已经厉害到这样的程度了，更何况全球交流更多更频繁的将来。西班牙语跟英语国际化的进程很早，汉语普通话刚刚开始这个进程。这样的预测说明，文化多样性的前景并不乐观，全球化就是要求大家不只是彼此做生意，各个方面要共同交流，搞政治的人说我们要提倡普世价值观。普世价值不就是取消文化差异性后面隐藏的不同价值观吗？搞经济大家要玩相同的规则，大家在 WTO 里头必须遵守同一个游戏规则。我们用计算机，后台的支持软件是按同一套思维逻辑写成的。这就可以看到文化多样性与更大范围内人类交往沟通间的矛盾。再者，文化多样性会不会导致不同文化体之间的冲突。大家知道，美国人亨廷顿在冷战结束后写了一本书，叫《文明的冲突》，就是讲文化也就是文化体之间的冲突，将要成为这个世界地缘政治冲突的主要方面。从这些年世界形势看，情形好像证明了他的预言。即便只看中国的现实，新疆，当然包括我自己所在的藏区，今天出现冲突，归根到底，还是没有共同文化认同的问题。这种不认同，往往都是从文化区别开始，然后经过一些特别的转换，变化为政治主张与事件。由此我们发现文化多样性跟生物多样性不一样，生物多样性差不多是一个纯科学纯自然的事情，大家实行它没有什么争议，它不带来别的东西。除了多建立一些自然保护区，多宣布一些动物或植物是一级濒危，二级濒危，大家别去碰它。碰它人可能因为一株草或一个什么野兽吃官司，坐监狱。

但在我们提倡文化多样性，也就是不断强调文化差异性的时候，文化却可能演化成另外的东西。我们作家也是文化人之一种，我们也相信，一个文学作品提供一些文化上的价值，这个提供与寻求独特价值的过程其实就是发现差异的过程，这就是平常老被强调的文化特色与地域特色。没有这些特色，很多作品就难以成立，但是当我们置身在今天这样一个充斥着往往由文化而起，或者是以文化作为借口而演变出来族群与文化的政治冲突的时候，难道我们对这种文化至上的观念或说辞就没有过一点点犹疑？至少在我是不可能的。如果我们愿意负责任地来对待这个世界的话。所以这样的困惑也导致我一直把计划当中要想写的一部小说，不断往后推延。

有一年美国政府邀请我去美国考察，他们有一个叫国际学者访问计划，就是把全世界不同地方有点知名度的人邀请到美国去，给你提供充分的自由和经费让你考察美国人的生活跟美国的政治制度。我去了，一到华盛顿他们就说你想看什么吧？这是很多年以前，我说美国先进科技啊民主政治这些东西我们都知道，至少从书本上知道，我说你们也经常说这个中国的少数民族问题啊，文化保护问题啊，那我说我就看看美国是怎么保护你们的少数民族文化的吧。因此我到过印第安人的保留地，到过太平洋当中的夏威夷。就做一件事情，就是看他们怎样保护文化多样性。看他在主流的美国文化之外，是不是真的能同时健康而正常地成长起来另外一和跟这个主流价值观并不相同的文化，而且这个文化成长起来以后，还能跟这个主流文化建立起来一种非常和谐的，互动的，充分交融的关系。结果发现这在美国也很困难。要保护印第安人文化，当然是不开发，因此设置了一些印第安人的保留地，就相当于把一些印第安文化区圈起来，就是这个地方不让文明进入，就让印第安人按原来的生活方式生活，按原来的生产方式生产。别的人进去，就是作为游客参观参观。但就这个参观也会改变本地人的生产与生活，因为这一来就有了一个新的业态——旅游业。更重要的是，相当部分的年轻人，他们不愿意过这种生活，因为他已经知道外面的世界是什么样子了，他们就选择离开，进入到大城市，融入了美国的主流文化，然后，他的本族的文化，在他身上自然慢慢就消失了。

留在保留地的这一部分人呢，美国是福利社会，印第安人的日子太过穷困了也不行啊，美国人钱多，就给钱救济，再给政策吧，让他们过好一点的日子，但是这个救济一多，保护一多，这些人也就不想再打猎了，也不胼手胝足种玉米了，反正有救济金嘛，不想劳动了。大家知道，真正的文化，如果它离开生产离开劳动，其实就有问题了。文化是从生产方式上成长起来的，没有一个脱离生产方式跟生活方式的文化。当传统的生产方式终结的时候，其实这个文化也差不多是死掉了。从这个例子，可见文化保护或文化多样性的保持之难。

后来我想这个不行，再去看看夏威夷吧。于是飞到那里。待在夏威夷大学里头。都说美国是小政府，但政府还是很有面子，出来接待我的都是他们人类学方面的专家，不但给我介绍夏威夷的历史文化，而且他们还陪着我到处实地考察。那里当然也有土著文化，但这文化保存同样也很艰难。有一天我去一座山上，半山上有一个小村庄，那个住的不是印第安人，而是当地的太平洋土著人。大家知道太平洋当中那些孤独而美丽的岛屿分成几大群岛，比如波利尼西亚，比如美拉尼西亚是两个群岛，夏威夷是波利尼西亚这个范围中的一个群岛。

在那个村子，两个戴着花环的妇女出来迎接我，也给我戴上一个热带兰结成的花环，据说这两个人有点像是巫师那种性质的人。我就提了一个问题，我说要是这个时候我得了病怎么办？她说你哪疼啊？我说我肚子疼，我说，我不要看医生，就用你们当地以前的方法来解决。我以为她们会给我一剂草药。没有。她们对着我跳舞，也不能说是跳舞，就是比划了几个舞蹈动作，然后就带到一个小房子里头去，小房子里就一块大石头，那个石头特别光滑，她们说你把肚子在这个石头上蹭，因为通过我们刚才跳的舞，这个神灵已经下来附着在这个石头上了。我就在这块石头上蹭我的肚皮。

然后问，是不是不疼了。我说，是不疼了。她们就高兴地笑起来。其实我本来就不疼嘛。

这样的事情给我一些启发，这其实是一种带表演性质的文化。今天很多地方谈文化，其实总跟政府的经济冲动结合在一起，开发出甚至是编造出种种游客喜欢的表演的文化。我读过一本英国人写的书，叫做《被创造的传统》，就是说，今天的人们如何根据别人的想象——因为我们要招别人来旅游，我们就得根据别人的想象来构造我们文化的面貌，人家想象你是什么样子的，你就把它变成什么样子。美国有一个文化批评家，把这种思路叫做东方主义。你根据人家的想象来构造你的文化，这叫自动的东方主义。我们今天的社会有大量自我东方主义的例子。比如说在藏区，大家知道有一个地方叫香格里拉，这个地方在很长的历史时期中，都叫中甸，在旅游业兴起后改名叫香格里拉。什么是香格里拉？过去西方人隐约听说过佛经里头说有一个地方叫香巴拉，是隐藏于人间的天国，其实佛经里头也没有确切说这个地方在哪。但那地方真是好，水旱从人，没有自然灾害，鸟语花香，人人长寿，而且平等，物质充裕，有点像共产主义，提前实现的共产主义。

后来有西方人就根据这种东西进行了一种东方想象，创造了香格里拉，有人写了一本三流小说叫《消失的地平线》。在书里让几个老外在一次飞行事故后，很意外地发现了这个地方。在书中这个香格里拉四周雪峰环绕，中心是一座山，翠谷农庄绿水环绕。山顶是一座有丰富藏书的藏传佛教寺院。庙里的住持据信有八百岁了，还是一个西方人，他是这个世外桃源的最高精神导师，也是行政领袖。这个地方在我看来相当奇怪，地方在西藏，书中大部分人，农夫、侍从等等都是藏族人，但最高领袖却是外国人，而且，总管是一个姓张的汉人，然后还有一个不知从何而来的满族格格。在这下面山谷里头耕作的，给山上的智者们输送粮食、水果、牛奶的就是我们藏族人，当然他们也生活在一种听天由命的，因此也非常祥和、平静的世界当中。

看，这并不是佛教当中的香巴拉，而是东方主义想象中的世界。西方人还是要处于这个世界的顶端，然后由东方人来伺候他们。但是我们不就为了开发旅游，就把一个地方传统的名字改掉，说这就是香格里拉，这为什么呢？这就是一个我们用自我东方主义去满足东方主义的一个典型的例子，或者说这就是我们现在对文化并没有做那种充分的全面的研判的时候，就用文化向这个金钱世界献媚的结果。其实，人家早就预言过，说除了西方的东方主义之外，在今天的全球化过程当中，我们会进行自我东方主义，会自觉不自觉地修改我们的文化。修改文化的目的是什么？是经济目的。我把我修改得像你的想象了，你就会来旅游，这个地方就会成为你的旅游目的地，你在这来消费，这是消费主义时代的文化。这就是文化为什么使我纠结，这么多东西都会让我感到非常纠结。于是，当我再要下笔书写文化时就警惕，就困惑，就犹豫不决。

于是，我又面临一个我自己想不清楚的，可能永远都想不清楚的问题，文化不是一个万有的符号了，文化也不是文学的万能灵药。当我们把它放在实际的政治生活当中，经济生活当中，甚至于就是文化本身所处的这样一个现状当中去考察的时候，你自然会产生怀疑，尽管从寻根文学以来吧，我们就把它作为一个重要文学支撑，但我发现它在动摇，这种动摇使我谨慎起来。文学对我来讲，不是写了一本书再写一本书，而是我在写不同的书的过程当中得以深入体察与认知这个世界，既然以此为目的，而不是以写书为主要目的，于是，在不同的阶段当中遇到不同的问题也不是命定的了。

文学对于我来讲，它首先是一个自我的认知跟自我的教育的途径，因此我非常感谢文学把我带入到这样一种状态。而不是因为写作上小有成功，让我今天有资格坐在这来跟大家说话，而是我觉得文学在把我变成一个跟从前不一样的人。因为我成长时期是在"文革"，这是一个人受到非常不正常的教育的一个时期，所以从80年代开始，是文学让我进行自我矫正，自我提升，自我教育，是文学让我把过去的年代不健康教育当中接受的那些思想毒素排除干净。所以我觉得文学如果对我来讲更像是一种宗教。也不是我突发奇想。早在五四时代蔡元培先生、陈独秀先生他们就在《新青年》杂志上讨论过，他们说中国人，当然他们主要是指非少数族裔的中国人，汉族，是一个没有真正意义上的宗教信仰的民族，所以他们设想说美的教育，美学的教育可不可能成为中国人的宗教？就是这个宗教就叫做美。美在康德和黑格尔他们那里就是真，就是善，可惜，后来陈独秀先生干更革命的事了，他可能也忘记了他那个时候曾经说过的话。五四时代的那些人，他们一起从事启蒙，传播科学与自由观念，后来他们走向不同的道路，但早期他们志同道合的时候，提出过这样的思想。

但他自己后来放弃了这样的立场，这个我们也不敢说好还是不好，但是至少我觉得这样的一种方式跟立场，跟我的有些想法有些像，有点不谋而合。但我深知自己不是他们那种登高一呼，天下云从的人。我觉得我只是通过文学完成自己的一段人生跟修持，文学对我来讲更多是一种人格跟内心的建设，而不是写下一本又一本书的这样简单。所以我在外人看来觉得小有成功，但自己内心有那么多的困惑跟那么多挫败感，尤其是今天我面对这种过于迷信文化而看不到文化冲突那残酷的一面的时候，我自己内心的这种挫败感就更加严重，甚至我都不敢期望我有能力走出这种挫败感。所以，我说，谢谢文学把我带到了今天的状态，但我也不知道下一步，文学会把我带到什么地方。

谢谢大家。

细节对于小说的意义

陈晓明

　　对文学的感知在很大程度上是对细节的感知。对于作家来说，细节决定了一部作品的质量，就像我们说性格决定了人们的命运，但是什么决定了人的性格呢？细节就可以看出人的性格。对细节关注的人，必然有某种性格，有某种性格就必然能够掌握和创造自己的命运。今天人们阅读小说和写作小说，都看重故事，已经不太费力在细节上下功夫。故事固然重要，但没有细节的故事只有骨架子，必然是靠情节和事件来推动小说叙事，而有细节的小说才是有血肉的，甚至以关键性的细节来构思小说才会是好小说。尤其对于短篇小说来说，其构思出发点，可能就是一个极其出色的细节，一个独特绝妙的细节决定了这篇小说的叙述走向，小说的动机和推动都是向着这个细节来进行的，解决问题也是因为这个细节。

　　对细节的强调和提炼，实际上决定了文学的价值取向。磨砺细节才是真正打磨小说艺术品质的用力的地方。本文拟从以下几方面来谈谈细节对于小说艺术的作用和意义。主要我想讨论这几个问题：一、相信文学的启示作用；二、文学以细节的方式存留明晰的记忆；三、细节在小说构思中的"变"的作用；四、"藏"好细节构成小说的内涵；五、细节具有的现实批判性力量。

一、相信文学的启示作用

今天的文学从某种意义来说是边缘化了，这是社会价值观导致的结果。但是其实在今天的中国远远不只是这样的情况，今天中国文学有一个观点，就是文学衰弱了、文学自身不行了，没有好作品，没有人关注云云。事实上并非如此。中国每年出版长篇小说的数量大约是三千到四千部；在 80 年代，长篇小说出版总量没有超过八百部，所以你说它边缘化也不恰当。现在网络的签约作家有几十万人，有一些网络作家的收入很高，像唐家三少，据说他的最高年收入达到过一千万。一些网络写手，每年收入四五十万是非常普遍的。另有一些神话，比如说郭敬明、韩寒，他们的年收入更高。今天的文学以更加复杂的情况进行传播和存在，但是我们确实看到文学在商业化、产业化、市场化，而怎么评价文学的价值呢？今天衡量作家的成功和影响力都是以作家的财富排行榜。财富排行榜排在前面的都是儿童文学家，纯文学作家莫言很多年都是排在第十位以后，因为获得诺贝尔奖莫言可以上升至前三名，但是不是稳居第一名还是存疑。我有一个学生做某个省文联的领导，他有一个观点非常有意思，他说今天中国文化最大的泡沫是书法，在那里只需要写几分钟就可以值几十万、上百万，但是写一本书花上一年或者几十年，稿费才几万，少的没有，多的也不过二三十万。全世界没有任何一个民族，像中华民族这样，在一千多年中评价一个人是通过一篇文章。举人、进士、状元都是考一篇文章，通过写好一篇文章，就可以证明这个人有治国之才，皇帝就可以将自己的女儿许配给一个会写文章的人。过去中国是文史不分，文学也是在文章的范畴里。但是今天却不是这样了，会写文章只是做一个职业作家或者一个职业批评家，他们被看成"百无一用是书生"。这无疑是现代社会分工的进步，但社会也太轻视学文作文的人吧？

今天我们要重新理解文学的价值，阅读文学，去体会它给我们的人生经验，给我们的知识，给我们对思想、对哲理、对世界认识的体悟。张炜曾经写过一篇文章《相信文学》，他是非常有情怀的作家。另外一位美国小说家阿莉森也写过同样题名的一篇文章《相信文学》，我相信张炜并没有看过这篇文章，因为我是通过不同渠道看到的。今天大家都希望能够相信文学，因为相信文学是人类在很长时间内对精神价值、对人生感悟的一种追求，但是在今天人们已经不能够，或者说不愿意，或者说完全遗忘了去相信文学了。阿莉森将文学看作是无神论者的宗教，认为那里面有信仰，有我们能够感知到的价值。她说，"有一个地方，在那儿，我们总是单独面对死亡，在那儿，我们必须拥有比我们自己伟大的东西来依靠——上帝，或者历史，或者政治，或者文学，或者相信爱有着康复力量的信念，或者甚至可以是义愤。有时候我觉得它们都一样。一个相信的原因，一个主宰世界的方法，并且坚持认为生活不只是我们所想象的这些"。文学给我们打开了另外一种我们所不知道的生活，作家以他的想象力告诉你另外一个天地，这就需要我们有一种耐心、有一种心情去阅读，我们首先要相信它。

有一位从事文学教学的教授在某一个讨论会上说，他现在读文学作品就是读前面三页，然后读最后三页以及中间三页，如果好读他就读下去，如果不好读就不读下去了。我对这样的说法感到惊讶。如果以这样的态度来读文学，永远读不出什么是好作品、什么是差作品。除非这位教授是神人，否则，没有认真安静的阅读，如何能读出好作品呢？今天我读文学作品，经常需要在夜深人静时才能够读到好的文学作品。我个人喜欢在深夜读小说，夜深人静之时读到一本特别好的小说，那种体会是特别真切的，甚至这样才能体味到与文学同在的幸福。在这样的状态下，可以感受到文学和作家给我们展示的世界。要对文学有这样的一种态度，其实我们是在重新找回自己的一种心情，找回我们和这个世界沟通的一种方式。

不只是美国作家阿莉森以及张炜有这样的声音，著名哲学家理查德·罗蒂也有这样的看法。2007年他出版了一本书《哲学、文学和政治》。他评价了阿莉森的那一段话，他说"启示价值属于文学作品"。国外的哲学家对文学非常、非常迷恋，那种迷恋你很难想象。中国的哲学家对文学所知甚少，学哲学的不懂文学、学文学的不懂哲学，这是非常遗憾的。西方的哲学家、历史学家对文学都有一种尊崇的态度，这方面的例子我就不多说了。罗蒂说道：

> 如果一部作品要有启示价值，必须允许它把你知道的大部分知识融入一个新背景中；至少，在开始的时候，它不能够被你已有的知识融入旧背景中。正像你在看出一个人是某种好人的同时，不能够欣喜若狂一样，你不可能从一部作品中得到启示，同时又在认识它。稍后，当初恋被婚姻代替了——你或许能同时做这两件事。但是真正好的婚姻，受启示的婚姻，是那些在狂野的、不加思考的迷恋中开始的婚姻。[①]

罗蒂用"狂野之恋"来比喻好的作品给人们启示，这样的评价是够高的了。也就是说，读到好作品给你的感悟，就像一见钟情见到的美女一样给你的那种心灵震撼，她就把你击中了，你突然感悟到的生活的意味和生命的质量如此不同凡响。但又不可言喻。但是，罗蒂这样说又有一些极端，因为，在美国或许可以经常有狂野之恋，而在中国却难得"一见钟情"。一见钟情的经验在我们的现实中是被驱逐的，你们的父母告诫你们找对象要门当户对，会过日子。社会的价值观告诉你们找对象要找白富美或高富帅。"一见钟情"现在在青年人的生活中几乎被屏蔽了。这也是不正常的社会

---

① 理查·罗蒂：《哲学、文学和政治》，上海译文出版社，2007年，第121—122页。

现象。那么，现在只有在阅读文学作品中去找，去体验"狂野之恋"或"一见钟情"的感觉。艾略特在20世纪之初，要用文学替代宗教；现在我们不得不用文学去替代"爱情"。这也是一项历史的变化。

当然，如果不把阅读文学的经验推到那么高的或极端的地步，大家对文学应该都是有一种感情的。你们在中学时期可能也读过不少的文学作品，很多同学都有作家梦。美国作家约翰·契弗认为，"文学是一种大众的幸福事业，大众的幸福事业应该时时存在于我们的良知之中。在我们的文明社会中，我认为没有比这更重要的了"。他把这作为一生创作与生活的准则。他说，"没有文学，我们就不可能了解爱的意义"。通过阅读文学，我们可以感受到什么是幸福、什么是爱，这是非常非常重要的。这也是在今天新闻、影视以及娱乐文化盛行之时，阅读文学的意义所在。

今天确实可以说大学的文学教育受到了前所未有的挑战，但是我觉得这种挑战本身是因为今天中国社会太功利了，功利主义引导了今天这个社会。作为青年人，我们如何在青年时代能够在文学中感受到对文学的一种态度、对文学的一种向往？诗是青年时期的一种生活方式，就像友谊、爱情一样。今天对大学人文教育的缺失，很大程度上跟文学的衰退、文学在大学教育中的边缘化是有关的。总之，我们可以通过阅读文学作品，去感受"生活不只是这样"的那种更为广阔的诗意的情怀。

二、文学以细节的方式存留明晰的记忆

今天我们主要讨论小说，关于诗歌中的细节就只好暂付阙如了。小说的艺术形象是以细节存留于人们的记忆中。我们今天记得住的小说很多都是人物，然后是细节。当然大家上中学的时候，老

师最爱跟大家谈的是孔乙己用手指头蘸水写"茴"的几种写法。细节其实是文学作品中最具体、最小的描写单位，构成了作品中具体的行为、场景和人物的性格特征。《药》里的围观的人群与人血馒头，鲁迅批判国民性对革命党和社会变革的麻木，革命党被砍头了，但是有肺病的人却用馒头蘸被砍头的革命的血，以为吃了这样的血馒头就会好。其实这个病也是一种隐喻。贾平凹在《古炉》里也写过一个人物，也是在"文化大革命"中被枪毙的夜霸槽，这个人物是改写鲁迅的阿Q，这是在向《阿Q正传》和《药》致敬的一部作品。这个作品中还不是拿馒头蘸人血，是要拿馒头蘸脑浆；《药》是砍头，而《古炉》是枪毙。《阿Q正传》里民众围观枪毙阿Q，民众很惋惜的是没有看到砍头的行刑场景。枪毙脑袋会开花，有脑浆溅出来。贾平凹这部作品的批判力非常大胆，同时他的写作是通过两个细节的关联向鲁迅的作品致敬。一群村民准备好馒头，冲上去准备蘸脑浆，结果枪一响人就冲过去了，馒头掉了一地，脑浆也蘸不成了，村民只好满地上找馒头。这个场面极富有反讽意义。其实鲁迅的作品对中国的现代性提出了疑问，还不只是描写，写出国民的麻木，而是20世纪中国的问题。阿Q是一个依赖"精神胜利法"生存下去的愚顽的农民，鲁迅批判的是国民性的麻木与愚劣；但是，中国现代的问题仅仅是启蒙民众吗？仅是因为民众不够自觉吗？《古炉》写的夜霸槽这个人物，他在农村算个能人，甚至可以说很聪明，"文革"到来了，他从城里带来了革命，闹得天翻地覆，结果如何呢？夜霸槽是一个自觉得很有想法的农民，但是民众依然是围观，去看枪毙他的现场，并且拿着馒头准备蘸他的脑浆吃了治病。历史以另一种方式重复上演，革命、暴力、围观、馒头……这个问题什么时候可以解决？问题究竟出在哪里？贾平凹过了大半个世纪这么大胆地重提了这个问题，甚至在某种程度上回答了这个问题。这里有某种修辞的关联，从而建立起有内在谱系关联的一种历史批判的理性力量。

关于砍头的细节在小说叙事中起到关键性的象征作用。比如托尔斯泰的《哈吉·穆拉特》也有描写过砍头的细节。当然作为对作品的感受，大家读起来会有一点觉得血淋淋的，不太美，所以我这里就不细谈了。司汤达的《红与黑》也描写了砍头细节。于连的父亲希望于连能够从军当将军或能够穿黑袍当上主教，从士兵当到将军，但是那个时代不再了，错过了拿破仑时代，于连就去当了家庭教师，后来他又利用自己的野心，和一个侯爵的小姐马特尔发生关系，他后来被判刑，也是被砍下脑袋，马特尔抱着他的头坐在马车里。西方很多作品都有写砍头，通过细节达到震惊的效果，对人性、对历史、对命运、对神意志的一种挑战。西方作品中，作家描写这些细节，都是非常非常讲究，当然这些细节非常独特，甚至有某种知识谱系，从宗教神学一路下来。

马尔克斯的《百年孤独》据说全球发行量超过三千万册。最有名的一句话是书中第一句话（一部作品的第一句话能够这么有名是非常令人惊讶的）：

多年以后，面对行刑队，奥雷里亚诺·布恩迪亚上校准会回想起父亲带他去见识冰块的那个遥远的下午。

这是范晔的译本。黄锦炎的译本是："许多年以后，面对行刑队，奥雷良诺·布恩迪亚上校将会回想起父亲带他见识冰块的那个遥远的下午。"这本小说影响了中国整整一代作家，这一句话开头，他们会发现它有一个时间，里面竟然浓缩了好几种时间。"许多年以后"，他在这个时间里说许多年以后"面对着行刑队"，那就是说现在这个时候说的是许多年以后将要发生的事情，是一件未来的事情。在许多年后的那个时刻，他会回想起"父亲带他见识冰块的那个下午"，那么又是另一个时间中的另一件事情。有这么一个人，他在被枪毙的那个时刻，他一定会想起他父亲带他见识冰块的下午。当然叙述的这个时间，有可能他是站在见识冰块的那个下午来叙述的，但是也可能不是，所以这里有三个时间。

在一部小说的一句话叙述里突然有三个时间出现，这对中国小说是一个巨大的震撼。中国小说长期被现实主义统治，现实主义讲时间从这里开始，然后故事这么发生，时间是非常清晰的。大家应该都读过像革命历史小说，非常细致、非常准确地把握线性时间，这是现实主义小说的叙事方法。中国文学长期受到现实主义时间模式的控制，即它的时间沿革的秩序以及完整性。但是现在突然间，这部小说的叙述是从另外一个时间开始，这对中国小说的影响非常大，同时一个主观化的视点可以介入进去，过去完全是客观化的。"文革"后很多小说是这样的，今天很多小说依然是如此，比如《白鹿原》，一开始就是白嘉轩结了七次婚，有些死于新婚不久，有些婚后一两年死了。最后围绕娶第七个老婆展开更为详细的叙事。小说从传统中国农业社会面临终结这么一个时间开始，然后出现了国民革命战争，出现了抗日战争，然后出现了土改，一直到解放初的这么一个历史，那是一种完整的历史时间。

《百年孤独》一开始就出现的时间折叠了几个时间在里面。其中有一个见识冰块的细节，为什么见识冰块会这么重要？在上校死的时候，他有十七个私生子，都死掉了。据说马尔克斯的祖父就当过上校，但是小说主要还是来自他的想象和虚构。为什么那天下午见识冰块会这么重要，他会想起的是冰块？其实小说里有一大段内容解释冰块，因为时间关系我就读一下他摸冰块的那一段：

> 其实就是村子里来了一群吉普赛人，冰块放在箱子里，有一个头发剃光的巨人守着冰块，他的父亲很不安分，也是爱搞稀奇古怪的事情，他带着自己好几个孩子去看冰块，那几个孩子都觉得非常神秘，要交钱才能够摸冰块。接触到这个神秘的东西，他们的心里充满了恐惧和喜

悦，这时他的父亲不知道如何给孩子们解释这不太寻常的感觉，所以又付了十个里亚尔，想让孩子们自己试一试。大孩子拒绝去摸。相反，奥雷连诺去大胆地弯下腰去，将手放在冰上，可是立即缩回手来。"这东西热得烫手！"她吓得叫了一声。父亲没去理会他。这时，他对这个显然的奇迹欣喜若狂，竟然忘了自己那些幻想的失败，也忘了葬身鱼腹的梅尔加德斯。霍·阿·布恩蒂亚又付了五个里亚尔，就像出庭作证的人把手放在《圣经》上一样，庄严地说这是这个时代最伟大的发明。

冰块遇到温度就会融化，消失成水或虚无。外面的世界以神奇的科技呈现出现代的面目，以这样的不可理喻的奇迹的形式出现。它是一个"冰块"，这既是一个细节，也是一个隐喻。同时这个细节将一个文明的悲剧命运写出来，以及我们称之为一个新的时代的到来，对它给予了某种非常非常痛楚的批判。

其实像这些作家，他们在文化上都是保守主义者，他们顽固地怀疑科技文明，他们对一个新时代的到来都是持怀疑态度。昨天我在珠海就讲到审美的现代性问题，现代作家其实是一些保守主义者，对这个时代的变化持一种怀疑的态度，在西方普遍如此。现代社会不断地发展，奔腾向前，但是作家、艺术家，他们都是往回看的，他们都是要逃避现实社会的。西方现代性兴起之后在美术上出现过"恢复的浪漫主义"传统，现代美术一方面非常激进，但社会观、历史观又非常保守。保罗·高更就跑到一个岛上跟一个土著结婚，凡·高就是一个精神病，有很长一段时间隐居在法国普罗旺斯。在他们看来，现代社会终将会消失，我们能够捕捉到、能够接受到的就是一个瞬间，这个瞬间或许是一个永恒。

某网站曾发表过陈丹青写的一篇散文，他说自己很害羞，见到美女就很紧张，手心就流汗，美女对人有强大的压迫感。说实在话，男人一方面爱美女，但是见到美女又紧张，陈丹青说出了很多男人的心里话。男人见到美女，都有一点压力的，其实你不欠美女什么，也不可能从美女那里得到什么，你要是摸她一下可能都会被抓到公安局去。陈丹青说那次坐飞机，旁边突然来了一个美女，他是画画的，对相貌、对人体有非常敏锐捕捉的能力，但是他还不敢直接看旁边的美女，眼睛偷偷地看，美女就坐在他的旁边，他一直想歪过头去看，但是一直都不敢。他想美女可能会跟他说一句话这样他就可以搭讪，可惜他一直找不到借口，结果美女上飞机就盖上毯子睡觉了，到达目的地之后美女就走了。后来陈丹青才发现，这个美女就是范冰冰。现代人的经验是瞬间的经验，是可以捕捉到的。但是作家确实是有羞涩、害羞，是一种保守，但是也是非常美妙的，他们能够捕捉生活的瞬间并且留存下来。

随后的作家，包括托尔斯泰等，其实很多作家都可能是很保守的，阎连科、莫言等的作品大家都可以读到激进的一面，也可以读出保守的一面。包括陈忠实的《白鹿原》也有双重性。其实《白鹿原》是非常矛盾的，正是它的矛盾表达了他对 20 世纪激进革命的反思。海德格尔拒绝科技文明，一直对科技文明持怀疑的态度，他家里始终没有电视，60 年代时他已经七十多岁了，去世的前几年有些电视台采访他，但是他家里没有电视，他是到邻居家里看播放关于他的节目。

马尔克斯的《百年孤独》里有一个俏姑娘乘上飞毯的细节，这部小说里有很多非常精彩的细节，大家有兴趣的话都可以读一读这本书。

莫言《檀香刑》的小说开头也有非常独特的细节描述，小说开头讲述一个妇人眉娘七天后亲手杀了她的公爹，这样的叙述极其大胆。

这里我想跟大家分享苏童的《妻妾成群》里写陈佐千和颂莲相遇的细节，给人的印象非常深刻。我是在 1988 年读的这部小说，那时我很难理解这么一种感受。我读这部小说时二十八九岁，不太能够理解这种心境，苏童写这部小说时应该是二十五岁左右，但是能够写出五十多岁男人的心境，我是很佩服的。那时中国社会男人都是三妻四妾的，男人没有专一观念，中国封建农业社会牵涉到生产力和财产分配问题，中国兄弟财产是均分的，而西方是长子继承制。其实一夫一妻制是西方文明的独特产物，更准确地说是天主教的独特产物。当时是天主教以及天主教的一帮修士，他们先是鼓吹独身，然后鼓吹一夫一妻制，其他文明都没有一夫一妻制。一夫一妻制在人类历史上的推广，是以现代文明的强大方式来推行的，但是在西方的起源是靠宗教。

陈佐千是一个五十多岁的有钱人，他要与十八岁的女学生颂莲结婚。小说这样叙述：

> 陈佐千第一次去看颂莲。颂莲闭门不见，从门里扔出一句话，去西餐社见面。陈佐千想毕竟是女学生，总有不同凡俗之处，他在西餐社订了两个位置，等着颂莲来。那天外面下着雨，陈佐千隔窗守望外面细雨漾漾的街道，心情又新奇又温馨，这是他前三次婚姻中从所未有的。颂莲打着一顶细花绸伞姗姗而来，陈佐千就开心地笑了。颂莲果然是他想象中漂亮洁净的样子，而且那样年轻。陈佐千记得颂莲在他对面坐下，从提袋里掏出一大把小蜡烛，她轻声对陈佐千说，给我要一盒蛋糕好吧。陈佐千让侍者端来了蛋糕，然后他看见颂莲把小蜡烛一根一根地插上去，一共插了十九根，剩下一根她收回包里。陈佐千说，这是干什么，你今天过生日？颂莲只是笑笑，她把蜡烛点上，看着蜡烛亮起小小的火苗。颂莲的脸在烛光里变得玲珑剔透，她说，你看这火苗多可爱。陈佐千说，是可爱。说完颂莲就长长地吁了口气，噗地把蜡烛吹灭。陈佐千听见她说，提前过生日吧，十九岁过完了。

这里写着一个十八岁的姑娘，家道中落，嫁给一个五十岁的男人，而这个五十岁的男人是要娶自己的第四个老婆，其实他们没有见过面，他会想象，果然是他想象的洁净、漂亮的样子。当然我们今天是要批判了，这是不道德的，但在本世纪初解放以前这是不成问题的。

我认为中国文学在世界文学中最大的意义，在最近一百年来，应该说给世界文学的贡献是持续写出了一个大的农业文明衰败的最后岁月的故事。西方没有任何一种文学像中国文学这样是历史叙事，写出了一个农业文明，最大的农业文明最后衰败的故事。今天影响大的作品都是如此，《白鹿原》《檀香刑》等等，后者写清王朝的最后一个刽子手解甲回归故里。巴金的《家》《春》《秋》其实也是如此。陈佐千娶了四个老婆，但是只有一个儿子，这个儿子竟然是同性恋，这对中国传统社会来说是非常、非常沉重的打击。陈佐千后来身体也有病了，传统农业社会不再有传人，这是农业文明衰败的悲剧。阎连科的《受活》也是如此。文明要走向新生，改革开放要走向市场经济，怎么存活？从苏联买来列宁的遗体，要建一个烈士陵园，这里都包含着农业文明最后的衰败与共产革命遗产结合的故事。阿来的《尘埃落定》也是如此，关于最后一个土司的故事。西方在浪漫主义文学的背景下，写的是人性，人的一种情感、命运，而且浪漫主义文学对人性的揭示与历史的变化可以没有直接关联。

我们引述的《妻妾成群》的这个片断里很多细节都写得那么精致、那么真切，让我们感受到一个十八岁的少女终结了自己的十八岁，进入十九岁。过去认为女大十八变，十八的姑娘一枝花，十八岁以后就算成年了。当然这不是绝对的，过去传统社会女孩子十多岁也就有出嫁的（有些是成为童养媳），但是十八岁有象征意义，意味着她少女时代的终结，但是她竟然是要嫁给一个五十几岁的男人，像她父亲一样的男人。这里包含着一种命运的错位，她将蜡烛插上、吹蜡烛，许一个愿，这些细节都充满着伤感。

其实通过阅读细节，可以感受到作品所蕴含的那种韵味。中学时大家都学过归纳主题思想，作品都要有中心思想，伟大的作品都要有伟大的中心思想。其实我觉得最重要的是从细节中读出伟大，更具有大哲理的东西其实也是蕴含在细节里。我这里要说的是细节在艺术形式方面的一种意义，如何感知细节在小说构思中的作用，让大家读作品的时候能够更深一层，包括大家在写作时也能够考虑到这些。

三、细节在小说构思中的"变"的作用

好作品在设计当中会有转折，很多作品的结构和构思是通过一个细节来点燃，或者通过一个细节发生变异。小说的细节不只是起到雕塑形象的作用，不只是对人性、对生活的揭示，并给人深刻印象。成功的细节描述起到构思——也就是结构转折的作用。用一个形象的通俗词语来说就是"变"。

欧·亨利的《麦琪的礼物》或许可以说是典型的西方的短篇小说，这主要是就其小说构思的结构而言。小说讲述圣诞节的前一天，一对小夫妻互赠礼物却发生错位。贫困的吉姆想给妻子德拉买一套昂贵的头梳典当了自己的金表；妻子德拉想给吉姆买一条白金链条，剪下自己的头发去卖。结果阴差阳错，两人珍贵的礼物都变成了无用的东西。但是，小说最后一段评论说，而他们却得到了比任何实物都宝贵的东西——爱。两个物件的置换，构成了关键性的时刻，在这个时刻中这个细节变掉了，他们拿出来的东西不能用。《麦琪的礼物》总是被当作短篇小说构思的典型来理解，就是"变"的结局，最后抖一个包袱，从某种意义上像是相声一样，就像打牌

一样最后翻出来的底牌。而中国短篇小说很多时候是平铺直叙，某种意义上其实是散文的讲述方式，没有进入到小说构思。

德国小说作家罗特写的《泄密的心》，虽然不能代表西方小说的全部，但是我觉得它是非常典型的现代西方小说。这个小说写的是一个十五岁的德国男孩，他和英国女家庭教师的故事。他们一起阅读爱伦·坡的小说《泄密的心》，小说把这两个同名故事联系在一起。坡的故事是一个疯子谋杀一个邻居老人，罗特的故事则是一个小男孩爱上这个英国女教师。英国女教师的名字 Gladys Templeton，这个名字里还隐藏着一个历史故事。这个女教师让这个小男孩来到她家里，教他英语。男孩去的时候，下着大雨，女教师拿毛巾给他擦干。英国妇女结婚之后，姓氏后面要跟上丈夫的姓。这个男孩就发现这个女教师的姓名后隐藏一个尾随的姓，她的丈夫姓哈维，这其实隐瞒了她的婚姻（小男孩自认为是一种隐瞒，因为他想当然女教师构成了他的情感的惟一对象），当然包括婚姻的不幸。在读到小说最热闹的时候，即读到爱伦·坡的小说《泄密的心》，疯子的"跳动的心"，这个女教师突然打了一个呵欠，本来两个人读小说靠得很近，小男孩看到女教师手臂上有细细的汗毛，几乎让他产生去摸的愿望。这时女教师打了一个呵欠，然后站起来，好像给他做了一个手势，好像是在召唤他，然后女教师就走到里面的屋子里，小男孩就愣在那里。时间仿佛过了很久，可是他想到钱还没有给这个老师，于是他就站起来到里面看这个教师。走过了过道，这时听到楼下外面院子里有孩子们踢足球的喧闹，阳光透过百叶窗，他看到女教师斜着躺在床上，手臂耷拉在床沿上，纱巾盖着她的手臂。他走过去，很想将手臂拉起来，就在他将纱巾拿起来的时候，看到血淋淋的针头。

这一段写道："我又一次感觉听到了她的耳语，但是我听不懂。我的心跳得太响了……我跪在床上，触摸她的手。她没有害羞，让我的手把她的手包起来。我想吻这只手，这只害羞地向我打过招呼的手，现在任我摆布。我面对她弯下腰来，马上就要碰到她的时候，才看见了床单上血淋淋的针头。就像在梦里，我充满恐惧，呆呆地跪着。我的心静止了。"其实这个女教师打呵欠是毒瘾发作，一个针头的出现突然将整个小说变了，背后隐藏着老师这一代青年的精神状况。老师是一个吸毒者，为什么要写这一代人？小说的第一句话，那是 1968 年夏天的故事吧，当时你可能不会注意这一句话，不过会觉得这是小说叙述的倒叙而已。但是 1968 年法国发生了"五月革命"，1968 年这一代的西方青年最激进，那个时候整个法国的青年称之为思想解放、性解放，70 年代整个西方社会洋溢着左翼主义解放运动，充斥着滥交、吸毒、革命、激进主义。为什么这个小说写于 80 年代中后期、90 年代初呢？这个时候又是"68 代"这一代人领导着欧洲和世界，像是施罗德、默多克、布什、克林顿、布莱尔都是"68 代"。"68 代"从 80、90 年代开始登上政治舞台，领导着美欧。这部小说其实思考着"68 代"这一代人经历的历史，提出了一个疑问，这一代人能够领导欧洲吗？他们会将欧洲带向哪里？这部小说刺穿的不光是爱的幻觉的破灭、美的形象的破灭，而且是对历史的质问。小说恰恰因为这样的细节，发生这样的变局，整个构思就这么轻地翻过来了。

我曾经写过一篇文章《刀与针》，我试图去探讨中国当代很多小说都是以刀解决问题，关键的时候就是拿刀砍、拿刀杀。那么为什么我们不能用针呢？西方的小说不用大开杀戒，关键的时候就是那么点了一下，但是针刺穿之后可以看到非常结实的内在含量。门罗的《逃离》《匆匆》《播弄》都是如此。当然有些"变"不是这么精巧和这么技术性，有些小说变得非常怪诞，其实也很棒。迪伦马特的小说就是个性十足，其中有一篇是非常短的小说《狗》，写得十分惊悚，里面有非常怪诞和野性的东西。

四、"藏"好细节构成小说的内涵

小说中的细节预示的"变"经常作为转折，起到四两拨千斤的关节点的作用；但这样的变却是依靠"藏"才有变的能量。西方小说经常在细节里藏了精彩、丰富的内涵，很多的思想是蕴含在这些精彩的细节里。比如说《麦琪的礼物》，其实意思是来自《圣经》里的《马太福音》，东方来的智者会带来礼物。小说的题目和里面的人物包含这样的意思在里面，包含着很深的关于爱的主题在里面。

《泄密的心》一书中的女教师的名字其实就隐藏着一种意思在里面，这个名字与公元63年古罗马庞培征服耶路撒冷相关。Gladys是剑的意思，Templeton指的是神庙。公元63年庞培攻陷了耶路撒冷，耶路撒冷有成千上万的犹太人，但是最后都被杀死了。庞培就想成千上万的人保护这座神庙，里面一定是有财宝。但是他进到神庙里面发现什么都没有，只有神坛，神坛上放了一个木盒，他想这肯定是犹太人最宝贵的东西。但是打开一看，其实就是一卷经卷，即《塔木德》经卷。他大吃一惊，成千上万人的生命就是为了保护这么一个羊皮纸卷成的东西。作家的思想深度体现在有能力回望历史反思现实。这个作家当然并没有明确标明要从《塔木德》之犹太教义来指导当今世界，他只是点出一种历史的可能。他也并非出自犹太人种族观念来做这样的反思。我查阅了一些资料，没有任何迹象表明这个作者是犹太人，如果是犹太人可能又是一种解释，但是他不是犹太人，他应该是属于基督教这个信仰体系中的，我们可以看到他怎么思考今天的一种价值。而"68"这一代人，他们的青年时期经历过解放、经历过混乱、经历过对自身生命的放纵，这些人今天怎么去领导欧洲的历史。小说里面还有一些值得分析的细节，我就不多解释了。

门罗小说里都藏有很多细节的东西，《机缘》里关于猎户星座的细节，读门罗的小说都要做足案头功夫，要查证里面提到的任何跟知识有关的东西，如果做得不够细致，会错过里面的丰富含意，读不出小说的内在意味。这篇小说里面有很多关于古希腊、古罗马的神话，而这些都和小说的主题、小说人物的命运构成了某种隐喻的关系。门罗的小说《匆匆》，读下去你会觉得非常拖沓，觉得有一点莫名其妙。小说描写一个父亲，一直是小学教师，没有当上校长，五十多岁时辞职回家种菜。这是非常难以理解的，因为西方社会（他在加拿大）非常尊重教师，教师的社会地位比菜农高。朱丽叶的母亲常年卧病，连洗两件衣服都不行。朱丽叶一直不理解父亲，对母亲病病歪歪不满，家里也雇了一个年轻的女孩子，但是有幽闭症，可以帮忙干一点活。这个女孩子小时候也是被遗弃的，她的母亲死了，父亲有一天带她和姐姐去镇上，说是去玩和看电影，最后父亲消失了。姐姐就带着她，后来她的姐姐也死了，于是这个小女孩就患上了幽闭症，其实就是社交恐惧症。主人公回到家里，有一天家里来了三十几岁的神父，母亲将自己收拾得很漂亮，其实这里面有非常微妙的心理。神父问到朱丽叶这一代怎么看信仰，朱丽叶说我们没有信仰。神父这时突然站起来摇晃了一下，朱丽叶以为神父是低血糖，于是倒了一杯果汁给神父喝。后来神父走了。病床上的母亲对朱丽叶谈到自己的信仰，她说："自己也说不清楚，只能说有点意思的是，那是一个——很了不起的什么的东西，等到真的不行了我——你知道那时候我会想什么吗？我想，好了。我想——快了。很快我就能见到朱丽叶了。"其实朱丽叶的母亲有严重的心脏病，不能生孩子，但是想要一个女孩子，是冒着生命的危险生下朱丽叶。所以在这个时候朱丽叶突然意识到自己在母亲的心目中多么重要，这个家到底意味着什么，是什么让一个母亲活下去，觉得生活中最有价值的东西。母亲的意思是说，对于一个垂死的人来说，我的信仰是什么？我的信仰就是能够很快见到我的女儿了。其实这里又有两重意思，一种是我死了，随时可以在天国看到朱丽叶，另外一种意思就是我死之前朱丽叶肯定会回来见我一面，因为朱丽叶三年都没有回家。突然之间，就把一种对家的价值、对家的期盼表达了出来，而且得幽闭症的那个女孩也是因为家的破裂患上幽闭症的。家就是信仰的家园，家是我们一切生命，是我们价值的归宿，这篇小说写得这么令人触动，但是这是最后一句话。门罗的小说删掉一句话都不行，到后面都会把前面的内容勾起来，所以读这些作家的作品，你会感到那种微妙、细致、准确，真的让我们感到惊异。

五、细节具有的现实批判性力量

细节不仅仅是在艺术的层面发挥作用，细节也具有现实批判力量。除了我刚才提到的贾平凹，有意向鲁迅的《药》致敬，接近一个世纪，这种呼应、这种碰撞有力量是发人深省的。阎连科小说中的一些细节也是很惊人的，如《黑猪毛，白猪毛》。这篇小说有一种荒诞感，但是同时对现实有很深刻的揭露。农民根宝二十九岁娶不上媳妇，要顶替镇长去蹲监狱，因为镇长开车轧死了人，居然有四个农民都想与镇长巴结上关系，愿意替镇长去坐牢。他们都以为根宝选择替镇长蹲监狱实在荒谬，但等根宝到了李屠夫家，却已经有三人早已在那里等待。结果四个人各怀心思。原以为根宝没有抓到阄可能就作罢，结果却又跑来一个嫂子告知她表妹已经闻讯根宝要替镇长蹲监狱，同意嫁给根宝，根宝只好去求助柱子了，柱子也就答应把替蹲监狱的权利让给根宝。本以为根宝此去前途未卜，但是这时说根宝不用替蹲监狱了，因为那个被轧死的人的家人不追究镇长了，只要镇长认他家的小儿子为干儿子。李屠夫手中的刀也一直是小说中的重要道具，李屠夫不断地挥舞着那把屠刀，已经无须直接描写乡村的暴力，李屠夫本身就象征着权力、司法暴力的博弈游戏。像根宝这样的人，离暴力这么近，他可以替别人去蹲监狱，在乡村里农民离暴力这么近。

阎连科早期写的小说《天宫图》描写一个叫路六命的苦命孩子，从小就是孤儿，给人到葬礼上帮工。邻村有一位漂亮的女子，因为失身，没有人要。村长做主让路六命娶了，因为这样可以长期霸占这个女子。但是这个女子不让路六命碰一下，每到冬天路六命就要给这个女子暖被窝。村长来了，和路六命的媳妇进房上床，路六命则在门外抽烟，烟见着短了，一根接着一根，他纳闷的是，"村长的劲咋就那么大呢？"乡村的权力、新的压迫机制、弱者的无助与麻木、无望的反抗等等表现得淋漓尽致。我们可以看到中国小说的细节结实有力，不同于西方小说的那种微妙，阎连科等人的小说细节经常指向现实的批判性，让人感受到生命存在的无助、盲目和麻木。

综上所述，现在做一个简要的总结。第一，相信文学的启示力量，它存在于你的细心和耐心的阅读中。第二，好的细节构成了文学，这里主要是说小说的艺术表现力的关节点，它能焕发出艺术能量。第三，细节的丰富性构成了小说艺术的巧妙意蕴和深厚内涵。小说的思想性和人文情怀等不是外在于细节的概念，而是存留于细节中。第四，细节并非只是指向艺术性层面，同时具有现实批判性和历史的蕴含。第五，今天中国的小说是走自己的路，还是加大向西方（欧美）现代文学学习的力度？这是留待大家讨论的问题，有一点是可以肯定的，那就是阅读和写作对细节的关注是一个开启的方向。

在这里我较多地谈论到西方现代短篇小说，这与90年代以来的中国文坛的主流话语已经有些疏离了。80年代上半期我们崇尚欧美作品，那个时候是追寻西方的现代派，而不是回到中国的乡村。马尔克斯获得诺贝尔奖，这对中国产生了巨大的诱惑，回到乡土、回到农村、回到本土民族性，也能够具有现代主义，也能够是现代派，这让中国那一代作家从追逐现代派的压力底下解脱了，但这种解脱也逃离了小说创新的方向。首先是中国知青作家，中国知青作家在中国现代主义运动中毫无作为，这是非常奇怪的事情，甚至是非常遗憾的事情。

整整一代作家，在中国80年代的现代主义运动中，中国本来是要经过这个历史洗礼时知青一代作家并无大的作为。而他们从拉美的经验中，悟出了所谓的"寻根"，突然有一种解脱感，觉得回到了传统、回到了民族性，竟然也是现代、也前卫新潮。八九十年代之交的历史变故，使中国整个现代文学走到了传统和乡土。尽管我高度评价中国乡村文学达到了一种高度，达到了对世界文学的贡献，但是这是一个侥幸。一是因为出现了莫言、贾平凹这些创造性极强的作家，他们有深厚的传统基础和乡村经验；另外一个方面的侥幸，在于确实西方文学对乡村历史的书写没有完成，依然是关于人性、人的情感展开的，这使中国文学在这方面创造了独特而强大的经验。"50后"的经验达到了高峰，他们穷尽了之后，中国文学还能往哪儿走？"70后""80后"不可能在乡土叙事中超过"50后"，而"50后"在乡村叙事中也不可能再翻出大的东西，他们最大的问题是要突破自己。阎连科怎么突破自己的？在《风雅颂》的后记里他说到突破自己的困境和艰难，在那篇后记里他谈到在参加堂伯兄弟侄子的冥婚上，他看到一片蝴蝶漫天飞舞而感悟才写出了新的作品。莫言在北大演讲时也非常坦率，《蛙》他曾经写过十几万字被他撕掉了。贾平凹《带灯》写得很苦，到农村走乡串户，看到女乡镇干部的花衣服在山岗上飘飞而获得灵感。这些创作谈当然表明中国这些作家非常认真刻苦，但也表明他们在乡村书写达到巅峰之后挑战自己又是多么困难。"80后"不可能再在消费主义的路线上走下去，应该和西方现代主义的经验展开对话。城市小说很难出现力作，当今中国作家最擅长的都是乡村经验。在当今乡村已然被城市化改造得非乡非镇，年轻一代作家也缺乏直接的结实的乡村经验，以至于在现代主义的纬度上，年轻一代作家对现代人的理解上还是有欠缺。下一步我们需要重新和西方现代主义的文学经验有一个对话，我以为这是提升中国当代文学的艺术性以及与世界文学沟通的重要途径。

莫言与世界文学

陈众议

诸位都是作家，在你们面前谈别的作家，好比在一个女人面前夸奖另一个女人漂亮。这首先是一种冒险。但是，谁叫我们从事这个行当、做文学研究呢？当然，为了亲自尝尝梨子的滋味，我自己有时也会写一点杂七杂八的小说。今天斗胆班门弄斧，借莫言和大家做一点交流。然而，由于今天的这个话题本身比较大：莫言与世界文学，我也许只能剑走偏锋，很难真深入到世界文学和莫言这一个话题的中心。因此，我很想留点时间供大家讨论，而我就算是抛块砖头、做一个开场白吧！

前段时间媒体都在热议莫言获奖，大家关于其获奖的原因，无论是文学的还是非文学的，都已经说得很多，我本人也唠叨了不少。媒体穷追猛打，莫言自己退避三舍，把手机一关，媒体就抓狂、逮谁问谁。我算是比较了解莫言的，除了许多年的交情，还确实读过他的不少作品，因此和媒体周旋了好几天。

现在渐渐冷静下来，甚至于有些媒体开始寻找莫言或对于莫言一些负面报道。这几乎不可避免，无论国内还是国外。我们得习以为常。我们眼前不远处就有一些被捧而后摔得很凶的作家，比如余秋雨先生。有一阵子大家张口闭口都在言说他、夸奖他，媒体也很积极，但突然之间风向逆转，不少人、不少媒体都开始抨击他。我希望莫言不要遭遇这样的不幸，但从目前的情况看，确实已经有些人开始在网上和报刊上说酸话、唱反调了。这些大家也可能都留意到了。等 12 月份他真的把奖牌拿回来以后又会怎样？现在恐怕很难估计，但我希望大家平心静气，羡慕可以，嫉妒恨就免了。因此，我建议朋友们先下手，尽可能客观公允地评价莫言。他既不是神，也不完美，更不是中国文学的惟一代表，当然不会是我们未来文学的坐标或灯塔。那么，我今天就莫言的一些话题，谈一点自己的想法。

先说诺贝尔文学奖评委会的颁奖理由，那个颁奖理是 10 月 11 号公布的。诺贝尔文学奖评委会常任秘书彼得·恩隆德先后用瑞典语和英语宣布莫言获奖并认为他 "with hallucinatory realism merges folk tales，history and the contemporary"。虽然 "hallucinatory realism" 并非严格意义上的 "magic realism"，但我们的媒体还是不由分说地将它译成了 "魔幻现实主义"，谓莫言 "将魔幻现实主义与民间故事、历史与当下融为一体"。当然，瑞典学院也特别提到了莫言与加西亚·马尔克斯的关系。那么，我就由此入手，说说他及他与魔幻现实主义，乃至世界文学的关系。然而，鉴于话题太大，我这里实实地只能点到为止。

莫言与魔幻现实主义是个有趣的话题，因为在我看来 "寻根派" 当中似乎只有莫言一以贯之坚持着当初出发的那个路数，其他人都转向了。譬如韩少功，还有孙甘露、郑万隆、郑义等，他们纷纷转向拥抱各种先锋思潮了。有些甚至放弃写作，从事别的行当了。惟莫言不然。先说 "寻根派"。80 年代 "寻根派" 甫一出现，便改变了中国文学的面貌。当时，大多数作家还沉浸在伤痕文学之中。"寻根派" 的出现让人耳目一新，它甚至催生了第五代导演。我们知道中国电影走出国门，"寻根派" 文学功不可没。第五代导演基本上都是从 "寻根文学" 出发的，陈凯歌的《黄土地》、张艺谋的《红高粱》、吴天明的《老井》，等等。它们接二连三地在国外获奖，从而也把 "寻根文学" 推向了国外。电影固然可能淹没作家的原创光芒，但无论如何，它们的成功使莫言们获得了最初的国际知名度。

那么我们回过头来再看"寻根"这个概念。"寻根"这个概念最早可以追溯到上世纪二三十年代。适值"宇宙主义"和"土著主义"在拉美文坛斗得你死我活。宇宙主义者认为拉丁美洲的特点是她的多元。这种多元性决定了她来者不拒的宇宙主义精神。反之,土著主义者批评宇宙主义是掩盖阶级矛盾的神话,认为宇宙主义充其量只能是有关人口构成的一种说法,并不能解释拉丁美洲错综复杂的社会现实及由此衍生的诸多问题。在土著主义者看来,宇宙主义理论包含着很大的欺骗性,它拥抱的无非是占统治地位的西方文化,而拉丁美洲的根恰恰是被西方文化所阉割、遮蔽的印第安文明。这颇能使人联想起同时期我国文坛的某些争鸣。世界主义者恨不得直接照搬西方文化,甚至不乏极端者梦想扫除国学、抛弃汉字;而国学派,尤其是其中的极端者则食古不化、抱"体"不放。从某种意义上说,两者的胶着状态至今未见分晓。前卫作家始终把走向世界、与世界接轨的希望寄托在赶潮与借鉴,而乡土作家却认为最土的也是最民族的,最民族的就是最世界的。而"寻根"这个概念正是二三十年代由拉美土著主义者率先提出的,它经现代主义(形形色色的先锋思潮)和印第安文化(其大部分重要文献于 30 年代及之后陆续浮出水面)及黑人文化的洗礼,终于催生了魔幻现实主义。然而,翻检我国介绍这个流派的文字,跃入眼帘的大多是"幻想加现实"之类的无厘头说法;或者"拉丁美洲现实本身即魔幻"云云。诸如此类不着边际的说法令人丈二和尚摸着头脑。哪有不是幻想加现实的文学?谁说拉丁美洲现实本身即魔幻(或神奇)呢?加西亚·马尔克斯倒是说过,"拉丁美洲的神奇能使最不轻信的人叹为观止";他故而坚信自己是现实主义作家,而不是所谓魔幻现实主义代表。问题是:作家的话能全信吗?

我兜了这么一个圈子,无非是想从根本上说明莫言是如何理解《百年孤独》和魔幻现实主义的。一句话:他在《百年孤独》和拉美魔幻现实主义作品中看到了"集体无意识"。它沉积于民族无意识中，回荡着原始的声音。用阿斯图里亚斯的话说，它是我们的"第三现实"或现实的"第三范畴"。"简而言之，魔幻现实是这样的：一个印第安人或混血儿，居住在偏僻的山村，叙述他如何窥见一朵云彩或一块巨石变成一个人或一个巨人。……所有这些都不外乎村人常有的幻觉，外人谁听了都会觉得荒唐可笑、不能相信。但是，一旦生活在他们中间，你就会感觉到这些故事的分量……它们会转化成现实，成为现实的组成部分。"阿斯图里亚斯如是说。而卡彭铁尔则从另一个角度肯定了这一点，即加勒比人的"神奇现实"，谓"不是堂·吉诃德就无法进入魔法师的世界"。他们所说的"第三现实"或"神奇现实"恰恰就是布留尔、荣格和列维－斯特劳斯不遗余力阐发的"集体无意识"或"原始经验遗迹"。而原型批评理论家们的高明之处在于发现这些"集体无意识"或"原始经验遗迹"不仅仅生存于原始人中间，它还普遍生成或复归于文学当中。然而，拉美魔幻现实主义和莫言的伟大在于揭示了各自从出的生活奥秘，即"集体无意识"或"原始经验遗迹"在现实生活中的奇异表征，以及这些表征所依着的社会历史文化环境或语境。正是在相似，且又不同的生活和语阈之中，莫言与加西亚·马尔克斯完成了美丽的神交。

在我的印象当中，莫言从来没有明确地提到过这一点（"集体无意识"），但他悟到了，而且神出鬼没、持之以恒地将它"占为己有"；甚至踵事增华，最终令人高山仰止地缔造了魔幻的或者幻觉般的"高密东北乡"。当然，他并未一蹴而就。在《红高粱家族》中，他所表现的还只是生活的野性。祖辈的秘方也透着恶作剧般的巧合或艺术夸张。但是，"集体无意识"在莫言的艺术世界中慢慢孕育，直至生长并发散为《丰乳肥臀》教堂边的浮土："上官吕氏把簸箕里的尘土倒在揭了席、卷了草的土坑上，忧心忡忡地扫了一眼手扶着炕沿儿低声呻吟的儿媳上官鲁氏。她伸出双手，把尘土摊平，轻声对儿媳说：'上去吧。'"就这样，上官鲁氏开始独自生她的第八个孩子，因为婆婆要去照拂驴子："它是初生头养，我得去照应着。"之后是可想而知的女人的痛苦。同样，在以后的作品中，莫言一发而不可收。譬如，《生死疲劳》用了佛教六道轮回的意象，而《蛙》则明显指向了农耕文明根深蒂固的信仰："先生，我们那地方，曾有一个古老的风气，生下孩子，好以身体部位和人体器官命名。譬如陈鼻、赵眼、吴大肠、孙肩……"类似风俗大抵不同程度地存在于中华大地，譬如叫男孩狗呀猫啊，或者草啊木的，用莫言的话说，"大约是那种以为'贱名者长生'的心理使然"。

从另一个角度看，中华文明本质上是农业文明。几千年的小农经济使中华民族历来崇尚"男耕女织""自力更生"。由此，相对稳定、自足的"桃花源"式自足自给被绝大多数人当作理想境界。正因为如此，世界上没有第二个民族像中华民族这么依恋故乡和土地的（柏杨语）。而依恋乡土者必定追求安定、不尚冒险，由此形成的安稳、和平的性格使中华民族大大有别于游牧民族和域外商人。反观我们的文学，最撩人心弦、动人心魄的莫过于思乡之作。然而，从最基本的社会基础看，小农经济，人人明哲保身，对左邻右舍也就渐渐地淡却了族裔意识。这样的人民，惟有在群体性造反或革命的名义下才能革命或盲动。是谓"团沙效应"。而盲动的结果就是焚书坑儒，就是文字狱，就是"文革"，就是改朝换代，就是重建庙宇、再塑金身（当然，只要条件允许，不仅是中国，其他民族如德意志等，也会盲动，也会疯狂……）。这是莫言之所以表面洋洒，实则沉痛（甚至冷酷和深刻）的原因所在：现实基础。

于是，马孔多的加西亚·马尔克斯和约克纳帕塔法的福克纳在此殊途同归。正因为如此，我认为莫言与魔幻现实主义的关系不是简单的模仿和被模仿，而是一种美丽的神交：一种艺术的心领神会，它无须言表，甚至难以言表，盖它或许是不理智的冲动、潜意识的接受，一如加西亚·马尔克斯与阿斯图里亚斯或鲁尔福等师长前辈的关系（否则他就不会一再否认他与魔幻现实主义的关系，也不会一而再再而三地声称神奇即拉丁美洲现实的基本特性）。他们无须从理性或学理层面上言说"集体无意识"。我们更没有理由要求他们成为理论家。

　　然而，必须强调的是全世界少有作家像莫言这一拨中国作家那么谦逊好学的。他们饕餮般的阅读量足以让多数专业外国文学研究者感到汗颜。这是后发的幸运，也是后发的无奈。但正所谓取精用弘，披沙拣金，莫言们并非没有自己的取舍和好恶。简而言之，概而言之，莫言是优秀中国作家的代表之一。从世界文学的角度看，他有无数可圈可点的闪光之处。谓予不信，我姑且罗列一二。

　　首先需要说明的是，世界文学浩如烟海，没有人可以穷尽它。我只能管窥蠡测，取其一斑一粟。因此，大处着眼、小处说事、谨慎入手是必须的。从大处看，我以为世界文学的规律之一是由高向低，一路沉降，即形而上形态逐渐被形而下倾向所取代。倘以古代文学和当代写作所构成的鲜明反差为极点，神话自不必说，东西方史诗也无不传达出天人合一或神人共存的特点，其显著倾向便是先民对神、天、道的想象和尊崇；然而，随着人类自身的发达，尤其是在人本取代神本之后，人性的解放以不可逆转的速率使文学完成了自上而下、由高向低的垂直降落。如今，世界文学普遍显示出形而下特征，以至于物主义和身体写作愈演愈烈。以法国新小说为代表的纯物主义和以当代中国"美女作家"为代表的下半身指涉无疑是这方面的显证。前者有罗伯·葛里耶等新小说作家的作品为证，后者则涉人无数：不仅卫慧、棉棉们乐此不疲，就连一些曾经的先锋作家也纷纷急转直下，是谓下现实主义。这在上世纪五六十年代的西方"嬉皮士文学"或拉美"波段小说"中便颇见其端倪了。而今，除了早已熟识的麦田里的塞林格，我们又多了一个"荒野侦探"波拉尼奥。与此同时，文学完成了由外而内的巨大转向。关于这一点，现代主义时期的各种讨论已经说得很多。众所周知，外部描写几乎是古典文学的一个共性。亚里士多德在诗学中明确指出，动作（行为）作为情节的主要载体，是诗的核心所在。恩格斯关于批判现实主义的论述，也是以典型环境为基础的。但是，随着文学的内倾，外部描写（包括情节或人物行为等要素）逐渐被内心独白所取代，而意识流的盛行可谓世界文学由外而内的一个明证。与此关联，文学人物由崇高到渺小，即从神至巨人至英雄豪杰到凡人乃至宵小的"弱化"或"矮化"过程。神话对于诸神和创世的想象见证了初民对宇宙万物的敬畏。古希腊悲剧也主要是对英雄传说时代的怀想。文艺复兴运动以降，虽然个人主义开始抬头，但文学并没有立刻放弃载道传统。只是到了 20 世纪，尤其是在现代主义和后现代主义时期，个人主义和主观主义才开始大行其道。而眼下的跨国资本主义又分明加剧了这一趋势。于是，宏大叙事变成了自话自说，文学人物的活动半径也由相对宏阔的世界走向相对狭隘的空间。如果说古代神话是以宇宙为对象的，那么如今的文学对象可以说基本上是指向个人的，其空间愈来愈狭隘。昆德拉就曾指出，堂·吉诃德启程前往一个在他面前敞开着的世界……最早的欧洲小说讲的都是一些穿越世界的旅行，而这个世界似乎是无限的。但是，在巴尔扎克那里，遥远的视野消失了……再往下，对爱玛·包法利来说，视野更加狭窄……而"面对着法庭的 K，面对着城堡的 K，又能做什么？"或许正因为如此，卡夫卡想到了奥维德及其经典的变形与背反。

莫言的小说见证了某种顽强的抵抗。譬如他对传统的关注、对大我的拥抱、对内外两面的重视等等，貌似"以不变应万变"，而骨子里或潜意识中却不失为是一种持守、一种既向前又向后的追寻。从小处说，莫言是"寻根派"中惟一不离不弃、矢志不移的"扎根派"。但这并不是说他在重复自己。恰恰相反，"举一反三是传道士的秘诀"（博尔赫斯语），每一个作家本质上都在写同一本书，一本被莫言称之为标志性的大书，它或许已经完成（可能是最初的《红高粱家族》，也可能是《天堂蒜薹之歌》《酒国》《丰乳肥臀》《檀香刑》《生死疲劳》或《蛙》），或许它还有待完成，再或许所有已竟和未竟的就是他同一本书的不同侧面。同时，莫言在中国农村这个最大的温床或谓载体中，看到了我们的传统或国民性的某些深层内容。而且，他表现这种传统和国民性的方式，颇有几分鲁迅的风范，某些方面甚至有过之而无不及，尽管他所取法的主要是群体形象：大写的农民。反之，我们见证了世界文学由大我到小我的演变过程。无论是古希腊时期的崇高庄严说或情感教育还是我国古代的文以载道说，都使文学肩负起了某种集体的、民族的、世界的道义。荷马史诗和印度史诗则从不同的角度宣达了东西方先民的外化的大我。但是，随着人本主义的确立，及至19世纪自由主义的确立，世界文学逐渐放弃了大我，转而致力于表现小我，致使小我主义愈演愈烈，尤以当今文学为甚。

其次，马悦然说莫言很会讲故事。他说得在理。但我们必须厘清两个问题。第一个问题比较简单，也容易说清，即莫言的故事无论内容、形式，都不是传统意义上的，至少不是古典小说、传统演义，甚至与一般意义上的民间传说也相去甚远。说穿了，莫言的创作并不以人物性格的展示与演变、人们的审美与心智为轴心。第二个问题比较复杂，牵涉到前面所说的文学大背景。用最简要的话说，故事或谓情节在世界文学史上呈现出由高走低的态势，而主题则恰好相反。说到故事（在此权且把它当作情节的同义词），今人想到的也许首先是古典小说，然后是通俗文学，是金庸们的一唱三叹或者琼瑶们的缠绵悱恻，甚至那些廉价地博取观众眼泪的新武侠、新言情、新奇幻、新穿越之类的类型小说或电视连续剧。曾几何时，人们甚至普遍不屑于谈论故事，而热衷于观念和技巧了。一方面，文学在形形色色的观念（有时甚至是赤裸裸的意识形态或反意识形态的意识形态）的驱使下愈来愈理论、愈来愈抽象、愈来愈

"哲学"。卡夫卡、贝克特、博尔赫斯也许是这方面的代表人物。另一方面，技巧被提到了至高无上的位置。从乔伊斯的《尤利西斯》到科塔萨尔的《跳房子》，西方小说基本上把可能的技巧玩了个遍。俄国形式主义、美国新批评、法国叙事学和铺天盖地的符号学与其说是应运而生的，毋宁说是推波助澜的（高行健的《现代小说技巧初探》一定程度上反映了20世纪上半叶西方小说的形式主义倾向）。于是，热衷于观念的几乎把小说变成了玄学。借袁可嘉先生的话说，那便是（现代派）片面的深刻性和深刻的片面性。玩弄技巧的则拼命地炫技，几乎把小说变成了江湖艺人的把式。于是，人们对情节讳莫如深；于是，观念主义和形式主义相辅而行，横扫一切，仿佛小说的关键只不过是观念和形式的"新""奇""怪"。而存在主义、社会主义现实主义和"高大全主义"则无疑也是观念的产物、主题先行的产物，它们可以说是随着观念和先行的主题走向了极端，即自觉地使文学与其他上层建筑联姻（至少消解了哲学和文学、政治和文学的界限）。从某种意义上说，20世纪批评的繁荣和各种"后"理论的自话自说进一步推演了这种潮流，尽管是在解构和相对（用绝对的相对主义取代相对的绝对主义）的旗幡下进行的。但莫言不拘于时尚，他始终没有放弃故事情节。时尚会速朽，但我们既不能无视时尚，又必须有所持守。而莫言的处理堪称典范。

再次，莫言的想象力在同代中国乃至世界作家中堪称典范。他的想象来自生活之根，从红高粱家族，到丰乳母亲，到酒国同胞，到历史梦魇，到猴子或蛙（娃），活生生的中国历史文化和父老乡亲和粪土泥巴得到了艺术的概括和擢升。没有生活的磨砺和驾驭生活的艺术天分是很难对如此神速变迁和纷繁复杂进行如此举重若轻的艺术概括和提炼的。且不说他的长篇小说，就以《师傅越来越幽默》为例，从劳模到下岗工人再到个体户的变化如果没有想象力和掖着尴尬、透着无奈的幽默和辛辣做介质或佐料，必然清汤寡水、流于平庸。

此外，欧洲、美洲、大洋洲及亚洲邻国都曾经历或正在经历奈斯比特、托夫勒等人所说的第二次、第三次浪潮。欧洲的工业化（城市化）过程在流浪汉小说至现代主义作家的笔下慢慢流淌，以至于马尔克斯以极其保守乃至悲观的笔触宣告了人类末日的采临。当然，那是一种极端的表现。但我始终认为中国需要伟大的作家对我们的农村作史诗般的描摹、概括和美学探究，盖因农村才是中华民族赖以衍生的土壤，盖因我们刚刚都还是农民，况且我们半数以上的同胞至今仍是农民，更况且这方养育我们以及我们伟大文明的土地正面临不可逆转的城市化、现代化进程的冲击。眨眼之间，我们已经失去了"家书抵万金""逢人说故乡"的情愫，而且必将失去"月是故乡明"的感情归属和"叶落归根"的终极皈依。问题是，西风浩荡，且人人都有追求现代化的权利。让印第安人或摩梭人或卡拉人安于现状是"文明人"站着说话不腰疼。但反过来看，从东到西，"文明人""文明地"又何尝不是唏嘘一片、哀鸿遍野。端的是彼何以堪，此何以堪；情何以堪，理何以堪？！这难道不是人性最大的乖谬、人类最大的悖论？！

莫言对此心知肚明。他的作品几乎都滋生于泥土、扎根于泥土（尽管他并非不了解城市、并非不书写城市，而且可以说正因为他有了城市的视角，有了足够的距离，他描写起乡土来才愈来愈入木三分）。"寻根"本是面对世界和本土、现代与传统的一种策略或意识。但丰俭由人、取舍在己。而莫言显然代表了诸多重情重义、孜孜求索、奋发雄起的中国作家，就像他获奖前夕所表达的那样："看一江春水，鸥翔鹭起；盼千帆竞发，破浪乘风。"

最后，莫言获奖，咱高兴归高兴，但话要说回来：莫言不是惟一优秀的中国作家，诺贝尔文学奖更不是文学的惟一标准。有关莫言获奖的因由（文学的、非文学的）大家已经说得很多。现在该回到批评，平心静气地讨论文学了（尽管文学很难，甚至根本无法与"非文学"截然割裂，二者如影随形）。这对莫言也许已经毫无意义，盖瑞典学院认可的就是黑格尔美学所说的他"这一个"莫言。当然，以我对他算不得深，也算不得浅的了解，莫言自己会迅速将诺贝尔奖搁置一旁，他还会继续耕作，为我们写出不同，甚至更好的作品。无论如何，严肃、优秀的批评一定不是有意摆在作家面前的绊脚石。它有时会显得刺眼、碍事，甚至导致凉水浇背、良药苦口的短暂愤慨，但从长远的眼光看，它必定是作家偶用，甚至不可或缺的另一副眼镜，尤其对未来文学及批评本身的健美与发展当不无裨益。因此，指摘挑剔或谓求全责备也许难以避免。再则，虽说诺贝尔奖不是文学的惟一标准，但世人的关注也便使莫言更具有范例的意义和解剖的必要了。然而，时间关系及篇幅所限，有关问题这里只能点到为止，且容日后有机会时渐次展开。即便如此，我亦当谨慎入手，以裨抛砖引玉，以免酷评之嫌；老实说，批评既不能总是你好我好大家好，也不能动辄牛二似的寻衅闹事、泼妇似的撕破脸皮。况且，被我指为"软肋"的方面，在别人看来也许是优点亦未可知。这就是文学的奇妙，更是经典作家的奇妙之所在。

在此，我不妨先列举一二，以供探讨或善意批评和反批评的生发。

第一根"软肋"：缺乏节制。譬如想象力，其蓬勃程度于莫言可谓"成也萧何，败也萧何"。这当然是极而言之。正所谓彼亦一是非，此亦一是非，凡事都有两面性，甚至多面性。显然，想象乃文学之魂，没有想象力的文学犹如鸡肋，甚至比鸡肋还要无趣，还要清寡。但莫言常使其想象力信马由缰，奔腾决堤，《酒国》中的"红烧婴儿"是其中比较极端的例子。反过来说，缺乏想象力是中国当代文学的顽疾之一（虽然尤其是文学，但不止于文学，或可说当下中华民族在各个领域中都或多或少存在着想象力阙如的现象），但像莫言这样如喷似涌、一泻千里的想象力喷薄是否恰当、是否矫枉过正，则容后细说。

第二根"软肋"：审丑倾向。写丑、写脏、写暴力、写残忍、写不堪在莫言是常事。当然，我们也可以说现实如此、人性如此。但我们身边并不缺美，美无处不在。莫言也不回避美，只不过他的笔更像外科医生的手术刀，锋利得很，而且锋芒似乎永远向着脓疮毒瘤，且把审美展示和雕琢的活计留给了别人。于是，残酷得令人毛骨森树、不敢视听的"檀香刑"被淋淋漓漓地写了出来。同时还有诸多刑罚，譬如"阎王闩"：小虫子（《檀香刑》人物之一）"那两只会说话的、能把大闺女小媳妇的魂勾走的眼镜，从'阎王闩'的洞眼里缓缓地鼓凸出来。黑的，白的，还渗出一丝丝红的。越鼓越大，如鸡蛋慢慢地从母鸡腔里往外钻，钻，钻……噗嗤一声，紧接着又是噗嗤一声，小虫子的两个眼珠子，就悬挂在'阎王闩'上了"。至于凌迟执行者的"艺术"无意识更可谓无所不用其极。我曾对故友柏杨说起过有心编一本中国刑罚或体罚（这与前面说到的民族性不无关系）名释之类的书，他说这是个极好的课题，对我们自我反省、自我探究都大有裨益。但我除了在一些同行学人中不断提到此事，却始终鼓不起勇气来，毕竟是自我揭短，毕竟是自我揭丑。但莫言做到了，他自然是以他的方式。可见他的勇气有多大、心魄有多强！反正我只有惊诧的份。

第三根"软肋"：过于直捷。曾有读者（甚至著名作家、学者）抱怨曹雪芹太啰唆，说委实受不了他写林黛玉的那个腻腻歪歪、哼哼唧唧，甚至干脆就曰不喜欢《红楼梦》。莫言则不同，他的叙事醋畅淋漓，且直截了当得几乎没有过门儿。无论写人写事，还是写情写性，那语言、那想象简直就像脱缰的野马，有去无回，月莫言的话说是"笔飞起来了"。这一飞不要紧，一些带有明显自然主义色彩的描写也便倾泻而出，它们甚至不乏粗粝之嫌。但反过来说，这种粗粝也许正是莫言有意保持的，它与他所描写的题材或对象相辅相成。譬如《檀香刑》的檀香刑细节描写，再譬如《丰乳肥臀》

中生产（无论是女人还是母驴）或"雪公子"的催奶十八摸（金庸有著名的"降龙十八掌"）的夸张铺陈，等等。以上几根"软肋"相辅相成，构成了莫言小说的汪洋恣肆，也是它们得以彪炳于世的重要元素。正因为这些元素，莫言的作品总能给人以极强的心灵震撼和感官刺激。说看了他的作品吃不下饭是轻的。

第四根"软肋"：蝌蚪现象。蝌蚪现象是权宜之谓，盖评判莫言的作品显然不能用浅尝辄止、虎头蛇尾之类的成语。所谓蝌蚪者，身大尾小，用它来比附莫言的创作，完全是权宜之计。蝌蚪现象甚至不能用来涵盖莫言的多数作品。它只是偶发现象，且并不否认莫言作品的深刻性、完整性。比如《蛙》，它就是十分深刻、完整的一部作品，人流师"姑姑"的"恶毒灵魂"最终被她的那些充满象征意味的小泥人所部分地救赎，这甚至让人联想到遥远的女娲，尽管是在反讽意义上。莫言以这种势不可当的想象力深入人性底部及他对人，尤其是无如同胞和父老乡亲的终极关怀。而"蛙"与"娃"与"娲"的谐音串联（至少我是这么联想的），更使小泥人的意象具备了"远古的共鸣"。但是，《蛙》于三分之二处打住，效果可能会更好。现在却多少有点像"蝌蚪"，尾巴上还缀着沉重的戏。或许这也是莫言有意为之，否则叙述者怎么叫蝌蚪呢？开个玩笑罢。而这个玩笑使我记起了莫言的一番感慨，谓《百年孤独》的后两章使"老马露出了马脚"。同时，正如前面所说，莫言蓬勃飞翔的想象力和磅礴狂放的叙述波有时也会淹没或遮蔽他作为好学者、思想者的深度以及影影绰绰的人物光辉、性格力量，譬如《生死疲劳》中六道轮回的意象并没有像我等苛刻读者所苛求的那样，带出信仰（包括宗教，哪怕是理性层面上的宗教）在半个世纪中由于中国政治和不乏狂欢色彩的特殊历史变迁所造成的跌宕沉浮（想想我们曾经的封建迷信，再回眸那些不堪的"革命"，现如今且看缭绕的香火），罔论与之匹配的某些"集体无意识"映像或镜像；再譬如西门闹因为不断轮回投胎，难免夺人眼球，从而难免使这一人物性格支离破碎。

再就是第五根"软肋"，或谓原始生命力崇拜。关于最后这一点，我在评论加西亚·马尔克斯时也曾多次提及。

如此等等，容当细说；孰是孰非，也有待探讨。

总之，所谓"软肋"只不过是吹毛求疵，惟愿这种善意的吹毛求疵有助于读者更好地理解莫言，有助于中国文学及其批评的健康发展，有助于公允、平常地了解诺贝尔文学奖，有助于伟大的作家作品展示其发散性阅读空间的可能性。这就是说，我们不能不把文学奖项当回事，但也不要太把它当回事了。至于文学，说"众人皆醉我独醒"，有时恰恰说明了"我"不醒；何况文学之繁复，经典之多维，犹如生活之多彩，人性之复杂，绝对成岭成峰，见仁见智，立场、方法、角度不同而已。

作为题外话，我顺便说说偏见。最近我们邀请非洲作家索因卡访华，结果老先生颇受冷落。因为我们终于有了自己的诺奖作家，老索不再引发好奇和追捧。想当初略萨来访，光媒体就来了三四百家。我们一个七八百人的会场，媒体就占去了一半席位。当然，这与略萨在我国的知名度不无关系。但他揣着的诺奖无疑是重要因素，大江健三郎、帕慕克、勒克莱齐奥都是如此。然后，今年的情况就不一样了，莫言得奖了，所以我们的心态发生了奇妙的变化。除此之外，还有一团疑云始终在我脑海里飘动，那就是我们的偏见。难道我们在指责西方偏见的时候不该反思一下自己的偏见吗？记得早先因为学外语而多与外国留学生接触，有一位来自非洲的朋友就曾责问过我：为什么你们要把 America 翻译成美洲，而把同样 A 开头的 Africa 翻译成非洲？难道我们连洲都不能洲一下吗？我无言以对，于是只好强词夺理，说我们自己的洲也是 A 开头，却被译成了亚洲。他于是更气愤了，说你们至少是洲啊！想来也是，欧洲的译文法也很美，因为"欧"同"讴"，有赞美之意。

谈笑间我们的偏见是否昭然不得而知，但正所谓"世事洞明皆学问，人情练达即文章"，我们不能说我们不世故吧？

言归正传。三十年来，文坛潮起潮落。叙事学、符号学、文化学、后殖民、生态学、后女权，还有创伤、身体、空间、流散等等。但真正知其然而所以然的并不多。标新立异，玩空手道，最是容易，但文学终究是价值理性、审美理性，有历史的、现实的、伦理的、审美的蕴涵与向度，不可能只是无意义或意义无限延宕的形式。但是，话说回来，绝对的相对主义取代文学伦理的相对的绝对主义并非无源之水、无本之木。用最简单的话说，它客观上顺应了资本的需要。资本从产生到地区垄断、国家垄断再到国际垄断，必须破除一切民族主义和意识形态的藩篱。而互联网起到了推波助澜的作用。互联网自1993年被克林顿政府确立为美国首要战略，迄今仅仅二十年时间。但世界已经不再是二十年前的世界。它已经成为名副其实的地球村。这其中资本的全球互动和网络的全球覆盖相辅相成，举足轻重。"淡化意识形态"和"去民族主义"特别有利于资本在世界范围的扩张。20世纪两次世界大战以后，帝国主义靠暴力即军事统治世界的努力化为泡影，从而使"比较"单纯的经济手段成为主旋律。即便如此，资本的主要支配者对于阿拉伯世界的弱小国家的民族主义、意识形态、宗教信仰等仍采取了武力手段，其前提是不会伤及自身。

我们现在谈文学，谈思潮，自然不能脱离这个现实。一定程度上，所谓全球化说穿了就是跨国主义资本化。在全球化前加一个经济定语是自欺欺人。经济不可能排除文化而独立存在。经济自然也不可能同意识形态割裂。存在与意识、经济基础与上层建筑的第一性和第二性关系这是马克思主义的基本原理。目前我们面临许多社会矛盾大抵与上层建筑 VS 经济基础有关。矛盾的化解有赖全国人民的共同努力，文学工作者更是义不容辞。当然，稳定是前提。正因为如此，矛盾的化解殊是不易。我甚至认为我们是逆水行舟，因为我们既要同资本主义制度长期合作，又要与之不懈地斗争。这是一种两难选择。

尤其在学术界，淡化意识形态的形式主义批评占压倒性优势。学术刊物、文学评论千篇一律地在量化的驱动下炮制新八股。叙事学来了用叙事学，生态学来了用生态学，无论莎士比亚还是曹雪芹，总能提供一鳞半爪为其所用。这样的文章太好做了，反正筐筐是现成的，你就配菜师一般，拿来便是。只不过今天用这个筐，明天换一个筐，如此而已。批量制导，低水平重复，乍看还很唬人，因为名词概念天花乱坠。但反过来看，主流意识形态天天都在讲马克思主义。而烧香拜佛做礼拜又如此司空见惯。再看看我们的文学史，三千多部，其中绝大部分是近二十年炮制的。正所谓城头变换大王旗，刚刚还是鲁郭茅巴老曹的天下，忽然变成了张爱玲、徐志摩、周作人、穆时英、林语堂、废名，等等，等等；刚刚还是社会历史批评，忽然间，满眼皆是解构、颠覆、延宕和互文……这里不是非白即黑的形而上学，还有更为深刻的社会心理和文学规律。

且说后者。文学规律并非羚羊挂角无迹可寻。简单说来，远古的神话传说，是人类儿童时期的创造，史诗是人类少年时期的创造，戏剧和抒情诗是青年时代的创造，小说是成年时代的，传记文学则可能是老年时期体裁。这不失为一种界定。这蕴涵着社会生产力的作用。同时，文学还有一些其他规律，比如我认为这个世界文学一路向下。为什么这么说呢？如果我们把神话传说当作一种仰视，即天问：仰视天庭，仰视精神，仰视过去和未来。那么史诗无疑是初民追怀先辈的产物。我们的初民将伟大的祖先想象成半神半人的巨人和英雄，于是崇高和庄严占据了文学表现的主导地位。中国古代神话虽然有点支离破碎，而且我们汉族甚至没有产生一部真正意义上的史诗，这不是什么了不起的事情。这一历史事实完全归功或归咎于中华民族的早熟：文字和历史意识的早熟。对著史的重视，使我们过早地扬弃了口传传统。全世界没有哪个民族像汉民族那么重视著史的。于是我们有了二十五史。同时，由于我们使用的书写工具是刀和简，我们也便有了传承的优势，因为竹简远比古希腊的树叶、印度的贝叶等易于保存和流传。此外，汉字的稳定性和丰富性又反过来保证了书写的延续性。无论如何，神话和史诗都具有向上的品质，这又与原始宗教有关。简单说来，神话史诗是人类对宇宙、对神、对伟大祖先的怀想。《荷马史诗》中无论特洛伊人还是希腊人，没有一个不是英雄。带走海伦的帕里斯是英雄，攻打特洛伊的盟军也是英雄。他们身上都潜流着神的血液，都是伟大的。但中世纪伊始，随着宗教神学的极端化和人本主义的萌生（二者相反相成），文学开始逐渐放弃崇高，及至文艺复兴运动，人类第一次与上帝叫板。大写的人被推到了文学的中心。崇高逐渐消退，向上的精神逐渐下降。这种情况虽然早就出现在古希腊城邦制极盛时期，但因"追怀英雄传说时代"的悲剧占据了统治地位而未能酿成大的气候。古希腊喜剧因之而未能成为主流。但文艺复兴运动的托古风潮使喜剧蓬勃起来并一发而不可收。于是，宗教和英雄成了大话和戏说的对象。更重要的是，人成了文学的主要表现对象。而且这个人在不断自我矮化，以至于到 19 世纪和 20 世纪逐渐等同于边缘、无能、猥琐、残缺、弱智和滑稽了。与此相对应，文学的场域逐渐变小变窄，文学的抱负逐渐消失。心怀天下、为天代言，逐渐小化，最终变成了自话自说。我说这就是文学自上而下、由大变小的一种规律。

但是伟大的作家始终在抗争。他们并不都顺势而下，做下半身的代言。古希腊的三大悲剧家是这样，但丁也是如此，还有塞万提斯、托尔斯泰等等。及至马尔克斯，其拥抱一切文学要素、抗拒资本主义的呐喊不可谓不响亮。这样的抵抗莫言身上也有，也许他是无意识的。盖因莫言不经意扑通一声掉进了中华民族集体无意识，他的创作从此充满了远古的怀想和现实的关怀。譬如后者，我们的官方统计是城市人口超过了百分之五十一，也就是说我们中国人半数以上我们都是城里人了。然而，我们刚刚都还是农民。而城市一体化、乡村空心化势不可当、无以逆转。这是世界性的。欧洲不用说，像美洲、亚洲的许多国家，但凡工业化程度较高的国家，其城市人口均超过了百分之七十。这不打紧，谁都有追求"先进"的权利。问题是中华民族的价值体系一直是以乡情为基础的。没有了传统意义上的乡情，家国情怀会大打折扣。莫言注意到了这一点，因此他的作品中始终洋溢着乡愁。他的想象力也始终没有离开他的高密东北乡，从《红高粱家族》到《蛙》，他其实一直在写农村。这是一种坚守，也许是无意识的，甚至是揭伤疤式的。从这个意义上说，莫言是有灵魂、有良知、有温度、有勇气的作家，反正我不能望其项背。譬如我很多年前就想写一本《中国刑法名考》，我为此收集了一些资料，我甚至向故友柏杨先生有过承诺，但我却始终没有勇气下笔、直面本民族的可怕一面。但莫言做到了，而且笔触直捷，还带着血。我看了以后不要说感官刺激和精神震撼，也不要说看了吃不下饭，吃了想吐，那个民族的伤疤实在揭大了！具体我就不说了，大家看看《檀香刑》便是。

正因为如此，莫言的作品无论拿哪里都可圈可点。但是反过来说，莫言的这种强大的心魄，又明显带有自然主义色彩。他有时会大撒把，于是集体无意识江河般奔腾起来，浩浩荡荡、汪洋恣肆。我们的集体无意识不仅是传统的重要组成部分，也确是中国文学取之不尽的矿脉。当然这其中有糟粕。最近，我的一些同行正热衷于批《三国演义》和《水浒传》，其核心理论来自于人道主义和后人道主义。这无可厚非。从后人道主义的角度看，人类都要与动物平等相处了，他罗贯中怎么能乐此不疲地写中华民族内部的钩心斗角、你死我活、阴谋诡计无所不用其极？他施耐庵又怎么能眼睁睁地任由李逵等杀人如砍瓜切菜呢？如此等等，不一而足。但历史必须在历史语境上言说，就像塞万提斯所说的，去论用过去言说今天，还是用今天言说过去都是片面的。这并不否定一切历史都是当代史的假说，也不否定所有经典都有时代局限的事实。问题在于，除了儒释道，中华民族还历来重视侠义。后者恰恰是底层百姓、弱势群体现实诉求和审美、价值取向中极其重要的一个维度。我们不能简单地将其等同于文化伪命题和劣根性，更不能以此证明中华民族的残忍与褊狭（譬如歧视女性等）。即使是"水浒"中的造反精神，也必须辩证对待。我始终认为《三国演义》和《水浒传》都是了不起的经典，说它们宣扬权谋、无法无天固可，但它们所推演的那点血性也许是无数英雄豪杰在国难之际赴汤蹈火的动力源之一，况且其中并非没有儿女情长。三国中最美好的形象不是男人，而是二乔。水浒中的女子也不都是阎婆惜和孙二娘，一丈青扈三娘就才貌双全。我们总不能用今人的主义去苛求先人吧？当然其中的糟粕也是显而易见的，但我们不能以偏概全。譬如其中的义字，它自然不符合法制。那么源远流长的乡情呢？它符合全球化趋势吗？我们总不能因全球化抛弃乡情吧？问题是你认为天下大同了，别人可虎视眈眈呢！这就是我们面临的矛盾。

从某种意义上说，乡情是中华民族认同的重要基础。由家而国，千百年来全世界没有像中华民族这么依恋故乡的民族。那是因为我们长期的小农经济。因为小农经济，中华民族历来崇尚耕读。反观我们的文学，最撩人心弦、动人心魄的莫过于思乡之作。"昔我往矣，杨柳依依；今我来思，雨雪霏霏"（《诗经》）；"露从今夜白，月是故乡明"（杜甫）；"举头望明月，低头思故乡"（李白）；"春风又绿江南岸，明月何时照我还？"（王安石）；等等。如是，从《诗经》开始，乡思乡愁连绵数千年而不绝，其精美程度无与伦比。当然，我们的传统不仅于此，经史子集和儒释道，仁义礼智信和温良恭俭让等等都是中华传统文化的组成部分。而且，这里既有六经注我，也有我注六经；既有入乎其内，也有出乎其外，三言两语断不能涵括。然而，随着跨国资本主义的发展，资本对世界的一元化统治已属既成事实。传统意义上的故土乡情、家国道义等正在淡出我们的生活，怪兽和僵尸、哈利·波特和变形金刚正在成为全球孩童的共同记忆。年轻一代的价值观和审美取向正在令人绝望地全球趋同。四海为家、全球一村的感觉正在向我们逼近；城市一体化、乡村空心化趋势不可逆转。传统定义上的民族意识正在消亡。

认同感的消解或淡化将直接影响核心价值观的生存。正所谓"皮之不存，毛将焉附"，民族认同感或国家意识的淡化必将釜底抽薪，使资本逻辑横行、拜金主义泛滥，使中国特色社会主义核心价值体系的构建成为巴比伦塔之类的空中楼阁。因此，为擢升民族意识、保全民族在国家消亡之前立于不败并使其利益最大化，我们必须重新审视自己的传统，使承载民族情感与价值、审美与认知的文学经典当代化。这既是优秀文学的经典化过程，也是温故知新、维系民族向心力的必由之路。于是，如何在跨国资本主义的全球扩张、传统的国家意识和民族认同面临危机之际，构建社会主义核心价值体系、坚守和修缮我们的精神家园成为极其紧迫的课题。这其中既包括守护优秀的民族传统，也包括吸收一切优秀的世界文明成果，努力使美好的价值得以传承并焕发新的生命。

当然，这不是简单的一句"古为今用""洋为中用"可以迎刃而解。况且在"仁义礼智信""温良恭俭让"的传统背后，有被鲁迅等人概括的"吃人"二字；更何况时代有所偏侧，抵御强势文化吞噬非全体青年觉悟不可。而这觉悟又断然不是照单全收我们的传统。传统是死的，人是活的。女人裹脚、男人不剃也曾是我们的传统。至于那些确实具有普世意义的仁义礼智信、温良恭俭让则需要激活并使之当代化。当然当代化绝不是西方化，更不是来者不拒地敞开胸臂、惟洋人马首是瞻。从某种意义上说，守望并创新民族传统相辅相成，它本身即是对跨国资本主义全球一体化战略的反动。

时间关系，我不能就莫言所想到的问题一一展开。但莫言确实值得重视和讨论。最后，我提醒大家注意他的感官。他非常擅长调动笔触以达到感官刺激，他对嗅觉、视觉、听觉的重视程度超过了所有同代作家。至于我们用什么样的价值标准去判断他，却是另一回事。我这里点到为止，仅供参考和批评。谢谢大家！

学生：请陈老师谈谈拉美文学的现状，从魔幻现实主义到今天，拉美作家有哪些变化？

陈老师：不瞒您说，情况不容乐观。我回到开始的话题上说吧，在这种跨国资本主义全球蔓延的过程当中，现在拉美作家的日子并不好过。前段时间有一本书在国内引起了不小的关注，叫《2666》。我不知道你们听说过没有。迄今为止，可能你们只能搜检到一片反调文章，那就是我的《2666是与非》。小说的作者是马尔克斯之后崛起的后文学爆炸时期的代表人物之一，叫波拉尼奥。我国翻译过他的《荒野侦探》，《2666》也于去年上市并一度热销。它被西方称为21世纪的第一部世界级经典。但是，我对它有很多保留、很多的批评。简单说来，它是跨国资本全球发散时期的产物，除了不得不言及的地名、人名，作品中再也找不到地域或民族特色。也许在座的大多没读过这部小说。好吧，我拿村上春树做类比吧。村上的作品我想大家都读过。他的《挪威的森林》《海边的卡夫卡》或《1Q84》成全了他作为国际写手的名声和实惠。他的作品中几乎已经没有日本元素，如果我们完全可以用中国或美国人名地名取而代之，那么它们完全可以是中国或美国小说。

总之，全球化使新一代拉美作家陷入纠结。他们生不逢时，在文学理想和文学实际面前徘徊。相反，马尔克斯们赶上了一个好时代。那是一个冷战如火如荼的时代，世界需要缓冲地带，而拉美恰好就是。它一方面因为有古巴而得到社会主义阵营的青睐，另一方面又因文化传统和地缘政治因素被称为美国和西方世界的后院。于是，马尔克斯们左右逢源。当然，这并不否定他们的主观努力的方面。如今，连略萨这样的宿将都移民欧洲了，遑论喝全球化水长大的年轻一代。

学生：我们的社会经历着巨大的嬗变。我有一种预感，竞争会愈来愈激烈。因此,我的问题是,略萨这样的实验作品还有市场吗?譬如他单数行写一个故事,双数行却写另一个故事,这样的实验还会有市场吗?类似尝试还有可能吗?

陈老师: 正好借着前面的话题尝试回答一下。《2666》其实也是一部实验小说,无非向度不同。如果说略萨关注的是结构技巧的问题,那么波拉尼奥关注的无疑是如何打破边际的问题。首先是地理边际。这非常契合跨国资本主义的全球蔓延。我再简单举个例子,事物发展的一般规律往往如此:后来者比先行者过之而犹恐不及。譬如墨西哥的城市化程度超过了欧洲,根据世界货币基金组织的最新统计,其城市人口比超过了百分之八十,高于西方国家。墨西哥城是世界第一大城市,三千多万人口。这也许正是《2666》何以淡化民族、地域边际的理由之一。因为墨西哥已然是一个世界性城市。而我们许多城市口号也惊人的相同:国际化。那么这个"化"最终是否瓦解了中华民族的认同感和凝聚力呢?这是一个必须面对的大问题。也是我们最大的两难选择。我们固然知道"中国性"是一个历史的概念,不能对其做本质主义界定,但没有了中国性,那中国还是中国吗?但愿真像马克思所预言的那样,最后全世界无产阶级联合起来,剥夺资产阶级的剥夺,实现全球社会主义。

回到波拉尼奥等后文学爆炸一代,我想他们的遭际也正是我们的遭际。我不妨拿后现代或后工业时代等概念出发,王顾左右而言他。我们知道,这些概念可以追溯到上世纪 70 年代。1973 年,美国学者丹尼尔·贝尔在《后工业社会的来临》一书中认为美国等西方国家已经进入后工业时代。在他看来,后工业社会的主要特征首先是服务型、资本型经济取代生产型经济,其次是控制技术、信息技术的飞速发展。此外,在贝尔看来,迄今为止人类社会的发展过程主要由前工业社会、工业社会和后工业社会三个阶段构成。这些观点不久即演变成了轰动一时的所谓"大趋势"或"第三次浪潮"。此外,贝尔早在 1960 年(《意识形态的终结》)就开始主张淡化意识形态，认为意识形态对峙犹如传统殖民方式，正明显阻碍生产力的发展。即便白宫并未从一开始就接受贝尔的意见，但是到了80年代，美国政府明显开始两条腿走路，即在保持军事和经济压力的同时，有意放松了对意识形态的控制，为冷战时期乃至60年代的内部矛盾（如在越战、代沟、学潮等问题上对抗）和60、70年代的反共政策蒙上了面纱。这一定程度上为后现代主义的风行创造了条件。因为多数后现代主义者至少一度是以反对西方制度或西方文化传统为初衷的。90年代初，随着冷战的结束，美国政府全面接受了贝尔们的思想，在"淡化"意识形态、加强跨国资本运作的同时，开始实施"信息高速公路"战略。当时日本正沾沾自喜地发展家电、推行办公现代化如传真机之类。然而，以互联网为核心的信息技术一日千里，不仅迅速淘汰了传真机，而且创造了一个又一个的利润奇迹并使世界变成了名副其实的"地球村"。

与此同时，法国学者利奥塔于1979年发表了《后现代状态》一书。他从认识的多元性切入，夸大了认识的相对性，并由此阐述了后工业时代文化的无中心、无主潮特征，从而引发了后现代主义热潮。拿西方文化而言，从古代的神话传说、歌谣史诗到近代的人文主义、浪漫主义、现实主义、自然主义和现代主义，每个时代都有特定的文学或文化主潮（用我们的话说是主旋律）。而后现代文化特征恰恰是多元并存，在利奥塔看来，无所谓谁主谁次、谁中心谁边缘。于是，到了上世纪80年代，德里达、拉康、福柯和美国耶鲁学派的德曼、米勒、布鲁姆和哈特曼等几乎同时对以逻各斯中心主义为核心的传统认知方式发起了解构攻势。于是解构主义大行其道。解构主义也称后结构主义，它是针对结构主义而言的，是对结构主义的扬弃。

于是，解构、消解、模糊、相对、不确定等一系列相辅相成的后现代概念开始大行其道，从而否定了认识和真理的客观性，导致了文化相对主义的盛行，客观上为意识形态的淡化提供了更为广泛，也更为坚实的学理支持。因此，无论这些学者初衷何如，他们的成果客观上顺应，甚至推动了跨国资本主义的发展。

我们不妨以后殖民主义为例。他表面上是针对西方中心主义的东方立场，但实际上却是针对东西方二元思维的一种解构主义。

再不妨以生态批评为例，来说明问题的复杂性。生态批评确实对生态保护起到了积极作用，这毋庸讳言。但极端的环境保护主义就未必具有普遍效应了。记得加西亚·马尔克斯 1982 年在诺贝尔领奖台上说过这么一番话：当欧洲人正在为一只鸟或一棵树的命运如丧考妣的时候，两千万拉美儿童，未满两周岁就夭折了。这个数字比十年来欧洲出生的人口总数还要多。因遭迫害而失踪的人数约有十二万，这等于乌默奥全城的居民一夜之间全部蒸发。无数被捕的孕妇，在阿根廷的监狱里分娩，但随后均不知其孩子的下落。为了改变这种局面，全大陆有二十万男女英勇牺牲。十多万人死于中美洲三个小国：尼加拉瓜、萨尔瓦多和危地马拉。同时，智利这个素有"美洲礼仪之邦"美称的国家，竟有十分之一即一百万人逃往国外。乌拉圭则每五个公民中便有一人被放逐。1979 年以来，萨尔瓦多的内战，几乎每二十分钟就迫使一人逃难，如果把拉美所有的流亡者和难民合在一起，便可组成一个国家，其人口将远远超过挪威。马尔克斯的这番话置于今天也难说过时。可见，对于发展中国而言，首当其冲的是生存权和发展权。可现如今由于发达国家一方面把些高能耗、高资源消耗和劳动密集型产业转移到发展中国家，另一方面又指责后者的能源消耗及温室气体排放过多。这便是最近正在热谈的碳排放问题，它无疑是美欧扔给我们和发展中国家的又一张王牌。正因为如此，美欧的一些人文学者甚至对发展提出了否定，这更是站着说话不腰疼、饱汉不知饿汉饥的极端姿态。但反过来说，没有节制的开发肯定是一种明知故犯：对来者、对他者的犯罪，也不符合自然伦理。所以这是一对矛盾，如何进退，确实充满了利益纠结。

世界就是这么矛盾、这么莫衷一是。

学生：您能给我们推荐一些作品吗？

陈老师：从反面说吧。我比较保守，所以我推荐的一定是比较保守的，比如有保守主义倾向的作家作品。所以我是对20世纪许多经典作家我都是有保留的，譬如乔伊斯、卡夫卡、博尔赫斯等，我对他们都是有保留的，无论别人说得如何天花乱坠。还有法国的新小说，那也叫小说吗？对于很多以玩弄形式技巧为主要目的的作家作品我都持怀疑和保留态度，尽管我认真地研究过博尔赫斯。也正因为认真读过，我才更加持保留态度。我推荐那些重视自己民族传统的作家作品，哪怕他们对其采取批判态度。拉美有一大批好作家，最近我们和人民出版社联手引进了《蜂皇飞翔》《天空的皮肤》《深谷幽城》《蓝色时刻》等一系列作品。这些都是很不错的作品。然后我们也要多关注非洲，非洲文学同样面临何去何从的问题。所有非洲的麻烦问题在于那几个诺贝尔奖的光环，它们淹没了其他的作家。加勒比地区也是一样的。但总体而言，我们确实患了偏食症，关注美国和西方较多。这一方面不可避免，另一方面又十分有害：人类文明和文学的多样性、丰富性正在消失。别说是文学，就连语言也是如此。就说中文吧，它已经岌岌可危。从幼儿园到研究生，英语的权重大大超过了中文。与此相应，我们的第六代第七代导演已经在用全英语拍电影了，譬如去年的《亲密敌人》，讲的就是中国人事情，但男女主人公却是全英文对白。他们的衣食住行也鲜有中国特色了！

如果我们站在马克思的立场上看问题，资本主义是历史的必然。较之封建主义，资本主义这个必然王国的合理性毋庸置疑。同时，马克思主义并不认为某一个国家可以独立创造社会主义，尤其是欠发达国家。他预言资本进入全球垄断以后，由于资本主义的内在矛盾和资本的非理性逻辑，终将导致全球无产阶级革命。这就是全世界无产者联合起来的理论基础。无产阶级从资本家手里剥夺资本，然后实行社会主义，进行全球资源的合理配制。从这个意义说，我们确实是在逆水行舟：明知不可为而为之。这正是邓小平同志的观点：同资本主义制度长期合作和斗争。但美国和西方资本主义世界不会坐视不管。无论从国家利益还是意识形态、社会制度的角度，美欧并不乐于看到中国崛起。所谓的"重返亚太"，显然是为了遏制中国崛起。六个航母就在我们眼前游弋。若非我们有几颗原子弹氢弹，他们也许早就动手了。

此外，回到刚才的话题。资本主导文学市场的时代已经夹临。文学市场的国际化也早已应运而生。而利润是资本追求的惟一目标，这又与我们心目中的家国道义和经典主义构成了矛盾。因此，我们守护乡情、拥抱优秀传统不仅仅是发展民族文学的诉求，也是抵抗资本逻辑的需要。谢谢！

报告文学的新可能

何建明

2009 年我进中国作协书记处以后，第一件想的事就是办一个报告文学班，这跟我自己写作有关，也跟我这么多年对报告文学和中国的文学的感受有关。一方面感受到中国文学的波澜壮阔，成果丰硕的喜悦，同时很多时候我又感到很孤独。孤独是因为我感觉好像报告文学这个战线还缺少战斗力，还缺少队伍，我一直期待报告文学队伍能像曾经的上世纪 70 年代末、80 年代的时候的景象。当我越写越多的时候发现越来越孤独，这种孤独感在走上作家协会领导岗位的时候越来越强烈，是因为很少看到好的报告文学。一年中我们会有不少作品，特别是看到有一些大的地方比如北京、上海、天津，这么多大城市，出的好作品让老百姓知道的不是特别多。为什么？今天我所讲的题目，希望对大家有一点启发。

一、报告文学真的边缘化，真的是要死亡吗？

死亡的说法有好几年了，不是今天才说死亡，有的人说是边缘，这两句话都有一定的道理，道理在什么地方？是因为整个文学都在边缘化，在莫言获诺贝尔文学奖之前，我们的文学也确实处在这种状态，我觉得是可以理解的。在文化大革命结束的初期、80 年代的时候，我们所有的政治意识形态，所有的理论展现都是以文学为主体的，那时候文学是中心，今天改革开放这么多年了，社会发展迅速，媒体也这么丰富，所以任何一种什么东西被很多人来说边缘我认为是可以理解和接受的。当然，这是广义上来说，文学处于死亡状态、处于边缘状态。今年是徐迟诞辰一百周年，三十多年过去了，我们还都记着徐迟和他写的报告文学《哥德巴赫猜想》。我们写十部、百部的作品，却依然不如一部《哥德巴赫猜想》，这就是今天文学的现状。所以从这个意义上来讲，说边缘我都能接受。但是从另一种客观的现实来思考，今天这个社会文学依然会产生极大的影响。举一个小小的例子："中国梦"这个词是怎么出来的？就是安徽的著名作家严阵在十八大之前为人民日报写了一首长诗《中国梦》，后来中央领导看了这首诗觉得非常好，于是把"中国梦"的概念提出来了。一个作家、一部作品、一个名字依然使得我们党、我们国家甚至全世界都在说"中国梦"，难道这不是文学的力量？所以，我觉得文学还是有它独有的魅力，我们这些人依然很有用。因为我们有太多的好东西要去写，没人写，写得不好，老百姓会不满意。特别是我们的报告文学作家，在今天这个社会上，我感觉绝对比小说家更容易产生影响，为什么？国家出现一些重大事件，要宣传一个先进人物，会第一时间想到赶紧请报告文学作家去写，为什么？有人说，当报告文学作家没有尊严，一天到晚给人家干活。但我们是国家的公民，我们大部分还是中共党员，如果我们不干谁干？这种责任、这种使命我觉得报告文学作家应该理直气壮地承担。所以面对我提出的问题，我的答案是中国报告文学不仅没有边缘化，而且中国的报告文学会和国家社会的强劲发展一样呈现出前所未有的景象和蓬勃生机，会越来越被主流阅读者和主流价值观广泛地认可。

第一，每年的出版量和阅读量在文体当中最大的就是我们报告文学，我们广义叫纪实文学。为什么这么说？去年新闻出版总署统计前年出版了四十二万册书，除了自然科学、政治类以外，文化类的阅读量中，小说、诗歌、散文占百分之十一的读者，纪实作品主要是报告文学占百分之十四的读者，这个数量说明报告文学在主流的形态下，它的阅读量是非常之大的。我们现在一年的长篇小说，世界范围内大概在一万部（没有算网络文学），而纪实作品超过了一万部，大概在一万二，从这两个数字我们就可以看出来。

第二，中宣部的"五个一工程"奖，在这个代表主流价值体系的奖项中，报告文学是一个什么状况呢？上届三十二部的获奖图书作品当中，有二十二部是报告文学作品，这一届获奖的二十八部中，近超过十七部是报告文学作品。而且上届的"五个一工程"奖当中的电影电视当中三分之一也是我们报告文学改编的。这些数字就充分说明了主流价值体系对我们报告文学的基本评价。那就证明报告文学在今天社会的主流的宣传文学艺术的门类当中它的影响力是最大的。我非常看重我的作品是不是能改成影视作品，当然不是作为惟一的标准，但是影视的影响力远远超过图书的影响，这是不争的事实。所以我们对报告文学的评价不能简单地用狭隘的眼光去看待，这是不对的，至少我认为是不准确的。

第三，公众的认可度。现在除了少数几位著名作家以外，几乎没有几部文学作品可以达到三十万册这个发行量，其他多的也就是几万册的起印量。我觉得公众认可度不是在我们这个圈里面，而是把作品放到市场上去。现在报告文学的社会关注度还是很大的，小说除了茅奖作品以外几乎没有什么人关注，而一部好的报告文学作品也许就可以一鸣惊人。为什么？因为国家社会都会来关注你写的某一个问题，这种我认为比较实际。

第四，国家的快速发展、日新月异的社会变化带给报告文学无限充沛的养分与资源，为报告文学繁荣与发展提供了任何时代任何国家无法比拟的好土壤。特别是当我们置身在北京或者上海或者广东，几乎每天面对那种蒸蒸日上的景象，你会强烈感觉到我们的国家变化得那么快，发展得那么强劲。1981年的时候，北京几乎没有一条立交桥，现在三十三年过去了，三十三年间发生了怎样的变化？我们报告文学作家去写了吗？远远没有，我们根本就来不及写。所以国家的发展给报告文学创造了无限的机会，如果没有这种眼光和意识，至少我认为不是一个优秀的作家，对我们国家、民族缺少最基本的感情，他的血是冷的，至少它没有沸腾。所以只要我们去关注，只要我们睁开眼睛看一看，报告文学素材太多了。在你的家乡难道不是这样吗？在你的城市，在你自己家里难道不是这样吗？没有去想，没有去做，这就是今天的作家存在的严重的问题——能力缺乏。

第五，新媒体给报告文学发展和传播带来了无限的新的空间、新的天地。我自己的经验，一些中央报刊越来越多刊出报告文学作品，有些还是头版头条。以前，中央报刊头版头条刊发报告文学作品只有两次，第一次是魏巍的《谁是最可爱的人》，第二次是徐迟的《哥德巴赫猜想》，而今年，就已经有四篇报告文学作品在中央报刊上头版刊出，其中我两篇，王国平和李春雷各一篇。报告文学没有死，而且比任何时候都强大，一个人民日报就有近两百万的发行量，它有多少读者？！十一年前，北京经受了"非典"，我在北京一边采访一边给上海的《文汇报》写稿，他们成立五十几年了，惟一一次用八个版面发了我的报告文学，以前从来没有过。今天的主流媒体对报告文学推广产生了巨大的影响，网络、影视作品、广播等等，包括对外的交流，都出现了报告文学。

二、非虚构作品能替代报告文学吗？

这方面的争议现在非常大，我的看法是，非虚构和其他纪实作品丰富了报告文学但它不可能替代报告文学。既有时代性、现实性、新闻性，又有社会性、文学艺术性的新闻体，这是报告文学。

非虚构的作品也具有这些东西，但是它跟报告文学比较起来有不同的地方。

非虚构作品是最早由《人民文学》提出来的一个概念，是从国外引进来的一个概念，它不是我们现在一些所谓的学者和作家所理解的意义。现在一说非虚构，就把它说成是除了虚构作品以外所有的作品，把其他所有的纪实作品都归为非虚构。在国外，它本来的概念到底是不是这样呢？"非虚构"最早是19世纪后半叶，最著名的法国的作家左拉提出来的。他为什么要提非虚构，是因为就像今天的作家一样，天天坐在家里面，认为自己就可以编稿子了，编小说了，于是左拉认为就像今天讲的要接地气，他认为小说家应该深入了解生活，如果是那种待在家里面写作，那就是自由写作者，自由主义写作，它不是真正的文学创作，或者是没有前途。于是左拉提出一个概念，就叫非虚构。他自己为了实现这个概念，比如写一个有关火车上的作品，他自己爬在火车上十五天时间，去体验生活，最后完成他的作品。然后，他把这个经验总结为非虚构。它是对一个作家、对生活的真实的感受去提炼出来的一种创作的精神，叫不脱离社会生活，这是最经典、最原始、最学理的解释，也是现在外国最流行的一个东西。我不能不说外国的东西很多都是优秀的，但是我们是不是吃透了？没有吃透、不了解不要轻易地下结论。所以对于非虚构，我们先要认识什么是非虚构，国外非虚构的概念是什么，就知道非虚构是怎么回事。

非虚构能不能替代报告文学？首先充分肯定这几年来有一批作家用非虚构的写作方式来进行探索，写纪实类的作品也是非常可贵的。但是很多人还并没有真正了解什么叫非虚构，把一些完全小说的手法应用到写纪实作品，技巧完全是可以，但是虚构的人物、作品在非虚构作品当中就不能出现。比如说写孔子，我们是要作为纪实作品写的，但是作者为了好看，会给孔子加一个姐姐或者是加一个其他人物，这怎么行？但是有的非虚构的作家就这么干，这跟报告文学完全是两码事了。我们在报告文学创作当中允许合理想象，什么叫合理想象？那是能找到出处的地方，至少不能胡编乱造。再一种情况，不得不严肃地指出，有些个别的作家，借所谓的非虚构来挖苦来丑化我们的党、我们的国家，这种现象不是没有。有的人，是想通过某一部东西，来阐发、阐述自己内心所想，也是可以的，也把它当作非虚构，这样的作品怎么能归结到我们报告文学？如果把它归到报告文学，报告文学确实马上要死亡了，因为人们本来相信报告文学是真实的，都把它编成虚的显然不行。但是现在我们的非虚构作品当中，真人真事、真实地点、新闻要素，作家没有这个意识，觉得差不多合理想象一点，实在想象不出来，为了精彩再加一个人物进去，再加一个事进去，小说家习惯了，自然而然，认为这是可以的，但是又不敢拿到小说去，编故事水平不行，可以拿到报告文学这个地方，一看报告文学写得跟新闻报道似的不好看，于是放到报告文学来，所以他来一个非虚构。这一类绝对是要排斥的，这不是真正意义上的非虚构作家、非虚构作品。还有一种，一个女作家写一个村庄的变化，写得非常好，几乎成为非虚构的标杆。她在里面讲到一条高速公路从她的村子里面穿过，穿过以后对她的村庄肯定有破坏，于是说这条高速公路就像一把刀在她的母亲身上划过，那带来了多少痛苦？如果作为一个独立的人，作为一个村庄的村民，我能理解她的感情。但如果没有那条高速公路的通过，那一片沿线四百多个村庄就很难发展，更多的人可能就要到广东到东莞去打工，女的很多去卖淫，男的很多去卖血，大量传染艾滋病。于是我认为，一个作家的价值观是极端重要的，看到一个小村庄，母亲的身上被划了一道，可你得知道这个这被划的一道使得多少母亲可以昂首阔步可以健康可以有尊严地去生活？我们呐喊的是什么？我们呐喊着这个高速公路不要修了，让我们姐妹兄弟继续贫困、继续卖淫继续卖血？所以一个评论家、一个作家，价值观是在什么地方？我们的主流媒体、主流作家，我们的舆论导向什么地方至关重要。所以一个优秀报告文学作家我一直认为应具备几种素质：一是一个政治家的远见、卓识、高度，至少我们从宏观的角度去思考问题。二是一个思想家的水平，看问题要有穿透力。为什么要有思想家的水平？因为政治家有的是为了某一个时期、某一个目标去做的，作家还有独立的思想，我们的思想还不能是表象的思想，必须是具有穿透力的思想。这还不够，还要成为一个社会学家，每一次写都必须要有基本的知识。还有就是不管再伟大的作家，也要有一个普通人的情怀，一个报告文学作家如果没有普通人的情怀我认为他写不好作品。当报告文学作家比较难，难就难在报告文学作家有那么多社会性的要求，社会角色的要求，社会思想的要求。

关于报告文学的定义，我在《新华辞典》和百科全书当中看到：散文中的一类，以现实生活中具有典型意义的真人真事为题材经过艺术加工而成，具有新闻特点，这就是报告文学，通讯、特写等也可以统称为报告文学。可是如果这样的话，我们新闻报道都可以评奖，都可以归到我们的报告文学，所以一个非职业的专家，确定的定义越来越让我们感到困惑和痛苦。我的定义是，用文学的手法写的新闻报告。简单，三个关键词，报告、新闻、文学。首先写报告文学的人，一定要明白写什么东西。如果写报告文学必须要记住"报告"两个字，没有报告怎么叫报告文学？报告有几种，今天也是做报告，讲课也是做报告，很多领导干部也会做报告。在报告文学当中，报告一定要有对象，我讲的这个对象是读者，如果一个作家写作的时候连对象都不考虑，还写什么文学？报告有几个意思：第一，写作的时候就有一个主观的动机，要给人家看，要向社会报告这件事，它带来的社会意义，就像新闻一样，但是跟新闻的概念还不一样，新闻是告诉人们知道这件事情，报告是要求人们听进去，如果一个报告人没有一定的信息量，这个报告也不精彩。所以第一个关键词——报告要牢牢记住，为什么报告文学现在一写一本书，它要求有巨大的信息量，即使是一个短篇也要有一定的信息量，如果没有足够的信息量就不是报告。什么报告？新闻报告。为什么要用新闻报告？我们期待关注时代性，最好是新近发生的事例，越新越好，越快越好，但是这个快跟新闻的快，跟城市新闻报道的新闻性还不太一样，这个新闻报告有几点跟新闻报道不一样，第一时间性的要求最好同样，越快越好，但大家现在不大讲这个新闻性了。

同时，光是新闻报告还不行，《焦点访谈》是不是新闻报告？《新闻调查》是不是新闻报告？所以报告文学还必须有前面这个文学的手法概念。比如王国平写的发表在《光明日报》头版的《兰辉》。它是一个新闻报告，写的是一个先进的典型人物，可以定性为通讯、特写。新闻报道、新闻特写的通讯，通常是那种比较干巴巴的，有些稍微有点文采，但它达不到报告文学的水平。严格意义上来说，王国平这部作品是一部好的、有文学色彩的新闻报告。这是我对这篇作品的判断，所以把它视为报告文学，运用了文学的手法创作出来的。所以，运用文学的手法写的报告文学、新闻报告才真正是我们学理上说的报告文学。真正的报告文学我认为就是这三个要点：报告性、新闻性、文学性。只调查采访不行，靠敏锐思想也不行，还不够，必须要用艺术的东西吸引人。非虚构的作品也有它的强项，写得比较细，调查得比较细，有强烈的自我意识，这是需要我们传统报告文学作家好好学习的。当然，与报告文学相比，它们的自我情感的表达太多的小说化，这也是报告文学的一个分界线，一般虚构在报告文学中是不允许的。

但报告文学就一点没有虚构了？有。合理想象在报告文学创作当中是允许的，但前提是必须找到出处和客观源头。举个例子，我写的《部长与国家》其中讲到，当年毛主席在中南海接见第二任石油部长余秋里，也就是大庆油田的总指挥，就他们两个人谈话。我不知道他们的真实谈话场景，就找到毛主席的警卫员李银桥，可是他也没有进去，李银桥把余秋里引到毛主席的办公室就自己退出来了。毛主席跟余秋里两个人讲的什么话，我把它写出来以后，中央党史研究室去审查，整个书一个字都没有动。谈话这个情节肯定是有的，我怎么来保持虚构和不虚构？我找这几个理由：第一，讲到毛主席抽着烟说，"秋里同志你来了，四十岁，还是个红小鬼，当石油部长是年轻一点，但是也不年轻了"等等这样的话，然后毛主席把中华烟掏出来给他抽，这是我书上写的，这一段话真的还是假的？如果说假，肯定是假的，因为我根本没有看到，如果说是真的它就是真的，真在什么地方？第一毛主席是抽烟的，余秋里也是抽烟的，李银桥天天在毛主席身边，这个肯定是真实的。第二，余秋里他有日记，有回忆录，他的回忆录倒是讲到毛主席给他讲了这几句话，这是真实的。我认为这就叫通过合理的想象把那个环境呈现出来，我认为这是可以的。但是你不能写毛主席跟余秋里出来的时候，江青递水，然后谁谁出来，这就是在虚构了。所以，我们合理的想象必须能找得出源头和出处。

我觉得今天大的报告文学文体应该包容着我们讲的传统的报告文学，就是开头讲的第一种报告文学，然后纪实文学、传记、非虚构作品、纪实体作品等等，自传体作品、口述体作品等等也都可以放在里面，这是作为报告文学这个文体来说应该有的包容性。但是我自己觉得，在中国的叫法应该更准确一点，就是纪实文学。

三、当代报告文学的问题与展望

第一，正能量创作是倡导社会主义核心价值观的现实需要，报告文学必须承载这样的责任和使命。有人说报告文学歌颂得太多，这其中有一定的道理，我们写好人好事太多了。但我认为这种说法不够准确，不准确在什么地方？报告文学作家，我们重要的任务就是要完成对社会主义核心价值观的呈现和弘扬，要为这些写作。这不是个人唱高调，而是我认为确实值得去写，写好了对我们个人也有好处，实现了文学创作的价值。另外关于"命题作文"问题，报告文学作家命题主要有两种，第一是有人让你去写，第二是自我寻找的命题。比如说写浦东的建设，可以独立去写，可以是宣传部的任务，宣传部让你写是上级政府公开命题，自己写是心目中看到了改革开放的浦东发生的变化，自己给自己的命题，难道不是命题作文吗？所以不要说命题作文一定是不对的，以为报告文学就是写表扬稿的。所以报告文学作家是可以理直气壮地进行命题作文的，责任与使命已经赋予了我们命题作文一种尊严。现在的问题是我们命题作文没有作好，有的甚至不会作。有些报告文学作品为什么在业界评价往往不太好，就是因为过多地看中了题材，不太注重文学性、阅读性。

第二，我们做批判的时候没有力量，不应多是简单直线性批判，而应多一些积极的批判和建设性的批判。现在把一件坏的事情写出来早已不是什么难事，但找一个好人出来，大家都来学习，不太容易。为什么？第一不愿意找，第二司空见惯，第三也没有把他写得这么好，坏人容易写，好人难写。所以一部作品要写出更深刻的批判性。

第三，新闻式的写作没有前途。过分重视题材的结果是不断地弱化报告文学，特别是现在对新闻性比较追求的作家，一定要克服这一点。社会上批评我们，一个是我们自己没有写好，有些可能是新闻报道，最后括号报告文学，硬加了一个报告文学，贴了一个标签，还是属于新闻体的作品。所以，在写作的时候一定要牢牢记住，报告文学一定是把它归类成具有文学意义的文学作品才有出路。

第四，小说化的报告文学不但伤害报告文学文体本身，同样也伤害作家本身。新闻报道式的写作可能永远进步不大，但还可以或为报告文学作家，站在这个队伍里面，但如果写小说化的虚构的作品也称之为报告文学，最后不光是伤害了这个文体，恐怕也伤害了自己。

第五，视野的狭窄、认识的低端、艺术的单一等毛病，影响了作品的整体影响力。我们希望报告文学作家在这些方面要加强，视野一定要宽阔，哪怕是写一个很小的题材。比如说上海自贸区，新闻报道写得不够，也不深刻，除了新闻以外，把自贸区的工作人员，做生意的人，景象、生态、环境感情把它写出来，展示出来的东西就不仅仅是上海的，全国各地，甚至世界人也想了解，这是多么精彩的真正意义上的报告文学题材，所以视野一定要宽，不因写上海世贸区而只有世贸区，而是要写整个社会世界对这个地方的看法。每一个地方我们写一部作品都有可能，哪怕写一个西藏的普通藏民，写他的生存状态，不要以为写他就完了，要明白写他是让其他人了解什么东西。我想除了了解这个人的生存状态以外，通过这部作品要让所有的读者，包括中国的世界的读者看到今天中国一个普通的藏民的心理状态以及他对社会对自己生活的真正认识和感受，这样写出来才有意义。

第六，我们这个队伍还是在单打独斗，没有形成合力，包括评论队伍的发展。我有时感到非常孤独，感到我们报告文学的队伍还很单薄。首先要壮大我们的队伍，还有一个就是坚决制止我们自身的混乱。

今天的报告文学发展有更多的包容性，要有宽阔的视野、更丰富的题材、更大的空间以及更多的文体的实验。最重要的还是要看我们自己的作品，所以在这几点当中，学习各种文体的技巧，认真艰苦的采访调查，广泛深刻的视野，高远细腻的思考，树立一生的奋斗精神。这是我的一点小小的体会，供大家参考。

小说与欲望

周大新

　　各位校友，很高兴有这个机会跟大家见面，一块交流创作的体会。我是 1987 年在八里庄的老校区上学的。那时候上创作班要交六百块钱，吃饭都是自理，三个人住一间房，和你们今天在学校的生活条件无法相比。不过那时候大家自由的状态非常好，几乎天天晚上跳舞，经常在一块聚餐、喝酒，非常快乐，当然，也学到了不少东西。

　　我今天讲的题目是《小说与欲望》。我们很长时间把欲望变成一个贬义词，说到欲望就认为是指物欲、性欲，其实这是一个狭义的理解。欲望就是我们人根据本能产生的那些心理要求，应该说欲望是一个中性词，不带褒义也不带贬义。按照我们语文教学中给它下的定义，人类的欲望是由人的本性产生的想达到某种目的的要求，它是一种正常的东西。这个概念的外延很广，期望、愿望、向往、希望、热望、渴望这些词语都应该是在这个概念上的延伸。

　　欲望对人自身的成长是非常重要的，它是我们人类进化发展的根本动力。人类的一切活动，包括政治、经济、战争、宗教、艺术、教育，其实都是人类欲望启动的结果。比如打仗，就是作战双方欲望的冲突。你想要这块土地，我也想要这块土地，和平谈判解决不了就诉诸战争。还有我们经商，你想发财，我也想发财，大家就组建一个市场在里面互相以物易物，或用货币来购买物品，这样就造成了商业的繁荣。政治更是这样，大家组成人类社会以后，总得有人来管理，把大家的欲望统一到一个都能接受的范围之内。宗教呢，是为了满足大家安妥心灵的欲望，为了抚慰人们的心灵而创立的。比如伊斯兰教的信奉者认为是真主在安排我们的生活，佛教的信徒认为释迦牟尼能救我们走出苦难的世俗世界，耶稣是基督教的信奉对象，所有信基督教的人都认为基督能拯救自己。让灵魂安宁的欲望促成了宗教的出现。

印度20世纪伟大的哲学家克里希那穆提曾经说过，对欲望不理解，人就永远不能从桎梏和恐惧中解脱出来。如果你摧毁了你的欲望你可能就摧毁了你的生活，如果你扭曲它，压制它，你摧毁的可能是非凡之美。所以我们对欲望要有一个正确的认识，要大胆说出来，作为作家要对它进行仔细的观察、审视然后加以表现。

人类的欲望分很多种，按心理学家们的分类，有以下这么几类，我们自己在生活中也可以做出自己的分析和分类。其一是生理欲望。食欲，性欲，与穿得漂亮、住得宽敞、行得舒服紧密相连的物欲、金钱欲。人要买车、买房、买衣服必须有金钱，所以人们都有获得金钱的欲望，这些都是生理需要，是最基本的欲望。

其二是安全欲望。希望生活能安全、稳定、自由，每个人都希望自己的家人生活在安全稳定的环境中，而且享有自由。

其三是社交与归属的欲望。大家在一块交往，希望获得友情，愿意从属于一个圈子和组织，从中获得温暖；在与异性的交往中获得爱情，组建一个属于自己的家庭。

其四是尊重的欲望，包括自尊、他尊和权利欲望。自尊心每个人都有，这个自尊的欲望其实大家稍微体会一下，都能感受到它在我们心里存在着，有时候宁可不吃饭也不求人，这就是自尊。他尊，就是希望别人尊敬自己，这个也是普遍存在的，每个人都希望别人尊重自己，在一些公开场合，如果羞辱了一个人，那么羞辱人的人，可能要付出代价，特别是在底层老百姓中，有可能会造成很严重的斗殴甚至会伤人。为了实现他尊这种欲望，人们都希望获得一定的权利，所以权利欲望其实是他尊欲望的延伸。

其五是自我实现的欲望，即实现个人理想抱负，使自己成为自己所期望的人物的欲望。这个大家也都能理解，每个人都有自己的理想，这个理想其实就是自我实现的欲望。

其六是求知和审美的欲望。每个人都想多学点东西，还希望看到美的东西，找对象时，女的希望找个比较帅的男朋友，男的希望找个漂亮的女朋友，这种对美的欲望男女都有。我们平时看画展、看摄影展览，其实都是这种审美欲望的一种外现。

其七是变态的欲望，如自虐欲、施虐欲、破坏欲等，这些都是非正常的欲望。像希特勒，这个人非常奇怪，他特别爱看折磨犹太人的纪录片，他让他那些下属把折磨犹太人的行为过程非常仔细地用电影胶片记录下来，他在晚上看，看这种片子他觉得非常快乐。这就是一种变态的欲望。还有在两性性行为过程中，自虐、施虐的欲望都属于非正常的欲望，我们把它称为变态的欲望。

小说作为表现人的艺术不能不与人的欲望发生关系，在二者的关系上，我想讲六个问题。

一、世上所有的小说其实都在写欲望，
不同的只是所写欲望的种类。

我们拿到一本小说，只要仔细分析一下，就会发现它写的是欲望，不同的只是写的欲望的种类不同。有的小说写的是这种欲望，有的小说写的是那种欲望。不是在写生的欲望就是在写安全的欲望，不是在写社交与归属欲望就是在写尊重与权利欲望。不是在写自我实现的欲望，就是在写求知和审美的欲望，不是写正常的欲望就是写变态的欲望。

我们可以举一些例子，像《红楼梦》，它写的其实是人们欲望

的释放过程，及欲望在与社会碰撞中被毁坏的过程。宝玉的最大欲望就是和他的林妹妹相爱，黛玉的欲望是跟宝哥哥在一起，但是最终这两个人的欲望都没有得到认可，被撞得粉碎，出现了悲剧。小说中对其他人物的欲望也都写得很精彩，他们欲望的释放过程中彼此欲望发生的碰撞，及与社会现实发生的碰撞，曹雪芹都把它精彩地写出来了。

再说世界上最有影响的小说《霍乱时期的爱情》，它的发行量据说是世界上最大的。这书大家可能看过，它是马尔克斯在获得诺奖以后写的第一部作品。他写一个男人一定要把自己看中的一个女人娶来为妻，写这个欲望的发生、展开和实现过程，很厚的一本书全写这个。小说中，男主人公一看到那个女孩，就爱上了她，以后他就想办法和她交往，但是最终这个女孩没有嫁给他，这个女孩曾经和他热恋过甚至私奔过一段时间，但后来在一个偶然的情况下，风吹掉了这个年轻人的帽子，让女孩一下看清这个男孩子原来并不帅，不是她期望中想要嫁给的那种男人，以后便不理他了，最终她嫁给了一个有地位的医生。按说女的成了家，也有了孩子，其家庭社会地位也相当高，男的应该罢手了，可他没有，他跟这个女的说，总有一天你的男人会死，我争取活得比他时间长，到那时候我再把你娶来为妻。从此他就把这个作为生活目标，他和无数的女人交往但都没有把他们娶为妻子，把妻子的位置一直留给他心仪的这个女人。这个女人的丈夫后来果然死了，可女的也已七十来岁，成老太太了。男的依然没有变心，人家丈夫死的当晚，他就去了，要向女的求爱，女的非常恼怒，她心里正在伤痛，你怎么能在这个时候胡来，女的就把他推出去了，门关上，没理他。但是这家伙不断地锲而不舍地表示心意，用各种办法追求，最终达到了目的。这个女的觉得要再不跟他出去旅行一次真有点对不起了，在七十来岁时候，他们两个人一同坐船去旅行。而此时，这个男的已经是一家轮船公司的老板了，他俩坐的客船就属于男方的公司。女的说，你看我现在已这样子了，是老太太了，还有什么意思呢？我的身体也不美了……书上写得很仔细，大家可以看，写得非常精彩。头一次他与女方做爱没有成功，但最终还是成功了。女的把身体给他以后说，我回家无法见我儿女了，我回去后怎么给他们交代？他说，那咱们不上岸了，就在船上。当船长问他何时靠岸时，他说船不靠岸了，在船头挂上表示船里有霍乱病人的旗子，我们就来回在河里走，从下游开到上游，再从上游回到下游，不让别人上船。船长问那要开到什么时候为止？他说：一生一世……这个人爱欲之持久，对一个女人的欲望的强度确实令人震惊。

再就是莫言的《檀香刑》，大家都知道，可能也都读过。他把封建统治者利用人类变态欲望折磨同类的情景，生动地展现出来，亮出了专制权力和人性中最黑暗的部分。

还有就是今年获诺奖的莫迪亚诺，他的不少小说已经翻译过来了。好多年前就翻译过来的《暗店街》，把一个得了健忘症的、名字叫居伊·洛朗的男人，他要寻回自己过去真实身份的欲望写得非常精彩。他忘记了自己的过去，他有好多年不知道自己是谁，后来有一个私家侦探把他收留下来，让他帮助办一些事情，他只记得这些年的事，过去的事他都不记得了，他是谁，他从哪里来，他曾经和谁结过婚，他都不知道了。莫迪亚诺想用这个小说来暗示法国被德国占领那一段生活非常黑暗，那对法国人来说是一段非常黑暗的时期。法国人都不想记住这一段历史，他是在暗示这种欲望。

所有的小说你只要仔细分析，都会发现作者是在写欲望。

二、人的所有欲望都可以进入小说，只要经过审美观照和处理，对每一种欲望的表现都可能出现小说精品。

不把人的某一欲望放在特定的情况下进行审视。没有经过审美处理，只是赤裸裸地呈现人的原始欲望，既不能给人带来美感，也不能促人思考，给人带来启迪和希望。带来的只是短时间的感官满足。你们在座的都是警察，可能抓过那些看黄片的人，多多少少接触过黄片，那东西带给人的，没有什么美感，有时还会让你心里难受，觉得人和野兽近似。我听一个在码头上工作的人讲，他第一次去引领外国的商船进我们港口的时候，看见那些外国船员在看黄片，他也跟着看了一阵，那时候我们国家刚开放，他既觉得新鲜也非常震惊：人怎么可以变成这样？不把欲望上升到审美层次，于我们文学没有意义。

食欲，这是一种最原始的欲望，写好了可以让人看见人在一定时期的生存状况和生命的美好。如张贤亮的《绿化树》，把男人的饥饿和女人的良善放在一起写，让读者看到了人性的闪光。大家知道张贤亮当年在西北劳改，饥饿是他经常遇到的问题，所以他后来写了这么一部作品，写得很精彩，唤起了很多人对饥饿的记忆。我当年读这部作品的时候，也一下子想起来自己在1960年陷入饥饿的状态，在河南我老家那个地方，我有十八天没有吃过一粒粮食，全是吃榆树皮、红薯藤一类的东西，也吃玉米棒子芯。我看他这部作品，一下子唤起了自己对饥饿的记忆。张贤亮在书中写女主人公为了使男主人公能吃点东西，宁可献身去从另外一个男人那儿弄食物，写这个女的对爱的那种执着和真诚，让人读了非常感动。人的食欲若写不好，也能让人对人类自身产生失望、绝望和厌恶感。我读过一篇作品，写人饥饿时吃自己孩子的过程，让我看了痛苦不已。作品讲一个小女孩十一二岁，有一个弟弟，大概五六岁，妈妈已经饿死了，妈妈大概是因为把东西都让给孩子吃，所以自己先死了，留下一个丈夫和两个孩子。这一天这个女孩说，爹，我出去找点吃的。她爹说你去吧。女孩又说，爹，你把弟弟照看好。等她回来的时候，发现爸爸在灶前坐着，正在啃骨头，她说，爸你在啃什么，她爸慌忙把骨头往灶肚里塞。她问我弟弟呢？家里房子很小，她没见弟弟，父亲支支吾吾的。女儿后来看明白了，知道父亲把弟弟吃了。这种写法就把人重新还原成动物、还原成野兽，当然作品有一定的认识价值，可实在是没有审美价值。我看了以后，真是难受不已，这么长时间，我都还在记着这个事，它给人的刺激实在是太强烈了。还有大家知道人类的吃相其实是不好看的。我跟一位科学家有一次在做电视节目，中间休息的时候，主办方送来了盒饭让大家吃。我们正吃着，一个记者举起相机对那位科学家说，我给你拍个照片吧，未料那个科学家见状非常愤怒，叫：你怎么这个时候拍照？人吃饭时是最丑的时候，拍这有何意思？我觉得科学家发火有点过分了，待记者走了以后我问他：你态度怎么这么激烈？他说人的吃相本来就难看，加上今天我饿了，吃的时候肯定不好看。后来我想想他说得对。我们现在为了让食欲看上去美一些，生了很多办法，一个是把餐具弄得漂亮一些，一个是把吃饭过程仪式化，让大家围着一个桌子坐，摆上餐巾，站起致辞，微笑碰杯，说话低声，轻声咀嚼，小口喝汤。特别是在西方，人们把东西都搅在叉子上往嘴里面一放，然后绷住唇，吃得几乎没有声音，看上去非常优雅，让人感觉到一种美。我在没当兵的时候，去水利工地当过民工，跟民工一起吃东西，那是看谁吃得快，盛一碗饭端出来没走几步就吃完了。我们河南人吃面条，就像吞的一样，一大锅饭，一大锅面条，你要吃得慢很可能只能吃两碗，吃得快能吃三碗。干活非常累，都是恨不得赶紧把它倒进肚子里算了。今天你们都没有尝过饿的滋味，可能我讲的你们很难理解。那时恨不得把食物赶紧抓到手里，三几下塞进肚里面最好，根本不去尝味道。为了从锅里捞出面条到碗里，大家都围着锅，后面的人越过前面人的肩膀去捞面条，有人把面条捞出来，面条断了，一下搭在了前边人的耳朵上，烫得对方乱叫，这种事情都有。这是我见到的情况，人的吃相确实不好看。

性欲，这也是人生过程中最底层、最原始的欲望。法新社 2014 年 10 月 11 日披露，说《自然》杂志发表了一篇文章，一群进化科学家在文章中提出，大约在 3.85 亿年前，我们人类的远古祖先——盾皮鱼，掌握了最初的性交本领，从那以后，经过漫长的进化，性交成为部分生物并渐渐成为人的本能。这个过程才 3.85 亿年，相对地球存在的年龄和宇宙存在的年龄这根本不算什么。人的性欲望写好了，可以让人窥见性对于人的美好和压迫。如劳伦斯的《查泰莱夫人的情人》，让我们看到了人的性压力释放后的美好。我们知道查泰莱夫人的丈夫因为下半身瘫痪，失去了性能力，致使其妻子遭受无性爱的折磨，这种煎熬外人是很难体会的。后来她在和一个工人的接触中，有了酣畅的性生活，她也因此觉得活着真是美好。这部书在全世界拥有的读者非常多，过去我们国家是查禁的，到 80 年代才开始解禁。它既有认识价值，也有审美价值，所以被全世界的文学爱好者所接受。这本书让我们看到了人的性压力释放后的那种美好，没有给人污秽的感觉。还有就是杜拉斯的《情人》。这个作品大家可能都看了，还拍了电影。这本书实际是个中篇，它让我们看到了性对于爱的形成所具有的重要作用。书中的法国姑娘最初和那位中国成年商人接触做爱，只是想挣一点钱补贴家用，但是在这种性的交往中渐渐让她对男的产生了爱、依恋和到老都难忘的记忆，这部书为杜拉斯带来了很大的名声。

金钱欲，是每个人都有的欲望。谁都想多有点钱，大家不必忌讳，作家更不必忌讳。《高老头》是巴尔扎克的一个很有代表性的作品，是他系列作品中很重要的一部作品，他就写人的金钱欲望，写得非常精彩。高老头为了多挣钱让两个女儿生活好，想把她们都嫁入上流社会，他的目的最后实现了，两个女儿都嫁入了上流社会，可是等他没有钱的时候，两个女儿却都不来看他了。把金钱欲望怎么控制当时巴黎社会的情况写出来了。这种金钱欲望写好了可以让人窥见吝啬和贪婪的边界，会感受到慷慨和慈悲之美。但是金钱欲望也容易写不好，现在有些通俗小说，也写人的金钱欲望，但因为它没有经过审美观照和处理，直直白白地写，没有深度也达不到感动人的效果。我看过一个纪实文学，是写贪污受贿犯李真的。李真是河北一个税务局长，他曾当过省委书记程维高的秘书。这部纪实文学里面有一个细节写得特别精彩，说李真每隔一段时间，受贿一些钱后，把钱装到一个密码箱子里，提到北京他买的一套房子里，交给他情人，让她提到一个地方藏起来。有天晚上他从石家庄开车过来，把从石家庄受贿的钱又放到一个密码箱里面，结果这些钱没能把密码箱装满，有一个角还空着，大概缺十来万块钱才能装满，他因此心里很难受。他在屋里绕着箱子走，觉得痛苦，没填满，没算好数字，不应该。他已经有这么多钱了，在这之前已经弄了几箱子了，一般人都应该非常满足了，可是他却不，为这个箱子没填满而难受。他随后决定给一个石家庄在北京的企业家打电话，他说我现在缺十来万块钱，有急事，你赶紧给我想办法拿来！那个企业家说，局长，我手上一时没有那么多现金，银行现在也关门了，待明天上午银行一上班，我就给你取出送来。他说那不行，你要现在送不来，你让我办的那件事就不办了！老板一听急了，说你等等，我马上想办法，那个老板后来找了几个朋友借到了十万块钱，并立马送了过来。李真就在楼下等着，待他把这十万块钱拿到手，上楼往他的密码箱里一放，刚好把空的那一角填满了，他说太好了，心里太舒服了。这把人的金钱欲望写活了，这一个细节很精彩，把人的金钱欲望变异的过程写得很到位。我们总后有一个副部长谷俊山，军衔是中将，他的金钱欲望特别强烈。办案人员到他家里抄家时，从他老家的地下抄出几千万现金。

他尊欲。就是希望别人尊重自己，这种欲望每个人都有。最近我读了一本小说叫《世上另一个我》，是美国一个年轻小说家写的。书中的主人公是个女的，她有一个孪生姐姐。她俩长相有点不太一样，姐姐把爸妈身上最美的东西都继承了下来，长得特别漂亮，到上高中的时候，姐姐在学校受欢迎的程度、受男孩追捧的程度远远超过了她。别的男学生见了她都讥笑她、嘲讽她，一见了她姐姐就点头哈腰。就为这个事，她心里不平衡，她最后就下决心要凭学习成绩获得他人的尊重，从而压过姐姐。她考学到另外一个城市，毕业后在那儿给一个广告商做高管，不过最终没有成功，没有办法，又回到了家乡小城。她的内心一直到什么时候才平衡？到姐姐被查出来脑子里有一个瘤子，做这个瘤子的过程中要做化疗，头发落掉很多，这时候姐姐非常痛苦，人们对姐姐的尊重见少了，她反而显出来了……这部小说让我们看到人对他人尊重的欲望是多么强烈，它能左右一个人的人生。大家可能读过司汤达的《红与黑》，那里面写于连，他是底层的、普通人家的孩子，一心想进入上流社会，获得人们的尊重。当时没有更多的道路供他走，他就通过结交贵妇人，通过做上流社会女人的情人，来挤进上流社会，但是最终这个梦破灭了。司汤达的书让我们看到了社会对底层人上升通道的堵塞和对人的压榨，他通过写他尊欲让我们感受到了法国社会当时的政治问题。

还有就是同性恋欲，这是一种非常态的欲望。现在的同性恋婚姻，在一些国家都已经合法化了。在我们中国，社会对同性恋的容忍度也大大增加了，现在在朝阳区就有同志相聚的酒吧。我觉得这也是一种进步。台湾的白先勇写过一部《孽子》，是写一群同性恋少年，被社会、家庭、亲人抛弃的痛苦，写得很好。

权力欲是大家都知道的一种欲望，它与他尊欲在连着。我们中国因为是个官本位社会，评价人习惯看职务高低，所以中国男人想当官的欲望就特别强烈，特别普遍，几乎每个男人都有当官的欲望。有的人甚至为了权力去杀人，我知道河南平顶山有个官员，就把他的一个政敌杀死了。权力欲是我们文学作品经常触及的一种欲望，这个欲望写好了，对我们认识人类自身和我们身处的社会有意义。

三、表现人的欲望之间的外在冲突，是推动小说情节前行的主要动力。

大家知道，我们人与人之间的欲望经常会发生冲突。把这种冲突的外在表现写进小说里，就是故事情节的展开。表现人的欲望之间的外在冲突其实就是小说情节前行的动力。比如托尔斯泰的《战争与和平》，拿破仑想征服俄罗斯与库图佐夫想要保住俄罗斯这种欲望之间的冲突，推动着全书的主要故事情节向前发展。拿破仑怎么调集他的部队，怎么动员，怎么兴高采烈地出征，怎么一路打到莫斯科。当时的俄国皇帝任命库图佐夫来对付拿破仑，他怎么来保住俄罗斯？他这种欲望也非常强烈，他搞了诱敌深入，把莫斯科变成一座空城，把水井都给填了，或者弄脏了，把城里的食物全部弄走，然后又烧了一场大火，把整个城市都破坏了。等到拿破仑进到莫斯科的时候，已经什么都没有了，又时值寒冬，没有水没有吃的，离法国又那么远，补给又跟不上。刚进入莫斯科时拿破仑非常高兴，以为占领莫斯科就胜利了，结果没几天他就发现他的部队无法在这个城市生活，他只好下令撤退……我那一年去俄罗斯，还专门坐车在拿破仑部队撤退的路上走了一截，路两边都是白桦林，村子很少。托尔斯泰在书中写道，拿破仑大军回撤的时候，由于饥饿和寒冷，把战马都吃了，甚至生吃马肉，几十万人就这么边走边死，最后等他回到法国的时候，只剩下几万人了。《战争与和平》这个小说，故事情节向前推进，主要是靠这两个人的欲望冲突来推动的。

还有肖洛霍夫的《静静的顿河》，大家可能也看过，也是几卷本的长篇小说。书中的麦列霍夫家族追求平安幸福生活的欲望，与当时其他社会势力毁坏这种欲望的冲突，推动着小说主要情节向前发展。这个小说也写得非常精彩，当时也拍成了电影。一部几卷本的长篇小说，如果你没有这种欲望的冲突可写，你的主人公没有敌人，所谓敌人就是与你的主人公欲望发生冲突的对象，那你很难写好。我们常说长篇小说得写矛盾冲突。矛盾和冲突是什么？其实说到底就是人的欲望冲突。两个人欲望相对，这才能使故事跌宕起伏往前发展。

《水浒传》里的梁山好汉们聚义，他们的目的就是过上好日子，这是他们的欲望。朝廷则一心想要剿灭这帮人，这是朝廷的欲望，这种冲突推动着故事情节发展。所以所有的小说你要分析它情节发展的动力，就会发现其实都是来自欲望的冲突。

四、表现人控制自己欲望的努力，写人内心的欲望冲突，会使小说抵达人性洞穴的深处。

我们每个人都有各种各样的欲望，在现实生活中，这些欲望并不能全都释放出来，也就是说必须给以适当控制。如果人们的欲望都不加控制那就麻烦了，就可能变成野兽和魔鬼了。比如说大家都想找到漂亮的异性，这个欲望都有。如果你在街上见到漂亮的女性或者是帅气的男性就想上前跟人家亲热，那这个社会还得了？社会用各种办法来控制你，法律啦，规定啦，那是外部的控制，你自己还要自我控制，你要是不控制，完全顺着自己的欲望来，你这个人马上就会被社会唾弃，被同事唾弃。再比如吃饭，我们都有想吃好东西的欲望，五星级饭店的饭菜都比较好吃，但是我们手中没钱是不能进到五星级饭店吃人家东西的，你得控制这个欲望。每个人其实每一天都在控制自己的某些欲望，只是你没有意识到罢了。每个人每天都在和自己的欲望做斗争，都在用理性来控制欲望。

小说把这个过程写出来，就容易出彩，就可以让人们去认识人性的深奥和奇妙。不知道诸位看没看过陀思妥耶夫斯基的《罪与罚》，这部长篇小说就写人怎么控制自己的欲望，和自己的欲望做斗争，写得非常好。书中的主角是一个男大学生，非常穷，他借住在一个房东老太太家里，经常吃了上顿没下顿，而这个老太太又不停催他付房租。他没有钱，着急，急切地想弄到钱，这种欲望非常强烈，结果这一天他无意中瞥见，老太太的桌子抽屉里有钱。他暗想，如果我能把这个老太太弄死，把这笔钱拿过来，我的问题就解决了，学费、吃饭包括租房子的钱都有了。这个欲望一生出来，就再也离不开他的脑子了。他没有立刻付诸实施，他在和自己的想法做斗争，他知道杀人的事违法，这个事一旦做了就可能有麻烦，但是他又抛弃不掉这种欲望，非常痛苦。他先是来回在房间里酉走，然后到街上来回走，想着干不干？干了究竟有无危险？也许不会被抓住，大概没人想到我一个学生会去把她杀了。他反复琢磨，反复和自己的欲望搏斗……这样写起来特别容易抓住人心，我看这部书的时候，心里被折腾得很乱，乱得不想吃饭，什么都不想干，就想赶紧把它看完，看他究竟杀不杀那个老太太，最终这家伙决定杀。最后弄了工具，然后接触老太太，把她杀了。把钱拿来以后，他又开始害怕。破案的人来了，他想跑，可又一想，能跑到哪儿？跑了不就暴露了？这时候，要不要自首这个欲望又出来了。自首吗？自首了会不会减轻处罚？他觉得查案的人在怀疑他，开始观察他。恐惧之下，他自首的欲望变得强烈了，可又想他们万一没掌握自己犯罪的证据，自首不是傻吗？他与自首的欲望又开始搏斗，又开始痛苦……他最终在一个爱他的女孩的帮助下，自首了……整部书就写这么一件事：自己和自己的欲望搏斗。这部书确实是世界文学宝库中的好小说，如果你没有看过——特别是作为警察，你们看看，很有意思。

人要控制自己的欲望，有时候是非常痛苦、艰难的。北京城就发生过一个真事：一个大学学生会的干部，非常好的一个小伙子，和一个同校的女孩爱上了。女孩长得非常漂亮，两个人也都有肉体关系了，而且女孩也带着男孩去过她家，男孩也带着女孩去过他家，双方家庭都接受了。可是这个女孩在和这个男孩的一个男朋友接触后，又爱上他的男朋友，坚决不跟男孩好了。这个男孩接受不了这个结果，他想要得到这个女孩的欲望控制了他，他与这个欲望最终搏斗的结果就是，一定要让这个女孩答应和自己在一起。他把她约到西客站附近一个招待所里，进到房间以后他对她说，今天你必须给我一个回答，要么跟我，要么死亡。女孩没有被他吓住，说，我不爱你了，不可能再与你和好！那男孩就上前掐住她的脖子，一会儿就把她掐死了。掐死以后，理性回归，他开始恐惧，害怕了。看到他爱的这个姑娘一动不动躺在床上，身子抖起来了。他给他爸爸打电话，说，爸，我做了一件傻事……他爸慌慌地来了……人控制自己的欲望其实是一个非常艰难和痛苦的过程，小说家若要把这个过程写出来，应该会非常精彩。

女作家林白写过一个小说叫《致命的飞翔》，这个小说的女主人公与自己肉欲的搏斗，被作家写得淋漓尽致惊心动魄。这是写自己性欲望的，写和自己性欲望搏斗的小说，也很值得一看。当年发表以后曾在全国引起过很大的轰动。

五、小说家写小说的行为本身，
其实也是在表达自己的欲望。

小说家的写作本身，其实也是一种欲望的表达。

谋生，是不少小说家最初的写作动机。包括我自己在内，一些小说家最初是把写小说作为挣钱谋生的手段，这是一种谋生的欲望。有些人可能羞于承认，反正我是这样，一开始写小说就是为了挣钱，想挣点稿费补贴家用，我觉得这也不是不光彩的事情，应该大胆承认。

成名，是不少小说家的另一个写作动机。一些人在写小说的过程中开始意识到，写小说也是获得社会和他人尊重的一种途径，能够帮助自己成名。成名欲是很多作家一个很重要的欲望，是他成功的一个很重要的动力，如果这个人不想成名，他也很可能就不去写了。我们不要以为成名欲多低下，这是人内心自然产生的欲望，希望获得他人的尊重。当官是一种获得他人尊敬的途径，写作也是获得他人尊重的途径，我觉得没有什么值得非议的地方。

倾诉，也是一些人从事小说写作的动机。有的人写作小说的目的，只是为了把自己心中的话倾诉出来，让内心舒畅。特别是很多女性小说家，愿意通过倾诉，把自己内心的一些紧张、烦恼和愁苦说出来，与找闺密去诉说有点相似。就我自己来说也是这样。我是比较内向的一个人，不是那种外向性格，直接和人交流，把自己的想法说出来。通过文字，通过小说去倾诉这是一种非常方便的方法。

渡人，想通过自己的小说把沉在人生痛苦和不快的人引渡出来。这个欲望属于高尚的欲望。很多小说家在挣到一些钱后，温饱不愁了，房子、名气也有了，再写小说的动力就来自这个渡人的欲望，就是想把自己明白的，关于人生、关于社会、关于自然界、关于人与自然界关系的认识，通过小说传达出来，告诉自己的读者，希望他们读了小说以后，也能认识到这些道理，从而使其从烦恼甚至痛苦的日常生活中解脱出来。这个叫渡人欲。我知道很多作家内心其实都有这种欲望，就是希望让自己的小说对于解除别人的烦恼痛苦能起一点作用。把他人从痛苦中引渡出来，是很多宗教界人士的愿望，也是文学界很多作家的愿望。

写小说最高的层次，作家写作的最高层次应该是救世，也就是想让世界变得更好，更适宜人居住。梁启超说，小说可以救国，他当时把小说的作用说得非常重要。救世欲，想通过自己的小说使这个世界更美好，这是相当一部分成名之后作家的愿望。很多作家的名气已经很大，经济条件已经很好，他还在写，还在不停地写，还在督促自己写，他的动力是什么？比如说像贾平凹先生，他应该说名气、钱、地位都有了，他还是差不多每年写一本长篇小说，这个动力是什么？我想，他就是想通过他的小说来救世，来让这个世界变得更美好，让这个国家更适于人们生存。这是小说家的最高境界，属于自我实现的欲望。所以小说家写小说的行为本身也是欲望的一种表达方式。

六、读者阅读小说也是在满足自己的欲望。

大家是作家，同时也是读者，你们仔细回忆一下，你们在阅读小说时，那是一种什么欲望在驱使着你？我觉着，人们读小说不外乎受这么几种欲望驱使，其一是窥视欲。就是想通过阅读小说来了解其他领域的人们或其他人是怎么生活的，比如我在军队，我只知道军队的人是怎么生活的，我想了解金融领域的人是怎么生活的，当然可以直接去找这个领域的人了解，还有一个简单的办法，就是去读金融题材的小说。想了解政界人们的生活，接触政界的人是一条途径，另一条途径就是去读一些政治小说和官场小说。窥视欲是小说存在的一个重要心理基础，小说为什么会一直活到今天？从它出现到今天，好多人都宣布过它的死亡，结果它并没有死，还在不断地发展。小说活着的理由很多，其中有一条理由就是人们想通过读小说去了解本人没有经历过的生活。比如有的人很想看别人新婚之夜新房里的景致，你要直接趴在人家窗户上看，那是犯法的，要满足自己的这个欲望，那就去看小说。有的小说家把新婚之夜新郎新娘在卧室里的表现写得非常精彩，看了小说你的窥视欲就能得到满足。一些在底层生活的人很想去看看那些富人、明星在家是怎么怎么生活的，可要去人家别墅、住宅门前按门铃人家是不会给你开门的，要想满足这种窥视欲，看小说也是一种办法。富人的生活，豪门恩怨，在有些小说里面写得非常清楚，那些人家里面摆的什么用品，日常生活怎么过的，了解这个阶层人生活的小说家写得很清楚。

其二是求知欲。一些人阅读小说，他可不仅仅是想看故事里的热闹，他还想从书里面找到对自己认识人生、认识社会、认识人与自然关系的启发。还有人是想学到写作的本领，这些都是为了满足求知的欲望。像我们在座的诸位，现在读小说肯定是想学到写作的本领。看别的作家是怎么写的，想从他们那里学到写作的技巧。

其三是审美欲。这是层次高的读者们阅读小说的动机，他们是想从小说里获得美的享受，想通过阅读短时间地忘却一切烦恼，让自己沉浸在美所带来的心理满足中。我不知道你们有没有那种感觉，发现读的是一本好书后，舍不得把它读完，唯恐把它读完后失去了享受的机会。我有这种感觉，一旦读到一本好书，眼看着书很快薄下去，就担心把它读完，书带来的那种审美快感特别强烈，特别希望长久沉浸在这种美的享受中。

我感到特别享受的时刻是冬天下大雪时，自己半躺在床上，读着一本好的小说，读一会，抬头看看窗外满天飞舞的雪花，觉得这个时候最好，外面的寒冷我可以不去经受，我在这儿享受着温暖和书带给我的美感，觉得生活真好！

讲了上面这些东西以后，大家可能就明白了，其实好小说、坏小说不是看你写不写欲望，写不写欲望不是小说品位高下的评价标准，而是看你怎么来写欲望。作为一个写作者，在明白了小说与欲望的关系以后，就应该注意观察、思考、发现人们的欲望，然后找准一种欲望来写，把你对这种欲望的认识，通过你的人物生动地表现出来。

这是我今天想给大家讲的，谢谢！

关于长篇小说创作的几个相关问题

柳建伟

各位来自公安战线的作家朋友们，大家好！

从鲁院高研班序列上来讲，你们都是我的师弟师妹。我知道咱们来自于全国公安战线的作家，写各种各样文学体裁的都有，写小说的居多。我也不知道在座的有多少人有过影视创作实践，所以我今天想结合我自己的一些创作的情况，谈谈长篇小说和影视剧的创作。

我写小说和写剧本

我大学原来是学计算机专业的，79年我入学的时候，计算机系全国只有四个大学有，专业很热门。我却爱上了文学创作，因为我觉得写东西不受什么人的约束。改行改得也非常艰难。大学毕业八年之后，我还一直在一个半山腰里的单位里面读书，边读书边看山，因为一推开窗户就是山。那八年，我有两次想考研究生，一次是准备考军事学，一次是准备考哲学。谁知道两次准备都因为当时解放军军事学院和解放军政治学院相继撤销了，要合并成现在的国防大学，弄得两次准备完都没有考成。后来军艺办文学系这个消息我知道了。那个时候莫言靠发表《售棉大路》和《民间音乐》两个短篇就可以去上军艺，我也动了上军艺的念头，因为我那时已经发表了中篇小说。当时我还以为徐怀中老还是系主任，我就给他写了一封信。实际上他已经高升到总政治部文化部当部长了。后来他给我回了一个信，说什么时候再招生他也不知道，给我个地址，让我问学校。

后来，解放军艺术学院著名评论家朱向前先生看了我一篇评《古船》的一万多字的评论，就想把我招到门下当评论家来培养。于是，我就在 91 年，大学本科毕业八年后，到了解放军艺术学院文学系成为文学系第四届大专班学员。93 年毕业后我已经写了不少东西了，但是进军区创作室当专业创作员这个梦还实现不了。后来鲁迅文学院的何镇邦老师和北师大的童庆炳老师准备合办第二届作家研究生班，我就到了这个研究生班读研究生了。

研究生毕业，回去之后，还不能到创作室。那个时候我已经出版了一部长篇小说，发表了七八个中篇小说，但就是不能当专业作家。那时我真的很郁闷。我们单位的领导看了我当时出版的一些书，包括我的第一个长篇小说《北方城郭》，觉得我能写，就让我干脆在家写东西，但要求我白天不要出来瞎转悠，叫人看见了不好，因为别人都需要上班。那三年我跟蹲监狱有点像，晚上出来放放风，白天躲在家写作。《突出重围》就是这样写出来的。

2000 年，根据我的《突出重围》改编的电视剧，在中央一套黄金时间播出了。这个电视剧一播火了，上面马上下个命令，就把我调到创作室。那时候我已经不想待在成都，一直想到北京来。我总觉得，不管是在哪个国家，搞文学还是首都是最好的地方。你想，巴尔扎克从外省一步步地走到巴黎，陀思妥耶夫斯基和托尔斯泰们也都是这样从小地方走到了大地方，才成大作家的。到了 2001 年年底，八一电影制片厂老厂长对我说，98 年的抗洪，八一厂想拍一个电影，他们搞了三年没有搞出来满意的剧本，说：如果你能够把这个电影写成功，就给你调到八一厂。我写小说写了多年，想用小说成绩进创作室，当专业作家，没弄成，最后，以一个电视剧火了，我变成一个专业作家。我一直想到北京生活和创作，可是我奋斗了若干年，一直想以一个作家的身份进入北京，可就是进不来，谁知道后来写了一个电影《惊涛骇浪》我就进了北京。人生的路，真的是太难走了。

我进了八一厂，主要精力都在搞电影剧本创作。十多来年，除了《惊涛骇浪》之外，08 年汶川地震的时候，又搞了抗震的电影叫《惊天动地》，后来我们国家搞载人航天工程，又用了八年时间写了一个《飞天》。这几个电影得了不少奖，地震了，发洪水了，航天有大突破了，电影频道最爱重播这几个电影。

但是，我真的不太喜欢搞这个剧本。因为电影、电视剧是一个大团队合作的艺术，像《惊天动地》《飞天》，你不能说这个电影是我的，这个让人真有点不爽。再加上导演、出品方等等的，包括演员，甚至是小配角演员，有的时候都爱改你的本子，他不愿意背长一点的台词，他就说你这个太啰唆。所以呢，我现在写电影、电视剧剧本基本上就是本子交了之后，你拍成什么样就成什么样，我看都不看。这些影视作品，对于我来讲，是职业作品，用来养家糊口的，我从来不说那是我的作品。

剧本稿费虽然比小说多，但是小说长久，编剧费是一锤子买卖，再播再火，与你无关了。如果你能写出一个大家喜欢的小说，那么你十年、二十年，你还能够拿这个小说的版税。应了鲁迅大师说的话，你还是一要生存，二要温饱，三要发展。所以我常说，小说才是我的最爱。

学习文艺政策很重要

习近平总书记在全国文艺工作座谈会上的讲话已经讲了一个月，这个会议对于文艺界的重要性是不用多去解释的。它的重要性大家都知道，对于我们每一个写作的人来讲，真需要认认真真地想一想。

我给大家提醒一下，2013 年 8 月 19 号，习近平总书记在全国宣传工作会议上也发表了重要讲话。这个会议也是一二十年没开了，在这个会上习近平同志讲话的内容就让我很受鼓舞，讲话首次提出文艺等精神方面的建设工作也是党的一项至关重要的工作，和经济建设为中心并提了。在那个讲话当中，习近平同志对于我们国家现在在文化艺术等领域出现的一些问题，很可能给我们的国家、人民带来危害，讲得非常到位，非常准。"8·19"讲话与今年的文艺工作座谈会讲话，是一脉相承的。

文艺上的这些问题不改不行了。这就相当于我们老百姓说的贪腐不反就要亡国的，亡党的。比如习近平同志说的文艺不能做市场的奴隶，那么总书记一定是有所指的，看到了有的文艺作品在某种程度上已经严重受市场左右。说文艺不能沾满了铜臭气，那么实际上的潜台词就是说有的已经沾上了铜臭气。总书记又说，文艺的低俗不等于通俗，感官享受不等于精神快乐。我们文艺工作者反思一下，习总书记作为国家元首和党的领袖谈的这些问题，在我们的创作中是不是存在？是不是影响了我们国家的社会风气？

还有对于文艺工作的总体评价，总书记是充分肯定成绩的。但是他又说了一个"有数量缺质量、有高原缺高峰"的问题。对于我们在座的各位来说，一定要意识到这个问题。现在上网一看各种社会舆论揭露问题，这些东西我认为作为老百姓来讲这样直观理解是可以的，但是作为一个作家，我觉得理解到那种程度是不到位的。所以我想通过讨论对文艺座谈会的几个感触，跟大家交流一下。我认为党中央对于咱们文艺的事儿非常重视。那么接下来文艺往哪个方向发展，要好好考量。我们想想，总书记在讲话中强调了什么？他强调的都是毛主席、邓小平、江泽民、胡锦涛前四代领导一以贯之强调的，那就是《在延安文艺座谈会上的讲话》精神，就是说生活是文艺创作的源泉问题，社会主义文艺是为人民的问题，人民的文艺是什么的问题。习总书记谈的都是这些最根本的文艺问题。

我为什么要谈这个呢？我就觉得咱们作家应该比一般老百姓对党的历史上的文艺政策更有一个清晰的了解，毛泽东时代怎么讲的，后来又怎么讲的，才能理解今天习总书记是在新形势下做了一种新的阐释，新的表达，提出了新的要求。我们作家应该有一个怎么样的新的应对，怎么来践行。所以我说，对这个问题认识一定要到位。我不知道在座的怎么学政策，反正我是隔一段时间，就要把毛主席的延安文艺座谈会讲话拿来看一看。你不能听有的断章取义的解释，你得自己读，自己领会。我经常看到有一些人扯着嗓子在谈毛主席的《在延安文艺座谈会上的讲话》，我认为这些人根本都没有认认真真读过《讲话》。当然，《讲话》针对 1942 年那样的一个情况，有一些比如说是为政治服务，为什么人服务，这是当年的历史条件下，我们党的提法。但是到后来，到 79 年我们改了，改成了"二为"方针：为人民服务，为社会主义服务。那么，现在习近平总书记又特别强调了就是说一切社会主义文艺都是以人民为中心的创作。我认为对于习总书记的讲话，一个要放在大形势下看一看，第二，要把握住党在历史上对于文艺工作的一贯方针和指导思想。

我也建议大家，去看一下习近平总书记在去年到今年好几次重要的会议上的讲话，他特别强调我们不能把中华人民共和国史的六十多年的历史割裂成改革开放和改革开放以前，不能把"这个"对立"那个"。所以现在你们注意到没有，9 月 29 号国庆招待会用的说法是"建国以来，中华人民共和国……"，在以前都没有提，特别是改革开放以来都不这样提了。我认为，文艺座谈会讲话是习近平的历史观的非常重要的体现。不能够割裂，我们的党史是整体的，有的地方出现一些问题，这也是我们自身的一些问题。我们不是说我们把自己曾经的历史抛弃了，历史是完整的。那么我们的文艺发展史和我们的历史一样，也应该是完整的。

有个说法，我们有很多亿万富翁是整天看《新闻联播》，然后发的财。你要想当一个比较优秀的作家，或者说在这个同时代，你要想能够写出比较好的作品，我认为你一定把我刚才说的这些事儿弄弄清楚的。最近一个多月，文艺界最大的事儿就是这个事儿。

还有，我认为习近平总书记讲话里面核心问题是要让我们干什么。我认为这么一段话非常重要。他说，我国的作家艺术家要成为时代风气的先觉者、先行者、先创者。这"三先"是第一次提出来的，以前这样一种说法是没有的。接着他就提出来一个要有筋骨，有道德，有温度，这"三有"，也是第一次以这种说法提出来的。"三先"是让作家面对这个时代，你应该去做什么。你们应该先觉，也就是说你得要有触觉，你得要知道，觉就是觉悟，就是感觉，那么你一定要去感知它，你要从中间觉悟出来什么东西。先行，你得要行动起来，你得先行动！这个先倡，就是你要先倡导什么。这是"三先"，我认为这是非常非常关键的。

还有一个就是"三有"。有筋骨，如果说是你一直写一个杯水风波，你就描摹一只蚊子，它需要筋骨吗？它不需要。那也就是说这个一定是要有分量的，要有规模的，要能呈现出骨骼的这样一种东西的。这"三有"是对于作品呈现的格局气象的要求。要书写和记录人民伟大实践，也就是说你们就是要写当下中国的生活。当然，关于"伟大实践"，你写历史小说也可以，但是不要忘了有时代进步的要求，是进步的要求，你不能写退步的东西。到最后，习近平又说文艺是彰显信仰之美，崇高之美。这是对于你要写的作品呈现出的美学的特质的要求，总之，希望这些作品是有信仰、有美感，是能呈现崇高美的，就是说太风花雪月，太一己悲欢，这些东西已经太多了。我解读出来我们党的领袖和我们的人民非常希望作家艺术家们能够快一点出一些伟大的作品。

习总书记在讲话里谈到了一百多个中外的著名作家，几十部经典著作如数家珍，他不单能够说出来托尔斯泰和陀思妥耶夫斯基每个人独特的价值所在，他的作品为什么能够永恒，而且说"我更喜欢托尔斯泰一些，为什么呢？因为托尔斯泰的作品理想主义色彩更多一些。而陀思妥耶夫斯基的作品对于人性的机杼和深刻的洞悉要看得更透一些"。我注意到，习近平很喜欢《静静的顿河》，这部作品也是深刻反映战乱年代人性深处的幽暗和光辉的一部书，一部很"大"的书。而且大家去看一下诺贝尔奖评奖的历史，你就会明白，《静静的顿河》作者肖洛霍夫得奖，是因为《静静的顿河》彻底征服了欧洲，要不然不可能给他，因为他当时是苏联的作家协会主席，他完全是一个苏联体制内的人。刚才我给大家解读一下习总书记的第三点，我认为前面两点是怎么学习，第三个方面我认为是怎么样去做。我们怎么样去实践。我刚才说的"三先""三有""两美"，然后这个目标用这个"三先""三有"和"两美"的作品是写什么呢？是写我们人民的伟大实践，时代的进步要求。我们的人民也需要这个东西，我们党的最高领导层也希望我们的文艺能够走到这个地方。

我给大家把这个重要讲话，这么分析一下，希望能够对大家有所帮助。

关于长篇小说的几个重要问题

第三部分我想讲讲长篇小说。为什么今天要跟大家谈谈长篇小说呢？我觉得，我们现在这个时代是一个能够孕育伟大的长篇小说，甚至能够孕育一批伟大的长篇小说作家的时代，天时地利都具备了。我认为，其他的文学体裁多多少少都存在这样那样的局限。当然很多老师或者是我们的同行，可能不会认同我这样的判断，这只是我的判断。

比如新诗，新诗到现在产生有一百年，但是它实际上一直没有完成它的体裁成长期。在我看来，新诗是一个什么标准的文体，现在说得清的人还不是很多。现在看来，旧体诗词又有复兴之兆，现在写旧体诗词的人要比写新诗的人多得多，而写旧体诗的年龄段跨度很大，从黄毛小子一直到耄耋之年的老者都写。你现在问问《诗刊》的发行量不会超过古诗词的刊物发行量，旧体诗词刊物动辄几十万册。

比如散文，对于我们来讲，你现在要说像当年柳宗元等唐宋八大家那样，就靠写一些散文就能够永垂不朽，这个时代我认为远远地过去了。现在说，散文作为文学体裁，在多个方面来看，在描摹这样一个时代都有点困难和麻烦，有力使不上。

报告文学，简单说了，已经被影视特别是电视纪录功能和新闻特写基本上给冲得七零八落了。因为什么呢？你要写一个报告文学，你要写一个稍微深刻一点的，长一点的，你得采访很久，一年后书出来这个你写的事早成"旧闻"了。现在掌中直接阅读的兴起，也严重冲击了报告文学的写作。比如说去年有一个股长贪污了九千多万跑了，你觉得这个值得挖掘。当年刘宾雁写了一个《人妖之间》，不就是类似的这些内容吗？因为去年那个时候九千多万是很大很大的钱数。到了昨天你刚写完，秦皇岛出来一个科级干部，从他家里面一搜就是一亿多现金，还有七十一公斤黄金，然后还有六十八套房子，这个房子秦皇岛有六十一套，北京有七套，其中六套在崇文门。你震惊不震惊呢？然后又说到了北戴河，他是管北戴河、南戴河自来水供应的。北戴河和南戴河大家都知道，从1954年开始，我们的中央在8月份就是最热的时候，北京最热的时候，要在那个地方办公，是中共中央夏季办公所在地，他就是一个这个地方自来水公司的总经理，是个科级。当然他怎么落马不知道。现在查抄的他的箱子里面有一些钱，他就是一把一把地摆在纸箱子里面，下面纸箱子都长毛了。这样一个事儿，昨天出来的，今天一大早，全部有手机的人起来之后，到卫生间一蹲马桶，中国至少上亿人在同一时间便知道这个事儿了。你看报告文学，去年想写那个九千多万，你还没有写出来呢，便出了个两个亿的。明天呢？可能又出个几个亿、十几个亿的。你说你写什么今天的《人妖之间》？

中短篇小说呢？中短篇小说很少有写历史的，写科幻的，一般都是写现实的。三五万字。我想，这三五万字写出来的东西，我们在座的各位在北京一天遭遇都会比小说的内容丰富得多。这个社会变化太快，太丰富了。中短篇小说表现今天的中国现实生活，真的力不从心。

所以我今天想给大家讲讲长篇小说。我觉得长篇小说属于大型文学体裁的一种，长篇电视连续剧、大型话剧、电影，在我看来，也属于大型文学体裁。我想说，要干就去干大型文学体裁。如果你说你弄不了这个体裁，那另说。

（一）长篇小说的来源与流变

刚才已经把如果大家要有能力的话一定要搞长篇小说的原因说了。首先我们要弄明白，什么是长篇小说？你去看中外文学史，对于长篇小说的定义五花八门，非常多。可到现在为止没有一个非常权威的人说清楚了什么是长篇小说。文学，大家都知道，一般的文学史都会说文学是从劳动号子产生的。

那么之后慢慢就有分工。后来大型体裁的东西，有这么几个阶段。我们学文学史的时候，像荷马史诗，包括我们很多民族都有史诗，像藏族的《格萨尔王传》，包括像法国的《罗兰之歌》等等的，这都是属于史诗类的。中外均如此。那么这个史诗，它是写什么呢？因为那个时候就觉得自己不怎么样，都是一些听远古祖先是很厉害的，像格萨尔王，传唱西藏藏族人的祖先有一个格萨尔王，他如何如何的了得，等等的，它是写远祖英雄的，这个是吟唱歌唱远祖英雄的。这是史诗。后来，在几乎史诗出现的同时期又出现了戏剧。戏剧，以前我们的戏曲等也都属于这个范畴。一般来讲，像这样的一个体裁基本上是写王宫贵族，达官贵人，也是写从前的，一般是比较近的从前，我把它定位为基本上有点近祖的意思。比如说像古希腊的三大悲剧之王、喜剧之王几人写的东西，都这样。像黑格尔的美学里面阐释两个经典的悲剧，《俄狄浦斯王》《安提戈涅》这样两个大悲剧，包括普罗米修斯等等，像阿里斯托芬的喜剧。

大戏剧家莎士比亚，他的四大悲剧，几个喜剧，你一看，基本上都是写的这些生活，都是那种牛人，不是很遥远，这个人曾经真实存在过。有的史诗写的事未必就发生过。后来，人类慢慢地就觉得，我们自己的生活呢？也挺精彩的，也应该写一写，然后就出现了长篇小说这样的一个文学体裁。比如说格萨尔王，谁也没见过，但是在若干年的传唱当中，对他已经有定性了。写他们，要按史诗的写法写，你不能随便给格萨尔王又编点什么。戏剧，比如说像奥赛罗等等这种人物，基本上不能太编他。对于那样一个历史和人物，剧作家又会有不同的解读。比如说莎士比亚之前，西方的很多作家，都写过哈姆雷特，据说有多个哈姆雷特的戏曾经演过。

但是到了莎士比亚把哈姆雷特就给定位定性了：他就是一个忧郁的，他就是一个面临着生存和毁灭这样一个难题的人。到后来，大家都公认为这样的哈姆雷特才是真正的哈姆雷特。后来也有人再去阐释哈姆雷特，但是他都按照莎士比亚的发现来写。你们可能观摩过一些电影，电影有一些在写现在的哈姆雷特，但不管怎么写，都按照莎士比亚哈姆雷特的定位写，然后把它现代化，我们几年前，也有一些电影翻拍，把哈姆雷特的电影的一个故事情节等等的，把它纳入一个什么朝代，重新弄一下，前些年像《满城尽带黄金甲》，基本上算一个哈姆雷特的变种。

现在我们基本理清楚了，史诗是写远祖的牛人的，戏剧是写近祖牛人的，长篇小说是写我们当下的生活的。关于生活，大家莫衷一是，你不知道该怎么样定评这个事儿。所以说，长篇小说你不好说它是一个什么样体裁，它跟生活一样。后来像长篇小说、史诗、戏剧，这几个体裁相互影响，你中有我，我中有你。就像长篇历史小说，就是把小说、史诗和历史剧结合起来的一个杂交的体裁。它又有史诗的那样的一种特征，它又有长篇小说的特质，它又有戏剧化的一些东西。原来在读研究生的时候，我的硕士论文就是研究长篇小说，因为当时是想做个长篇小说的理论长文，因为长篇小说的理论到现在都没有世界通行的一个权威的著作。我那个时候有点野心，想做一个长篇小说的诗学问题的系统研究。后来这件事中断了，我就从这个大构想中间摘出来一部分，当作硕士论文：《长篇小说的结构与哲学观念的对位关系》。

（二）长篇小说的时空关系

我读过很多小说理论著作，真正对我写长篇小说有理论影响的，只有巴赫金的著作。他是研究陀思妥耶夫斯基起家的，提出了像"复调理论""狂欢理论"，他的著作里有一个陀思妥耶夫斯基的诗学问题。我要写一个长篇小说的诗学问题研究就是受到巴赫金的启发的。

我认为，长篇小说是在一定的时空关系系统中，对未定型的现实进行多维触摸，要呈现出未定型现实、现实的未完成特质的大型文学体裁。这里强调几个要点：第一，在一定的时空关系系统。第二，一定要写未定型的现实。第三，就是说这个长篇小说一定是与现实进行多维接触。第四个特征是它的未完成性。你要如果面对现实说，这是一个伟大的时代，但是你写长篇小说就不对了，你不能光说它伟大。应该像狄更斯在《双城记》里面开宗明义说的那样，"这是一个最好的时代，这是一个最坏的时代"。

我说的时空关系是个什么呢？时空关系是结构，你必须设定一个时间和空间的关系，这是有很多讲究的。时空关系，你写的时候不能乱了。我告诉大家，有很多的人写长篇小说，他前面时空关系没处理好，一看他写乱了，写乱了的原因就是他对这个关系没弄明白。你首先是要明白，你要把写的事儿、写的人等要素，放到你发现的时空关系之中。时空关系构成长篇小说的主体框架结构。如果你没有想好，你就是想到哪儿写到哪儿，那么你这个长篇小说注定不是个好长篇小说。我们中国有很多的长篇小说叫做"半部杰作"，这是朱向前老师以前研究过的，他就说我们中国的很多长篇小说，都呈现出"半部杰作"状态，前半部非常好，但是后来就败了。失败的最重要的一个原因，就是作者没有想好小说的时空关系该怎么搭建，也就是说它结构上出了问题。在这儿我举一个简单的例子。大家都看过《红楼梦》，《红楼梦》你看写的东西是荣宁二府，加上荣宁二府边上的几家人进了府，比如说周瑞家的，比如说尤二姐、尤三姐家的事情，偶尔也披露一点像刘姥姥的故事，然后外面别的都不写了。他为什么不写了呢？我告诉你，曹雪芹的《红楼梦》之所以伟大，首先是他控制力非常好，他把他所有的笔力都纳入荣宁二府了，你比如说林黛玉在她家里怎么回事儿，也就是通过人物的口说一说，并不用多大力气去描写。里面有一个情节，说元春要来省亲，贾母说家里面的戏班子都有点老化了，要弄一点新鲜血液进来，就由王熙凤和她老公贾琏来执行。这个事儿，按说去苏州、扬州选这十二伶官应该是一个很有意思的事儿吧，但是它不在曹雪芹给它设定的这样一个时空关系系统当中，所以曹雪芹就不能够把笔伸出去跟着贾琏走了。你们回去看一下这一部分，就是说贾琏临走的时候，是在荣国府的门口他要上马车，这时候贾宝玉跟一个小厮回来了。宝玉说，二哥，你这到哪儿去？贾琏说我去苏州扬州云选演员。他走了，他走了之后就不写了。不写之后，再过了若干回，突然间，贾宝玉听到黛玉葬花的吟诵，就在大概那个时间段，贾宝玉离开黛玉，从一个墙里面听出来有人吊嗓子的声音，他想起来了，二哥已经把十二伶官弄回来开始训练了。小说你不能太汪洋恣肆，你随便写，你随便写肯定写坏了。所以我先给你们大家讲，结构永远是第一位的。

　　从长篇小说的时空关系说起，我想再说小说外在时空是怎么样的。也就是说，什么样的时代能出现长篇小说以及优秀的长篇小说？我认为中外长篇小说的黄金时期，都是处在这个国家的重大转型期，而不是太平静的那种时期。作为一个大型文学体裁成熟之后，纵观亚洲文学，虽然我们不情愿承认，也不得不说真正有一些成熟的品质的长篇小说，经典意味的作品，那是人家日本人先搞出来的。11 世纪的日本，《源氏物语》就出现了，我们那个时候没有像样的长篇小说。欧洲在以前曾经出现过。西方有一些文艺理论家，把《苏格拉底谈话录》也当成长篇小说，还有把《金驴记》也当作长篇小说，但是实际上西方长篇小说的成熟是到了文艺复兴才开始。从堂·吉诃德发轫到后来拉伯雷的《巨人传》，才开始慢慢成熟了。而我们真正的长篇小说《三国演义》，那是一个融汇杂糅的产物，经过话本、经过编辑、经过加工，才产生出来。中国真正的长篇小说是《金瓶梅》，它产生在明朝嘉靖和万历年间。

　　我刚才说日本，他们从《源氏物语》那个时候转入战国时期，像法国是在启蒙运动时期和文艺复兴时期，长篇小说勃兴了，英国、德国也如此。俄国在 1812 年之前，就是在普希金之前，出现了像果戈理这样一批作家，那个时候正好俄国也是一个重大的转型时期。前有彼得大帝、叶卡杰琳娜二世，对于他们古老的，甚至有一些野蛮的，还一点都不文明的一个国家，进行了改造，想让它有一点现代气息。但是真正的俄国的长篇小说大家林立的时期，是出现在 19 世纪 50 年代后，那个时候就是农奴制即将要废除的时代。在这时候，出现了一大批大家。他们写的一种当时不叫历史小说的长篇巨制，19 世纪 60 年代，托尔斯泰写了《战争与和平》，他写的是 1812 年的事儿，这就相当于我们现在写一些抗日战争、"文革"那个时期的作品是一样的。那么托翁和他写作的对象基本上都算同一个时代，都是在转型当中。我们中国也是，我们的第一个长篇小说高峰期在明清时期。我们在春秋战国的时候，我们吟诵辞赋。到了汉代，有文章，也有《古诗十九首》这样的杰作。后来到了唐朝，我们的诗歌进入一个鼎盛时期。那个时候我们说是小说这个品种在那时候没有成熟起来。到唐朝中叶，才有一些简单的短篇小说，将魏晋时期萌芽出来的干宝《搜神记》这样的志怪小说发展起来。但是，古代文言小说并不像西方小说那些，没有他们的对话等的东西。到了明清之际，整个社会发生了一个巨大的转型，于是历史小说《三国演义》、神魔小说《西游记》、世情小说《金瓶梅》《红楼梦》等长篇小说相继出现了，它们都诞生在这样社会大转型时期。同样，我们的现代文学的长篇小说产生高峰的那些年，也是我们中国处在一个大的转型时期。在50年代，我们"三红一创"，再加上一个《林海雪原》，这些长篇小说也是我们国家刚刚完成社会主义改造的时期，也是一个大转折时期才有这些作品出现。

到了改革开放时期，我们长篇小说又进入了一个黄金时期。中国前几十年和未来几十年的变局之剧烈，可谓千年罕见，这个我就不多说了。我刚才梳理的中外长篇小说发展史，就是在印证我的结论：现在是能出现一批杰出甚至伟大长篇小说的一个时代。

那么这个时代，是什么时代？就是说现在这个时代能产生大作品，所以我才今天跟大家讲，就是说你要原来没有想这个的，从今天开始想，没关系的，不晚。曹雪芹的《红楼梦》只写了十年，你们都年轻，来得及。

（三）线性结构与网状结构

那么，下面我就说构成长篇小说几个重要的要素。长篇小说的结构第一，结构是个基础，支撑结构的是一个作家对于这个世界的看法，就是他的哲学观念，以及他要怎么样用这些故事来表达他这个观念。结构首先呈现出的是一个时空关系，其次要呈现的是一个情节关联的关系，这是两层意思。结构，还按你作者的哲学观念，然后来搭建的人物关系和人物的命运的走向。这个问题并不简单，像有的作家说的那样，作者是控制不了人物的，大的人物的走向和人物关系永远是由作者控制的。

只有等你发现了一个典型人物，创造了他，在他成长的过程当中，才有可能冲破作者对他的控制，变得你控制不了了。这就相当于有的作家在谈创作，谈的时候会说，我写着写着，我也不知道为什么我给这个人写成这样，是他自己变成这个样子了。这种情况很少见。当然，如果你的小说总体不错，你又写出了这样的几个人物，那么你的小说就是一个杰出的作品。如果你这几个人物又有代表性，那么就是为文学塑造出了典型，那你就了不得，你就成大作家了。

长篇小说需要搭建人物关系，英国的福斯特，不是有一个关于扁平人物和圆形人物的一本书么？我建议你们去看。因为你作为作家，人物设置上总还有这样的一个生旦净末丑，还有跑龙套的，你不能说所有的都成主角了，那就没主角了。所以我说的意思就是说，主角们有可能冲破作者的控制，冲破你原来给他设定的东西，他跑到别的地方了，但是总体上一定是在作家的掌控当中。

实际上，中外历史上最牛的长篇小说，它的时空关系，无非就两种，没有更多的。你非要是说自己创造一个新的时空关系不可，那是你的事儿。但我要说：你创造不了的。因为几百年，上千年，这么多作家就创造了这两个。一个是线性结构的，在古希腊的时候，一个长篇小说叫《金驴记》。主人公找一个金驴的过程，他遭遇了很多事儿，这就是一条线。堂·吉诃德的故事就是一个典型的线性结构，他里面的主人公就是他对于整个西班牙的认识的线索，作者不用去写马德里，作者不是要解剖哪个西班牙的地方，而是塑造堂·吉诃德和桑丘这样两个人，在整个线性历险过程当中去遭遇整个西班牙。这个结构，它可以到这儿、到那儿都行。但是这个也是要有限度的，你不能现在跑到月球上去了。你也不能在那个时代，你让他又跑到中国来。你把他呼来唤去，就像现在所谓的穿越小说，你那种整法是另外一回事，不是我们讨论的伟大的长篇小说范围内。我现在就跟你说的，像这一类小说是一个品种，包括《罗宾逊漂流记》等等，这些都可以基本上把它纳入这个类型中。甚至还可以把一些特殊品种归进来。另外一种像《苏格拉底对话录》，他是写当时雅典的故事，它是广场性的。所有的人都在广场上，是一个多声部的，你说说，我说说，然后有很多事儿是大家举手表决，就是现在的所谓选举文明，也都是从那个地方发源的。但是它是一个广场性的、锁闭式的网状结构。

一旦你的结构确立了，你绝对不能够瞎搞，你让主要的人物一旦离开了时空结构，你不能再写他出去又干了什么，这就是我刚才说的曹雪芹《红楼梦》的例子。那么，他就是在一个锁闭的时空当中来进行。我今天不给大家做更细的解释，因为时间关系，今天好不容易见大家一面，就把我的有些心得跟大家讲讲，能多说一点就多说一点。所以我说在这里面，构成长篇小说的要素第一个结构是基础。要么它是一个线性结构的，要么就是一个广场性的闭锁性的结构。

这两种哪种更伟大一些？那应该是第二种网状的。当然后来也有的人对于这个结构进行了一些变种，想要嫁接一下，但是做得不太好的都不经典。比如说像托尔斯泰的《战争与和平》，它是一个线状结构居多的小说，想把整个俄罗斯当成一个整体，但是这个太大了，没有巨大的才能不行。还有一个，你不能说我这个网状结构，我就全世界乱跑，这个不行的，必须要有一定的限度，在一定的时空关系系统当中，你不能说可以信马由缰的，这个也不行。

像托尔斯泰的《复活》，写到最后主人公流放，他也不说去流放了，他还是就在这儿。那么陀思妥耶夫斯基也是这样，像巴尔扎克的小说几乎所有的结构，基本上是第二种。有一个例外，像司汤达的《红与黑》，它也有点网状的结构，同时它是两个结构的结合，结合得比较好。当年，因为这个书出来没有人认可，因为那个时候大家都认可雨果的作品，都认可巴尔扎克的作品，都认为司汤达的作品有点另类，司汤达唉声叹气说，我的小说可能要等到1935年才会被人认的。但是没有过多久，就有一些人为他的小说进行了阐释，他的小说就成功了。

（四）长篇小说的人物设置

除了结构，长篇小说第二种重要的要素是人物。人物是灵魂，结构是基础。你要选什么样的人物？首先我要说一点，长篇小说的主要人物一定是社会主角，不是主角不行。像现在，为什么官场小说，还有财经小说的读者比较多呢？因为现在就是官员和有钱人是现在这个时代引人注目的角色，长篇小说里面的主要人物都应该是当时的主角。你来写的话，为什么你非要选一个很边缘的主角呢？

你选择哪些人来写？我觉得你要是人物选不准，就不对了。你们读没读过最近几年非常火的、一位小桥老树写的《侯卫东官场笔记》。很多人都把它当成一个官场小说，它当然不仅仅是官场小说。当然他现在写着写着有点出现败笔了，这个原因有很多。我说他的小说就是线状结构，他是以侯卫东毕业，然后分到一个上青林乡，然后从底层一步一步地往上奋斗往上爬，一直到他当了县委书记这个级别，小说都写得相当精彩。

这位作家找到的这个人物是这个时代的主角，他的这个结构是符合我刚才说的优秀的长篇小说的结构。所以说这个作者虽然没写过什么东西，他一写，你看现在，好像这套书已经发了有几百万套了。这个人是重庆那边的一个区的局长，现在还在位。他应该是70年前后出生的，小桥老树的真名我不知道，照片也没有，哪儿的人都不知道。还有一个寒川子，就是《鬼谷子的局》的作者，他写的是历史小说。1998年之前，他是搞翻译的。1998年的时候我第一次到上海，我碰见他，他那个时候送给我四本书，是他翻译的西方的性学著作。那天晚上翻了一本，我认为文字很好，就跟他说：你可以写长篇小说。三年之后我见他，他已经拿出来了，就是《鬼谷子的局》，原来叫《战国纵横》，已经出了两本。他后来又写了一个八十万字的小说《四棵杨》。为什么要跟你们谈这个事儿呢？因为寒川子虽也是第一次写长篇小说，但他知道选取战国时期最有风采的三十年，以鬼谷子和他的四个弟子来结构当时的战国。他的成功，是合乎优秀长篇小说规律创作的结果。

（五）怎样创作优秀的长篇小说？

在当下，怎么样才能够写出优秀长篇小说？第一，必须正确认识这个时代。这是第一，你必须正确认识这个时代。在这个正确认识当中，我要在这儿提醒的第一点，就是我们这个现实，现在极端复杂，你如果是认识不正确，你容易被别的牵着鼻子走。

所以说，如果要光看这些的话，贪腐简直是严重透顶。还有一个你要看我们这几天的 APEC 的会，我们现在中国有多牛，想让天蓝，雾霾都不敢来。现在是一个极其复杂，不停地呈现，如果你没有一个好的眼力，你什么都看不清，所以刚才为什么我要给大家分析分析习总书记的讲话的几个要义，你那些没有的话，你根本写不了今天的中国，以前说文分两派嘛，歌德派和缺德派，还有一个叫糟得很，好得很。这两种态度都不可取。

这些年因为"彭宇案"，因为你们都是司法口，公安口，政法口的，对这个案不陌生，这个案改变了社会很多东西。彭宇到底碰没碰到老太太，现在成为一个罗生门。我说的是："彭宇案"这个判例的结果使大家都看到的，愈演愈烈的老太太倒地没人敢扶，老太太倒了又讹人。有一些也就是"高玉伦案"前后，有一个也让中国很丢人的事儿发生了，在上海的一个地铁，都有截图的，一个老外倒在车厢里面，一分四十多秒，这个车厢跑得一个人都没有，只剩这一个人倒这儿。你说这个中华民族，如果是光看这些，真的让人绝望。所以我说现在这个现实极端的复杂。它正好呈现多维状态，正好是能够整出来伟大长篇小说的这些素材。

你说你怎么认识？偏了不行。再举一个例子，上个前天，一个光棍节，马云他给我们中国给世界造了一个，淘宝给造了一个节日，叫光棍节。光棍节他整完了之后，而且电影也开始整这个事儿。他前年卖是一百五十九亿，去年三百五十亿，今年五百七十一亿，就二十四小时！这个事，网上骂的居多，骂马云的这个事儿居多，有的人说都是骗人的，平时都是这个价，他又涨价了，又怎么着了。但是为什么都是涨价了，为什么这么多人还能去买呢？而且都要在那一天去抢，抢那个沙发干吗呢？所以说，你必须练就自己火眼金睛的功夫，要去发现正确的归你所用的东西。

这个火眼金睛是怎么练呢？我认为首先一点，你要看这样的一个主潮，这样才能把握住根本的东西。

从马云的这个淘宝，这个光棍节，从他无中生有，由小变大，就这个事儿，有很多人骂，但是你没有挡住他前进的步伐，他就是顺应了这个时代。他顺应了在这个传统的商务向电子商务过渡时期，他得风气之先，而且他敢于下手。当然现在我们有很多人，说是那里面掌控阿里巴巴的，背后是一个日本人。实际上是一个日本籍的韩国人，心里又不愤，但是当年有谁能预测到马云能发展到今天？没给人家投资只能说你没有眼光。

火眼金睛要看主要方面是怎么走的，你说 ebay 等网购平台，我的故乡在南阳镇平，原来有很多人在做网上生意，他们有一些是玩诈骗的，有一些是得这个风气之先，早早搞网购，前几年他在 ebay 网上做，光做皮夹克他一年赚了六百多万。

还有，你首先要正面认识，就像鲁迅先生讲的立论。你一来就说人家的孩子要死了，你这个改革开放要夭折了，你老唱衰中国，这是不合适的。你现在认识这个时代，你首先的定位这样一个时代是一个伟大的太平盛世，至少是一个伟大时代的开端。当然，这样一个时代有很多不如意的地方，我们每个人都能够感受到，现在生活给你带来方方面面的压力。但是这种压力，我觉得你作为一个作家应该怎么看？我要给大家提醒两点，一个就是看它的主流，第二，要从正面看，以这个为出发点来研究他。第三必须有能力准确地来描绘这个时代。你得有这个能力，你没有这个能力，你得练。我是说，第一，刚才按照我说的长篇小说的三个最重要的要件，一个是结构、人物和语言。从这个方面，要从基本功上先练一练，练练手再说。第二，就是要下大决心，下大气力，写中国的故事，讲中国的故事。讲既古老的中国又兼具现代性的中国。

我想把莫言的小说给大家举举例子。莫言的东西大家都很熟了，所以我简单讲一下。莫言实际上他为什么能得诺贝尔奖？他原来刚开始是写短篇小说、中篇小说，后来主攻长篇小说。在整个 90 年代，江南才子们都不去再搞先锋了，而那个时候学习西方的作家们也都回归传统了。但那个时候莫言写了《食草家族》，写了《酒国》，写了好几个锻炼长篇小说技术层面的东西，一个人独自前行，搞了十年，终于就连西方人在那个时候都看他的《食草家族》。我们中国作家应该学习他前卫的开创精神，以及精研小说技法这样一种刻苦精神和原创性。到了 2000 年，他就写出了《檀香刑》。《檀香刑》在我看来，放到世界范围内都是一部伟大的长篇小说。

2000 年年初，我当时曾经写阿来《尘埃落定》的评论文章的时候，我就曾经预言说未来十五年，中国有两个作家可能会得诺贝尔文学奖，我说莫言最有可能，其次就是阿来。到了 2001 年我写了一个文章《永垂不朽的声音》，我写莫言，评他的《檀香刑》，我说在读《檀香刑》之前，我曾经说过在十五年之内，莫言有可能得诺贝尔文学奖，现在我改变一个说法，我说有了《檀香刑》，莫言得不得诺贝尔文学奖已经无所谓了，如果他不得，是诺贝尔文学奖的遗憾。

莫言写的都是中国故事，后来的像他的《蛙》，写的是我们计划生育这种的国策，他已经进入一个自由王国。他的创作进行到现在的过程也很漫长，他成为一个大师也不是一蹴而就的。

　　最后我简单解释一下，我为什么今天跟你们讲这么多呢？因为公安题材的东西大有作为，大家看一下，我们有多少伟大的长篇小说，伟大的作品，都是从案件开始的。《红与黑》是一个案件吧，《罪与罚》是一个案件吧，包括《安娜·卡列尼娜》，她卧轨自杀也是一个治安案件！因为我认为社会治安这个领域有太激烈的故事，我刚才说了那么多矛盾，社会那么复杂，它冲撞的结果你一般人后来都是忍着了，如果不忍耐，就会以激烈的方式发生冲突，就成了案件。如果你们能把激烈冲突都写出来，把内里的矛盾表达出来，这就是好作品。你们都是警察，你们和一般意义上的作家，或者说以后想当大作家的那些人不一样，你们所涉及的这些事儿足以让你们里面有人能够成大作家的。

　　谢谢大家！

建构时期的中国城市文学

孟繁华

　　非常高兴到鲁22和大家一起讨论我们共同关心的当下文学状况。我们知道，在一次课上要把当下文学状况讲清楚是不可能的。因此，我们只能讲其中的一个方面。百年来，由于中国的社会性质和特殊的历史处境，乡土文学和农村题材一直占据着中国文学的主流地位。这期间虽然也有变化或起伏变动，但基本方向并没有改变。即便是在新世纪发生的"底层写作"，其书写对象也基本在乡村或城乡交界处展开。但是，近些年来，作家创作的取材范围开始发生变化，不仅一直生活在城市的作家以敏锐的目光努力发现正在崛起的新文明的含义或性质，而且长期从事乡村题材写作的作家也大都转身书写城市题材。这里的原因当然复杂。一个方面，根据国家公布的城镇化率计算，2011年我国城镇人口超过了农村人口。这个人口结构性的变化虽然不足以说明作家题材变化的原因，但可以肯定的是，城市人口的激增，也从一个方面加剧了城市原有的问题和矛盾。比如就业、能源消耗、污染、就学、医疗、治安等。文学当然不是处理这些事务的领域，但是，这些问题的积累和压力，必定会影响到世道人心，必定会在某些方面或某种程度上催发或膨胀人性中不确定性的东西。而这就是文学书写和处理的主要对象和内容。当下作家的主力阵容也多集中在城市，他们对城市生活的切实感受，是他们书写城市生活最重要的依据。

　　我曾分析过乡村文明崩溃后新文明的某些特征：这个新的文

明我们暂时还很难命名。这是与都市文明密切相关又不尽相同的一种文明，是多种文化杂糅交汇的一种文明。我们知道，当下中国正在经历着不断加速的城市化进程，这个进程最大的特征就是农民进城。这是又一次巨大的迁徙运动。历史上我们经历过几次重大的民族大迁徙，比如客家人从中原向东南地区的迁徙、锡伯族从东北向新疆的迁徙、山东人向东北地区的迁徙等。这些迁徙几乎都是向边远、蛮荒的地区流动。这些迁徙和流动起到了文化交融、边地开发或守卫疆土的作用，并在当地构建了新的文明。但是，当下的城市化进程与上述民族大迁徙都非常不同。如果说上述民族大迁徙都保留了自己的文化主体性，那么，大批涌入城市的农民或其他移民，则难以保持自己的文化主体性，他们是城市的"他者"，必须想尽办法尽快适应城市并生存下来。流动性和不确定性是这些新移民最大的特征，他们的焦虑、矛盾以及不安全感是最鲜明的心理特征。这些人改变了城市原有的生活状态，带来了新的问题。正是这多种因素的综合，正在形成以都市文化为核心的新文明。

这一变化在文学领域各个方面都有反应。比如评奖——2012年《中篇小说选刊》公布了2010—2011年度古井贡杯全国优秀中篇小说获奖作品：蒋韵的《行走的年代》、陈继明的《北京和尚》、叶兆言的《玫瑰的岁月》、余一鸣的《不二》、范小青的《嫁入豪门》、迟子建的《黄鸡白酒》六部作品获奖；第四届"茅台杯"《小说选刊》年度大奖获奖作品是中篇小说：戈舟的《等深》、方方的《声音低回》、海飞的《捕风者》；短篇小说是范小青的《短信飞吧》、裘山山的《意外伤害》、女真的《黑夜给了我明亮的眼睛》。这些作品居然没有一部是农村或乡土题材的。这两个例证可能有些偶然性或极端化，而且这两个奖项也不是全国影响最大的文学奖，但是，它的"症候"性却不作宣告地证实了文学新变局的某些方面。

在我看来，当代中国的城市文化还没有建构起来，城市文学也在建构之中。这里有两个方面的原因：一是建国初期的五六十年代，我们一直存在着一个"反城市的现代性"。反对资产阶级的香风毒雾，主要是指城市的"资产阶级"生活方式，因此，从50年代初期批判萧也牧的《我们夫妇之间》，到话剧《霓虹灯下的哨兵》《千万不要忘记》等的被推崇，反映的都是这一意识形态，也就是对城市生活的警觉和防范。在这样的政治文化背景下，城市文学的生长几乎是不可能的。第二，现代城市文学从某种意义上说是"贵族文学"，没有贵族，就没有文学史上的现代城市文学。不仅西方如此，中国依然如此。"新感觉派"、张爱玲的小说以及曹禺的《日出》、白先勇的《永远的尹雪艳》等，都是通过"贵族"或"资产阶级"生活来反映城市生活的；虽然老舍开创了表现北京平民生活的小说，并在今天仍然有回响，比如刘恒的《贫嘴张大民的幸福生活》，但对当今的城市生活来说，已经不具有典型性。王朔的小说虽然写的是北京普通青年生活，但王朔的嬉笑怒骂调侃讽喻，隐含了明确的精英批判意识和颠覆诉求。因此，如何建构起当下中国的城市文化经验——如同建构稳定的乡土文化经验一样，城市文学才能够真正地繁荣发达。尽管如此，我们还是看到了作家对都市生活顽强的表达——这是艰难探寻和建构中国都市文学经验的一部分。

表面看，官场、商场、情场、市民生活、知识分子、农民工等，都是与城市文学相关的题材。当下中国的城市文学也基本是在这些书写对象中展开的。一方面，我们应该充分肯定当下城市文学创作的丰富性。在这些作品中，我们有可能部分地了解了当下中国城市生活的面貌，帮助我们认识今天城市的世道人心及价值取向；另一方面，我们也必须承认，建构时期的中国城市文学，也确实表现出了它过渡时期的诸多特征和问题。探讨这些特征和问题，远比作出简单的好与不好的判断更有意义。在我看来，城市文学尽管已经成为这个时代文学创作的主流，但是，它的热闹和繁荣也仅仅表现在数量和趋向上。中国城市生活最深层的东西还是一个隐秘的存在，最有价值的文学形象很可能没有在当下的作品中得到表达，隐藏在城市人内心的秘密还远没有被揭示出来。具体地说，当下城市文学的主要问题是：

一、城市文学还没有表征性的人物

今天的城市文学，有作家、有作品、有社会问题、有故事，但就是没有这个时代表征性的文学人物。文学史反复证实，任何一个能在文学史上存留下来并对后来的文学产生影响的文学现象，首先是创造了独特的文学人物，特别是那些"共名"的文学人物。比如法国的"局外人"、英国的"漂泊者"、俄国的"当代英雄""床上的废物"、美国的"遁世少年"等人物，代表了西方不同时期文学成就。如果没有这些人物，西方文学的巨大影响就无从谈起；当代中国"十七年"文学，如果没有梁生宝、萧长春、高大泉这些人物，不仅难以建构起社会主义初期的文化空间，甚至也难以建构起文学中的社会主义价值系统；新时期以来，如果没有知青文学、"右派文学"中的受难者形象，以隋抱扑为代表的农民形象，现代派文学中的反抗者形象，"新写实文学"中的小人物形象，以庄之蝶为代表的知识分子形象，王朔的"顽主"等，也就没有新时期文学的万千气象。但是，当下的城市文学虽然数量巨大，我们却只见作品不见人物。"底层写作""打工文学"整体上产生了巨大的社会效应，但它的影响基本是文学之外的原因，是现代性过程中产生的社会问题。我们还难以从中发现有代表性的文学人物。因此，如何创作出城市文学中的具有典型性的人物，比如现代文学中的白流苏、骆驼祥子等，是当下作家面临的重要问题。当然，没落贵族的旧上海、平民时代的老北京，已经成为过去。我们正在面临和和经历的新的城市生活，是一个不断建构和修正的生活，它的不确定性是最主要的特征。这种不确定性和复杂性对生活其间的人们来说，带来了生存和心理的动荡，熟悉的生活被打破，一种"不安全"感传染般地在弥漫；另一方面，不熟悉的生活也带来了新的机会，一种跃跃欲试、以求一逞的欲望也四处滋生。这种状况，深圳最有代表性。彭名燕、曹征路、邓一光、李兰妮、南翔、吴君、谢宏、蔡东、毕亮等几代作家，正在从不同的方面表达对深圳这座新城市的感受，讲述着深圳不同的历史和现在。他们创作的不同特点，从某个方面也可以说是当下中国城市文学的一个缩影。因此，深圳文学对当下中国文学而言，它的症候性非常具有代表性。这些优秀的作家虽然还没有创作出令人震撼的、具有普遍意义的人物形象，但是，他们积累的城市文学创作经验，预示了他们在不远的将来终会云开日出柳暗花明。

但是，就城市文学的人物塑造而言，普遍的情况远不乐观。更多的作品单独来看都是很好的作品，都有自己的特点和发现。但是，如果整体观察的时候，这个文学书写的范畴就像北京的雾霾一样变得极端模糊。或许，这也是批评界对具体的作家肯定，对整体的文学持有批评的依据之一。事实也的确如此。比如鲁敏，绝对是一个优秀作家，她的许多作品频频获奖已经从一个方面证实了这个说法并非虚妄。但是，她转型书写城市文学之后，总会给人一种勉为其难的感觉。比如她的《惹尘埃》，是一篇典型的书写都市兰活的小说：年轻的妇人肖黎患上了"不信任症"："对目下现行的一套社交话语、是非标准、价值体系等等的高度质疑、高度不合作，不论何事、何人，她都会敏感地联想到欺骗、圈套、背叛之类，统统投以不信任票。"肖黎并不是一个先天的"怀疑论者"，她的不信任缘于丈夫的意外死亡。丈夫两年半前死在了城乡交接处的"一个快要完工，但突然塌陷的高架桥下"，他是大桥垮塌事件惟一的遇难者。就是这样一个意外事件，改变了肖黎的"世界观"：施工方在排查了施工单位和周边学校、住户后，没有发现有人员伤亡并通过电台对外作了"零死亡"的报道。但是死亡的丈夫终于还是被发现，这对发布"零死亡"的人来说遇到了麻烦。于是他们用丈夫的电话给肖黎打过来，先是表示抚慰，然后解释时间："这事情得层层上报，现场是要封锁的，不能随便动的，但那些记者们又一直催着，要统一口径、要通稿，我们一直是确认没有伤亡的"；接着是地点，"您的丈夫'不该'死在这个地方，当然，他不该死在任何地方，他还这么年轻，请节哀顺变……我们的意思是，他的死跟这个桥不该有关系、不能有关系"；然后是"建议"："你丈夫已经去了，这是悲哀的，也不可更改了，但我们可以把事情尽可能往好的方向去发展……可不可以进行另一种假设？如果您丈夫的死亡跟这座高架桥无关，那么，他会因为其他的什么原因死在其他的什么地点吗？比如，因为工作需要，他外出调查某单位的税务情况、途中不幸发病身亡？我们想与你沟通一下，他是否可能患有心脏病、脑血栓、眩晕症、癫痫病……不管哪一条，这都是因公死亡……"接着还有"承诺"和巧妙的施压。这当然都是阴谋，是弥天大谎。处在极度悲痛中的肖黎，又被这惊人的冷酷撕裂了心肺。

　　但是，事情到这里远没有结束——肖黎要求将丈夫的随身物品还给她，钥匙、手机、包等。当肖黎拿到丈夫的手机后，她发现了一条信息和几个未接的同一个电话。那条信息的署名是"午间之马"。"肖黎被'午间之马'击中了，满面是血，疼得不敢当真。这伪造的名字涵盖并揭示了一切可能性的鬼魅与欺骗。"正是这来自于社会和丈夫的两方面欺骗，使肖黎患上了"不信任症"。不信任感和没有安全感，是当下人们普遍的心理症候，而这一症候又反过来诠释了这个时代的病症。如果对一般人来说这只是一种感受的话，那么对肖黎来说就是切肤之痛了。于是，"不信任症"真的就成了一种病症，它不只是心理的，重要的是它要诉诸生活实践。那个年过七十的徐医生徐老太太，应该是肖黎的忘年交，她总是试图帮助肖黎开始"新生活"，肖黎的拒绝也在意料和情理之中。落魄青年韦荣以卖给老年人保健品为生，在肖黎看来这当然也是一个欺骗的行当。当肖黎勉为其难地同意韦荣住进她的地下室后，韦荣的日子可想而知。他屡受肖黎的刁难、质问甚至侮辱性的奚落。但韦荣只是为了生活从事了这一职业，他并不是一个坏人或骗子。倒是徐老太太和韦荣达观的生活态度，最后改变了肖黎。当徐老太太已经死去、韦荣已经远去后，小说结尾有这样一段议论：

> 也许，怀念徐医生、感谢韦荣是假，作别自己才是真——对伤逝的纠缠，对真实与道德的信仰，对人情世故的偏见，皆就此别过了，她将会就此踏入那虚实相间、富有弹性的灰色地带，与虚伪合作，与他人友爱，与世界交好，并欣然承认谎言的不可或缺，它是建立家国天下的野心，它是构成宿命的要素，它鼓励世人对永恒占有的假想，它维护男儿女子的娇痴贪，它是生命中永难拂去的尘埃，又或许，它竟不是尘埃，而是菌团活跃、养分丰沛的大地，是万物生长之必须，正是这谎言的大地，孕育出辛酸而热闹的古往今来。

"惹尘埃"就是自寻烦恼和自己过不去吗？如果是这样，这篇小说就是一部劝诫小说，告诫人们不要"惹尘埃"；那么，小说是要人们浑浑噩噩得过且过吗？当然也不是。《惹尘埃》写出了当下生活的复杂以及巨大的惯性力量。有谁能够改变它呢？流淌在小说中的是一种欲说还休无奈感。而小说深深打动我们的，还是韦荣对肖黎那有节制的温情。这些都毋庸置疑地表明《惹尘埃》是一部好小说，它触及的问题几乎就要深入到社会最深层。但是，放下小说以后，里面的人物很难让我们再想起——作家更多关注的是城市的社会问题，而人物性格的塑造却有意无意地被忽略了。类似的情况我们在很多优秀作家的作品都可以看。一方面，文学在今天要创作出具有"共名"性的人物，确实并非易事。90 年代以来社会生活和文化生活的多样性和多元性，使文学创作主题的同一性成为不可能，那种集中书写某一典型或类型人物的时代已经过去。但是，更重要的问题可能还是作家洞察生活能力以及文学想象力的问题。同样是 90 年代，《废都》中的庄之蝶及其女性形象，还活在今天读者的记忆中。就是因为贾平凹在 90 年代发现了知识分子精神的幻灭惊天秘密，他通过庄之蝶将一个时代的巨大隐秘表现出来，一个"共名"的人物就这样诞生了。李佩甫《羊的门》中的呼天成、阎真《沧浪之水》中的池大为等人物，同样诞生于 90 年代末期就是有力的佐证。因此，社会生活的多样性、文化生活的多元性，只会为创作典型人物或"共名"人物提供更丰饶的土壤，而绝对不会构成障碍。

二、城市文学没有青春

90 年代以后，当代文学的青春形象逐渐隐退以致面目模糊。青春形象的退隐，是当下文学的被关注程度不断跌落的重要原因之一，也是当下文学逐渐丧失活力和生机的佐证。也许正因为如此，方方的《涂自强的个人悲伤》发表以来，引起了强烈的反响，在近年来的小说创作中并不多见。"涂自强的个人悲伤"打动了这么多读者的心，特别是青年读者的心，重要的原因就是方方重新接续了百年中国文学关注青春形象的传统，并以直面现实的勇气，从一个方面表现了当下中国青年的遭遇和命运。

涂自强是一个穷苦的山里人家的孩子。他考取了大学。但他没有，也不知道"春风得意马蹄疾，一日看遍长安花"的心境。全村人拿出一些零散票子，勉强凑了涂自强的路费和学费，他告别了山村。从村长到乡亲都说：念大学，出息了，当大官，让村里过上好日子。哪怕只是修条路。"涂自强出发那天是个周五。父亲早起看了天，说了一句，今儿天色好出门。屋外的天很亮，两架大山耸着厚背，却也遮挡不住一道道光明。阳光轻松地落在村路上，落得一地灿烂。山坡上的绿原本就深深浅浅，叫这光线一抹，仿佛把绿色照得升腾起来，空气也似透着绿。"这一描述，透露出的是涂自强、父亲以及全村的心情，涂自强就要踏上一条有着无限未来和期许的道路了。但是，走出村庄之后，涂自强必须经历他虽有准备，但一定是充满了无比艰辛的道路——他要提早出发，要步行去武汉，要沿途打工挣出学费。于是，他在餐馆打工，洗过车，干各种杂活，同时也经历了与不同人的接触并领略了人间的暖意和友善，他终于来到学校。大学期间，涂自强在食堂打工，做家教，没有放松一分钟，不敢浪费一分钱。但即将考研时，家乡因为修路挖了祖坟，父亲一气之下大病不起最终离世。毕业了，涂自强住在又脏又乱的城乡交接处。然后是难找工作，被骗，欠薪；祸不单行的是家里老屋塌了，母亲伤了腿。出院后，跟随涂自强来到武汉。母亲去餐馆洗碗，做家政，看仓库，扫大街，和涂自强相依为命勉强度日。最后，涂自强积劳成疾，在医院查出肺癌晚期。他只能把母亲安置在莲溪寺——

> 涂自强看着母亲隐没在院墙之后，他抬头望望天空，好一个云淡风轻的日子，这样的日子怎么适合离别呢？他黯然地走出莲溪寺。沿墙行了几步，脚步沉重得他觉得自己已然走不动路。便蹲在了墙根下，好久好久。他希望母亲的声音能飞过院墙，传达到他的这里。他跪下来，对着墙说，妈，不知道什么时候才能再见。妈，我对不起你。

此时涂自强的淡定从容来自于绝望之后，这貌似平静的诀别却如惊雷滚地。涂自强从家乡出发的时候是一个"阳光轻松地落在村路上，落得一地灿烂"的日子。此时的天空是一个"云淡风轻的日子"。从一地灿烂到云淡风轻，涂自强终于走完了自己年轻、疲惫又一事无成的一生。在回老家的路上，他永远离开了这个世界。小说送走了涂自强后说："这个人，这个叫涂自强的人，就这样一步一步地走出这个世界的视线。此后，再也没有人见到涂自强。他的消失甚至也没被人注意到。这样的一个人该有多么的孤单。他生活的这个世道，根本不知他的在与不在。"

读《涂自强的个人悲伤》，很容易想到 1982 年路遥的《人生》。80 年代是中国改革开放的初始时期，也是压抑已久的中国青年最为躁动和跃跃欲试的时期。改革开放的时代环境使青年，特别是农村青年有机会通过传媒和其他资讯方式了解了城市生活，城市的灯红酒绿和花枝招展总会轻易地调动农村青年的想象。于是，他们纷纷逃离农村来到城市。城市与农村看似一步之遥却间隔着不同的生活方式和传统，农村的前现代传统虽然封闭，却有巨大的难以超越的道德力量。高加林对农村的逃离和对农村恋人巧珍的抛弃，喻示了他对传统文明的道别和奔向现代文明的决绝。但城市对"他者"的拒绝是高加林从来不曾想象的。路遥虽然很道德化地解释了高加林失败的原因，却从一个方面表达了传统中国青年迈进"现代"的艰难历程。作家对"土地"或家园的理解，也从一个方面延续了现代中国作家的土地情结，或者说，只有农村和土地才是青年或人生的最后归宿。但事实上，农村或土地，是只可想象而难以经验的，作为精神归属，在文化的意义上只因别无选择。90 年代以后，无数的高加林涌进了城市，他们会遇到高加林的问题，但不会全部返回农村。"现代性"有问题，但也有它不可阻挡的巨大魅力。另一方面，高加林虽然是个"失败者"，但我们可以明确地感觉到高加林未作宣告的巨大"野心"。他虽然被取消其公职，被重又打发回到农村，恋人黄亚萍也与其分手，被他抛弃的巧珍早已嫁人，高加林失去了一切，独自一身回到农村，扑倒在家乡的黄土地上。但是，我们总是觉得高加林身上有一股"气"，这股气相当混杂，既有草莽气也有英雄气，既有小农气息也有当代青年的勃勃生机。因此，路遥在讲述高加林这个人物的时候，他怀着抑制不住的欣赏和激情。高加林给人的感觉是总有一天会东山再起卷土重来。

但是涂自强不是这样。涂自强一出场就是一个温和谨慎的山村青年。这不只是涂自强个人性格使然，他更是一个时代青春面貌的表征。这个时代，高加林的性格早已终结。高加林没有读过大学，但他有自己的目标和信念：他就是要进城，而且不只是做一个普通的市民，他就是要娶城里的姑娘，为了这些甚至不惜抛弃柔美多情的乡下姑娘巧珍。高加林内心有一种不达目的不罢休的"狠劲"，这种性格在乡村中国的人物形象塑造中多有出现。但是，到涂自强的时代，不要说高加林的"狠劲"，就是合理的自我期许和打算，已经显得太过奢侈。比如《人生》中的高加林轰轰烈烈地谈了两场恋爱，他春风得意地领略了巧珍的温柔多情和黄亚萍的热烈奔放。但是，可怜的涂自强呢，那个感情很好的女同学采药高考落榜了，分别时只是给涂自强留下一首诗："不同的路／是给不同的脚走的／不同的脚／走的是不同的人生／从此我们就是／各自路上的行者／不必责怪命运／这只是我的个人悲伤"。涂自强甚至都没来得及感伤就步行赶路去武汉了。对一个青年而言，还有什么能比没有爱情更让人悲伤无望呢，但涂自强没有。这不是作家方方的疏漏，只因为涂自强没有这个能力甚至权利。因此，小说中没有爱情的涂自强只能更多将情感倾注于亲情上。他对母亲的爱和最后诀别，是小说最动人的段落之一。方方说："涂自强并不抱怨家庭，只是觉得自己运气不好，善良地认为这只是'个人悲伤'。他非常努力，方向非常明确，理想也十分具体。"但结果却是，一直在努力，从未得到过。其实，他拼命想得到的，也仅仅是能在城市有自己的家、让父母过上安定的生活——这是有些人生来就拥有的东西。然而，最终夭折的是不仅是理想，还有生命。过去我们认为，青春永远是文学关注的对象，是因为这不仅缘于年轻人决定着不同时期的社会心理，同时还意味着他们将无可置疑地占领着未来。但是，从涂自强还是社会上的传说到方方小说中的确认，我们不得不改变过去的看法：如果一个青年无论怎样努力，都难以实现自己哪怕卑微的理想或愿望，那么，这个社会是大有问题的，生活在这个时代的青年是没有希望的。从高加林时代开始，青年一直是"落败"的形象——高加林的大起大落、现代派"我不相信"的失败"反叛"一直到各路青春的"离经叛道"或"离家出走"，青春的"不规则"形状决定了他们必须如此，如果不是这样那就不是青春。他们是"失败"的，同时也是英武的。但是，涂自强是多么规矩的青年啊，他没有抱怨、没有反抗，他从来就没想做一个英雄，他只想做一个普通人，但是命运还是不放过他直至将他逼死，这究竟是为什么！一个青年努力奋斗却永远没有成功的可能，扼制他的隐形之手究竟在哪里，或者究竟是什么力量将涂自强逼到了万劫不复的境地？一个没有青春的时代，就意味着是一个没有未来的时代。方方的这部作品从一个方面启示我们，关注青春是城市文学的重要方面，特别是从乡村走向城市的青年，不仅为文学提供了丰饶的土壤，更重要的是，从乡村走向城市，也是当今中国社会的一个巨大隐喻。我甚至隐约感觉到，中国伟大的文学作品，很可能产生在从乡村到城市的这条道路上。高加林、涂自强都是这样的青年。

三、城市文学的"纪实性"困境

百年中国特殊的历史处境，决定了中国文学与现实的密切关系。如果有点历史感，我们都会认为文学的这一选择没有错误。当国家民族处在风雨飘摇危在旦夕的时刻，作家自觉地选择了与国家民族同呼吸共命运，这是百年中国文学值得引以为荣的伟大传统。

但是，文学毕竟是一个虚构领域，想象力毕竟还是文学的第一要义。因此，没有大规模地受到浪漫主义文学洗礼的中国文学，一直保持着与现实的"反映"关系，使文学难以"飞翔"而多呈现为写实性。只要我们看看"底层写作"和"打工文学"，它的非虚构性质或报告文学特征就一目了然。

关仁山是当下最活跃、最勤奋的作家之一。在我看来，关仁山的价值还不在于他的活跃和勤奋，而是他对当下中国乡村变革——具体地说是对冀东平原乡村变革的持久关注和表达。因此可以说，关仁山的创作是与当下中国乡村生活关系最为密切的和切近的创作。自"现实主义冲击波"以来，关仁山的小说创作基本集中在长篇上，中、短篇小说写得不多。现在要议论的这篇《根》是一部短篇小说，而且题材也有了变化。

小说的内容并不复杂：女员工任红莉和老板张海龙发生了一夜情——但这不是男人好色女人要钱的烂俗故事。老板张海龙不仅已婚，而且连续生了三个女儿。重男轻女、一心要留下"根儿"的张海龙怀疑自己的老婆再也不能生儿子了，于是，他看中了女员工任红莉，希望她能给自己带来好运——为自己生一个儿子。任红莉也是已婚女人，她对丈夫和自己生活的评价是：他"人老实、厚道，没有宏伟的理想，性格发闷，不善表达。他目光迷茫，听说落魄的人都是这样目光。跟这种男人生活在一起，非常踏实。就算他知道自己女人有了外遇，他也不会用这种以牙还牙的方式。他非常爱我，我在他心中的地位，谁也无法动摇。我脾气暴躁，他就磨出一副好耐性。为了维持家庭的和谐，他在很多方面知道怎样讨好我，即便有不同意见，他也从来不跟我当面冲突。其实，他一点不窝囊，不自卑，嘴巴笨，心里有数，甚至还极为敏感。我不用操心家里的琐碎事。生活清贫、寒酸、忙乱，但也有别样的清静、单纯"。但是任红莉毕竟还是出轨了。任红莉的出轨最根本的原因还是利益的问题，而不是做一个代孕母亲。张海龙多次说服和诱惑后，任红莉终于想通了："换个角度看问题，一种更为广阔的真实出现在我的视野。刹那间，我想通了，如今人活着，并不只有道德一个标准吧？并不是违背道德的人都是坏人。我心里储满了世俗和轻狂。我和阎志的爱情变得那样脆弱、轻薄。我们的生存面临困境了，牟利是前提，人们现在无处不在地相互掠夺与赚钱。赚钱的方式，是否卑鄙可耻，这另当别论了。他没有本事，我怎能袖手旁观？从那一天开始，恐惧从我的心底消失了。这一时期，我特别讨厌以任何道德尺度来衡量自己的思想和行为。可是，有另外一种诱惑吸引着我。资本像个传说，虽然隐约，却风一样无处不在。一种致命的、丧失理智的诱惑，突然向我袭来了。我似乎抓住了救命稻草，我要给张海龙生个孩子。"

　　任红莉终于为张海龙生了孩子。不明就里的丈夫、婆婆的高兴可想而知；张海龙的兴奋可想而知。任红莉也得到了她想得到的东西，似乎一切都圆满。但是，面对儿子、丈夫、张海龙以及张海龙的老婆，难以理清的纠结和不安的内心，在惊恐、自责、幻想等各种心理因素的压迫左右下，任红莉终于不堪重负成了精神病人。关仁山的这篇小说要呈现的就是任红莉怎样从一个健康的人成为一个精神病人的。苏珊·桑塔格有一本重要的著作——《疾病的隐喻》，收录了两篇重要的论文："作为隐喻的疾病"及"艾滋病及其隐喻"。桑塔格在这部著作中反思批判了诸如结核病、艾滋病、癌症等疾病，如何在社会的演绎中一步步隐喻化的。这个隐喻化就是"仅仅是身体的一种病"如何转换成了一种社会道德批判和政治压迫的过程。桑塔格关注的并不是身体疾病本身，而是附着在疾病上的隐喻。所谓疾病的隐喻，就是疾病之外的具有某种象征意义的社会压力。疾病属于生理，而隐喻归属于社会意义。在桑塔格看来，疾病给人带来生理、心理的痛苦之外，还有一种更为可怕的痛苦，那就是关于疾病的意义的阐释以及由此导致的对于疾病和死亡的态度。

任红莉的疾病与桑塔格所说的隐喻构成了关系，或者说，任红莉的疾病是违背社会道德的直接后果。值得注意的是，这个隐秘事件导致的病患并不是缘于社会政治和道德批判的压力，而恰恰是来自任红莉个人内心的压力。在这个意义上说，任红莉还是一个良心未泯、有耻辱心、负罪感的女人。任红莉代人生子并非主动自愿，作为一个女人，她投身社会的那一刻，她的身体也同时被男性所关注，因此，从某种意义上说，对女性身体的争夺是历史发展的一部分。《根》中描述的故事虽然没有公开争夺女性的情节，但暗中的争夺从一开始就上演并愈演愈烈。值得注意的是，男人与女人的故事历来如此，受伤害的永远是女人。但话又说回来，假如任红莉对物质世界没有超出个人能力的强烈欲望，假如这里没有交换关系，任红莉会成为一个精神病人吗？关仁山在《根》中讲述的故事对当下生活而言当然也是一个隐喻——欲望是当下生活的主宰，欲望在推动着生活的发展，这个发展不计后果但没有方向，因此，欲望如果没有边界的话就非常危险。任红莉尽管在周医生的治疗下解除或缓解了病情，但我们也知道，这是一个乐观或缺乏说服力的结尾——如果这些病人通过一场谈话就可以如此轻易地解除病患的话，那么，我们何妨也铤而走险一次？如是看来，《根》结尾的处理确实简单了些。从另一方面看，一直书写乡村中国的关仁山，能选择这一题材，显然也是对自己的挑战。

但是，值得我们进一步深究的是，生活中存在的"一夜情'在文学究竟应该怎样表达，或者说，这样的生活现象为文学提供了哪些"不可能"性。新世纪以来，关于"一夜情"的作品曾大行其道。比如《天亮以后说分手》的受欢迎程度在一个时期里几乎所向披靡，随之而来的《长达半天的快乐》《谁的荷尔蒙在飞》《我把男人弄丢了》《紫灯区》等也极度热销。这些作品从一个方面反映了年轻一代的价值观以及时代的文化氛围，同时也与市场需求不无关系。有人认为《天不亮就分手》与美国作家罗伯特·詹姆斯·沃勒的《廊桥遗梦》相类似，并断言"肯定没有人觉得它是一部庸俗低级的书"。这个判断显然是值得商榷的。《廊桥遗梦》作为通俗的文学读物，在美国也被称为"烧开水小说"。它的主要读者是无所事事的中年家庭妇女或家庭主妇，小说的整体构思都是为了适应这个读者群体设计。一个摄影艺术家与一个中年家庭主妇偶然邂逅并发生了几天的情感。但这个家庭主妇弗朗西斯卡最后还是回到了家庭，艺术家金凯在一个大雨滂沱的夜晚远走他乡。这个再通俗不过的故事，一方面满足了中年妇女婚外情的想象性体验，一方面又维护了美国家庭的尊严。因此，它的好莱坞式的情节构成虽然说不上"庸俗低级"，但肯定与高雅文学无关。在这个意义上，当下中国都市文学中关于"一夜情"的书写，甚至还没有达到西方"骑士文学"的水准，更不要说后来的浪漫主义文学了。因此，问题不在于是否写了"一夜情"，重要的是作家在这些表面生活背后还会为我们提供什么。当下都市文学在情感关系的书写上，还多处在类似《根》这样作品的水准，普遍存在的问题是还难以深入地表现这个时代情感关系攫取人心的东西。这一方面，应该说美国作家菲茨杰拉德的《了不起的盖茨比》还是给了我们巨大的启示。盖茨比与黛茜的故事本来是个非常普通的爱情故事。但作家的深刻就在于，盖茨比以为靠金钱、地位或巨大的物质财富就可以重温失去的旧梦，就可以重新得到曾经热恋的姑娘。但是盖茨比错了，为了追回黛茜他耗尽了自己的感情和一切，甚至葬送了自己的生命。他不仅错误地理解了黛茜这个女人，也错误地理解了他所处的社会。盖茨比的悲剧就源于他一直坚信自己编织的梦幻。但是，小说的动人之处就在于盖茨比的痴情，就在于盖茨比对爱情的心无旁骛。他几乎动用了所有的手段试图唤回黛西昔日的情感。他失败了。但成功的文学人物几乎都是失败者，因为他们不可能获得俗世的成功。有趣的是，这部写于1925年的小说，特别酷似情感生活失序的当下中国。可惜的是，关于爱情、关于人的情感世界与物质世界的关系，我们除了写下一堆艳俗无比的故事外，几乎乏善可陈。对生活表层的"纪实性"表现，是当下城市文学难以走出的困境之一。应该说菲茨杰拉德创造性地继承了浪漫主义的文学传统，他的想象力与深刻性几乎无与伦比。

因此，这个时候我们特别需要重温西方 19 世纪浪漫主义文学。勃兰兑斯在《十九世纪文学主流》中论述的"法国浪漫派""英国浪漫派""青年德意志"等涉及的作品，也许会为我们城市文学创作提供新的想象空间或启示。在这方面，一些书写历史的作品恰恰提供了值得注意的经验。比如蒋韵的《行走的年代》，这是一篇受到普遍好评的小说。如何讲述 80 年代的故事，如何通过小说表达我们对 80 年代的理解，就如同当年如何讲述抗日、反右和"文革"的故事一样。在 80 年代初期的中国文坛，"伤痕文学"既为主流意识形态所肯定，也在读者那里引起了巨大反响。但是，当一切尘埃落定之后，文学史家在比较中发现，真正的"伤痕文学"可能不是那些暴得大名声名显赫的作品，而恰恰是《晚霞消失的时候》《公开的情书》《波动》等小说。这些作品把"文革"对人心的伤害书写得更深刻和复杂，而不是简单的"政治正确"的控诉。也许正因为如此，这些作品才引起了激烈的争论。近年来，对 80 年代的重新书写正在学界和创作界展开。就我有限的阅读而言，《行走的年代》是迄今为止在这一范围内写得最好的一部小说。它流淌的气息、人物的面目，它的情感方式和行为方式以及小说的整体气象，将 80 年代的时代氛围提炼和表达得炉火纯青，那就是我们经历和想象的青春时节：它单纯而浪漫，决绝而感伤，一往无前头破血流。读这部小说的感受，就如同 1981 年读《晚霞消失的时候》一样让我激动不已。大四学生陈香偶然邂逅诗人莽河，当年的文艺青年见到诗人的情形，是今天无论如何都难以想象的：那不只是高不可攀的膜拜，还有发自内心的景仰，那个年代的可爱就在于那是可以义无反顾地以身相许。于是一切就这样发生了。没有人知道这是一个伪诗人伪莽河，他从此一去不复返。有了身孕的陈香只有独自承担后果；真正的莽河也行走在黄土高原上，他同样邂逅了一个有艺术气质的社会学研究生。这个被命名为叶柔的知识女性，像子君、像萧红、像陶岚、像丁玲，亦真亦幻，她是五四以来中国知识女性理想化的集大成者。她是那样爱着莽河，却死于意外的宫外孕大出血。两个女性，不同的结局相同的命运，但那不是一场风花雪月的事。因此，80 年代的浪漫在《行走的年代》中更具有女性气质：它理想浪漫却也不乏悲剧意味。当真正的莽河出现在陈香面前时，一切都真相大白。陈香坚持离婚南下，最后落脚在北方的一座小学。诗人莽河在新时代放弃诗歌走向商海，但他敢于承认自己从来就不是一个诗人，尽管他的诗情诗意并未彻底泯灭。他同样是一个诚恳的人。

《行走的年代》的不同，就在于它写出了那个时代的热烈、悠长、高蹈和尊严，它与世俗世界没有关系，它在天空与大地之间飞翔。诗歌、行走、友谊、爱情、生死、别离以及酒、彻夜长谈等表意符号，构成了《行走的年代》浪漫主义独特的气质。但是，当浪漫遭遇现实，当理想降落到大地，留下的仅是青春过后的追忆。那代人的遗产和财富仅此而已。因此，这是一个追忆、一种检讨，是一部"为了忘却的纪念"。那代人的青春时节就这样如满山杜鹃，在春风里怒号并带血绽放。不夸张地说，蒋韵写出了我们内心流淌却久未唱出的"青春之歌"。

如前所述，当下中国的城市文学如同正在进行的现代性方案一样，它的不确定性是最重要的特征。因此，在当下中国城市文学的写作，也是一个"未竟的方案"。它向哪个方向发展或最终建构成何等身影，我们只能拭目以待。

一是写什么，二是怎么写

贾平凹

文学上有些道理讲不出来，一讲出来就错了。

我一直认为写作基本上是一个作家给一部分人写的，你一个人写作不可能让大家都来认可，那是不可能的。川菜吧，有人爱吃有人不爱吃；粤菜吧，也有人爱吃有人不爱吃，他只给一部分人来负责，所以说各人的路数不一样、套路不一样，或者说品种不一样，我谈的不一定你能体会得了，你谈的不一定我能体会得了。所以我想这是讲文学时一个很为难的东西。

但是今天来了，我就讲一些我曾经在创作中感觉到困惑并在之后产生的一些体会吧。把这些体会讲出来，不一定讲得正确，因为这只是根据我的情况自己体会出的一些东西。

"写什么"的问题

搞创作的无非面临两件事情：一个是写什么。一个是怎么写。

我不想说文学观，不想说对世界的看法、对生命的看法，或者对目前社会怎么把握，咱都不说那些，我只谈搞创作的人经常面临的，起码是我以前在创作实践中自己摸索过来的，曾经搞不懂而琢磨过的一些事情，一个是写什么，一个是怎么写的问题。

关于"写什么"我大概从三个方面说一下：一是观念和认识；

二是题材；三是内容。

一、观念和认识

每个人开始写作的时候都是看了某一部作品产生了自己写作的欲望，不知道大家是不是，起码我是这样。随后在漫长的写作中，开始时一般只关注自己或自己周围作家的作品，这种情况也是特别正常的，但是如果写得久了、写得时间长了，特别是有了一定成绩以后，你才会发现文学的坐标其实一直都在那里，一个省有一个省的坐标，一个国家有一个国家的坐标，国际有国际的坐标，你才明白写作并不那么容易。

前几天马尔克斯去世了，当时听到这个消息以后自己心里也很悲哀。这些世界级的大作家，不管乔伊斯啊、福克纳啊、马尔克斯啊、卡夫卡啊等这些人，他们一直在给文学开路子，在改变文学的方向。一样都是搞文学的，这些人都想了些什么、做了些什么，作为我们这些小喽啰们应反思咱们又想了些什么、做了些什么。文学其实最后比的是一种能量，比的是人的能量。尤其是与这些大作家、巨匠们比起来，你才能明确文学到底是咋回事，这些人都是文学的栋梁之材，就像盖房子必须有四个柱子几个梁，这些人都是起这个作用的。

盖房子需要砖瓦泥土，咱现在搞创作基本上就是充当了这个砖瓦泥土的角色。但是在这个过程中，一定要思考人家这些大师当时是怎么想的？人家都写的啥东西？人家怎么思考的能把路子开通？人家在琢磨啥东西？人家作品是怎么写的？起码要有这种想法。

我说这个意思是写作一定要扩大思维，要明白文学是什么。作为你个人来讲，你要的是什么，能要到什么，这个方面起码心里要有个把握，当然好多人也问到过这个问题。

我年轻的时候也产生过一种疑惑，起码说我对文学也比较热爱，但最后能不能成功（当时我所谓的成功，在我心目中就是出几本书就算成功了。这成功和幸福指数一样，当然是根据个人来定的）？当时我自己也不知道，我请教过好多编辑，但是没有一个人认为你能写下去或者写不下去。后来我有一种想法，就是能不能把事情搞成，自己应该有一种感觉。这种感觉就像咱吃一碗饭一样，到谁家去，人家给你盛了一大碗饭，你肯定能感觉出自己能不能把它吃完，能吃完就把它端起来，吃不掉就拿过来赶紧先拨出去一点，只有那傻子本来只能吃半碗却端起来就吃，结果剩下半碗。事情能不能干成自己都有个感觉，自己对自己都有个把握。

刚才说那些个大作家，意思就是说在写作中要扩大自己的思维，明确文学到底是啥东西。这里边当然也牵扯到我刚才说的，你对整个世界是什么看法？你对这个社会是什么看法？你对人的生命是怎么体会的？这方面你起码得有自己的一些观念。起码作为创作的人来讲，你应该明白那到底是咋回事，然后在这个基础上你才能建立自己的文学观，而建立文学观了以后你就会明白：我要什么、我想要什么、我能要到什么。

我见过好多人太自信，觉得天下就是他的，觉得天下他写得最好，有的人是骨子里真诚地觉得自己了不起，五百年来天上地下无所不知无所不晓，文章写得最好，是骨子里散发出的那种自信，那其实还可爱得很；但有的就是偏执型的，老觉得自己写的是天下最好的小说，自己是最好的诗人，谁也批评不得，这方面我觉得要不得。你的文学观是什么、你要什么、你到底能要到什么？这方面要琢磨，这样才能按照你的才能、你的条件，朝你的目标去奋斗。

二、关于题材

题材的选择是兴趣和能力的表现。比如说我要写啥东西，我为什么要写这篇小说，为什么写这篇散文，为什么对这个题材、这个内容感兴趣呢？题材的选择也就是你的兴趣和能力的表现，各人是不同的。作家能量小的时候得找题材，就看哪些题材好、哪些题材有意思、哪些题材适合我写，而哪些我写不了；一个作家如果能量大了的时候，题材就会找他，这就是常常所说的作家的使命感、责任感，这是对题材的一个态度问题。

不知道大家有没有这种经历，反正我在搞创作的时候，三四十岁的时候常常感觉没啥要写，不知道该写些啥东西，有些东西想想觉得没有啥意思就撂过去了。我也为此而与许多朋友交流探讨，一般我不喜欢和文学圈里的人交流。我的创作在美术方面借鉴得特别多，我的文学观念基本上是从美术开始的。当时我去了解一些画家朋友，他们是专业画家，一天到黑吃了饭就是画画。我说你们有没有没啥画的时候？他说常常觉得没啥画，不知道画啥东西，但是只能每天拿着笔画。我也采访过一些画家，他说常画常不新。

常常觉得自己没啥要写的，好像看这个现实世界、看这个生活吧，就像狗看星星一灿明，不知道该写啥东西。我后来明白这种状况就叫做没感觉，没感觉就得歇下来等着灵感来。创作灵感是一个很神秘的东西，它要不来就不来，它要来的话你就坐着等它就来了，你用不着干别的。就像我平常搞些收藏，就经常遇到这情况。现在收藏一个这样图案的罐子，或者一个什么东西，过段时间另一个相应的就自然来了。一旦感觉没啥写我就不写了，随便干啥去，就等待着灵感。但实际情况是周围的一些朋友（包括我年轻的时候）没啥写还得写。

在选材的时候不要写你曾经看到的、经过的或者听别人讲得多么精彩的一个故事，不要相信那个，不要依靠那个东西，一定要琢磨，不要以为这个故事多有意思突然把你兴趣勾起来了你就去写，起码出现这个情况的时候一定要琢磨这个故事有没有意义。

你在写一个人的故事和命运的时候，他个人的命运与历史、与社会发展过程中交叉的地方的那一段故事，或者个人的命运和社会的命运、时代的命运在某一点投合、交接的时候，一定要找到这个点，这样的个人命运，也就是时代的命运，是社会的命运，写出来就是个人的、历史的、社会的。一定要学会抓住这个交接点，这样写出来的故事才能引起大家的共鸣。这就像一朵花一样，这花是你种的，你种在路边的地上，它可以说属于你个人，但也超乎个人，因为你能闻到这个花的芳香的同时，每一个路过这朵花的路人也能闻到这朵花的芬芳。选材一定要选既是你的，又不是你的，是超乎你的，是人人的。这就比如几十个人一起去旅游，中午12点你肚子饿了给司机提出去吃饭，同行的人也都饿了也想去吃饭，你的饥饿感就是大家的饥饿感，你的提议就得到大家的响应了，如果在中午10点钟你提出去吃饭，我估计没有人响应你。所以你的题材一定要是你个人的，又超乎你个人的，要是大家的，是这个社会的，一定要找那个节点，选材一定要注意这个东西。

"同感"在选材的过程中是特别重要的，而在选材中能选择出这种具有同感的题材，就需要你十分关注这个社会，把好多事情要往大里看，如果事情特别大，你看不清的时候，又可以往小来看。把国际上的事情当你村里的事情来看，把国家的事情当你的家事来看，看问题要从整体来看。逐渐建立你对这个社会的敏感性，能找到它发展的趋势。如果你对社会一直特别关注，对它有了一种敏感度以后，它的发展趋势你就相对有一定的把握了。能把握住这些发展的趋向以后，你的作品肯定有一定的前瞻性。这种意识久而久之成习惯了，提取素材、抓取题材、观察问题的时候你肯定就能找到那些东西。就好比你是个钉鞋的，走到哪儿你都关注人的鞋、人的脚底下，你是个理发的你肯定就只看头，警察来了肯定就只查警察需要的那些东西。一旦有这种意识以后，你在现实生活中就很容易发现你需要的东西，你就会知道哪些东西有同感性，哪些东西没有同感性。

你如果变成一个磁铁，螺丝帽儿啊、螺丝钉啊、铁丝棍儿啊都往你身边来，你不是个磁铁的时候你什么也摸不到。但是对磁铁来讲，木头啊、石头啊对它就没有吸引力。所以说，如果你的题材具有同感性，你的作品就会引起共鸣。如果你的作品中的一个家族、一个人的命运，和时代的、社会的命运相契合了，你才可能写出大的作品。（而栋梁式的人物，像前面说的那些大人物、大作家，那些情况是另当别论的。我一直认为那些人，不光是文学界，包括在政治、经济、军事等各个方面的那些大人物，他们生来的任务就是开宗立派的，是来当柱子的，是上天派下来指导人类的。他们取得的成就不可思议，你不知道它是怎么产生的。）

三、关于内容

从某种角度来讲，文学是记忆的，而生活是关系的。文学在叙述它的记忆的时候，表达的就是生活——记忆的那些生活。那么就是说你写生活也就是写关系，因为生活是关系的，文学在叙述时写的就是生活，而生活本身就是关系的，所以说你就是写关系的，写人和自然的关系，写人和物的关系，写人和人的关系。在现实生活中，你要生活得好就要处理好关系，尤其在中国。中国的文化就是关系文化，任何东西如果没有关系就无法在现实生活中活得更自在。

有哲人讲过生活的艺术没有记忆的位置，如果把生活作为艺术来看它里面没有记忆，因为记忆有分辨，能把东西记下来肯定是有了分辨了的，有分辨就有了你和我的对立。如果在现实生活中以记忆来处理，比如我和领导的关系，这个领导原来我有记忆他和我是一块儿长大的，他当时的学习还不如我，为什么他先当了领导了？有了这个记忆，以后肯定就处理不好这个关系了。生活中不需要记忆，生活中我就要对领导讨好一点，起码要顺服一点，这就先要消除他以前和我是同学的记忆。

在现实生活中你如果以记忆来处理一些问题那么就难以做人。这就是说文学是记忆的，你是你的、我是我的，你有你的观点，我有我的观点，你有你的价值观，我有我的价值观。记忆里经常就是"这一个"和"那一个"，有你、我、他的区分。而生活的艺术它要求不要这些东西，有些关系为啥是"没有永久的朋友只有永久的利益"，这就是关系之说。

但是因为文学本身就是记忆的东西，你完全表现的是你记忆中的生活，而生活则是关系，你就得写出这种关系。现在强调深入生活，深入生活其实就是深入了解关系，而任何关系都一样。你要把关系表现得完整、形象、生动，那就需要细节，没有细节一切就等于零，而细节则在于自己在现实中去观察。

比如说生离死别、喜怒哀乐构成了人的全部存在形式，其实这一切都是人以应该如此或应该不如此而下结论的，它采取了接纳或不接纳、抗拒或不抗拒这种情况。实际上从上天造人来看，这些东西都是正常的，但人不是造物主也不是上帝，人就是芸芸众生，他的生死离别、喜怒哀乐表现得特别复杂，细节的观察就是在这种世界的复杂性中。既要有造物主的眼光，又要有芸芸众生的眼光，你才能观察到人的独特性。这种独特性是表面的，也是人共有的一种意识。实际上现实生活表现出来的比任何东西都丰富得多特别得多，从各个方面来讲它都是合理的。这种独特性，表面上看是每个人的区别，实际上是共有的一些东西，只是表现的方面、时机、空间、时空不一样。

我经常强调生活的意义、生活与艺术的关系。啥是生活？我这阵儿也不知道啥是深入生活，而且现在好多人也反感提到这个问题。原来说深入生活就是到工农兵里边去同吃同住同劳动，现在不是这样的。实际上我后来理解深入生活就是搜集细节，就是一些知识性的东西。知识性的东西用笔可以记下，细节我就不用笔来记，我用脑子来记，脑子记下来的东西才是有价值的东西，用笔记下来的东西都是知识性的东西。知识性的东西写的时候随时都可套用，而细节则完全在脑子里。

至于说故事，我觉得任何人都会编故事，现在没有人不会编故事。你可以坐在房子里随便编故事，如果你有细节，你的故事再编，别人都说是真实的。如果你没有细节，你哪怕是真实发生的事情，别人也都说你是胡编乱造的，这就是生活气息。生活气息其实是那些细节性的东西，而细节又表现在关系里面。把关系这纲领提起来，再填充好多东西，这样你一旦写起来，就控制不住了，你就笔下啥都来了。

关于"写什么"我主要谈了"题材"和"内容"这两点。我觉得这两点起码在我创作过程中原来老是迷惑不清，还不好向人请教，请教的话人家会嘲笑你怎么连这都不知道，所以这些东西都是我在漫长的创作过程中自己琢磨出来的。

"怎么写"的问题

怎么写的问题，我也从三个方面谈一下，分别是语言、节奏和叙述。

一、关于"语言"

我觉得语言首先与身体有关。为什么呢？一个人的呼吸如何，你的语言就如何。你是怎么呼吸的，你就会说怎样的话。不要强行改变自己的正常呼吸而随意改变句子的长短。你如果是个气管炎，你说话肯定句子短。你要是去强迫自己改变呼吸节奏，看到一些外国小说里有什么短句子，几个字一句几个字一句的，你就去模仿，不仅把自己写成了气管炎，把别人也读成了气管炎。因为外国人写的东西，他要表现那个时间、那个时段、那个故事情境里出现的那些东西，如果你不了解那些内容而把语言做随意改变，我觉得其实对身体不好。

我对搞书法的人也讲过，有些人写的字缩成一团儿，那个字你一看容易犯心脏病。遇到身体不好的老年人，我经常说你要学汉中的那个"石门铭"，那个笔画舒展得很，写那个你血管绝对好。语言也是这样，笔画是书法的语言，咱们谈的文学语言，与身体有关、与呼吸有关，你呼吸怎样，你的语言就怎样。

小说是啥？在我理解小说就是小段的说话，但是说话里边呢有官腔、有撒娇之腔、有骂腔、有哭腔，也有唱腔等。小说我理解就是正常地给人说话的一种腔调。小说是正常的表白腔，就是你来给读者说一个事情，首先你把你的事情一定要说清楚、说准确，然后是说得有趣，这就是好语言。语言应该是有情绪的、有内涵的，所以一定要把握住一句话的抑扬顿挫，也就是语言的弹性问题。用很简单、很明白、很准确的话表达出那个时间里的那个人、那个事、那个物的准确的情绪，我认为就是好语言。

这里边一定要表达出那种情绪，表达出当时那个人的喜怒哀乐、冷暖、温度，把他的情绪全部能表达出来的就是好语言。既然能表达出情绪来，它必然就产生一种抑扬顿挫，这也就是所谓的弹性。而要完全准确地表达出那种情绪，还要说得有趣才行。什么是有趣呢？就是巧说。怎么和人说的不一样？这其中有一点就是多说些闲话。闲话与你讲的这个事情的准确无关，甚至是模糊的，但必须是在对方明白你意思的前提下才进行的。就如你敲钟一样，"咣"地敲一声钟，随之是"嗡——"那种韵声，这韵声就是闲话。

文学感觉越强的人，越会说闲话。文学史上评论好多作家是文体家，凡说是文体家的作家，都是会说闲话的作家，凡是写作风格鲜明的作家都是会说闲话的作家。你要表达的人和事表达得准确了、明白了，然后多说些有趣的闲话，肯定就是好语言。之所以有人批评谁是学生腔，学生腔就是成语连篇，用一些华丽辞藻、毫无弹性的东西。为什么用成语多了就成学生腔了，就没有弹性了呢？因为成语的产生，是在众多的现象里概括出一个东西，像个符号一样提出来，就是成语。

现在文学创作不需要那些，文学创作完全要还原原创、原来的东西，所以会还原成语的人都是好作家。如果你想在这一段写一个成语出来，你最好不要那个成语，把成语的原生态写出来。比如说，你需要写牛肉罐头，你要还原成牛肉，还原怎么杀牛，牛怎么生长的，写那个东西。这是作文和创作的区别，也是文学语言和学生语言的一种区分。

语言是个永远琢磨不透的东西。在研究语言的过程中，你可以考究一下那些官腔、撒娇的腔、哭腔、骂腔、唱腔等，从中发现和吸收各种腔的特点，在你写人物或事情的时候，你可以运用好多腔式。

我当年研究语言的时候，就把好多我爱听的歌拿出来，不管是民歌还是流行歌，还有好听的戏曲音乐，当时就拿那种画图的方式标示出来。我对音乐不是很懂，把哆来咪发就按一二三四来对待。我把这个标出来后，看那个线条，就能感觉出表现快乐的、急躁的、悲哀的，或者你觉得好听的，起伏的节奏是个啥样子的，你要把握这个东西。

当年我对陕北民歌和陕南民歌做过比较。你把那陕南民歌用线标起来，它的起伏特别大，就像心电图一样哗哗地就起来了。后来我一看，陕南民歌产生的环境，它那种线条就和陕南的山是一回事情。而陕北民歌和陕北那儿的黄土高原是一样的。所以说，任何地方，地方不一样，山川不一样，文化不一样，人也就不一样，产生的戏曲不一样，歌曲不一样，蔬菜长得都不一样，就是啥都不一样，但它都是统一的完整的。从里边可以吸收好多东西。

语言，除了与身体和生命有关以外，还与道德有关系。

一个人的社会身份是由生命和后天修养完成的，这就如同一件器物，这器物会发出不同的声音。敲钟是钟的声音，敲碗是碗的声音，敲桌子是桌子的声音。之所以有些作品的语言特别杂乱，它还没有成器，没有形成自己的风格。而有的文章已然有了自己的风格了，有些文章它里面尽是戏谑的东西、调侃的语言，你把这作品一看就知道，他这个人不是很正经，身上有些邪气；有一些语言，很华丽，但是没有骨头，比喻过来比喻过去没有骨头，那都是些比较小聪明、比较机智、灵巧但是也轻佻的人；有些文章吧，有些句子说得很明白，说得很准确，但是没有趣味，写得很干瘪，那都是些没有嗜好的人，就是生活过得特别枯燥的那些人。从语言能看出作家是宽仁还是尖酸，能看出这个人是个君子还是小人，能看出他的富贵与贫穷，甚至能看出他的长相来。时间长了，你肯定会有这种感觉。画画、书法、音乐、文学，任何艺术作品，这些东西都能看出来。

当然，语言吸收的东西和要借鉴的东西特别多。不光是语言，还包括别的方面。在现在这个时代搞创作，抛开语言本身，我觉得还有三点必须把握好：

一是作品的现代性。你现在写作品如果没有现代性，你就不要写了，这是我的观点。因为你意识太落后，文学观太落后，写出来的作品就不行，或者你的写法很陈旧也不行。所以说，一定要有现代性。要吸收外国的一些东西，尤其在这个时代，这一点特别重要。咱不是说要为编辑写东西，但从某种程度上说也得给编辑写，你不给编辑写，编辑不给你发，你不给评论家写，评论家不看你的东西，不给你指出优缺点。当然从长远意义讲，文学不是给这些人写的，但在现实生活中，起码得要你周围的人能看懂，你就要有现代性。就像卖苹果一样，出口的苹果都有一个框框来套，一套一看，读上几段，一看你那里面没有现代的东西，他就不往下看了，就把你撂到一边去了。这是很重要的一点。

二是从传统中吸收。我觉得这个用不着说大家都能懂，大家从小都是这样过来的，接受的东西大部分都是传统的东西。从文学创作的角度来讲，对中国那些东西（其实不光是中国的），小说啊，散文啊，诗词啊，不仅仅是这些东西，中国传统文化里的好多东西，它的审美的东西，你都要掌握。它不仅仅是文学方面，文学方面因为咱现在大部分还是写小说、散文，包括诗歌，但咱现在写的诗歌和古人的又不一样。所以说主要从古人的作品里学那些审美的东西，学中国文化的那些东西、东方的那些东西。

再次就是从民间学习。从民间来学好多东西，是进一步来丰富传统的，为现代的东西做基础、做推动的东西。所以一定要把握，现代的、传统的和民间的这些方面。从文章里你完全能看出一个人的性情。就像我刚说的，有些人的文章语言说得很调侃、很巧妙，你看他也没有正形，他也不知道自己说啥呢，你说东，他偏不给你说东，这表现出他这个人的心态和思维。有人说得很尖酸，有人你一看他的文字就觉得：啊呀，这个人不能深交！不能交得太深，因为他太尖酸。

我在报纸上看过一篇小文章，写球赛的，里面有一句话，说"球踢成那个样子还娶那么漂亮个老婆"，后来我想这句话正好表现了他自己的心态不对。踢球关人家老婆啥事呢？因为镜头经常闪到观众台上，人家的漂亮老婆在那儿，他就说这些人拿的高工资、娶的漂亮女人怎么怎么的。这其实就表现出了他那种说不出的心态，从这句话我就感觉这人不行。

当然语言里面需要做的功夫特别多，具体怎么锤炼，怎么用词，我觉得那些都不重要。要注意在句子里边多用一些动词，多说些和别人不一样的话、不一样的感觉。大家都说张爱玲的小说写得好，就是因为她经常有些奇思妙想，经常有些和别人不一样的东西。

再一个，我觉得小说里面的标点符号也特别重要。我一辈子都在当编辑，看过很多稿子，一般人对这个标点符号不注意，而且标得特别模糊。我的稿子里标点符号都和字差不多大，因为标点符号最能表现你的情绪了，表面上是直接表现你的情绪的。咱们的审美里面为什么诗词的写法中平平仄、仄仄平呀，打鼓点子啊，敲什么声音啊等等，你从中可以获得好多启发。语言就是忽低忽高、忽缓忽急，整个在不停地搭配转换。上面这些是我谈的"怎么写"里的

"语言"的问题。

二、关于"节奏"

节奏实际上也就是气息，气息也就是呼吸。节奏在语言上是有的，而且对于整部作品来讲它更要讲究节奏。什么是好的身体呢？气沉丹田、呼吸均匀就是好的身体，有病的人节奏就乱了。世界上凡是活着的东西，包括人啊、物啊，身体都是柔软的，快死的时候都是僵硬的。你的作品要活，一定要在你的文字里边充满那种小空隙，它就会跳动，会散发出气和味道，也就是说它的弹性和气味都在语言里边。如何把握整个作品的气息，这当然决定了你对整个作品的构想丰富程度如何。构思的过程大概都在心里完成了，酝酿得也特别饱满、丰富了，这时你已经稳住了你的心情，慢慢写，越慢越好，像呼气一样，要悠悠地出来。

任何东西、任何记忆都是这样的。你看那些二胡大师拉二胡，不会说"哗啦"地就过去了，而是特别慢的，感觉弓就像有千斤重一样拉不过来。我记得有一年的小品里边有一个吃鸡的情景，拉那个鸡筋，它就表现出了那个韧劲儿，像打太极拳一样，缓慢又有力量，人也是这样。我曾看过曾国藩的书，他的书里面要求他的后人经常写信给他汇报走路的步子是不是沉了，说话是不是缓慢了，经常要求。为什么呢？步子缓慢了、沉了其实道理都是一样的，他的一切都是悠悠的。把气一定要控制住，它越想出来你越不让它出来，你要慢慢来写。在写一个场面的时候，也要用这种办法构思，故意把这个东西不是用一句两句、一段两段说完，你觉得有意思的时候就反复说，反复地、悠悠地来，越是别人着急的地方你越要缓，越是别人缓的地方你越要快，要掌握这个东西。大家都不了解的东西你就要写慢一点，就像和面一样要不停地和、不停地揉，和了一遍又一遍，写了一段换个角度再写，大家都知道的事情你就一笔带过。

　　在写作的过程中经常出现这种情况，突然一天特别顺利，写完了以后无比兴奋，第二天却半天写不出来，写一张撕了写一张撕了，或者一天写不出二百来个字。当时我也这样，后来总结出经验，当你写得很顺手的时候，从这儿往后已经了然无比了，写到半路的时候我就不写了，我把它停下来，放到第二天早上再来写的时候一上手就特别顺，必然把你后面艰涩的地方就带过去了，不至于今天写得特别顺，而第二天憋不出来一个字。

　　我写作有个习惯，每天早上起来最反对谁说话，要坐在床沿闷半天，估计也没睡醒，然后想昨天写的（这是写长篇的时候发生的，写一写就觉得应该想一想）。那个时段想问题特别清晰，想了后今儿一天就够用了。当然各人的写作情况不一样，到我这个年纪年龄大了。其实人生就是这样，你年轻时需要房子的时候没有房子，需要钱的时候没有钱，需要时间的时候你没有时间，当你老了你不需要的时候房子单位又给你分了，你的工资也提高了，你的时间也有了，有些东西到时候你就可以支配（而在座的有些可能还不能支配自己的时间）。我现在只要在家里，每天早上7点半到8点从住的地方到我的工作室，每天一直在写。来人了就说话，人走了就写，晚上再回去，每天就过这种日子，每天早上一定要坐到那儿想。

　　有一年我到麟游地区，人都说那里的人大部分都长不高，睡起来后起码要揉半天腿才能活动。后来我老笑自己，每天早上坐到那儿不准老婆说话也不准娃说话，谁要说些家长里短的事我就躁了，坐在那儿好像揉腿一样得揉半天，揉的过程就是在构思。

　　写作的节奏一定要把握好，一定要慢。这个慢不是故意慢的，而是要把气憋住，慢慢往外出，也必须保证你肚子里一定要有气，一肚子气往外出的时候一定要悠悠地出。

　　在写作中我还要特别强调一点，就是要耐烦。毛主席讲世界上的事情最怕"认真"二字，我认为"认真"实际上也就是"耐烦"，因为写作经常会不耐烦。有些人为什么开头写得都好得很，写到中间就乱了，后边慌慌慌就走了，肯定是没有节奏，只打了半场球。节奏不好也是功力问题，因为他的构思"面没揉到"，没有想好，这就造成写作过程中不耐烦的东西。往往自己写一写不耐烦了就不写了，尤其是在写长篇的时候，感觉脑子里边像手表拆开了，各种齿轮互相咬着在一块儿转呢，突然就不动了。大家恐怕都有这体验，要么到厨房找些吃的，吃一下喝一下出去转一下，但有时根本啥也做不成，就干脆不弄了。但是往往自己是再停一会儿放到这儿，下午来看的时候那一张又给撕了，又得重写，经常就把人写烦了，要么就写油了。世界上许多事情都是看你能不能耐住烦。你耐得住烦你就成功了，耐不住烦只好就那样了。

在把握节奏这个问题上，像我刚才讲的一定要匀住气、慢慢匀，在别人不知道的地方就慢慢地，该绕转的地方就绕转，别人知道的东西尽量不写。整个要把握节奏，把前后把握好了以后，还要把空隙都留好，气都充够，它必然就散发好多东西，里面就有气有味。所谓气味就是有气有味，这个我就不多说了。

三、关于"叙述"

我们看一些传统的老戏，不管是《西厢记》还是其他，对白都是交代情节的，唱段大量讲的是抒情，也是抒情也是心理活动。中国的戏曲里边是这种表现办法。

中国的小说叙述按常规来讲，叙述就是情节，描写就是刻画。叙述要求有话则长、无话则短，要交代故事的来龙去脉，要起承转合，别人熟悉的东西要少说，别人不清楚的东西你多讲，这是我自己当时对叙述的一种理解。有些作品完全就是叙述，急于交代，从头到尾都在交代。比如走路时，他老在走、老不站住，流水账一样就一路直接下去了，这样肯定不行。像走路一样，你走一走要站一下、看一下风景，你就是不看风景你也需要大小便一下。比如说长江黄河每个拐弯处都有个湖泊、有个沼泽，涨水时就匀到那儿，平常就调剂，作品它也需要这个东西。

有些人不了解叙述和描写的区别，尤其是写小说。我所说的这个节奏是纯粹的快慢节奏，他在交代事情的过程中用描写的办法，有肉无骨、拖泥带水、扭扭捏捏，走不过来，本来三步两步就跳过来了他总害怕交代不清，他给你别扭地交代，该交代的没交代清，该留下印象的没留下印象，把他写得能累死而且篇幅特别长。我当编辑的过程中经常遇到这种作品。

中国人大都习惯用说书人的叙述方法，就是所谓的第三人称。但现代小说（具有西方色彩的有现代性的那种小说），或现在要求你写小说时，往往都需要你必须在叙述上突破。叙述有无限的可能性，叙述原本是一种形式，而形式的改变就改变了内容。

现在举个例子，像我刚才说的对叙述的理解它是情节、是一个交代，是一个场景到另一个场景的过程和交代，在当时理解上它应该是线性的。但现在小说改变了，叙述可以是写意的、是色块的。把情景和人物以及环境往极端来写，连语言也极端，语言一极端它往往就变形了、就荒诞了。这样一来叙述就成小说的一切了，至少可以说在小说里占极重要的部分，似乎没有更多的描写了。现在的小说几乎都没有更多的描写了，它把描写变成了在叙述中完成。原来的叙述肯定是交代故事的、交代情节和场景的变换的，而现在把叙述作为小说最重要的一个东西了，它把描写放到叙述中完成了，这样一来情节变成了写意的东西（本来情节是交代的东西，现在变成写意的东西），把描写变成工笔性的东西。过去的情节是线性的，现在成了写意的、渲染的。

你现在看尤其这个先锋小说都是这样的，过去在描写一个场景的时候，经常是写意的或者是诗意的那种东西，现在完全变成是工笔的。工笔就是很实际地把它刻画出来。写意更适合于油画中的色彩涂抹，工笔更适合于国画中的线条勾勒。从绘画里面可以吸收它的方法，一个将其混沌，一个将其清晰。本来的情节现在讲成混沌了，不像原来一个清晰的、一个线性的、一个链条式的结构，现在变成混沌了。原来对于场景的描写完全是诗意的，刻画性的东西现在完全变成勾勒性的、清晰的东西。写意是火的效果，整个叙述过程中有一种火的效果，它热烈、热闹、热情；工笔是水的效果，它惊奇、逼真、生动，而写意考验的是你的想象力。

现代小说、先锋小说或现在的一般小说，大部分都是这样的，它的情节没有 30、50 年代或苏联的小说教给咱们的那种描写，那种交代完一段以后又定位自己的描写，它用各种角度一口气给你说清楚。有一种是呈现型的，有一种是表现型的，有的是把东西摆出来给你看，有的是纯粹给你说、给你讲这是咋回事情。再举个例子，像有些破案一样，有些是给你交代这案情是怎么发生的，有些是我给你打到屏幕上你看，当年是这样的。但现在更多采用的是我来给你讲，那些图像的东西完全是讲的过程中同时交代的，中间加了很多描写的东西，那些场景充分考验你的想象力。那些有名的作家想象力都是天马行空，想象力都特别好，他们叙述得都特别精彩。

在具体刻画人物的时候，具体在描写、勾勒细节的时候，完全是写实的功夫。这样一来一切都变了，传统小说的篇幅就六大地被压缩了。举个例子，原来的木棍是做篱笆用的，现在把它拔起来后就可以做一个扫把、一个武器，功能、作用就变了。我的意思就是说，现在小说的突破大量都在叙述上突破，一定要在叙述上有讲究，宁愿失败都要探索。如果老固守原来那种东西也行，但是你一定要写到极端。比如大家经常比喻天上的月亮，有的人比喻成银盘，有的人说是一盏灯、燕子眼或是冰窟窿、香蕉、镜子，举的例子都挺好的，实在举不出来，那月亮就是个月亮，我觉得反倒还好。如果变化得太奇特了，里面就可以产生很多奇幻的、刺激的东西。

现在的小说的叙述更多采取的是火的效果。火的效果有热度、能烤，不管人还是兽看到都往后退，马上就发现和感受到一种热，而且在当中有一种快感。但是如果不掌握写实的功力，具体刻画的那种工笔的东西往往很多人又做不到位、落不下来，如果没有这种功夫，不管它怎么荒诞、怎么变形，读起来很快乐，读完了就没有了，回味不过来。这当然是借鉴西方的好多东西，中国传统的还是原来那种线性的、白描的、勾勒的、需要有韵味的那种东西，表面上看它不十分刺激，但它耐看、耐读，而且产生以后的、长久的韵味。把这两个方面要很好地结合起来。但是不管怎样，目前写小说我觉得叙述上一定要讲究，不要忽略这个东西。这就是我讲的关于叙述方面的。

实际上有些道理我也说不清，因为说一说我也糊涂了。有些东西只能是自己突然想的、突然悟的。实际上世上好多东西，本来都是模模糊糊的。尤其这个创作，啥东西都想明白了以后就不创作了。为什么评论家不写小说，他想得太清晰的话就写不成了。一个男人一个女人社会阅历长了就不想结婚了，结婚都是糊里糊涂的，创作也是糊里糊涂的。你大致感觉有个啥东西然后就把它写出来。我经常说你不知道黄河长江往哪儿流，我在写的过程中经常构思，提纲写得特别多，最后写的时候就根本不要提纲，但是开始的时候必须要有提纲。有个提纲先把你框起来，像盖房一样，你必须要有几个柱子，回忆的时候就跑不了了。现实生活中曾发生过什么事情，我在写的时候要用它，我的脑子里就出现我村里的谁，我家族里的谁，这个时间应该发生在我那个老地方，或者发生在陕北，或者发生在陕南某一个我去过的地方，脑子里必须要有那个形象。那个形象在写的时候不游离，把别的地方的东西都拿过来，你知道那个石头怎么摆的、那棵树怎么长的、那个房子怎么盖的、朝东还是朝西你心里都明白，围绕着它晕染，在写的时候就不是那个地方了，就变成你自己的地方了。所以在构思的过程中尽量有个东西，但是你大致觉得应该是咋回事，具体写的时候灵感就来了，它自动就来找你了，你只要构造它就来了。你说不清黄河从哪儿转弯，但我知道它一定往东流。把握住一个大的方向就写过去了。

对当代诗歌的若干思考

高洪波

大家好，刚才主持人讲过了，我是鲁院的老学员，但是来鲁院讲课非常少。鲁院一直是我心目中的文学圣地，鲁院老师几次让我讲课，我都推托，第一，我说学员都是我的师弟、师妹，不是一种师徒关系；第二，我比较怵场，在鲁院总共就讲过两三次。一次是礼平在的时候，让我讲一次散文的创作，那是上个世纪的98、99年，还有一次就是07年的儿童文学班，因为我是儿童文学委员会的主任。加上后来施战军当副院长的时候，讲过一次散文写作。算上这次，应该是我第四次来鲁院。今天有幸跟同学们在一起。我了解了一下，我们这个班的诗人有十几个，散文家也有十几个，小说家二十几个，实际上是以诗人和散文家为主的一个班。

所以院长说，一定要让我来讲一课，那就谈谈诗歌吧。

谈诗歌也就这么几个话题，一个是诗是什么，第二是诗人是什么，第三诗歌的目的是什么。我想起当年上鲁院的时候，我有两个辅导老师，一次是七期，是评论编辑班，当时我的辅导老师是谢冕，就给我开读诗的书单子，他现在八十多岁了。第二次是二北大作家班的时候，辅导老师是李瑛，他跟谢冕不是同一类的辅导老师。李瑛当时工作比较忙，也没有开什么书单。李瑛的诗我读得比较多，他是非常好的诗人，也是八十多岁，快九十了，创作力也一直不减。谢冕老师是评论家，是非常有激情的、有诗意的批评家，在"三个崛起"的时候，他是其中一个。80年代初期，诗歌界很有名的一次理论上的纷争，最后虽然没有结果，但是搅动了诗坛当时的思维方式。三个崛起，一个是孙绍振，一个是谢冕，一个是徐敬亚，统称为"新的美学原则的崛起"。

谢冕老师曾给我开过一些诗歌理论的书单，对我的工作帮助很大，我开始对诗歌理论感兴趣，其实是和我当年在《文艺报》的本职工作有关。我是1978年8月份在云南的部队从炮兵排长直接转业到《文艺报》，这个经历也是挺有意思。当年跟我同一个月到《文艺报》的是谁呢？一个是唐达成，一个是雷达，我们三个在1978年8月到的《文艺报》。那时候雷达是在一个摄影杂志当编辑，我从部队转业，唐达成从山西钢铁厂借调回北京，他还没有改正右派。那时候的《文艺报》的主编是冯牧，还有一个主编是孔罗荪。那时候文讲所已经被打散了，已经不存在了，鲁院还在更遥远的未来。改革开放初期的《文艺报》是中国文坛举足轻重的一家报纸，复刊之后，它跟《人民文学》两家，都是非常重要的阵地，在80年代文学大潮中，起到了一个推波助澜或者说力挽狂澜，或者中流砥柱的作用都可以。在《文艺报》，我从一个部队的文学青年，直接成为一个核心文艺报刊的编辑，那时候我是最年轻的编辑，当时我的组长是刘锡诚。组员有阎纲、吴泰昌、李炳银、雷达、孙武臣、何孔州等等。我和李炳银是两个最年轻，一个是二十七岁，一个二十八岁。

因为我写过诗歌，《文艺报》给我的任务就是负责诗歌的评论和对诗歌的报道，这是一个主要任务。第二个任务，对诗歌现状的扫描，每次评刊会你要提出你的观点，这是关于诗歌的一个板块。还有一个是少数民族的创作，对少数民族的作家我要密切关注，参加他们所有的会议，所以对少数民族文学很熟悉。还有一个任务就是儿童文学，那时候我还没有从事儿童文学写作，儿童文学所有的相关报道、作品、作家你要熟悉，要组织评论，所以当时我是三个任务。李炳银的分工是报告文学，由于那个分工，李炳银选择报告文学作为他终身的事业，他现在是报告文学的常务副会长。孙武臣是长篇小说，一直耕耘，从《文艺报》到研究室，到鲁院，到鲁院退休，现在依然关注长篇小说。中篇小说是由阎纲来负责，还有吴泰昌，现在他们都已经将近八十了。短篇小说还有一个郑兴万、雷达，他俩负责短篇小说。因为长篇有人看了，报告文学有人看了，中篇小说有人看了，短篇小说有人看了，剩下就是诗歌，散文我也是兼着一点，诗歌、儿童文学、民族文学，等于是杂项，由我一个当时二十七岁的青年编辑负责，当时还没有职称的，就以一种非常狂热的热情，投入到了当时改革开放初期的文坛里边，所以得以近距离观察一些大师的言谈举止，包括他们的行为方式。

因为参加很多会，作为《文艺报》的记者，当时很受尊重。第一，当时很多中央精神都是通过《文艺报》传达，而且《文艺报》当时是一个月刊，一个月一本，那时候发行十三万，《人民文学》发行一百零几万，《诗刊》发行五十三万，我说的是我刚到文坛的时候，现在那个发行数字都把大头去掉了，《文艺报》十三万，现在可能去掉一个一吧，现在能有三万差不多，《人民文学》一百零五万，现在可能有五万到七万，一百万也没有了，《诗刊》原来五十三万，因为我在《诗刊》当了两届主编，这个我是熟悉，现在就是四万到五万，也把五十万去掉。我在那样的背景下进入文坛．那时候文学是辉煌又骄傲的事业！好多人都把文学作为一种自己的青春的写照，或者精神的归宿，以至于现在很多在领导岗位的一些人说起来文学，他们都充满热情。现在举一个最简单的例子，习近平主席对贾大山的赞许，那是发自内心的。现在我们给披露出来了，他在正定当县委书记的时候，80年代中期嘛，对文学一往情深。比他之前更资深的党的领导干部，对文学也是如此。

记得当时的中宣部部长，也是中组部部长胡耀邦，也非常喜欢文学，跟我们文艺界的同志一见面，他就一边走路，一边讲话，围着一个桌，即兴背诵很多文学作品啊，妙语如珠、谈笑风生．这是那时候的文艺界领导人。还有当时分管意识形态的胡乔木，我记得他对文学很了解，还给周扬写诗，给一个老诗人叫聂绀弩的一本诗集《北荒草》写了一个非常好的序。文学、文化曾整个被封闭了十年，文化大革命革的就是这些所谓的毒草，都被批判，在这种情况下，你拿到一本禁书，很可能就有打成现行反革命的危险。那个背景下，改革开放、思想解放突然把窗户一拉开，看到这么多灿烂的阳光，这么多花草，这么多书，由原来的毒草，变成人类精神文明的瑰宝，这种情况下，大家的阅读热情高涨，那种激情没法形容，包括你的精神归宿，全部都是指向文学方面。这个是我所经历的那个时代，所以说，那个时候也是一种机遇，也是一种幸事，和你们现在不一样，因为文学现在已经经过三十年，它已经变化，内部在变化，整个社会大环境也在变化。那个时候，比如说一个作家写了一篇作品获了一个奖，好比说周克芹，四川的作家，《许茂和他的女儿们》获了一个奖，就解决了户口问题，从农民身份就变成了吃公家饭的，可以领工资了。那个时候是文学改变人生、改变命运的时候，很重要。现在呢，写再多的小说，电视剧写得再好，全国都播了，你该干什么还是干什么，那个时候绝对不一样，那个时候是很多高智商的人，或者优秀的人，大家都朝着文学方面努力，在这方面进行自己的尝试。一方面把自己的人生体验写出来，一方面它有可能改变自己人生命运。现在文学更加安静，更加回归到文学的本体。诗歌同样面临这样的问题，所以，我觉得每个人都应该为自己所经历的时代所自豪，每个人也不要抱怨自己的青春，或者说自己生不逢时，没有赶上，其实每个人都属于自己的时代，时代选择了你，你也选择时代。因为本身你的诞生是无法选择的，你就生在这个时代，这个年龄就年轻这么一场，我们这个年代，一没赶上抗日战争，二没赶上红军长征，都没有赶上，一代人有一代人的苦难，一代人有一代人苦难之后的辉煌，也有自己的失落，一代一代就这样过去了，文学也是这样，诗歌尤其是这样一种文本。

我想起我经历的一个事儿。北京一直有一个针对领导干部的历史文化讲座，是文化部和国家图书馆举办的，好多年了，每个月只有一次，在北图那边，大家都去听，当然要求领导干部去听，很多人都去讲过课，很广泛，有点像咱们鲁院的课，很广泛、很杂。比如说这个时期涉及钓鱼岛问题，可以请一个海洋法专家讲讲海洋法，或者中日关系比较复杂的时候，专门请一个中日方面的历史学家，讲讲中国和日本这么千年来几次战争，或者推演出未来的几种可能性，什么课都有，比如说讲佛教、讲哲学、讲李世民、讲忽必烈等等。有一个老师的课，我印象特别深刻，因为跟这个课有关。为这个课我曾经写过一篇散文，这个散文也比较短，我读给大家听一听，这个散文就是《听女教授讲课》：

> 一位白发苍苍的女教授为我们讲课，题目是《谈婉约词的欣赏》，八十三岁高龄的她不肯坐下，是职业习惯还是因为尊重听众？不知道。女教授一口纯正的北京话，可谓字正腔圆，可她却来自海峡的另一面，是一位著名的台湾学者。更奇妙的是她朗读古诗词，口音变成亦陕亦闽，就是她口音又像陕西话，又像福建话，挺奇怪的，肯定不是普通话，但是老太太是北京人，反正不是北京话，她笑着解释道："古诗词就得这样读。"抑扬顿挫，平声入声，韵律中让你感悟到中国传统文化的博大精深，更感叹历史沧桑中语言文学的变化与沉积。

> 开宗明义，女教授讲述诗与人生。婉约词不是诗，所以她要让词先歇歇，让诗先登场。诗是人类与生俱来的本能。有生命、有生灵（也许还得加上有生活）它就有诗歌。听这话我高兴，毕竟当过全世界发行量最大的诗歌刊物主编，容易让老太太忽悠得兴奋。

那时候我是《诗刊》的主编，2013 年 8 月份就不当了，我前后两次进入《诗刊》当主编，在《诗刊》的时间差不多十年光景。女教授话题一转，转到甲骨文和金文上，她在题板上写下两个古文字：一个是"𡈼"，另外一个文字是"𡴪"。前一个是"言"字，舌头发出声音，后一个是经文和甲骨文里面的，这个是一个心。心完了呢，上面这个是一个古代的之，这个之就是走到某地。心怎么走？这边这个字其实还是一个寺，寺庙是装思想和信仰的地方，这边一个言字和这边寺字加起来，这就是诗，当时我就听傻了，这个学问挺大的，现在也跟大家说一下。然后她就说古人造字形象也很强，心上面是一个之字，脚踩在土地上在走路嘛，之，心走路怎么走？就是刚才说的，在心为志，发言为诗，把两个古字组合起来，就是现在这个诗。

女教授讲起这个，就涉及我的本行，她在加拿大幼儿园为一批中国华裔儿童开蒙讲诗的一个故事。她说这批孩子的父母虽然已移民异国，但心念祖国，他们希望自己的孩子接受传统文化的熏陶，所以就请她讲唐诗。那么她怎么讲，她说，我面对幼儿园小朋友，就问刚才一样的话。小朋友们很感兴趣，都是加拿大的华裔小朋友，大家第一次知道了在遥远的地方有一个中国，中国有古老的文化，奇妙的方块字，方块字组合在一起，五个字、七个字一连缀就成了诗了，我这样跟加拿大的幼儿园小朋友们讲诗，而且他们都是华裔的孩子，知道祖国在遥远的东方，虽然现在都说英文，在加拿大。

这个女教授给小孩子布置作业，让每人写首诗来，命的题目是《小松鼠》，因为加拿大的环境好，门前草地上松鼠特别多来往，也不怕人。就是即兴命题吧，先说两句，叫"门前小松鼠，来往不惊人"，让小朋友回家琢磨，续上两句，就完成作业了。第二天小孩子都拿出来自己的续诗，其中一个小朋友续的诗特别有趣，我就记下来了，"松鼠爱白果，小松家白云"，这个女教授就乐了，就说，门前小松鼠，来往不惊人，松鼠爱松果，小松家白云，她说，松鼠的确爱松果，但是这个小松家白云，就是小松这个家在白云上，但是这松树是以白云为家吗？那个孩子就说，不是，我说的是小松鼠，不是小松树，这个小松鼠叫小松，那个白云是它的家。你看这个小孩，马上勾起了想象力了，一个名词转化，文化韵味就出来了，五六岁的小孩，一点拨，就把中国文化对接上了，然后老师就和孩子共同创造这么一个诗，"门前小松鼠，来往不惊人，松鼠爱松果，小松家白云"。当时老师讲这个的时候，我就特别感动，就记住这个。听了很多很多课，各种名人的课都很多，包括很多文学界的朋友，包括唐浩明，莫言，他们都去讲过课，但是我觉得这堂课呢，给我印象最深。我觉得这是诗的魅力，也是人的魅力和文化的魅力，这个女教授是谁呢？可能爱诗的都知道，叫叶嘉莹，49年去了台湾，后来从台湾移居到加拿大，她在天津南开大学也算是一个名誉教授，老太太八十三岁，讲了整整一堂课，一直站着讲，讲得特别好，这个就是我想说的一堂关于诗歌的课，尤其是这两个象形文字，咱们写诗的人，管这叫倒根，根脉就在这儿，实际上就是一个言为心声，那边是寺庙的寺，即是信仰，又是想象力，这就是诗。

我在北大听课的时候，名师很多，包括袁行霈先生，给我们讲唐诗也讲得非常好，但是没有从这两个点切入，叶嘉莹叶先生从这两个点切入，从幼儿园小朋友的四句诗，两句是她出的题目，两句是小孩子衔接的，她把中国的传统文化就讲得很透彻。各位写诗的朋友，我把我当学生的一次体会，给大家转述一下，传递一下。我相信可能会对大家有所启发，这就涉及诗是什么，第一肯定是言为心声，第二是要富有想象力，想象心灵到达的地方，无论你多远，它肯定是跟诗有关了。诗是咱们中国最早的文化形式之一，不光中国人，各个民族的古老文化中，诗都是源头文化之一，荷马史诗，等等，包括咱们的《诗经》，都是一种共同的文化现象。可能人类在原始时期，表达甚至当时的书写方式，包括书写工具，都很简陋的时候，就得惜字如金啊，因为书写工具很艰难，书写的纸张，要写在丝绸上，那个很昂贵，写在羊皮纸上，在以色列那边、埃及那边，都很昂贵，就必须用一些最精简的话，表达一些很深刻的思想，那是什么？只有诗歌。我觉得这个也叫存在决定意识吧，诗歌起源可能跟这个有关系。

还有，我觉得诗歌应该是和朗诵和音乐结合得比较好的，我一直强调这么一个观点。去年我到传媒大学，那有一个播音学院，每年有一次齐越杯朗诵比赛。齐越是咱们共和国很老的一个朗诵艺术家，当过他们的系主任。那个朗诵比赛，搞得挺大的，已经第十五届了，我是第一次当评委。发现齐越杯朗诵的只能是诗歌，没见他们朗诵报告文学，散文有一点，基本上都是诗歌，不可能朗诵小说。还记得 2011 年颁茅盾文学奖的时候，请了一批朗诵艺术家朗诵获奖的小说，有莫言的、刘震云的，包括毕飞宇、张炜和刘醒龙的作品片段，效果不好，虽然朗诵特别认真，都是大师，在国家大剧院，还钢琴伴奏。可小说艺术毕竟和朗诵有距离，离得最近的还是诗歌。

诗歌的起源，可能起源于劳动，可能起源于宗教，等等。但是肯定是某个篝火燃烧的晚上，原始人一起，烤着鹿吃，喝着泉水，这时候有人发出自己的快乐的喊叫，面对着月亮、篝火，第一首诗可能就是这样产生的，这个是我个人的想象，但是必须和声音衔接，和境界、场景衔接，才能产生诗歌。诗歌的朗诵就是和其他的文学不一样，诗更容易抵达人的心灵和内心，尤其是在一个文化不是很发达的时代，拥有文字的识别力的人，成为上层的时候，像屈原的时代，估计声音的朗诵就更重要一些，这个是我的一些观点。

说到诗是什么，谢冕老师当时给我推荐了一本锡德尼的《诗的辩护》，这个人也是诗歌的评论家，比较老了，早去世了。他说诗是什么？诗是一切人所共知的高贵民族的语言里，曾经是无知的最初的光明给予者，是最初的保姆，是它的奶喂养无知的人们以后能够实用的较硬的知识。就是说诗是带有启蒙的意义，这个是一个观点。咱们自己本土的老师艾青是这么评价，诗是人类向未来寄发的信息，诗给人类以朝向理想的勇气，人类语言不绝灭，诗不绝灭，这是典型的艾青式的论断。艾青讲的这些观点，研究诗歌的人都应该看过，那是一个诗人所写的非常优秀的诗歌理论，里边充满了大量感性的话，但是有很多知性和理性的观点，很透彻，而且明白，一目了然，所以这个《诗论》一出，奠定了艾青在中国诗歌界的位置。这本诗论，是奠定艾青整个诗歌地位的特别重要的一个基础，反正我是很认真地看，做了大量的笔记。但是他打成右派之后，这个《诗论》作为毒草，也被批判。我看的时候，已经不是毒草了，已经为他正名了。现在把这个话奉赠给大家，人类语言不绝灭，诗不绝灭，所以写诗的朋友们，这一点上不必太悲观，只要咱们说着中国话，无论你是什么地方的方言，四川话也好，河北话也好，陕西话也好，诗就不会绝灭的，我同意艾老的这个观点。

我觉得诗是人类语言艺术王冠上最亮的一颗宝石。我参加过很多国际上的诗歌活动和诗歌节，印象特别深的一次就是 2007 年，我和周涛两个到哥伦比亚麦德林参加诗歌节。麦德林是世界一个毒贩最集中的地方，哥伦比亚的社会秩序比较乱，一直有反政府武装，一直在打，事后我一个美国朋友说，你怎么去哥伦比亚了呢？没出事吗？美国不让美国公民到哥伦比亚旅游的，很容易发生绑架的事件。陪我们的是一个北京的小伙子马越，是北京景山中学的"80后"，爹妈都是华侨，到那儿之后，我们在波哥大，他们的首都。华侨不多，几乎每个人都被抢劫过两次以上，你把东西给他，他就不杀你。在我们参加诗歌朗诵的时候，有一个女警察，在那走过去，三十多岁。那个翻译就说，这个女警察，曾经被一梭子扫了六枪，没死，你看现在又出来工作了。马越告诉我，他的一个叔叔属于华侨，跟他的朋友，开着车在马路上，后面一辆车追上以后，把他别在路边，二话不说，拔出枪来，啪啪对着大腿两枪，走了。报警你也抓不到人，这就是哥伦比亚。然而就是这样一个国家，非常非常热爱诗歌，搞了好多届的诗歌节了，好多中国的诗人都参加过，我那次是 2007 年，那次曾经有过一个五个多小时的诗歌朗诵，五个多小时里面，八十多个国家的诗人用自己的母语朗诵。还有很多街头朗诵会。有一次，跟四个诗人，其中三个都是别的国家，包括乌克兰的，我们四个人到天文馆里面，为一帮中学生朗诵，哥伦比亚的天文馆比咱们的设计得好，灯稍微一暗之后，全部都是星星，好像就在露天场地。我们这四个人朗诵，一人一盏小的射灯，在天文馆里面给中学生朗诵诗，很有诗意的，而且是不同国家的声音。那次活动后，我写了一组诗，叫《诗歌的荣光》，后来发在《十月》上。有时候想起来，比如说波兰、捷克等等，诗人、音乐家基本上跟国王葬在一起的，地位非常非常高。如果说你是一个诗人，在欧洲，可能比小说家更受到人们的尊重，一个是它的诗歌传统，是文化传统，还有一个可能是民间的一种认定吧。所以这个话题就转到诗人是什么上来了。

我看这两天在凤凰网上，十二个诗人进行春天诗的朗诵，我想看看这个跟帖是什么，后来发现都是很不客气的一些，甚至是对诗人的一种嘲讽。当然网络有一种暴虐的倾向，但是诗人是什么？诗人是疯子吗？还是就是正常人？诗人是一种以自杀为自己最后归宿的特殊人类吗？确实，自杀的诗人很多，中国从屈原开始都是自杀，俄罗斯也是，莱蒙托夫和马雅可夫斯基是自杀的，包括普希金的决斗，也相当于自杀。中国的顾城、海子，"文革"期间就更多了，像闻捷，也是自杀的。以前看一个资料，田间也差点自杀，那是中国很优秀的抗战诗人，也有过这种经历。虽然后来没有自杀，但是由于搞政治运动，精神也濒临崩溃。

但是，诗人真的是这样的人吗？有一些诗人也挺逗的，前段时间有一个诗人求包养，这个也不是正式诗人，但是网络也炒一下。还有诗人裸体朗诵，在某个场合，好多脏水都往诗人身上泼。在中国的网络时代，渲染出这么一个特殊的群体，成为一种公众嘲弄的对象。当然，诗人中有问题的也不少，我们也得承认，有一些是诗歌自己造成的，但是也有一些是社会的误解造成的。我觉得诗人应该是骨子里头和自然、天空、宇宙、神灵对接最好的一种人类，他能破译很多宇宙的密码，能感悟到祖先遥远的召唤，用自己心灵深处酿造出的蜜汁，浇灌自己的民族，把自己的心血浇灌在诗篇上。屈原我们就不说了。比如说苏东坡，多次被下放、流放，最后还是那么乐观地对待他的人生，有那么多流行的诗篇。一直到近代的，包括林则徐，虽然不是诗人，但是也留下好的诗啊。一个民族如果以嘲讽诗人、贬低诗人为能事，这个民族将来肯定不是很乐观的，文化发展肯定不乐观的。所以，一个民族应该尊重诗人，推崇诗人，这个民族的发展就有前途，说明这个民族文化的潜力比较深厚。我们这样一个古老的中华民族，一个被诗人喂大、养育的民族，没有理由嘲弄诗人，没有理由贬低诗人。

当然了，这和我们诗的本身也有一些关系。比如说我在到《文艺报》分管诗歌的时候，经历过好几件事。《诗刊》当时有一个诗歌朗诵会，每年都搞。《诗刊》有三个所谓的版本，一个就是诗刊，纸张的，还有一个街头版，有橱窗，用毛笔字写好放在那儿，叫街头版。还有一个朗诵版，就在剧院里面、体育馆里面朗诵，我至少有两次印象特别深的。一次是工人体育馆，将近三四万人的诗歌朗诵会。朗诵什么呢？有一个诗人，就那么一句话，一句话一首诗，掌声雷动，持续不歇。这个诗人叫白桦，诗的题目就叫《阳光，谁也不能垄断》，它指的是什么？当时所有的参与者都感悟到，那个时候还是在思想解放前期，"两个凡是"还没有彻底打掉，对毛泽东思想能不能一分为二，毛主席晚年犯的一些错误，要不要把它维持下来，在这样一种情况下，一个诗人写了一首长诗，"阳光谁也不能垄断"，是推崇毛泽东思想是像阳光一样。但是不能说这个阳光只属于我，解释权在我这儿，与你没关。就这么一句话，那个掌声，表达了群众的心声，那种诗的煽动力和号召力，让你触目惊心。还有当时的叶文福，写了《将军你不能这样做》，差点评奖。有的老同志提意见了，因为他写一个将军把幼儿园拆了盖自己的将军楼，那是反腐败的先声。

所以叶文福的一首诗，惊动了很多很多人，而且一朗诵效果非常非常的好。还有熊召政的一首诗，《举起森林一般的手，制止！》，也是反腐败的，这当时都是被批评的。但是诗人们非常敏锐地感受了某种气息，是对于我们的民族，对我们的执政党有伤害的。当然，那时候生不逢时，你现在写这首诗，那就不一样。不过现在再写这个诗也不行了，都是网络了，直接就举报了，但是当时诗歌能喊出这个已经很了不起了。还有张志新案件一出，很多诗人都在写诗，只有一个诗人写出了一首《小草在歌唱》，就是雷抒雁，前年去世了。当时朗诵是在中山公园音乐堂露天举行的，瞿弦和朗诵，他现在是朗诵家协会的主席，诗人们都应该熟悉他，现在七十多了。他朗诵的时候，大家非常的激动，因为张志新死得非常惨，等于我们自己的专政机关，摧残了自己最优秀的儿女，又那么有思想，又那么漂亮，大家都感觉到一种莫名的悲哀，无从说起，就是小草在歌唱，张志新的血滋润了小草，小草最后又反省、自醒自己的软弱无力，等于是自我批评。既有大的主体，也有个人情感的宣泄，一下子就呼应了整个时代对张志新事件的一种特殊的感觉，这个时候只有诗歌能起到这个作用。那天晚上，每个人都觉得自己的灵魂受到一场洗礼。当时我跟雷抒雁还不熟，给他写了一封信，他也给我写了一封回信，后来发表在《文艺报》一个内刊上，叫《文艺内参》，这首诗奠定了雷抒雁在诗歌界的地位。后来他还写了很多很多好诗，甚至把《诗经》重新翻译了，但是在我心目中，他的《小草在歌唱》始终是印象最深的，所以给他起了一个外号叫雷小草。有时候确实，你写了一首好诗之后，基本上以你的名篇作你的绰号了，就像雷小草。舒婷的《致橡树》也一样，把那个时代特殊的情感转化为自己的诗歌语言，像子弹一样扫射进每一个听众的内心，诗歌还是了不起，诗人还是伟大。

那时候小说也有，很多很多小说都出来了，包括张一弓的《犯人李铜钟的故事》、陈世旭的《小镇上的将军》、古华的《芙蓉镇》等等，也不错，但是由于有了诗歌朗诵会的这种形式之后，诗人们自己的精神迅速转化成一种另类的精神财富，一下子成为一种社会的精神制高点和道德制高点。所以那个时候诗人们走出去，我听叶延滨说，叶文福出去讲诗歌，在大学里面受到的欢迎程度，远远超过现在的歌星，以至于叶文福一得意忘形，讲话可能出了点格，当时他还是解放军诗人，邓小平同志批评了他，他等于超前了。诗人的特点是非常敏锐，肯定要比别的文体的作家敏锐。但是超前了，枪打出头鸟，叶文福转业，另一个诗人曲有源坐牢，关了一段时间。中国作协的领导找到当时的中央领导同志，把他放出来。当时一批最早的反腐倡廉的声音都是诗人喊出来的，只不过生不逢时，有点悲凉和无奈。

现在的诗歌还是有生命力的，建议大家回头看看那个时候的诗歌，是非常贴近人生，贴近民生。比如说"渤海二号事件"一出，淹死了七十多个人，《诗刊》就迅速发诗，舒婷写了一首非常好的诗，关于"渤海二号事件"，你现在让舒婷再写，说什么马航失联事件，有多少诗人写呢？我觉得好像写得不是很多。后来，这种诗歌现象越来越淡，现在已经形成了稀世之鸟了，大家已经疲惫了，或者是审美方面有自己的选择了，或者说多元了。现在渠道也多了，那时候渠道也少，媒体也少，也没有互联网，惟一的渠道，大家公众的资源可能就是一张报纸，一份《诗刊》，或者是《人民文学》，那个时代和我们现在的时代，是三十年河东、三十年河西。

三十年的变化，变化到今天，我跟你们谈诗歌，已经有了一种天壤之别了。现在我说，大家还在眷恋着诗歌，在热爱诗歌是为了什么？诗歌的目的是什么？以前我们老说小众的，大众的，这个叫大我、小我，这是几十年在讨论的问题，而且是一直争论不休，各有代表作，比如说郭小川的诗，当时鼓舞了很多很多人，《向困难进军》，《西去列车的窗口》，《桂林山水歌》，现在耳熟能详的，都能知道，至少我们这代人吧，"80后""90后"他们就很陌生了。一代人有一代人文学的口味，或者文学品位，或者文学的舌苔都不一样。比如我说到的李瑛，我在部队的时候，基本上把李瑛的诗，每一本都是认真看、认真学，甚至是认真背的，那个时候在部队里面，所有的书都是作为毒草封存的。我当时在部队里当过一段时间的图书管理员，管的是一个炮兵团的图书，对于我们这些个初中生，这批小知识分子来说，这些书我们都非常喜欢，监守自盗。那些书现在看来都是世界名著，像《白鲸》，像儒勒·凡尔纳的书，托尔斯泰的书，现在看来也就是上千本书吧，一扩散成为政治事件，就成为追查的对象。被追查后，我记得在一个下午，文化干事跟我一起，就一把火把这些书给烧了。师部图书馆更大，管那个图书馆的也是北京兵，一个团当时两个人，我们都是普通话比较好，当播音员，同时当电影放映员、图书管理员，这三员，都是我同学，我们又到师里面找书看。都是一帮学生兵，包括陈凯歌，大家一起找书偷书，往衣服里面一塞，棉衣一穿就走了，自己打着手电在被窝里看，当时属于禁书啊。后来因为这个事件，师里面的书最后装了一辆卡车，直接拉到造纸厂化纸，化成纸浆造纸，这是我所经历过的两个图书馆的命运。

在那个时候得到一本诗集，比如说一本公刘的诗集，会觉得很珍贵，马上就留下来，贺敬之的一本朗诵诗选，中国青年出版社出的，大家传阅，传阅到我这儿的时候，我就扣留了。还有张志民的《西行剪影》，整个一本我都抄下来了。包括闻捷三卷本的《复仇的火焰》，在新疆平乌斯满叛乱的，闻捷在上海"文革"中自杀了，他是受伊萨科夫斯基的影响，他的写新疆的诗写得非常好。李瑛的诗是当时惟一可以在书店买到的，因为他没有打成右派，因为他是军人，解放军当时是至高无上的一个群体。所以得到一本书就很如饥如渴地看，甚至背，甚至抄，跟现在诗人们受到的文化的熏陶绝对不同，所以，一代人有一代人的诗歌观，一代人有一代人的文化观，一代人有一代人的阅读经验和阅读体验，都不一样。

如果让我来讲，我顺口可以说出这些人的诗。现在呢，说到诗歌的目的，大我，刚才说了。后来的小我，有很多很多走向内心小宇宙，84、85年之后，徐敬亚他们在深圳搞了一次大展，那个挺有意思，好多门派，都记不住，跟贺敬之还谈起这个事儿，大家都觉得很有意思，但是很快就过去了。发酵到今天呢，现在很多四川的诗人，受他们的影响还是挺大的，对于冲破当时诗歌的固定的一些框架，起到了一个非常好的作用。我开篇说三个崛起的争论．包括对杨炼《诺日朗》的批判，当时我在《文艺报》，我组的稿子，对《诺日朗》的批判，就是很短的一个批判，因为是当时《诗刊》的同志写的，他们有自己的解析，那个时候很严肃地批评《诺日朗》，反倒造成了杨炼的诗名！顾城也是这样。诗歌就这样一代一代的流变。

最后，诗歌目的是为了什么？我想说的，就是诗歌还是要给人以正能量，至少是在人沮丧、颓唐的时候，诗歌给你一些支撑内心坚强的东西。或者当你十八岁的时候，你能找到有效表达自己情感的书写方式，这我觉得就很了不起了，诗人就起了这么一个承前启后的作用。说到这，我有两个小资料。

我在《新华文摘》看到了张江的文章，就是两三个月之前。他是从诗歌的诵读谈，他提出一种观点，如果诗歌一味地小众化、个人化，等于放弃了诗的表达之维，折损了诗兴之意，就把诗歌的翅膀折了；如果一味地小众化、个人化，等于削减诗的丰富性，破坏诗性之根；如果一味地小众化、个人化，它会妨碍审美的反映过程，折断诗性之恋。我想起自己经历的一件事儿，就是2008年的时候，汶川地震，我带着一个作家采访团，在第一时间到了汶川。我们在飞机上正好是头七，大家在高天之上，在飞机上默哀。5月12号地震，我们5月19号到了成都，到了成都之后，当天晚上，比较惊恐的事情就是余震开始，成都市民大量往外跑。我们呢，住在组织部的一个招待所里，就把所有人喊下来，不能在楼上住，万一震了，十二楼你下不来。

这个时候，就很紧张，坚持不坚持，我跟何建明商量，当时何建明是副团长，我是团长，还有一批诗人和报告文学作家。到最后决定，不撤退。原来宣传部让我们撤出去，后来我们不撤了，与四川人民共生死吧。因为那个时候，地震跟一般情况不一样，不可防范，只能听天由命。第二天，我们到都江堰难民的队伍里面看，当时都江堰难民安置在青羊宫，是成都一个开阔地，很多帐篷搭着。我这个有一个日记叫《青羊宫的灾民点》，我们10点出发，去青羊区救助点，先见到一个北京的志愿者，在为孩子们牵一根绳子晾衣服。又见到一个上海的心理医生为七个孩子进行心理辅导，方式是让他们用蜡笔绘画，孩子用黑色、蓝色作为基调，画的月亮也是深蓝色的。后来这个心理医生王队长说，说明孩子们的心里非常恐惧，从心理学的角度让我长了一个知识。到另外一个帐篷里头呢，一个高中班在上语文课，我们从帐篷外面看，第一课是一个女老师，讲的就是诗歌，在那种场合，在地震废墟里面讲诗歌。

这个女教师叫钟圆，她一边读一边热泪盈眶，孩子在一边写，我们就进去旁听。这时候有一个叫郭森的，一个高一的小男孩，上台也读一首诗，叫《叔叔，是你给了我希望》。他写的是解放军叔叔从尘土中救出"新生"，都江堰四中高一一班的学生。后来这个诗我还带回来了，我带了抗震救灾的东西，都捐给了文学馆，包括郭森的作业和钟圆女老师的教案。

当时黄亚洲也在，我们都是诗人，我们跟大家谈一谈，我当时即兴讲了讲，因为我太意外，第一次采访，第一次在帐篷里，居然是跟诗歌相逢。在那种大灾难里面，我想到了，比如说美国9·11之后，是用什么表达方式表达自己的情感？是用诗歌。北约轰炸南斯拉夫，现在叫塞尔维亚，当时广场民众聚众，用什么方式？诗歌。大悲痛或者大喜悦面前，惟一可以倾诉的，小说肯定不行，散文也有难度，报告文学，更不可思议，只有什么？只有诗。下午，我到了一个巨大的难民帐篷里面，一进去就看见一个两岁的小孩，一个幼儿园八十多个孩子都被领走了，这个孩子到现在为止爸爸妈妈都没有人联系，估计是失独儿童。这个小女孩小名叫炮炮，炮炮是四川话就是软的意思，因为腿比较软，老站不直，我说炮炮特别可怜，可能是一个疑似孤儿。我们到里面采访，不到一小时出这个大门的时候，那个院长说，炮炮的亲人联系我了，她不再是孤儿了。那一刻，大家真的是非常高兴，每一个人都抱着小孩跟她合影，后来我还写了一首诗叫《抱起炮炮》，用手机发给了《幼儿画报》，因为是小孩嘛。那一刻，感觉她由一个孤儿突然有爸爸妈妈了，那种场合你对这小孩的怜悯是一种天性，人类得以延续，就是每一个不同种族都有这种基因，会呵护小孩，当然，老人我们也很尊重，但是呵护幼小的东西是所有动物界的一种本能，有一些鱼都会把小鱼子含在嘴里，养大之后把它吐出来。所以，炮炮那一刻，大家都非常感动，就那么一瞬间，小孩子命运改变了。

在聚源中学那天下午，下着小雨，满地都是白灰，两百多个孩子死掉了，墙塌着，黑板也是掉着，这时候放着哀乐，有两个中年男女，一直在那儿找，跟着我们找，"我的女儿乖得很，她哪去了？"那一刻你真的觉得心灵是痛得紧缩着。在人类灾难面前，这个时候，诗歌还能支撑他们渡过这种难关，这就是诗歌的作用。我们的诗有时候，你会觉得很无力，但是有时候你觉得还是很有力的，尤其在大的历史灾难面前，那个时候是一个诗歌的勃发期。2008年那次地震的特殊灾难，十万人的生命换来了那次的诗歌高潮。当然，我们不希望这种灾难老降临，但是中国古人确实有"国家不幸诗家幸，赋到沧桑句便工"。有了痛苦，有了沧桑之后，你的诗肯定就写得好，没有任何历练，没有任何沧桑感，你没有不幸，光写快乐，快乐当然也需要，但是你也打动不了人。所以诗歌能做什么？可能是没有用的无用之用。当然也可能会非常有用，就是地震帐篷里面，钟圆老师，高一一班老师讲的第一课，让孩子们表达对救助他们解放军的感情，为什么选择了诗歌？我没有问她，我觉得这种选择是非常正确的，甚至是直觉的，下意识的，觉得只有这种诗歌，能让我这个班上同学们振作起来，不要这么沮丧，从灰土中给扒出来，解放军的手托起来，让他们记住感恩，记住这一切。你说这个老师是诗教重于其他教，这个我认可。

台湾对诗歌教育很重视，从小学一年级到六年级都有诗歌教育，咱们大陆稍微弱一点。我们诗人自己应该拥有这种家国情怀，有一种沧桑的意思。我看胡茗茗写地道战的那首诗非常好，这个角度太好了，地道战是河北的特产。不久前我看了一个前辈作家的作品，他是莫言最感恩的恩师，叫徐怀中，也是我们中国作协的老副主席，还是我们昆明军区的老领导，到我们团蹲过点。写了一本《底色》，应该是口述实录文学。他呢，1965 年前后援越抗美，作为解放军报记者到南越战场，穿越胡志明小道，历经轰炸坎坷，最后写到南越的那么多英雄，写到南越的地道和冀中地道的不同。我看到之后都傻了。他的爱人是总政歌舞团的，是跳《椰林怒火》的主演，是舞蹈家，《椰林怒火》就是写南越抗美的，等于夫妻两个都是文化工作者，妻子在舞台上跳，丈夫拿着笔到南越，一待待好多天。

他说，南越的地道挖得挺独特，就在稻田里面，而且进去，那个地道很窄小，我进去之后，都要呕吐了，跟我们冀中平原的地道战是大不一样。你看完这个再写地道战，再看南越的地道战，一个草地上突然一个人站起来了，就是一个人守一个地道口打美国鬼子，当时把美国人打得很惨。越南战争美国人吃了大亏了，基本上中国人投入很多很多了。老挝、越南都有我们的人民解放军，化装成他们的部队，或许是指挥。我一个副营长就是死在老挝。紧接着在 79 年，我们跟越南翻脸，又打仗，徐怀中又上前线采访，这个时候，他就写了《西线轶事》这个小说。他用他的历史经历来写了《底色》，生命的底色、人的底色，最后提出，战争还是残酷的，能不打仗还是不打仗。我觉得还是和平思想，是徐怀中在《底色》里面给出的启发，这个是刚出的一本书。

我们的一些诗人在这种场合，能不缺席，能准时到位，这也是一种社会需求和精神需求。有一种观点，说我们在地震的时候，在奥斯维辛之后写诗是可耻的。奥斯维辛我也去过，这种观点我也知道，但是确实说归说，你有感而发，发自内心的，而且又有一些自己的发现，用诗的方式，还是最直接的表达自己的情感方式，还是和公众进行一种呼应和对接的捷径，这是我的一个看法。我在《诗刊》前后两任当主编，97 年去一次，那时候是翟泰丰同志当党组书记，给我的任务是去工作一年就回来。那时候我去《诗刊》，吉狄马加到《民族文学》，金坚范到《文艺报》，本来陈建功还要到《人民文学》，四个书记各领一摊，后来建功没去了。说是一年，结果一直干了五年，因为事儿很多，很忙，兼职比较辛苦。那个时候我的助手是叶延滨，另外一个助手李小雨。2002 年，中国作协成立出版集团，要求统一由张胜友同志指挥，我们出版集团成立的各刊物合并了，这时候我得以撤出。后来李冰同志来当党组书记，《诗刊》的叶延滨面临退休，没有人接。李冰同志找我说，你再去兼一年，我说是一年吗？他说肯定，说话算话！这一干干到去年八月份，差不多五年，《诗刊》这本刊物，它的历史大家都知道。

《诗刊》有一个特殊的故事，我可以讲给大家听。1997 年的时候，我当《诗刊》主编，当时的总书记江泽民写了两首诗词，我们想刊发，请示中办，没回音，是写黄山那两首诗，后来在《人民日报》发了。有一次，翟泰丰在电梯里见到江总书记，就赶紧问，我们的《诗刊》要求发你的那两首诗你怎么不给我们呢？江泽民回答道：《诗刊》那是毛主席发诗的地方，我怎么敢发？老翟很高兴地跟我说，我突然意识到是对的，因为在这个层面上，他有他的敬畏，知道自己的诗跟毛泽东的诗相比还是有差距的，《诗刊》是以毛主席发表主席诗词然后才创立的，非常有名的。这就是我所供职过的单位，我不知道别人讲没讲过，我一直拿这个鼓励我《诗刊》的同志们，这个是一个金字招牌，中央领导也敬畏《诗刊》，你们不必妄自菲薄，要把刊物办好。我们谈诗歌的作用和意义，肯定离不开《诗刊》，离不开诗歌的刊物，离不开诗人们、编辑们，很多都是很好的编辑家。你们现在都是商震的学生，他带了十二个同学，再往前都是李小雨带，她带了好几年，后来我说让《诗刊》的主编带，有什么好处？《诗刊》有版面，他们能及时地发出来，很重要。所以，我们今天谈诗歌，谈的是一种人类的特殊文化现象，从源头开始，甲骨文之后，到现在为止，一直讲到地震的诗歌，这么一个源流，包括国外的，哥伦比亚一种诗歌的氛围，说明诗在我们当代生活中，在你个人生活中很重要，在你人类的民族文化中，也非常的重要。

前两天习近平总书记发表一首词，十几年前写的，歌颂焦裕禄的，非常好。后来，李冰书记让我们考虑考虑写一点评论，我推荐廖奔副主席，他对旧体诗词下的功夫深。说明我们的领导人对中国的传统文化还是很喜欢的。所以，我们现在提出文化软实力，文化软实力里面如果没有了诗歌，我觉得这个文化软实力根本不靠谱，光靠小说，虽然莫言得了诺贝尔奖，我们很高兴。但是文化软实力中，如果没有诗人参与，这个文化软实力就属于缺项，如果文化的森林里面缺少了诗歌，那么这个就是资源配置不合理。我们不要妄自菲薄，大家把自己的一亩三分地耕好，把自己古典文学的底子打好。从模仿到创新，这样逐渐逐渐形成自己的风格，但是确实现在是一个多元的文化社会，现在的诗歌受众面，表达方式很多了，微博、微信、网络等等。不一定在诗刊发表了，我就天下闻名了，守着网络世界，可能影响就非常大，地震的诗歌不就是这样吗？《妈妈牵着我的手》，就看你碰没碰到时代神经的痛处。确实要有十万人的生命代价来换一场诗歌运动，我觉得有点不值，最好不要有，如果来了，发生了呢，最好不要躲避，就完成你的使命和担当，当仁不让，说出你想说的话，这个时候肯定诗歌会起到特殊的作用。

我再跟大家分享一下，也是一个小资料。有个诗评家兼诗人叫沈奇，《文艺争鸣》2013年第7期，提出一种汉语新诗的观点，到目前为止算是一种弱诗歌。这种弱的根由是由于新诗喝"翻译诗歌的奶"长大的，且单一凭靠现代汉语的"规矩"所长成，故无论比之西方现代诗人还是比之中国古典诗，打根上就难以"青出于蓝胜于蓝"，而且总难摆脱"洋门出洋腔"的被动与尴尬。一个民族的文化根性，来自一个民族最初的语言：他们是怎样"命名"这个世界的，这个世界是怎样"命名"了他们。而诗的存在，就是不断重返并再度重铸着最初的语言、命名性的语言。当代中国人，包括年轻人，之所以还有那么多倾心于古典诗词者，实在是由衷地倾心于那种留存于汉语文化深处的"味道"，倾心于这个民族共有的情感原点和表意方式，这样说不是说要重新回到古典的之乎者也合辙押韵，而是说要有古典的素养作"底背"，才能"现代汉语"出不失汉语基因与风采的汉语之现代。故，今天的汉语诗人们，要想真正地有所作为，恐怕首先得考虑一下，如何在现代汉语的明晰性、确定性、可量化性之理性运思，与古典汉语的歧义性、隐喻性、不可量化性之诗意运思，亦即"翻译体"与"汉语味"之间，寻求"同源基因"的存在可能，依次另创一条生存之道，拓展新的格局和生长点。对此，我给出的答案，依然是这些年我总在那讲的四句套话：内化现代，外师古典，融会中西，再造传统。同时，也应注意以"雅气"化"戾气"的意义。"暴戾"的"戾"，就是刚才说的恶狠狠的这个劲，我觉得这个观点还是有一定的参考价值的。

　　说到古典诗词，前辈诗人臧克家、刘征、刘章还有丁芒、贺敬之、邵燕祥，他们新诗旧诗都写的，包括王蒙旧体诗也写得很好的。鲁迅不说了，郁达夫、聂绀弩等等，这是咱们现代非常优秀的。以前我们作协对旧体诗基本上是放弃的，《诗刊》旧诗发得也不多。现在《诗刊》搞了一个"子曰诗社"，版面也越来越多，旧体诗也越来越多。所以，我说旧体诗词值得尊重，如果大家有兴趣，包括我们在座的朋友们，你们如果有可能，可以新诗旧诗一块写，有时候用新词的思维来构思旧诗，还能出特别好的效果。

关于当下的文学创作

梁晓声

　　最近确实在思考关于小说，主要是短篇小说的一些创作问题。因为已经六十五岁了，我非常珍惜到七十岁之前的这五年的创作时间。自己的想法是要写十篇短篇小说，要写十篇中篇小说，然后再完成一部长篇，到七十岁的时候就可以金盆洗手了，就可以退回家中然后去做一个纯粹的读书老人，因为写作写了这么长时间，应该说经验和对文学的认识，可能更成熟了一些。但是身体的支出耗损确实是很大的，所以也确实写得累了。

　　我是从读小说开始热爱文学的，也是从小说开始走上文坛的。但是最近十年了，小说写得少了，因为时代变化之巨、之迅猛，刺激我采取了更直接、更及时的文学反映，所以写了不少散文、杂文、社会时评，比如说《九三断想》《九五随想》《凝视 1997》，然后还有《世纪末的思考》《中国社会各阶层分析》《郁闷的中国人》《忐忑的中国人》等等，这些非虚构类的书籍也曾经获得些非虚构类的评奖。但是到了六十五岁的时候，其实又开始怀念起小说来了。这之间又写了电视剧《知青》和《返城年代》，这也耗去了很大的精力和不少的时间。

　　因为我是从知青文学开始走上文坛的。那么为什么一直到六十五岁的时候，还写知青这个题材呢？再后来写和以前写，想法是不一样的。以前在很大程度上首先是为知青写，是感情写作，是希望国人通过这些小说理解、再认识曾经是红卫兵的这一代知青。理解、再认识他们在上山下乡的十年中怎么样发生了思想的变化，怎么样地成熟了。我个人觉得对于中国"文革"年代的反思，其实知青们是最有发言权的。而且也做了不少工作。到后来写的时候，事实上是基于这样一种考虑。就是说时代越来越向前。我们有了新的三十年，就是改革开放的三十年。这三十年有很多新的问题。有很多新的矛盾，但是我个人的看法是，它肯定是发展中的问题，发展中的矛盾。同时也是从前的国家问题和国家矛盾延续到后三十年的一种积累。

我们如果不能对前三十年的这些问题有一些起码的认知，就很难客观地、理性地来看待我们改革开放三十年以来存在的这些问题。尤其是在大学里，我进入大学之后发现我的学生们，他们经常受到目前中国发展中的问题、矛盾的困扰。但是他们不太知道，中国为什么在 80 年代开始改革开放。我经常跟他们举到两个例子，我说有些事情你们是不知道的，就是说中国在 80 年代的时候，为什么以那样一种现在回过头来看，其实是不科学的、不成熟的、单纯经济观点的一种姿态迅猛地发展过来。那个年代整个国家的贫困，确实已经到了一个边缘。我举三个真实的例子，一个例子是在"文革"年代的时候，张春桥曾经向中央写信，揭发王洪文生活腐化堕落，内容之一就是洪文同志经常蜷坐在沙发上，手握从国外进口的高精密仪器遥控电视，在看外国的什么什么录像带，或者是之类等等。其实就是遥控器，你想张春桥作为一个国家的政治局常委，他不知道那个遥控器是随着电视机本身附带的。

第二个例子，邓小平率团去出席联合国大会的时候，在临出发前若干天，突然想到我们出去要带一点美金，至少国外还要给小费。那个时候发现中国的国库里几乎没有美金了，最后紧急拨调两万美金，所以我们的代表团在国外的时候，对于人家的服务员是说谢谢，但从来舍不得给小费的。

第三个例子，就是有一次我到文史馆去开会，接我的司机同志是首汽的，我们聊起来，聊起从前年代的时候。他说从前那个年代，现在的年轻人不知道从前中国人穷到什么样的程度，他说他的父亲是中国社科院的一位工程师，在57、58年的时候，由于莫须有的罪名受到了不公正的对待，然后服刑就是十八年，等粉碎"四人帮"之后，平反了，回家了，但是身体也垮了，不久就患了癌症去世了。这时按照政策是要给予从前工资的补发的，就是我们北京市的一个区的法院的同志，到他们家里宣读完了平反证书之后，然后家里虽然很悲伤，但也总希望法院提到补偿。法院的同志最后说，现金是没有的，因为就没有这一笔钱。有补发，目前也仅是好多高级的干部，高级的知识分子，首先让他们拿到一部分。我们给尔们家补发一千七百斤全国粮票，一千斤是以法院的名义补发的，另外七百斤表达我们法院当时对于这件事的歉意，我们是号召了员工们凑的七百斤。因为当时的粮票是可以换钱的。

所以当时的中国就是那样一个中国，80年代就从那时开始。所以一定要抓经济了。我还知道我们一位科学家，在80年代以后，国外请他去讲学、交流，但是没有说给报销来回机票。去的机票怎么办？那就要一次次地打报告，最后要惊动国家领导人，做特批，然后坐到飞机上了，单位的人才敢去，说终于批了多少多少钱，然后也还是单程的机票，你到国外跟他们说，我们中国现在还很穷，希望对方国家考虑我们中国的情况，总之，你跟人家说好话。

那个科学家说总得有点零花钱吧，只有二十美金的零花钱，所以当时的情况就是这样。

写小说，就要想当下短篇小说还写什么？怎样写？想写什么就写什么，想怎样写就怎样写。这类话是随口应付的说法。任何一位作家的任何一篇较好的小说，尤其短篇，其实都是对以上两个问题反复思考之后才写出来的。例外是有的，但是不多。在作家不多，作品也不太多的时代，只要是写自己最想写的，按自己习惯的写法来写，一下子写出了好小说，这种情况有，但是现在情况不同了。

就是说在我们执笔想写小说之前，我们都知道前面已经有了海量的小说，你不想写什么的问题，可能别人写了，你自己还不知道。你不想怎么写的问题，一味地按自己驾轻就熟的方式来写，那就变成了某一种方式的熟练工。没有了形式的变化和新意，也就没了进步。

所以我至今也比较喜欢美国的欧·亨利，俄国的契诃夫，莫泊桑的某些，不是全部，包括茨威格、卡夫卡的短篇，当然还有我们中国作家的许多短篇。我个人觉得80年代以后中国作家们勤奋的、认真的、真诚的创作，事实上形成了中短篇小说的丰收的一个时代。因为80年代以来每届评出来的短篇小说，确实大多数都是相当棒的。

鲁迅的《祝福》，屠格涅夫的《木木》这些我也都特别喜欢。我想一个作家如果写了一生，如果有十来篇像《羊脂球》《警察与赞美诗》《项链》《肥皂》《一个陌生女人的来信》《变形记》《祝福》《木木》那样的短篇，那就是应该聊以自慰了。欧·亨利的《肥皂》给我的印象很深刻。短篇小说是很难写的，因为尤其在今天当我们谈短篇小说写作的时候，我们面对的情况是这样的，有网络，有那么多吸引一般人眼球的读物，短篇的影响力恐怕已经不像80年代到90年代之间那么大了。短篇对于你的构思的要求又是相当高的。你写一篇短篇小说七八千字，不论发到哪个文学刊物上，即使以现在最高的稿酬标准也高不到哪儿去。两三千块钱而已。

所以在这样的情况下，人们还致力于短篇小说的创作，这样的作家，我内心是起敬意的。短篇小说，它非常像玉石、像琥珀、像核桃材质的一些小把件。因为它材质小，所以它需要精雕。在这些小把件的雕刻界，有一个行业的通语叫做巧雕，就是你看那些选玉石的雕匠，有的是大师，玉石很小很小，那么小拿来之后，他在手里看过来，看过去。然后当他真的雕出来之后，你会觉得这么小的一块玉石还能产生这样的雕刻作品。那这就是短篇小说。

当然我对我自己的一些短篇小说，我的短篇小说中，几乎没有自己满意的。只有自己较为满意的。有一篇叫做《讹诈》，它当时应该是在《人民文学》上发表的，发表之后转载率也还是很高。这个《讹诈》讲的是一件什么事呢？就是某公司要上市了，开完新闻发布会之后，老板非常高兴，然后就把老会计师请到了办公室里，说你已经到了退休的年龄了，跟了我这么长时间，你很敬业，这个大信封就推给他了，这是我个人，也是公司的一点意思。里面当然装的是现金了。这个老会计师一开始的时候，觉得不能接受，但毕竟是钱，他也需要钱，他就接受了。但回到家里，他会非常忐忑，因为他知道公司有一笔小金库，应该是几百万，这钱一定是从小金库中挪出来的。并且他作为老会计师，他经常地被借调出去，去查其他公司的金库问题和假账问题。因此，他对于查假账有太多的经验，他在自己履行这种经验的过程中，他遇到了那么多人到老了，要退休了，突然一件事出来了，身败名裂，然后人生立刻跌入低谷，有时还要锒铛入狱。想到这些，他非常害怕，所以第二天他就把这个信封退回去了，他说老板，你的心意我接受了，但是这个钱我不能接受。我虽然需要钱，我儿子要结婚了，要买房，还差多少钱，这老会计不善于表达，他的意思就是说只不过想表达，我虽然缺钱，但是这个钱我不能收。他转身就走了。走了之后，老板想一想，回味他刚才说的话，觉得现在还有不爱钱的吗？他为什么跟我说，他儿子要结婚了，还差几十万，交不了首付，他说的是三十万、四十万，我这给他十万嫌少？

于是第二天又把他叫来，这时候已经不是大信封了，是小信封了，薄薄的，一个卡，你回去吧，他也不知道这个卡是多少，回去让女儿一划四十万，这个老会计师更不敢接了，第二天就让儿子去把卡送回来，老板又很诧异，这时感觉到对方的胃口太大了，干脆再送信封里钥匙，干脆是钥匙，什么什么地方有一套房子，这就是钥匙，这个老会计师一看是这个状态，就几乎是立刻地就把钥匙用快件寄回来了。那老板不知道他面对的是什么样的情况。他只能想到就是欲壑难填。于是再接着就发生了交通事故，老会计师就死了。然后这个事情在破案的时候知道是老板的事情，老板也上了法庭，老板上了法庭有他的辩护律师，辩护律师就在讲，我承认是我的主谋，是什么是什么，但是我遇到了讹诈。怎么怎么回事。我第一次十万不行，三四十万也不行，一套房子还不行，这个跟了我这么长时间的老会计师他变成了这个样子，是我完全想不到的。

所以我采取了不该采取的方式，那么也有老会计师的儿子和未来的儿媳妇在下边听着，一方面对于父亲的死他们是感觉到悲痛的，另一方面他们也在想，我们的父亲，我们那么爱的父亲，一辈子清白的父亲，他们也不理解自己的父亲。但是老会计师已经死了，没有人再替他辩护了。所以我对自己的这一篇小说还是比较的满意。

还有一篇小说是《恐吓》，《恐吓》就是什么呢？就是乡下进城的一个青年，因为他没有特别的技能，而且城市里的关系也不那么多。要找到工作是很难的，最后他就找到了在一个街区打扫卫生的工作。那个工作当然在城市里非常低下。但是他很珍惜这个工作的机会。他做得很好。由于他做得很好，社区的人们对他很信赖，也对他很友善。旁边有一个小小的粮库，因为当时那个年代还有卖粮食的。然后粮库旁边一个小破屋子，粮库说这个晚上粮店需要值班的，你可以住在这里，你收拾收拾，我们不给你钱了。但是你替我们打更，来看住这个粮店，这时候他又有了住的地方，而这个小房子里面还有一部电话，社区的居民对他还特别好，他有时候给这家换煤气，给那家修自行车。那么也还能挣到一点小费。这时他的堂弟出现了，他的堂弟比他更没有能力，到处找工作碰壁，就住在了堂哥这里。

然后接着就发生了一些事情，就是他总跟堂哥说，他说你已经出来这么长时间了，家里面堂嫂生活一个人不容易，你应该回去了。堂哥说我回去这个小区的人对我还挺友善的，他们可能还舍不得我，堂弟说我可以接替，他哥哥说这个工作你可能还干不了。再接着堂哥就不断地接到恐吓信，而且还有一次，把人家派出所所长家养的猫吊死在了自己住的小屋的窗前，总之这种恐吓的事情越来越多，就是想让这个堂哥连在城市里扫街的这份工作都做不成。最后真相大白的时候，堂哥才知道原来是堂弟做的。问堂弟的时候，堂弟只是说，我羡慕哥哥的这份工作。结果堂弟就被判刑，那么这个堂哥也做不下去这份工作了，回到家乡的时候，他在家乡的家族亲情中也成了一个失败者。就是所有的家族都不能原谅他。是亲戚呀，一个堂弟找你了，就那么一份扫街的工作，就那么一个月两千多元钱，你这一点亲情都不讲，他说，他要那份工作，你让给他，你再去找一份不就行了嘛，所以包括自己的父母都不能原谅，认为他不是一个好的堂兄。

还写过一篇《私刑》，《私刑》是写几个农民在小镇上有过自己的一番事业，但是今天交这样的款，明天交那样的款，总之有人不断地敲诈他们，勒索他们。最后使他们的小事业做不下去。做不下去，最后他们就会争吵，发生肢体冲撞，然后打伤了人。然后其中的一个就入了监狱，那么小说一开始的时候就是监狱门口，另外的几个把这个叫大哥的就接出来了，洗澡，按摩，享受生活，换上衣服，吃好饭。然后兄弟几个就要去做一件事情，就是对于迫害他们的那位小镇上的官员实行他们的私下的惩罚，这个惩罚的方式也非常特别，因为他们都知道这个官员他最怕的是青虫，就是毛毛虫这一类的，就是走在路上的时候，有时候树上掉下来的那种，我们叫吊死鬼的那种虫子，他总要躲得很远。因此，在春季的时候，这几位就租了一小块菜地，大棚，就在那儿大棚里就培植起了菜青虫，培植了那么多，然后就把这个官员骗出来了，绑架，最后就绑架到大棚里了，你不是害怕虫子嘛，就让你体味到这种恐惧。

但是他们没有想到，其实菜青虫爬到了这个鼻孔里，爬到那儿，这个官员窒息而死，于是兄弟几个觉得这件事情可就大了，需要有人再进去更长期地服刑，要抓阄，还是怎么怎么样。然后我其中也写到，最后大家商量，谁谁谁不能进去，他老婆要生小孩儿了，谁谁谁家里还有老母亲，最后有一个人自告奋勇，我家事最少，有的那点事儿拜托你们了，我就自己去自首。然后我写的就是傍晚迎着朝霞等等，看着几个农村的汉子就向着派出所走去。

还写过《过户》，因为在北京的房价的情况下，有一个小青年父亲给他留下了一处房子，那一处房子，他始终等待着房价最高的时候来出手。最高的这个价位出现了，他到那儿去也找到了一个买房者，两个人去过户了。过户的情况下，就是因为一个小小的技术上的填表格的问题，出现了一点故障，这点故障如果那个办事的小办事员稍微地通融一下，它也就不是个事儿，那么那一天双方的买和卖就达成了，这个房主就很快意。但是偏偏碰到的这个小青年是刚上岗没几天，特别的认真，就这件事我就不能过。它必须补齐什么样什么样的手续，因此那天就没有达成买卖，没有达成买卖的话就回去要补这个手续，盖那个章，等他再回来的时候，这个房价几天像股市一样又跌下来了。跌下来了，他也不想卖了，不想卖了还要赔偿人家和他签合同买房的那个人。

因此，他就把这个怒气就转到了这个具体的办事员的身上。因此像股市一样，他盼着它再升上来，可是在那个小地方，房价本身偏偏地一路都在下滑，他的损失越来越大。因此，事实上我从一开始就是写大家都在各个窗口过户的时候，有一个青年坐在那里始终盯着一个窗口的青年。背着一个我这样的包，包里面是一把匕首。最后就是我写到了这个血溅当时的办公厅。

那么还有一篇就是《荒弃的家园》，这也是发在《人民文学》上的，《荒弃的家园》是我最早关注到这个农村空心化的问题。现在的农村真是，现在的农村尤其南方的一些农村，都盖起了小二楼，小三层楼，但是即使家园很漂亮了，家里也差不多只剩下老人、孩子和狗，所以我有的时候，当然，我们再说开一点，就是我们考察中国问题的时候，我前几天跟别人聊天的时候，突然想到中国的第一大问题，不是别的问题，是人口问题。我们大家有的时候不太想这些常识，一百多年前全世界的人口，也不过是十六亿多一点点。我们今天的人口就差不多是一百年前的世界人口。仔细想想，北京市就是本市的人口，两千多万，现在由于外来的人口之多，据说保守的说法也差不多是将近两千万。人口这么密集的一个都市，它意味着什么呢？意味着一个德国不过才六千万人口，人家那是一个国家，北京市的人口如果再加上上海市的人口，就多于了一个德国的人口。就几乎相当于一个法国的人口。而北京市的人口现在肯定比澳大利亚和加拿大的人口是要多的。

所以有许多事情在那里是一种解决方法，在这里完全是另外一回事。我前两天训了一些人，是我当年儿童电影制片厂的一些老同事，其中还有年龄比我大的，都是导演，摄影，美工什么的。我为什么训他们呢？我们的那个楼是 80 年代的旧楼，旧楼外边是一圈铁栅栏，铁栅栏外面有三米宽，十几米长的一段路，那一段路属于儿童电影制片厂的单位所属的路，这一段路，再外面才是两米宽的人行道。那么当道路改造的时候，有关部门把这个道路都铺成水泥的了，把人行道也都换上新的道砖了，唯独铁栅栏和人行道之间的这三米宽的路，人家有关部门是不给你改造的。因为这是你单位所属地，只不过让在了铁栅栏之外。那个地砖也塌陷下去了，也不平整了，也缺失了，也有老同志走过的时候，崴过脚，摔伤过腿，孩子也有摔伤过的，另外下雨还积水。再之后，车多了，道路两边停不下了，因为不能停在人行道上。所以儿影厂的老住户们自己家买车就停在这个路上了，我们所属的这个路上了。但是现在北京市做一件什么事呢？就改造老旧小区，单位出一部分钱，政府出一部分钱，我们也要把属于你单位的这一段路面，也铺上新的路砖。我对于这件事是很高兴的。我说政府现在真是做工作又细致了，原来我批评过他们，我说你们修路就这么一段，你就把砖都铺上，能多花多少钱？你们就空在那里，它给居民带来那么多的不便，这一空闲在那儿就是十年。可是现在政府要做这件事了，因此我回去还跟老伴和儿子讲，我说我们住的那个楼的话，现在环境会变得更好了。

但是我去的时候发现我们老儿影厂的十几名老同志在那里嘀咕，又有一些贪官了。肯定有贪官，总之在说这件事太不应该做了。我说你们有病？这么好的事，究竟怎么了？他们考虑的是，他们在那些地上安上了自己的地锁，就是地锁一旦安的话，它有了停车的位置，当你把它取下来之后，你把路重新铺好，你把一个既成事实的他的利益破坏了。他不知道重新铺好之后，还允不允许他再安上地锁，然后也确实没有地方可以停车了。

所以我就跟他们说，我说那你们话也不要这样说，首先要肯定这件事是政府做的绝对好的事情。其次，你要跟楼里的其他人家商议，这个地锁还能不能继续安下去。由于考虑到这一点，在我所住的那个小区，我是不走人行道的。我一定要是贴着车的外侧走在马路上。为什么不走人行道？那人行道是走不得的。就是在那些僵尸车、破车和人行道之间，各种各样的垃圾、粪便、呕吐物，所以我走了几次之后，我觉得这简直就是不能走，别人也不能走，那个人行道几乎就是白修在那儿了。但是在人行道的另一侧，马路的对面，一层楼都被出租出去了。所以我们有的时候也要抱着极大的包容，来包容许多我们认为不好的现象，它就存在在那儿，你必须包容它。因为每一个一层的小门面都被租出去了，每一个门面都养着外地的一户一家，在外地它是不可能的，但是在北京，哪怕开一个复印社都能养家糊口。

因此生存变成了第一位，夏天的时候，有一天我就看到，马路对面老婆婆坐在杨树下，是躺椅，那个躺椅一定是收废品收来的。然后收废品收来的小方桌，两个孩子在那儿写作业，旁边有半导体在放着音乐，还有狗卧在旁边，就是其乐融融的农村家园的那个场景，直接就搬到了一个北京小区的一个街的对面。你看看，你也很高兴，你觉得她们能在城市里生活，她们已经不回去了，现在过春节什么的都把父母接来了，只要能有一个地方睡，她们就很快乐，阳光也很好，你看着心里是很快意的，觉得这一时刻的，这一户农村来的人家，她们的幸福指数是很高的。但是你同时也会想到，你要她们像城市人一样，重视环境卫生，那也是很难的。

所以我这个《荒弃家园》写什么呢？就写这个村子都走空了，只有一个女孩儿十四五岁的时候还不能离开。因为她的母亲是半瘫在床上的，而她有一个姐姐和姐夫已经出外打工，根本就不回家了，本来是有一个老母亲在家里，这件事情应该是姐妹两个的事。可是姐姐，即使打工也是漂泊在大都市不愿意回来了。所以作为妹妹的心里是有怨气的，你就是每年每个月寄点钱就是了吗？然后她也很羡慕过春节的时候，从外地回来的本村的女孩儿们，她们的穿着，她们的钱包鼓鼓的，她们买的手机，她们谈起城里的事情. 她也非常向往城里，她越向往城里，她就对瘫在床上的母亲不可能不产生嫌弃。但是她没有办法，最后她觉得这个累赘什么时候死？但是因为本村还有一个她喜欢的小青年，在县城里读高中，他们两个青梅竹马。等男高中生从县城回来的时候，她请他到家里玩儿，总之这小女孩儿是处心积虑地设计成了一场火灾。

在火灾中老母亲被烧死了。然后我就写她怎么样搭上一辆车，赶赴到城市，远远地已经看到城市的轮廓，看到城市的景象。总之，她心里非常兴奋，现在她终于没了任何的牵挂，她再也不必回到那个偏远的、不愿意回去一次的村子。在她这样想的时候，县城里的警车追上来了，这就是我写过的这几篇自己还比较满意的短篇。

在这几个短篇里面，其实我更喜欢的是《讹诈》和《荒弃的家园》，《恐吓》《私刑》《过户》，我就觉得现在回过头来看，非常像网上小说，并不很好。

那么刚才讲的这些就是说它都是情节性比较强，但也有一类短篇小说并不在故事上煞费苦心。他是写人物的，比如说《羊脂球》《祝福》《木木》。《木木》写于俄国刚废除农奴制的时候，我是初中生的时候，还给《木木》加了另外一个结尾。因为我不太能接受屠格涅夫原来的那个结尾，《木木》讲的是一件什么事呢？因为屠格涅夫的外祖母本身就是地主，有很好的庄园。这个庄园里有一名又聋又哑，但是身材高大强壮的农奴。名字叫什么，我已经忘记了，他很少与人交流。他曾经爱过农庄里的一个洗衣女工，但是女地主把洗衣女工嫁给了一个酒鬼，从此人对人的爱，男人对女人的爱在他心中就泯灭了。这时他养了一只小狗，和小狗相依为命。小狗是他的最爱，他叫小狗的时候，口中就出木木、木木的声音。但是有一天女地主来庄园视察的时候，小狗咬了女地主的裙子，女地主非常生气，就指令把木木处理掉。对于农奴们来说，女地主的话就是指令，是必须执行的。处理掉的意思就会理解为弄死它。那只有由它的主人来做，这虽然是他的最爱，但是他必须执行。因此，他就把木木抱上小船，把小船划到湖心，然后在木木的脖子上拴上绳子，绳子的另一头拴上石头，那么把木木绑起来。

这时小狗的眼中还以最信赖的目光望着他，以为主人在跟它做有意思的游戏，当他松手的时候，小木木就沉下去了。然后过几天，这个高大强壮的农奴也从庄园里消失了。我特别欣赏这篇小说，因为屠格涅夫实际上是在写农奴制度，使农奴变成了怎样的完全失去自我的那样一类人。屠格涅夫非常精心地设计。第一，他聋，他对于世界所知甚少。第二，他哑，他诉求表达甚少。第三，他强壮，他是有力量的。但这力量也只能服务于女地主而已。那么再有就是说已经把他变成了，要他亲自去毁灭自己最爱的时候，他也服从。就是我们说的那个奴性。因此，他事实上是在谴责农奴制对于人类的，一部分不幸的人类，人性的最不道德的一种扭曲。这个小说的这些意图是非常明确的。

但是我当时为什么改写它呢？因为我在少年的时候是爱狗的，我是养狗的，尽管那个时候是粮食困难的时期，我们家里宁可兄弟几个自己少吃一口，也养了一只小狗。因此，我就觉得对于木木这样做，我心里觉得太不忍了。因此，我改写过，就是说当他的手，当主人的手贴着水面的时候，木木以那样的目光望着他的时候，而且用自己的这个下巴去蹭他的手背的时候，这个农奴终于不忍了。他没把它放下去。因此，我写 N 天以后，在另外的一些地方，人们看到一个聋、哑，高大而强壮的人在到处打工，他身边一直带着叫木木的小狗。当然，这肯定是因为我出于自己的对狗的这种喜欢，来狗尾续貂，是不是会损伤它的深刻性？这里就提出一个问题。就是说人性的温暖和深刻性之间分寸的问题。但是我的写作有时只要不使深刻性受到最大的损害，我都希望不失人性的暖意，我希望这二者结合在一起。

但是我们现在面临的问题是，从理论上讲，文学人物应该比现实人物给人以更深的印象。小说情节应该比生活中的事更发人深省，这两点目前受到了生活本身的颠覆。也可以说受到了生活本身的嘲讽。以前说文学再现生活，现在是生活复制文学，除了神话故事是现实生活无法复制的。举凡古今中外一切文学作品中的人和事，已经差不多都被中国的当代生活加以复制。

《小官吏之死》《变色龙》《贵族还乡》《阿 Q》《木木》，就是我们能看到的，你读得越多，那些文学作品中的事，古今中外，你突然发现怎么在我们的现实中它又重新几乎原样地呈现出来了。而且远比小说的情节更独特，令人瞠目结舌。所以在这个情况下我们的小说还怎么写呢？比如说《警察与赞美诗》，这应该是名篇了，我带着这本杂志里，其实就又一次提到这件事了，网上也报道过，报上也报道过，就是我们北京火车站，就是有一个老汉，就是当街来抢了，抢完了之后就是说我要进监狱。监狱管吃管住，我已经七十岁了，我无儿无女，想来想去他住过监狱，比起监狱，我一个老人在监狱里还不必干活儿了。你看我们的生活完全复制了《警察与赞美诗》，那么在这个时候说句实在话，这个作者如果是在这个之后再写这篇小说，意义大打折扣。

《小官吏之死》，我讲的也都是真事，我曾经听别人讲的，这是在外地，也是一件不幸的事情，据说有一个时期，微信上也流传过。就是两个人是朋友，一般性的官员，一次朋友间的聚会之后，然后这个市纪委官员的甲就对乙说，现在其他人都走吧，咱俩留下，再认真谈一谈。

很普通的一句话，因为他们两个见面的机会少，又是大学的同学，以前也一直很好，一定是有好多话要说。但是这一转过身去，那我上一次厕所，在厕所里就跳楼了。现实复制，比《小官吏之死》还黑色，不要以为这件事是杜撰出来的，在"文革"时期也发生过这件事情，就是黑龙江省。你知道有一首长诗叫做《张勇之歌》，你们听说过吗？张勇是一名女知识青年，她在呼伦贝尔大草原上放羊，为了救一只小羊羔落水，她失去了生命。那么当时我们黑龙江省的一名诗人，就写了一首长诗，叫做《张勇之歌》，在那种文学匮乏的年代，《张勇之歌》出成小册子流传甚广。因此，在那个年代，一首诗还能印刷出来，这个诗人，那年代都是诗人、小说家都进入另册的年代。所以这个诗人是很受待见的。这个诗人是我们黑龙江省一个县的诗人，有一次，县里的领导就告诉她，到省里去开会，其实就是让她去开会，很看重她，去开一次关于纪念毛主席在延安文艺座谈会上的讲话的会议。县城的一个诗人，她说那我回家准备一下。至少带点牙具什么的，说那不要带了吧，那边会为你准备好的。在"文革"的年代，她不知道这件事意味着什么，接着就跳楼了。就是从前复制了这样的事，今天也依然复制这样的事。

生活现象已经远远高于我们作家虚构的能力。我们经常讲，想到一篇小说，突然觉得这个生活中早就有了，而且被网上广泛流传。我要写一些短篇，我想到一个内容，我就会思考，在此之前，相似的小说发表过没有，至少是以我的阅读范围。第二，我不上网，我就要特别知道网络上有类似的情况没有。如果网络上有类似的段子，我的小说就不必写了。因此，我在构思过一篇，我说叫做《婉的嫉妒》，婉是一个农村女孩儿的名字，我为什么要写这个《婉的嫉妒》呢？也是我关注到一种农村现象，这种农村现象就是成年人们都到城市里来了，农村留下了一些留守儿童。还有一些留守的少女。她们只在读中学生。其中一个就叫婉，婉长得不漂亮，但是在这个村里面又出了一个做生意的人。做生意的某某，虽然生意做得半大不小，但是他对于那个村里的人就是土豪了，他有很多钱。于是婉敏感地发现到每当他回来的时候，她的女同学们都会被召去见他，他给这个一件衣服，给那个一个手机，给什么什么，每次都不告知她，因为她不好看，因为她不漂亮。

在最后婉以她少女的敏感知道，她的这些女同学一定是跟那个人有什么样什么样的关系，她看到她的女同学们总是得到东西。而她的这些女同学并不以此为一件罪过的事情，羞耻的事情，这一切都发生得很自然，好像这种关系是一种其乐融融。因此，她对她的女同学们产生嫉妒。她不会有检举的意识。因为她也没有证据。她只剩下了嫉妒。这个嫉妒，羡慕嫉妒恨，羡慕就产生恨，那么最后结果就是她把其中一个得到东西最多，而且经常在她面前表现出最得意的那个女孩儿，用什么什么样的少女的计谋骗到一个地方杀死了。我就在想，我说这篇小说值得写吗？事实上这既是一定的社会问题，但同时也还是一种心理问题，不是所有的情况下都必然产生这样的事情。

这就是我们中国小说，尤其是中短篇小说和国外小说有时的一个差别，就是外国小说在较早的时候，已经开始关注人的心理，就写心理层面的问题。而我们可能还把更多的精力花在技术这个事情本身。所以我想这篇小说，我也要写得更心理化一点。几乎就要动笔了，那一天中午在家里吃饭，一边吃饭一边看电视，《法治进行时》，突然讲到四川的某个农村，事情跟这个差不多。一个中学的少女，这个事儿出来了，电视里告诉你了，当然我会安慰自己，就会说，第一，这个电视内容它只播了一次，不会有许多人知道。不见得许多人都看过。第二，看过这个电视的人，不见得看过文学期刊。第三，看这个文学期刊的人也不见得看过那个电视，我这样写出来，按照我原来的构思写出来，没有人会觉得你是不是把电视上的这个事儿写了。

但是有的时候作者就会跟自己过意不去。就觉得虽然我构思在前，而电视是在播出在后，但是这两者太相似了。在自己这儿就过不去了。那么你们说我这篇小说还值得写吗？你们支持我把它写出来的举举手，我看看。谢谢。我有的时候，因为对自己太认真的时候，就会觉得要不要写的问题。

我还构思了一篇小说，叫《一只复仇的蚊子》，我也挺喜欢这篇小说，这篇小说的构思怎么来的呢？就是有一次在小区里走路的时候，在我前边走着两个小学的女孩儿，就是我们小区的邻家的。其中一个女孩儿不知道因为什么事生气，嫉恨某人，然后她说什么呢？我真恨不得变成一只蚊子，整个夏天叮得她睡不着觉，这是孩子的话语。我说一个孩子对另一个孩子恨到了这种程度，肯定她被蚊子狠狠地叮过。然后我就在想，变成了一只蚊子开始复仇，然后我就会顺着这个端点，使自己的想象生发开来。我希望它是一个女性，男性变成一个蚊子，这个想法我很难结合。所以不知道怎么一想就是想到了女性。我想这个女性她一定是单身的。三十多岁，形象也应该是不错的。她受到了小官吏、不良分子结合起来的欺压。她受了委屈又无处说。她曾经得过脑膜炎，被抢救过来了。小的时候在农村生活过，被蚊子侵犯过。然后她就会产生——她又不可能像婉一样说，拿一把刀去杀人——变成一只蚊子吧。有一天早晨我就一直想，我说当我的蚊子去描写那个感觉，一天早晨一个女子醒来的时候，发现自己变成了一只蚊子，那个感觉是多奇妙。而且她家里面又只有她。门又关着，她已经不能再开门什么的了。关键在家里没有第二个人的时候，她饥饿，她是一只饿蚊子，饿得气息奄奄的，她没有办法吸别人的血。就是幸好家里还有鱼缸，然后就小心翼翼地在鱼缸里面啄一点水，然后怎么样小心翼翼地从这个窗纱的这个孔隙中钻出去。

她想这一切，都是那些坏男人迫害她的结果，于是她要去复仇，毕竟她还认识路线，可以搭乘出租车，可以搭乘公共汽车，然后最后确实到了人家里，因为她是有意识的报复的一只蚊子，她确实使第一个男人，那一个晚上根本就没有办法入睡。她很快感。然后，她会结识另外的蚊子，她会讨教能不能使他们得脑膜炎。其他的蚊子说我们以前有这个能力的。但是现在的话，这个能力已经退化了，因为药物太多，而且你没有觉得现在蚊子少了，就是说它们各种药物也使我们的生存也非常难。但是你要去找到脑膜炎的这个病毒的话，还是可以的。就带着她飞到某一个地方，在墙上有一只拍死了的蚊子，说看它的血液，还有干的血液。那个血液里面一定还保留着什么什么样的病毒，或者疟疾的病毒，然后其他蚊子一听说她要复仇，大家都很快感，说我们早就憋着要向人类复仇了，然后就是说你来带头，我们有聪明的蚊子说怎么样能使这个墙上干了的蚊子的那一点病毒稀释，然后我们大家都带上这种疟疾的脑膜炎的病毒，然后你说到谁家，咱们就去到谁家。

关键在于到冬天来的时候，它依然会恢复到一个女性的形象，由于她长期变蚊子，她出落得更苗条了，她的许多方面，她的脖颈修长了，她的手臂修长了，她的腿修长了，她的脸也变成巴掌脸了。所有认识她的女性都说，你怎么变漂亮了？你在哪块塑身过？她只能王顾左右而言他。包括以前使她愤怒过的那些男人，突然发现她变成了这样一个美女，也会要上赶着和她搭讪和向她道歉，或者等等。那么最后我要写到，有一天，第二个夏天来临的时候，人家某一个人的女儿生了孩子，在母亲抱着孩子的那样的一种情况下，新生儿嘛，作为蚊子的本能对新生儿的皮肤和新生儿的血液有着一种那样的要吸的快感，但是当她要往孩子的身上落下去的时候，她觉得母亲，孩子，就这个情形使她女人心的那个最柔软的一面发生了变化。她知道蚊子的吸管是不能去做这件事的，因此她非常的纠结，挣扎。然后这种她的善和她报复的那种冲动，纠结之下，她觉得已经报复过了，不要把报复的事情无休止地进行到底。因此她就赶快飞走了，因为那是晚上，在她这样想的过程中，她会从蚊子的那个形态中脱胎出台。所以有一个小伙子正在河边上怎么样地乘凉，突然听到有人落水了，赶快到河里面去救起来一个裸女，但是很漂亮，以后他们两个就结婚了。

我想这个小说，起码证明我的想象还没老吧。我觉得挺有意思，但是我又一想，人家卡夫卡毕竟有一篇《变形记》在那儿，虽然人家变的是甲虫，那也是变，人家都在那儿变过之后了，你中国作家在这里再变一只复仇的蚊子，而且在法国还有这个小说叫做《犀牛》，也是人变成犀牛等等，也觉得这篇还写吗？然后想了想，算了吧。

我个人关注到一个好的现象，一个令我感觉到，六十五岁了，半老不老的一个作家感觉到欣慰。我觉得也是会令在座的感觉到欣慰的现象。就是说恰恰是在我们的一些次发达省份，比如说陕甘宁，贵州，某些小城，有一些作者，一些和农村有着密切关联的，情感甚深的一些作者，他们与我们是不同的。比如说我刚才的小说中，也写到了一些我关注到农村的什么什么事情，我是以城里人的视角，以作家的视角，住在城里，然后去想农村有那样的事情。这只能说是你关注到了。你对于你关注到的这些对象，这之间有多深的感情。客观地说，是谈不上的。因为你没有和那些具体的人共同生活过。所以我们是这样来写小说的。可是另外一些人是不同的。可能那些农村人就是他家族中的，有这样或者那样亲戚关系的一部分。他们可能会过年过节就回到那个农村去。要在一个饭桌上吃饭。他们跟人家谈起来谁的工作，谁挣多少钱，谁在城市里什么遭遇等等，和我们听来是不一样的。

所以这些人落笔写下来的散文也罢，小说也罢，他会给期刊，给文坛，带来另外一种感觉。就是我们说的那个读着那些作品，字里行间感觉到感情是深的，是有着一种血脉的，血肉般的联系的作品。这是我们先天缺少的。所以我们欣慰的，我知道，有一些这样的作者，已经产生了，已经在那里执着地以他们的方式在创作着。因为我们作协的一些评论家，比如说像雷达先生，比如说跟他谈话，他会告诉我，晓声，山西有青年作者，甘肃也有，谁谁谁，他们的作品我都评论过。你以后，你这样的作家要读一下。所以我觉得这是我们的一份欣慰吧。

但是这并不意味着我们就不能写了。我们只不过是要看他们的作品，间接地让他们的作品成为营养，来提升我们写作的要求。

我整个的感觉是短篇小说像魔方，同一件事，有几种结构方式。比如我在大学上讲过这样一件事。这应该是我到北京语言大学最初的那几年，我给第一届学生们上课的时候，差不多是十年前了。因为有一天我在家里看电视，看到什么，就看到我们交通肇事逃逸，然后我家的这个小阿姨，四川的小阿姨就说，她说叔叔，你不知道在我们那里的话还不是这样的，逃逸还好，在我们那里有的时候是这样的，是如果撞人了，还没死，有时驾车者要狠下心来倒车，反复倒车。我当时听了非常的震惊，我就觉得怎么可能有这样的事情。她说就是有。她说在我们那儿，如果你交通肇事撞人而未死，致残，那你这一辈子，这个关系就算和你发生了。如果一次性死了呢，那就结束了，该多少钱判多少钱，在钱上争一下就完了，如果致残的话，在我们这里致残的话，我将来认为致残找不到工作，还要到你家来，我将来因为致残娶不上老婆，还要到你家来。她说我们那里发生过这样的事情，这是法院没有办法说清楚的。

所以好多人怕这样的事，就会变成那样的一种方式。然后我在大学的课堂上讲到我们国人的人道主义这个原则的时候，讲到过这个例子。我的一名男生，就把它写成了小说，叫做《午夜发生的事》。那个小说是怎么写的呢？是甲、乙两个农民，是好朋友，是发小。新买了一辆卡车，要甲陪着去从县城把它开回来，甲是早就开过车的人了，那么回来的路上甲就对他讲交通法规等等，要注意什么，刮风下雨等等，刮雨器等等，然后就提到，如果撞人了呢？别下车，闭上眼倒车。为什么？哥就是现身说法，几年前我不是也有一辆卡车嘛，我不就是由于碰了谁谁谁嘛，碰了谁谁谁不就是没完没了嘛，没完没了你嫂子不就跟我离婚了吗？不就把孩子也带走了吗？最后车都卖了，最后还赔不上这个，只能倒车，两个人正这么说着的时候，那个时候已经下起雨来了，突然一柄雨伞被风刮得就遮住了车的前窗，这时候他们就同时感觉到前轮颠动了一下，又有一闪，前轮又颠动了，乙就吓坏了，甲看乙吓蒙了，就是说倒车，乙已经不知所措。这个哥们非常义气，就替他倒车，连续倒了两次车之后，就把车开回家去，各自回到家里都喝酒。

这乙回到家里喝酒的时候，突然一转脸看，墙上的伞不见了，一柄黄色的伞，因为他跟他的老婆说好了，在路口等着自己接车回来的时候，他老婆买什么东西，然后要带上。这乙这时候又喝醉了，喝醉了的时候，一想肯定是自己老婆用黄伞遮住了那个车的前窗。就到甲的家里面去了，甲也在借酒压惊。两个人在言来语去的时候，乙恨死甲了，然后就发生了肢体冲撞。然后一推，又把甲推倒了，推倒之后头又磕在灶台的角上。他又失去了朋友。这乙一想，老婆死了，朋友也死了，回到家里再喝一些酒，想一想，自己也死吧。然后这就成为一个案子，这个案子就变成县的公安局和市的公安局破不了这个案子。发生了什么事情呢？就是前天他们还一起，两家都很好，这是发小，又没有其他任何线索。就是怎么分析也分析不出来他们之间到底发生了什么事情，所以从北京请来专家，最后也只能作为一个悬案放在那里。这是我的一个学生写的。

但是其他同学说老师，我们不太喜欢这个故事，说还有另外的写法，可不可以，因为我们讨论嘛，大家纷纷举手。有的同学就说，就是说这两个男的是死了，就是那样地死了。死了之后，女的回家了，轧的根本就不是那个女人，只不过是把那个女人的雨伞刮跑了，女人回到家里不明白这俩哥们之间发生什么事情了，自己的丈夫上吊了，赶快去找他的朋友，这两个男人是怎么回事，当然也请公安局，公安局来的话，包括村民的第一反应是，会发生什么事情呢？最后的焦点都落在是不是由于这个女人，做女人的行为上出了问题。而这个女人觉得我太委屈了，但是无论是专家，还是什么，包括村民，都会这样看。这女人想一想，这村子我待不下去了，然后就背着这个沉重的十字架，也是委屈的十字架就离开了，到别的村，到别的村这种流言也要跟到别的村。最后这种流言追得她再成家也成不了。谁一听，她前面还发生了那样的事情，谁都不干。最后这个女人没有人知道她到哪儿去了。

我想了想，这也使小说转入到了另外一个方向，也可以。当然，还有一个情况是说，妻子确实回来了，妻子没死，两个男人之间也没有发生那种肢体冲撞。因为妻子回来了，一问妻子，说在你们车前面有一辆拉麦种的卡车，我看到车上掉下来一捆麦种，你们只不过轧了那捆麦种而已。没有那些不幸的事情，但是两个发小的男人再也不会成为朋友了。这个甲很委屈，我对你那么好，虽然轧的不是你妻子，但是在那种情况下，我是那样的，亲哥们也只不过能做到那样，可是那个乙觉得这种朋友太可怕了，就坚决地不跟他来往了。这也是一个方案。还有人说，他说老师，我们让车轧了老师行不行，想到我身上了，我说行啊，讲来听听，他们说情况是这样的，确实轧着一个人，轧在腿部，甲说倒车，乙虽然听了甲的那么多说法，坚决不倒。下了车，一看是自己的老师，抱到医院去，就把老师的生命抢救回来了。而老师逢人便说，我教了那么多学生，这个学生是最好的，没有他我命都没了，其实这个老师从来没有特别地喜欢过他，老师想一想，确实要不是他自己可能命就毁了。然后又有的同学说，他说老师，还是这个老师，轧了之后，两个人都呆住，低头一看是自己的老师，老师说倒车，他们不听，还是把老师背到医院去了，结果老师的腿残了，老师以后这个上课也不能接着上了，不久就提前退休了，老师逢人就说，这学生我原来就说他脑子缺根筋，现在到底还是缺根筋，因为老师的儿子在国外上学，老师已经买了保险，说就这么点事儿，你们笨得都不能成全我。这也是一个方案。

就是还有一种想法说，他说老师我们又有别的想法，就是同样是这件事情，两个男人回到家里了，女人也回到家里了，明知是虚惊一场，虚惊一场，大家喝点酒，炒个菜，打开电视来看，一看电视，刚才车上撞麻包的现象，在电视中录下来了。并且播出了。而不是一个麻包，而是一个穿衣服的一个稻草人。为什么播出来了呢？是这个县里面分来了一批"80后"，小青年们在电视台工作，然后他觉得要对我们的国民进行法规教育，他们总是肇事逃逸，咱们抓一个现形，咱们就是要把这件事做得很好，他们完全出于很好的想法呈现出来了。两个农民一看大发雷霆，当然就把他们告上法庭了，侵犯名誉权，告上法庭的话，就引起了网上的讨论，引起了专家的讨论，然后法院也要讨论，这怎么办呢？最后名誉权侵犯成立。赔礼道歉。然后几个"80后"觉得原来道理是这样的，社会是这样的。媒体和我们要做的事情是这样的。有的"80后"一失望也辞职了。

你看同一件事就好像魔方，我们稍微把它旋转一下，它会延伸出来不同的短篇的这种风格和呈现不同的我们叫做主题的那种方向。我个人觉得，它有这么多种可能，所以我写短篇的一个想法就是当我在开始结构的时候，一定是这样的，就是刚才的这几种可能性会一一地从我头脑中过。我不会只想到了第一个我拿笔就写，我还会想，还有第二种结构可能吗？还有第三种结构可能吗？我尽量要启动我的想象的能力。凭自己能想出几种可能性，我要掂量这几种可能性。以自己的想法来判断，哪一个是我自己最想写的。哪一个我认为在我发出去这篇小说之后，它应该跟社会生活的碰撞作用更大一点。那么我可能会选取那一个方式。这种不同，有的时候还和作家本身的心情有关。如果作家那几天郁闷，看社会的心理处于消沉，他可能就会选择符合表达他当时心情的那一个方案。

所以我们在读一篇小说的时候，其实我们也可能从小说的背后看到这个作家在当时写那样的作品，他可能是什么样的。当然，这里有一个什么问题呢？就是说我始终在想一个问题，就是善，温暖，人性的希望，或者说我们对人性的理想。它和深刻之间是什么关系。比如刚才我们举的《午夜的事》，以我看来，如果我们依然感觉到这个社会很冷很冷的时候，冷，而且反映这个社会很冷的作品也很多的时候，因为社会很冷，反映作品就很多，那我这时候可能会选择其中的那一篇，就是他们把老师抱到医院去了，老师说，这是我教到的最好的学生。我为什么会这样呢？因为我对自己的要求就是说，我在执笔写作的时候，尽量地拾遗补缺。就是说我一定要看得多一点，现在哪一类作品，它多了，这类作品反映社会的那一面，成为普遍性了。但是我个人认为那一面一定不是全部。也应该有作品在呈现同样事件的时候，呈现社会生活的另一面，那因此我会说，我会把我的作品作为缺失的那一点，我补充进去。哪怕别人说，你看你的作品就不深刻了吗？不深刻我也会这样做。因为我认为这样补充了，整个文学所呈现的社会生活才算比较的全面。

我不太赞同那样一种观点，似乎认为善，人性的理想，人性的温暖，只要表达了这一点，就一定不能深刻。我不同意这种观点。比如说契诃夫的《第六病房》，因为《第六病房》里面就是一个精神病院，许多精神病者和疑似精神病者都被关进精神病院了。有担心自己不断地恐惧自己受迫害的这种抑郁症的文人。有激进的大学生，有这样那样的人吧。然后这个医院新来的院长，他就很善，他经常跟那些官员，邮电局长们在一起谈话的时候，跟市长们在一起谈话的时候，他说我来做院长，以我的眼睛看，这人那人，他们没有病，他们说的话是对的，他们对于俄国的社会的感觉是对的。

那这个人就不断地想关怀他们，想使他们在医院里少受到委屈，当然最后这个人自己也被关进了，就是院长本身被关进了病房，第六病房，重症，精神病患者的那个病房。因为院长本身他还保留着人性的温暖。但是毕竟契诃夫写了这样一个人物，他很温暖，他不影响这个作品的深刻。雨果的《悲惨世界》也是这样的，你想冉·阿让这样一个人物，到最后成为那样一个市长，然后还履行自己对芳汀的承诺，要找到小小的柯赛特，这是一个绝对理想化的人物。但是整个《悲惨世界》这部大著作的深刻性，并没有受到影响。

这部作品一开头还以连续两三章来写到米里哀主教，这个主教写得理想化是比我们的孔繁森还孔繁森。因此，我也不太同意只有写丑才接近了深刻，极丑极深刻，我不太赞同这种写法。我个人甚至觉得绝望，通过绝望来写深刻，我都是能接受的。在我的阅读和我的写作内，就是通过过多的丑，变态，血腥暴力，就是作品中塞满了这些稀奇古怪的东西，说只有这样才能够揭露我们的社会的什么什么，这种说法我肯定是不赞同的。而且这样的作品我也不认为是好作品。但是这种不好的作品，我自己也写过。就是我有一部长篇小说叫《恐惧》，《恐惧》当年可能是在，说起来应该是在二十五六年前的一本书，这本书，是我迄今为止长篇小说中发行量最大的。可能发行到三四十万册，当然是书商做的。我没有得到那么多钱，因为我当时只拿了每千字五十元，因为我当时不知道这种什么靠发行量，我们现在叫做版税，我们当时还不知道版税是什么，而且不相信版税，你说印了多少册再给我，我怎么知道你印了多少册，我们很相信，就是每千字多少钱，说每千字五十元，比出版署规定的每千字二十元高出三十元了，要这个。我们当时是那样的。它的发行量很大。

那部作品里面肯定有性，有暴力，有变态的，性也是变态的性，然后有变态的谋杀，或者等等。我想可能是我当时在整个时代剧变的过程中，使我感觉到一种好像是绝难接受、绝难适应的情况下，我会使它强化。这个作品出来之后，某报就发了一个小半版的，极大黑体字标题的，某省的一位女评论家，就写批评文章。说连梁晓声也堕落到这样的程度了吗？然后我认真看了她那篇文章，我觉得她批评得对。我认可了她的批评，因此我又以同样的字数，在同样的一份报上发了同样大标题，就是我接受批评。我要反省我的写作，这是一部失败的作品，我以后不再版它了。从那之后，估计有二十年它就没有再版过，后来因为我要出这个小的长篇的，因为现在一出长篇就讲某作家的一个套书几本几本一起出，说这本和另外的几本可以归为金钱三部曲。我想了想，我说毕竟是我的作品，也让它重见天日吧。由文化艺术出版社出，但是在重见天日之前，我说我要来做一件事情。只有我来亲自做。就是说我尽量地要从我的书中把血腥的，暴力的，变态的，就是曾经使它发行量那么大的那一部分剔除干净。

我觉得一部小说要做到深刻，不必考证。我也不认为加入了这个它就更深刻。而这也不是很高级的写作，至少我们读过的那些名著，深刻的作品很多。所以写作者可能有的时候，当你知道版税是怎么回事的时候，你知道，因为它太明确了，你加入这个，它的量就是那样，这时还加不加，还有意识地这样写吗？不这样写了。我觉得这是对我们的一种要求。所以我们先讲到这儿吧。

文学：承载与如何承载

梁鸿鹰

不该指望作家变为导师，或文学变为讲坛，文学只是提供形象，如果能够让人们从作品形象的承载中得到一些对生活、对世道人心的认识，便很不错了，而且在此之外，文学所承载的一切还应该有足够多的"愉悦"效果。美国小说家雷蒙德·卡佛曾经说过："好小说是一个世界带给另一个世界的信息，那本身是没错的，我觉得，但要通过小说来改变事物、改变人的政治派别或政治制度本身，或挽救鲸鱼、挽救红杉树，不可能。如果这是你所想要的变化，办不到。并且，我也不认为小说应该与这些事情有关。小说不需要与任何东西有关，它只带给写作它的人强烈的愉悦，给阅读那些经久不衰作品的人提供另一种愉悦，也为它自身的美丽而存在。它们发出光芒，虽然微弱，但经久不息。"文学必然依靠形象化、愉悦性和足够独特的承载，给世界带来更丰富的消息。

一

无论文学、电影、电视剧、戏剧，还是音乐，都以形象承载一切，在产生成风化人作用的同时，给人以娱乐。所有文艺形式的社会作用，以及对人发生的影响，绝非三言两语可以概括。文学所承载的一切，应该能够使人产生促进世界朝着越来越完善、越来越完

478

美方向发展的愿望。到目前为止，我们生活的世界虽不千疮百孔，但依然不尽如人意。不管作家是否自觉，对抗世界的不完善、让生活能更令人满意一些，也算得上是一个愿望，不少作家以虚构作为武器，与自己所生活的现实世界抗衡，就是一种抵制和矫正。

大部分作家可能都比较"拧巴"，跟外部世界时常格格不入，一般人所认可的现状、秩序或者规则，在有些作家看来，可能恰恰不太对头。而正因作家知道外部世界跟自己的想法不契合，才促使他要去写作、表达，以对抗瑕疵与不完美。不过，也可能作家们越努力，离努力的目标越远。好像盖楼的打工者，楼越建越高，盖的房子越来越多，但离能住好房子的目标，反而越来越远了。或者像刘震云《我不是潘金莲》里的李雪莲，本来要告倒丈夫，实现复婚，结果反而搞得又失身、又失理，被抓、被关，一通折腾，反而事与愿违。

但总体来看，人类所追求的使我们这个世界更加完善、使我们的生活更加完美这个目标，从大方向来看，肯定是越来越接近的。在这个过程中，作家能够发挥自己的作用，他们发挥作用所拥有的武器，与常人不一样，是属于自己的独特表述方式，是所承载的属于自己的思想观念等。

我们所生活的这个世界的图景，人类所处的境遇，能够人人感同身受的现实，正是我们首先渴望在文学作品中与之相遇的，如同我们想在熟识的场所遇见我们自己的朋友和亲人一样。某种不管是当代的还是历史的，只要可辨识的社会图景，都会使读者产生亲切感。文学的作用之一是为人类打开一个个认识世界的窗口，提供一些事实，让人们了解、懂得没有机会接触到的一切，或者有机会接触，却了解不深的一切，让人们通过作品去认识别人怎么看世界，从而让自己更加有见识，精神世界更加充实。

因此，文学是人类自己创造出来，借以去重新认识这个世界的武器。文学承载的一切能够形象提供我们对政治、经济、文化，以及生活传统、风俗习惯、人文习性认识的途径，促使人们更好适应社会、创造更美好的生活。无论是现实主义大师，还是那些标榜或不标榜现实主义的作家，实际上都会反映现实，给读者提供对世界的丰富认识。比方像马克思主义经典作家强调的，以巴尔扎克为代表的19世纪现实主义文学大师，他们描绘出了社会的风俗画、全景图，所提供的细节比社会学家、统计学家都生动，讲的就是文学的承载。

文学作品承载着对人的存在方式、人的命运的诠释。比如霍达的《穆斯林的葬礼》，作品当然不是讲"葬礼"的，是讲一个民族的历史、存在方式和生活方式的，说到底是通过讲回族的命运，反映社会，反映时代，给世上的人们带去独特的、新鲜的信息，提供一个民族富于心灵撞击力的历史画卷。作品对回族的文化传统，有很好的展示，比方通过婚俗，淋漓尽致呈现民族性格。小说第七章这样讲韩子奇和璧儿的婚事：

> 按照回回的习俗，男婚女嫁，不是自由恋爱、私订终身就可以了事儿的，任何一方有意，先要请"古瓦西"（媒人）去保亲，往返几个回合，双方都觉得满意，给了媒人酬谢，才能准备订婚。订婚通常要比结婚提前一年至三年，并且订婚的仪式也不是一次就可以完成的。初次"放小订"，……过了一年半载，再议"放大订"。……"大订"之后，男方就要依据婚期，早早地订轿子、订厨子，并且把为新娘做的服装送去，计有棉、夹旗袍，棉袄棉裤，夹袄夹裤……共八件，分作两包，用红绸裹好，外面再包上蓝印花布的包袱。至此，订婚就算全部完成，只待举行婚礼了。

而到这个时候，"宗教仪式的婚礼才真正开始"。随后则又是一大套……小说做了非常详细的描写。从中可以看到回族的生活秩序，作家对本民族的看法，对人和人之间关系的认识。从中你能看到人与外部世界的关系，看到人心，得到美的享受。婚礼有接送亲的环节，过去中国人用轿子，后来用自行车，乡村用拖拉机、马车，现在城市里流行宝马、奥迪、奔驰接送，风俗变了，与人的生活条件变化，与外部世界关系的变化有关，文学承载了这种线索。

二

文学能够承载人类对外部世界的感觉，人的感官对大自然的感觉。比方说对季节、对时序的变换，不同时期的作家有不同的表现，文学描写的优势在于语言的张力，情感的张力，在于能给人以想象的空间，比如说春天，历代作家以自己的笔写得摇曳生姿，丰子恺说：

> 春的景象，只有乍寒、乍暖、忽晴、忽雨是实际而明确的。此外虽有春的美景，但都隐约模糊，要仔细探寻，才可依稀仿佛地见到，这就是所谓的"寻春"吧。

张承志的散文《又是春天》则这样写：

> 连日来北京阴云不开，冷雨夹风，已经暴热了一场的城市又抽去了些噪闹。都市人如果说到天气，多半会用"北国之春姗姗来迟"之类的话吧，可是我想，对于散隐在这片城市中的那一小批原内蒙古插队知识青年来说，虽然沉睡了很久但确实还留着的一点经验，已经像风湿病般醒了。他们心中会掠过个沉重的念头：春天的暴风雪。他

们的心会随着天空一直悄悄带着一抹阴蒙，直至酷暑再次攫住北京才会在忙碌和热苦中渐渐麻木了那个念头。

春天到来对北方人本来是个好事情，随着万物复苏，人们即将看到一个绿色的世界，但是在张承志那里，却好像给他心头压了一块重重的铁似的东西。他对春的描写有很强的主观色彩，春天带给他描写的人们的不是好消息，春天像风湿病一般地醒了，带来非常折磨人的感受，这是作家当年心境的反映。

张贤亮在《男人的一半是女人》里写了一次大雨：

荒野上的砂砾，经过一阵阵暴雨的淘洗，白色的云母片和透明的石英全裸露在地面上，因而露在水面上的陆地显得异常洁净。水分已经饱和的树枝再也承受不了不断泼来的大雨，全缩头垂肩地耷拉下来；茂盛的青草密密层层地趴在地上，和地面的泥汤混在一起，叶梢顺从地向着低洼的方向，犹如河流中的水藻。从窗户里向外望去，常见的景物变得非常陌生，人们似乎一下子到了另外一个世界。每个人的心里都忐忑不安，仿佛脚下的大地即将崩溃。

在接受改造的张贤亮看来，春天的任何一次气候变化、风霜雨雪，大小变化，对他来说，造成的心理感觉都很复杂，因曾经投下很重的阴影。

而冯唐早年在写春天时有如下段落：

春天，像小猫一样，蹑着脚尖，一点点地近了。

尽管西北风还不倦地叫着。尽管天气还是冷得厉害，尽管冬衣还不得去身。尽管草还被寒气封在土中，尽管新叶还被梢在枝里。尽管墙角的积雪还没有融尽，当然也不见花的影子。尽管被公认为春天的象征的一切还都没有从蜗壳中探出触角。可我还是清楚地感到，春天就要来了。

表达的则是一种年轻人的喜悦。

三

文学作品当然也能承载大千世界、万花筒似的社会，让人看到世界的本来面目和不容易了解的生活，产生一种欣欣然的满足。文学把每个时代的社会制度、治理体系、运作方式如何等，通过形象化的描写反映出来了，所以能够使我们易于和乐于在文学中找到生活变化、社会问题、未来趋向的那些蛛丝马迹。比如，人们通过《红楼梦》看到了封建贵族生活由盛到衰的无可奈何花落去，人们从白居易的《琵琶行》窥得了唐朝官员业余生活之一斑，那水边的夜宴、那琵琶女的伴宴，难道不是当时风气侧面的一个反映吗？

再比如，文学几乎可以见证人类历史上的每一个关键时刻，大到国家疆界的勘定、条约的谈判，小到普通人的婚丧嫁娶、风俗年节，无不包罗万象。人们阅读陈忠实的《白鹿原》，却不单纯是为了了解小说所记录下的历史图景，而是要了解一个民族的人们，在争取自己的生存发展中，在建立社会秩序、生活规则的过程中都付出了哪些努力。

虽然不同国度、不同年代里的作家描写的人的生存状态各不相同，而且是如此的引人入胜、富于生机、细致入微，最让人们深受震撼的，是文学世界所蕴涵的世道人心之理，也就是"道"。

中国人历来讲究文以载道，这个"道"，说到底就是世道冷暖变迁、人心向背之理，就是要讲一些有益于人类的思想价值、精神理念等等，人们相信，只要你强调，进而坚守这些能够让世界更加美好的生活方式、方法、途径及信念，世道就一定会好，人心就一定会归仁。大家也都清楚，文学并不能直截了当地经世致用，如果谁指望让文学去改天换地、提升 GDP，那肯定是痴人说梦，同样，人们知道文学的任务也不是治理雾霾，或者帮人中彩票，甚至，文学连"中国式的过马路"也管不了。但文学并不会失去价值，因为文学能够载"道"，而且这个"道"，说得夸张些，与我们每个人是否能够在这个世界上活得美好，是息息相关的，所以大家更看重。

智利诗人聂鲁达说过，"我活到一定岁数，诗就来找我了"，事实上，可能每个人内心都有沉睡着一个诗人，一个向往描绘世界美好，期盼人心向善的诗人。对于人们的世界如何变得更加美好，文学向来不推辞自己的职责。伟大的文学，就在于以自己的方式，发出善意的声响，希望能够构建出一个合理的、具有美好意蕴的世界。

亚里士多德在《政治学》里指出："人，趋于完美之后，就是动物中最好的，但是，一旦脱离法律和正义的约束，却又是最坏的。"优秀的作家都发自内心地呼唤美好生活与伦常和谐，希望人们在这个世界上，能够于宜人的公序良俗中开辟生活，希望人心的向善向美能够更加自然、持久，希望人们对生活的热爱、对社会的信心，并不因为制度和时代的不同就发生变化。优秀的文学有助于提醒人们去注意生活的法则。文学作品以自己的方式标定人生底线、价值底线、秩序底线。例如周大新 2015 年推出的长篇小说《曲终人在》。

《曲终人在》从某种角度讲无疑是一部反腐倡廉的上好佳作，是呼唤社会风清气正的厚重之作，作品彰显正义与邪恶斗争，有一种黄钟大吕般的震撼力。全社会对公序良俗的渴求，主人公与恶势力的抗争，成为作品当中极为鲜明的一个内在旋律。不少人会认为小说写的是一个不太可能真的能在中国发生的事情。因为在一般人心目中，当个大官就是最大的成功，《曲终人在》的主人公欧阳万彤在省长的位子上却要辞职，一点儿都想不干了。理由很简单，他觉得做个有良心的、符合自己意愿的官太难，不如知其不可为而不为。但他辞职没有成功。他退休、猝然去世之后，遗孀邀请作家为他写部传记，于是，作家采访了二十六位与省长有密切关系的人，二十七篇采访记或长或短、或褒或贬，从不同侧面完整刻画了这个辞职而不得的、"毁誉参半"的省长形象。大家看到，他的努力、无奈、挣扎所构成的内容主干，在大家面前呈现的，是一个勤勉、敬业、刚直，当然也是很有能力的省长的形象。欧阳万彤靠自己的能力一步一步干上来，他想凭自己的能力，做好工作、造福一方百姓，这对于一个处于省长高位的人来说，本来是一个并不很高的目标，随着工作的推进，随着干成事业的愿望的强烈，他却发现遇到的问题和矛盾越来越多。越是想做好事，越是阻力大，想做一个好官、清官的理想日益遥不可及，于是想辞职，想逃避。一个省长"平白无故"辞职绝不可以，他只能硬着头皮干下去，其悲剧性命运算得上是马克思所说的那种"历史的必然性与这个必然性不可能实现之间的冲突"，而且这种冲突一波三折、惊心动魄。小说告诉我们，欧阳万彤面对的不仅是与贪官、与官场腐败势力最直接最尖锐的冲突，还有与沿袭已久的传统习惯、思维习惯、文化习惯之间越来越深的矛盾。那就是，中国的"官本位"思想根深蒂固、无孔不入。老百姓既痛恨腐败，也很享受腐败或不正之风给自己带来的"实惠"和好处。在作者看来，官员的素质对社会的影响不可小视，官职越大对社会的影响越大。"一个人与他所处的世界是相互影响的。官员的精神素质会影响到百姓的生活和百姓的追求；官员又来自民间，民间的精神取向其实也会影响到官员的追求。因此，这些普通人的想法值得关注。"说到底，我们每个人都是社会的一员，假若有一天把管理社会的权力交给你，你将会成为一个什么样的人？社会是否能够风清气正，与我们每个人都有关系，如果中国的思维传统、文化传统中的负面因素不去除，如果每个人都不认为自己的行为与社会的风清气正有关系，那么，欧阳万彤这样的好官再有理想，再有能力、有勇气，也难以避免走向挫折和失败的命运。小说所构建的世界让大家反思——我们生活的这个社会，到底出了什么毛病，要想建成一个完美的社会，我们该做什么，以及我们不该做什么。这就是文学所承载的一切所具有的说服力。

四

文学承载着变动不居社会中的价值观，承载应对生活对我们提出的问题时的处理方式。英国作家威尔斯说，小说是惟一能够使我们对那些因当代社会变化而出现成堆问题中的大多数问题加以讨论的一种媒介。实际上，文学所承载的一切提供了人的生活经验、心理经验、价值观念，映射着社会发生的变化。文学承载的变化，是时代变化的反映。正是作家认识世界的不同视角，为我们认识外部世界提供了不同的"参照"。

不同作家的可贵在于他们在使文学有所承载时各有各的本领与擅长，他们同样使文学有不同的承载方式。比如，刘恒、莫言、刘震云、刘庆邦都写过饥饿，但各有各的特点；麦家善写在不同情况下，人的心理紧张情绪；陈忠实、贾平凹笔下的西北风情、农民百态，对我们丰富社会认知很有价值。

文学是抒发人类情感的方式，同样要传达和承载价值、品格、境界，有助于提醒人们、帮助人们，让我们在面对人生的时候，多几分自觉、几分勇气。文学历来承担传达正面价值、正能量的作用，弘扬有益于社会进步的思想观念、价值取向的使命。比如，对土地的爱恋、依恋，路遥在《杏树下》里说：

> 我相信，不论我们走向何方，我们生命的根和这杏树一样，都深扎在这块亲爱的黄土地上。这里使我们懂得

生活是多么美好，从而也使我们对生活抱有永不衰竭的热情，永远朝气蓬勃地迈步在人生的旅途上……

再如，对劳动价值的赞许，对勤劳的认可，同样是文学的承载。陈忠实在其中篇小说《康家小院》里这样描写主人公的心理活动：

> 做着这一切，他（勤娃）的心里踏实极了。站在前院里，他顿时意识到：过去，父亲主宰着这间小院，而今天呢？他是这座庄稼院的当然支柱了。不能事事让父亲操持，而应该让父亲吃一碗省心饭啰！他的媳妇，舅母给起下一个新的名字叫玉贤，夫勤妻贤，组成一个和睦美满的农家。他要把屋外屋内一切繁重的劳动挑起来，让玉贤做缝补浆洗和锅碗瓢勺间的家事。他要把这个小院的日子过好，让他的玉贤活得舒心，让他的老父亲安度晚年，为老人和为妻子，他不怕出力吃苦，庄稼人凭啥过日月？一个字：勤！

赞赏的就是勤劳这一基本价值观对于劳动者、家庭的重要意义。老舍的《骆驼祥子》一开头写到，骆驼祥子拿到车以后，把自己的裤腿一扎，他觉得就凭自己的勤劳的双手，靠自己的踏实劳动，就可以承担起自己的未来。优秀作家对劳动的肯定，对节俭谦让、处事淡然，对人的天真率性，以及让我们的生活慢下来等观念的肯定，都是一贯的。这些价值观的表达，在我国文学中有着很深厚的传统。塑造美好的中国人形象，用美好的中国的语言，向外部世界展示中国人心灵的美，承载中国人的美德及美好向往，才能讲好中国人的故事。

文学说到底是一种精神创造，最需要作家的创造性劳动，需要人无我有、人有我异的不同表达和承载方式，而且，文学讲究对细节的承载，那些别人易于忽略的"小事"，往往是生活趣味承载的最佳元素。举个例子，高尔基的《童年》开始不久的场景是父亲的下葬，"我"看到棺材放进坑里去，有两个青蛙跳到这个墓穴里面去，被埋了进去。母亲哭得昏天黑地、死去活来，但"我"的注意力却在这两只青蛙上，葬礼结束很久以后，还想着这两只青蛙到底怎么样了。它被埋进去了，它会活着吗？小孩子对发生在这两只青蛙身上的一切的好奇，构成悬念、构成很有文学质地的文字。

由对比入手写，从反面写、反着写，也是文学承载的一个重要特点。比方《红楼梦》，讲的是大家族的荣华富贵排场，吃饭多么讲究，喝的汤里有多少佐料，经过多少道烹饪工序，穿衣服怎么奢华，衣服上缀有多少珠子，有多少香片，最终看下来，反映的却是大家族最后的破败。等于把所有的荣华富贵都否定了，最后就是，白茫茫大地真干净，一切都是空的——先抑后扬，先歌颂表扬，再批判否定。王蒙认为这样写才是讲究的。最怕按部就班、一成不变，水是水，油是油的写法。

刘震云的《我不是潘金莲》结构很讲究，绝大部分是序言"那一年"，序言第二部分叫"二十年后"，这一年李雪莲开始告状，二十年以后，告了二十年了，还在告。然后还是序言，到最后是正文，题目叫"玩呢"。实际上他把正文都已经说完了，最后说"玩呢"——就是我写这个逗你玩，别拿这个当真。我这是小说，不是正史。这个创意很有意思。所有品质比较超群的作品，价值比较高的作品，能够让人陷入沉思，就因为不那么平铺直叙，总有一些出人意表。好比我们欣赏书法，不太懂的人，以为谁写得整齐、能认得清，就是好作品。字写得不认识，就不觉得好。事实上，除了楷体，行书作品，怀素那种狂草，变形、夸张得厉害的作品，同样有讲究、有成就、有品位。

不明确、模糊、变形及主观幻想，同样是文学承载与表达的一个特色。阿来长篇小说《尘埃落定》写的是一个声势显赫的康巴藏族土司，在酒后和汉族太太生了一个傻瓜儿子。这个人人都认定的傻子与现实生活格格不入，却有着超强的预感力，成为土司制度兴衰的见证人。里面有大量的幻想、虚构，如第二章第 13 节他的独白：

> 我很奇怪我为什么不光能看见东西缓慢，还能看见未来模样。但是我不能看见一件事情的未来模样，若能那样，我岂不是先知。我只能看见一个人的未来模样，还是未来已经发生，只是正在轮回？我夜里经常有奇怪梦境，师父说，梦境只是对未来的回顾。未来尚未发生，那如何去回顾。我问师父。师父说：正因为未来尚未在现实里发生，所以只能在梦境里回顾。所有的事情已经有安排，你不要觉得在寺庙里受到我们的安排。你终将自由，但你受命运安排。

小说以饱含激情的笔墨，超然物外的审视目光，展现了浓郁的民族风情和土司制度的浪漫神秘，第三章《银子》里写到：

> 我们的人很早就掌握了开采贵金属的技术。比如黄金，比如白银。金子的黄色是属于宗教的。比如佛像脸上的金粉，再比如，喇嘛们在紫红袈裟里面穿着的丝绸衬衫。虽然知道金子比银子值钱，但我们更喜欢银子。白色的银子。永远不要问一个土司，一个土司家的正式成员是不是特别喜欢银子。提这个问题的人，不但得不到回答，还会成为一个被人防备的家伙。这个人得到的回答是，我们喜欢我们的人民和疆土。

童年、少年等早年经历是文学叙事的重要源泉，许多作家都从自己的早年生活中汲取创作资源，如虹影《饥饿的女儿》第一章：

在母亲与我之间，岁月砌了一堵墙。看着这堵墙长起草丛灌木，越长越高，我和母亲都不知怎个办才好。其实这堵墙脆而薄，一动心就可以推开，但我绝对不会想到去推。只有一二次我看到过母亲温柔的目光，好像我不再是一个多余物。这时，母亲的真心，似乎伸手可及，可惜这目光只是一闪而逝。

"只有到我十八岁这年，我才逐渐看清了过往岁月的面貌。"虹影道出了许多人的心声。

余华小说《在细雨中呼喊》描述了一位江南少年的成长经历和心灵历程。作品的结构来自对时间的感受，确切地说是对记忆中时间的感受，叙述者天马行空地在过去、现在和将来这三个时间维度里自由穿行，将忆记的碎片穿插、结集、拼嵌完整，很有诗意：

我的生命在白昼和黑夜展开了两个部分。白天我对自己无情的折磨显得那么正直勇敢，可黑夜一旦来到我的意志就不堪一击了。我投入欲望怀抱的迅速连我自己都大吃一惊。那些日子里我的心灵饱尝动荡，我时常明显地感到自己被撕成了两半，我的两个部分如同一对敌人一样怒目相视。

五

文学还是永恒的创意源泉，文学承载着创意，提供真正的思想生产力。约瑟夫·布罗茨基说过，"文学的价值之一就在于它能帮助我们在生命存在的时间里更加个性化，以区别于平庸的前辈和他同时代的芸芸众生，避免同义反复——即所谓'历史的牺牲品'这一令人敬畏的词语标志的命运"。优秀的小说所提供的内容支撑，为其他艺术门类，特别是影视、戏剧等叙事艺术提供创意，从另外角度极大丰富了人类的精神成果。

成就高的作家的作品往往有丰沛的创意，有大量的变形、夸张。如早年莫言有大量的中短篇小说积累，像《透明的红萝卜》《白狗秋千架》等，这些作品以一种很澄明、平和的眼光看世界。后来那个爆发性强的阶段，出现了像《天堂蒜薹之歌》《丰乳肥臀》《生死疲劳》等创造力蓬勃、生命力旺盛、活力喷涌的作品，那种变形、夸张、极致的幻想，给人以巨大冲击。后来的《檀香刑》《蛙》，篇幅不是很长，但叙述张力极强，反映作家的对世界图景的高度提炼。再如《生死疲劳》，叙述的是 1950 年到 2000 年中国农村五十年的历史，围绕土地这个沉重的话题，阐释了农民与土地的种种关系，并透过生死轮回的艺术图像，展示了新中国成立以来中国农民的生活和他们顽强、乐观、坚韧的精神。小说的叙述者，是土地改革时被枪毙的一个地主，自认为虽有财富，并无罪恶，因此在阴间里不断为自己喊冤。在小说中，他经历了六道轮回，一世为人、一世为马、一世为牛、一世为驴……每次转世为不同的动物，都未离开他的家族，离开这块土地。小说正是通过他的眼睛，准确说，通过各种动物的眼睛来观察和体味农村的变革。按常理来看，写的是不可能发生的事情，这不是瞎写嘛，不是胡闹嘛？但是读者看了以后会感觉，作家对社会生活的表现不是肤浅的、直白的，而是深刻的、有创意的、独特的。

这些创意以"变形"与"夸张"为主要特色，如同毕加索的《格尔尼卡》。《格尔尼卡》画面混乱，脑袋、胳膊和腿乱七八糟一大堆，混在一起。不过细看起来不乏意蕴。画家通过变形反映自己的情绪。毕加索对外部世界感觉强烈，认为战争时代的世界不可能完整，支离破碎，拼凑起来也混乱无序，这才是常态。这样的创意提供了新鲜的认识世界方式，是对世界进行的不同路径的探索。衡量文学艺术的贡献，要看是否更多地提供了前人没有提供过的、有创意的元素。

韩少功的《马桥词典》以集录、诠释湖南汨罗县马桥人日常用词结构全书，共计一百一十五个词条。作品以这些词条的展开为主要内容，讲述了古往今来一个个丰富生动的故事，引人入胜，回味无穷。作者认为自己是在进行一种新的实验，他说：

> 以前认为，小说是一种叙事艺术，叙事都是按时间顺序推进，更传统一点，是一种因果链式的线型结构。但我对这种叙事有一种危机感。……我对怎么打破这种模式想过很多，所以这次做了一点尝试，我不知道用什么方法来总结我这种方式，但至少它不完全是那种叙事的平面的推进。如果说以前那种推进是横坐标的话，那么我现在想找到一个纵坐标，这个坐标与从前的那种横坐标，有不同的维度。可以说，为了认识马桥的一个人物，我需要动用我对世界的很多知识来认识他；反过来也是这样，为了认识这个世界，我需要从马桥的一个人物出发，这就不像以前的那种方法，需要写这个人物，然后是在人物的命运、事件、细节里面打转转。我希望找到每一个人物、每一个细节与整个大世界的同构关系，一种微观与宏观打通的抽象关系。

韩少功找到了一种"类似一种辐射性、发散性的结构"，他的创意与别人不同。这种由一个词，往后串联好多事，都集中在马桥这个地方，从而反映一个小世界的情况，就是创意。创意有助于积累、建设，避免了单调、单薄。

蒋一谈有篇小说叫《鲁迅的胡子》，大意是说，"我"写小说，喜欢文学，但搞不出名堂。老婆埋怨，家人不满，开个足疗店没有买卖。有一天去理发，理发师说，你这个人跟一个人特别像，他问谁？对方说你特别像鲁迅，如果再加个胡子就更像了，于是给他出主意，让他加一个胡子扮鲁迅，往足疗店一站，就齐了。如此一扮，果然足疗店生意大火特火。这就是创意。

刘震云的作品有个核心是说话，《一句顶一万句》是说话，《手机》是说话，《我不是潘金莲》也是说话。他老爱写因为几句话不对付，人和人就闹别扭，就误会，就产生了心里面解不开的疙瘩。他反复写人和人沟通的困难，说虽然人离得非常近，但一句话说不到心坎上，哪怕多少年的朋友，同样会就翻脸。《一句顶一万句》里有许多"车轱辘话"，转着转着，最后回到原来地方，但并不让人觉得枯燥。《我不是潘金莲》里的告状，主人公反复说那么两句话，问题最后还是没有解决。总之，由"说话"认识，才能很好解读刘震云，"说话"作为一个重要关键词，蕴含着他不按常规思维，不按人的一般想象结构自己故事的种种想法。

创意也反映在刘震云《温故1942》的结尾，小说这样说：

> 温故一九四二、一九四三年时，除了这场大灾荒，使我感兴趣的，还有这些年代所发生的一些杂事。这些杂事中，最感兴趣的，是从当时的《河南民国日报》上，看到两则离异声明。这证明大灾荒只是当年的主旋律，主旋律之下，仍有百花齐放的正常复杂的情感纠纷和日常生活。我们不能以偏概全，一叶知秋，瞎子摸象，让巴掌山挡住眼。这就不全面了。我们不能只看到大灾荒，看不到人的全貌。从这一点说，我们对委员长的指责，也有些偏激了。另外，我们从这两则离异声明中，也可以看到时代的进步。下边是全文：

紧要启事

缘鄙人与冯氏结婚以来感情不和难以偕老刻经双方同

意自即日起业已离异从此男婚女嫁各听自便此启

张荫萍冯氏启

声明启事

敝人旧历十二月初六日赴洛阳送货敝妻刘化许昌人该
晚逃走将衣服被褥零碎物件完全带走至今数日音信全无如
此人在外发生意外不明之事与敝人无干自此以后脱离夫妻
关系恐亲友不明特此登报郑重声明偃师槐庙村中正西街门
牌五号田光寅启

作品结构的安排同样考验着作家的创意能力，刘震云这样结构
作品体现了他的匠心。

在中外文学中，不少作家以人的手为题材做文章，写得很有创
意。如汪曾祺有个极短小说，名字叫做《陈小手》，写旧时代有个
人在乡间专门给人接生，手非常小，叫陈小手，他有一次给当地一
个难产的军阀姨太太接生。这家人，苦苦哀求，又是招待，又是礼
遇。最后陈小手让姨太太顺利把孩子生下来了。但这个军阀，还是
放冷枪把陈小手杀了，说我的老婆怎么能让别人的手摆弄呢。"手"
要了人的命。

现代女作家萧红有个短篇小说，她这样写手：

在我们的同学中，从来没有见过这样的手：蓝的，黑
的，又好像紫的；从指甲一直变色到手腕以上。她初来的
几天，我们叫她"怪物"。下课以后大家在地板上跑着也
总是绕着她。关于她的手，但也没有一个人去问过。

还有：

> 我们从来没有看到她哭过，大风在窗外倒拔着杨树的那天，她背向着教室，也背向着我们，对着窗外的大风哭了。那是那些参观的人走了以后的事情，她用那已经开始在褪着色的青手捧着眼泪。

刻画了一个女孩因为"手"的怪异而得到的遭遇。

德国作家茨威格的《一个女人一生中的二十四小时》同样描写手。那是赌徒的手，赌场里面人的手，千变万化，是各种不同情绪的反映，其中有非常丰沛的创意。

优秀作家以自己超强吸收能力变幻着文学的承载，由对本土文化，对传说、故事、神话、戏曲，以及对国外文学超群的借鉴、吞吐容量，变换着文学的承载方式，通过自己的作品提供一般人想不到的创意，为认识世界提供视角不同的例证。作家企图通过自身力量表现人类精神的演进过程，打开一个个新的世界，开启创作新的生面。人类有自省能力，有属于自己的独特表达方式，更以与众不同的看世界方式，创造性地强化着自己与世界的联系。

今天就讲到这里，谢谢大家。

文学的精变

蒋子龙

"精变"这个词是从聊斋里套来的，可用这两个字形容当今社会，形容这个时代。现在占领社会话语权、引导社会潮流的是各式各样的精英：政治精英、财富精英、商业精英、社会精英等等，精神上崇尚"精"，物质上也如此，香精、鸡精、味精、糖精、瘦肉精……有无穷无尽的这个精那个精。文学界也有一个口号，喊了许多年了，叫"出精品"。到目前为止，似乎还没有给一部作品定名为"精品"，即使是中央推荐的书，都说是优秀作品，而不标榜是精品。其实，文学上没有精品只有经典，比如《红楼梦》《水浒》《三国》等古典名著。精品是多一字不行，少一字不妥，就像俗语说的，多一分太白，少一分太黑。工艺品可以有精品，比如鞍山玉佛，一块六百多吨的巨石头，雕刻成精美绝伦的观音像，就再也不能动了，哪儿再下凿子整个佛像就被破坏了，那才叫精品。文学作品则是仁者见仁、智者见智。

人过于急功近利，渴望成功，早成功，成大功，简而言之就是想成精。所以"人精"多了，"傻子"少了。有人拿石头子儿砍火车，领导限令管辖那个路段的派出所三天破案，三天破不了案会影响铁路派出所的政绩，甚至会影响他们收入和其他奖励。幸好他们有一个贵人帮忙，这个贵人就是个傻子，到了最后期限还是破不了案，就把傻子找来问话："火车是你打的吧？""是我打的。""为什么打？""玩。"做好笔录，然后给傻子一百块钱，让他去买烧饼夹肉，傻子得到好处，派出所也可以向上边交账。由于痴呆人无法为自己行为负责，承认用石子砸火车也不受制裁，可谓两全其美。所长说我们特别保护这个傻子，难得有这个傻子，没有傻子所长说不定早撤职了。

现在人人渴望成精。过去我那个企业是在郊区，经常见到狐狸，现在狐狸都没有了，"狐狸精"倒是多了，马路上都有"狐狸精"，在讨论大学问题的时候，中国青年报曾有一个标题叫《大学应该培养一些傻子》。你们是高研班，应该是培养文坛精英的，也可以叫"人精班"，对不对？这足可以构成一种文化现象：培养人精，形成一种人精文化。电影演员赵薇在接受电视采访时说，"为了变态的观众必须煎熬自己"。她居然给现代观众下定义是"变态"的。还一个明星叫王珞丹，她对记者采访时说，"人人皆变态别把我们逼成正常人"。面对文化的精变，如果没有成精或还不想成精的作家，应该如何面对这个精变的文坛、精变的文学、精变的社会以及精变的文化？

尼采说写作分两种：世俗写字和灵魂写作。传统文学创作属于灵魂写作，其实网络文学与影视文学等等，如果写得好成为网络文学的经典、影视文学的经典，其核心的部分也是灵魂写作，都有灵魂存在。没有魂光靠放屁是撑不住的。尽管传统写作属于灵魂写作，可是我们生于世俗之中，世俗是灵魂的庙宇，没有庙宇神灵何以安放？神灵再好，如果没有庙，风吹雨打、雷劈电闪怎么办？俗世充斥着欲望，人生不就是一团一团的欲望，一个欲望接一个欲望吗？索尔·贝娄有个观点，人的一生就是由七八件巧事改变了人生。欲望得不到满足就痛苦，痛苦也可以形成文学。有一些珍贵的好东西就是病痛，比如麝香、狗宝、牛黄等等，甚至包括珍珠。

即便是世俗的成功，也常常依靠经典因素，要下真功夫。赵本山是精变文化、人精文化的代表，是人精中的人尖，被人称"小品王"。一般人或许认为他的成功是靠逗乐取笑、会耍贫嘴。我看到一个给他当过几年编剧的人写的一部书，赵本山五十多岁，心脏出过大毛病，头发花白，现在一动脑子就得吸氧。为什么？他如果靠取笑、靠耍贫嘴首先要自己快乐，为什么把自己的身体搞到这个地步？原来他的每一个小品、剧本都要改三十多稿。有时候半夜 3 点打电话，想起来一个点子叫编剧怎么改怎么改。第二天中午 11 点去敲编剧的门，改得怎么样了？他给编剧定的要求是不许使用网络语言，不要特意抖包袱、不要网络语言，他的成名的诀窍是真话最幽默，很多时候说一句真话下面哄堂大笑，这个多厉害！赵本山累成这样，是孜孜以求好的真话！

在剧变的文坛、剧变的文化包围中，我还想讲一点人的定力，创作从来没有像现在这样需要一种定力。定力就是能定得住自己魂的力量。这种力量来自内心的强大，六神无主不行。韩国有一个围棋高手叫李昌镐十七岁世界冠军，十几年来中国的围棋界怕这个人，不到二十岁的孩子，外号叫"石佛"，"石头佛"安静而幽深，厉害不厉害？普通石头还会被人搬动，石头雕刻成佛就供于佛堂，一动不动了，那才是真正定得住。他说极品高手，就是要看破妙招的诱惑后，落下平凡的一子？顶级高手怎么下棋？看破妙招的诱惑，所有的妙招都是诱惑。看破诱惑之后，落下平常的一子，为什么他这样老赢呢？而许多棋手老幻想出妙招，被妙招诱惑就容易出昏招，一个昏招全盘皆输。高手对决，瞬间的失误，甚至一个错觉就输了。

人的定力从哪儿来？自信，自信就是心里有根，俗话说根深叶茂，根要扎得深，在适合自己的土壤里深扎，根暴露在表面，扎不下去，树还稳定得住吗？舞蹈精灵杨丽萍，原是云南姑娘，跳舞跳得好，被挑到州文工团，然后是省歌舞团，最后到了中央民族歌舞剧院，由草根进入庙堂，引起世界轰动，精美至极，惊为天人，给人一种空前绝后之感。而杨丽萍根本不承认自己是舞蹈家，她只是说："我是生命的舞者。"她是为舞而生的，生来是为舞的，舞蹈不过是她生命的一种态势。她是"舞蹈的精灵",舞蹈是她的生命。几年之后,她毅然辞职,什么都不要了,毅然从北京回到了云南,从庙堂又重新回到了草根。一段时间之后,把房子什么的全部都抵押了,什么都不要了,拍了一出《云南映象》,重新进京。我是在保利剧院看的,一开场,让观众几乎坐不住,震惊人心,耳目一新,有极强大的冲击力。

要定住魂,如果六神无主,魂不守舍,先要找到属于自己的灵魂,属于自己的生命,属于自己的生活,属于自己的故事,属于自己的舞蹈。逃离世俗生活,寻找属于自己的真实。有人说我就在生活当中,无须寻找生活。其实,有些人活着不能叫"生活",一个作家仅仅"活着"是不够的。我们文坛上也有这样的智者,比如韩少功,上个世纪的上山下乡运动中,韩少功下到湖南山区。许多年以后回城,然后写作,成名,南下大潮时到了海南,当了作协主席、文联主席,功成名就。许多年之前,在杨丽萍之前,他毅然要辞职,海南要留他,他说:"不行。"他挂着文联主席的名,但是要挂名有条件,他每年只在海南待半年,半年后就回湖南农村,去他下乡待的地方。他在那买了块地,盖了房子,每年都要在乡下待大半年,春种秋收,过着农民的生活,过着远离城市隐居般的生活。然而他的作品却一部接一部,每一部都有特殊的味道,令人称奇。当今文坛流行一个词,"缺少后劲",许多人让人一下子看出来他的创作缺少后劲,比江郎才尽好一点。这是为什么?根浮在表面了。而韩少功是被人看不透的,没有人能看出他下一部书会写什么,但一定会有大新意,让你想象不到的智慧!

还有迟子建,每一两年就有新的长篇问世,每部长篇都是沉甸甸的,令人感到她的从容和安静。她从文字中散发出一种静气,在这个喧嚣的商品世界显得格外独特。她的家乡在中国最北部的北极村,每年都回到老家跟老人住一段时间,春天的时候,她要从北极村离开,她家里人给她带了好多东西,野蘑菇之类的自然特产。她在一篇散文的开头就说："你们给我带这些东西很好，但是谁能让我带走北极的星空？"城市里一到冬天多雾霾，天天就跟呼吸火药一样，而她的村庄，夜夜星光灿烂，星星就是像在窗户外边挂着。这绝对不是简单的体验，她是在营养灵魂，这就形成精神的定力和写作的动力。

空调机、空气清洁机等等需要经常清洗，现代养生的办法五花八门，其中也有以洗为主，洗肺、洗肠，常动脑子的人更要"洗心"。空气太脏，社会太脏，你"洗"不了空气，也洗不了社会，只有经常"洗"自己的心。你不"洗心"，怎么可能有清新的感觉，有好的感觉？有人抱怨，文学书刊的读者锐减，寻找原因不能忽略一些文学作品鸡零狗碎，不疼不痒，小情小趣，自以为有趣，文字再怎么变换花样，精神上却显得太过苍白了。回避或者没有能力驾驭生活中的矛盾和问题，只能把无聊当有趣。今年，在第十届柏林双年展上，中国的艺术家徐坦一鸣惊人，令世界瞩目，他有一句话给我以触动：艺术家只会跟着自己的感觉走，眼下会被视为白痴。如此说来当下文坛上的白痴还不少。在当今这样一个正处于精变，充满了矛盾和问题的时代，"作家如何表达自我？""如何表述自己的感觉？"的问题变得非常重要。

你们鲁院的郭老师给我出了一个题，说当年你有一些小说，一些人物非常典型，大家都能记住，而现在怎么才能抓住这样的人物，这样的故事，这样的典型？我是根据自己的生活、按照我的特点来写的，我说人家鸡零狗碎，鸡零狗碎者又说我的那些东西太硬太枯燥，也没什么意思，艺术就是鸡零狗碎，给人消遣，就是玩。这也是一种观点。当今社会充满了矛盾，到处都是问题，也充满痛苦和污染。那么当你表述自己的感觉时，表达自己时，你首先要在这个世界的现实中认识你自己，你那些鸡零狗碎是不是从长江里捞上来的"死猪肉"？就像上海人调侃自己："一拧开水龙头，就流排骨汤啊！"所以能不能表达一种有意义的自我，或者是有点人类的意识，是有点生活意识的自我。

台湾有一个作家叫吴念真，我以前读过他的一些作品，也没有太大的印象，许多年不见他的文字，最近突然读了他一本书《台湾念真情》。他突然放弃了写作，下去寻找自己的故事，寻找真情，寻找自己的文学世界。每个人都有自己的文学世界，你要看你能不能搭建起来？你的作品能不能构造自己的世界、自己的文学王国？他下去干什么？台湾有一个荣民医院，旁边是一片坟地，埋着一些老兵和大陆去的单身汉，有三千座孤坟。荣民医院要搬家了，那些孤坟是要平掉的，因为没有人管理了嘛。这时有一个老人廖黄柱（音），接受了一笔捐款，负责将这三千多座孤坟移走。要把一副副尸骨捡起来，烧香、烧纸、念祭文，然后再把他们装到金斗瓮——就是台湾的骨灰罐里面，移到别处去重新下葬。这个过程很复杂，所以老廖小心地扒开坟墓后，如果是女尸一定要先拉右手，如果是男尸一定先拉左手，这是礼节。然后要念念有词，擦干净骨灰罐的时候一定要跪着，要非常细致。这个事情非常感人，我在这里就简单地叙述一下，老廖就是这样一个人物。他的这些细节，如果不是跟他一同感受、一起整理，是写不出来的。吴念真就是跟老廖一同干了这样一件事，他的书也非常感人。

最近我还读到葛水平的一篇作品，她写山区老农民，一个老绝户，当他孤独的时候，就看耗子，一窝的耗子，从房梁上下来的大耗子、小耗子，在他的院子里、屋子里大闹。他死了几天后，因为他是绝户嘛，所以没有人知道。他的邻居有一天推门进去，看到他在床上躺着，摸摸鼻子，已经没气了。然后看到他的肚子鼓起一个包，邻居用手一按，那个包居然是活的，一个耗子从肚子里出来了。原来他死了几天没有人知道，耗子就在他的肚子里掏了一个洞。第二个细节，他身上都长满了虱子，冬天过年了，他就只有这一身棉衣服，无法脱下来洗一洗。便到河滩上挖了一盆沙子，把沙子放到锅里炒热，炒得滚烫，然后把棉衣服脱下来，把沙子灌进棉袄里，系上袖口和扣子，把棉袄再放到大锅里，盖上锅盖，就听到锅里噼里啪啦地乱响，响过了，等衣服冷下来之后，把衣服里的沙子都抖掉，再穿上，虱子就全都死了。治完了棉袄里的虱子再折腾棉裤，经这么一通折腾，棉衣里面的油和脏污也全都被沙子带走了，衣服就像刚洗过一样，很干爽。这样的细节，我管它叫"金点子"，或者叫"金细节"。我们都是写小说的，一个短篇至少要有一个这样的细节才能撑得住。一个中篇至少要有三个这样的细节，前边一个，中间一个，后边一个，这部小说才饱满有致。否则你没有这样的细节，鸡零狗碎，胡编滥造，都是一些小感觉，这篇小说怎么会有人读啊？当然这样的细节是打着灯笼也找不到的，非得是动心血去感受，去寻找的。

日本有一大批作家，叫行走作家，有的作家一年要到中国来好几趟的。有个陈舜臣最多的一次一年来中国二十次，我到他家里去，他那年六十四岁，他的著作码到了房顶，然后又码起来半截，那真是"著作等身"。来中国一趟，写一本书。包括井上靖，都是大作家，我到他家里去，他跟我讲他见过周总理，他写过《敦煌》，经常到中国行走。行走不只是寻找，行走还是一种擦，擦什么？擦眼睛，擦尘垢，擦你的心灵。如果你感觉迟钝了，你一行走，就会变得灵敏，变得干净，变得朴实。

欧美也是这样。美国今年初去年底，《华盛顿邮报》《纽约时报》评美国2012年的十佳图书，两个榜上都有一本书，就是凯瑟琳·布雷亚，她原来是华盛顿的著名的记者，专门写大人物，多次获奖。许多年前，她突然放下，毅然辞职，她想寻找世界的另一种真实，要写穷人。她这本书在美国被两大报纸评为"永恒的、美丽的背后，孟买城市的生命，死亡和希望"。标题很长。她就是要写"离自己的心和世界真实更近的故事"，这是她的原话。她采访结束后体重还有四十五公斤，她讲体会的时候说这本书的好多章节的初稿，是含着泪水写的，许多情节让她伤心欲绝。一个作者到了这个地步，才能打动读者。

里约热内卢有一个著名的书叫做《垃圾场》。《垃圾场》取材于里约热内卢的郊区，那里有一个七千吨的废弃物堆积山，被认定为世界上第一大垃圾场，欧美的一些作家、画家、记者都到那里去。一个是采访拾荒者，另一个主要的是寻找自己的灵魂，寻找自己失去的创作力，寻找治愈自己麻木的药方，怪不怪？这是欧美的作家。由于现代的生活使人麻痹，有的时候要冲破这个生活，就得到触目惊心的地方。所以，我们谈眼富，就是"眼睛很富有"。

接着刚才说，那个垃圾场的主角就是一个小孩子，他从十一岁就开始捡垃圾，一干就是二十年，讲了他的故事。刚才讲为什么欧美的艺术家们都去那个垃圾场去寻找自己的灵魂？这是一个"同质时代"，这是一个现在流行的词，"质"是"品质"的"质"，我吃得一样，穿得一样，坐的车差不多，看的消息差不多，所有你接触的都差不多。西方心理学家，提出了一个命题："相同使我们愚蠢。"这个很厉害，我觉得西方研究社会、研究生活常常比我们先一步。他们不是用忽悠、胡说八道的办法，就是他这种语言，一下子让人警醒。那么我就想，怎么样不愚蠢？我们都是生活在"同质时代"，怎么样能不愚蠢？我提出一个命题："经历常常就是财富，差异就是优势。"所以我知道那些人纷纷到里约的大垃圾场去，不是寻找拾荒者，不是看垃圾，是寻找自己的灵魂。

那么什么叫"眼富"呢？大家现在都提"财富"，"眼富"是收藏界的一个词，有钱才叫"富"，实际上眼光富有对一个作家来讲，才是富有，就是见多识广，眼光独到。许多年前，我参加笔会听到过一个故事，一个人自由活动时间逛商场的时候，看到一个老太太卖一对铜狮子，感觉铜狮子的四个眼睛很好，很像祖母绿，就跟老太太讨价还价，用很便宜的价格把四个眼睛买下来了。回到宾馆擦亮了，让同行的懂行的人一看，果然是祖母绿。旁边有一个人问他是在哪买的，然后就跑过去，又花很便宜的价钱把那一对铜狮子买下来了。大家都问他："你买铜狮子干吗？"这个人就说："你们想想，谁会拿祖母绿这样的珍宝装在铜狮子上啊？这肯定是金的！"把表面擦完以后，果然是一对金狮子。这叫什么呢？这就是叫"眼富"。别人看到了看不到，稀松平常，大家都觉得不就是一对铜狮子嘛，一对绿眼睛，像玻璃球。眼富的人一下子就看到了，这是宝贝。

怎么样才能"眼富"呢？所以我就用到了刚才说到的"洗心"。经常擦擦眼睛，不行的话，就配一副眼镜，因为这个社会污染很重嘛。作家的污染是各种各样的负面新闻、网络、影视、消息，我刚才说了，微博，你上去就下不来了，上面全是负面的消息，你看了以后，就会觉得没意思，想："这个社会怎么堕落到这个地步了？"长此以往，你的感觉从哪里来？关键是这些负面效应千篇一律，它并不能够引导你构成一个形象、一个感人的故事。就像我刚才说的那个例子，我们有几亿条狗，狗爹、狗娘、狗儿、狗女、狗伴侣，为什么写不出来好的狗故事呢？为什么选不出一条好狗来呢？心态不对，心灵不对，感觉不对。

作家的心灵应该是怎么样的？应该经常洗啊。怎样洗？被自己感动的故事洗，被自己感动的人物洗，洗涤自己的灵魂，有时候让自己的心像婴儿一样，纯净、娇嫩、敏感。不知道你们年轻人抱没抱过婴儿，几个月的婴儿，一岁多的或者两三岁的婴儿。我那个外孙子刚会笑，还不到一岁呢，大家都在吃饭，嘻嘻哈哈的，他在旁边的小床上，他就会跟着大家一起笑。我就突然感觉到很惊讶，他根本就听不懂大人的话，为什么他非常及时地咧嘴笑了？那种感觉的敏锐，那种纯净，作家的灵魂、作家的心如果到了这个地步，就可以找到自己需要的东西了。所以罗丹在创作进入状态的时候，他感到"空气的光华没有一丝皱纹"。所以心静了才能专注，专注了才能有所发现，有发现才能写出好东西。

最后一点，反序。养生学上有一种叫做反序运动，比如说倒立，人正序应该是走路，但却偏偏要倒着走，对抗地心引力，减缓衰老。在人人都会幻想曾经的时候，那时候你要是守住自己，干自己想干的，发挥自己的特点，说不定会有一番不同一般的景象。因为"感觉新颖、感觉奇特、感觉深刻"是一个作家的才华，作家的才华体现在这种感觉上，你没有感觉了，就不好办了。可是你的感觉跟着惊变走，今天他放屁用十几个字写，明天放屁发展到二十个字，后天用了七十八个字。你总是在跟却总是跟不上，而且被它搅得眼花缭乱，不如守住自己，就是在当今这个世界故事中，看看自己有什么？自己能够写什么？这个非常重要。

比如说北京大学的高才生陆步轩。北京大学中文系出了两个卖猪肉的，都卖出了名堂，一个陆步轩，先卖猪肉，然后写了一部《卖肉生涯》，第一版四万字。前年又出了一个陈生，当年的销售额有两亿。这都是反序，都是定得住自己的优势。

《大学》里有一段话，当今这个惊变时期，即使不是处于惊变，尘世总是浮躁的。世俗嘛，总是名、利、吃、喝、快乐、痛苦等等。面对这个攘攘尘世，要"知止而后能定"，要懂得在哪儿停住，"定而后能静，静而后能安，安而后能虑，虑而后能得"。什么叫"得"？"得"就是非常相信自己的判断，写非常想写、不写不行的东西，这不就是作家吗？别把其他的东西想得太多，按照那个写反而成不了名，要根据你自己的想法。

刚才郭老师问了我一些问题。我所有那些形象，不管是《赤橙黄绿青蓝紫》，还是什么其他的，我都不是应和当时的社会写的，都是我非写不可的，都是当时在生活当中把我折腾得非常难受的，都是我有的。我不值得社会给什么，我只有这个，你要是要，我就给你这个。所以刚才郭老师出的那个题，我基本是这样说的。

我说一个题外的话，你别老被他们弄得眼花缭乱，定不住自己的魂，这个社会是被你引导的。

现在文坛，因为我们经历了"大家都爱听坏消息"，经历了"反英雄"，现在中国最需要一个这样的人物：他已经不是那种痞子式的英雄，不是亮剑式的英雄，也不是激情燃烧式的英雄。我只是从哲学上意识到，中国的文学需要有一种大气，能够拯救灵魂，能够在当今这个困惑的、这个民族精神无法依托的时候有一个人物，他有一种精神力量，让中国的民族精神魂魄有所依托，有所希望。我们现在需要这样的文学。

现在的文学是向下的，中国现在最需要的是一种向上的文学，这种向上的文学不是一种简单的、歌功颂德的报告文学。报告文学是现在的弱势，我认为中国现在已经没有报告文学了，所有的报告文学都是扩大的新闻，再也没有当年那种报告文学了，报告文学已经令人失望了。所以我说的文学作品是从灵魂上、从骨子里触动中国的精神，让他们感到一种力量、一种希望、一种依附。所以我说，把你有的东西扩大，你没有的东西就出去寻找，然后你洗心、眼富、积累，就是我刚才所讲到的这些东西，然后到用的时候你自然就用得着了。最后给大家讲一个轻松的小故事，就是许多年前，《中国体育报》用了两大版介绍"纽约马拉松老年冠军"，是贵州的一个老农民。贵阳一个中学的老师下乡扶贫，发现一个老头跑得很快，正好那年老年马拉松在纽约举行，他就替老头报名了。给学校请了假、拉了点赞助两个人买了飞机票去了。在飞机上老头不适应，开始拉肚子，因为他从山里赶到贵阳，又从贵阳上了飞机去纽约。

到了纽约已经拉得直不起腰来了。但是他们没有太多的时间，因为他们钱很少，下了飞机住下来，跟着就要去参加比赛，所以教员看着老头拉得太惨了，他就说："你无论如何要去跑两步，比划比划，我拍几张照片，否则回去没有办法交代。要不然我的老师当不成了会被开除。"这个老头说："没关系，还不能跑么？吃苦吃惯了。"

老年马拉松很好看的，很多人旁边看。美国的老年马拉松，他们是当成一个娱乐节目看的，就和玫瑰车游行一样。穿着漂亮鞋的、穿着花裙子，老妖婆、老太太，花枝招展、浓妆艳抹，周围很多围观的老妖精都看。这老头在最后跑，跑来跑去身子就热了，然后老师就给他照相，身子一热，腰就直起来了，跑得会轻松一点。越跑越快，跑来跑去他就跑到前面去了。

那里的服务很好的，有汽车、有救护，有人就会问："这是哪的？这个老头穿着贵州农民的服装，光着脚，完全像外星人，这哪来的？"

然后教员就上了车跟着老头跑，一直跑到最前面，然后跑回体育场，整个体育场都轰动了，觉得今天的马拉松是一个外星人夺冠了。然后跑到终点，大家起哄，灯光闪烁，老头又接着跑了，那个教员说："别跑了，你已经是第一了。"然后这个老头说："我现在肚子不疼了，他们这里愿意看跑步，我就再跑一圈。"又在体育场绕了一圈，最后给拦住了。好多人问他们："你是哪儿的？有没有地球籍，如果是火星下来的就不算数了。"老头不敢说。教员就说："没关系，你们乡长没在这儿，我回去也不会汇报，你随便说。"

因为有很多懂中文的，台湾的就翻译：中国贵州来的。有人问："你怎么不穿鞋？"他说："张老师给我买鞋了，鞋子太好了，舍不得穿，留着给孩子上学穿。你们这的马路比我们家的炕还软和，所以用不着穿鞋。"有人又问："你怎么跑得这么快？"他说："跑得不快，因为拉肚子，肚子里没东西，如果有我们贵州的酸菜鱼，跑得就更快了。"问："你平时怎么练的？平时不练不可能跑这么快。"他说："不练，真的是不练，我真的是没练。"最后教员启发他，就说："你平常跑步么？"他说："跑，因为我很穷，所以在山上打猎，有时候会看到一个兔子，为了节省子弹，就舍不得把它打死，就开始追，一直把兔子追死。"

这就是这个老头的优势，贫穷是最好的教练，还用教练么？还有别的么？所以在山上、石头上追兔子，把它追死。所以我特别希望高研班的同道们，找到自己的兔子，然后也把它追死，文坛就是你的。郭艳老师给的这一个半小时独白的时间到此为止了，下面接受诸位的提问。

学员1：您好蒋老师，读了您很多书，大概是从初中时候开始的，今天听您的讲座有很多感触。我还是说一些这个之前就想到的东西，最初您写了很多工业题材的小说，但是近些年我做过相应的选题调查，现在全国好像工业题材几乎都没有写得像样的，而且中国现在大部分的作家都是在关注农村。你也在近几年写了一部《农民帝国》，近几年我不知道蒋老师有没有想到再写一部像原来那样惊天动地的工业题材的小说？另外呢，您感觉到这几年为什么国内的作家对工业题材是这样的漠视？谢谢。

蒋子龙：我现在手底下正在写一部工业题材的小说，其实我一直没有离开工业题材，写《农民帝国》那是我的一个情结，我不把这部书写出来，我此生会不舒服。我是上了一定的年纪，有一点宿命论，我认为一个作家写几部长篇小说是命中注定的，他命里该有的长篇就要把它写出来。因为我是从农村来的，我骨子里是个农民。现在看气象预报下雪、下雨、冷，我都跟农村联系起来。现在该不该下、对农村好不好、对麦子好不好、对庄稼好不好？这个习惯是从小养成的。

所以《农民帝国》就会误认为我好像要离开工业题材，但是我多年来一直没有断，前年在《同舟共济》上发了一篇将近两万字的东西，就是写的当今的工业，或者当今的工人的一些思考和现状。为什么中国作家畏惧，或者躲开工业题材，这是个老问题！工业题材是好汉子不愿意干，赖汉子干不了。现代的作家都那么聪明，谁愿意碰工业题材啊！工业那么枯燥。如果工业题材写不好，很容易就丢丑，就很失败。

有智慧的作家到历史里去找材料，我刚才说的都是到现实当中找，因为我是写现实的，我相信大家都是写现实的。大家都知道这个最痛苦，最艰难，最困难，要从现实当中提炼文学元素，从现实当中发现题材，而且这个题材是有文学品位、文化品位的，是有文学品质的，具备永恒的品格。要去提炼，如果你到历史当中去找材料，经过历史的沉淀，你拉出来的都是有文化元素的、都是有永恒元素的。要省多大的劲啊！所以写历史散文、历史小说省劲省大了。

还有一个，到农村里去要比到城市、到工厂、到工业要省事，为什么？农村里是大自然的，农村里所有的场景、所有的工具、所有的器皿，你写什么，写哪个农村的景物、对话，读者都可以理解。那么你介入工业领域，任何工业领域都有它的术语，你把它的术语转化成有味道文学语言，这是很难的。有时候一转化完了就会离开那个行业了，就没有了行业的特点。还有一点就是写出那个行业的特点，每个行业的人物不一样，他们的性格不一样、语言不一样，风俗也不一样、穿着也不一样。现在差了，过去机器行业、铸造行业、电子行业、纺织行业。一对话，一出来你就会感觉得出来，那种工业品格、工业性情。现在都混成一片了，为什么呢？现在我们寻找的工人队伍已经严重地风化了，现在的工人队伍，你说他是工人他就是工人，你说他是农民，他就是农民。

一个出版社许多年前就约过一部类似于农村调查那样的，写一部现代工业调查。过去的工业，国营工业、私营工业，我是有好多材料、好多故事、好多人物的，我只需要了解当下的工业，而且这几十年来有几个大的企业、大的工厂是跟我联系在一起的，我每年跟他们有一定的接触，所以我一直没有断了工业，但是尽管如此，当我真正地介入这个题材之后，难度太大了。我前年那篇作品用的是"悲情与自豪"。现在在生活当中找一个真正的老工人，真正地具备工人性格、工业品质的是太难了。反过来说，你出去到一个懒惰的国家，我都感到惊讶。

比如意大利，法国南部那里，男人多么浪漫，谈情说爱、吊儿郎当、意大利街上小偷很多，吃巧克力、喝酒、喝香槟狂欢。那年正好是元旦，我在那过的。夜里就听到乱七八糟的声音，早晨看新闻说烧砸了多少辆汽车，在海滩上怎么折腾。可是，它的汽车工业，它的发动机工业，它的航天工业是世界一流的。比我们强多了，我们的汽车发动机造不出来，大家都知道雾霾污染很重，北京的雾霾百分之二十来自于汽车尾气。为什么汽车尾气会造成这么大的雾霾呢？北京的汽车还不如伦敦的多，还不如东京的多，因为我们烧的油是不合格的，我们的油和他们的油是不一样的，我们的油排放的污染量大。

回到那个话题，1982 年我在美国看到一个电工往墙上打眼，一手举着电钻，一手拿着一个粉红色的簸箕接着，很快，它的电钻上套了一个普通的软塑料袋。当电钻打进去之后，所有的粉尘是塑料袋吸收一部分，剩下一部分是簸箕接着的。打眼完成后拧上螺丝，装上灯，然后拿抹布一擦，地一扫。我看呆了，原来资本主义国家的电工是这么干活的！干完活一尘不染，擦得干干净净，这才叫手艺道，是工人具备的最基本的品质。

在中国这样的工人就比较少了，常常是一个人举着电钻，一个人扶梯子，打完眼之后再清扫。我本来是学热处理的，劳动改造的时候到车间干锻工，锻工就是打铁，准备工具。十年之后我的技术也很不错了，我是劳动改造的牛鬼蛇神，我那个组里有八级工，当我们干活的时候，没有任何政治身份，所以尽管我是被劳动改造的，后来我的活干得很漂亮，同样也会获得尊重。准备工具、扫地、倒茶变成技术最差的人干了。没有任何人叫他去干，有的时候组长就会说："××去打壶水去。"我正在干活，很少再指使我去，其实应该是我干那种服务型的活。所以干出一个漂亮的活是受人尊重的。那里有资本家出身的，有保皇派，有造反派，但是真正从劳动中获得的满足，完全是工人本性的自豪，那种从手艺中得到的快乐。从劳动中能享受真快乐的，往往是手艺好的人，我本来是被监督劳动，可是在技术劳动中得到了快乐，真干起活来就技术至上，政治身份就顾不上了。到后来我非常舒服，非常得意。我可以说一下，一个八十二公斤的方套，外面是方的，里面是圆眼，是四四方方不能有偏差的，误差是零点二毫米，在一吨锤上，拿钳子夹着，一百六十四斤的东西，不停地翻，给你一块钢，烧四次就要打出来，慢一点的可以烧六次，如果六次还打不出来就作废了。一般的是五次，所以我头一个是用了四火，就是烧四次就打出了成品。这就相当于四级工，五级工的水平。因为我是劳动改造，不是改行干的这个，就非常满足了。当时不管你是牛鬼蛇神、你是资本家还是什么，一概没有，就是活漂亮就可以。这是工人，是劳动的本质。

现在就很难了，工人后边是领班，领班后边是老板，老板后边是钱，过去工人后边是国家，工人后边是订单，有一种自豪感，现在的工人就是干多少活你就给我多少钱，够了这些活了，我一分力气也不多出。所以现在没有对工人进行教育，没有说学技术的，很难碰到了。所以我的一个朋友，他买下了一个造船厂，船有些部位是不能自动焊接的，必须人焊，焊船必须是五级以上的焊工。招不到一个好的焊工，最后年薪涨到十五万，这是好几年前的价了，但仍然是招不到。缺技术工。

现在的文坛在我脑子里有一张文学地理图，东北、西北、北京，天津，南京，整个的中国哪个省、哪个市，有哪几位作家。我把这些作家数过来，没有一个对现在的工业生活感兴趣的，他们也不会去写。

天津有一个计划，准备扶植一部分书，我特意给我们的党组书记说："如果有工业题材，有在工厂生活的，请给予关照，告诉我一声。这是我了解的工业题材的现状，这个问题说得太长了，大家也未必感兴趣，我只是说我的甘苦，我的过去的一些老同事、老师傅们现在的整个精神上非常的痛苦，精神上垮掉了，好像被骗了一样，过去中国工人优良的东西，精神上的东西都丢了。

学员2：蒋老师您好，刚才您提到传统写作和网络写作。我想请问一下蒋老师，您是一位非常有成就的传统文学作家，以您的远见卓识，您认为传统文学跟网络文学最终有没有可能找到一个契合点或者两者融为一体的时候呢？谢谢蒋老师。

蒋子龙：现在就正在契合，这个不可能不契合的，我的所有的作品都在网络上，所以现在我们生活在网络中，一网打尽，我们是不能逃的，我只是比较笨，为什么呢？就是从网络上拿稿费太少，我在报纸上发的每个作品当天就上网了，在网上我所有的文字都能够查得到的，但是网络不付费给我，因为它是从报纸上下载的。我的小说也都上网了，现在有的是在网络上读，有的网络是买了我的版权的，比如《农民帝国》《人气》，会收一点钱。

但是网络文学与传统文学，我的心中是这样定义的，网络文学已经形成它们的一个圈子。网上有的几次约我，但我跟不上他们的要求，不愿意那样干，所以我就没有全部依赖网络这个文坛，因为我的旧的习惯还是（偏向于传统文学）。

其实，从形式上分，文学现在可以分成三个部分：网络文学、影视文学、传统文学。从文学的本性、本质上讲，这三个文学是同一个本性、本质，文学性也是同一个。

网络文学现在面临什么样的问题？

面临泥沙俱下、泡沫太多的问题。网络文学的前五年，出的经典最多，出的好东西、好的作品最多。比如，《明朝那些事儿》等等，都是那个年代出的。

近几年网络文学，比如去年最红的"唐家三少"也出了几百本书，但是，会不会成为网络的经典？

现在网络作家有一个情结，要到出版社印成书才叫登堂入室。所以我在给网络作家班座谈，给他们讲完课以后，他们反而很羡慕，他们说"我们写了好多，但是还没有出那么多本书"。他们很愿意把自己的书印成铅字，我对他们说："你们要印成铅字，不要掺水太多。"

我有一些出版社的朋友，他们说，（网络文学作品出书）现在是出版社还有障碍。什么障碍？网络作家的书出起来太费劲、编辑起来太困难、付出的力量太大、（网络文学作品）废话太多、重复太多、水太多，删起来也太麻烦。现在哪有一个编辑愿意去牺牲自己的时间，而去给你重写？

所以，有些有准备的网络作家、严肃的作家、称为经典的作家，像《盗墓笔记》《明朝那些事儿》这些书的作者都是下了好几年的功夫，是一部很好的著作。

传统文学写作，我认为还是不要忽略网络这个平台。网络会越来越规范，我们都在"网中"，你们年轻，能够利用这个平台就利用，能够利用影视平台就利用。

看你是不是有好的故事，有好的人物。你写出好东西来，不管是网络还是影视都会找你。到那个时候，平台就会给你提供。

如果上了网络，也没有关系，（需要）"逼"一下。海南的蒋子丹就是，他去年出了一部书也很好，就是网络文学，一天一段，就是这样"逼"出来的，也挺好。这个契合点正在契合，将来会契合得更大。

根据我肤浅的对海外文坛的了解，什么传统、网络几乎分不大出来。有利用网络，有些作家不靠网络，就是传统写作。但是大量的，几乎不分的，就是网络也写，传统也写的。所以，只是从形式上分"三国"，内容上"三国"是有分有合的。

你的作品如果传到网络，对孩子影响更大。动漫在这个电子时代，对文字的冲击很大，对这一代人儿童影响也很大。

学员3： 我们这班学员很多都是"70后"，觉得"70后"的作家都是很尴尬的一代，该怎么去处理好个性化的写作与时代的担当之间的关系？

蒋子龙：个性化和担当的关系，这是个哲学论题，我不一定能说得清楚。首先，一定要找到自己的个性在哪。现在中国人只有一个个性：骂街、发牢骚、抱怨、消极。只比谁说话比谁更雷人、比谁更能忽悠、比谁更能赚钱，只是这个。把自己的个性捋一遍，找到自己个性的脉络，把自己个性有意识地发展，有意识地张扬，用文字张扬，这非常重要。

所有成名的作家，他们的文字都有个性，他的文字个性与人的个性一脉相承。人类学家张宏杰先生，他对人的性格有个大体的脉络。春秋时期，秦以前，中国人的性格是：明朗清澈、行侠仗义、路见不平拔刀相助。就像黄河的上游，清澈见底，春秋时期中国人的个性就是这样。比如《赵氏孤儿》，当年被法国的启蒙大师伏尔泰改编，翻译成法语后，在欧洲演出了一百九十多场。伏尔泰、雨果对《赵氏孤儿》评价非常高。"人类的痛苦、人类的灾难没有比这部戏表达得再充分，它充分体现了中国人的性格和精神。"大意的评价就是这样的。那个年代，中国的个性是清朗的、是清澈见底的、高昂的、高尚的。赵氏满门被冤，程婴要把孤儿救出来，他以给公主治病为由，把婴儿放进药箱子里，背着药箱子进门口。

刚一进门口，就被屠岸贾的警卫拦住。

"你干什么去了？"

"给公主治病。"

"箱子里是什么？"

"是药。"

"可有夹带？"

"并无夹带！"

"走吧。"警卫对他说。

刚走两步，婴儿在箱子里啼哭，警卫把他叫回来，"药怎么会哭？"程婴说："赵氏是忠臣，没有他们晋国就完了，所以我把孤儿救出来，你是屠岸贾的狗，你去告状吧，你是罪人，杀了赵家惟一的根苗！"

警卫一听，便说："你走吧！"

程婴走了两步又返回来对警卫说："我走了没有用，屠岸贾一会派人来一查，你还会说，赵家孤儿照样会被杀，而且我也会被杀。"

程婴的意思是我可以走，你不能活。

卫兵一听就明白了，于是二话不说，拔剑自刎。

这就是春秋时人的性格：侠义、忠耿。

程婴把孤儿救出来后，跟他的好朋友公孙杵臼商量，怎么救孤儿？公孙杵臼问他："死难还是养活孤儿难？"程婴想了想说："死容易，养活孤儿难。"对方说我年纪大，选择容易的，让我去死，你来抚养孤儿。看看这是什么人品！

到了汉唐，中国人的性格，有点像黄河的中游，大气磅礴泥沙俱下，雍容华贵所以诞生了李白、杜甫这些诗人。造就了唐太宗盛世，贞观之治。元、清之后，进入黄河的下游，中国人的性格懦弱、卑贱、精神贫乏，就像黄河下游经常断流。有一年黄河下游不就断流七次嘛……

这是中国性格的脉络，根据这个脉络，你找到自己个性的渊源，你们这个家族，你的祖父，不能太往上搞了，如果太往上搞也行，祖父他是什么性格。根据你的提问，看你的这个方面、圆头、大眼、阔嘴应该是忠厚之人，和你们家族的性格特点，找到你们的性格优势。

这个社会缺少担当，是由于各种各样的原因，体制的原因、社会的原因、经济的原因，种种的原因，所以偶尔有担当者，格外地引人注目。但是担当得不好会被人说虚假。你看学雷锋学得起来吗？你不管官媒怎么炒，大家都有自己各种各样的想法。

但是确实，前不久，中央台的一个节目里说一个幼儿园园长赤手空拳斗歹徒，一个年轻小伙子持刀闯进幼儿园课堂要杀孩子报仇，园长把歹徒抱住了，挨了两刀。然后其他人跑上来拿棍子拿棒子把歹徒制伏了。然后媒体大肆渲染讲园长如何如何的，这就是有担当，但是什么是有担当呢！

所以我们大家为什么不相信媒体呢？因为它太煽情。这件事情就不能真实报道吗？翻来覆去把园长弄成英雄，他就是个园长，看到孩子被伤害，他就抱住歹徒，这就是一个好人。他就是正儿八经的担当。在这个国家就了不得了，在电视台反复地播放让大家反感了。

就像现在的文字，你说，不是人没有担当，现在是文学没有担当，是我们的文字没有担当，文字疲软。因此当今这一个民族的魂魄无所依附。过去有关公、赵子龙还有一批英雄人物。经过一个反英雄的时代，现在老百姓对雷锋、所有新中国树立起来的英雄，都打问号。但是可喜的是，有些文学形象，没有被太大地泼脏水。

我对日本是有反感的，但是你看日本的媒体报道福岛核电站。绝不煽情，危害到什么地步了。不制造恐慌，也不制造安全感，有一说一，非常平静。我们就不能做到恰如其分，为什么？中国文化的修养，我们真是对不起祖宗对不起我们的文化，就没有一个主持人，没有一个记者，没有一个采访者能够说出得体的话来。

采访一个奥运会运动员，中央台的记者都不知道是怎么想的，运动员已经累得是满脸大汗。所以有好些运动员特别可爱，我就很欣赏过去的伏明霞，接受采访时就说："想我妈妈，想给我妈妈打个电话。"可是记者非得逼着运动员说些关于说祖国的话。说到底，还是我们的文化，太浅薄太媚俗。

比如说我的一个编辑，对《机电局长的一天》的开头不满意，就跑到天津让我改，就改开头的几句。我说就那么几句话，你就帮我改一下。他说不行，你的文字个性太强，我加一个字上去就显得特别不协调，还是你自己来吧。当初选你就是因为你的刺儿，选你的个性。我才意识到原来文字有个性。回去看自己的东西，把自己的个性，找几个特点，是不是这个个性，然后找编辑认同、朋友认同。如果他们同意了。那么就想办法就把自己的个性发扬到极致，发扬到极致之后就是你的风格。但是风格形成之后，有很大的问题，你将被你的风格控制住，你跳不出你的风格，你就完了，你老是写一样的，我《乔厂长上任记》之后，我就意识到个问题了，所以又写了《赤橙黄绿青蓝紫》，写了《锅碗瓢盆》，写了一些了，还跳得不利索。写了《燕赵悲歌》到《农民帝国》，到《收审计》，有些批评家朋友说看了《收审计》，这完全是另外一副笔墨了，这不再是你了，《乔厂长系列》《开拓者》家族结束了。你终于摆脱那个套路。

所以没有风格的人拼命地要求有风格，有了风格之后被风格限制住，你也很麻烦，但是那个时候要跳出自己的风格，开辟另外一个天地。《农民帝国》应该是另外一副笔墨，所以《农民帝国》在我的文学天地当中起了重要作用，就说明了我没有被最早的风格限制住。

长篇小说的文体、传统和创新

雷　达

引　子

对于从事长篇小说写作的人来说，文体意识非常重要。所以今天，我结合小说传统来讲。我还要讲一讲当代长篇小说的发展历程、经验以及创新问题。

有一天晚上 10 点多，社科院的一个外国文学的老专家突然给我打个电话问了两个问题，一个是："我想不通为什么中国现在作家写得这么多（包括外国很多作家他很熟悉）？即使是写得再多的人也没法跟中国作家比。"第二个问题是："为什么现在都只提长篇小说，而短篇小说，滋养了我们多少年了，被我们视为对文学最了解的短篇小说，为什么现在比较萎缩，至少不是非常流行吧。"当时他把我问住了，因为他当时就提到张炜的《你在高原》四百五十万字。我说对张炜你要和其他作家区别开来，他写的从来都是很多，除了《你在高原》，他写过几乎十本长篇小说。《你在高原》应该说还是达到相当水准的。他说不是，他说我现在就是不明白整个中国作家为什么写那么多？我觉得他问的不能说没有道理，这个问题反映了一个问题，就是说今天的写作也和以前的不一样了，大大提速了，我甚至认为我们文学作品的，包括书的定义都在发生某种移动。

过去一部作品，是要几代人都去看那本书的，但是现在我们书里面加进了很强的消费性、商品性，稀释了，变成一次性的，它的淘汰率就很快了。商品有个属性就是喜新厌旧，要不停地包装。所以现在写的小说，不能像以前那样的，像名著那样的精练再精练，这是一个原因。另外一个原因，我觉得当代作家面临的遗忘焦虑还是很折磨人的，在今天这个信息社会里面，没有一定数量的写作你就很难保证自己的活跃程度和位置的。其他还有收入的原因，当然更重要的一个原因是电子文化、多媒体，互联网的进入，使我们的创作大大地提速了。我这么回答他以后，他觉得还有点道理。至于说为什么短篇小说在今天不是那么像长篇小说流行，其实说穿了，今天的文学早已经失去了主流艺术样式的位置，而我们的短篇小说一般都是发表在文学期刊上面，文学期刊这个园地的受众是很有限的，而长篇是在一个更大的，市场化的环境里面扮演自己的角色。

我觉得长篇小说在我们今天的社会生活，文化生活和阅读生活中的位置还是重要的，诸多长篇小说里面的典型人物也好，长篇小说的故事也好，还是被我们记住了。一方面我们的作品是来自于生活，另一方面生活也在模仿艺术。长篇小说进入我们的生活很多，包括改编成影视；我们也都知道，长篇小说是衡量一个国家，一个民族文学水准的比较重要的尺度，甚至于是最重要的尺度。我们注意到诺贝尔文学奖的获得者，大部分主要成就体现在长篇小说和戏剧作品上。

一、回到文体，回到传统

当然，我们的长篇小说这一文体，它的某些缺失和不尽人意的地方需要研究。比如长篇小说质量和数量的不平衡已经是太突出了，每年我们要生产两千多部，有人说三千多部长篇小说，还不算网络上的连载小说，但是真正能够被记住，进入我们热议圈子的，也就有二三十部吧，至于让我们拿过来反复读的我觉得就更少。我们需要回过头来冷静地研究研究长篇小说的文体，回到长篇小说的文体意识上来。所以，今天我还想讲讲回到长篇小说的传统上来的问题，怎么回，就要寻找长篇小说的经典背景。再想讲的就是我们的长篇小说的现状到底有哪些缺失，有哪些需要我们去克服。

事实上，我们对长篇小说本质上的认识，以及长篇小说真正的本质应该表达什么，也是一个常识性的问题，大家知道，长篇小说是一种规模宏大，篇幅巨大，结构情节复杂，人物众多，并能够提供大的信息量，甚至能表达一个时代的情绪，众多人物曲折的命运的文体。莫言说，长篇小说的尊严在于它的长度、密度和难度，比较简明扼要。当然在 20 世纪之后情况变得更复杂，也有情节比较单纯的，人物少的长篇，这是另一个问题。我们在讨论一般意义上的长篇小说的时候，很可能因为字数篇幅的原因遮蔽了我们对长篇小说本质上的认识。篇幅肯定是重要的，但是比它更重要的就是概括生活、把握世界，比如我们讲短篇小说是一个点，中篇小说是一条线，长篇小说是一个很广阔的面，这是一种说法。还有一种说法，就是短篇小说是写一个场景，中篇小说写一个完整的故事，而长篇小说是写一群人的曲折的命运，种种说法都有。咱们国内对长篇小说的限定是，十三万字以上的就是长篇小说，十三万字以下，三万字以上的就叫中篇小说，三万字以下的就叫短篇小说。至于现在则更有很多比如小小说啊，微型小说，千字文，甚至还有手机小说，几百个字的都算一篇小说。这是一般的字数的限制，但是我觉得并不在于字数，我们现在的有些小说，字数拉得很长，被认为是注水的长篇小说。本来可以写成一个中篇小说，非要拉得很长。所以不能光看字数。我记得老舍先生讲过，字数并没有太高的价值，顶多在算稿费的时候多拿占点便宜，世界上有不少和《红楼梦》一般长，或更长的作品，可是有几部的价值和《红楼梦》的相等呢？很少！杜甫和李白的短诗，字数很少，却传诵至今，公认为民族的珍宝。万顷荒沙不如良田五亩。

我觉得，无论长篇、短篇、中篇，都首先有个艺术质量问题，我们写长篇小说的很多人缺乏真正良好的文字训练，也就是缺乏一种写短篇的基础。我个人认为，要写好长篇小说要有写好短篇的训练。比如写得好的莫言，毕飞宇等，都有很好的短篇小说的训练。这一次评茅奖，我都没想到，因为我以前一直认为刘庆邦是一个写短篇小说而且写得很好的作家，可是他的长篇《遍地月光》，放到评委们的面前，受到很大的欢迎，一下子就飙升到前十名，为什么呢？就是他的叙事功力很深，好看！语言艺术他有时候是很严苛的，一个长篇小说，自己的弱项还可以遮蔽过去，但是你放到短篇小说里就无法藏拙了。

我们现在谈现当代小说，现当代文学，留下很深刻印象的大多是短篇小说，包括鲁迅先生的《阿 Q 正传》《狂人日记》《孔乙己》，其他如沈从文的，张天翼的，张爱玲的作品都是。所以，关于短篇小说，正如胡适所说，短篇小说一定要"经济"，他讲"经济"二字，而且举例子说，什么叫文学语言的经济呢，比如说《木兰辞》，木兰从军，前后用十个字就写完从军打仗的事，"将军百战死，壮士十年归"，可是归到家里以后，写到她的"女儿姿态"，这个地方竟写了一百个字，诸如"当窗理云鬓，对镜贴花黄"，"爷娘闻女来，出郭相扶将"等，还比如《孔雀东南飞》里写道，"十三能织素，十四学裁衣，十五弹箜篌"等，都写得"很经济"。我们现在的写作者懂得文学"语言经济"的不是很多，虽然他们的大部头的小说一部接一部，但语言的感觉是很缺乏的。鲁迅的短篇小说和汪曾祺的短篇，看完都会让人惊叹，前几天我还又看了汪曾祺的《受戒》，其中的明海和小明子从凡间逃到了一个桃花源般的世界，他们在水里行的那个场景，非常有美感，语言的色彩感令人惊奇；再比如铁凝，她的《哦，香雪》也是一个很了不得的作品，她倒不是写回归自然，她是写山里的姑娘向往大山外面的世界——现代文明，她写一分钟，一分钟之内把这篮鸡蛋换成一个铅笔盒。我觉得这个作品把握得很好。但是这种很讲究的很经济的东西在我们当下很少了。我觉得现在我们的一些作者，以为自己写一点官场的东西，抖一些官场上的秘闻，热热闹闹的场面，写一点社会奇闻，就以为自己是大作家了，当然官场小说也有很好的，不能一概而论。其实，与文学的标准或与真正的文学性还离得很远。所以在这样一种形势下，研究长篇小说的文体是很有必要的事。

二、不要认为古典传统过时了

我经常也在思考这样一个问题，就是我们现在长篇小说这么多，但是为什么少有精品，很少能和世界对话的公认的大叙事作品。比如马尔克斯《百年孤独》，保尔·海泽《特雷庇姑娘》，君特·格拉斯《铁皮鼓》，帕慕克《我的名字叫红》等作品一样与世界对话的东西，我一直也在思考这个问题。我觉得不要害怕传统，漠视传统，要回过头来看中国古典小说的传统。为什么《红楼梦》《金瓶梅》《三国演义》《西游记》《水浒传》《儒林外史》等经典能够长盛不衰，而现在我们的长篇小说，多则一两年，少则一两月，很快就过去了，你要论技术，现在的作家的技术比古代作家的技术似乎要高明得多，叙事的方法和技巧的多样性，可是现在的小说的生命力就是不能和古代比，这个问题大家想过吗？这个问题好像提得有点傻，其实也不傻，有些真理的东西其实也很简单，为什么我们的古典小说有那么大的魅力，比如最近又在放《水浒传》，大家还是愿意看，或者是一边骂一边看，大家觉得新拍的"水浒"和自己心目中的不一样，比如"潘金莲色诱武二郎"之类。这些小说都能够长盛不衰。

但是，中国小说的传统，西方人不大承认，西方文学评论家眼中的小说主要是个人的、虚构的表达，而我们的文学传统与历史结合，文史不分家，和讲史传统和说话传统，口头文学结合起来。比如《三国演义》《水浒传》《西游记》都有前文本，同时它们开启了一个个传统，比如《三国演义》开了一个历史演义的传统，《水浒传》开启了英雄传奇，一百零八将，一直有一个逼上梁山的"线"，许多农民起义都能和它联系到一起，世界文学也没有这种情况，像《西游记》，开启了神魔小说传统。关于取经，是一个巨大的悬念，有点像西方文学的取宝石，九九八十一难，包括大闹天宫，都是非常雄大的想象力，这个想象力在世界上都是罕见的，这是我们的伟大传统。

我们的小说到了《金瓶梅》摆脱了讲史的传统，它让小说回到日常化和生活化，它有非常高级的白描。所以毛泽东才说《金瓶梅》是《红楼梦》的老祖宗，这个话讲得是很对的，从文学的传统来说，后者师承了前者。当然《红楼梦》是非常伟大的，它超越了《金瓶梅》，它是中国古典文学的最高峰。我们看完《红楼梦》都不能够不震惊，包括它的结构，比如它的儒释道的结合，《好了歌》所含的思想的深邃，包括"色即是空，空即是色"，是最大的虚和最大的实的结合。它其实是一部热烈的作品，是对生命、青春、爱情至高至上的肯定和赞美，它的大框架是虚幻的，但它又是肯定人生的，而不是否定人生的，所以，鲁迅说，自从《红楼梦》出现后，传统的文学思想被打破了。

《金瓶梅》也是了不起的作品，是极为杰出的作品，它对世情的刻画力透纸背，但与《红楼梦》比较，就不是真正伟大的作品。为什么呢，因为它是冷漠的，《金》对人的淫邪的东西，对人的动物本能的东西，阴冷的东西写得太多，却没有力量上扬，提升到哲学高度，只是个人性恶的世界，缺乏内在的热烈的人性和温情。比如《红楼梦》之"百足之虫，死而不僵"，它也有政治小说的一面，过去我们在"文革"的时候，研究《红楼梦》偏向它的政治，说它是"封建社会的百科全书"，那已经是很偏了，但是，不能不承认它是一部很深刻的政治小说，也有很深刻的哲学思想，王国维说，《红楼梦》是一部彻头彻尾的悲剧也，是哲学的，是宇宙的，是人生人学著作，伟大文学作品都是人学著作，其中含有深厚的文化内涵，社会历史。对一个作品，我们要看它的社会历史文化内涵，要看人性的深度，要看它的文本的创新程度，这是我们衡量一个文学作品的基本规则。《红楼梦》和《金瓶梅》有很大的区别。但是现在有一部分金学家，他们认为《红楼梦》是《金瓶梅》的高仿，认为《红楼梦》是抄袭《金瓶梅》的，我看过有篇文章说，《金瓶梅》里李瓶儿临死时有临终嘱托，秦可卿死时也有临终嘱托，潘金莲撕扇子，晴雯也撕扇子，大致类似的例子，就认为是"高仿"，我觉得这是站不住脚的，不能拿出一些具体的生活模式——比如这边有个蒋太医，那边有个张太医，你也不能不让人家太医出现吧！就认为《红楼梦》是对前人的承继和超越。

我们也不能把古代的小说看成仅仅是情节写得好，没有思想，其实有很深刻的思想，包括《三国演义》讲帝王史、内圣外王、正统，《三国演义》是讲正统的；《水浒传》中所有的人看着就是两个字："忠义"，是一种民间观念，它也是一种思想，是一种道德观念；包括《西游记》里的佛的思想，因果报应的思想。中国思想是通过民间生活方式来实现的，所以我们古典小说的某些优良传统在今天还是可以创造性地转化和继承的。

我们不能把她抛弃了。"五四"之后，我们的新文学一直把这种传统当成封建的东西简单地抛弃了。虽然我们今天还是看啊，读啊。但文本的范式其实都是从西方引进来的长篇小说传统。我觉得我们即使有继承传统的写法也是皮毛的继承，比如章回小说，莫言的《生死疲劳》等，费了那么大劲，搞个对仗，我觉得没有太大必要。那也确实很费事！古典小说名著其很重要的地方体现在三方面，一是突出人物形象，二是有饱满的细节，人物有戏可看，有强烈的现实性，三是有深厚的文化底蕴。这是长篇小说征服人的地方。我们现在的长篇小说在这三方面都是缺失的，故事讲完就完了，光剩一个故事的空壳了，没有让人回忆的饱满的细节，这就是我们长篇小说存在的问题。古典小说比如《水浒传》，写杨志多少细节，写鲁智深拳打镇关西多少细节，包括林冲的软弱与高强的武艺的反衬，在妻子受凌辱后的复杂心理及其细节，这些都需要我们揣摩。我们今天不是要把这些东西简单拿来，而是要把精髓的东西化进去，我们今天怎样转化认识这个传统，这是一个课题。我总觉得我们的写作很匆忙，没有底蕴，没有经典背景，而且拿起来就写，小有成就的写作者就觉得写长篇其实很简单，不用通过短篇小说训练，我就是长篇小说作家。反过来看老舍先生的《二马》《猫城记》，因为老舍先生有留英经历，比如受狄更斯的影响，比如李劼人的《大波》《死水微澜》，师承左拉，他们对长篇小说的发展很有建树，还有像钱钟书的《围城》、路翎的《财主的儿女们》，这些形成我们初步的长篇小说传统。我就觉得我们在今天能不能创造性地转化，认识我们的古典小说，我觉得这是一个课题。有些人已经出了五六部长篇小说了，我觉得他还入门，没有严格的文字训练，我一直有这个看法。我们现在看长篇写作觉得很轻易，这在时间中站不住脚的。

三、创化西方长篇传统

另一个就是西方的文学传统，我觉得也要有一个创造性的转化，形成我们的经典背景。特别是19世纪文学，我们不要轻视它，虽然现在我们发展到21世纪，我们张口闭口谈的是纳博科夫《洛丽塔》，谈的是米兰·昆德拉的《生命不能承受之轻》，或者谈的都是拉什迪，帕慕克，奈保尔，但是我觉得19世纪文学在长篇小说创作上仍然是难以超越的一个高峰，这些文本在今天还能对我们起作用，我觉得不容忽视，可是我们关注不够。西方长篇小说传统如《十日谈》《堂·吉诃德》，太早了，我们就不说了。我觉得，比如巴尔扎克，巴尔扎克是一个非常有历史感的作家，他写东西从来都有一种立此存照的意识，他的"人间喜剧"就是要写法兰西的历史，张炜的《你在高原》跟《人间喜剧》不一样，《人间喜剧》是互相不搭界的多部著作，《你在高原》里面有一个主人公宁伽，这样的书在全世界还是第一部呢，最长的长篇了吧。巴尔扎克的写法现在当然过时了，比如他写一座住宅，写一个教堂，写一条街道，几千字、上万字，句子节奏比较缓慢，但巴尔扎克有我们学习的地方。我们这个大转型时代，也需要书记员的雄心。像陀思妥耶夫斯基，《罪与罚》也好，《卡拉马佐夫兄弟》也好，还有托尔斯泰的《复活》《战争与和平》，里面的宗教精神、心理现实主义的深入。特别是陀思妥耶夫斯基，俄罗斯理论家巴赫金，他也是全世界最伟大的理论家之一，他说"长篇小说是资本时代给人类带来的最重要的文体"，他对陀思妥耶夫斯基的研究是非常精深的，"复调结构论"揭示了陀氏的秘密。鲁迅先生对陀思妥耶夫斯基也有很多论述，拷问啊，人性的拷问。另外比如像我自己特别喜欢，就是罗曼·罗兰的《约翰·克利斯朵夫》，作者甚至包括以前的作家认为写的人仍然是单面的，比较平面的东西，他认为人充满了一种内心的波动，内心是一个宇宙，他要写精神的历史，这就是他创作《约翰·克利斯朵夫》的原因。这个作家，确实不得了，有人认为写的是大音乐家贝多芬，其实不光是贝多芬。这部小说，它有音乐的旋律。这四部书，最主要的是一三四，第二部陷入了当时对艺术观念的抨击，对欧洲的音乐理论的辩护的，有些枯燥，其他几部都非常之好。这部书被认为是伟大的精神雕像，有如横贯欧洲的莱茵河一样。我觉得我们现在的中国还没有产生这样的作品，这样的书仍然是世界的宏著，21世纪的读者的灵魂读物。再比如普鲁斯特，他认为生活里面很多是散文化的，所以写了意识流小说《追忆似水年华》。这也是长篇小说的发展过程。我也在这里梳理这个过程，像卡夫卡，他写人，也不是什么意识流啊，他觉得人的存在是荒诞的，所以他写了《城堡》，土地测量员他永远进不了城堡，他写了现代人的存在境遇，他开启了现代派和先锋主义。整个现代派和先锋主义的开先祖师就是他。

米兰·昆德拉，我也很喜欢。具有哲学意味，他认为小说是对存在的一种问询，就是他能够把小说，不光是讲故事，把故事推向存在，我觉得这很了不起。这几年谈得比较多的是纳博科夫的《洛丽塔》，我现在也不是很读得懂，《洛丽塔》的故事情节看下来，我觉得在中国不是很适应，大家认为这个故事有点乱伦的嫌疑。那么它好在哪儿？我看研究外国文学的人，没有写出太多让我信服的文章，应该说，它是对禁忌的一种有意冒犯，是对人的乱伦冲动本能的一种描写，这些东西也是一种文化。文体的要害是长篇小说的结构，结构实际上不是别的，就是对世界的独特的认识和把握方式。有什么样的认识和把握方式就可能出现什么样的结构形态。刚才我们讲了罗曼·罗兰的结构也是一种形态，普鲁斯特的写法也是一种形态，卡夫卡、陀思妥耶夫斯基等等的写法都是一种形态。陀思妥耶夫斯基的写法有很多基督教的说教在里面，但是不管怎么说，我觉得19世纪文学是一个很难企及的高峰。

我们需要认真学习揣摩现代主义、后现代主义的某些要义。比如现代主义的海勒的《第二十二条军规》，写一种不可知的力量对人的操纵和捉弄。什么叫二十二条军规，说不清楚，你这个人如果是个神经病的话，你就能免于飞行，如果你说出你有神经病的话，就证明你没有神经病，这就是第二十二条军规。今天生活中的很多东西，就是按照这种思维逻辑，你以为你在这儿可以了，但是另一个东西又开始捉弄人了。行不通！有好多行不通的真理。写人的荒诞处境，我并不特别推崇罗曼·罗兰啊，托尔斯泰啊，但是我觉得这些人的书要读，包括现在的小说，读这些人的书实际上可以让人的灵魂净化，读完你就会觉得你的灵魂才丰满起来。比如像雨果，《悲惨世界》是浪漫主义的，骨子里却是现实主义的，它的情节有夸张的成分，冉·阿让他从一个为自己姐姐的孩子偷面包被抓，关起来，后来潜伏了，逃亡了，遇到一个慈悲宽容的神父，以后他变成一个市长，然后保护一个漂亮的女工和她的女儿，他又暴露了身份，被抓起来。他又逃走了，他一直抚养这个柯赛特，这些东西似乎非常传奇，但是它的基本的东西是现实主义的精神，所以雨果在该书的序言里说，我写的这一切根本没有过时。所以我觉得这些也是一些新问题。

所以，对中国古典小说传统怎么创新为转化，是一个新问题；怎么认识西方的小说传统，也是一个新问题。我们不能老是看些当代流行的，或杂志上的同行的东西，没有这种经典的东西我们的小说就不可能写得深刻。《白鹿原》出来以后，我在《文学评论》写了一篇评论叫《废墟上的精魂》，我就指出，它受到了肖洛霍夫《静静的顿河》的影响。他写的白嘉轩这个人物让我想起了格里高里，后来他自己也这么说，他并没看我的文章，他说就是受了这个影响。当然也受《百年孤独》的影响，一开场他写"白嘉轩后来引以为豪壮的是他一辈子娶了七房女人"，刚看小说的时候，我们就觉得这是不是在搞故弄玄虚，可是我仔细看了，他对每个女人的性格和结婚的方式，甚至新婚之夜的性的表现都不一样，这下，我服了他了，就觉得还真行。你们大家可以看看我的《白鹿原》评点本，我的评点本已经出来好几年了，好像后来又不断重印。我们都记得《百年孤独》开始，那段话是，"多年以后，奥雷连诺上校面对行刑队的枪口，准会想起父亲带他去看冰块的那个遥远的下午"。我们中国作家大多数都喜欢模仿这个句型，都改造这个句型，大量使用这个句型，《百年孤独》你看了之后就会觉得那确实不是你装点一点装饰物就可以的了，它非常深刻。比如说对外不开放，对内乱伦,生了带尾巴的孩子,整个拉美的孤独,但是这个小说的每个章节,作者写得非常讲究,他甚至影响全世界,所以,引发了拉美文学的大爆炸。一个是文体,一个是通过文学训练,第二就是重新认识中国古典小说传统,重新认识西方文学传统,逐渐建立起自己的经典背景,就可能从单薄转向深厚。这是我们长篇小说发展的一个非常重要的问题。

四、当代长篇小说的三个高潮

下面我想从文体的角度看一看当代中国长篇小说的现状包括问题。当代文学六十年,长篇小说出现过三个高潮时期。第一个高潮时期我认为是在 1956 年到 1964 年之间,这个时间大概在座的没有哪一个人出生吧,1964 年出生的可能都没有。这是在你们出生之前发生过一次高潮,在建国以后,经过一段沉淀出现了一大批作品,就是我们熟悉的《红日》《红岩》《红旗谱》《创业史》《青春之歌》《林海雪原》《小城春秋》《六十年的变迁》《铁道游击队》《山乡巨变》《保卫延安》《战斗的青春》《艳阳天》等等。现在怎么去看当时的创作呢,我觉得要辩证地看,当时以阶级斗争为纲,为政治服务是第一位的,社会生活的一切都是经过阶级的过滤器来看的,所以这些作品的特点都是壁垒分明,光明黑暗,正面反面,英雄懦夫,非此即彼,这都是很明显的一个二元对立结构,这是一个很简单的结构,构成了所有作品的特点,在文体结构上,也比较简单。但是我觉得又不能简单地看这个时期的作品,这些作品又具有深刻的生活体验,具有长期的积累,打磨,具有丰富的细节,具有生活性大于技术性这样一个特点,创作手法比较单一,文体特点比较单一,但是当时这些作品有一个最重要的特点,就是它的生活的丰富性,细节的丰富性,作者往往是用他们半生的经验,血泪体验换来的。所以到现在为止，这些作品依然活着，还在不断地改编。

长篇小说第二次高潮，是在 80 年代中期，1984 年到 1988 年、1989 年之间，这个时期是一个思想新启蒙的时代，是一个重回五四精神的时代。在这个时代里面我们出现了一些作品是很难忘记的，比如古华的《芙蓉镇》，张炜的《古船》，王蒙的《活动变人形》，铁凝的《玫瑰门》，路遥的《平凡的世界》姚雪垠的《李自成》等都出现在这时期，还有杨绛的《洗澡》《许茂和他的女儿们》《冬天里的春天》。这个时期以其文化反思的尖锐性和深刻性见长。《古船》写到土改，写到整个农村，对极"左"思想体系的挑战。比如《活动变人形》对中国知识分子弱点的反思，《芙蓉镇》的特点，是寓政治风云于乡镇风情之中，它一方面完全是乡镇风情画的画面，另一方面又是非常尖锐的政治斗争，文化大革命，这个写法我觉得是很值得大家在座的各位借鉴。

另外我觉得铁凝的《玫瑰门》，现在很少有人提到，你要一提，就会说，你是不是因为她是作家协会的主席才这样提，其实，《玫瑰门》是当时非常重要的一部作品，是对中国的女性，它主要写在"文革"中间和"文革"前后，三代女性的命运。我认为迄今为止是铁凝最好的长篇小说，后来她写了《笨花》《无雨之城》《大浴女》我总觉得都不能和《玫瑰门》比，《玫瑰门》本身就是一个女性的象征。

在这个高潮的时期里还有一部重要的作品就是《平凡的世界》，它的写法是一个传统的写法，编年体的，写了十年间的事，1975 年到 1985 年十年，史诗性写法，现实主义的写法。但是，他里面有新的东西，就是在中国农民的母体里面诞生了像孙少安，孙少平这样的新的分子，他的前文本是《人生》，里面有一个主人公叫高加林。它不仅仅是一个励志的文体，它给千千万万处在生活底层的人，甚至有一些被侮辱和被损害的人，一些被屈辱的人，给他们以力量，给他们以信心，给他们以鼓舞，是这么一部作品，它是一个有精神内涵的作品，而不仅仅是一个诉苦的作品。今天为什么那么多的年轻人还喜欢看《平凡的世界》，因为它通过孙少平，孙少安，田润叶，田晓霞，郝红梅这些当时的青年，表现出了传统的美，苦难的美，未来的美，它形成了一个强烈的青春的美的激流。

我们当代文学的第三次高潮，是在1993年以后，90年代一直贯穿到新世纪之初，这一次高潮来势凶猛，不同于前两次高潮，它是在市场经济和全球化的背景下面出现的，不再是计划经济时代的那个美学风格。你们大概没有注意，我是注意过，《曾国藩》《白鹿原》《废都》是同一年出版的，这一年就是1993年，为什么同一年会出现这么多小说呢，在那之前为什么文学一片萧条，特别是1990前后，我觉得根本就没有什么像样的文学。突然在四年以后爆发了，政治上的原因是邓小平南巡讲话，中国社会大幅度地向市场经济转化，市场经济带来的人的欲望的解放，也可以说带来一种人性的解放，人的世俗化的一种解放都带来了，所以那段时间出现了下海、经商、倒爷，出现了很多写欲望的小说，但也同时出现了深思民族历史和人性，深思人的异化和困境的小说。比如怎么看《废都》这部作品，怎么看《废都》里面的性描写。《废都》里面有很多框框之类的东西，指涉性描写，性器官，性场面，好不好，我觉得不太好，而且我认为贾平凹写性，并没有写得很够味，没有多大的刺激性，但是《废都》一个很重要的问题，就是借性作为一个通道，而写出了一种人或一部分人文知识分子的精神困境，生存困境，我非我的荒诞状态，自我异化的状态，庄之蝶这个人，这个名字，庄之蝶就是我非我的意思，庄生梦蝶，这个人就是经常找不到自我，而且经常处于焦虑状态，通过性，特别是和一些文化程度很低的女性的性活动，缓解他的焦虑状态，这是庄之蝶这个人的特点。小说里写了几个文化名人，都处在这种焦虑状态中间，或者是物质和精神的不可开解的矛盾之中，这就是《废都》。所以《废都》写了一种世纪末的，甚至是颓废的情绪，但是这种情绪有典型性，有人说中国知识分子又救国又献身，那么多的优秀知识分子你不写，你偏写庄之蝶，他能代表中国知识分子吗？显而易见他只能说是一部分人文知识分子的精神状态的表现。

《废都》受明清小说的影响很严重，包括它的语言，但是我觉得它的语言还是有才气，《废都》在于作者和主要人物之间拉不开距离，所以他能写这个人物，但是他不能批判这个人物。《废都》是代表那个时代的某种精神状态的一本书，是一部很奇特的书。后来被禁了，现在又开禁了，被禁了不能说明它没有价值，开禁了也不能说是它就没有缺点和问题。

我刚才忘了讲，就是在 80 年代中期的先锋小说，这是一个很重要的章节，这个章节是我们的文体发生了巨大的变化，实验小说，代表性作家如马原、格非、余华、孙甘露等人，也波及长篇小说了，作为叙事语言的革命，在中国小说的发展史上面是有功绩的，但是后来它空心化了，离开了中国的国情和中国读者的阅读期待，特别越来越走向了一种叙事圈套式的东西，就走不下去了，走不下去以后有一些作家又回过头来了，向现实主义靠拢，有个回归。但是他们毕竟还是很大地改变了我们汉语叙事的功能，增加汉语叙事功能的多样性，强化了汉语的叙事功能，同时也使我们长篇小说的文体出现了多样化，这个历史功绩不可能把它抹杀的。

在第三次高潮里面我觉得内容还是很丰富的，还有一部作品，我觉得非常重要，就是《白鹿原》。现在的问题是，多少年来能够代表我们民族宏大叙事的文本到底有哪些，在哪里，沉淀下来看到底有哪些东西，看过来看过去还是觉得《白鹿原》代表了一种高度，具有经典相，这是毫无疑问的。《白鹿原》的贡献在于正面观照中华文化，摆脱了过去较狭的党派和意识形态的视角，而上升到一个文化视角，从文化的视角来概括上个世纪前五十年的历史，这是它的一个重要特点。第二个特点就是它能把政治斗争，军事斗争，宗族冲突，包括阶级的冲突，转化为一种文化的冲突，最后又转化为一种灵与肉的冲突，这是它比较高明的地方。过去我们都是把人物变成一个政治的符号化，它这里面把人物变成一种文化性格，其中白嘉轩这个人物是个文化性格的代表，朱先生这个人物也是文化的代表，他们增强了文化深度。《白鹿原》是一种文化叙事。现实主义扩展了，不是原来的那种现实主义，应该是一个比较开放的现实主义。吸取了一些魔幻现实主义的手法，吸收了一些苏俄的东西。也可以说是陈忠实写得最好的一本书，他的绝对高度是确实是比较高的，但是他的平均高度是参差不齐的，贾平凹在平均高度上也许超过了他。两个人不一样。这个时期还出现了一些文本我也是非常喜欢的，比如像《长恨歌》，我觉得王安忆善于那种纵向的叙事历史，通过一个女人的命运来叙事。《长恨歌》表达的是一种无法实现的理想的一种悲哀，特别是在一个男权社会里面，一个女性，尽管是一个风流女子，她对生活的追求和欲望，留下了一种含恨，恰与上海这个大都会的性格有潜隐的呼应，《长恨歌》的内涵还需要进一步去发掘。

当代文学六十年，出现了三次高潮，我觉得最主要的成绩，最根本的是对人的表现的深化，是第一个特点，对人的认识的深化，从哲学上来讲，这个很重要，我们新时期文学开始就是从人开始的，当时戴厚英就有一个小说叫《人啊人》，就是要捍卫人的权利、人的价值和人的尊严，反对忽视人。这是第一个。

第二个，就是历史题材的作品得到大面积的丰收，这里面我只想谈两个问题，一个就是我们在历史题材创作里面，出现了一个值得注意的新的东西，就是我们终于摆脱了那个所谓阶级斗争的，一切历史都是阶级斗争的历史，而是写出了历史的丰富性，写出了很多忠臣贤相对历史的作用。我们在历史题材灌注了一些现代性的东西，重要的不在于你叙事的是哪个年代，而在于你在哪个年代叙事，就是把现代性的东西注入到历史题材里面去，给历史题材新的东西。

第三个问题，特别重要的一个心得，就是大历史小人物，大历史观。大家应该注意到有一个人叫黄仁宇，他已经去世了，黄仁宇提出过大历史观，就是特别要重视历史的细节，通过历史的细节来揣摩历史的脉搏。所以他笔下的历史是一种比较感性的历史，他的《万历十五年》就是例子。大历史小人物，这是我们今天创作中间很重要的问题。比如说《废都》，《废都》也是大历史小人物，最早我们说老舍先生的《茶馆》非常成功，《茶馆》里最主要的特点就是大历史和小人物的关系处理得好，主要写了一个叫王利发的人开茶馆的，可是在他的身后整个中国近代的历史浮现出来，怎么处理好大历史和小人物的关系，是一个关键。这是第三个方面。

我觉得我们取得比较好的成绩，我们毕竟创造了一批典型人物，比如王蒙小说里面的倪吾诚，《芙蓉镇》里面的人物，《白鹿原》里面的人物，《废都》里面的人物，包括《长恨歌》里的人物，都是难忘的人物，过去有人否定典型性格，典型人物，典型塑造，现在看起来长篇小说没有典型人物，没有典型性格是站不住的。一个大的长篇小说没有人物是不行的，人物站不住也是不行的，不管你是现代主义和后现代主义也好，没有人物不行。

第四个方面就是我们的汉语叙事能力提高了，现在我们的小说，在语言的丰富性、表现力，在语词、表现方法、结构、叙事伦理，是进步相当多的，比如说有些作品虽有争议，其实我觉得不错，像《马桥词典》的结构，像史铁生的《我的丁一之旅》带有哲学性的小说。

五、当下长篇的诸种缺失

一般认为，小说的发展，是经历了生活故事化，人物性格化，心灵审美化的过程，这是小说发展的三个阶段，当然这三个阶段可以并行。所以我们的小说还是取得了很大的成绩。现在我们的读者对小说的写作有很多的不满意，我们可以从当下长篇文学的现状和文学传统来反观长篇自身的缺失，也为其创新寻得可行之路。

第一，就是我们今天的小说在表达乡土经验上比较成熟，但是对现代转型过程中的城市经验表现很不够，我们缺乏非常成熟的非常有趣的城市文本，这使我们的文学的现实感不强。

中国社会近些年来的变化极大，包括高科技、网络、城市化、市场化，人的思想感情和行为方式的变化很大，但是在文学里反映不充分。我们现在的时空观念都不一样了，过去我们觉得中国很大，现在我们觉得中国很小，过去人和人之间交往非常不方便，而现在交往很方便，但是心和心的距离可能拉得越来越远，我们每个人身边都有大量的媒体，手机啊，QQ啊，微博啊，微信啊，博客啊，每天都忙不过来打理这些东西。我说这才是真实的空间，现实生活倒变成虚拟的空间。为什么呢？因为人们更多的时间是在网络空间里，你更相信的是网上空间里的网民，而回到现实中就开始说假话了，一到网络上就开始说真话了，这才是真实的生活，但是我们在现实生活里进行很多的应酬，我们现在的媒体很多，我们的生存到底是怎样的一种生存，这些在我们的文学中看不到，所以城市文学、城市经验很需要。比如说刘震云这个人，很聪明，他写手机文化，他说手机是手雷，手机给我们带来了多大的方便，可是因为手机又给我们带来多大的麻烦，因为手机搞得人和人间隔膜，家里人也关系不和，比如手机丢了就要出事儿了；不带手机大家觉得很恐慌，也就是"手机恐慌症"，或"手机依赖症"。我有一天早上去开会，发现手机没带，忘在家了，那一天我就觉得自己待不住，后来一回到家里，我一看，没有什么，就一条推销帽子的短信。我们真的觉得离不开，但是我们有几部作品写出了我们的这种情绪？没有。汽车文化也是，我不是让大家切割开来你写手机文化，他写汽车文化，他写高铁文化，我只是告诉大家我们的时空观变了，我们的人也变了。在现代转型过程中，我们的民族情感，行为方式都发生了变化。要写变化了的人性，你才能够达到高度，现在好多人都觉得文学边缘了，新媒体把文学的空间挤占了，这只是一个方面。但是不是文学自身也需要反省一下，你写了多少老百姓关心的事情，你写了多少切肤之痛，这才是要紧的事。我们作家的体验很不够，作家应该是非常有智慧地概括社会情绪的人。

第二，就是原创性的东西太少，复制性的东西太多，这才是根本的问题。还有，我认为是很本质的，是我们的生活本身就是复制化的，原创性不够，我们的生活本身就在和平的、日常的、单调的空间里。但创作需要个性，创作需要想象，创作需要变化。当生活变得单一、呆板的时候，这是非常危险的。还有一点就是我们的生活没有来自大地的东西。原创是什么呢，原创就是原初性，排他性，质疑一贯性，只有原创性的东西，才能给我们带来新的震撼，可是现在的东西都是二手的，甚至是三手的，由于电脑可以复制，拼贴，链接，所以更加助长了我们在生活中的复制化倾向。

第三，增加生活体验是非常重要的。要中国经验也要中国体验，现在我们的一些作品读起来虽有阅读快感，但是没有阅读记忆，有血有肉的东西太少了。过去讲究"挖深井"，只有挖出深井才能"为有源头活水来"，现在是没挖通，靠网络，靠新闻，这是一个很大的问题。成功的作家都有一个自己的文化记忆，他的精神原乡。莫言有他的高密东北乡，陈忠实有他的关中，贾平凹有他的陕南，王安忆的上海，张炜的胶东，阎连科的耙耧山脉，雪漠的凉州，余华，苏童，艾伟的南方，他们都有自己的原乡，自己的根据地。80年代李文俊翻译福克纳的《喧哗与骚动》的前言有两万字，莫言还没看完就激动地跳起来了，他说他要学福克纳，也要创造一个文学帝国，文学王国。福克纳是写自己的家乡，莫言说他也要写自己的家乡，高密东北乡。莫言的高密东北乡是成功的，高密东北乡实有此地，但莫言所写的东北乡是一个文学的地理，是一个想象的空间。这是作家的原乡情结，我们的很多作家没有原乡情结。

第四，就是写人的问题。这次茅奖的几个作家谈的几个问题都非常好，比如莫言在《蛙》里写到的人物的冲突和自我救赎过程；毕飞宇的《推拿》，写盲人按摩，作者认为，人文情怀比想象力更重要；另外一部是刘震云的《一句顶一万句》，这个作品我比较推崇，写了一篇《〈一句顶一万句〉到底表达什么》，我觉得这本书有新东西，但是我在我博客上推荐以后，网友们留言说，雷老师，听你的推荐，我买一本，但是，买来之后我后悔了，我真的读不懂，还有人说，不就是写说话么，需要那么弯弯绕吗？但我觉得它的新就在于中国乡土的灵魂和精神，即找到一个说话的人可真难啊。为谁说话，说给谁听，说什么话，什么人听。这貌似语言问题，其实表达的整个生存状态。这种东西在过去的写作里涉及很少，过去我们大多说的都是些物质的东西，精神的东西关注不多。我觉得刘很聪明，他写的几乎每个人都找不到自己说话的对象，摩西及其周围人的感觉，有点存在主义的味道，人和人之间的隔阂，他人是地狱，而且在形式上是有技巧的。但是，行文有点太长了，四十多万字，对这类小说来说太长，读着读着就读不下去了。

还有一个问题，我觉得非常重要，那就是超越性。我们一般地说，中国的叙事传统就事论事的多，缺乏诗意，难以上升到诗境，应该超越题材表面的东西，比如《阿Q正传》，鲁迅写的一个不觉悟的惰农，但是知识分子一看，觉得这是在骂他，这就是精神典型，是一种超越；《百年孤独》就有全球性，超越性；还比如说白居易的《长恨歌》，写李隆基，一个皇帝倒了大霉，变成了囚徒，可能他才有了和普通老百姓一样的爱情渴望，所以不能说帝王就一定没有爱情；这是一种超越。包括李煜，他也是一个帝王，他写的是自己的思想感情，但却能够千古传诵，这也是一种超越。我觉得在中国能达到超越性的东西太少了。

这些缺失也很多，说来也复杂。但我总的意思是说，长篇小说的阅读在我们的阅读里是很重要的，被称为是"第一文体"。但我所讲的就是怎样提高它及其几个方面。包括它存在哪些缺失，它的现状令我们不满意。

总的看来，对于文学，对于长篇小说，都存在怎么提高它的文化含量的问题。有人担心我们的文学在当下形势下会不会消亡，前一段时间报纸上说，民营书店已经倒闭了上万家，而网上买书很便宜，另一方面也是大家不愿说的，就是当下的纸质媒体的文章质量不令人满意。我认为文学是语言的艺术，人类是语言的动物，人类是文化的动物，只要人类存在，只要感情不变，文学就会存在。但是文学应该保持自己的人文品质，而不是把自己置换成一种庸俗的存在。我们的长篇小说的前景应该是不错的，最根本的问题就是我们要提高人文精神和人文品质，这样才能铸就大家喜爱的作品。

小说与影视的关系

廖 奔

今天我讲的这个题目比较大，不可能在两个小时之内把这个题目讲清楚，我只是给大家做一点引导。我今天主要讲三个部分。

第一个部分是莫言小说和电影，就是从莫言说起。现在莫言获诺奖已经成了一个社会大热点，眼下图书馆、书店里面全是莫言，书也全是莫言，照片也全是莫言，非常热。在我这个课里我是想说这么一个意思，莫言获得诺奖的支撑力之一是他的电影的成功。当然莫言获奖有很多戏里戏外比较复杂的原因，首先当然是他本人的功力和他的成就。

除了功力和成就使莫言获得了诺奖外，当然还有一条非常重要，就是我们国力的强盛，我们国力已经强盛到不允许别人再忽略再抹杀的地步。我想说一点就是在这之前大家知道法籍华人高行健是 2000 年获诺奖。这次莫言获奖我们强调的是他是中国籍的作家第一次获得诺贝尔文学奖。当然我们在课堂上还可以讲，他是我们体制内的作家获奖。实际上，国际国内对于莫言获奖还有很多的说法还是有很多的攻击。比如大家在网上就可以看到说他是体制内获奖，有些右派的观点就是说你是体制内的作家就不应该获诺奖。不管现在有什么样的看法，这次他获诺奖说明中国的国力和中国的文化已经强盛到无法被忽视的地步了。华文世界应该是一个巨大的群体，你再忽略这个群体，忽略这个群体中间产生的代表人物，那就犯下了不可弥补的错误。这是我要说的一个原因，戏里戏外的一个原因。当然我今天主要不是讲这个，我今天强调莫言和张艺谋当年合作的电影《红高粱》获得世界大奖，电影大奖对于莫言现在的知名度和他的成就是有很大支持力的，我主要是讲这个意思。因为《红高粱》获了奖，所以莫言比较早地成为世界知名的中国作家，他比较为西方世界所熟知，所以莫言的作品对外翻译大概是最多的，据说他也是西方出版商最看好的几个中国作家之一。

对西方人来说，就是截止到目前为止，光我们中国作家协会的会员就有九千四百八十八个，这是一个什么样的概念？要通过浩如烟海的阅读，从这么多作家里面挑出几个来，还要读他全部的作品——光莫言全集就有几十本，看那么多的方头汉字，再来做评判对西方人来说真难为他们了，所以熟悉是第一前提。而莫言的电影《红高粱》增加了西方对他的熟识度。大家知道莫言的中篇小说《红高粱》是 1986 年改编成电影，获得了空前的成功。但是说实在话，其实莫言的作品并不适合当时电影界的那些既定概念和既定的理解，就是当时拿莫言作品《红高粱》来改编电影其实并不太符合时代的思潮。因为《红高粱》咱们现在读起来有很突出的感受，就是它的意象非常充沛，但是它的情节比较稀薄。它的语言精彩至极，这次莫言获奖我又拿来读《红高粱》。莫言的语言确实是非常独到，非常灿烂、绚丽、跳跃的、躁动的。而且有人用这样的词汇来描写他的语言，咸腥的浓稠的，因为莫言写作他不是单纯的视觉、听觉，他还有嗅觉、味觉都进去了。所以莫言写作的时候是身心俱用、五官全张，我这么描写他，所以他的想象力是奔突冲决的，他的感觉是四处游走的。像这样的一种写作方法。他的作品给人的感觉就是在一团谜团，沙雾里边笼罩着一种奇情幻境，这是他给你的印象。但是他的情节就说了那么一件事，很简单的一件事：

一支部队要去伏击鬼子，这个部队也是说不清是土匪还是强盗，反正是亦匪亦盗，这么一个爱国的拼盘的队伍，就这一场战斗，这个战斗本身很简单。从高粱地里走过去，然后伏击，然后开打，然后死人，完了。但是莫言的描写是通过父亲的眼光和感觉来写的，所以这个父亲的思路非常的跳跃，天马行空一样的思路断断续续前后颠倒，但是通过这样的思路，我们逐渐了解了他的描述民俗背景，它的历史背景。咱们看到它里面的很兴隆的酒坊，像青春洋溢的奶奶，高粱地里的那种粗犷的快意，还有日本占领军手剥人皮的那种残忍，逐渐地都给你显露出来。但是这种零碎的片断对电影来说通常没法入电影的法眼，怎么变成电影镜头，尤其是那个时候的电影。过来人都知道，那个时候的电影比较四平八稳，历史叙事时空安排都很一本正经。从头到尾完整地说一个故事，如果不这样当时的老百姓都看不懂。当时 80 年代初外国大片进来了，最初所有的人像我这样的读书人第一个感觉看外国片看不懂，因为他那个蒙太奇剪辑得太快，咱们呢那时候讲究蒙太奇剪辑要过渡，你从这个场面过渡到那个场面，中间要有过渡的手法和连接的手法，西方人不管啪一个剪刀剪掉了，从这个场景一下就过去了。现在我们很习惯了，我们自己的电视连续剧都这样子，啪一剪。本来在兰州啪一剪，这边的上海人咱们都很习惯了，那个时候不行，老百姓看不懂。

所以，莫言那个小说在那个时候并不适宜改电影，但是张艺谋慧眼识才，他当时也处于一个艺术的蜕变期，艺术的飞跃期。因为张艺谋他是艺术感觉至上的，他当时介入电影界之后，他心中的那种对电影的感觉和对电影的追求，那种绚丽的东西在他胸腔里边来回奔突，要寻找突破口，所以他要找合适他拍的剧本，他发现了莫言的《红高粱》。其实对张艺谋来说，他不需要太多的情节，他不需要四平八稳从头到尾讲故事的那种东西，他需要的就是那种躁动的东西、跳动的东西连起来，来表达他心里边的东西就可以了。所以，张艺谋的成功因为这个导演他和别人不同，他有着绝佳的感官神经和绝佳的视觉能力，还有绝佳的听觉的辨析力，和把控力。所以他出色，他是这么一个艺术家，他正在寻找正值当时时代背景的一种力量，一个突破口。

这时候，莫言小说那种大片的火焰一样的高粱的意象，一下子就攫取住了他的情感。当然我们看到他成功了，中国电影也成功了。中国电影从此以后走向了视觉和听觉的盛宴，后来还要加上音响的盛宴。像现在的电影大片，你非得到立体的影院去看了，在家里没法看，当然你可以在家里搞一个立体的环境。现在为什么人们又喜欢走入电影院了？那种立体的音响效果，加在一起的整体感觉，你还是要到功能比较齐全的影院里面去找，所以张艺谋《红高粱》开创了一个新电影的艺术时代。1988 年《红高粱》获柏林的金熊奖，这是中国电影第一次获得世界级大奖，引起了西方世界的关注。

《红高粱》也让西方人了解了两个中国人，一个是张艺谋，一个是莫言。我们的老百姓通常只知道张艺谋，但是西方人还是比较尊重版权的。所以西方人从那个时候开始了解到莫言，而莫言也从这种成功里边获得了极大的回报，这是他自己说的。他很感慨，我给大家念一段他说过的话："电影的影响确实比小说大得多，小说写完了之后，除了文学圈也没有什么人知道。但是 1988 年春节过后，我回北京深夜走在马路上，还听见很多人在唱'妹妹你大胆地往前走'。所以，电影确实了不得，遇到张艺谋这样的导演我很幸运"。这是他由衷地说的，也确实如此。我在这也加一句，遇到莫言，张艺谋也很幸运。这是两个艺术巨匠的结合。所以，莫言从这个成功里边得到了很大的回报，在当前眼球经济的社会里，电影比小说的传播力要快捷得多，快捷一千倍一万倍，这也是不争的事实。《红高粱》成功了，今天，张艺谋还有他的电影在西方大学里边已经成为热门课程，我去西方大学讲过课，他们对中国的了解就是张艺谋。他们的电影学院里边对张艺谋耳熟能详，一部部的片子给我讲，我还没看过几部。张艺谋的电影已经成为了西方的热门课程，莫言小说还在慢慢地为西方世界所了解，这需要一个过程。现在莫言已经获得了诺贝尔文学奖，当然张艺谋还在奥斯卡奖的征途上艰难跋涉，这是另外一个话题了。

因为电影成功的启发，莫言对影视剧情有独钟，他成为最愿意和影视剧合作的作家之一。我数了一下，莫言大概有四五部的电影作品，或者是他的小说被改编成电影，或者是他参与了电影剧本的创作，他还有四部的话剧作品。比如说他的电影作品有1995年他和香港导演严浩联合编剧创作的《太阳有耳》，获得柏林电影节的银熊奖；2003年根据莫言的《白狗秋千架》这个短篇小说改编的电影《暖》，获得第16届东京国际电影节金麒麟奖，还有我们的金鸡奖最佳故事片奖。莫言还把他的中篇小说《白棉花》改编成同名电影；莫言又把他的中篇小说《师傅越来越幽默》改编成电影《幸福时光》等等。

最近，莫言刚出了一个剧本集，里边收了三个剧本《我们的荆轲》，前天晚上我去看话剧《我们的荆轲》，北京人民艺术剧院上演了。还有《霸王别姬》和《锅炉工的妻子》，一共三个剧本，他现在出版了莫言剧本集。另外，他获第八届茅盾文学奖的长篇小说《蛙》后面附了一个话剧剧本《蛙》，所以，莫言和影视剧的密切联系，使他把更多的读者变成了观众。或者说是他把更多的观众变成了读者，这是莫言的比较成功的地方。

莫言就是山东的莫言，就是高密的莫言，就是红高粱地里的莫言。他不是别的地方的莫言，更不是西方的莫言。说到这，我想起了一个小插曲。说到红高粱地，我在看莫言的电影材料的时候发现，莫言说这个大片的红高粱的意象是他想象出来的，他说我从小都没见过大片的红高粱，我小的时候就没了。听他老爹说的听他祖上说的，过去大片大片的红高粱。所以张艺谋当年去拍红高粱的时候，到山东找不到很好的高粱地，小片小片的，也不红。拍了半天根本不好看，拍不成。后来张艺谋下了决心租了两百亩地，花了钱雇人种上高粱，种上高粱之后，还长不好，不红，后来使劲地给它上化肥催起来，这是题外话。

那么，莫言的创作我们现在来分析，当然他是立足于本土的，而不是从西方借鉴过来的，充其量他借鉴了思路、视角和方法。通过魔幻现实主义知道写作还有这么多的方法，不是我们传统的现实主义的那种惟妙惟肖的逼真的描写，打开了思路。但是外国人他总要找到他们熟悉的东西，他才好认识你的东西，他才好比较，然后他才能高兴起来。所以，西方就看到了莫言。莫言因为他的作品翻译比较多，参与对外交往也比较多，莫言经常会到西方大学里去讲，在法兰克福书市上演讲，莫言的演讲都非常好，非常得体，很得分。所以，我说因为这些原因加在一起，他才被瑞典皇家文学院诺贝尔文学奖的评委给看上了，而实际上，他是被其中的那个惟一的汉语学家马悦然盯上了，十七个其他的评委都读不了汉字，恐怕都只能听马悦然的，所以，我说他是一言九鼎。这个马悦然是著名的汉语学家，从汉学家的角度他确实是西方非常知名的汉语学家，他翻译过《西游记》《水浒传》，还有辛弃疾词。1986 年他编译过中国 80 年代诗选，包括当时的朦胧诗，包括北岛、顾城这些人的作品。马悦然其实跟北岛他们比较熟，不仅如此，他在 20 世纪 50 年代还当过瑞典驻华使馆的文化参赞，那个时候就和老舍是朋友。他对中国的文学了解很深，他年轻的时候在四川峨眉山下的寺庙里住了八个月，一个叫报国寺的地方。那个时候他就专门做中国的方言调查，所以大家从他的经历可以了解到他是一个介入很深的汉语学家，他一生在欧洲致力于汉语学研究，翻译了很多中国的作品，在欧洲的好几所著名大学里长期教授中文，而且担任过欧洲汉语学会会长，是资深的汉语学教授。

我们国内还有很多的好作家，像陈忠实、贾平凹写了很多的好小说，都是一流的小说。但是作为个体，我想他们的思维方式、表达方式也更加传统更加本土，也没有影视的帮忙，陈忠实的《白鹿原》好不容易拍成了电影，大家一片指责之声，效果并不好，还帮了倒忙。所以你东西再好，人家不知道，是人家要用人家的标准来衡量。所以我想讲的是沟通很重要，得让人家了解你。而电影对于莫言作品的传播起了很大的支持作用。还回到莫言和电影的关系上来。刚才说了，莫言属于介入影视剧创作比较早的作家。另外的作家，还有像刘恒的作品很受影视界的欢迎，他们比较早地获得了成功。于是他们也就更加有意地去涉足影视。刘恒实际上比莫言涉足影视剧更深，作品更多，他的小说《伏羲伏羲》改编成电影《菊豆》，也是张艺谋执导的，巩俐、李保田两个著名影星主演。他的小说《黑的雪》改编成电影《本命年》，谢飞执导，姜文主演，都是大腕。中篇小说《贫嘴张大民的幸福生活》影视剧改编比较成功，电影《没事偷着乐》由冯巩主演，二十集电视连续剧《贫嘴张大民的幸福生活》由梁冠华主演，这个连续剧还获得了 2002 年飞天奖最佳编剧奖。然后又搞成了评剧。我是搞戏剧研究的，所以我看了评剧之后非常兴奋。它给当时的中国评剧打了一剂强心针。刘恒还把陈源斌的中篇小说《万家诉讼》改编成电影《秋菊打官司》，张艺谋导演，巩俐主演。他又参与了张克辉的电影剧本《云水谣》的改编，这个剧在 2007 年获得了第 12 届华表奖优秀编剧奖；大家更熟悉的是他把杨晋元的小说《官司》改编成电影《集结号》，这是冯小刚请他来搞的，冯小刚导演当然大获成功。还有凌力的历史小说《少年天子》由他改编成电视连续剧，刘恒自己还当了一把总导演，过了一把瘾。另外，他写了十几部电影剧本，《西楚霸王》《漂亮妈妈》等等，还有几百集的电视连续剧，像《天知地知》《老魏种树》等等，还有他写的主旋律的电影《张思德》，由尹力导演，05 年获得了第 23 届金鸡奖最佳编剧奖，最近编剧的电影《金陵十三钗》由张艺谋执导。刘恒对于话剧创作还非常上心，他还在北京和几个作家搞了一个"龙马剧社"，邹静之、万方几个人很活跃，一块写剧本。刘恒的剧本《窝头会馆》由林兆华导演，北京人艺上演后反响相当不错。

当然，现在评论的吹捧之风也吹得太厉害，有人说它是第二部

《茶馆》，这个是过于誉美了。我就此写过一篇评论文章，刘恒本人看了以后也很认可，我并不把它和《茶馆》相提并论。因为我觉得中国人历来厚古薄今，所以评论不一定客观。刚才说的刘恒这些触电的作品非常好，在中国的观众中间有很大的影响。但是它的影响暂时还仅限于国门之内，没有被西方所熟知。所以我举这个例子，也是从这可以看出来，电影《红高粱》的影响力，一部电影就有这么大的影响力，所以电影在很大程度上促成了莫言。这是我的第一个小标题，莫言和电影。

我讲第二个题，小说和影视剧相同和相异的地方。当然，这个题目也很大，跟我刚开始开场的时候说的一样，就是你要想展开，这是一部完整的教科书讲的内容，我这只能略微地点一点，特别是我下边还要讲一讲《白鹿原》，我想用实例来说明一些观点，可能给大家的印象更深。所以讲这个题目只能是点一点题。其实大家都是搞创作的，也都很熟悉。就我的理解，小说和影视剧创作的本质当然是相同的，因为它们都是叙事艺术，都是以讲故事为主要的手段，都是以故事情节为主要的构成。你创作的过程中，当然都要讲主题、立意、结构、语言等等，讲究塑造人物形象，提炼矛盾冲突，注意高潮和结果的设定等等。但是两者又有很大的不同，我觉得最主要的不同在于，小说可以运用大量的心理描写来揭示人物的内心，来描写环境，描写叙述主题，对环境、对一切周边事情的感觉有时候是非常细腻的感觉，很独到的感觉。首先你自己把这种独到的感觉敏感地抓住了，用你自己很独到的语言非常特殊地表现出来。好了，一部独到的小说就奠定了基础。

我年轻的时候读一些俄罗斯的文学作品，"文革"的时候没东西读，那些东西当时我很不爱读，不爱读两个原因。一个原因当然是俄罗斯人的名字太长，一大串，中间还加点。好在那个时候竖着排版，那个排版把人名打一个横打一个竖，我读小说一看见打竖的地方跳过去，把一部小说看完不知道主人公是谁。这是一个当时的情况。再一个就是不爱读大量的心理描写、环境描写、自然描写，主人公早上起床，写了半本书还没吃饭呢，还有就是俄罗斯文学作品很喜欢写自然，像屠格涅夫的小说《猎人笔记》，全是自然描写，非常细腻，这是小说。

那么，莫言小说里面有大量的意识流，占据了不少的篇幅。影视剧不行，影视剧主要是塑造行动和动作。没有篇幅也没有手段去揭示人物的心理，人物心理怎么展现？一个眼神一个表情一蹙眉，你在那个文字上可能好几页纸都过去了。它也没有时间去处理，有时间去处理影视剧的节奏就太慢了，观众就换台了。所以人物的心理动机一定是通过对场景的再现去揭示出来的。你一定得抓住他反映心理的那一刹那的表情，这是镜头语言。当然，有时候也运用旁白，有时候也会收到很好的效果。到目前，我们还经常看到影视剧里面在用，但是用多了不行，因为这不是普遍的手法。偶尔用一下可能有奇效，用多了以后人们会逆反。所以影视剧和小说是不同的。我们都是搞文学的，可以很骄傲地宣称说小说界可以傲视影视界，而且可以永远地傲视影视界。昨天开会，王兴东来了，他是电影文学学会会长，听到我讲这个话的时候他就非常高兴，因为这凸显了他的重要性。但是这也是不争的事实，我说小说可以傲视影视，为什么呢？因为小说是基础性的创作，小说可以完成一部作品的全部诉求，而实现一部完整的创作。影视剧有时候做不到，所以影视剧经常会热衷于改编小说，要借小说之力。你看最近有些影响很大的影视剧，都是改编自小说，前一段热播的《潜伏》是改编自龙一的小说。还有《暗算》改编自麦家的小说。我们也知道张艺谋实际上一直都在寻找好的小说家合作，受他影响，后来冯小刚都在这么做，都在从作家的创作中寻找题材和灵感。为什么？因为直接的影视剧创作，往往不像小说创作那样能够对生活观察得那样深入，而且对作品的主题、立意解决得那么好，对人文精神的追求能达到那么深的程度，影视剧往往难以企及小说。

　　为什么呢？因为影视剧创作的时候，它更多要考虑故事、结构、场面、画面、构图，甚至音响、特技等等技术性的东西、形式的东西。影视剧作家也没有小说家深入生活、深入写作时候的那种从容不迫，影视剧的创作有时候往往是赶任务。当然事先你如果毫无功利之心地去搞影视剧创作，当然可以安下心来搞多少也可以，但是大量的情况是受摄制组的制约。这个时候就会受到制片方强烈的牵制，所以你不能够从容不迫去构思去创作。还有，小说创作是个体的，在座的大家都有体会，不需要其他的人参加就完成了。影视剧是团队作战，每一个人都感到很憋屈，很多的剧本创作者，我跟他们聊到这个话题他们都很委屈。包括昨天王兴东又在这嚷嚷半天，高满堂有一次我跟他一块聊，他也是一说到这种事情就满腹牢骚。因为你创作受到各种各样的牵制，第一位的当然是导演，然后摄影、场景、舞台、美术、音乐、剪辑等等。更要命的你还得听命于制作人，人家让你把主题往这拧，让你在这添一个片花，在那添一段艳遇。所以很多情况下不以个人的意志为转移，我还没有说到导演意识的自我膨胀带来的恶性后果。

　　因为对剧本进行二次加工的往往是导演，而导演膨胀之后，他把你的剧本拿过来往往有时候只用你的一个壳，他借用你这个壳，借用你的人物和故事来装他的酒，来表现他想追求的东西。所以影片的表现风格、手法、内涵都是导演的个人意志决定的。所以影视剧导演强迫编剧的情形大量地、随时地在发生，所以为什么编剧老觉得很憋屈。特别是大导演的片子往往随意处置，反正客大欺店，店大欺客。导演大了就欺负编剧，现在在影视剧的创作中我们的编剧还是弱势。人家不拍你就没办法，你只好去迁就他。

　　所以这个影视剧的创作受到很大的制约，从这来说，小说界可以傲视他们，因为小说我可以随心所欲地完成我的完美的艺术创作。但是，影视剧更加注重生动性，这一点并不一定是小说的关注重点，因为你要给观众看，我们现在所说的观赏性，那它就要有看点，生动性就是看点的基础构成。过去我们说思想性、艺术性，后来加了一个观赏性，影视剧它要强调观赏性，它注重事件的生动性，影视剧剧本创作主要是强调三要素，当然这没有什么特殊的，和小说一样，强调什么呢？主题、结构、事件三要素，但是理解上是有区别的。比如说结构，结构对于影视剧来说比小说更加突出、重要。影视是从戏剧来的，戏剧第一要素就是结构，所以戏剧是古今中外，结构第一。清代戏曲理论家李渔在《闲情偶寄》里总结戏剧的创作原理，第一条就是"结构第一"四个字。西方一样，西方后来发展出三一律，三一律讲的是什么？讲结构。严格的戏剧规条，西方遵循了好几百年。所以这个结构在戏剧里面是最重要的。这里面说到三一律，什么是三一律，看看曹禺的话剧《雷雨》，《雷雨》开场的时候故事就面临结束。你看大幕一开，故事马上就完，最后一个晚上，然后大雷雨，电闪雷鸣故事就结束了。所以它强调的是时间的一致、地点的一致和动作的一致，就是你不能改变时间不能改变地点不能改变动作。当然这个也不是说时间只能存在两个小时，舞台时间完全是生活时间，那没法演的。但是西方就强调，要在二十四个小时之内，这个故事结束。在舞台上只能表现二十四个小时，这就是三一律。

所以戏剧的结构决定了它写作的方法是不一样的，你比如刚才说《雷雨》一开幕就快结束了，那前面的整个来龙去脉怎么交代。那好，你就只能在第一幕拉开之后，慢慢地通过人物的台词、潜台词告诉读者，前面是怎么回事。可是你又不能让人物替你说话，来告诉观众前面是怎么回事。这个人物还必须是现实生活中说的话，这就对于戏剧台词的写作提出了特殊的要求。你必须非常巧妙地解决这个问题，所以戏剧的结构和它的写作方法就很突出，所以历来戏剧的第一幕最难写，而现在犯毛病的大量的作品都是在这个地方出问题。但是我们传统的戏曲比较好地解决了这个问题，就是人物的上场诗开场白，人物一上来我怎么回事、我是干什么的，我现在想干什么。下边你看他来了，接着往下演。但是这种开场白不符合我们对现实主义的那种理解，所以现在观众是不爱看的。同样，电影是从戏剧里面出来的，电影是戏剧的技术化，这是我的理解。戏剧家们有时候经常跟我哀叹，说戏剧衰落了。戏剧是和人类同在的，人类创造音乐创造舞蹈创造诗歌的时候，还没有文字的时候就同时创造戏剧了。那就是原始人的祭祀，所以戏剧是人类最早的艺术样式之一，但是现在戏剧衰落了，剧作家们经常哀叹。我就跟他们讲，我说你不要这样理解，戏剧在电影和电视连续剧中间找到了升华，所以影视是戏剧的技术化。电影的写作同样结构第一，这不是我说的，我为了讲课我经常会去学习好莱坞的一些编剧大师的理论著作，他们经常会这么讲。因为这几年比较流行的几本著作里面都是这样讲的，你看那个最近流行的《电影编剧指南》，世界图书出版公司 2012 年版，好莱坞的编剧大师西德菲尔德的作品，他一开始就讲第一个题目是《空白稿纸》：一张稿纸搁在这，要写电影，写什么？四个字：关于结构。

还有一本好莱坞电影编剧布莱克·施奈德写的一本书《救猫咪》，救小猫，现在大学很流行。副标题是《电影编剧宝典》，他开场也是第一章《开始写剧本》，下边的第一个题目：结构、结构、结构。他解释说，结构是剧本写作中最重要的元素，当然结构肯定重要，就是现在很多成功的小说有些在结构上还是有败笔。结构肯定重要，但是不像影视剧这么重要，因为它毕竟是要在相当短的时间里，在两个小时里面要把故事最能够吸引眼球地推到你面前。为什么结构重要？因为结构带出事件，有什么样的结构就有什么样的事件。当然一般来说影视剧都是先设置一个具体的情境、一个特殊的情境，慢慢地展开，人物在这个情境当中发生命运变化。而戏剧、电影的事件必须高度统一。不像一部长篇小说，你可以写很多的事情，可以相关联，甚至不相关联的事情写到一部作品里面去，但是戏剧不行、电影不行。所以刚才我说清代理论家李渔强调结构第一，他还有一句话叫做"一人一事"，他说，在戏剧里面你只能写一个人写一个事件，写一件事不能发岔。其实古今中外都一样。当然高手大师可以写复线结构，可以写环形结构。但是一人一事是基础，通常来说，都是要写一个头尾清晰题材明显的一件事。对小说来说它可以不需要太去关注戏剧性的结构，也不过于依赖事件。特别是内容庞杂的长篇小说，也许可以包含复式结构众多的事件，这是结构、事件、主题，主题立意的确定当然就更是这样子了。因为小说你可以比较隐讳，可以比较深奥，可以主题多义，你就让读者慢慢地去品，读者也有时间慢慢地品。但是影视剧是视觉艺术，它要通过画面来传导内涵，要通过同感来建立传导的渠道，所以一般来说要做到一目了然，主题鲜明。对照来说，文学创作中可能纪实作品某些方面更加接近电影一点，因为纪实和小说还是不同。纪实文学比较注重事件，而小说注重于塑造人物，特别是立体的人物。纪实文学比较注重写清楚事件的来龙去脉，而小说更注重人物在这个过程中的心理感受。

纪实注重真实性，小说是注重心灵性的。纪实的语言强调清晰、准确，小说就不同的，小说是注重生动性、形象性。小说语言强调的是独特性，最好你能做到独一无二。所以，从创作的速度来说，纪实作品可以写得很快，有时候不需要依据语言的表达去字斟句酌地琢磨半天。当然天才的作家灵感喷涌的时候写小说也可以很快，写出来就是上乘的独特语言，那个当然是一种境界了。现在的网络小说为什么大家通常会认为文学性比较低，败就败在小说的描写语言上。我们常常会看到很多连续剧的语言非常别扭，不是人物在说话，而是编剧在说话。刚才讲到戏剧的开场，你不能把你想说的话让人物替你说出来，现在我们看电视连续剧，它还经常去交代，有时候几十集的电视剧，其实你有时间和空间去处理。它还要去交代说男人对女人说"杏花，咱们去城里打工再生个男孩吧"。这句话很完整，可是它没给你交代为什么非得去城里打工，为什么非要再生个男孩，观众不了解，不了解怎么办呢？编剧来想办法，这句话就变成这样了："杏花，咱俩结婚十年了，生了四个孩都是女孩，计生委说再生就得扒咱家的房了，那咋办呢？咱去城里打工再生个男孩吧。"交代得清清楚楚，可要是夫妇俩平常都这么说话，你不把人累死。所以，是不能让剧中人替你说的，编剧你得再另外想办法。

影视剧在注重事件方面，在注重故事的方面，当然更接近纪实的作品。但是又有它的特殊要求，因为它更加注重空间和画面的处理，因为事件你必须放在空间和画面里来展现，来传导给观众，这是它的特殊要求。如果再进深一层，这种空间这种画面，最好还能表现出意蕴来，表现出诗意来，那就更加上乘了。话外之音，这样的镜头、这样的画面你再配上美丽的光影、色彩，生动的音乐旋律，它的表现力就成了立体传达了，它还要依仗蒙太奇的神奇效果，依仗镜头语言，这些主要是导演来处理了。所以如果我们想在小说和影视剧创作上进行转换，对这些问题就得考虑到，你必须能够跨越，你必须注意到他们各自的规律和特征，注意到他们的同和异。小说创作和影视剧创作各有它的特殊要求，那么小说家写影视剧会受到什么不好的影响呢？那就是影视剧风格对小说文本风格的冲击，大家不是也经常会讨论这个话题吗？现在我们看到有很多的剧本转换过来的小说，读起来还是剧本。有些作家是先写了影视剧本，回过头来又把影视剧本写成小说，再来发行小说。但是你读来读去，它还是场景的堆积，对话的堆积。小说的语言变成了场景的介绍，缺少描写，不管是自然的，还是人物心理的各种描写。所以小说就失去了美文性，人们在阅读这种小说的时候，失去了那种特殊的美感，就是你阅读的时候语言的提示和语言的暗示会给我们带来很多想象的空间，有很多美感，这是我们传统小说阅读的时候会品味到的东西，现在我们看到很多的小说已经变成内容了。所以这是影视剧创作对小说创作的一种负面影响，所以有坚守的小说家不碰影视剧，怕把笔写坏了。这当然有一定的道理，这是作家个人的追求和坚持。

下面，我举一个《白鹿原》的例子。《白鹿原》已经实现了从小说到话剧到电影的跨越。《白鹿原》先拍成了话剧，又拍成了电影。刚才讲到了小说改编成影视剧，它有很多的先决条件。甚至有时候是气候、氛围还有时尚的条件，才能促成你成功，当然那个是很复杂的，但是基础的条件是内容的体量，就是它的体积。小说和电影对体量的要求内涵是不一样的，我觉得一般来说，一部中篇小说比较适合拍成电影，长篇就有难度。莫言的《红高粱》是他的《红高粱家族》中一个五万字的中篇，这个容量比较适合电影改编，所以这是电影成功的第一个前提。通常，长篇小说包含量比较大，电影改编难度比较大。当然，刚才说的是《红高粱》，它情节也比较稀，正好适合于张艺谋来拍。张艺谋正好是想借用《红高粱》的意象来表达他心里边的奔涌激情，那是另外一回事了。他具有那种天才的艺术创作力，所以他把比较稀薄的情节内核，改成了镜头意象以后，非常独特。通常来说，《红高粱》的情节尽管是五万字的中篇小说，但是它的情节不太多。即便如此，张艺谋对他原来的电影剧本还是做了大幅的压缩，这是莫言说的。莫言说："1987年我在高密，张艺谋把他的定稿拿来看，跟我原来的剧本完全不是一回事，张艺谋做了大量的精简，我当时看了很惊讶，就这点东西，几十个场景几十个细节你就能拍成一部电影。后来我明白了，他说电影不需要太多的东西，比如颠轿这一场戏，轿夫抬着巩俐在那颠，说在剧本里几句话，在电影里就颠了五分钟。"所以电影对于内容的需求根据它自己的含量来选择。莫言其他的几部改编成电影的小说也都是中短篇。因为电影改编自长篇小说就会有很大的难处，这就是我下面要讲的《白鹿原》的改编实例了。

大家很熟悉《白鹿原》，应该说是中国当代小说中间的一部巨作，它写的渭河平原的一个村落，在一个非常宏大的历史背景下，跨度至少五十年，表现一个村落家族里的角斗，是五十年中国农村社会变更的一部历史，色彩斑斓。小说首先在结构上就非常完整雄奇，描写又很煊赫，立意很深邃。刚才我说到主题多义，这里边也同样如此，你可以做很多的理解和发掘。你慢慢地读慢慢地品，评论家可以写出几十几百篇论文来。大家对它的一致肯定，认为它是一部史诗，它写出了我们的民族性格，写出了革命灵魂。还有人说它是一部现实主义的油画长卷等等，大家对它的评价非常好。这么厚重的内容，文学界又对它极力地举荐，理所当然它会引起影视剧界强烈的改编冲动，刚才前面我们说了，有很多的导演都一直在寻找文学，《白鹿原》当然是在视野之内。从《白鹿原》诞生二十几年来，中国的很多导演一直在打它的主意，张艺谋、冯小刚、陈凯歌等等好多的导演都想拍《白鹿原》。但是二十几年来谁都不敢轻举妄动，因为大家知道这是一个巨大的诱惑，但是诱惑又是一个巨大的陷阱，一个巨大的挑战，这个挑战难以跨越。如果你跨不过去它就会变成陷阱，你就会掉下去。当然也不单纯是由于这方面的原因，但是这是很重要的原因。所以二十几年来很多的导演跃跃欲试，谁都怕被别人抢了鲜，都想自己拍出来，但最后没有动，一直都在迟疑徘徊。话剧来了，先排成了话剧。2006年北京人艺话剧第一号导演林兆华请了编剧大腕孟冰来改编《白鹿原》，当代最著名的话剧导演和最著名的话剧编剧，强强联合，但是演出失败了。

我去看的时候，孟冰跟我说，他很难改，内容太多了。内容都很好，不忍割爱，压缩不下来。所以他本来想写一个很长的、能演两个晚上的本子，后来人家说不行，演两个晚上根本没人看，没观众。要照着一个晚上写。他写了三个半小时。剧团又告诉他说，三个半小时谁坐到11点，在北京演出晚上到9点半人家就坐不住了，因为晚上要回家。像今天晚上你们有同志要去国家大剧院，晚上回来就要考虑打车的问题，打车又不好打。所以他又压成了两个半小时，他跟我说，因为这个过程现在接拢的地方都不严密，肯定有很多的地方你会挑出毛病来，你多担待。我想孟冰肯定是啃了一个大坚果，因为这个《白鹿原》小说本来就很博大，我不认为一个话剧能把它表现出来，可能需要写好几个话剧才行。而且，我也感觉到毕竟陈忠实的名声太大了，陈忠实也在那盯着它，我看你改编得怎么样？你是不是忠实原作？还有那么多的评论家，还有我在看，你对原作的改编怎么样？所以他的困难很大。看了演出后，果然，戏里面事太多，什么都想说，想把《白鹿原》说清楚，它肯定做不到。它里面写的人物也太多了，有名有姓的在这个话剧里边二十七个人，我们说一部戏里边有五六个人就很不错。其他的群众演员没有名字跟着轰，就像伴舞一样地上来就可以了，他有二十七个演员人物。我读过小说，我都看得一头雾水，那个人物走马灯一样地上来下去，上来下去，纷至沓来一样地就在这转。所以你就别说那些没读过小说的，根本看了一头雾水，什么也看不明白。这样的人物上来下去上来下去，人物就没有任何的心理描写，也不知道他为什么要做这个事，他上来干什么？他为什么要干这个事，他为什么又下去了呢？什么都弄不清楚了。二十七个人没有一个人面目清楚，所有的行动都显得非常突然和无目的性，你不知道他要干什么，甚至有时候经常会觉得他自相矛盾。大家很熟悉《白鹿原》两个主要的人物白嘉轩与鹿子霖，代表两个家族暗斗，斗了一辈子。这两个家族经常又互相勾结甚至还联姻，好的时候好得不得了。每个人又各怀鬼胎，动不动又争夺，有时候又妥协，因为利益暂时勾结在一起等等等等。还有白嘉轩和鹿子霖两个人之间的一种实力的较量，这个在小说里面表现得非常到位。但是舞台上怎么表现呢？没有揭示他们的心理依据，所以观众看起来这两个人怎么回事？一会他俩好得不得了，穿一条裤子。一会他俩后边又暗地使绊子，为什么刚才那么好，现在又在下面捅他一刀。这是一个方面，它不能去揭示人物的心理，再一个方面细节的处理，没有时间去处理细节，但我们戏剧是要看细节的，人物表演就是要看表情的。有些细节兼顾不到，就让人看不清楚这个动作是从哪来的，为什么要来。特别是在话剧舞台上，你看一个人上来了，那个动作一晃而过。所以演出效果就让观众看不明白，我举一个例子，比如说公公鹿三刺死他的儿媳妇——黑娃的老婆，刺死小娥。这个在小说里当然前因后果都是清清楚楚的，鹿三眼看着他的儿子黑娃逃跑，剩了个小娥自己在村边上很偏僻的地方守了个空窑，然后她就开始不安分起来了，先是跟鹿子霖睡，以后又去拉扯白孝文，又跟白孝文睡。村里边人都在后边议论这事儿，白嘉轩是族长，是一个很有权威很正统的一个人物。鹿子霖就想用一个事情来打垮他，给他泼脏水。所以指使这个田小娥去勾引他儿子白孝文，村里都传开了。鹿三是白家的长工，他忠心耿耿，忠于他的主人，他看不过去，也为他儿子叫屈，儿子跑了，你看田小娥干的什么事。所以鹿三就忍无可忍采取了行动，冲出去把这个田小娥给杀死了。

但是戏里边连白嘉轩连鹿子霖这些人物都没有时间来充分表现，更谈不到他家的一个长工鹿三，这个鹿三的心理活动和变化根本顾不上，所以那一概就不管了。就把这个情节搬上来了，然后大家就看见那个窑洞，田小娥在那待着，突然冲出来一个老头把她刺死然后下去了。所有的观众看到这里都莫名其妙，而这个细节在小说里是很重要的。他把很重要的人物田小娥给刺死了，而田小娥在白鹿两家争斗中间是一个很重要的导火索。像这样我们刚才说到的，小说里可以描写半天，但是到了舞台上突然发生了，它没有照顾到。当然戏剧如果说要认真地描写的话也可以照顾到，如果这是主要的人物，你要交代前面刚才说的那些前因后果，要都给它写出来，特别是要下功夫去表现。你比如说鹿三事先看到了田小娥在那出丑，内心痛苦，又听见大家在那指指点点很难受，思想斗争，最后不行我得杀了她，然后再冲上去杀的她。那这个戏剧的时间再短，空间再少，你也得把它演出来，你才能把这个人物揭示出来，这个动作才合理。现在编剧和导演都没有顾及到，实在说当时的这个演出的形式感还是不错的，但是后来效果非常失败。要说林兆华作为大导演确实有办法，他在这个戏的氛围设计上，下了很大的功夫，大幕一拉开，那个场景的设计他就想办法去追求那种渭河平原苍茫辽阔的感觉，后面弄了一个大的土坡上去。还有砖瓦、碎块黄土，白鹿原的感觉他尽量地去给它复现出来，他赶着牛赶着羊赶着牛车上台，尽量地把那个民俗也恢复起来。特别引人耳目的就是他把陕北的老腔，当然是和秦腔一块搬上了舞台，这是第一次。当然大家觉得现场的民俗文化的冲击力，那种皇天后土的感觉，陕北高原上的秦腔的感觉黄土高坡的感觉一下子全出来了。所以，舞台形式感给人的冲击力很大。

但二十七个人走马灯一样地晃来晃去，最后大家感觉到把这个题材浪费了，这就是话剧给人的感觉。我这还落了一个细节，比如说人物的衣服、衣饰都很注意。人物全穿着土布的大棉袄大灯裤，濮存昕上台之前专门给我亮了一下那个大灯裤。他把那个裆拉开这么大，他说能把你装进去，这么窝起来。就是这些东西这些方面都很注意，但是效果不好。好了，现在来到了电影，刚才说电影这二十几年之间那么多的大导演都跃跃欲试又迟疑不敢动，最后被一个年轻的导演抢了鲜，初生牛犊不怕虎，王全安拍的。王全安也是一个非常有潜力的第六代导演的领军人物，而且现在已经功成名就了。他的电影《图雅的婚事》2007年获得柏林电影节金熊奖，09年他的另外一部《团圆》获了柏林电影节银熊奖，他金熊银熊左揽右抱，很有实力。当然他也初生牛犊不怕虎，所以他就拿下来了，啃了这个坚果。当然电影导演得勇敢得敢于啃我们文学作品的坚果，都不敢来拍，都吓跑了，那也不行，所以得鼓励他这种勇敢。看电影之前我先见到陈忠实，他也看过了，我就问他你感觉怎么样？他说原来是四个小时，看了觉得挺好，但是，没法演出又要求剪，剪到两个半小时。两个半小时的还没看，他给我说了这一番话。我看了以后很不满意，所以我就写了一篇文章在《文艺报》上登出来对它进行批评，后来这个批评还引起了较大关注。

我是这样的观点，不知在座的大家看了没有，就是我觉得首先，你得先肯定它这个电影语言，这个意象的捕捉，对特殊意象的表现是发挥了王全安的长处，很抓人。镜头一闪现就是麦原，一望无际的麦原太好看了。远景近景，近景风一吹，白花花的麦穗，到了远处是阳光下麦原大地起伏不定的线条，风吹之下，麦穗摇曳。它还配上一些像古村落，牌坊，乡间的小路上荒原之间，皇天后土的更古的荒原之上，矗立一个牌坊。寓意太好了，当然这个地方有点误导。因为牌坊永远不可能放在荒无人烟之处，牌坊是人文景观，一般都在村落周围，这不管它。反正电影的效果收到了，而且它又把王全安的那个奇思异想，就是运用老腔发挥得淋漓尽致，这中间不断地插进老腔的演出。那个老腔的演出非常古朴非常古拙，乐器就是拿着砖头敲板凳，高亢起来扯着喉咙叫，甩着胳膊砸砖头。他创造了一个非常浑厚非常悲壮的一个气场。在这个气场里边来铺陈小说的内容，民族的历史的家族的，这种半个世纪的跨度，所以他做了这种铺垫，观众一上去就会被他抓住，你的通感你的所有同情心都进去的，你就等着他有一个故事把你带进去，让你的内心情感喷发出来。所以他这个构想非常好，开场也非常好，当然我是说的镜头的开场非常好，故事的开场不好。

我们也知道，电影通过镜头的叙事手段来展现的还是故事，还是要叙事，来述说一件事，来传达一个完整的意境，传达一种意韵。如何传达？是靠镜头语言，是靠刚才说的那些意象，但是把那些意象串组起来把它变成串，把它结构起来的东西是什么？是故事框架。这又回到咱们的老话题上了，就是他得把茫茫的"白鹿原"上白、鹿两个家族几十年的恩怨情仇，包括原始的冲动、利益争斗、情感的冲突等等，还有小说赋予的社会的外在的力量，不断地来打破他们白、鹿两家族的平衡，来引起新的冲突，势力消长，一会白家出了一个什么人物，一会鹿家又占了上风，就是把这些东西要串在一起，用它来串组刚才说的那些画面意象镜头，好了，这个创作就完成了。但是恰恰就在这一点上，电影失去了它的统筹力，驾驭不了了。

刚才咱们讲到了就是如果选择长篇小说来创作电影，你碰到的第一件事情一定是选择和放弃，你选什么不选什么，放弃什么，你得有眼光能够挑出来，把它拎出来，在这一点上，这个导演做不到。所以，两个半小时的电影《白鹿原》做了它的选择和放弃，但是这个过程走偏了，发生了迷失。该选的没选，不该选的选了，结果是什么？我说一部厚重的生命和家族的繁衍史，变成一组浅薄的风俗招贴画，太可惜了，它这个故事叙述本身没有过关。

刚才说结构，那么你一开始这个结构要搭建起来，那就是这两个家族怎么回事？陈忠实非常巧妙，白鹿驰原一个意象，原上有白鹿跑过去了，这个白鹿就引起了两个家族的争斗。白嘉轩就想占鹿子霖那块地，风水宝地。这个风水宝地决定着我们白家的兴旺，两边就钩心斗角开始角逐了，两边的人物关系也搭建起来了，矛盾双方也建立了，下边慢慢就展开吧。多好！现在电影没有，电影是怎么开头的？电影开头一会儿有人报告大清亡国了，一会儿又有人报告军阀混战了，一会儿又报告什么什么事了，甚至说不清楚下边还打字幕，一九九几年清帝退位什么的。为了突出白嘉轩是主要的人物，不断地给他特写镜头。当然他很重要，他是族长他是精神领袖，他在白、鹿两家的争斗中是起主导作用的，他在整部长篇小说中也是起主导作用的。可是这个主导作用是通过人物关系和人物在他这个家族中间、在村落中间的地位奠定的，不是镜头一给他他就是主要的人物。现在我们看到的是镜头不断地给他，但是为什么给他？不知道。只知道他是重要的人物，导演就要给他。但是他跟那些清帝退位跟那军阀战争有什么关系呢？所以这个开头不是叙事性的开头，它就像我们的现代文学馆办展览那样地把人物搁在这儿，他重要。所以小说《白鹿原》里的白嘉轩本来很丰富，大量的都是他的精神支配着他采取什么样的行动，影响着这个村落中的大事小事的发生。但是在电影里，白嘉轩几乎没有参与任何的事件，他老是站在边上隔岸观火一样地看着，一会儿发生历史大事了，一会儿村里边又发生了一些事了，一会儿田小娥这又出事了，他就站在岸边上看，他成了一个影子。

鹿子霖也是一样。在电影里边既然没有交代这些背景，我们看到就是鹿子霖和白嘉轩，和那个话剧里边一样，两个人开始的时候好得不得了，换裤子穿的朋友。两家的儿子也都互相好得不得了，哥几个加上鹿三的儿子黑娃好得不得了，发着誓将来我一定对你好等等。一会又在后边拆他的台，给他下绊子，又去搭引他家长工的儿子的媳妇小娥，又指使小娥勾引白孝文，以此败坏白家门风来打击白嘉轩。所有这些行动的原因、心理、支撑，我们都不清楚，和话剧一样。这些人都成了演出过程中的匆匆过客，面目不张。所以我说造成这种效果的原因，是电影缺乏对小说主旨的清晰把握，导演没抓着。导演只抓到了什么呢？他想去把白鹿两家半个世纪的这种争斗表现出来，什么家族的、阶级的、政治的、经济的、权势的、道德的等等，他想表现出来，但是空间又不允许。他怎么办呢？他只好是大事纪事，一九几几年发生了什么事，这是背景，在这个背景下这两族做了什么事呢？又没有时间来展示。你看着就像历史片一样的哗哗地很快在那过镜头，然后发生了一件事镜头停止了，就是田小娥出现了。田小娥出现以后，这个电影的进展频率节奏突然一下改变了，从原来非常快的跨越变成了慢镜头停下来了，然后非常细腻地去展示田小娥的这一段的变态情爱。我要说的就是情爱关注当然是很好的一个看点，影视都会去抓这些东西，无可厚非。但是你要想表现《白鹿原》你就要看到田小娥这一段的变态情爱在中间起的作用是什么？把它放在适当的位置，它本来是白、鹿两家争斗的一块调色板，在原小说里面也很增加看点，这个地方也是很增加阅读点的地方，很增加生活实感的地方，读起来很惊心动魄的。但是它在整部的小说结构中间是完成任务来的。在白、鹿两家的争斗中间，鹿子霖是把她当成一个武器来打击白家的，她只是整部作品中的一个过程。现在这个过程被放大了，用慢镜头进行了充分展现。但是把其他的那些要表现主旨的东西压缩得七零八碎，所以你就看有历史大事纪，看不清楚他们两家怎么回事，看不清楚他们是怎么建立的那种矛盾和斗争的关系，什么心理促使他们去做的，只看见他们在做，然后就看到田小娥的这个变态性爱赤裸裸地展示给观众，观众当然被吸引了。刚演完之后，网上一片叫好，但是等到这个变态性爱过去之后，她在整部影片中间起的什么作用呢？不知道。整个影片告诉人们的是什么呢？也不知道。所以它就主次颠倒，对作品的完整表达起了一个反作用。我这么批评它有人不愿意，他说你不是说把《白鹿原》写成了小娥传了吗，我就要写小娥传，那不行吗？行。我要说的就是这个话题，你要么干脆你说我写的就是小娥传，我写的不是《白鹿原》，我表达不了这么一部巨著，我也反映不了那么深厚的历史内容，我就想写两个人偷情，就想写小娥传，可以。那么小娥传配上麦田配上老腔也会非常好看。当然我要说你在 80 年代在张艺谋拍《红高粱》的时候，还有当时的许多这种原生态的作品在那个时代刚刚出现的时候，我们揭示这种原始冲动原始性爱，当时很多的作品都在用。在那个时候，它有一种文化反思的意义在，它也有一种关键变革的意义在，那个时候拿出来，肯定是好作品。你现在把这个东西把小娥传搬出来可能还好看，但是那种深邃的意义就减弱了很多。你就不要说你是《白鹿原》了，你拍的就是小娥传。你承认你拍不了《白鹿原》那没有问题的，问题是你又想叫《白鹿原》你又拍成了小娥传，这是问题的关键。而这样的一个设置让两边打架，你说我就拍小娥传。好了，前面所有的什么清帝退位，什么白嘉轩、鹿子霖全都推到幕后去了。你就从头到尾表现田小娥这个人的变态婚姻，给她带来的变态心理，然后她反抗她追求爱情，追求爱情失败，她迫于生活的压迫，她没有办法投身于鹿子霖，她又被鹿子霖所胁迫，当然她也出于爱去勾引白孝文，你就这么去写一个女人的心路历程，一个完整的电影你就把白、鹿两家的世代恩仇放在幕后去，你用很简单的叙述告诉观众她田小娥被鹿子霖利用的就行了，我们现在看的就是小娥传。可是导演不甘心哪，它要叫《白鹿原》，他要去表现这半个世纪的斗争，它要从正面展开。所以正面展不开，匆匆而过。而且这个正面展现还不断地打断小娥传本身的情节连贯性。

反过来，又由于小娥传横跨在中间，我们看《白鹿原》，因为他从头告诉我们就是《白鹿原》，我们想看《白鹿原》，《白鹿原》又看不清楚。然后互相干扰互相侵占时间和空间，这个电影就被搞糟了。所以我最后结论：不能在两个半小时里用画面展现《白鹿原》这部史诗，我觉得电影承担了几乎无法完成的任务。因为它面临的是一种排他性的左右两难的一种选择和放弃。我的理论表述就是这样讲。我说你想搭建起一种宏观的建构，你就失去了微观的从容。现在它是很宏观的，搭了一个大架子，那它微观的表达就没有空间了，失去了从容性。反过来，如果你从具象出发，你是表现细节，从具象出发，你势必抛却总体的观众。我去写田小娥的变态性爱，站在荒原里边麦地里边真美，但是宏观就丧失了。所以这是导演碰到的一个非常难以驾驭的题材，我自己觉得，要是他去拍电视连续剧他会比较得心应手，所以一般来说一部长篇小说的容量远超一部电影或者是话剧。所以，电影和话剧改编《白鹿原》，都碰到了他们的滑铁卢，都失败了。

我举这个例子说明什么呢？说明文学表达和形象呈现之间也有一个跨度，这个跨度值得敬畏，你要想跨过去，你首先就必须敬畏它，你得正视它，想办法怎么跨越它。现在的导演比较盲目。好了，我今天讲的主要是说这个影视剧和小说它们的叙事手段不同，时空的容量不同，表达的方式也不同，所以要求和小说不同的处理技巧，这时候你创作者就必须对素材进行重新结构，甚至是重新酿造，不是照搬，你得重新酿酒，得完成这个过程。即便这样做了你能不能再现原作的那种巧妙也好深邃也好厚重也好，那还取决于改编者的功力，还不是那么容易完成的。所以，我觉得影视剧并不能够任意处理一部小说作品，它必须选择适合它表现的对象。它更必须审慎地去选择自己的切入角度，如果硬要它去表现一切题材的话，那会对它的叙事能力提出巨大的挑战，好，今天就讲到这，谢谢大家！

图书在版编目（CIP）数据

我们大家都是同学：鲁院讲义集 1 / 邱华栋主编 . -- 北京：作家出版社，2019.7

ISBN 978 - 7 - 5212 - 0396 - 7

Ⅰ. ①我… Ⅱ. ①邱… Ⅲ. ①社会科学 – 文集 Ⅳ. ① C53

中国版本图书馆 CIP 数据核字（2019）第 033788 号

我们大家都是同学

主　　编：邱华栋
副 主 编：郭　艳
编　　选：严迎春　赵俊颖　李蔚超　张俊平
责任编辑：李宏伟　秦　悦
装帧设计：申晓声
出版发行：作家出版社有限公司
社　　址：北京农展馆南里 10 号　　邮　　编：100125
电话传真：86 - 10 - 65067186（发行中心及邮购部）
　　　　　86 - 10 - 65004079（总编室）
E - mail: zuojia@zuojia.net.cn
http: // www.ZUOJIACHUBANSHE.COM
印　　刷：北京明月印务有限责任公司
成品尺寸：152 × 230
字　　数：475 千
印　　张：35.5
版　　次：2019 年 7 月第 1 版
印　　次：2019 年 7 月第 1 次印刷
ISBN 978 - 7 - 5212 - 0396 - 7
定　　价：68.00 元